Bertolt Brech

Werk

Große kommentier

iner und Frankfurter Ausgal

Herausgegeben vo

Werner Hec

Jan Kno

Werner Mittenzw

Klaus-Detlef Müll

Band 1

W0303625

Die Verl
diese ge

Ber

Bertolt Brecht
Gedichte 3

Gedichte und Gedichtfragmente

1913-1927

Aufbau-Verlag Berlin und Weimar
Suhrkamp Verlag Frankfurt am Main

Bearbeitet von Jan Knopf und Brigitte Bergheim
unter Mitarbeit von Annette Ahlborn, Günter Berg
und Michael Duchardt

Bertolt Brecht, Werke, Band 13
Suhrkamp Verlag. Erste Auflage 1993
Copyrightangaben zu den einzelnen Texten am Schluß des Bandes.
Unveröffentlichte Brecht-Texte: Copyright © Stefan S. Brecht 1993.
Alle Rechte vorbehalten durch Suhrkamp Verlag Frankfurt am Main.
Kommentare: Copyright © Aufbau-Verlag Berlin und Weimar
und Suhrkamp Verlag Frankfurt am Main 1993

Gedichte 3
Gedichte und Gedichtfragmente
1913-1927

Sommer

Ich lieg im Gras im kühlen Schatten
Einer uralten, schönen Linde
Und all die Gräser auf den sonnenhellen Matten
Neigen sich leise im Winde.

Und wie ich liege in frohem Lauschen
Da hör ich die Blätter so sonderlich rauschen
Wie wenn sie erzählten:
Von alten Kriegen und ruhmreichen Siegen
Von tapferen Helden.

Von fröhlichem Reigen unter ihren Zweigen
Zum Fiedeln der jubelnden Geigen.

Doch unter ihres Laubes Hort
Ward gesprochen auch manches Männerwort
Wenn im grünen Rasen
Die Führer des Volkes beisammensaßen.

Und schaudernd die raunenden Blätter wehen
Wenn sie weiter sprechen:
Von finstern Verbrechen
Die unter ihren Zweigen waren geschehen.
Da ward in düsterer Nacht
Als die Blätter der Linde rauschten schwer im nächtlichen Winde
Einst eine düstere Mordtat vollbracht.

Und einer der Mörder, ist seltsam beklommen
Später einmal wieder gekommen
Wie in täppischem Suchen
Scheu mit wildem Fluchen
Als such er den Platz zurück – – –
Und hat sich dann finster und bleich
Im Baum ein Plätzchen gesucht
Mit morschem Strick. – – – – –
Und noch im Sterben grauenvoll geflucht!

So erzählten die Blätter und rauschten bang – –
Dann sangen sie weiter den alten Sang
Von Waffengetöse und Schilderklang
Von wilden, erregten Heereswogen
Die vorüber des Weges zogen. –

Einmal, an einem sonnigen Sommertag
Als auf den Äckern dort drüben
Golden ein spielendes Sonnennetz lag
Sah man im Osten die Flammen stieben:
Das Dorf über der Heide
Brannte. – Und Getöse und Donnern schwer
Klang vom Winde getragen über die Felder her.
Dunkelrot wälzte sich drüben ein Meer
Zuckender Flammen
Ab und zu krachten zusammen
Ein paar Balken und zwischen ihnen rangen
Männer in schwerer Schlacht.
Lange die Waffen und Flammen sangen
Lange bis in die Nacht.
Da zog das siegreiche Heer vorbei
Fackeln leuchteten rot
Trommeln rasselten die Melodei –
Hint'her pfiff fröhlich der Tod!

So erzählte der Baum von Kampf und Not
Inmitten der blühenden Sommersheid
Inmitten der Pracht das trübe Leid
Und in den Getreidefeldern der Tod. –

Lang lag ich im Gras in süßer Ruh
An jenem Sommertag unter dem Baum
Und hörte wie in schönem Traum
Den redenden Blättern zu.

Die Gewaltigen

Sie schreiten mit hartem Eisengesichte
Mit Augen hart wie Stein
Und einer Stirne marmorfein
Durch die Geschichte

Sie gehen durch graue Nebeldichte
In den lohen Augen den Purpurschein
Von vergossenem Blut – doch gewissensrein
Schreiten sie zum Gerichte.

Ihr Spruch ist hart – –
Mit den Fackeln loh
Brennen die Wunde sie rein – –

Sie kämpfen ehrlich auf Männerart
Und vernichten sie auch manch' Menschen roh –
Sie läutern der Menschheit Sein.

Heimat

Sinenischna ging ins Land der Weißen.
Ach, sein Heimatsdorf war ihm zu klein
Ging, im Land der klugen, feinen Weißen
Klug und fein zu sein.

Sinenischna kam nicht wieder
Als des Abends Feuer lohte
Und die düsteren Zypressen
Taucht ins Glutenmeer, das rote.
Sinenischna kam nicht wieder
Als der Herbst die Blätter zauste
Und der Sturmwind seine Lieder
Auf der öden Heide brauste.
Hatte Sinenischna seine Heimat schon vergessen?
Oder ward er geil verraten
In dem Land der bleichen Leute

Oder lebt er ohne Schaden
Dort in Sang und Freude? – – –

Niemand wußt es. – – Und die Jahre gingen.
Dreimal rauscht der Sommer in den Wäldern
Dreimal ernteten mit hellem Singen
Froh die Weiber auf den Feldern.

Sinenischna kam nicht wieder. –

Einmal kam ins Dorf ein Bettler mit der Kunde
Sinenischna lebe weit im Norden
Und er sei zum treuen Hunde
Eines Weißen dort geworden. – – – –

Da verhöhnte laut mit ödem Spotte
Ihn die wilde, zügellose Rotte
Seiner Freunde...
Nur die alte Mutter weinte
Betete zum guten Gotte. –

Als zum dritten Mal vom Berg hernieder
Jäh ins Tal der Herbststurm brauste
Heulend über weite Heide sauste
Als die Wasser des Bityrne
Nächtlich schwer und mächtig rauschten
Und im Dorf mit blasser Stirne
Angstvoll, bang die Weiber lauschten

Da kam Sinenischna wieder.

Doch er kam nicht stolz, wie er gegangen
Nein, mit Zittern und mit Bangen.
Oben auf der Bergeshalde legt er nieder sich
Und im nahen Buchenwalde rauschen die Blätter so feierlich.
Sie geben ihm wohl den Segen – – – –
Lange ist er dort oben gelegen.
Der Sturm rauscht durch die Bäume schwer
Er erzählte von vergangenen glücklichen Stunden – – – –

Der Helm geht in die Brüche schier –
Er hielt gar manchen Strauß –
Und aus dem alten verbognen Visier
Schaut ein zerhauen Gesicht heraus.

Der Klepper mager – es ist ein Leid –
Tut's lahme Bein sich lecken – – –
Es ist bei Gott die höchste Zeit
Bevor wir elend verrecken

Bevor wir mitten in grüner Heid
Gar jämmerlich verderben – –
Da ist's, mein Rößlein, höchste Zeit
Daß ehrenvoll wir sterben!

Auf, auf, mein Roß
Uns treibt die Not
Wir warten des Kaufherrn Wagentroß
Und sterben kämpfend den Heldentod.

Juni

Sommer wird's! – Und auf den Feldern
Reift das Getreide in goldener Saat;
Und in den grünen, schattigen Wäldern
Singen die Vögel. Im Goldsonnenbad
Ruhen die Dörfer in grünen Auen –
Ihre Kirchtürme ragen hoh
In den weiten Himmel, den blauen
Weit in der Luft, der sommerlich lauen
Jauchzet die Lerche froh.
Und durch die Luft, duftvollgesogen
Raunt es und jubelt's – im Rauschen der Bäume
Und in der Vögelein Liederträume:
Heißa, der Sommer ist eingezogen.

Die beiden

Sie gingen nebeneinander her
Und wollten sich Liebes sagen
Doch fanden die Worte sie allzu schwer
Da begannen sie eifrig zu klagen
Übers Wetter und über die schlimme Zeit
Und nichts über ihr heißes Verlangen – – –
Viele Jahre sind drüber gegangen
Doch die beiden haben mit ihrem Klagen
Vergessen das Liebe zu sagen. –

Opfere!

Opfere, Volk!
Opfre für Sie
Reich ihnen die Hand
Die des Lebens jauchzende Melodie
Niemals gekannt!
Die gekämpft, gerungen
Verzweifelt – vergebens!
Die vom Tode bezwungen
Elend versanken
Hilflos ertranken
Im Strome des Lebens!
Denk an die Toten in deinem Gebet
Denen die Hilfe zu spät!
Denk an die Lebenden
Immer noch strebenden!
Opfere, Volk, für Sie!

Für sie, die das kostbare Leben
Rastlos vergehen
Langsam, qualvoll vergehen sehen –
Ein endlos Entrinnen
Des nie Besessenen – – –
Die Jahre um Jahre verzweifelt sinnen
Warum grade ihnen das Leiden gegeben

Ihnen, die langsam scheiden
Von hinnen
Den von allen Vergessenen.
Opfere, Volk, für sie!

Unter den Kettenlasten
Den drückend schweren
Des Todes sie hineilen
Ohne zu rasten, zu verweilen
Sich langsam verzehren.
In unendlichem Grauen. – – –

Volk! Hilf sie zu retten!
Volk! Hilf die Ketten
Jäh zu durchhauen!

Opfere, opfere, Volk, für sie!

Victor Mors

Omnes victores superat sors; – –
Magnos prosternit
Neque miseros spernit – –
Omnes, omnes superat Mors.

Vita florente
Sole ridente

Nocte obscuro
Ad tempestatem adortam
Mors digito duro
Percutit ad portam.

Ad regem terrarum
Si fine horarum
Currus tum etabat

Per ferreas munitiones
Per fidas stationes
Mors ingens ambulabat.

Curantem patrem
Qui familiam paravavit
Amantem matrem
Quae libero oravit
Mors crudelis rapit.

Omnes sperantes
Vitam amantes
Omnes, omnes pugnantes
In vi spoliantis
Mortis triumphantis.

Die Freundin

Fragst du, was Liebe ist –
Ich fühlt sie nicht –
Fragst, was Freude ist
Mir glomm niemals ihr Licht.

Fragst du, was Sorge sei –
Die kenne ich
Die ist die Freundin mein
Die liebet mich!

Der Quell

Es rauschen die Wasser so rein
So silberglockenhell –
Und muntere Fische, gar hurtig und fein
Durchtummeln den Quell.

Durch die Bäume, die rauschen im Sommerwald
Zittert der Sonne Goldfeuerschein –

Irgendwo jauchzend ein Waldhorn hallt
Durch die Stille gar traulich und fein.

Der Gedanke

Der große Gedanke schafft;
Er läßt sich nicht von uns weisen
Eher müssen sie mit jäher Kraft
Die Herrschaft an sich reißen!

Der Mönch

Am Himmel verglimmt roter Sonnenbrand –
Da neigt in der Zelle still die Tonsur
Der bleiche Mönch zum Gottesschwur
Und murmelt Gebete starr, unverwandt.

Durchs Fensterlein sieht er hinab ins Land
In die abendlich stille, feine Natur.
»Wie schön ist's da drunten! Wär die Kreatur
Nur nicht in der Sünde knöcherner Hand!«

So flüstert der Mönch. Zu verscheuchen das Leid
Umfaßt er den Totenschädel, der leer
Grinst aus dem Dunkel gespenstig hohl
Als wolle er mahnen gar ernst und schwer
Als unvergeßliches Symbol
Der irdischen Vergänglichkeit.

Judas Ischarioth

Am Abend, da er den Herrn verraten
Hat Judas lange noch gewacht
Und hat gelauscht mit seltsamem Bangen
Hinaus in die schweigende Nacht.

Er hofft, daß alles gut noch werde
Daß der Herr wird aufstehn mit großer Macht
Und richten und strafen die sündige Erde – –
Das hatte dann Judas zustande gebracht!

Und wie er sinnt im düstern Saal
Da öffnet sich plötzlich, allgemal
Wie zögernd mit sanfter Gewalt
Die eichene Tür – – –

Und langsam tritt
Mit schleppendem Schritt
Hochragend herfür
Eine seltsam bekannte Gestalt. –

»Der Herr!« ruft Judas vor Freude laut – – –
Doch wie er die dunkle Gestalt erst schaut
Da schweigt er gleich.
Warum ist der Herr, der auferstanden
In dunkelnder Nacht
Um sein Reich zu errichten mit großer Pracht
In allen, allen Landen
So still und bleich?

Und Judas wankt – – – ihm sinkt der Mut – – –
Des Herren milde, sanfte Hand
Ist durchbohrt, und das sickernde Blut
Überrieselt das dunkle Gewand.

Und der Herr hob die Hände
Die segensreichen
Die für die Menschen so flehentlich baten
Daß Gott ihnen seinen Engel sende – – – –
Aus dem Munde, dem schrecklich bleichen
Zittert es dumpf und so ganz ohne Wahn:
»Judas, warum hast du mich verraten!
Judas, was hast du getan!«

Er schwieg – Judas hat keine Worte gefunden –
Sein Gesicht war blaß und totenleer –
Und als er aufsah, da war der Herr
Jäh verschwunden.

Des Mondes stumpfes, gelbes Licht
Glitt über des Judas verzerrt Gesicht.
Der ist wortlos da gestanden, ganz taub.
Er hat gezittert wie Espenlaub – – –

Hat nach dem Tisch getastet
Und schrill, weh aufgelacht
Ist schwer hinausgegangen – – –
Und es ward Nacht. – – –

Dunkle Gewitterwolken trieben
Am Himmel einher
Und die Palmen im Haine
Nickten schwer.
An eines Baumes Wipfel
Bei dunkler Nacht
Hat er sich aufgehenket
Und noch einmal gelacht!

Bannerlied

Wenn in hohem Ruhmesschimmer
Ruht der deutsche Leu
Wollen wir halten immer
Der Fahne die Männertreu.

Und wenn in schweren Tagen
Das Vaterland in Not
Dann wollen voran wir tragen
Das Banner schwarz-weiß-rot.

Wir wollen vorwärts stürmen
In todesmut'gem Lauf

Auf feindlichen Leichentürmen
Die Fahne pflanzen auf.

Und wenn am Abend wir sinken
Und sterben den Heldentod
Dann soll uns tröstend winken
Die Fahne schwarz-weiß-rot.

Der Wind soll in ihr singen:
Du hast deine Pflicht getan!
Du starbst im Kampf und Ringen
Als treuer, deutscher Mann.

Die Husaren

Es war nach Lützen, dem Schlachten
An einem Sommertag –
Da lagen draußen im Tarrenhag
Die 4. Husaren im Feldquartier.
Sie spielten und schalten und lachten
Und kamen sich in die Haare schier.

Die Sonne lag weiß auf den Zelten
Und malte schön goldenen Schein …
Die Husaren schwuren bei Stein und Bein
Sie erzählten von Kämpfen und Siegen viel …
Sie waren gar große Helden
Beim Kampf und beim Würfelspiel.

»Bei Hochstädt«, erzählte mit lachendem Mund
Ein junger, blonder Husar
»Da verirrten wir uns von unserer Schar
Und Kamerad und ich und unverwandt
Ritten wir vorwärts so manche Stund
Und kamen so mitten ins Feindesland.

Da plötzlich – nicht weit vor uns marschieren
Feindliche Landsknecht, so 50 Mann

Mit klingendem Spiel, den Oberst voran
Wir aber haben schleunigst uns aufgemacht
Sie umzingelt, eh sie sich konnten formieren
Und – sie gefangen ins Lager gebracht.«

»Ah! bah!« sagt ein andrer und sieht sich um
– Da lachten alle grad in der Rund –
»Vor ein paar Jahren hatt *ich* einen Hund!
Glaub nicht, daß ich noch einen treueren fänd!
Gegen den ist mancher von euch da dumm –
Der war bekannt im ganzen Regiment.

Sie nannten ihn alle den treuen Heinz – –
Einmal hatte mein Todfeind – der Classen –
Eine Wurst im Lager liegenlassen
›Da nimm sie‹, rief ich – nie werd ich's vergessen
Wie der Treue die Wurst meines ärgsten Feinds
Weil ich's gebot, schweigend hat aufgefressen!«

So lagen sie froh und vergnüglich
An einem Sommertag
Und die Sonne spielend fein auf ihnen lag. –
Sie lachten und zechten froh, ohne Klag
Und taten sich weidlich gütlich – – – –
Wer weiß, was bringt ihnen der nächste Tag!? – –

Der Bettler

Manchmal, wenn in hellen Nächten
Leis ich durch ein Dörflein geh –
Steigt in die versoffne Kehle
Mir ein banges, heißes Weh.

Und ich denk an meine Mutter
Seh ihr feines Angesicht – – –
Und ich denk, wie oft in solchen Nächten
Sie wohl weinte bei des Mondes Licht.

König Erich von Schweden

In dunkler Nacht
Ohne Sternenschein
Haben sie ihn zu Grabe gebracht.
Im Finstern sacht
Gruben sie ihn ein.

Im Parke ist's dumpf und still
Schwer dehnt sich die Nacht
Nicht einmal ein Stern hält Totenwacht – – –
Oder hat da nicht eben – – – schrill – – –
Jemand gelacht?

Die Wolken ziehen ruhelos
Und feierlich – – –
Dumpf klingen die Spaten und hart – – –
Es rüstet König Erich sich
Zur letzten Fahrt.
Wird er dort drüben vom schweren Los
Wohl auch genarrt?

Lautlos in die Erde glitt
Der hölzerne Schrein – – –
Was er stritt
Was ein König litt
Gruben sie nicht mit ein.

Die Männer stießen den Sarg unlind – – –
Durch die Bäume ging ächzend
Schauerlich
Ein schwüler – – Wind – – –
Ein paar Raben unwirsch krächzend
Im Schlafe greinten.

Wer kümmert um König Erich sich?
Um den Verrückten?

Niemand!
Nur zwei Kerzen weinten
Bitterlich.

ALEXANDER

Ganz still ist's.
Im Gemach zittert rotes Licht
Zweier Ampeln
Über die Seidenteppiche her – – – –
Und die Purpurdecken glühen gedämpft.
Ruhe!
In seidener Pracht
Mitten im Prunken
Wird ein furchtbarer Kampf gekämpft.
Da tritt zögernd ein Gewaltiger vor Gericht
Ruhe!
Ruhe! Er schlägt seine letzte Schlacht!

Vor der Tür warten die Diadochen.
Warten auf den Tod
Mit dem der Kaiser drinnen ringt. – – –
Ihre Wünsche krochen
Gleich gierigen Molochen
Durch des Gemaches stilles Dämmerrot.
Ab und zu draußen ein Waffenklirren
Durch die gestorbene Luft leis singt
– – – – Hörst du die Sense schwirren? – – – –

Der Kaiser liegt still.
Der Decken gelbes, fahles Licht
– – – – Wirft dünnen, gelben Schatten
Auf das feine, blasse Gesicht.
Über dem endloses Ermatten.
Diese feinen Fäden
Laufen zitternd wie Geisterspinnen
Über das Antlitz.
Auf der hohen Stirn, gefaltet im Sinnen

Steht der Schweiß.
Qualvolle Tropfen
Über die Stirne krochen
Glühend heiß.
Sie legten sich an die weiße Stirn
Und horchten mit Acht
Ob noch im Gehirn
Die Gedanken klopfen
Ob die Schläfen noch pochen
Ganz sacht.

Die großen, glänzend starren Augen
Aus denen Feuersonnen strahlen
Glühen aus dem Gesicht, dem fahlen
Wie in klagendem Fragen.
– – – – Fiebernd im Gehirne saugen
Dürstend in rastlosem Jagen
Schwere Gedanken.

Ha! Alexander!
Siehst du das Flimmern? – – –
Dort über dem weiten Schlachtfeld
Glitzern tausend Sonnen...
Siehst du die Harnische schimmern
Dort der makedonischen Kolonnen
Die dort über die Felder wanken?
Ha! Wie Eisenfeuersalamander
Diese Makedonier stürmen...
Es öffnen sich
Schauerlich
Tausend Rachen – – – –
Und die Kolonnen zusammenkrachen...
Leichen sich türmen. – – –

Der Kaiser richtet sich fiebernd empor:
»Vorwärts, Makedonier!
Da drüben die Reiter vor!
Zum Sturm, Soldaten!
Längst reiften die Saaten!«

Da! Was ist's? – Wie ein dunstig roter Schleier
Zieht es sich vor die Augen schwer.
Aufhört das Reitergetrampel...
Ganz still ist's.
Im Gemach zittert rotes Licht
Zweier Ampeln
Über die Seidenteppiche her
Und die Purpurdecken glühen gedämpft.
Ruhe!
Was stört ihr die bange Nacht?
Es war ein furchtbarer Kampf gekämpft – –
Es trat ein Gewaltiger vor Gericht.
Ruhe!
Ruhe! Er verlor seine letzte Schlacht.

Der Hagel

Der Hagel fiel...
Stürzt sich herunter auf Feld und Hag
Wie in grausamem, teuflischem Spiel.
Auf die geduckte Erde pochen – – –
Wie Steine schwer
Seine knöchernen, harten Finger mit stummem Schlag.
Diese Gottesfinger schlagen
Aus dem dräuend, tückischen Wolkenmeer
In jauchzendem Jagen
Alles zusammen.

An den blinden Fensterchen im Dorfe stehen
Müßig die Bauern
Und sehen mit stummem Klagen
Graue Mauern
Sich auf die arme Erde senken.
Was sie gearbeitet in vielen Wochen
Müssen sie untergehen sehen.

Und die Bauern standen mit bangem Gesicht
Sie begriffen es nicht...

Warum nur der Hagel schlug?
Sie waren doch in die Kirche gegangen
Wenn am Sonntag die Glocken sangen...

Sie hatten die Felder gesegnet mit heißem Beten...
Sie kannten nicht Lug und Trug...
Warum hatte dafür Gott alles zertreten?
Hatten sie nicht einen alten Schwur:
»Rufe mich an in der Not, ich will die erretten!«
Warum dann der Hagel schlug?
Warum nur?

Die Erinnerung

Ich lag in der Abendröte
Da zog ein Bettler vorbei
Und blies auf einer Flöte
Eine alte Melodei.

Ich sann, wer wohl der Knabe
Mit seiner Flöte sei
Und wo gehört ich schon habe
Die alte Melodei?

Der Bettler ist fortgezogen
Verklung' das traute Lied
Ich aber bin betrogen
Um meines Alters Fried.

Sturm

Ihr müßt die Früchte gleich im ersten Ansturm pflücken!
Müßt über Berg und Tal mutig hinweg euch heben
Und müßt in gewaltigem Stürmen und Streben
Nützen der ersten Begeisterung frohes Entzücken!

Seht auf das Ganze, achtet nicht der Lücken
Und seid eilfertig – denn sonst wird das Leben
Das rastlos unermüdlich tätig, niemals euch vergeben
Wird euch das Ziel von Tag zu Tag entrücken.

Sonst werdet ihr, am Ende eures Lebens
Dastehen ratlos, denn ihr habt vergebens
Im Kampf mit Kleinigkeiten eure Kraft verloren.

Seid mit Kleinem verzweifelt im Kampfe gesessen
Im Tal und habt den Gipfel drüber vergessen – – –
– Denn Großes wird im ersten Sturm geboren!

Fontainebleau

Es war ein grauer, öder Tag.
Der Regen griff mit müden Händen
Entlang des Schlosses Sarkophag
An den verwaschenen, grauen Wänden
Die so seltsam ehrbar und alt
Da griff er entlang...
Doch die suchenden Finger fanden
Keinen Halt.

Die hohen Wände starrten
Schwermütig und träg in den schmutzigen Hof
Wo zwei Rößlein einsam harrten...
Und den durchnäßten Boden scharrten...
... Naß ist's und kalt...
... Und aus den Wolken grau geballt
Die wie ein grauer Schleier scheinen
Todmüde tastend der Regen troff
In leisem, schluchzendem Weinen...

Plötzlich die alten Türen knarren
Krächzen das alte, wehmütige Lied...
Dumpfe Kommandorufe schallen...
Soldaten treten in Reih und Glied.

Verwundert die alten Mauern starrten...
Welch trauriger Witz!...
Diese Männer, da unten, die todesmüd
Präsentieren das lange Gewehr
Das waren ja... Garden
Das waren Granitkolonnen von Austerlitz! – – – –

Trommeln rasseln dumpf und schwer.
Und plötzlich redet inmitten der Soldaten
Ein kleiner, lebhafter Mann...
... Granitkolonnen... Taten
... Wir... miteinander... getan...
Vorbei... die Fahnen hat der Rost zernagt...
Adieu Soldaten...

Vive l'empereur!
Stöhnt's wie Sturmgebraus...
Dann fährt ein Wagen zum Tore hinaus...
Grau die Regenschleier wallen...
Still! Der Vorhang ist gefallen
Über der Tragödie letztem Akt...

An den scheidenden Freund

Noch gilt es fleißig jetzt die Hände regen
Und abzuschütteln deiner Jugend Traum;
Doch deiner Arbeit fruchtbeladner Baum
Reift seiner Ernte schon entgegen.

Ich wünsch dir reichen Erntesegen
Nach harter Arbeit – doch wünsch ich es kaum
Du möchtest in dumpfigem Arbeitsraum
Ganz deiner Jugend duft'ges Wesen von dir legen.

Denk manchmal auch der kinderfrohen Spiele
Die wir in Gottes wunderschönem Garten spielten
So kindlich freudig und so unverdrossen –
Und wenn an deines Lebens Ziele

Du denkst, wie viel die welken Hände hielten
Dann denk auch an der frohen Jugend Spielgenossen.

Emaus

Er ging mit seinen Jüngern über Feld – der Abend legte seinen weichen Schatten
Auf goldene, glänzende Ährenmatten, bald schlummert die Welt.
Hoch stehen die Halme in goldener Wucht, ragen träumend in die Abendluft
Und rings war ein Atmen von schwerem Duft, von würzigem Duft der Erdenfrucht
Der stark und kräftig am Boden hing.
Die Halme stehen hoch und hehr, recken stolz und herrisch in die Höhe sich – – –
Doch wenn der Herr vorüberging, dann neigten sie sich so feierlich
Als wenn ein König wandle einher.

Herbst

All die blassen Tage
Gehen so müd und verweint
Und der wehen Tage Klage, ist der Freude wilder Feind
So daß die Liebe verknöchert und all die Liebe versteint.

Die Alten

Einsam waren wir beide
Und gingen nebeneinander allein
Wir tranken beide nie der Freude Wein
Und kannten das Lied vom Leide.

Wir gingen über wüste Heide
Es suchte jedes die Freude sein

Wir fanden niemals sie ganz rein
Wir beide.

Nun sitzen wir bei der Lampe Licht
Die verknittert das alte, müde Gesicht
Von uns beiden.

Wir sind so seltsam beklommen
Wird denn zu uns das Glück nie kommen?
Werden wir immer leiden? –

Juli 1913

Auf der grauen Stadt liegt heiß
Der sengende Sonnenstrahl
Die verstaubten Straßen lechzen weiß
Empor in Fieberqual.

Auf den Straßen taumeln Menschen umher
So müd –
Nur die Hämmer der Werkstätten klopfen schwer
Ihr altes Lied...
Und wäre die Menschenheit sonnentot
In den Steinkolossen, und Hitze verloht
Sie müßten ohne Fried
Weiterarbeiten...
Weiterleiden...

Die Sonne tötet am heißen Tag
Die Menschen arbeiten nicht –
Durch die Luft saust als stetiger Mahner der Pflicht
Der harte Hammerschlag.

Meine lieben Reitter!

Gestern, sieben Stunden vor Mitternacht
Sind wir hier angekommen –
Der Himmel war heiter
Die Sonn hat gelacht –
Und wir haben uns, ein wenig beklommen
Nach einiger Ruhe und Schonung
Gleich auf die Suche gemacht
Nach einer Wohnung.
Na! Wir haben's eigentlich gleich gedacht
Daß 's hier recht voll sei – gleich beim Beginn
Aber daß 's so voll sei – kam uns nicht in den Sinn.
Hm! Wir sind fest herumgesprungen
Und nach zwei kurzen Stunden
Ist's uns gelungen:
Wir haben wirklich gleich eine Wohnung gefunden.
Der Mama hat sie ja nicht so *gar* arg zugesagt –
Aber wir konnten keine andre kriegen
Aber in der Not, wenn auch beklagt
Frißt eben auch der Teufel Fliegen.
Nun, *mir* gefällt das Zimmer recht gut
Nur ist's halt
Ein wenig weit zur Badeanstalt! –
Nachdem wir also 'ne Wohnung erhandelt
Sind wir ein wenig umhergewandelt
Und haben die Sache uns angesehn.
Und da muß man gestehn:
Hier ist's sehr schön.
Vier Wochen sind hier ganz akzeptabel!
Schöne Anlagen, Bänke und Wandelhallen
Alles recht sauber und komfortabel
Alles zur Verfügung, nichts abgesperrt –
Manchmal Theater, und viel Konzert...
Schöne Spaziergänge, in den Wald, wenn's behagt
Das hat uns allen recht zugesagt.
Aber am meisten von den Dingen allen
Die wir hier so loben
Hat mir doch der Lesesaal gefallen

Im Kurhaus droben!
Wir aßen abends mit frohem Mut
Portionen, recht große
Und auch noch gut –
Und als wir schieden
Waren mit der Chose
Ganz zufrieden.
Aber!
Als wir heut morgen rausguckten
Ganz friedlich
Da spuckten
Die Wolken viel Regen. Ganz niedlich!
So recht lang und gemietlich.

Und jetzt regnet es den ganzen Tag
Ohne auszuruhn.
Und die Langeweil ist eine Plag
Wenn man nicht weiß, was tun!
Bei uns regnet's, da ist nichts zu machen;
Man muß das ertragen mit Würde.
Und wenn's bei *Euch* regnen würde
Da müßt ich erst lachen!

Et finio meam epistulam
Voluntate, esse peius apud nos
Id putarem certe priusquam
Calamitatem scripsistis nos –
Nam malum cupiit bos!

Gruß und Kuß und Wünsch, daß gutes Wetter
Euer *lieber* Neffe und Vetter

Der Baum

Jahrzehnte stand er im Eichenwald
Als der schönste und größte von allen Bäumen –
Mit den grünen Blättersäumen
Stolz und trotzig, mit gereckter Stirne

Wohl schon schon viele hundert Jahre alt –
Und hielt stand dem Sturm, dem Hagel, dem Regen –
Der ihm so loh verletzt seiner Äste Gezwirne
Seinen Feinden stellt er die beharrliche Kraft entgegen
Und der durchkämpften Jahre Gewalt.

Er beugt sich nicht einmal, stand immer stolz
Emporgereckt hoch über die andern Bäume.
Steil ragte sein festes hartkräftiges Holz
In dic blaue, eisscharfe Luft
Um ihn glitten der Wolken gigantische Träume –
Und seine Wurzeln sogen das Mark der Erde
An sich und ihren stärkenden Duft.
Fest, mit beharrlicher Gebärde
Gruben sie sich in das Erdreich ein
Verankerten sich in der Erde Gestein.

Wie ein König stand er, so hoch und rag.

Und von Jahr zu Jahr reckt er sich höher empor.
Er kam der Sonne näher fast von Tag zu Tag
So daß sein Giebel im Feuerschein lag – – –
Und er scheute sich nicht davor
Immer höher zu streben.

Das war ein Leben!
Wie freut er sich stets auf den Frühlingsföhn
Der ihn jährlich umbraust in einsamen Höhn!

Ach, wie schwellten sich da sein Adern und wie
Jauchzt' in seinem Innern die Lenzmelodie
Wie da in dem kräftigen Mark
Kochte der gärende Saft
Wie ungeheuer, gewaltig da schwoll die Kraft
So lenzfroh, urstark.
Welch ein brausend Gefühl!
Wie er sich reckt
Und sich streckt
Und höher, viel höher emporwachsen will.

Welch eine Lust so – Jahr für Jahr.
Den ganzen Sommer freut er sich auf diese Feste
Des mählichen Werdens und, wunderbar!
Immer unbändiger die Lust, noch größer zu werden
Immer gewaltiger wurden die starren Äste
Immer wilder die Brunst, mit der er die Feste feierte
Nur wenn der Frühwind um die Gipfel scheuerte
War ihm recht wohl.

Mon cher Gautier

Ta lettre nous a réjouit
Et nous répondons, parceque nous avons le temps
Car il pluit.
Je suis sans –
Simplement –
Sans paroles
Comme le temps est épouvantable
Simplement miserable.
Et me faillit l'école.
As-tu déjà un compagnon?
Moi non!
Mon ennuie est gros –
Il y a beaucoup de musique
Très jolie et chikee
Et j'attends toujour à une nouvau
Morçeau!

Herbststimmung aus »Tanhäuser«

Tanhäuser zog landein, landaus
Hatte nirgends Obdach und nirgends Haus.
Er ritt übers Land in seltsamer Hast
Und gönnte sich niemals Ruh und Rast.
Es war, als flieh er sich selbst wie den Tod
Den er immer genarrt
Als nehme er eine schwere Last
Mit auf die Fahrt.

Den Menschen, die ihn am Wege trafen
Wagte er nicht in die Augen zu schauen;
Es war, als sei Freude längst eingeschlafen
Als sei erwacht jetzt das Grauen.
Um seine Augen, die strahlend blauen
Liefen grobe Ringe einher
Von durchwachten Nächten erzählend
Und trübe Gedanken quälend
Zernagten das Hirn ihm schwer.

Oft ritt er mit gesenktem Speer
In dem schwarzen, trauernden Kleid
Durch herbstliche Felder und Wälder weit
Versunken schwer
In Leid.
Die Augen sahen tot und leer
Mit wehem, verlohtem Licht
Aus dem blassen, edlen Gesicht
Als jagten sie hinter Vergessenem her.

Der Herbst in den alten Baumkronen saß
Und zupfte die Blätter von schauernden Zweigen
Die ergeben in Demut sich neigen
Und der Herbst fraß in furchtbarem Schweigen
Er fraß und fraß.

Braun waren die Blätter und taub
Und der Wind fegte träg
Von den schweigenden Bäumen
In müßigem Träumen
Laub auf Laub
Auf den einsamen Weg.

Die Bäume, sie seufzten in Not
Als der trauernde Ritter vorüberritt
Das Haupt gesenkt
Schwarz die Zügel verhängt –
Durch den Wald hallt der Tritt
Des Rosses so leer und tot.

Auf einem Zweig sang ein Vogel sein Lied
Das klagt durch den trauernden Wald
Ach er würde mit den Sonnengarben
Die auf den Blättern allmählich erstarben
Auch sterben bald –
Ach er war so müd.

Manchmal
Wenn des Rosses Huf
Auf dem Boden leise dröhnt
Wenn der bange Ruf
Eines Hähers höhnt
Wie in steter Qual, so schrill und taub
Raschelt das welke Laub
Und stöhnt.

Doch der Ritter reitet
Still vorbei.
Er hört nicht des Laubes bangenden Schrei;
Mit Augen geweitet
Von Schrecken verstört
In denen der Tod seine Siegmelodei
Singt, starrt er in Waldesdickicht.
Es umflattert das goldene, funkelnde Haar
Das schmale, blasse Gesicht.
So ritt er dahin jetzt bald sieben Jahr
Und immer stumpfer wurde das Licht
Der Augen.

Und die weißen Schläfen sanken ein.
Grau wurde der Stirne blendendes Weiß
Und feine Furchen zogen sich leis
In das Gesicht mit Fleiß.
Die Stirne schien ganz grau versteint
Und die Augen waren stumpf verweint
Da glomm ein Sehnen nach Frieden heiß
Nach Frieden.

Lieber Walter!

Wir danken für die Berichterstattung
Und freun uns, daß Du so lustig bist.
'n Briefe von dieser fröhlichen Gattung
Uns immer 'ne Unterhaltung ist.
Daß das Wetter bei Euch noch annehmbar
Freut uns schon deshalb wirklich baß
Weil's bei uns bisher schlechte war;
Noch regnet's ohne Unterlaß.
Sonst wär's ja hier wirklich ganz firm:
Man lebt in voller, schöner Ruh
Pflegt sich den lieben, armen Bauch
Und manchmal, freilich selten, auch
Kann man den schönen Regenschirm
Säuberlich machen zu.
Du spielest Klavier? So konntst Du schreiben!
Mir ist dies liebliche Hackerspiel
Versagt. Doch gibt's noch andres viel
Die lange Zeit mir zu vertreiben.
Wir waren im Theater hier
Da wurd ein Lustspiel aufgeführt
Das macht uns viel lachen, und viel Plaisir
Und hat uns köstlich amüsiert.
Ich war in einem Sinfonie-
konzert, da wurden Mozart und Haydn beschert
Ich hörte *so* schöne Musik noch nie!
Beethoven hab ich ganz herrlich gehört!
Läuft Dir das Wasser im kleinen Mund
Zusammen nicht, wenn ich erzähle?
Ja, ja, wir sind so weit ganz xund
Und lustig und fidéle. – – –
Papa, der an der Nordsee sitzt
Und in der gewaltigen Hitze schwitzt
Erwartet von Dir ein Brieflein längst.
Vielleicht hast Du jetzt schon daran gedacht
Und seine Sorge zu nichts gemacht
Außehrdehhm ... Daß du daran mir denkst
Ein Briefchen sofort zu schicken!

Und den lieben Papa zu beglücken.
Und damit kommen wir zum Schluß:
Mach der lieben Großmutter keinen Verdruß
Und sei überhaupt recht artiglich
Und damit grüßt mit Gruß und Kuß
  Dein Bruder Eugen herzlich Dich.

Abend war es. Und das rote Licht
Der versinkenden Sonne strahlte zum Fenster herein.
Und ihre Strahlen schauen ein Gesicht
Das ward umzuckt von diesem Abendschein.

Leidenschaft

»Nimm an das Kinn die Fiedel
Du bleicher Geigersmann
Und stimm ein lustig' Liedel
Auf deiner Geige an!«

»Darf nicht des Spiels begehren
Tod sitzt mir in der Brust
Spiel ich, wird mich verzehren
Die wilde, böse Lust!«

»Spiel! Geiger! Laß deine Sorgen
Schwing dich auf selige Höhn!
Was sorgst du heut für morgen
Heut ist das Leben so schön.«

Der Geiger kann bezwingen nicht
Die flehende, fordernde Not;
Er spielt so süß mit blassem Gesicht –
Und dann fällt er um und ist tot.

Tanhäuser

In allen Schenken, dumpf und klein
Spielt er auf
Seine Töne, voll und klar und rein
Springen den rußigen, schmutzigen Stein
Der Wand hinauf.

Da sitzen Menschen schwer und stier
Todmüd von Arbeitstagen
Und hören mit seltsam wilder Gier
Umnebelt vom berauschenden Bier
Die Geige klagen.

Da starren Augen licht und froh
In weites Land
Drin brennt die Freude wie Feuer loh
Die Freude am Schönen so himmlisch hoh
Von Gottes Hand.

Und in dem Saal wird's eigen still...
Sie sitzen alle seit alten Zeiten
Wenn nur der Geiger nicht enden will
Wenn nur nicht einmal grell und schrill
Springen die Saiten!

Sie gehen durch abendstilles Land
Die stille Gemeinde...
Wohl bis an der Sonne leuchtenden Rand...
Nur manchmal beuget einer die Hand
Als ob er weinte...

So spielt der Geiger weh und bang
Bis in die Nacht hin spät
Bis daß sein End erreicht der Sang
Mit müdem monotonem Gang
Der letzte Ton verweht.

Bad Steben

Zehnmal sank der Wagen des Helios
In des Styx Gewässer, gold umsprüht
Zehnmal sind in seinem Strudel
Sonnenfarben still und schwer verglüht.

Zehnmal webt mit Rosenfingern
Eos den Olympischen Gewölken frühes Morgenrot
Und Helios' strahler Feuerwagen
Rollt herauf frühgold umloht.

Seit ich lebe hier in fremdem Lande
Stetig denkend nur der Heimat Gauen
Ihrer Straßen spitzgiebliger Häuser
Ihrer Türme, der alten, grauen.

Und wenn nochmal zehnmal sank die Sonne
Und vom Morgen auferstand
Zieh ich freudetrunken in die Heimat
In das alte, liebe Land.

Die Leute

Langsamen Schrittes mit würd'gem Gebaren sie gehen
Auf der geheiligten Straße der Kurpromenade.
Und in den Händen, den saubern, sie halten das Trinkglas
Das – aus ganz echtem Kristall – für 50 Pfeng sie erworben;
Sorgsam sie halten's mit spitzigen, lieblichen Fingern
Daß man auch sehe die herrlichen Ringe aus ganz echtem Goldblech.
Manchmal sie führen das Glas an die dürstenden Lippen
Oder vielmehr das Röhrchen, das stecket im Glase
Daß nicht das stählerne Wasser verletze die unechten Zähne
Denn die sind noch nicht bezahlt, man muß sie noch schonen! –
Während sie gehen in Gruppen von Zweien und Zweien, sie führen
Ernste Gespräche und sprechen gar sinnige Worte

Über das Mädchen des Dienstes, die neueste Schuhkreme
Übers Hotel, die Kellner, das Essen, den Hauswirt.
Solches sie wälzen in ernstem würd'gem Gespräche.

Drüben am Tische sie sitzen, die ästhetischen Leute
Tauschen mit furchtbar erregten Gesichtern die herrliche Meinung.
Eben spricht jemand gar weis über Gerhardus Hauptmann:
»Denken Sie nur Frau Meyer, ich las die ›Atlantis‹
Und niemehr wieder etwas von diesem scheußlichen Kerle.
Hatt sie geliehen von jemand, des Nam ich verschweige
Denn ich will nicht, daß sie werd gesellschaftlich ruchbar
Und sage nicht, daß die Sekretär Heu 's war –
Also ich hatte geliehen das Buch von der jetzt Namenlosen
Die es im 16. Gliede von einer Befreundeten hatte.
Wie ich's gelesen, da gab ich es schnell noch 'ner Freundin
Die es natürlich auch las und auch noch verlieh.
Und nach sechs Wochen, was denken Sie mon Frau Assessor? –
Kam die gemeine Person, die das Buch hatt geliehen
Von der Leihbibliothek und verlangt nun ihr Buch
Direkt von mir, die ich es schon längst nicht mehr hatte.
Das ist doch frech, Frau Assessor, erst leiht sie den andern die Bücher
Und dann will sie dieselben auch nochmal zurück!
Wies sie natürlich an meine geliebte Freundin, damit sie
Zahle das Geld für den schlechten Roman der ›Atlantis‹.
Und da soll man noch verehren den Gerhardus Hauptmann?!!«
Also sprach wütend die feine und vornehme Dame und alle –
Sitzend am Tische, beschäftigt mit Schlürfen den bräunlichen
Café, sie stimmten der Dulderin zu. –

Die Musik

Und die Musik nahm gefangen gar leise die feinen Gemüter
Wandelte gleich das Thema der Rede auf Muhsi.

An einem Tische saß erregend in herrlicher, prunkender Schönheit

Unter den anderen Damen, 'ne riesige Dame
Mit einem Hute, der mit seinem Umfang alle entzückte!
Herrlich waren die Federn und mindestens 200 M wert
Und die bespitzelte Robe kostet ein Monatsgehalt.
Und es begann die so herrliche Dame gar herrlich zu reden
Zürnend die Stimme zu heben, die liebliche, reizende, feine:
»Jetzt spielt man Wagner und Chopin, Beethoven und Haydn
Und als sie lebten, da spotteten ihrer die Leute.
Niemals kann ich es begreifen, wie damals gar niemand begriff's;
Diese Herren des Geistes mit ihren gewaltigen Werken.
Freilich, der niedere Pöbel, der dumme begreift sie auch jetzt nicht
Hört heut noch lieber die Gassenhauer und arg schlechten Walzer
Dieser Geldmacher, der Strauß und der Léhar und Gilbert.
Jetzt da zum Beispiel wird wieder so Schlechtes gegeben, ein Léhar!!!«

Denn sie hatte gemerkt sich genau die Nummern der Stücke.
Eins, drei, fünf, sieben, das waren die guten, die andern, die waren
Walzer, Idylle und anderes Klitschzeug und Schundklang.

Und es begannen die Damen am Tische zu schelten
Über die Neuen, Modernen, den Strauß und den Pfitzner
Da seien Wagner und Chopin schon andre Musiker gewesen.
Die habe man ganz unbegreiflicher Weise
Damals verkannt. Doch die jetzigen wären
Niemals es wert, Komponisten zu heißen.

Und eine Dame, gekleidet in knallgelbes Bettuch
Mit 'ner Lorgnette auf der spitzigen, grauweißen Nase
Sagte, indem sie die weißen, gar herrlich gefärbeten Locken
Sanfte zurückstrich mit flötender Stimme:
»Hören Sie nur, meine Damen, das herrliche Stück jetzt
Das muß von Beethoven sein, ich hör es am Klange.«
Denn sie hatte notiert sich die Reihenfolge der Stücke.
Doch die anderen staunten sie an, ob ihrer Allweisheit.

»Oh, oh, wie lieblich«, »wie schmeichelnd«. »Entzückend«, so riefen
Flötend die Damen und eine besonders, von kleiner
Zierlicher, feiner Gestaltung, schlug ihre Augen
Die wasser-hm-blauen (?) auf in Entzücken.

Und als geendet das Opus, da sagte sie leise:
»Oh, diese herrlichen Weisen – und sind noch so billig!
Während die Neuen man kaum kann derzahlen!«
»Ja und dazu ist es Schund, ihr elend Geschreibsel!
Hören Sie nur, Nummer vier, dies schcußliche Tempo!
Mir wird ganz schlecht« – so hüstelte die mit dem Strohhut.

Fünf dann und sechs noch entschwanden und voller Bedauern
Hörten die Damen noch Numero sieben, den »Chopin«;
Der doch als letzter auf dem Programm stand.

Aber da zeigt's sich, daß, als er vorüber
Es erst Nummer sechs war, 'n Léharscher Walzer.

Also so hatten die Damen geklatscht zu dem Schund
Dem Geschripsel der Neuen, wähnend, es wäre
Beethoven, Chopin und Tschaikowsky.

Aber natürlich, schuld war das Programm, das Gemeine!

Ästhetik
Glossen

Mich eckelt dieser banalen Welt
Wo kein Apfel vom Baume fällt
Ohne daß kluge Leute ihn fallen sehen
Und sich in großen Reden
Und Frömmeln und Beten
Darüber ergehen.

Wo die Banausen
Jeden Affen durchlausen

Und dann zu den Freunden sausen
Und mit ihrer Rednergabe
Erzählen mit Aufbrausen
Wieviel der Affe Flöhe habe!

Feiertag

Einmal – – –
Kroch ich ganz in mich selbst zurück
Und blieb in meiner Seele dämmerfahl
Allein mit meinem Glück.

Ich belauschte des Herzens pulsenden Schlag
Und fühlte brausen das rote Blut
Da ward's in meiner Seele Feiertag
Und eine Sonne strahlte rein und gut.

Und ich dachte:
Daß ich für mich allein, ganz allein ein Wesen wär
Und hörte, wie meine Seele heimlich lachte – – – :
Tobe, du Welt des Jammers, umher!

August

Auf den Feldern reift schon das Getreide
Und die Halme stehn in schweren
Steilen Massen.
Und mit Prassen
Wirft die Sonne das Funkengeschmeide
Auf die goldenen Ähren.

Und in stillen Abendstunden
Wenn die Sonne längst verschwunden
Erzählen die Ähren leise und linde
Dem wehenden, wandernden Winde
Sich erbarmend des Gefährtens
Der noch niemals Ruhe gefunden

Von rastlosem Eilen
Raunen die Ähren, die hohen, steilen
Die Geschichte ihres Werdens.

Dann herrscht Dämmerschweigen
Rings im Kreise
Bis in weite, verdunkelnde Ferne
Wo die letzten roten Sonnengleiße
Tanzen den Abendreigen.
Dann herrscht ewige, todtiefe Ruh
Und die Ähren leise... leise...
Raunen ihre Geschichte

Und oben, im ruhigen Lichte
Hören die ewigen Sterne zu...

Die Ferien

's ist allemal 'ne Lust und Freud
Wann kommt die schöne Ferienzeit.
Als Herr Titur
Mit seiner Frau
Ins Kurbad fuhr
Da war das Wetter herrlich nur
Die Sonne lächelte »schau« schau!
Der Himmel, der war blau.
Es ist ein Schmerz und gar ein Leid
Wenn's regnet die schöne Ferienzeit.
Besonders weh
Ist da der Schmerz
Wenn man, oje
Umflutet von dem Regensee
Zieht heimatwärts
Mit großem, leerem Portemaneeh.

's ist allemal 'ne Lust und Freud
Wenn fort die schöne Ferienzeit
Und Herr Titur

Mit seiner Frau
Zurücke fuhr
Mit 'nem Gesicht: wau, wau
Wie war das Wetter schlecht und mau
Und jetzt zuletzt
Da ist der Himmel wieder blau.

Friedhof

Ein kleines Stückchen Erde
Mitten im Wald
Hohe Bäume stehn herum
Da drinnen liegt mancher Gefährte
Dem war sein Leben bang verhallt
Da ward er so stumm.

Hohe Bäume sich auf Gräber neigen
Drinn' wieget sich der Sonnenschein
Und tanzt den Reigen
Auf den Gräbern, die schweigen
Und scheinen zu lächeln fein.

Und ein lichtes Kirchlein steht im Wald
Bald werden die Glocken schallen
Bald.
Die Sonnenstrahlen tanzen weit
Schräg auf die Erde sie fallen
Auf das kleine Stückchen Erde im Wald
Das da birgt soviel Leid.

Der brennende Baum

Durch des Abends dunstig roten Nebel
Sahen wir die roten, steilen Flammen
Schwelend schlagen in den schwarzen Himmel.
In den Feldern dort in schwüler Stille
Prasselnd
Brannte ein Baum.

Hochauf reckten sich die schreckerstarrten Äste
Schwarz, von rotem Funkenregen
Wild und wirr umtanzt.
Durch den Nebel brandete die Feuerflut.
Schaurig tanzten wirre, dorre Blätter
Aufjauchzend, frei, um zu verkohlen
Höhnend um den alten Stamm.

Doch still und groß hinleuchtend in die Nacht
So wie ein alter Recke, müd, todmüd
Doch königlich in seiner Not
Stand der brennende Baum.

Und plötzlich reckt er auf die schwarzen, starren Äste
Hoch schießt die Purpurlohe an ihm auf –
Hoch steht er in dem schwarzen Himmel eine Weile

Dann kracht der Stamm, von Funken rot umtanzt
Zusammen.

Der Königssohn

Manchmal, wenn in hellen Nächten
Leis ich durch die Felder geh
Steigt in meiner Seele brennend
Auf ein heißes Weh.

Und ich sehe weiße, weiße
Marmorleuchte Mauern stehn
Eine Flagge stolz mich grüßend
Leis im Winde wehn.

Manchmal, wenn im Wind sich leise
Vor mir beugen die Ähren
Rinnen mir über die Wangen heiße
Bittere Zähren.

Der Narr

Hat ein Gesicht, wie Schnee so weiß
Und zerrissen wie Felsgestein.
Und aus der Augen trübem Gleiß
Blinkt ein erloschener Schein.
Seine Züge sind so hölzern starr...
So sitzt in der Ecke einsam der Narr. – – –
Seine Augen sind so kindergut
Und ist ein seltsamer Widerstreit
Zwischen ihrer erloschenen Glut
Und ihrer fahlen Zerrissenheit. – –
Und sein Gesicht ist so leichenhaft starr...
Seine Mutter ist ihm gestorben heut
Nun muß er trauern im Schellenkleid
Der arme Narr. – – – –

Aschermittwoch

Die Stadt liegt grau und der Morgen verweht
Leis durch die dämmernden Straßen geht – –
Ein Frösteln zieht durch die Straßen einher
Und von ferne klingen die Glocken schwer.

Die läuten dumpf und voller Pein
Das Sterben des großen Christus ein.

In einem der letzten, grauen Häuserlein
Still bei des Morgens trübem Dämmerschein
Liegt Pierrot tot mit starrem Leib
Und neben ihm weint ein altes, armes Weib.

Borodino

Die Winterabendsonne schüttet blut'gen Schein
Wie roten, schweren guten Wein
Auf harten, schweigenden, weiten Schnee

Auf dem verstreut, in Leid und Weh
Die dunklen Leichen liegen.
Tote auf Tote, ohne Unterlaß...

Die hocken verkrümmt, die jungen Gesichter blaß
Die Hände im starren Schnee begrabend...

Und weither klingen Glocken verweht...
Und dort im Westen blutig untergeht
Der rote, verleuchtende Abend.

Savonarola

Girolamo ist tot...

Nun liegt sein Leichnam, bleich und erstarrt
Im hohen Dome aufgebahrt
Und Sterbekerzen lohen hoch und rot...
Savonarola ist tot.

Und in würdevollem, ernstem Gange
Wandeln hoch mit monotonem Sange
Der Mönche steile, fahle, weiße Reihn
Und Glocken schallen dumpf darein
Als bitten sie zum Vesperbrot –
Doch heut umbrausen sie den Marmorsarg
Denn ihr Girolamo ist tot!

Der liegt im Antlitz eisenstark
Und scheint die Mönche zu grüßen – – –
Und die hohen Sterbekerzen
Sie verglühen schon...
Und da im Weihrauch sieht mit süßen
Nachtdunklen Augen die Mutter der Schmerzen
Und hält in den Armen den toten Sohn.

Die Vergessenen

Sie leben und sterben irgendwo
An einem fremden Steg
Das Leben geht vorüber roh
Und über sie hinweg.
Sie lebten und starben und rangen schwer
Und zogen Kinder auf
Und dann in ferner Vergessenheit hehr
Sie enden ihren Lauf.

Mond!

Bleicher Mond, der du hinträumst am abendlich weiten
Himmelsgewölbe, o sag mir, dem nimmer Gerechten
Wie lang du träumtest schon – wieviele Ewigkeiten?
Und was du sahst schon in stillen, und alles vertiefenden Nächten?

Oh, blasser Mond, erzähl mir, dem lodernden Stürmer
Wie lang du standst über Bergen und Wäldern und Mulden
Oben als bleicher und stiller und einsamer Türmer
Oben, hoch oben in stetigem Dulden?

Sahst du nicht nächtlich viel schreckliche, todblasse Stirnen
Die sich zergrübelten, ob sie noch leben jetzt dürften
Sahst du viel Zecher mit weinüberlasteten Hirnen
Die noch den perlenden Lebenstrank schlürften?

Mond, der du weißt, wie es ehedem war
In vergangenen Zeiten einst
Mond, o ich glaube gar
Du weinst!

Der Abend

Kühl und gelassen
Steigt über steile Silberzinnen
Der Mond ganz leis
Und durch die grauen, blassen
Stillen Gassen
Schleichen wie Silberspinnen
Seine Strahlen, die da spielen lassen
Das Netz in einem Kreis.

Der Kardinal
Ballade

Anno domini 1600
Kam seine geheiligte Eminenz
Der Kardinal Sixtus aus Rom
Und ließ die Glocken läuten im Dom
Im Weihdom zu Florenz.
Anno domini 1610
Haben die Bürger von Florenz
500 Ketzer verbrannt im Nu
Auf einem Thron saß seine Eminenz
Und sah dem Brennen zu.
Der Herr Kardinal hatten eine Blume
In der Hand
Die duftete schön.
Der Kardinal sah auf sie unverwandt
Er konnte Blut nicht sehn.
Der Kardinal verbarg sein
Weiß Gesicht
Tief in der Rosen Duft
Seine Eminenz konnten wohl hören nicht
Das Geschrei in der zitternden
Luft.
Anno domini 1610
Schlugen acht Ketzer in wilder Not
Den Kardinal Sixtus in einer Rott

Durchbrechend die Fesseln, im Stuhle
Tot... dafür bestrafe sie Gott.

Paider, der Faun

1

Einmal, als an einem Abend still
Er am Dorfplatz stand, todmüd vom Wandern
Frägt ein Mädchen ihn, ob er nicht will
Trinken – und sie gab den Krug – den andern

Stellt sie leis an ihren kleinen Schuh.
Als er trank, sah sie mit großen, hellen
Sonnenfeinen, klaren Augen zu
Daß den Krug er mocht nicht niederstellen

Endlich gab er ihn zurück mit Dank.
Und zwei Blicke haben sich verschworen
Lange sah er nach, bis still und schlank
Sie im Abenddämmer sich verloren.

2

Manchmal, in seliger Knabenlust
Lag er im blühenden Rosmarin
Und ließ der Blumen duftenden Blust
Über sich ziehn.

Er sah der Gräser feinen Bau
Und folgte den goldenen Bienen
Wie sie schossen durch endloses Sonnenblau:
Und er fühlte sich eins mit ihnen.

3

Als er einmal in heller Sternennacht
Hinschritt auf weißem, mondbeschien'em Wege
Da war es ihm, als ob im Dunkel sacht
Im Graben ein Mensch dort läge.

Der Mensch sprang auf. Ein Messer hielt er lang.
»Heraus mit deinem Geld! Ha... Stück, ... Stück...«
Und feuerlodernd Blick in Blick versank...
Da taumelte der Mörder scheu zurück.

Herbst

Kahle Bäume starren trauernd
Hochgereckt ins braune Land
Ihre Blätter liegen schauernd
In der weißen Straße Rand.

Über Wipfel fliegt ein Klingen
Durch den purpurbraunen Wald
Ab und zu, nur heiser schon, das Singen
Eines müden Vogels schallt.

Die grosse Strasse

Sie ziehen dahin, ein unendliches Heer
Gehen gebückt, mit Füßen schwer.
Und mit Nacken gebeugt von der Not.
Sie leben und sind doch schon alle tot...

Einst war ein Land, da wohnten sie.
Da haben sie alle sich gekannt
Gleich war ihrer Sprachen Urmelodie.
Da waren sie alle Geschwister...
Da gab es nicht Sorge, und Hohn und Spott
Da war *ein* Glaube, *ein* Priester

Einziger Gott...
Und war nie, nie Leid...
   Aber es rann die unendliche Zeit...

Jetzt kennen sie alle sich nimmermehr...
Drückt jeden die eigene Sorge schwer

Und dort im Westen der Abend verglüht
Ein ewiger Abend und endlos zieht
Der Menschen unendliches Heer.

Der Vater

Mußt von mir gehen, mein einzig Kind...
Und ich kann dich nicht sehen, denn ich bin blind.
Gehst hin, wo im Herbste die Blätter hinwehn
Mußt weit, weit in die Fremde gehn.

Wenn du heimkommst, mein liebes Kind
An einem Abend rot
Dann sind
Wir alle tot.
Und der Hof ist verkauft und die Linde ist leer
Und von weitem klingen die Geigen her...

Dann mußt du gehn in Fremde und Not.
Denn wir sind alle alle tot.

Der Sohn

Meinen Vater kannte ich nie
»Er sei gestorben«, so sagten sie –
Die Fremden.
Sie sagen's und lächeln mit klugem Gesicht
Und ich glaub ihnen nicht.
Den Fremden.
Immer in weiter, einsamer Nacht

Hab ich weinend an meinen Vater gedacht.
Der mich gestoßen in Spott und Not...
Ich glaub, wenn er käme die Landstraß daher
Mit wehem Gesicht und Schritten schwer...
Ich schlüg ihn tot.

Die Geiger

»Mein Sohn, ich muß sterben
Mein liebes Kind!
Aber ich will nicht so traurig verderben...
Öffne die Fenster geschwind...
Beim Nachbarn da drüben, da tanzen sie...
Da tönen die Geigen, juhi, juheid...
Schnell, schnell, mein Kind, kurz ist meine Zeit!
Laß mich hören die Tanzmelodie!«

Der Vater lieget und atmet schwer...
Leis klingen die Geigen von weitem her...
Und sie grüßen und singen in Lust und Leid
Von vergangener Zeit...
Der Vater hört... der Abend verloht.
Da war der Alte tot.
Um den Mund des Alten der Sonnenschein lacht. Ob der Schönheit auf Erden.
Der Sohn aber schwur in der selbigen Nacht
Auch ein Geiger zu werden

Gethsemaneh

Und es geschah in dieser Nacht
Da die Sterne am Himmel weinten und der Sohn
Gottes kniete zwischen hoher Geisterblum Pracht –
Da der schwüle Wind im Park einen seltsamen Ton
Sang, daß ein Engel vom Himmel schwebte
Und durch alte, graue Bäume zu ihm wehte.
Zu ihm, dessen Seele qualvoll bebte
Im Gotteszwiegebete.

Und es sprach der Engel: Sieh
Tausend Menschen harren in Not und Gestöhn
Auf die Opfertat und wie
Könntest du sie trostlos sterben sehn?

Lange tröstet er den Herrn
»Alle Menschen warten« ...
Und dann trat er von ihm groß und fern
Durch den nächtlichen Garten.
Und er sah die Jünger schlafen im Vorübergange
– – – Alle Menschen warten – – – –
Sein Gesicht verdüstert sich und bange
Ging er schnell aus dem träumenden Garten.

Galerie der Klasse 6 A

Lasset uns singen ein wonniglich Lied
Das Lied der Klasse 6 A.
Wir wollen besingen ohn Unterschied
Die elenden Kerle da.

Laßt uns singen zum Klingen der Lyra schön
Daß mächtiger dröhnen die Welten
Was wir in 6 A für Taten gesehn
Und was für gewaltige Helden.

So wollen wir ohne Besinnen
Mit den Herrlichsten, Schönsten beginnen!
So schnell sie ohne Verweilen zerrinnen
Die Zeiten, *sie* wird nie begraben ihr Schutt
Die Namen, die gehen unsterblich von hinnen
Der Herren vom Institut.

Und mögen sie stürmen und branden heran
Die Sieger der ew'gen Vergessenheit –
Die Namen des Kohlers, des Wiedemann
Des Baldi, des herrlichen Abendstein
Die werden laut überklingen fein
Die stürzenden, rasenden Wogen der Zeit.

Ein Kohler! Wie ist er so schmal und so klein
Wie sind so dünn seine Gliederlein –
Und doch! Die kleinen Leute sind gescheit.
Napoleon zum Beispiel herrschte *deshalb* weit!
Die Kleinen sind der Erde Salz
Die Großen, die sind dumm und faul –
Die Kleinen haben jedenfalls
Ein ziemlich großes Maul.

Je schwächer das kleine Kohlerlein
So stärker der große Abendstein.
Stark ist die Hand, die Muskeln groß
Die Deutschballwurfkraft grandios
Doch klein, ganz klein
Ist bei dem großen Abendstein
He, Wissen und Bildung, he, allgemein.

Nun wollen wir aber gehen an
Ein Rätsel aufzugeben.
Es möge sich ein jedermann
Es lösen zu bestreben.
Sagt, wer mag das Herrchen sein?
Kommt daher, gar hübsch und fein
Den Scheitel gebrennet fein oben an
In Lackstiefeletten mit Schnallen daran
Noblesse in Hülle und Fülle
Und einer goldenen Brille?

Zu bespötteln den Wiedemann, liege mir fern!
Er hat ganz gewiß, ich täusche mich nicht –
Hauptsächlich ein liebliches Angesicht –
So auch der große, starke Kern
Der bildet ja, il est sans doute
Allein ein ganzes Institut.

Herbstmoor

Die Raben krächzen ihr wehes Lied
Das Moor starrt weit und tot
Und hinten, über dem öden Ried
Steht trüb und schwelend das Abendrot.

Nun wird es Zeit. Der Abend sinkt – –
Wir müssen heim noch zuvor!
Müssen heim, eh das Moor was verschlingt – –
Horch, wie die Krähe trauernd singt
Über das schweigende Moor.

Professor Sil Maria

Es geht eine alte, verlorene Mär
Von einem Professor zu Pia
Der sah nur in die Sterne schwer
Vergaß sein Weib, sein Kind um ihn her
Professor Sil Maria.

Sah in die Sterne Nacht für Nacht
Und schrieb in ein dickes Buch
Und in der Kammer hat still und sacht
Sein Weib die Nächte weinend durchwacht...
Da ward ein weher Fluch.

Eines Nachts riß sie ihm das Buch heraus
Und warf es ins Feuer rot
Und floh in der Nacht noch wild aus dem Haus
Und ließ den Gatten zurück im Graus
Professor Maria war tot.

Der Wunsch

Schon hat des Opfers Stunde ihr geschlagen
Schon saß die Priesterin in ihrem Wagen –
Doch in der Schmiede war das einz'ge Pferd –
Da spannten in der Not die beiden Söhne
Sich vor in ihrer Jugend Kraft und Schöne
Und zogen hin zum Tempel das Gefährt.

Rasch war die Fahrt. Die beiden liefen schnelle
Die Priesterin war eben recht zur Stelle
Als schon der Gottesdienst des Zeus begann.
Da bat sie Zeus mit hocherhobnen Händen
Er mög das höchste Erdenglück den Söhnen senden.
Darauf beendigt sie das Opfer dann.

Enteilt dem Tempel fröhlich mit Entzücken
Um ihre Söhne froh ans Herz zu drücken.
Und geht, gleich sehnend, würdig nach Gebot.
Und sieht im Vorhof ihre beiden Söhne
Dort liegen in der Jugend Kraft und Schöne
Und ihre Söhne waren – tot.

November

Spätherbst im Lande. Die Stürme durchbrausen den grauenden Himmel
Wirbeln die Blätter empor wie in höhnischem Spiel.
Öder und wüster wird's draußen auf frierenden, schweigenden Feldern
Danach bald nahet die herrlichste Feier des liebenden Jahres:
Grad in der wüstesten Zeit die liebliche Weihnacht.

Campo Santo

Blau weht die Nacht. Berauschend süß versprüht
Der Rosen Duft, die seltsam krank und müd
Empor sich ranken zu den leuchten Sternen.
Und in den Lüften Duft der morschen Särge
Und weißer Gräberkreuze Marmorwerke.
Und drüber die Nacht der goldenen Ferne
Dem Purpursonnentag entgegen blüht.

Morgengebet

Früh morgens, wenn das Frührot strahlt
Und rot die Gipfel der Berge malt
Wenn durch die klare Luft ganz leicht
Der Morgenwind des Weges streicht
Wenn der Kapelle Glockengebimmel
Ruhig und fest durchläutet den Himmel
Dann steh ich lachend auf Fluren und Höhn
Und reck die Arme auf in meiner Kraft und Stärke:
Wie sind dein Leben, Herr, und deine Werke
Die ringsum atmen, wunder, wunderschön!

Die Mönche

Gar traulich rot die weißen Kerzen scheinen.
Doch durch die Zellen klingen leis wie im Gebet
Des Largos feierliches und verhaltnes Weinen
In herrlichen Weisen vom alten Spinett.
Und eine Geige weint und jauchzt laut durch den Raum – –
Da spielen zwei Mönche in weißer Kutte
Und jauchzen und weinen und wissen es kaum
Daß sie groß sind in dieser Minute.

Vérité

Qui se permet à dire
Un autre est mauvais
Celui est en vrai
Même beaucoup pire.

Christus vor dem Hohen Rat

Dann, als die Stufen des Palastes er ersteigt
Von silbernem Lanzengefunkel umschwankt
Von Fackeln rot in irrem Tanz umzuckt
Steht all das dunkle Volk geduckt
Als ob ihm vor dem König bangt
Der still und groß zur Krönung geht –
Steht all das dunkle Volk ganz totenstill –
Doch von Ihm aus – obgleich er immer schweigt –
Fleht noch für alle, alle ein Gebet
Das unter Tränen Trost noch lächeln will.

Ja, als er drinnen steht im düstern, niedern Saal
Wo weise Priester hocken bis in dunkle Ecken:
Starr, reglos, funkeläugig, fahl...
Da will auch hier das Laute sich verstecken.
Und er allein steht frei und neigt sich leicht.
Von roter Ampelglut überbebt
Leuchtet sein feines Gesicht durchseelt und belebt
Fast wie der König steht er, der die Sklaven scheucht.

Silbern ein Schlag auf dumpf gedämpfte Becken.
Der hagre Priester beugt sich vor. Es springt
Wie Schwerterklirren seiner Rede Ton:
(Dieweil von draußen dumpf ein Murmeln klingt)
»Du... sagst... Du... seist... Messias... Gottes Sohn...«
Und beugt sich vor, stürzt fast hinab die Stufe.

Die Stimme zittert schrill: »Mensch, widerrufe!«
Schwül dehnt der weite, niedre Saal.

Rot brennen Ampeln in schwergrauer Luft.
Die Priester: Steinstandbilder einer Totengruft:
Starr, reglos, funkeläugig, fahl...
Die Stille schwillt und schwingt in wehem Beben
Es ist, als ob mit seltsamen Gesängen
Die Türen rings ganz plötzlich sprängen
Und Blütengärten, nachtblau überbaut
Durchtönt von süßem Violinenlaut
Festlich einluden wie zu tiefem *Leben*...

Er aber steht noch immer. Sein Gesicht
Weiß, starr zurückgebeugt zum Ampellicht.
Ringsum brütet noch immer Totenruh...
Seht nur: In Seinen Augen steigt
Das helle, lohe, golden tiefe Licht –
Geblendet sich das Haupt zu Boden neigt – –

Und Christus – schweigt. – –
Rings wehen geisterleis die weiten Türen zu.

Sorge

Dumpf ist der Tag. Die graue Sorge geht
Still in dem stillen Hause um.
Es ist, als taste ein Gebet
Durch schwüle Räume. Und ein Etwas steht
Dort vor der Türe riesengroß und stumm.

Dumpf ist der Tag. Der Dämmertag verweht – – –
Zwei Sterbekerzen schwelen rot und stumm
Und Tränen klingen schluchzend im Gebet...
Seid still, der Sorge Bruder geht
Still in dem stillen Hause um.

Prolog
Knüppelverse auf unsere Zeit

Wir leben in einer schlimmen Zeit
Der Emanzipation und Kraftherrlichkeit.
Jedes Glied und sei es noch so klein
Will frei und selbst und eigen sein.
Nicht Wissen und Geist ist überall Trumpf
Sondern der Arm und die Kraft und der Rumpf.
Mit Poesie und Humor
Steht's schlechter als je zuvor.
Die Leute wollen zwar immer noch lachen
Aber sich ja keine Mühe machen
Wollen alles, recht fein serviert
Womöglich ins große Maul geschmiert.

Früher ließ man mit ems'gem Bemühn
Die Biographien
Großer Männer an sich vorüberziehn
Jetzt studiert man den Lebenslauf der Rothschilds
Der Rockefellers und Vanderbilts.
Frägt man einen, ob er Schiller las:
Sich durch ihn Bildung – und so – erworben;
Sagt er verächtlich: Ach was!
Schiller 'n Schwachkopf das!
Oder ist er etwa reich gestorben?

Denn vorbei ist die Zeit der Händel und Raufleute
Nun kommt die der Händler und Kaufleute.

Die Zeit

Es war in jener Frühlingszeit
Da war die Liebe der Menschen so weit

Da blühten die Nächte so süß und blau
Der Flieder duftet' berauschend schier –
Da kamst du, schöne, liebe Frau
Durch bange Nächte zu mir.

Nun ward es Herbst und der Wind zaust träg
Raschelnde Blätter auf einsamen Weg

Und die Nächte sind blaß und seltsam verweint
Und der Bäume Storren sind hart und versteint.
Du aber gehst in Sturmesnacht von mir
Der Sturm zerknickt die alten Bäume schier.

Gewitterschwüle

Durch die schwülen Lüfte hastet
Bang ein Wind, der säuselnd Blätter küßt
Hart die Erde überlastet
Blau der Wolken Stahlgerüst.
Erde schwere Regentropfen schlürft...
Doch von fern in spitzem, scharfem Hohn
Wie wenn Eisen schrillend Eisen schürft
Grollt ein banger, erster Donnerton.

Denn also steht's in der Geschichte Buch:
Wer einreißt nur, ohn wieder aufzubauen
Den trifft des Himmels größter Fluch:
Der sieht nie Licht mehr, sieht nur Grauen.

Siegvater

Horch, wie der Sturm in den Lüften braust
Sieh, wie er die jagenden Wolken zerzaust!
Und wie die Heide sich bückt so bang, so sacht...
Ich steh an der Türe und spähe hinaus:
Da beugen die Bäume sich um das Haus.
Heut reitet Siegvater durch stürmende Nacht.

Nacht im Städtchen

Durch die Nacht hallt hohl unser banger Schritt
Seltsam schwer.
Ist's nicht, als ob ein Geisterschritt
Tappe hinterher?
Schmiege dich enger, mein banges Lieb...
Wohl hüllen die Wolken die bleichen Sterne.
Und durch die Nacht starrt eigen steil und trüb
Eine blasse Geisterlaterne...
Schmiege dich enger, mein Lieb.

Die Stadt der Rosen

Das war der Tag, an dem sie mich verstoßen
Da ich stumm in die Fremde ging
Noch einmal sog den süßen Duft der Rosen
Der seltsam schwül in heißen Lüften hing.
Die Sonne glühte leuchtend weiß
Auf schimmernden Palästen.
Der Tag war eigen gewitterheiß –
Und Wolken standen im Westen. –

Der Strauss

Im Krankenzimmer sind Nelken.
Ein großer Strauß.
Aber die kleinen, welken
Blättchen fallen aus.
Im Zimmer tanzen die müden
Sonnenstrahlen herum
Und die Nelkenblüten
Müssen sterben stumm.

Das Tal

Nun webet purpurblau die Nacht
Die Felder schweigen so verträumt.
Der Sterne lichtgoldleuchte Pracht
Goldarabesken in den Teppich säumt.
Und überm weiten, stillen Tal...
Kein Ton, kein Leben schallt
Und drüber stehet silberfahl
Der Mond hoch überm Wald.

Das Kind

Der Vogt von Tied war ein wilder Herr.
Überritt ein Kind einst von ungefähr
Hatte nur den Fußweg vergessen.

Der Vogt schaut' nicht um. Pfiff ruhig seinem Hund:
»Unkraut und Bauern bleiben stets gesund!«
Das Kind verblutet indessen.

Ein Bauer fand noch am Abend das Kind
Trug das Tote zurück in den Armen geschwind.
Und weinte aus lauter Erbarmen.

Als der Vogt heimkam in später Nacht
Traf er sein Weib auf der Totenwacht
Den Sohn tot in den Armen.

Die Messerprobe

Der treue Knecht hielt brav und frank
Ein neues Messer lang und blank.
»Ist's gut?« So fragt der Herr voll Hohn
»Prob es am eignen Leib, mein Sohn!«
Der Knecht schnitt einen tiefen Ritz:
»Das Messer, Herr, ist gut und spitz!«

»Ist's gut«, fragt der zum zweiten Mal
»Prob ihn am eignen Leib, den Stahl!«
Da stieß ihm der Knecht den Dolch in den Rumpf
Und lächelte wild und murmelte dumpf:
»Herr, niemals war es besser
Probt es nur selbst, das Messer.«

Die Väter

Der König mordete, berauscht von Wein
Den jungen, schönen Pagen sein.
Wollt ihn zappelnd verbluten sehn.

Doch drei Tage später brachte der Troß
Des Königs Sohn ermordet ins Schloß.
Da weinte der König drei Tage.

Drei Tage vergingen und eine Nacht
Da haben den Mörder sie roh gebracht:
Das war der Vater des Pagen.

Irr sagte der König: die Fesseln ihm brecht!
Und gebet ihn frei! Seine Tat war gerecht.
Da senkte dieser die Augen.

Dank

Herr Gott, ich danke dir!
Ich schrei es heraus aus Not und Leid
Und meine Brust wird vor Liebe weit
Herr Gott, ich danke!

SYLVESTER-NACHT

Sylvesterglocken schallen
Durch blaue Winternacht.
Aufs still verträumte Städtchen
Fallen Schneeflocken sacht.
Und aus den kleinen Häusern
Dringt goldner Lichterschein
Trauliche, alte Lieder
Singen die Kinder fein.
Sylvesterglocken schallen
Von allem, was heuer war
Geleiten singend zur Ruhe
Das alte müde Jahr.

Dankgottesdienst

Siegsonntag! Es rauscht der Freude Meer –
Die Orgel braust so trunken schwer
Über der Kanzel jahrhundertgeheiligter Pracht
Glänzt golden und lacht
Ein Sonnenfunkeln her.
Siegsonntag!
Viel hundert Gesichter schauen empor
Verklärt von der Freude Gold.
Viel hundert Stimmen erbrausen im Chor
Wie das stürmt und jauchzt, wie wenn es empor
Zum Himmel sich schwingen wollt.
Sieg, Sieg! Das ist's, was die Orgel rollt.
Sieg, Sieg! Das ist's, was die Sonne lacht.
Wie Völkersturm rauscht es empor mit Macht:
Sieg! Sieg und Sieg vertausendfacht
Als ob es den Himmel erstürmen wollt.
Siegsonntag!

Der heilige Gewinn

Das ist so schön, daß alle Stimmen schweigen
Und still vor dieser *einen* Stimme sind
Die sich erhob mit Donnerton im Reigen
Der Zeit, die sonst so größelos zerrinnt.

Das ist so schön, schön über all' Ermessen
Daß Mütter klagelos die Söhne sterben sehn
Daß alle *ihre* Sorgen still vergessen
Und um des Großen Sieg nun beten gehn.

Das ist so schön, daß diese schweren Zeiten
Fast wie ein Segen unser Haupt gestreift
Daß dieses bittre und doch heil'ge Streiten
In uns so opferstarke Kraft gereift.

Die Toten vom 3. Regiment

Nun gehn der Trauer Boten
Durchs ganze Land
Und melden von den Toten
Die nach dem Sieg man fand.
Noch wehn die schwarz-weiß-roten
Siegfahnen von End zu End
Nun wie zum Gruß der Toten
Vom dritten Regiment.

War's gestern nicht, dies Scheiden?
Da zogen wir hinaus
Jubelnd mit ihnen und streuten
Blumen über sie aus.
Den Lebenden haben geboten
Einst Blumen wir zum Präsent –
Nun streun wir sie den Toten
Vom dritten Regiment.

Nun gehn der Trauer Boten
Durchs ganze Land
Und melden von den Toten
Die nach dem Sieg man fand.
Die Klänge noch nicht verlohten
Der Glocke, die Sieg bekennt
Sie läuten zum Dank um die Toten
Vom dritten Regiment.

Mutter sein …

Mutter sein, zu unseren Zeiten
Heißt: Leiden

Mutter sein, das heißt:
Weinend geben –
Heißt: mit Körper, Seele, Geist
Einem andern Leben leben. – –

Wenn der Sturm es in die Wellen reißt
Selbstversinkend es zum Himmel heben
Und *sich* geben.
Mutter sein, das heißt:
Tausendmal sterben.
Heißt: Wenn Not und Tod die Seel erlösten
Um Verzeihung drum beim Kinde werben
Und den Erben
Sterbend noch mit einem Lächeln trösten.

Mutter sein, zu allen Zeiten
Hieß: Leiden.

Kriegsfürsorge

Gar viele Tausend zogen hinaus
Fürs Vaterland sie starben
Und ließen Weib und Kind zu Haus
Die müßten jetzt darben
Die müßten hungern, wenn Dir nicht
Mein Volk, die Dankbarkeit nun Ehrenpflicht.
Zu teilen heißt es jetzt sein Hab und Gut
Mit denen, deren Nährer mit dem Schwert
In den Fäusten ließen stolz für Dich ihr Blut.
Jetzt zeige Dich, mein Volk, der Opfer wert!

Moderne Legende

Als der Abend übers Schlachtfeld wehte.
Waren die Feinde geschlagen.
Klingend die Telegraphendrähte
Haben die Kunde hinausgetragen.

Da schwoll am einen Ende der Welt
Ein Heulen, das am Himmelsgewölbe zerschellt
Ein Schrei, der aus rasenden Mündern quoll
Und wahnsinnstrunken zum Himmel schwoll.

Tausend Lippen wurden vom Fluchen blaß
Tausend Hände ballten sich wild im Haß.

Und am andern Ende der Welt
Ein Jauchzen am Himmelsgewölbe zerschellt
Ein Jubeln, ein Toben, ein Rasen der Lust
Ein freies Aufatmen und Recken der Brust.
Tausend Lippen wühlten im alten Gebet
Tausend Hände falteten fromm sich und stet.

In der Nacht noch spät
Sangen die Telegraphendräht
Von den Toten, die auf dem Schlachtfeld geblieben – –
Siehe, da ward es still bei Freunden und Feinden.
– – – – – – – –
Nur die Mütter weinten
Hüben – und drüben.

Hans Lody

Du starbst verlassen
An einem grauen Tag den einsamen Tod.
Die dich hassen
Gaben dir letztes Geleite und letztes Brot.
Liedlos, ehrlos war deine Not.
Aber du hast dein Leben *dafür* gelassen
Daß eines Tages in hellem Sonnenschein
Deutsche Lieder brausend über dein Grab hinziehen
Deutsche Fahnen darüber im Sonnengold wehen
Und deutsche Hände darüber Blumen ausstreun.

Widmung

Stumm in des Alltags grauen und dämmrigen Hallen
Sitzen wir schwer um steinerne Tische.
Manchmal erschallen
Aus grauer Nische

Leise Uhrschläge, silbern gedämpft.
Und die düstern Lüster brennen trüber
Und wir fühlen, daß vorüber
Wieder ein Jahr, um das wir kaum gekämpft.
Aber aus grau verdämmerten Nischen
Starren uns an die Jahre wie steinerne Götzengesichter
Schreckliche Richter...
Düster, mit zitternden Händen wir heben
Von steinernen Tischen
Silberne Kelche voll purpurnen Saftes der Reben.
Und wir schlürfen Ambrosia und trinken...
Dämmernd die grauen Hallen versinken...
Wenn die trunkenen Augen sich heben
Sitzt an goldenen Tischen das Leben
Singt zur Harfe mit süßer Stimme
Freudvolle Hymnen
... bis wir entschweben.

Goldne Früchte hängen
Uns in die Hände
In den dunklen Laubengängen
Kirren von Mädchengekicher die astigen Wände.

Wenn ich in den Büschen warte
Leuchtet dein Jäcklein schon
Wie die rote Standarte
Einer Prozession.

Wind läutet in toten
Bäumen die Abendstund
Ich küsse deinen roten
Warm lebenden Mund.

Der Kaiser
Silhouette

Steil. Treu. Unbeugsam. Stolz. Gerad.
König des Lands
Immanuel Kants
Hart kämpfend um der Schätze hehrsten
Den Frieden. So: im Frieden Streiter und Soldat.
Einer Welt zum Trotz hielt Er Frieden dem Staat. –
Und – trug ihn am schwersten.

Als der Frieden nur mehr Untergang war
Rief er am ersten
Zum Krieg seiner Deutschen eherne Schar.
Weihte klirrend das alte Schwert am Altar –
Den Krieg, den – und der – die Größe gebar –
Er trug ihn am schwersten.

Die Schneetruppe

A. B. zugeeignet

Im Sonnengold über eisglitzernde Hänge
Jeden Nerv gespannt, von Verderben umdroht
Saust ihr in starkem, jauchzend wildem Spiel
Im Wettlauf mit dem Meisterfahrer Tod...
Und sieget stets. Selbst wenn es ihm gelänge
Euch noch zu stürzen vor dem letzten Ziel
Dann sterbt ihr wie im Rausch edelsten Gebens
Im tiefsten, triumphierendsten Gefühl göttlichen Lebens.

Oder in blauen Nächten, wenn der Föhn in fernen
Eisstarren Wäldern harfentönig singt
Der Mond ins Tal wirft seine goldnen Scheiben...
Wenn auch der Tod aus Spalt und Schluchten blinkt
Die Stirnen hochgereckt zu ewigen Sternen
Trunken von Schönheit müßtet ihr ihn sterben.

Deutsches Frühlingsgebet

Wenn diesen Frühling der Bauer früh über die Äcker geht
Ernster wohl noch, als in früheren, helleren Lenzen
Hört er die Lerche nicht, die im Himmel erklingt
Jauchzend vom Frühling singt –
Sieht er die Bäume nicht, die fröhlich und unnütz die Felder bekränzen.
Nein – er sieht nur das junge Korn, das schimmernd in seidenen Matten steht.
Und er faltet die Hände still und spricht das Gebet:

Herr, schütte dein Licht
Aus goldenem Sonnenbecher auf die grünende Erde
Daß sie gesegnet werde
Und segnend aufbricht.

Herr!
Horch, wie die Mütter schreien im dämmernden Land voll Not:
Herr, sie schreien immer für ihre hungernden Kinder um *Brot*!
Sieh, Herr, wir bangen nicht in dieser feurigen Nacht
Wir fürchten nicht Haß, Lüge und Übermacht.
Kämpfen und Hinterhalt fürchten wir nicht.
Beben kaum für Hof, Haus, Land:
Unsre Söhne bluten an fern dunklem Strand.
Ein Schatten fiel über uns und ein drohend Gesicht
Riesenhaft, grauenhaft groß.
Und wir bangten nicht, sorgten nicht
Als er vorbeischritt, dein düsterer Tod...
Aber, Herr, eins, für eins zittern wir bloß:

In dieser grünenden Äcker Schoß
Reift unser Schicksal und unser Los...
Ständig und dunkel dem Tage entgegen
Dem Fluch oder Segen:
Reift für unsre Kinder das bißchen *Brot*.

Herr, wir wissen, was wir dir danken.
Mach uns unsern Glauben nicht wanken.

Herr, schütte dein Licht
Aus goldenem Sonnenbecher auf die grünende Erde
Daß sie gesegnet werde
Und segnend aufbricht.

Wenn der Bauer, endend, schwer atmend steht
Atmet er plötzlich der würzigen Saaten Duft
Merkt er das mähliche Reifen von reicheren Lenzen
Hört er die klingenden Lerchen aufjauchzen in sonniger Luft
Sieht er die jungen Felder opalgleich grünend erglänzen.
Und er fühlt das Blühen der Frucht, die im Frühwind weht.
Fühlt die segnende Kraft der Erfüllung in seinem Gebet.

Karfreitag

Prolog

Als sie aber hinuntergingen in diesen Tagen
Zu ihren Gräbern, jeder zum seinen, ganz aufrecht *nicht*, durch den Schmerz –
Denn sie hatten allzuviel schon ertragen –
Da sahen einige von ihnen himmelwärts.
Und der Himmel war trüb und grau und bedrückt.
Sieh, da geschah es, daß eine Stimme wie Erz
Wild auf sie fiel, von oben herabfiel, und einige hörten die Stimme fragen:
Wo sind *eure* Helden? Ihr geht sehr gebückt! –
Da bog sich einer zurück und faßte sich mühsam und hatte das Herz
Und hörte sich sagen:
Unsere Sieger liegen erschlagen.

Und siehe, da war es, als wäre allen
Göttlich aufstrahlend, von oben gezückt
Licht aus dem Himmel auf ihre trüben Stirnen gefallen.
Gingen nun aufrecht und mühlos wie trotzige Krieger
Als wären sie alle wie jene *Sieger* –
Und stolz und befreit ihrer Trauer entrückt.

Epilog

Abermals gingen einige über ein Feld zur Abendzeit.
Der Himmel war dunkel. Wind ging. Das Korn blühte weit.
Sie gingen gebeugt und schwer im letzten Licht.
Ein fremder Mann ging mit ihnen. Sie kannten ihn nicht.
Sie waren traurig, weil Jesus gestorben war.
Aber einmal sagte einer: Es ist sonderbar.
Er starb für mich. Und starb ohne Sinn und Gewinn.
Daß ich auch nicht leben mag; daß ich einsam bin.
Sagte ein anderer: Er wußte wohl nicht, was uns frommt.
Sagte ein dritter: Ich glaube nicht, daß er wieder kommt.
Sie gingen gebeugt und schwer im letzten Licht.
Ein fremder Mann ging mit ihnen. Sie kannten ihn nicht.
Und einer sah übers Ährenfeld und fühlte seine Augen brennen.
Und sprach: Daß es Menschen gibt, die für Menschen sterben können!
Und er fühlte Staunen in sich (als er weiter spann):
Und daß es Dinge gibt, für die man sterben kann.
Und jeder hat sie und er hat sie nicht
Weil er's nicht weiß. – Das sagte er im allerletzten Licht.
Es war ein junger Mensch. Es ging um die Abendzeit.
Der Himmel war dunkel. Wind ging. Das Korn blühte weit.
Sie gingen gebeugt und schwer im letzten Licht.
Ein fremder Mann ging mit ihnen. Sie kannten ihn nicht.

Der Geist der »Emden«

Wenn über dem Meere die Mitternacht blaut –
Taucht sie aus dem schäumenden Wassertal
Grausilberfahl
Eine schimmernde Festung aus blankem Stahl.
Von Bögen und Brücken voll Wucht überbaut
Silbertürmig in singender Flut
Leis schaukelnd sie ruht.
Auf Bögen und Brücken wimmeln dunkle Gestalten
Und auf den silbernen Türmen halten
Reglos sie Wacht.

Seht die Matrosen vom Volke der Toten
Die in überfüllten, zerschossenen Booten
Klaglos sanken nach aussichtsloser
Verzweifelter Schlacht
Seht sie füllen nun Mastwerk und Decke, flink und behende
Schleppen
Schwere Geschosse über Gänge und Treppen
Taumeln entlang zum Kampf die surrend bebenden Wände.
Schüren die Kessel im Rumpf und entzünden die Fallreeplichter
Daß sie gespenstig rot glitzern durchs Dunkel der Nacht.
An Luken und Fenstern
Zwischen Geschützen heraus, die sie mühsam laden
Gucken der toten, ertrunkenen Soldaten
Blasse und schweißig verzerrte Gesichter. –
Siehe, ein Wind von lautloser Macht
Füllt die Sparren des Mastwerks sacht:
Und ein Schlachtschiff, voll von Gespenstern
Hastet, beutelauernd, hinaus in die träumende Nacht.
Manchmal, um Mitternacht, sehn von den Türmen
An den englischen Küsten die Posten in träumendem Nahen
Gespenstig ein Schlachtschiff am düstern Himmel hinstürmen:
Glitzernde Lichter in starrend zerschossenen Rahen
Grausilberfahl
Eine schimmernde Feste aus blankem Stahl...
Und sie sehen von Bögen, Brücken und Decken
Schwarze Seeleute nach ihnen drohend die Arme recken...
Und... sie erschrecken...

Der Fähnrich

In jenen Tagen der großen Frühjahrsstürme schrieb er's nach Haus:
– Mutter... Mutter, ich halt's nicht mehr länger aus... –
Schrieb es mit steilen, zittrigen Lettern neben der flatternden Stallaterne.
Sah, bevor er es schrieb, in das Dunkel, seltsam geschüttelt, hinaus
Wo ein Gespenst herschattete, grauenhaft, fremd und fern.

Lauschte dem harten
Klirren der Schaufeln, die seine toten Freunde einscharrten.
Und schrieb es besinnungslos nieder, das »Mutter, ich halt's nicht mehr aus«.

Und drei Tage drauf, als seine Mutter über dem Brief schon weinte
Riß er hinweg über Blut und Leibergekrampf
Den zierlichen Degen gezückt, die Kompagnie zum Kampf
Schmal und blaß, doch mit Augen wie Opferflammen.
Stürmte und focht und erschlug, umnebelt von Blut und Dampf
In trunkenem Rasen – *fünf* Feinde...
Dann brach er im Tod, mit irren, erschrocknen Augen, aufschreiend zusammen.

Der Name der Mutter

Das rühmen die Schwestern immer von neuem
Von denen, die ganz schwer verwundet sind:
Daß sie wieder stille geworden seien
Und wieder Kind.
Daß all die Jungen, die leidend kranken
Nie vergessen die schwere Geduld
Und für jede kleinste Huld
So seltsam tief danken.
Und daß ganz ohne Grund
Plötzlich einer aufweint
Einen Namen stöhnt – und
Seine Mutter meint.
Ja, in der letzten Stund, als ob aller Himmel zu Diensten wär
Wenn das Leben verloht
Rufen die Sterbenden ihre Mütter her
Und wären die Mütter schon zehn Jahre tot...

Frühling

Nun blüht der Frühling auf in schimmernden Gärten:
Hell glitzern seine Blumen im sonnigen Lichte –
Gläserner und unermeßlicher werden
Täglich des Himmels leuchtende Kuppeln.
Dennoch ... wir sehen es kaum in unserer Fron
Denn es erklingt in unserer Seele nur immer *ein* Ton
Und düster sind unsere Frühlingsgesichte:

Aus Gärten und Blumen klirrende Waffen drohn
Trompetengeschmetter und Stampfen geschirrter Pferde
Jauchzendes Donnern stürmender Reiterquadrupeln.
Aus duftenden Hainen, Gebüschen und Schlehen
Zwischen den weißen Birken hervor, die hellgrün in Blüte stehen
Brechen in breiten, blitzenden Reihen, vom Abendblut überronnen
Vom Donnern der Stücke dumpfschwer umgewittert
Zum Sturm vor massige Kolonnen
Daß der blumenzerstampfte Boden erzittert.
Leichen liegen in Blumen
Blutdämpfe gebären
Aus zitternden Ähren
In schattenden Scharen
Heben die Raben sich aus den Ackerkrumen.

Und wir stehen stumpf und gepackt und können das nicht verstehen
Wie fröhlich wir Frühling feierten in früheren Jahren.
Und wird uns Angst, ob wir wohl für immer blind wären
Daß wir mit unsern todeswehen
Augen den hellen Frühling nicht mehr lächeln sehen.

Karsamstagslegende

Den Verwaisten gewidmet

Seine Dornenkrone
Nahmen sie ab
Legten ihn ohne
Die Würde ins Grab.

Als sie gehetzt und müde
Andern Abends wieder zum Grabe kamen
Siehe, da blühte
Aus dem Hügel jenes Dornes Samen.

Und in den Blüten, abendgrau verhüllt
Sang wunderleise
Eine Drossel süß und mild
Eine helle Weise.

Da fühlten sie kaum
Mehr den Tod am Ort
Sahen über Zeit und Raum
Lächelten im hellen Traum
Gingen träumend fort.

Der belgische Acker

An den Grenzen Mord, Schlachten und Dörfer in Brand.
Aber nachts flackert der Feuerschein
Rot und lodernd ins belgische Land hinein
Spiegelt in blanken Äckern sich, im endlos blühenden Land.
Geschützdonner brüllt
Dumpf überrollt vom Sturmglockenklang
Tage und Nächte den wirkenden Frühling lang
Über Altflanderns sprossendes Friedhofgefild.
Als der Frühling aus dem Meere quillt
Schreiten über die Äcker und Straßen in wimmelnden Zügen
Deutsche Soldaten über die Höfe und Wiesen und Flächen

Mit flatternden Eggen und wühlenden Pflügen
Malmen und brechen
Die springenden Schollen
Werfen aus vollen
Fäusten, die heiß vom Gewehrlauf noch und geschwollen
Klingendes Fruchtkorn über die bräutliche Erde.

Tag und Nacht grub der Pflug Acker und Ackerrain.
Straße und Garten und Anger, Verhaue und Brüche von Stein...
Verschonte keine Grenzmark, keinen Feldergang
Der Pflug, den die deutsche Faust ehern zwang –
Tag und Nacht grub der Pflug tiefer ins feindliche Erdreich sich ein.

Und in den Äckern sproßte das Korn.
Fern noch brüllte, brannte und stampfte
Die Schlacht.
Schon aus dem Schacht
Begrabenen Zorns
Wuchs, als der Sommer aus Schollen und Halmen dampfte
Kraftvoll die Frucht. Aus den Leibern der Toten sog
Sie Kraft. Aus verwesender Jugend, aus der Erde blutvollem Trog.
Ja, es heben
Opfernd geeinte
Hände gefallener Freunde und Feinde
Still an die segnende Sonne empor das blühende Leben
Und aus dem Gottesacker der Erde, aus Moder und Tod
Wuchs übers atmende Land
Breit in die Sonne gespannt
Siegreichen Lebenden auf das göttliche Brot.

Rauschende Nächte spiegelt das Feuergeflacker
Des Kriegs sich in Belgiens blühendem Acker
Und am Tage klingen aus wogenden Ährenmeeren
Widerschallend von der französischen Schlachten Getöse
Auf zum Himmel, sonnendurchbebt
Die ehern schweren
Gesänge von Deutschlands siegender Größe
Die aus Friedhöfen sich Brotäcker gräbt.

Französische Bauern

Immer des Abends, wenn wie ein Fahnenband
Rot und verflattert der Himmel flammt als ein riesengroß
Zeichen
Wenn sie nicht wissen, ob es Sonnenrot oder Dörferbrand
Eilen sie schwer gebückt durch die dunklen Täler und schleichen
Sich aus den Wäldern zu ihren Dörfern und stehen
Vorgebeugt auf den Hügeln und sehen... sehen
Drüben in Schutt und Qualm aufrauchend das heimische Land.

Endlos über die Höhen gehen
Als düster erstarrte Flammen die Baumalleen
Wegweiser denen, die das verwüstete Land nimmer verstehen.
Endlos leer und fahl im Abendschein
Wachsen Wiese, Feld und Stein
In das Rot des Himmels hinein.

Stunden und aber Stunden
Stehen da die Bauern drüben in Rudeln und starren
Über die rauchenden Höfe, die Bäume und Ackerschrunden
Über die klagenden Felder und die einsame Wacht
Der Baumsparren.
Erst wenn der Wind herweht der Glocken summenden Ton
Erst wenn drüben aus dunkelm Schacht
Aufblitzt in feindlichen Grabenlichtern
Die Nacht – –
Erst dann schleichen die Bauern mit seltsam erstarrten
Gesichtern
Irr und verstört die Täler hinab in die schützenden Wälder davon.

Der Tsingtausoldat

In jener blauen Nacht vor dem Sturm auf der Felsenbastei
Springt den Wachtposten stier
Das Entsetzen an wie ein dunkel kralliges Tier:
Daß er von Gott und dem Teufel verraten sei
Das wirft ihn hinaus aus Zeit und Raum.
Und seine Qual wächst ihm übers Land in Vision und Traum.

Aus Gefels und Schlund
Raucht Giftdampf
Schwarz wimmelnd drunten zum letzten Krampf
Schirrt der Feind sich klirrend im dämmernden Grund.
An dem gewölbigen Bau des Nachthimmels blutrot
Flackert Brand
Grau und geduckt wie ein gespenstiger Hund
Schleicht aus dem brennenden Land
Gegen die Felsenbastei Tsingtaus der Tod.
Über dem Strom blaut schimmernd die Nacht
Da starrt der Posten hinab in den Schacht
Irr und geschüttelt vor Angst:
Eine Stimme tief unten lacht:
Und wenn du vor Gier nach den Sternen langst
Dir hilft kein Mensch und kein Gott – und
Morgen liegst du zerfetzt und verstampft
Im Tod die blühenden Glieder verkrampft
Im Grund.

Aus Gefels und Schlund
Raucht Giftdampf
Schwarz wimmelnd drunten zum letzten Krampf
Schirrt der Feind sich klirrend im dämmernden Grund.
Doch an des Nachthimmels blaugewölbigem Bau
Wächst es aus schwarzem Kot
Wächst aus des Feindes Verhau
Flackernder Schein überm todstillen Land.
Ist das Brand?
...
Morgenrot...
...
Schwer taumelt der Posten zum Rande vor.
Starrt seltsam gepackt in des Himmels helloffenes Tor:
Und als wollt er den Becher des Lebens wie ein alt Eisen
Opfernd hinab in den Abgrund schmeißen
Taumelt er schwankend und starrend zum Rand:
Und das todblasse Antlitz, verzerrt im Ruß
Schmeißt er's hinab in den Dunst
Schreit es heiser und wild gestöhnt vor Brunst

Schreit, daß es gellt in Verzweiflung... Aufschluchzen...
Gruß...
Hin in Grund und Brand:
Mein Deutschland!

Die Orgel

Herrn Klemens Haindl gewidmet

Wenn der preisende Orgelton aufschwillt, dunkelt der Raum
Schweben die Decken lautlos empor, werden gläsern die Wände
und weisen das dunkle Land:
Erde. Meer. Äcker. Wälder. Darüber ein endloser Himmel
gespannt.
Blau wölbt sich über Erde und Meer der Traum.

Donnernd Gestampf
Dröhnt unter der Erde auf und füllt ehernen Himmel.
Massen von Regimentern fluten über die Äcker zum Kampf.
Hoch wächst der Krampf
Über Leichen und Brand das wild verworrne Getümmel.
Aber über aller Not und über allem Drang
Geht wie über donnernde Wogen ein schwerer Klang
Über die Erde: Im ehernen Himmel
Läuten Erzglocken. Und grüßend schwillt Sang
Heller und heller empor im Sturm und weht
Hochauf und klingt
Über dem Haß der Orgelton ewiger Liebe und singt
Dankgebet.

Tanzballade

Auf der Messe tanzte sie im Frühling
Als ob der große Sturm ihre Seele ins Dunkle
herausschaukelte...
Breit und drall tanzte sie wie eine rote Sehnsucht
Als der Sturm noch nachts trunken über dunkele Felder
heimgaukelte.

Etliche aber wollten nachher wissen
Daß er während eines großen Sturmes gefallen sein sollte
Daß er sterbend sich streckte und im Tod den Frühlingssturm lauschte
Und ächzend starb und doch nicht sterben wollte.

Sie aber ward irr. Und tanzte auf Messen um Geld.
Tanzte durchs Land die Straßen hinab und – suchte wohl immer.
Wußte nicht was. Und tanzte ... lachte vor Qual und tanzte.
Lauschte dem Lenzsturm irr und suchte auf dunklen Straßen und fand, was sie suchte, wohl nimmer.

Soldatengrab

Bei den Soldaten drunten
Ist auch mein Freund dabei.
Ich hab ihn nicht rausgefunden.
Es ist auch einerlei.

Hat einst gekämpft und gesungen
Mit allen in einer Reih
Hat mit allen den Säbel geschwungen
Und ist mit allen verklungen
Und liegt nun drunten dabei.

Der Wind geht abends darüber
Und singt eine Melodei.
Die macht traurig. Ich weiß nicht worüber;
Es ist auch einerlei.

Kalt oder Heiss –

Nur nit Lau!
Schwarz oder Weiß –
Nur nit Grau!

Bonnie Mac Sorel freite

Um die junge wilde dunkle Lu
Abwandte sie ihr strahlend Gesicht
Und den dunkeln Schopf dazu.

Bonnie Mac Sorel, den kannte sie nicht
Und er wartete manches Jahr.
Bis sein großer Zorn kam und die stille Lee
Schöner als Lu und Maria war.

Als Bonnie Mac Sorel nach manchem Jahr
Mit der stillen Lee zur Kirche ritt
Schlich die stolze Lu abseits der Straße
Weinend im Grase mit.

Bonnie Mac und sein junges Weib
Wußten nicht, wer sie war
Denn abwandte sie ihr blasses, zerstörtes Gesicht;
Und sie trug auch schon graues Haar.

Bonnie Mac Sorel kannte sie nicht
Und sie wartete manches Jahr.
Bis ihr große Reue kam und Bonnie Mac längst
Schöner als Gott und sein Teufel war.

Die Männer der See

Helle Zeit, hollaheh, denn der Krieg beginnt!
Weint nicht so! Seht, es muß sein! Ade!
Haben draußen Eure Sonne und Euren Wind
Und wir kommen bald wieder.
Sagten die Männer der See.

Sie sangen sehr hell bei der Ausfahrt vereint
Weiber und Kinder weinten vor Weh.
Aber *sie* sahn übers sonnige Meer nach dem Feind:
Denn ihr müßt frei sein.
Sagten die Männer der See.

Drei sanken vorm Feind. Doch der letzte wand
Sie hinunter mit in die See.
Aber sie sahn übers dunkle Meer nach dem sonnigen Strand.
Und wir kommen nie wieder
Sagten die Männer der See.

Sie beteten nicht. Sie weinten nicht.
Wind und Sonn und Heimat ade!
Sie starben ganz still und bei ganz hellem Mittagslicht.
Denn ihr müßt frei sein.
Sagten die Männer der See.

Das Beschwerdelied

So mancher rennt sich müd
Weil er die Ruh zu sehr
Liebt. Alle rennen nach dem Glück:
Das Glück rennt hinterher.
Wer sich lang zermartert
Kommt zu spät zum Fraß.
Wer sich kurz zermartert
Rennt die falsche Straß.

Weit schneller rennt man ohne Kopf
Verliert ihn gern und dann
Greift man die Frucht und staunt, daß man
Ohne Kopf nichts fressen kann.
Wollt ihr Sterne langen
Müßt ihr rennen sehr
Denn ihr tragt an Stangen
Schnell sie vor euch her.

Der Baum des Lebens strotzt
Von Früchten überall:
Steig nicht hinauf, du schindst dich nur:
Man pflückt sie nur im Fall!
Wird euch von der Meute
Zahnwerk eingehauen
Müßt ihr Zahn und Beute
Ungekaut verdauen.

Und flaggst du faul im Gras
Und streckst die Zung heraus:
Plumpst dir die Frucht ins große Maul
Und schlägt die Zähn dir aus.
Rauft ihr um das Saufen
Wird der Wein verschüttet
Und ihr seid vom Raufen
Statt vom Wein zerrüttet.

Und kommt ihr hoch, so kommt
Ihr höchstens auf ein Weib
Das zieht ihr aus, sie euch hinab:
Ihr zahlt den Zeitvertreib.
Schön ist das Leben
Wenn du schöner bist:
Dann bleibst du dran kleben
Weil es schmutzig ist.

Das ewig Weibliche
Ja manchen zieht's hinan:
An einem Galgen sehr solid!
Nur hängt kein Mann dann dran.
Sind zu kurz die Brücken
Was das Herz beschweren!
Ob viel oder wenig fehlt
Daß sie lang gnug wären!

Mütter Vermisster

Seit der Tod ihm Leib, Namen und Trauer abnahm
Hören sie auf, ihr Leben zu lenken
Hören sie auf, zu planen, zu denken
Danken für Trödel, den Armut und Mitleid verschenken
Staunen wie Blinde, denen's zu gar plötzlich kam
Mitten im Sonnenschein, der sie liebend umfing
Daß die Sonne so seltsam schnell unterging.

Leben ist Sünde. Liebe ist Leid.
Süß ist Vergessen. Schön ist Erinnerung.
Und werden sie alt und stürben gern heut
So ist heut und ist morgen noch lange nicht Zeit
Denn sein Platz muß frei sein. Sein Platz ist bereit.
Und werden sie alt: er ist immer jung
Viele Jahre geht er immer im Soldatenkleid.

Und die Jahre gehen. Noch ist er nicht tot.
Nie ist er tot. Nur kommt er nie wieder mehr.

Eine Kanne bleibt voll und ein Stuhl bleibt leer.
Und sie sparen ihm Bett und sie sparen ihm Brot
Und sie beten für ihn und leiden sie Not
Sie bitten ihn immer wieder flehend her.

Sie fragen und sagen: sie hören kaum hin.
Sie sehen durch Fenster und sehen doch nicht.
Hörten Windbrausen nicht. Sahn nicht Wolkengehn.
Waren taub, wenn der Regen rann, waren blind, wenn sie Sonne sehn
Doch die alten Augen in müdem Gesicht
Werden strahlend und jung: sie denken an ihn.
Und glauben sie nur und verzweifeln sie nicht
So wird einmal Licht.

Oh, einmal wird Licht; sonst kann Gott nicht sein –
Und sei's, wenn sie stürben, in letzter Zeit:
Die dunklen Zimmer werden weit.
Und hell im Licht steht einer breit.
Sein Stuhl ist frei. Sein Mahl bereit.
Und er bricht ihnen Brot und er reicht ihnen Wein
Und sie lächeln im Sterben verklärt und befreit
Und gehen sehr leicht in den Himmel ein.

Serenade

Jetzt wachen nur mehr Mond und Katz
Die Menschen alle schlafen schon
Da trottet übern Rathausplatz
Bert Brecht mit seinem Lampion.

Wenn schon der junge Mai erwacht
Die Blüten sprossen für und für
Dann taumelt trunken durch die Nacht
Bert Brecht mit seinem Klampfentier

Und wenn ihr einst in Frieden ruht
Beseligt ganz vom Himmelslohn
Dann stolpert durch die Höllenglut
Bert Brecht mit seinem Lampion.

Das Lied vom Geierbaum

Vom Hahnenschrei bis zur Mitternacht
Raufen die Geier wie irr mit dem einsamen Baum.
So viel Flügel verdunkeln den Himmel, daß er durch Stunden die Sonne nicht sieht.
Aufsingt um ihn vom ehernen Flügelrauschen der Raum.
Und die peitschenden Flügel, die auf ihn gezückt
Zerhauen im Sturz ihm den zitternden Leib und zerstücken ihm Knospe und Glied.
Wenn ihr Flügelschlag in sein Astwerk kracht
Seine Rinde zerreißt, seine Krone zerpflückt
Steht er zusammengekauert gebückt
Verwahrlost und blutend, zerhackt und zerzaust
Von stählernen Schwingen wie Schwertern durchbraust
Schwankend und düster im dämmernden Ackerbeet.
Wohl ist das Würgen der Flügel so stark in seiner Zweige zerfetztem Gezwirne
Daß er zitternd im Grunde die Wurzel schon prüfte, ob sie ihn halten werde:
Da bebte die Wurzel unten, ganz unten, tief unter der Erde
Aber er stemmte sich doch in die Erde, er, der sich gegen den Himmel nicht wehrte
Aber er stemmt sich und steht.
Wohl träumt er Mittag und Abend und Mitternacht wie einen dunkelen Traum.
Aber er steht, mühsam wohl unter dem ungeheuren Pralle
Hebt schwer und schwankend hoch in die Luft zerfetzt seine Stirne:
Laut höhnte er nachts die sich mühenden Geier und verlachte sie alle.
Aber die Geier wiegten sich müde im Mondglanz und füllten mit ehernem Kreischen den Raum.
Und schon rauschten die Fittiche zitternder und der Baum gibt wohl acht
Wie es den Geiern vor seiner Unsterblichkeit graust.
Oh, seine Zweige spannte er jubelnd weit, weit, denn es war eine Frühlingsnacht.
Ja, jetzt ist es müde, dies sterbliche Volk und der Baum wird blühen zerhackt und zerzaust

Heute wollte er blühen beginnen – da lachte der Baum.
Aber die Geier wiegten sich müder im Mondglanz und füllten mit ehernem Kreischen den Raum.
Sie hörten ihn leise lachen, statt stöhnen – in seinem Traum.
Morgen würden sie staunen, wenn sie sahen, wie er herrlich frei blühte…
Schwerer ward ihr Gefieder und sie wurden traurig und müde
Hoben sich schwer in die Lüfte und fielen in bleischwerem Falle
Auf den wunden Baum, da ward er zum eisernen Hügel.

Denn sie hockten im Schlafe gedrängt auf jedem einzelnen Ast
Hielten im Schlaf mit der todmüden Kralle
Zweige und Triebe und Knospen umfaßt.
Bogen die Schwingen wie eherne Schilde krumm
Und deckten den staunenden Baum von oben bis unten mit ehernem Flügel.
Zitternd unter der müden Last:
Der Baum ward stumm.

Von der Mitternacht nur bis zum Hahnenschrei
Hocken die schlummernden Geier mit schauernden Flügeln und manchmal mit heiserem Schrei
Kummervoll auf dem stöhnenden Baum.
Verstumpft sind die Krallen; die Schwingen verdorben
Und sie träumen vom Baum, daß der unsterblich sei. –
Wenn sie im Frührot mit schmerzendem Schweben
Schläfrig in den dämmernden Frühlingsmorgen sich heben
Füllen mit ehernem Klingen die müden Flügel den Raum
Und sie schauen von oben wie Spuk und gespenstigen Traum:
Unten den Baum
Und der Baum ist gestorben.

•

Die jungen Mädchen lieben uns nicht – Wir Dichter
Singen ja nur von der Liebe, zum Scherze…
Und Lichter sind sie nicht. Allerdings *haben* sie Lichter.
Aber vom Licht benützen *sie* nur die – Kerze.
Unsre Träume zeigen eben nur, daß wir – schlafen
Und das im Traume nur und nicht – mit ihnen…

Ach, zu faul zum Herrn und auch zu faul zum Sklaven
Und zu verschwendrisch sind wir, um was zu verdienen.
Unsre Stirnen sind vom Denken wirr und bläßlich
Unsre Ehrfurcht hassen sie – als Kühle.
Unsre Augen sind, vom Schaun verdorben, häßlich.
Und – das Schauen schädigt die Gefühle.
Die jungen Frauen lieben uns auch nicht – wir Poeten
Betrügen lieber sie selbst als ihre – Gemahle.
Nur an unsre Worte glauben wir in unseren Gebeten.
Und *was* sind im Bett die schönen Ideale?

Die Hörerin der Romanze in F.

Was er, vom Schmerz um ein Weib einst gepackt
Stumm in sich hinein verschwieg –
Seine Lieder verrieten's am trunkenen Takt.
Und ein Weib schwamm auf Wogen jener Musik:
Nackt.

Paula!

Wenn du gut turnst – bekommst du einen Gaul.
Dein Vater versprach's. Du willst dich nicht binden?
Nun: Turnen *ist* schön. Also nur nicht so faul!
Und so manche, Paul, die *braucht* einen Gaul
Um einen Reiter zu finden.

Romantik

In einem Frühling kam an ein Gestade
Ein fremdes Schiff, das blau war wie das Meer –
Mit schlaffem Segel und geschloßner Lade
Und ohne Paß und mutterseelenleer.

Viel sonnige Tage lag es dort und viele
Sahn es vom Ufer sonnenhell und nah

Bis es so lang lag, daß die blauen Kiele
Kein Mensch mehr drüben schaukeln sah.
Nur nachts zuweilen hörten sehr Berauschte
In seinem Takelwerk fremde Musik
Und dennoch: keiner, der ihr staunend lauschte
Und dennoch: keiner, dem der Wind das Segel bauschte
Nahm Müh und Mut, daß er das Schiff bestieg.

Es folgte einem fremden Sterne
Zu landen einst an einem Riff –
Denn mit dem Lenz in nebelblauer Ferne
Verschwand das blaue fremde geisterhafte Schiff.

Sagte mir einst eine Frau beim Beginne:
Was sie beim Künstler so wenig verschmerzen
Sei, daß er immer die Frau über seiner Liebe vergesse.
Weihrauch bringt ihr uns. Weihrauch und – Kerzen.
Und wir erregen statt eure Sinne –
Nur Interesse.

Sage ich: Leute ohne Karakter...
Unterbricht sie: Sind wie im Bett ein Nackter.
Auf der Straße will man ihn freilich bekleidet.
Sag ich: Bei euch schwingen die Gäule die Peitsche über den, der sie reitet.
Sagt sie: Eine Peitsche fällt guten Reitern zur Last.
Kurz: Solang du noch einen Karakter hast
Bist du noch nicht genügend verliebt
Daß du verdienst, daß sie sich dir gibt!

An Cas Neher!

Ekles Gezücht, diese Künstler. Sie leben von Kränkung und Unrat.
Bieten dem Bürger zum Tausch um Kleingeld den herrlichen Schmerz an –

Mordlustig beschissen die Geier den Baum, ihn im Dreck zu ersticken.
Hämisch nahm er's als Dung – blühte nur herrlicher auf.

Siehst du ihre blassen Fotzen
Kalkig leer wie Spittelmauern
Kannst du statt dem Singen kotzen
Weil die Tröpfe dich noch dauern …

Caspars Lied mit der einen Strophe

Cas ist tapfer. Cas schießt mit Kanonen
Auf seine Feinde, die sonst Freunde wären.
Seine Fäuste, wo sonst Seelen wohnen
Sind gefährlich dick durch ihre Schwären.
Aber nachts singt Cas wie eine Zofe
Caspars Lied mit der einen Strophe:
Wenn nur der Krieg aus wär und ich daheim!

Cas ist zornig, denn der Krieg geht weiter
Solang Cas zornig ist, ist Krieg der Brauch.
Cas schmeißt die Waffen weg, doch schmeißt er leider
Das Bajonett in seiner Feinde Bauch.
Aber nachts singt Cas wie eine Zofe
Caspars Lied mit der einen Strophe:
Wenn nur der Krieg aus wär und ich daheim!

Cas hat blaue Augen wie der Himmel
Dicke Fäuste und ein großes Herz.
Trinkt er Schnaps, so trabbt er wie ein Schimmel
Feist und selig lächelnd gräberwärts.
Aber nachts singt Cas wie eine Zofe
Caspars Lied mit der einen Strophe:
Wenn nur der Krieg aus wär und ich daheim!

Cas wächst riesig zwischen den Geschützen
Fett und klobig wie ein Schwein im Dreck

Daß er heimkommt, dazu kann es nützen
Doch daheim fällt dies als Nutzen weg.
Und drum singt Cas nachts wie eine Zofe
Caspars Lied mit der einen Strophe:
Wenn nur der Krieg aus wär und ich daheim!

Cas ist unverwundbar und so weiter
Glaubt an Schicksal und an Harmonie
Cas weiß sicher, daß er heimkommt, leider
Weiß Cas gar nicht und ich auch nicht: wie.
Aber nachts singt Cas wie eine Zofe
Caspars Lied mit der einen Strophe:
Wenn nur der Krieg aus wär und ich daheim!

Cas ist fröhlich. Cas schoß seine Seele
Lang schon in den blauen Himmel hin.
Man kann singen mit und ohne Kehle
Aber niemals ohne Lust und Sinn.
Aber nachts singt Cas wie eine Zofe
Caspars Lied mit der einen Strophe:
Wenn nur der Krieg aus wär und ich daheim!

Der Himmel der Enttäuschten

1
Halben Weges zwischen Nacht und Morgen
Nackt und frierend zwischen dem Gestein
Unter kaltem Himmel wie verborgen
Wird der Himmel der Enttäuschten sein.

2
Alle tausend Jahre weiße Wolken
Hoch am Himmel. Tausend Jahre nie.
Aber alle tausend Jahre immer
Hoch am Himmel. Weiß und lachend. Sie.

3
Aber aus den untern Himmeln singen
Manchmal Stimmen feierlich und rein:

Aus dem Himmel der Bewundrer dringen
Zarte Hymnen manchmal oben ein.

4
Immer Stille über großen Steinen
Wenig Helle, aber immer Schein
Trübe Seelen, satt sogar vom Greinen
Sitzen tränenlos, stumm und sehr allein.

Hymne an Gott

1
Tief in den dunkeln Tälern sterben die Hungernden.
Du aber zeigst ihnen Brot und lässest sie sterben.
Du aber thronst ewig und unsichtbar
Strahlend und grausam über dem ewigen Plan.

2
Ließest die Jungen sterben und die Genießenden
Aber die sterben wollten, ließest du nicht...
Viele von denen, die jetzt vermodert sind
Glaubten an dich und starben mit Zuversicht.

3
Ließest die Armen arm sein manches Jahr
Weil ihre Sehnsucht schöner als dein Himmel war
Starben sie leider, bevor mit dem Lichte du kamst
Starben sie selig doch – und verfaulten sofort.

4
Viele sagen, du bist nicht und das sei besser so.
Aber wie kann das nicht sein, das so betrügen kann?
Wo so viel leben von dir und anders nicht sterben konnten –
Sag mir, was heißt das dagegen – daß du nicht bist?

Die Legende der Dirne Evlyn Roe

Als der Frühling kam und das Meer war blau
Da fand sie nimmer Ruh –
Da kam mit dem letzten Boot an Bord
Die junge Evlyn Roe.

Sie trug ein härenes Tuch auf dem Leib
Der schöner als irdisch war.
Sie trug kein andres Gold und Geschmeid
Als ihr wunderreiches Haar.

»Herr Kapitän, laß mich mit dir ins heil'ge Land fahrn
Ich muß zu Jeses Christ.«
»Du sollst mitfahrn, Weib, weil wir Narrn
Und du so herrlich bist.«

»Er lohn's Euch. Ich bin nur ein arm Weib.
Mein Seel gehört dem Herrn Jesu Christ.«
»So gib uns deinen süßen Leib!
Denn der Herr, den du liebst, kann das nimmermehr zahln
Weil er gestorben ist.«

Sie fuhren hin in Sonn und Wind
Und liebten Evlyn Roe.
Sie aß ihr Brot und trank ihren Wein
Und weinte immer dazu.

Sie tanzten nachts. Sie tanzten tags
Sie ließen das Steuern sein.
Evlyn Roe war so scheu und so weich:
Sie waren härter als Stein.

Der Frühling ging. Der Sommer schwand.
Sie lief wohl nachts mit zerfetztem Schuh
Von Rah zu Rah und starrte ins Grau
Und suchte einen stillen Strand
Die arme Evlyn Roe.

Sie tanzte nachts. Sie tanzte tags.
Da ward sie wie ein Sieches matt.
»Herr Kapitän, wann kommen wir
In des Herrn heilige Stadt?«

Der Kapitän lag in ihrem Schoß
Und küßte und lachte dazu:
»Und ist wer schuld, daß wir nie hinkommen:
So ist es Evlyn Roe.«

Sie tanzte nachts. Sie tanzte tags.
Da ward sie wie ein Leichnam matt.
Und vom Kapitän bis zum jüngsten Boy
Hatten sie alle satt.

Sie trug ein seiden Gewand auf dem Leib
Der siech und voll Schwielen war
Und trug auf der entstellten Stirn
Ein schmutzzerwühltes Haar.

»Nie seh ich dich, Herr Jesus Christ
Mit meinem sündigen Leib.
Du darfst nicht gehn zu einer Hur
Und bin ein so arm Weib.«

Sie lief wohl lang von Rah zu Rah
Und Herz und Fuß tat ihr weh:
Sie ging wohl nachts, wenn's keiner sah
Sie ging wohl nachts in die See.

Das war im kühlen Januar
Sie schwamm einen weiten Weg hinauf
Und erst im März oder im April
Brechen die Blüten auf.

Sie ließ sich den dunklen Wellen und die
Wuschen sie weiß und rein
Nun wird sie wohl vor dem Kapitän
Im heiligen Lande sein.

Als im Frühling sie in den Himmel kam
Schlug Petrus die Tür ihr zu
Gott hat mir gesagt: Ich will nit han
Die Dirne Evlyn Roe.

Doch als sie in die Hölle kam
Sie riegeln die Türen zu:
Der Teufel schrie: Ich will nit han
Die fromme Evlyn Roe.

Da ging sie durch Wind und Sternenraum
Und wanderte immer zu.
Spät abends durchs Feld sah ich sie schon gehn:
Sie wankte oft. Nie blieb sie stehen.
Die arme Evlyn Roe.

Lied von den Seligen

Wenn ihr sterbt, dann werden einige in den Himmel eingehn.
Die werden sich nicht wundern, denn sie haben ihn schon gesehn.
Mörder und Säufer werden darinnen sein.
Wer die nicht lieben kann, kommt nicht herein.

Wer den Bruder schlug, der findet den Himmel nicht so schwer
Die Betrunkenen gehen sehr leicht diese Wege her...
Wer die Sterne sah, als er in Gossen lag
Der erhebt sich leicht an seinem Ehrentag.

Wer nie blind war, wird den Himmel nie sehn
Keiner allein kann in den Himmel gehn
Leiden werden auch dorten sein.
Alle tragen aller Last gemein

Kinder und Narren, die gehen wohl ins helle Land...
Mörder und Opfer, die gehen Hand in Hand.
Arm in Arm, wer von Blut und Tränen troff
Bruder Baal und Bruder Karamasoff.

Plärrerlied

Der Frühling sprang durch den Reifen
Des Himmels auf grünen Plan
Da kam mit Orgeln und Pfeifen
Der Plärrer bunt heran.

Dort hab ich ein Kind gesehen
Das hat ein goldenes Haar
Und ihre Augen stehen
Ihr einfach wunderbar.

Und in der Sonne drehen
Die Karusselle dort –
Und wenn sie stille stehen
Dann dreht mein Kopf sich fort.

Nachts ruhn die Karusselle
Wie Milchglasampeln still
Jede Nacht wird sternenhelle
Nun geh es, wie es will!

Nun bin ich trunken, Mädel.
Und trag zu aller Hohn
Statt meinem alten Schädel
Einen neuen Lampion.

Nun mag der Frühling gehen
Ich seh ihn immerdar:
Ich hab ein Kind gesehen
Die hat ein goldenes Haar.

Leichenfrau Litje Pu

Litje Pu, die Leichenfrau
Macht die Sache ganz genau
Wäscht dir rein die schmutzigen Glieder
Gibt dich rein der Erde wieder.
Sie wäscht dich wie im Mutterleib...

Tarpeja

Rom schloß die Tore. Sonst kam keine Änderung.
Alltag und Allnacht. Essen, Schlafen. Zeugen.
Sonst störte keine Ändrung diese Stadt.
Nur nachts – drei Nächte lang – stieg ächzend
Zum grauen hohen Himmel Stöhnen, so
Wie unbewußt ein wildes Tier im Schlaf
Sich wälzt; schwer träumt; und stöhnt.
Ein dünner Rauch zog langsam und verstohlen sternwärts
Vom Kapitol, wo sie wohl Opfer brannten.
Stumm vor den Toren lagerten drei Tage
Wie fremde Bettler die Sabinerhorden.
In Lumpen halb und zerfetztem Leder
Vom raschen Aufbruch und den Wind der Berge
Noch in den Gliedern, Raubvolk, Mordvolk!
Sie dehnten wild drei Tage ihre Körper
Und starrten rudelweis von Fels und Hügel
Brennenden Augs hinüber auf die Stadt
Die ruhig lag und in der Sonne schlief.
Drei Tage zitterten noch ihre Gäule
Vom scharfen Ritt. Drei Tage füllte
Ein dumpfer Lärm die Ebene und nur
Ihr Schweiß stank feindlich auf zum Himmel.
Drei Tage und drei Nächte gingen
Dann kam der letzte Tag und dann kam sie.
Am vierten Abend schlich ein fremdes Weib
Ins Lager, ganz verhüllt, und bot
Fast ohne Wort dem schweigenden Sabiner
Verrat. Ihr Lohn? Sie maß den Führer
Den seine Krieger kaum zu sehen wagten
Mit tiefen dunklen jungen wilden Augen.
Und sagte lauter: nur um Gold. Was sonst?
Für diese Spange, die du trägst! – Und lachte.
Und schweren Atems sprach er sie ihr zu.
Oh, als sie ging, hob ihr der Wind den Mantel
Da sahen alle: schön wie Sünde war sie.
In dieser Nacht verhüllten graue Wolken
Den Rauch vom Kapitol. Die römischen Wachen sangen

Um nicht zu schlafen. Und in dieser Nacht schwieg
Waffenlärm
Schwieg Waffenlärm und Gestampf der müden Gäule.
Doch tausend Bettler harrten vor den Toren.
Sie harrten stumm, gewürgt vom Zorn und lautlos
Und lautlos grau und gedrängt und hoben all die Nacht
Stirnen wie graue Steine reglos hoch. Und all die Nacht
Fiel nicht ein Wort und nicht ein Schild. Die Dämmerung
Sah Funkeln nur vom Erz des Augs und Schilds.
Und all die Nacht war Ruhe über Rom.
Rom fraß und trank und zeugte Rom und schlief.
Dann kam die Frühe. Ja. Und dann kam sie.
Sie stand nicht auf der Mauer überm Tor
Das stumm sich auftat und die Feinde schluckte
Die Bettler einlud, Mord verschlang und Tod –
Im grauen Kleide lehnte sie am Pfosten.
Sie schrie nicht gellend auf. Sie grüßte nicht.
Sie sah nicht rückwärts über ihre Heimat
Die wohl bald brannte, wenn die Sonne kam
In die wie wilde und gefräßige Wellen
Das fremde Mordvolk drang: sie sah es nicht.
Sie sah nur still und starr mit brennenden Augen
Nur in die Weite sah sie, ob *er* kam.
Sie sah sein Volk nicht. Fühlte, hörte nichts.
Die schrieen nicht, die mit gepreßten Lippen
Schulter an Schulter, unaufhaltsam, gierig
Die Heimat würgten – nur die andern
Die andern schrieen. Kinder-, Mütterstimmen
So wild und hell, daß es auch Götter hörten.
Sie hörte nichts. Sie träumte seine Stimme.
Und dann, dann kam er und sie taumelt vor.
Er will vorbei und schlägt den scheuen Gaul
Mit schwerer Peitsche und sieht weit weg, weit
Mit scharfen harten Augen in das Drängen.

Sie aber, grau und trocken schluchzend, wirft sich
Ihm vor den Gaul und schreit, schreit nur ein Wort:
Die Spange! schrie sie. Und das Drängen stockte.
Und alle sahn, wie schön sie war. Doch *er*

Fuhr mit der schweren Hand sich über seine Stirn
So wie man Fliegen wegwischt oder Schweiß und warf
Sehr lässig ihr die Spange zu und sagte:
Deckt dieses Aas mit euren Schilden zu
Daß ich es nicht mehr sehen muß. Und wagte
Doch nicht sie anzusehn und wartete nur mehr
Bis er die Schilde auf sie krachen hörte
Und ihren Schrei und der Soldaten Lachen hörte –
Dann ritt er weg. Den Hügel erzner Schilde
Der die Erschlagne deckte, sah er nicht.
Sie aber hörte die fremden Soldaten nicht mehr
Den Sieg und den Mord und das Sterben begrüßen:
Im frühen Tag lag sie im Schmutz der Gosse
Den goldnen Reif in den zerquetschten Händen
Zum Fraß den Geirn da – das schöne Aas.

Und über sie, ganz blind mit schweren Füßen
Schritt stumm und abgewandt das eherne Gesetz.

Von einem Maler

Neher Cass reitet auf dem Dromedar durch die Sandwüste und malt mit Wasserfarben eine grüne Dattelpalme
(Unter schwerem Maschinengewehrfeuer)

Es ist Krieg. Der furchtbare Himmel ist blauer als sonst. Mancher fällt tot in das Sumpfgras.
Man kann braune Männer totschießen. Abends kann man sie malen.
Sie haben oft merkwürdige Hände.

Neher Cass malt den bleichen Himmel über dem Ganges im Frühwind
Sieben Kuli halten seine Leinwand; vierzehn Kuli halten Neher Cass, der getrunken hat.
Weil der Himmel schön ist.

Neher Cass schläft nachts auf den Steinen und flucht, weil sie hart sind.

Aber er findet auch das schön (Das Fluchen mit inbegriffen)
Er würde es gerne malen.

Neher Cass malt den violetten Himmel über Petschawar weiß:
Weil er kein Blau mehr in der Tube hat.
Ihn frißt langsam die Sonne. Seine Seele verklärt sich. Neher Cass malt immerdar.

Auf der See von Ceylon nach Port Said malt er auf die Innenwand des alten Segelschiffes
Sein bestes Bild mit drei Farben, beim Licht zweier Luken.
Dann ging das Schiff unter, er rettet sich. Auf das Bild ist Cass stolz. Es war unverkäuflich.

Augsburg. Im Ludwigsbau

Schau, schau
Der schönste Ort
Im Ludwigsbau
Ist der Abort.

O du ahnst nicht, was ich leide

Seh ich eine schöne Frau
Die den Steiß in gelber Seide
Schwenkt im Abendhimmelblau.

Teddys Lied

Teddy sagt, sie kann nun einmal nicht so spröde sein
Ei, da stecke sie schon lieber einen Kuß noch ein.
Ja das glaube, wer kann
Und mag, meine Herrn!
Schwamm drüber, selig wird jeder gern.

Teddy sagt vom Intimsein, wenn sie's öffentlich sei
Ei, da säh es ja jeder und da sei nichts dabei.

Ja das glaube, wer kann
Und mag, meine Herrn!
Schwamm drüber, selig wird jeder gern.

Was brauchen den Dirnen die Stirnen breit sein
Viel besser, die Hüften sind breit.
Es kommt mehr heraus und es geht mehr hinein
Und das fördert die Seligkeit.

Das Lied von der Wolke der Nacht

Mein Herz ist trüb wie die Wolke der Nacht
Und heimatlos, o Du!
Die Wolke des Himmels über Feld und Baum
Die wissen nicht wozu?
Sie haben einen weiten Raum.

Mein Herz ist wild wie die Wolke der Nacht
Und sehnsuchtstoll, o Du!
Die will der ganze weite Himmel sein
Und sie weiß nicht wozu?
Die Wolke der Nacht ist mit dem Wind allein.

Auslassungen eines Märtyrers

1
Ich zum Beispiel spiele Billard in der Bodenkammer
Wo die Wäsche zum Trocknen aufgehängt ist und pißt
Meine Mutter sagt jeden Tag: es ist ein Jammer
Wenn ein erwachsener Mensch so ist

2
Und so etwas sagt, wo ein anderer Mensch nicht an so etwas denkt
Bei der Wäsche, das ist schon krankhaft, so was macht ein Pornografist
Aber wie mir dieses Blattvordenmundnehmen zum Hals heraushängt
Und ich sage zu meiner Mutter: was, kann denn ich dafür, daß die Wäsche so ist!

3
Dann sagt sie: so etwas nimmt man nicht in den Mund, nur ein Schwein
Dann sage ich: ich nehme es ja nicht in den Mund
Und dem Reinen ist alles rein
Das ist doch ganz natürlich, wenn einer sein Wasser läßt, das tut doch jeder Hund

4
Aber dann weint sie natürlich und sagt: von der Wäsche! und ich brächte sie noch unter die Erde
Und der Tag werde noch kommen, wo ich sie werde mit den Nägeln auskratzen wollen
Aber dann sei es zu spät, und daß ich es noch merken werde
Was ich an ihr gehabt habe, aber das hätte ich dann früher bedenken sollen.

5
Da kannst du nur weggehen und deine Erbitterung niederschlucken
Wenn mit solchen Waffen gekämpft wird, und rauchen bis du wieder auf der Höhe bist
Dann sollen sie eben nichts von der Wahrheit in den Katechismus drucken
Wenn man nicht sagen darf, was ist.

Philosophisches Tanzlied

Wer nie sein Leben verachten darf
Der ist vom Tod betört
Wer nie sein Leben aufschnaufend wegwarf
Dem hat es auch nie gehört.

Wenn Gott Geduld, Geschick und Gefrett
Und keinen Mut dazu gab:
Dem ward als erstes Ruhebett
Ein unerwünschtes Grab.

Dem, der die eigene Last nie gehaßt
Nie sie fluchend zu Boden warf
Erlaubt Gott gnädig, daß er die Last
Auch der Faulen noch tragen darf.

Wer immer seinen Schuh gespart
Dem ward er nie zerfranst
Und wer nie müd noch traurig war
Der hat auch nie getanzt.

Und wenn aus Altersschwäche sogar
In Staub zerfällt dein Schuh:
Der ganz wie du nur für Fußtritte war
War glücklicher doch noch als du!

Wir tanzten nie mit mehr Grazie
Als über die Gräber noch:
Gott pfeift die schönste Melodie
Stets auf dem letzten Loch.

Die Ballade von François Villon

1
François Villon war armer Leute Kind.
Ihm schaukelte die Wiege kühler Föhn.
Von seiner Jugend unter Schnee und Wind
War nur der blaue Himmel drüber schön.
François Villon, den nie ein Bett bedeckte
Fand früh und leicht, daß kühler Wind ihm schmeckte.

2
Der Füße Bluten und des Steißes Beißen
Lehrt ihn, daß Steine spitzer sind als Felsen.
Er lernte früh den Stein auf andre schmeißen
Und sich auf andrer Leute Häuten wälzen.
Und wenn er sich nach seiner Decke streckte:
Da fand er früh und leicht, daß ihm das Strecken schmeckte.

3
War er im Wind nicht eben gerne bloß –
Schön war's im Schlamme, wenn die Sonne schien.
In Schmutz und Wind wuchs er zum starken Kloß
Und Weiber liebten, Männer haßten ihn.
Und wenn der Bursche Mann und Weib derbleckte
Und Prügel fing: Er lachte, weil's ihm schmeckte.

4
François Villon ward reicher Leute Schreck.
Ein Strolch und Kuppler, Bänkelsänger, Lump
Stahl er dem Herrgott seine Tage weg
Und nahm sie grinsend immerzu auf Pump.
Und wenn der Galgen ihn beizeiten schreckte:
Was tat's?! Da alles außer diesem schmeckte!

5
Er konnte nicht an Gottes Tischen zechen;
Und aus dem Himmel floß ihm niemals Segen.
Er mußte Menschen mit dem Messer stechen
Und seinen Schädel in die Schlinge legen.
Wenn Angst ihm auch den Hochgenuß verdreckte;
Er fraß mit Lust, weil ihm das Fressen schmeckte.

6
Er fraß nicht mehr als sein Gedärme faßte
Und nur im Fressen, nicht ein Wirt war hier.
Sie konnten nichts dafür, daß er sie haßte –
Ihm ging's wie ihnen: Er konnt nichts dafür.
Ihm tat es leid, wenn so ein Gauch verreckte
Weil er nicht kriegen konnte, was ihm selbst auch schmeckte.

7
Um Leib und Seele völlig auszubauen
War Leib und Seele andrer nie ihm schad.
Als Platz, den Himmel ruhig anzuschauen
Tat Schlamm ihm wohl, wie nur ein Weib sonst tat.
Und wenn ein schöner Baum den Himmel deckte
War er nicht böse: Weil ihm alles schmeckte.

8
Er konnte wunderbare Lieder setzen
Drin Feinde töten und den Freund beglücken –
Erst nach der Arbeit freilich, zum Ergetzen
Denn leichter war's als Gurgeln zuzudrücken.
Wenn er im Lied sich zu den Sternen reckte
War's, weil ihm Raub und Strafe gleich gut schmeckte.

9
Im Heute früh; und nachts am Strom; im Walde
In der Taverne; auf der Flucht im Ried. –
Fand er ein Weib nicht, das ihn unterhalte
Tat er es selbst und sang ein neues Lied.
Auch wenn ein Weib ihm sanft am Arsche leckte
Sang er sehr süß und fromm, weil es ihm schmeckte.

10
Auf weichen Bäuchen sang er seine Sure
Und zarte Finger kraulten ihm am Kinn:
Denn seine Liebste war schon eine Hure
Und seine Hure eine Herzogin.
Sie küßten ihn, wenn er die Zähne bleckte
Und er hielt stand: Wohl weil ihm beides schmeckte.

11
Ihm winkte nicht des Himmels süßer Lohn.
Die Polizei brach früh der Seele Stolz.
Und doch war dieser auch ein Gottessohn. –
Ist er durch Wind und Regen lang geflohn
Winkt ganz am End als Dank ein Marterholz.

12
François Villon starb auf der Flucht vorm Loch
Vor sie ihn haschten, schnell im Strauch aus List –
Doch seine freche Seele lebt wohl noch –
Lang wie dieses Liedlein, das unsterblich ist.
Als er die Viere streckte und verreckte
Da fand er spät und schwer, daß ihm das Strecken schmeckte.

Zu Wedekinds Begräbnis

Sie standen ratlos in Zylinderhüten.
Wie um ein Geieraas. Verstörte Raben.
Und ob sie (Tränen schwitzend) sich bemühten:
Sie konnten diesen Gaukler nicht begraben.

Aus Nachtsturm und aus Morgenlicht
Schuf dich ein trunkner Gott
Vielleicht bist du das alles nicht
Und ich ein Idi-alist.

Oh, holde Jungfrau, besten Falles
Wischst Du die Mums Dir ab mit grünem Gras
Und doch! in Deinen Schoß ergoß sich alles
Was ich an Seligkeit und Wucht besaß.

Sie loben die Jungfrau im Himmel breit
Mit manchem Rosenkranz und kurz
Lassen auf Erden sie bei Gelegenheit
Eines Jungfernstichs einen F…

Eine kleine Weile wartet
Ihr Verzweifelten!
Meint ihr, die Sonne sei untergegangen
Weil *ihr* blind seid?
Seht: die Sonne schien tausend Jahre.

Nebel und Wolken und Dunkel
Zwischen euch und der Sonne
Sind der Dunst eurer Erde
Sind der Qualm eurer Tierheit
Denn die Sonne oben scheint ewig weiter.

Und wenn eure Flügel zerschlagen
Immer könnt ihr hinauf*schauen*
Und selbst in den trübsten Nächten
Schimmern noch Sterne –
Die ewigen Sonnen sind
Ja, für euch ewig.

Ballade an meinen Totenschädel

Heilgei sagt, du seist ein alter Knochen.
Aber Heilgei ist auch nicht galant.
Na, der Orge hat es gleich gerochen
Wie es wohl um deine Herkunft stand.

Eine Tante! Hoch! schrie er mit Feuer.
Seht ihr, daß sie keine Zähne hat?
Aber Kiefer hat sie ungeheuer!
Seht ihr: *dieses* Biest war niemals satt.

Teddi sagt, du warst 'n Kapitäne
Du ersoffst in billigem Absinth.
Caß bist du dazu doch zu mondäne
Und er sagt, du warst ein süßes Kind.

Zart und blond, das sich der Männer wehrte
Und sie schließlich himmlisch duldend litt.
Schade, daß die Syphilis dich scherte
Weil der Teufel dich am Ende ritt.

Aber Bertie meint, du warst 'n Dichter
Dessen Lied sich süß wie Milch ergoß
Der beglänzt vom Strahl himmlischer Lichter
Einen Lampiong im Rausch erschoß

Der die Weiber liebte wie kein Mann ja –
Sie erstickten ihn mit ihrer Huld.
Schließlich spie er, wenn er sie nur ansah –
Freilich Blut – sie waren selber schuld.

Bez träumt schamlos eine kleine Unschuld
Voller Ungeduld im weißen Bett schon bloß
Aber eh der Liebste kommt, legt unduld-
sam ein andrer seine kalte Hand in ihren warmen Schoß.

Aber – was du immer auch gewesen
Hast du Höllen- oder Himmelslohn:

Hin ist hin! Verreckt heißt auch: genesen.
Und wir Kinder haben Spaß davon.

Warst du einst ein Stenz – ein süßes Dirnchen –
Eine Tante – ein bigotter Geck:
Längst erlosch dein lächelndes Gestirnchen
Und du wardst zum Dummerweiberschreck.

O du syphilisverseuchter Besen!
Armes Opferlamm des Alkohol!
Was du warst: Jetzt bist du es gewesen!
Übrig bleibt ein warnendes Symbol!

Der Geschwisterbaum

In der Niedrung eines Flusses, tief, wo Haselstrauch und Erle hauste
Wiegte Wind kaum spürbar zitternd sie in Ruh –
Der Sturm, der manchmal oben furchtbar sauste
Kam hier in diese Tiefe niemals zu.
Auch hörten sie den Strom nie – weil der immer brauste...

Solange sie unten ins niedre Gehölze verbissen
Hatten sie gleiche Freunde und gleichen Feind.
Sie sagten zueinander: Ich.
Sie waren in einem Stamme geeint
Und wuchsen zusammen geschwisterlich.
Und sie sehnten sich, ohne von oben zu wissen
Immer nach oben, wo Sonne scheint.
Und als sie dann oben sich voneinander gerissen
Und sagten fremder zueinander: Du
Waren sie oftmals wieder ein Stamm in Gefahren –
Aber ganz oben, in späteren Jahren
Wuchsen sie wieder einander zu.

In jenen Jahren, wo sie auseinander strebten
Begannen die Kämpfe der Wurzeln tief in der Erde.
Die hatten sie für sich allein, doch bebten

Sie oft zusammen, wenn beim tiefen Wandern
Das andre allzu schwer aus fremder Wurzel rang
Die sich *wie* sie nur gegen Sterben wehrte –
Doch oben blühten sie derweil in sonnig stiller Ruh:
Sie fühlten oben eines von dem andern
Nur ihrer Wipfel festlich lustige Gebärde
Und leise sangen sie einander zu.

Sie sahen nie. Doch fühlten sie
Heimlich den Wind und die dunkle Luft und das Licht
Mit tausend Fingern. Sturm war eine peitschende Wolkentracht.
Sie fühlten zitternd zusammengedrängt ins Dunkel, erhoben betränt ihr Gesicht
Die wilde Ekstase des Juni in einer seligen Nacht.
Sie sahn die Sterne nicht:
Sie fühlten sie. Sie wußten von ihnen doch.
Der Himmel war ein wunderbar dunkles Loch
In das hinein man fröhlich wachsen konnte:
So wuchsen sie aus einer dumpfen Gruft
Hoch hinauf in die durchsonnte
Lockende Luft.

Im Kampf des dunkeln Bodens, wo sie, um heraufzukommen
Fremde Stämme entwurzeln mußten, Wurzeln würgen, Sträucher niederstampfen
Verloren sie beide die Unschuld und die Anmut der frommen
Gebärde, die sich an andere lehnt.
Sie kämpften gern. Es war Wonne, sich höher zu krampfen
Selbst lachend zu hören, wie der Bezwungene stöhnt
Und im Dunkeln am Boden kriechend leidet
Während man selbst im erkämpften Lichte
Aufatmend die breiteren Äste breitet.
Sie wurden sich fremd in den fremderen Sorgen
Sie kämpften sich stumm durch manchen Winter, der endlos war
Anfangs ohne von Frühling zu wissen, und ganz verborgen
Fürchteten sie: es sei Höhe, was kalt ist und sterben läßt...
Und auch später nach manchem durchkämpften Jahr
Entdeckten sie neue Wonne und neue Gefahr:
Die tödliche Kühle frostiger Frühjahrsmorgen –

Den Regen, nach dem sie lange gedürstet und der sie dann so
durchnäßt
Daß sie beinahe ertranken – den Hagel, der ihre Blüte zerriß –
Gewitter, das alle Äste schauernd zusammenpreßt –
Wind, der sich wild in den Blättern verbiß –
Und vor allem den Sturm! O der Sturm, der sie frühjahrs bog,
daß sie ganz wirr
Und sinnlos vor Angst nie mehr schnaufen konnten und sich im
dunkeln Himmel auf-
ächzend in den Hüften prüften, und der viele Stunden
Immerzu suchte, sie aus der Erde zu zerren
Der einte sie schnell, die sich oftmals befehdet
Wenn die Sonne auf einer Seite wärmer war
Oder ein Loch nur für *eines* langte in Sträuchern, die allen
Himmel versperren –
In solchen Nächten des Sturmes wurde zusammen gebetet:
Sie spürten gemeinsame Wurzeln in dieser Gefahr
Die mußten sie *beide* halten. Die *hielten* sie beide...
O das Gefühl, daß sie ganz allein sterben müßten!
Der Sturm trieb sie aneinander. Sie küßten
Sich zitternd und schmiegten sich enger und fühlten noch Freude
Daß es hoch hinauf wirklich nur *ein* Körper war...
Und an stillen Abenden oben, es wiegte sie Ruh
Es kosten die Winde, es lockte die Weite...
Da neigten sie zitternd die Wipfel beide
Und neigten sich schwisterlich hoch in der Weite
Und neigten sich zitternd einander zu.

Als ich einst im Flügelkleide
In den Himmel gangen bin
Sagten traurig manche Leute:
Schade, aber hin ist hin. –

Der Choral vom grossen Baal

Als im weißen Mutterschoße aufwuchs Baal
War der Himmel schon so groß und weit und fahl
Blau und ungeheuer wundersam
Wie ihn Baal dann liebte – als Baal kam.

Und der Himmel blieb in Lust und Kummer da
Auch wenn Baal schlief, selig war und ihn nicht sah:
Nachts er violett und trunken Baal.
Baal früh fromm – er aprikosenfahl.

Und durch Schnapsbudike, Dom, Spital
Trottet lässig Baal und – und gewöhnt sich's ab –
Mag Baal müd sein, Kinder, nie sinkt Baal:
Baal nimmt seinen Himmel mit hinab.

In der Sünder schamvollem Gewimmel
Lag Baal nackt und wälzte sich voll Ruh:
Nur der Himmel, aber *immer* Himmel
Deckte mächtig seine Blöße zu.

Torkelt über den Planeten Baal
Bleibt ein Tier von Himmel überdacht
Blauem Himmel. Über seinem Bett war Stahl
Wo das große Weib Welt mit ihm wacht.

Und das große Weib Welt, das sich lachend gibt
Dem, der sich zermalmen läßt von ihren Knien
Gab ihm rasende Ekstase, die er liebt
Aber Baal starb nicht – er sah nur hin.

Und wenn Baal nur Leichen um sie sah
War die Wollust immer doppelt groß.
Man hat Platz, sagt Baal, es sind nicht viele da
Man hat Platz, sagt Baal, in dieses Weibes Schoß.

Ob es Gott gibt oder keinen Gott
Kann, solang es Baal gibt, Baal gleich sein.

Aber das ist Baal zu ernst zum Spott:
Ob es Wein gibt oder keinen Wein.

Gibt ein Weib, sagt Baal, euch alles her
Laßt es fahren, denn sie hat nicht mehr!
Fürchtet Männer nicht beim Weib – die sind egal
Aber Kinder fürchtet sogar Baal.

Alle Laster sind zu etwas gut –
Nur der Mann nicht, sagt Baal, der sie tut.
Laster sind was, weiß man, was man will –
Sucht euch zwei aus: Eines ist zu viel!

Nicht so faul, sonst gibt es nicht Genuß!
Was man will, sagt Baal, ist, was man muß.
Wenn ihr Kot macht, ist, sagt Baal, gebt acht
Besser noch, als wenn ihr gar nichts macht!

Seid nur nicht so faul und so verweicht
Denn Genießen ist bei Gott nicht leicht!
Starke Glieder braucht man und Erfahrung auch
Und mitunter stört ein dicker Bauch.

Man muß stark sein, denn Genuß macht schwach;
Geht es schief, sich freuen noch am Krach!
Der bleibt ewig jung, wie er's auch treibt
Der sich jeden Abend selbst entleibt.

Und schlägt Baal einmal zusammen was
Um zu sehen, wie es innen sei –
Ist es schade, aber 's ist ein Spaß
Und 's ist Baals Stern; Baal war selbst so frei.

Und wär Schmutz dran: er gehört nun doch einmal
Ganz und gar, mit allem drauf, dem Baal:
Und sein Stern gefällt ihm, Baal ist drein verliebt –
Schon weil es für Baal 'nen andern Stern nicht gibt.

Zu den feisten Geiern blinzelt Baal hinauf
Die im Sternenhimmel warten auf den Leichnam Baal.
Manchmal stellt sich Baal tot. Stürzt ein Geier drauf –
Speist Baal einen Geier. Stumm. Zum Abendmahl.

Unter düstern Sternen, in dem Jammertal
Grast Baal weite Felder schmatzend ab.
Sind sie leer, dann trollt sich singend Baal
In den ewigen Wald zum Schlaf hinab.

Und wenn Baal der dunkle Schoß hinunterzieht:
Was ist Welt für Baal noch? Baal ist satt.
So viel Himmel hat Baal unterm Lid
Daß er tot noch grad gnug Himmel hat.

Er war Diener in dem Institute
Mußte stets im kalten Keller sein
Alle Leichen reinigt er vom Blute
Und schob sie in einen Ofen rein.

Dieser Ofen strahlte keine Wärme
Sondern Eiseskälte zum Gefriern.
Waren steifgefroren die Gedärme
Konnte man sie mit Genuß seziern.

Liebeslied

Man muß schon Schnaps getrunken haben
Eh man vor Deinem Leibe stand
Sonst schwankt man ob der trunknen Gaben
Von schwachen Knien übermannt.

O Du, wenn im Gesträuche kreisend
Der Wind die Röcke flattern läßt
Und man, das weiche Tuch zerreißend
Die Kniee zwischen Deine preßt.

Den Abendhimmel macht das Saufen
Sehr dunkel, manchmal violett.
Dazu Dein Leib im Hemd zum Raufen
In einem breiten weißen Bett.

Die Wiese schwankt nicht nur vom Trinken
Wenn man in Deinen Knieen liegt.
Der dunkle Himmel will versinken
Indem er sanft sich schneller wiegt.

Und Deine weichen Kniee schaukeln
Mein wildes Herz in Deine Ruh
Und zwischen Erd und Himmel schaukeln
Wir leichtgeschwellt der Hölle zu.

Litaipee kann in siebzig Sprachen reden.
Siebzig Teufel der Hölle können ihn nicht versuchen.
Litaipee kann in siebzig Sprachen beten.
In siebzig Sprachen kann Litaipee fluchen.

1
O die unerhörten Möglichkeiten
Wenn man Frauen um die Hüften nimmt
Zwischen Schenkeln sanft im Abwärtsgleiten
Durch das grüne Meer der Wollust schwimmt.

2
Oder Schnaps trinkst in den Schmutzspelunken
Und die Reden in den Himmel knallst
Alle, alle liebst ganz rasend, trunken!
Und mit Singen auf den Boden fallst.

3
O ich sage nicht, daß nur in Schenken
Höchste Seligkeit mich ganz durchriß
Einst war Sitzen schön in Kirchenbänken
Wo der Segen mich zum Himmel schmiß!

4
Auch auf wilden Abendkarussellen
Wo man billig rasend schaukeln darf
War ich selig, wenn ich mich in hellen
Billig strahlend hellen Himmel warf!

5
Auch im Gras, ganz faul, und schwer wie Eisen
Wo man gar nichts weiter denken muß
Als: warum die Gräser nackte Leiber beißen
Macht das Leben ganz im Ernst Genuß!

6
Auch in Betten in ein Weib verknächelt
Zwischen schlanke Beine hingestreckt
Wie er atmet, Freunde! Wie er lächelt
Wenn er sich, um groß zu werden, reckt!

7
Aber welch orangene Seligkeiten
Hat der bloße Himmel, wenn man nackt
Im Geäst der hohen Bäume reiten
Kann, daß man den Wind wie Weiber packt.

8
Oder wenn dich tolle Strudel reißen
Wenn du sinnlos auf dem Rücken liegst
Daß du meinst, daß du im Himmel fliegst
Blau und weit, wo um dich Wolken kreisen
Wenn du dich, die sanfte Taube, wiegst.

9
Seht, wir wissen, Freunde, daß das alles
Nackter Schwindel ist und untergeht
Doch auch dieses: daß man besten Falles
Eines Morgens nimmer oben steht...

10
Was man haben *kann* an blauem Himmel
Wind und Mensch, reicht nicht einmal zur Not –

Und auch dieses kriegen nur die Lümmel
Und es reicht nicht und wird schnell zu Kot.

11
Doch wer dich nicht griff mit Fluchen und Morden
Hat in reinen Händen nichts, sagt Baal –
Denn ihr sterbt, bevor es schal geworden
Und ihr sterbt *vor* eurer letzten Qual.

Wie dem auch sei, einmal

Von allen Mädchen, längst schon vergessenen
Weiß ich, sie waren gut, als ich sie küßte
Nur von ihr, nur von ihr, die mir die liebste war
Weiß ich das nicht.

Im Abendglanze liegt Paris
Musik steigt leise aus den dunkeln Gründen.
Ich aber schaue aus dem Paradies
Fern in die Hölle voll von schönen Sünden.

Die schönen Sünden haben Dich entzückt
Volk von Paris, Du Beute, ihres Glanzes
Ich aber höre, allem Rausch entrückt
Den großen Auftakt des enormen Tanzes.

Der stumme Nachtwind sang mir oft von oben
Wie schön es wäre, Beute aus der Welt –
Ich aber werde immer aufgehoben
Bis aller Glanz wie Blüten von mir fällt.

Kuplet

Wenn ich auf den zauberischen Karussellen
Mit den Kindern um die Wette fuhr
Wenn ich oft in jenen mondenhellen

Nächten sang im Himmel von Azur
Standen viele Leute um mich her und lachten
Und sie sagten alle ganz wie meine Mutter:
Er ist ein andrer Mensch, er ist ein andrer Mensch
Er ist ein völlig andrer Mensch als wir.

Wenn ich bei den feinen Leuten sitze
Und erzähle, was noch keiner weiß
Schauen sie mich so an, daß ich schwitze
Und man schwitzt nicht in dem feinen Kreis
Und sie sitzen um mich her und lachen
Und sie sagen alle ganz wie meine Mutter:
Er ist ein andrer Mensch, er ist ein andrer Mensch
Er ist ein völlig andrer Mensch als wir.

Wenn ich einst in Gottes Himmel komme
Und ich komm hinein, laßt euch nur Zeit
Sagen alle, Heilige und Fromme
Der hat uns gefehlt zur Seligkeit
Und sie schauen mich so an und lachen
Und sie sagen alle ganz wie meine Mutter:
Er ist ein andrer Mensch, er ist ein andrer Mensch
Er ist ein völlig andrer Mensch als wir.

Lied an Herrn Münsterer

Er barg in Augen sanft und schön
Einen wüsten Fluch.
Ihm hing vom zerfranzten Knopfloch obszön
Eine weiße sanfte Nelke mit einem Leichenruch.

Weit mehr als hohe Stirne
War ihm ein goldenes Haar;
Doch entjungferte er die Dirne
Nicht unter 15 Jahr.

Und ging *es*, so ging *er* nicht schief:
Er hatte bläuliches Blut.

Er zog vor jedem schönen Baume tief
Seinen (sonderbar schäbigen) Hut.

Trug stets einen feinen grauen
Handschuh verflucht elegant:
Er gab nur Tieren und Frauen
Seine nackte Hand.

Psalm 2

Niemand weiß sicheres.
Sie essen und trinken. Sie schlafen und sie gebären:
Nur Sterbliche zeugen sie.
Sie wissen nur manchmal, daß alles vergeht.
Wenn sie froh sind
Sie wissen: Es verweht wie der Frühjahrswind.
Niemand weiß, ob er ewig leben darf.
Wenn sie müde sind
Sie wissen: ewig weht der Wind.
Niemand weiß, ob er ewig leben muß
Niemand weiß etwas Sicheres
Und baute er morgens sich strahlende Häuser
Drin abends zu wohnen
Er weiß nicht
Ob er nicht abends still weggeht
Stumm staunend hineingeht
Und weiß nicht, wozu
Und weiß keine Straße
Und weiß nicht, wie lang
Niemand weiß irgendetwas Sicheres.

1

Schöne Nelke an dem Busen
Du bist nicht für uns erblüht
Ach die Welt hat nur Verachtung
Für ein zarteres Gemüt.

2
Eine dünne, rote Binde
Um den Hals als wie ein Blut
Das verlockt ein Kind zur Sünde
Daß sie's schon im Hausgang tut.

3
Einen Adamsapfel triebe
Mancher feine Herr gern auf
Dieser setzt so oft der Liebe
Erst die letzte Weihe auf.

4
Geh ma zua, die seidenen Socken
Man soll halt nichts übertreibn!
Ist sie so a fade Nocken
Wenn's net so mag, laßt sie's bleibn.

1
WIR KÖNNEN'S UNS NICHT LEISTEN
Wir sind die armen Herrn.
Wir haben nichts auf Erden
Als nur grad unsern Stern.

2
Das muß ihr schon genügen
Sonst werden wir ganz barsch
Und will sie dann nicht ziegen
Dann leckt sie uns am Arsch.

3
Das sind so *unsre* Stärken
Da kommt uns keiner bei –
Wer *das* nicht hat, der ghört auf
Die Wasenmeisterei.

4
Das *ist* uns nicht gegeben
Das *ist* bei uns verpönt:
Wir sind vom zarmen Leben
Was Besseres gewöhnt.

Himmel zittern violetter, seit es außer Abend schien.
Auf geborstnen Abgußröhren Nachtwind spielt Harmonium.
Und sie blinzelt aus dem Kote nach Latrinenwinden hin:
Weiße Rattenengel standen still und ernst um sie herum.

Tanzlied

Tanz, o tanz – nicht lange mehr
Hebst du die federnden Glieder zum Tanz.
Einst sind die Füße dir allzusehr schwer
Aus schütterm Haar fällt dir ein welker Kranz.
Tanz! Tanz! Die Brust soll dir springen!
Der Boden soll dir die Füße brennen!
Keiner weiß, wie lang die Geigen ihm klingen
Und wie lang die müden Geiger können.

Tanz, o tanz – auch *die* Nacht vergeht.
Noch strahlen die trunknen Augen dir im Tanz
Wenn bleiches Frühlicht ins Fenster weht
Fällt dir aus todmüden Augen aller Glanz.
Tanz! Tanz! Ins Licht sollst du starren!
Dir sollen vor lauter Lichtern die Augen erblinden!
Keiner weiß, wann sie ihn ins Dunkle scharren
Es soll der Tod mir schlaffe Hände binden.

Tanz, o tanz – noch glühn Ampeln rot
Noch schlägt dein junges Herz an meinem Herzen.
Oh, *vor* der Schwelle hockt der graue Tod
Und in der Türe stehn die Brüder Schmerzen.
Keiner kann zuviel tanzen und küssen.
Keiner darf sparen, keiner aufheben –

Keiner kann wissen, wann wir sterben müssen
Keiner weiß, wann wir gestorben sind von unserm Leben.

Als ich im Finstern war und das Licht kam nicht bis zu mir
Schrie ich laut in der Nacht wie ein Tier, das keine Hilfe hat
Und das Licht kam nicht zu mir.

Seitdem weiß ich, wenn ich im Finstern bin
Kommt das Licht nicht zu mir.
Aber ich schreie immer, ob es gleich nicht kommt
Wie ein Tier, das keine Hilfe hat.

Als sie unschuldsvoll in Kissen
Weißen Kissen schuldlos lag
War sie so zum Schluchzen herrlich
Daß ich nicht dran denken mag.
Über uns war weiße Decke
Aber Himmel *über* der –
Wilder Himmel, blauer Himmel
Und erlöste die Begehr.
Und sie zitterte, ich glaube
Schon war Wiegen mir im Knie
Aber lang sah ich den Himmel
Und ich sah: ich darf es nie. –
Dies war Himmel. Aber Wolken
Weiße in der wilden Nacht
Die der Sturm trieb, die sich bangten
Sah ich – als sie halb erwacht
Halb im Schlaf die schwachen Arme
Hilflos lächelnd um mich schlang
Und mit ihr das milde warme
Leben selig an mich drang.

Die Tage deiner Bitternisse

Sind bald vorüber nun, mein Kind
Wie die der unerhörten Küsse
Auch bald vorbeigegangen sind.

Bald wird das Leben nur noch symbolisch
Der Tod sogar verliert den Zweck
Bald ist es soweit, bald wirst du katholisch
Und schlummerst sanft im geweihten Dreck.

Aufgewachsen in dem zitronenfarbenen Lichte der Frühe
Unter dem breiten Dach des Hauses am Markte
Kind mit anderen Kindern, sah sie die Jahre
Ohne Sternenflug oder die schrecklichen Schatten
Ehernen Schicksals. Aber der Mittag war

Heiß und mühevoll. Wenn ihre Kinder
Tief im Schatten des breiten Daches des Hauses am Markte
Schliefen –
Hatte sie voller Arbeit die Hände, denen das Brot und den Trunk
Die Kinder entrissen. Später, am Nachmittag
Wölbte der Baum ihres Schicksals höher den Wipfel
Aber der Wind blieb stark, daß das Stehen oft schwer war.
Dann, als die Kinder, aufgewachsen und schon gehärtet
Von ihr gingen, wie Vögel in alle Himmel
Über das Land und die Länder und über das Meer
Lernte die Greisin weiter zu schauen:
Über das Land und die Länder und über das Meer.
Jahre gingen. Schon wuchsen die Enkel auf
Fern ein Geschlecht über Ländern und Meeren
Das in den Knochen ihr Mark, in den Adern ihr Blut trug
Und in den Stürmen des Lebens, immer neu durchgekämpft
Sie aus der Ferne verehrte, die Mutter der Mütter.
Endlich am Abend ging sie, die alle geboren
Allein durch das Haus am Marktplatz, aufrecht und ungebeugt
Während in dunkler gewordenen Ländern Kanzelwort und Trompetenruf
Die Enkel entzweite. Sie aber betete
Über dem Streit für die Enkel diesseits und jenseits.
Jene aber, im Kampfe, dachten wohl immer
Ihrer in zweierlei Lagern, und daß in dem Hause am Marktplatz
Kammern für sie bereit und der Tisch schon gedeckt war.

So halb im Schlaf in bleicher Dämmerung
An deinem Leib, so manche Nacht: *der* Traum.
Gespenstige Chausseen unter abendbleichen
Sehr kalten Himmeln. Bleiche Winde. Krähen
Die nach der Speise schreien, und nachts kommt Regen.
Mit Wind und Wolken, Jahre über Jahre
Verschwimmt dein Antlitz, Bittersüße, wieder
Und in dem kalten Wind fühl ich erschauernd
Leicht deinen Leib, so, halb im Schlaf, in Dämmerung
Ein wenig Bitternis noch im Gehirn.

Ode an meinen Vater

Unter dem breiten Dach des Hauses am Marktplatz
Aufgewachsen im zitronenfarbenen Lichte der Frühe
Kind mit vielen Kindern – mit fröhlichen Gliedern.
Früh schon über den kindlichen Stirnen Schatten der Sorge.
Aber immer doch blieb den tüchtig Gestriegelten
Freude am Leben und im Ernste die Fröhlichkeit.
Früher als andere dann auf eigenen Beinen
Als sie noch zitterten. Aber der Wille
Trieb ihn zum Kampfe. In Jahren der Arbeit
Vorschauend und kühn kämpft er sich vorwärts.
Alles verdankt er sich selbst: nichts ward ihm geschenkt.
Dann die Familie und Kinder! In fremder Stadt
Gründet er Heimat, wo über das Haus
Stürme und Regen gehn können, das sicher gebaut ist.
Er, der nicht immer frei war, machte die Kinder frei.
Zeigte ihnen im Beispiel, nicht durch Geschwätz, Einfachheit
Größe und Tapferkeit.
Und das gesunde Gesetz des ehrlichen Kampfs.
Vorsichtig und kühn, der eigenen Kraft bewußt
Kämpfte er rastlos und klug um das Mögliche
Und das Errungene nützte er dankbar und vornehm.
Nie bekämpfte er je das Natürliche
Sondern er nützte es aus für sich und für andere.
Seinem Einfluß gehorchten schweigend wir alle –
Aber die Macht ließ er fühlen uns nie.

Einmal in tausend Jahren, wenn dieses Land längst unterging –
Nimmer den Schwätzern, die eitel auf Tribüne und Schlachtfeld einst
Unter Glockenklang und Kanonengebrüll es zerstörten, nein!
Sondern denen singe der Sänger das Lied, das den Tüchtigen feiert
Die es gebaut unter Tränen und Schweiß, weitschauend und kühn
Der eigenen Kraft bewußt und einfach in Größe.

Beuteltier mit Weinkrampf

Zwischen kahlen Wänden, Kerzenlicht und Bier
Heigei Gei und das Beuteltier.
Stopft sie in ihn Reis und Tomatensoß
Schnurrt er wie ein Kater, sorgenlos.
Rohe Eier und Fromage de Brie:
Weißer werden ihre weißen Knie.
Weiche Hände und geblähter Wanst:
Vorher frißt du, daß du besser kannst.
Bläst die Dame dann die Kerze aus
Lockt das Mensch ihn in den Liebesgraus.

Zwischen kahlen Wänden, abendbleich
Schwimmt er lauwarm (still!) in ihrem Teich.
In den abgestandenen Weichteil gießt
Er den Samen, bis er überfließt.
Oftmals kriecht in die Kloake »Zu den vier
Himmelsrichtungen« sein kleines Tier.
Gegen Mitternacht erst wird ihm freier
Und er taucht aus ihrem alten Weiher
Über dem kein schöner Stern erglänzt.
Und er geht hinaus wie ein Gespenst.

Und im Sternenlicht, in kühlem Wind
Wandelt Heigei Gei, das Waisenkind.
Bleich und zitternd wie der gute Hirt
Daß sein nasses Hemd getrocknet wird.
Doch dieweil das Scheusal promeniert
Wird ein Schauspiel drinnen aufgeführt:
Wild im Weinkrampf wälzt das Beuteltier
Sich in kahlen Wänden, Kerzenlicht und Bier.
Denn jetzt ist der Uterus erschlafft
Und man weint nach seiner Jungfernschaft.

Biti im Herbst

Die Septembernächte sind gut zum Rauchen
Es muß hell sein zum Rauchen, das steht in den Dogmen
Man kann noch etwas sich im Weiher tauchen
Und sich mit seinem Hemd abtrocknen

Zuviel Wasser sollte man nicht brauchen
Es ist gut, in trockenen Blättern hin zu dächseln
Im September ist es da noch ganz gut rauchen
Schon im Oktober kannst du nachts die Hände leicht verwechseln

Mit Weibern ist es im Oktober ja besser
Die legen sich gern zwischen Blätterleichen
Im Oktober ist es auch nässer
Aber mit einer Pfeife das, das ist kein Vergleichen

Der alte Mann im Frühling

Ach in meinen Jugendjahren
War der Frühling schöner noch als heut.
Daß die schönen Mädchen schöner waren
Ist das letzte, was uns Alte freut.

Deine Mutter sagt es auch seit Jahren.
Alter macht das Urteil erst gescheit.
Denn wir Alten haben viel erfahren:
Aber dieses war die schönste Zeit.

Daß die Wiesen nicht und nicht die Ähren
Wie dereinst so golden und so grün
Muß wohl sein; denn wenn sie noch so wären
Könnt ich doch nie mehr zu ihnen hin.

Aber daß die Sonne immer kälter
Wo sie doch dereinst so herrlich war –

Ist nicht gut, denn wird man merklich älter
Liebt man Sonne mehr mit jedem Jahr.

Und Gedichte, Liebende und Leben
Ist nun anders, als es früher war –
Und nur wir sind immer gleich geblieben
Denn man haßt die Änderung im grauen Haar.

Der Dichter, der ihn manchmal geliebt

Weil er ihm Wein und Brot für schöne Worte gibt
Sagt von ihm, daß er Zedernholz und Salböl tauscht.
Doch jenem ist es gleich, ob's Myrrhen sind
Erz oder Flöten. Gift, das tötet. Branntwein, der berauscht.
Kloakensteine, Stiere und Absynth –
Und weißes Segel, das im Wind sich bauscht
Und er verachtet nur den schönen Wind.
Er gibt die Messer preiswert, die man ohne Mühe
In Menschen oder Kühe stößt; er lauert
Auf das, was kommen muß. Er kauft die Kühe
Und baut die Häuser, drein man Mörder mauert.
Er will das Schicksal lenken, nicht es halten.
Was frommt, sich wegzuwerfen, und was: Händefalten –
Er schleppt nicht Lasten übern schwachen Steg
Und will den Himmel nicht mit List bereden –
Er geht und tritt gelassen aus dem Weg
Wenn Stiere kommen und Propheten.
Seine Züge aber schleppen über die bleichen Prärien
Wein und Korn und Werkzeuge her
Fühllos und pünktlich. Seine Schiffe ziehn
Menschen und Tiere über das tödliche Meer.
Eilfertig stürzen sich seine Züge von den Gebirgen, beladen mit Reis und Mut
In die Täler, woraus die Hungernden schrein
Und füllen sie mit Speisen, daß sie spein
Und bringen Schüsseln mit, drein man Erbrochnes tut.
Mitunter kauft er Musik für die traurigen Herzen
Und für die Einsamen kauft er Menschen mit leichter Mühe
Und denen Sonnen untergingen, kauft er Kerzen

Die brennen preiswert bis zur neuen Frühe.
Manchmal gehen ihm Schiffe unter, aber es macht nichts
Oder es wächst auf seinen Äckern grauer Grind.
Dann siehst du in den Augen seines Angesichts
Freude über guten Acker, die Schiffe, die angekommen sind.
(Denn er ist nicht Herr über Sonne und dummen Wind.)
Ihn fesseln die Dinge, die da sind: Er weiß
Jedes Ding ist mehr wert als sein Preis
Und der den Säufern ihren Branntwein reicht
Und den Sterbenden die Särge zimmert
Weiß, daß der am größten ist, der sich nicht kümmert
Und macht den Sterbenden die Herzen leicht.
Ist das kindlichste von Gottes Kindern
Will die Dinge nicht abessen, die er liebt, wie sie sind
Und unter Gottes Zöllnern und Gottes Sündern
Geht er gelassen unter Gottes Wind

Der Virginienraucher

Mir sagte der Arzt: Rauchen Sie ruhig Ihre Virginien!
Um die Ecke muß schließlich mit oder ohne ein jeder.
In der Schleimhaut meiner Pupille zum Beispiel sind gelbliche Linien
Daran sterbe ich früher oder später.

Natürlich braucht einer deswegen nicht zu verzagen
So einer kann noch lange leben.
Er kann sich den Leib voll mit Hühnern und Brombeeren schlagen
Einmal natürlich reißt es ihn eben.

Dagegen aber richtet keiner was aus weder mit Schnaps noch mit Schlichen
So ein Krebs wächst heimlich, ohne daß man ihn spürt.
Und womöglich bist du schon ausgestrichen
Und hast eben noch deine Braut zum Altare geführt.

Mein Onkel zum Beispiel trug noch gebügelte Hosen
Als er schon lange gezeichnet war.
Er sah aus wie's Leben, aber es waren nur Kirchhofsrosen
Und an ihm war kein gesundes Haar.

Da gibt es Leute, die haben es in der Familie
Aber sie gestehen es sich nicht ein.
Sie verwechseln nicht Ananas mit Petersilie
Aber ihr Krebs kann ein Leistenbruch sein.

Mein Großvater wiederum wußte genau, was ihm blühte
Und lebte vorsichtig peinlich nach dem Rezept.
Und brachte es so auf fünfzig Jahre, dann war er es müde
Aber so hätte freilich kein Hund einen Tag gelebt.

Unsereins weiß: es ist keiner zu beneiden.
Jeder hat sein Kreuz, wie er immer war.
Ich selber habe ein Nierenleiden
Ich darf nichts trinken seit Tag und Jahr.

Die Mutter

Als sie nun fertig war und alles verschenkt war
Lächelnd verteilt und verschwendet der Überfluß
Siehe, da hatte sie, die einst so reich war
Ganz wenig Kraft noch. Die nahm sie zusammen.
All ihre Kraft und hielt eisern und standhaft
Still ihre Hände und sah die Beschenkten an.
Da war es, als ob sie
So ihre Hände, nie müde vom Geben
Die streichelnden, kühlen
Nun ihre Hände selber mit Ungestüm
Noch ihnen schenken wollte. So hielt sie sie fest.

Als sie nun fertig war und hinüberging
Still, mit so leichten Füßen, als fürchte sie
Kinder zu wecken und *so* leicht, als schwebe sie
Weil nun die Last, die ungeheure *von* ihr war

Siehe, da hoben sich alle und sahen herüber
Die, die *noch* litten und die so verzweifelten
Aber auch jene, die *so* durch Dunkles gegangen
Daß sie nun fast nichts mehr spürten vom Licht
Daß sie sich nie mehr wunderten, jene und jene
Die mächtig gewesen waren und über viele gesetzt
Sie sahen herüber und staunten:
Denn wieviel sie auch gaben einst
Diese
Hatte alles gegeben und nichts
Für sich behalten.

Die Sünder

Die Sünder in der Hölle
Hant's heiß, daß ihr's nicht glaubt.
Doch fließt, wenn einer weint um sie
Die Träne auf ihr Haupt.

Doch die am ärgsten brennen
Hant keinen, der drum weint
Die müssen an ihrem Feiertag
Drum betteln, daß man greint.

Es kommt Dionysos Heigei.
Der starb in Amerika
Das wußte seine Braut noch nicht
Drum war keine Träne da.

Es kommt George Garga
Sobald die Sonne scheint
Dem hatten sie Gottweißwarum
Keine Träne nachgeweint.

Und Liselotte Barger
Stand mitten in der Sonn
Die hatte so geliebt, daß man
Einst nichts mehr hatte davon.

Es kam Geörge Pfanzelt
Ein äußerst schlimmer Mann
Der hatte die Idee gehabt
Es käm auf ihn nicht an.

Und in der Sonne stand Bert Brecht
An einem Hundestein
Der kriegt kein Wasser, weil man glaubt
Der *müßt* im Himmel sein.

Jetzt brennt er in der Höllen.
O weint, ihr Brüder mein!
Sonst steht er am Samstag nachmittag
Wieder am Hundestein!

Es kommt die schöne Rosa
Mit ihrem toten Kind
Die hatte ihre Reu ersäuft
In Wasser und in Wind.

Doch keiner hört ihr Flehen
Durch die die Winde wehn
Durch die die Sonne scheint hindurch
Die kann man nicht mehr sehn.

Drum geht zum Otto Zarek
Und lernt's es, vor er stirbt:
Wie man bei fremden Leuten frech
Um ein paar Tränen wirbt.

Sonst kommt's ihr einst wie diese
Und wißt's nicht, wie man's macht
Daß um euch noch weinen tut
Und nicht nur müht, nicht lacht.

DOCH EINMAL LIESS SIE'S GELTEN
Und bekam ein Kind mit Gummischuhn
Der Fall ist äußerst selten.

KERR, DER NÜANCERICH
Der war nun auch tot
Jetzt kommt der Schlußeffekt im Morgenrot.

LARRYS B

Auf den Straßen in Sonne und Staub
Von den Mücken zerfressen –
Abends werden auf nassem Laub
Reis und verfaulte Fische gegessen.
In der Nacht ist Krach und der Feind ist da, Mama!
Musik spielt. Man kann trinken.
Man kann schießen, denn der Feind ist da, Mama!
Man kann Himmel sehn, der ist ja da, Mama
Wenn man tot ist, kann man nur mehr stinken.

Mancher Bruder war bei uns schon da
Bei dem half halt kein Trinken
Mußte abends, wenn's keiner sah
Feig in den dunkeln Himmel noch hinken.
In der Nacht ist Krach und der Feind ist da, Mama!
Musik spielt. Man kann trinken.
Man kann schießen, denn der Feind ist da, Mama!
Man kann Himmel sehn, der ist ja da, Mama
Wenn man tot ist, kann man nur mehr stinken.

Sonne brennt unserm Bruder ein Loch
Schlamm füllt schwarz seine Lungen.
Aber andere haben nachts noch
Reis und verfaulte Fische verschlungen.
In der Nacht ist Krach und der Feind ist da, Mama!
Musik spielt. Man kann trinken.
Man kann schießen, denn der Feind ist da, Mama!
Man kann Himmel sehn, der ist ja da, Mama
Wenn man tot ist, kann man nur mehr stinken.

In den Flüssen schwimmt mancher Rekrut
Vom lieben Gott schon vergessen

Als ihn bei grauem Himmel und Mond
Mutter, die feisten Fische gefressen.
In der Nacht ist Krach und der Feind ist da, Mama!
Musik spielt. Man kann trinken.
Man kann schießen, denn der Feind ist da, Mama!
Man kann Himmel sehn, der ist ja da, Mama
Wenn man tot ist, kann man nur mehr stinken.

Mancher, der staunend zum Himmel sah
Fühlte was oben zerspringen
Und dann hörte er nur mehr, Mama
Aber schon weit weg, die andern singen.
In der Nacht ist Krach und der Feind ist da, Mama!
Musik spielt. Man kann trinken.
Man kann schießen, denn der Feind ist da, Mama!
Man kann Himmel sehn, der ist ja da, Mama
Wenn man tot ist, kann man nur mehr stinken.

Manchen, der noch keine Mädchenbrust
Fühlte mit jungen Händen
Sah ich vor Eckel mit wilder Lust
Mit den zerschmetterten Armen verenden.
In der Nacht ist Krach und der Feind ist da, Mama!
Musik spielt. Man kann trinken.
Man kann schießen, denn der Feind ist da, Mama!
Man kann Himmel sehn, der ist ja da, Mama
Wenn man tot ist, kann man nur mehr stinken.

Mein lieber Bez

Und Donnerstag am Morgen:
Grau gähnt der Laden und roch sehr nach Seife.
Sie war sehr traurig, grämte sich verborgen.
Ich sagte, daß ich so was nicht begreife.
Und trug wie immer, für Euch alle, Sorgen.
Sie sagte lächelnd, als *ich nicht* anfing:
Ich hatte gestern abend keine Ruhe.
So daß ich, was ich nie tat und nie wieder tue

Am Abend noch zu seinem Haus hinging.
Sie lachen jetzt. Ich aber glaub nicht, daß ich übertreibe:
Ich hatte Heimweh nach ihm. Wo ich doch nicht darf.
Ich wußt auch nicht, daß er so an mir hing. –
Sie sah mit starrem Lächeln durch die Fensterscheibe
Nach einem buckligen, sehr alten Weibe
Das Straßendreck auf einen Karren warf.
Beim Abschied sah ich ihre Hände, die
Rot sind und mütterlich, so daß ich ihnen
Zutrau, daß sie sehr lieb streicheln müssen
Wenn Stirnen heiß sind oder Teemaschinen.
Und ich ward lächelnd stumm und drückte sie.
(Man kann nicht immer, wenn man Lust hat, küssen)

Hm. Meine Mutter zählt bald 50 Jahr
Von denen dreißig sie im Sterben war.
Und gestern sagte sie und lachte, schau
Wie's unsern Mädchen leider nie gelingt:
Ja, vor er ging, da sagte er, und zwar
So ernst, wie ich im Sterben kaum gewesen
Er müsse heute noch und müss es unbedingt
Einen Roman vollends zu Ende lesen. –
Das sagte er mir alter Frau.
Ich lachte auch. Und wußte nicht warum.
Und sah wie du drein dabei: Nämlich dumm.
Nun sind die Tage sonnig. Und es geht mir gut.
Die Nächte voller Sternenglanz und Ruh
Und alle Brunnen neigen sich dem zu
Der nicht wie Moder abends selber ruht.
Seit vielen Wochen harrte der Wald.
Und die Musik der Äcker, im Sonnenschein nackt
Und über alles Irdische aufschallt
In den strahlenden Himmel der Jugend aus grellen
Tierischen Pauken, göttlichen Tschinellen
Der Plärrer mit seinem betrunkenen Takt.
O gesegnete Heimat vom heimatslosen Gelichter:
Gassenhure, Strolch und Dichter;
Deine Kinder von jedem Wunder gepackt

Reiche mir, Kind, das Johimbim
Daß meine Lenden erstarken
Mit rosigen Händen (nimm
Du die Pillen, die Semori bargen
Schütte mir, Kind, das Johimbim
In den liederreichen
Mund. Du aber nimm
Das Semori desgleichen

Soldatengesang

Brüder wir in den dunklen Fabriken
Müssen wie Fische im Erddreck ersticken.
Am Tag sind wir Tiere, die finsterwärts waten
Aber am Abend sind wir Soldaten.

Bruder wir hinter der finsteren Mauer
Du auf dem Acker im Licht Bruder Bauer
Tags können wir uns auf die Kirchweih nicht laden
Aber am Abend sind wir Soldaten

Wir spielen die Ziehharmonika leiden-
schaftlich und schleifen die Messer bei Zeiten.
Wir wälzen uns gerne im weichsten Fladen
Aber beim Sterben sind wir Soldaten.

Wir schuften wie Engel und tanzen wie Sünder
Wir machen den Weibern sehr dicke Kinder
Wir tun halt singen und Fäuste ballen –
Aber am Abend sind wir gefallen.

Und als sie wegsah das Violette
Ging ich mit durchgeschnittnen Knien fremd
Die Stiegen abwärts, doch in meinem Bette
Ist nun kein Schlaf für mich mehr, der mich rette
Da hüllt ich meinen Leib ins frische Hemd.

Der Himmel war wie Milch. Ich dachte kühl.
Und lachte mit den Gliedern, die ermattet waren.
Und dann war nichts zu tun. Ich bin von früh
Bis spät den Mississippi abgefahren.

Gegen Abend mußte ich weinen.
Da war mein Totenhemd
Von Tränen aufgeschwemmt
Und ich schlief nackt statt zwischen ihren Beinen
Unter dem großen Bär auf kalten Steinen

Die Neger singen Choräle über dem Himalajagebirge

Zweihundert Neger mit hölzernen Segelschiffen
Aus den schwarzen Gewässern der Haifischmeere
Stehen sie in großer Höhe über den Himalajaklippen
Vollbesoffen bis zum Hals von Schnaps und Zähre
Und singen über dem Himalajagebirge seit Tagen Choral auf Choral.

Daß sie Gott der Herr erhöre!
Lieber Gott, erhöre sie!
Und auch du, Jungfrau Marie!
Ach sie singen noch an ihrem Marterpfahl!

Ungeheure Winter
Mit blauen Kältemessern bedräuen sie!
Und sie haben doch wie Kinder
Hemden nur bis an die Knie!
Mit ihren Kindern, Ratten und faulen Fischen
Die sie mit sich lockten aus der stillen Bucht:
Bitten sie Gott um Hilfe und inzwischen
Fallen ihre Hemden in die blaue Schlucht!
Lieber Gott, erhöre sie
Und auch du, Jungfrau Marie!

Großer Gott! Jetzt melden sie mit Telegrammen über Telegrammen
Sie stünden über den großen Himalajabergen

Mit ihren Kindern und deren Ammen.
Und wagten nicht, sich durch Schnaps zu stärken.
Was sollen sie tun? Was fangen sie an?
Sie, denen keiner mehr helfen kann?
Aber Gott erhöre sie!
Und die Jungfrau Sankt Marie!

Mir zittert der Mund! Ich sammle Tränen in alle meine Hüte.
Ich glaube, sie sollten trinken:
Schnaps, Schnaps, Schnaps, bis sie selbst in jene Schluchten sinken!
Wonniglich schläft Gott und die Neger erfrieren in ihrer Blöße:
Über dem Himalaja im April die letzte Kommission zur Erforschung von Gottes Güte...
Mir zittern die Lippen! Ob der Größe
Der Entscheidung! Denn: jetzt oder nie!
Heiliger Gott! Erhöre sie!
Und du, Jungfrau Sankt Marie!

Schmidtbonns »Graf von Gleichen« im Stadttheater

Der Graf von Gleichen, der sich in sein Bett
Zwei Fraun (in braun und weiß) zusammenpackt
Wird doch nicht fett:
Denn sie zerfleischen sich im zweiten Akt.
In breiter Linde flüstert Vogellaut
Wenn seine weiße, seine braune Braut
Nach einem Zweikampf wie von Katz und Ratte
Vom Felsen stürzt in Schlucht und Katarakt –
Worauf der schwergeprüfte Doppelgatte
Verzweifelt abgeht noch im dritten Akt.
Der Graf legt Wert drauf, daß man ihn verstände
(Und daß man klatscht). Der Mann hat schrecklich Angst
Daß man sein Seelenleben gar am Ende
Vom dritten Rang aus übersehen könnte –
Er gibt mehr Schmerz, als Du von ihm verlangst.
Schad, daß die süße Südfrucht, die der Graf sich greift
So zwischen Dämmerung und letztem Schlaf
Im warmen deutschen Merzwind nicht recht reift.
Statt lieblich wild halt noch ein bißchen brav:
Noch nicht das Asien, das der deutsche Graf
Aus Sonnenglut in Lindenschatten schleift.
Die treue Gräfin, seine weiße Fraue
Zu lang allein und dann zu dritt im Bette
Zuletzt das braune Weib in ihrer Klaue
Und ganz zuletzt erwürgt von ihrer Kette
Die weiße Frau, aus Verzweiflung schön
Blond und verzweifelt dieses deutsche Weib
Gebeugt in Scham, tief über ihren Leib
Mit einer Liebe wie Novemberföhn.
Das Ganze diesmal trefflich inszeniert
Drum auf zur Kassa und hereinspaziert!
Ihr seht im Stück, daß nur ein toter Mann
Noch mehr als eine Frau ertragen kann.

Lobgesang nach: Befiehl du deine Wege

1

Befiehl du deine Wege
Dem alles Helfen frommt
Der allertreuesten Pflege
Des, der wohl morgen kommt
Wer Wolken, Luft und Winden
Genug hat zugesehen
Der wird es leicht verwinden
Wenn sie ihm untergehen.

2

Es kann dir nichts geschehen
Solang du bei dir bleibst
Im Guten und im Wehen
Dich niemals selbst entleibst
Und liegst du gleich im Dunkeln
So bleib bei dir die Nacht
Und red von Sternenfunkeln
Zu dir mit aller Macht.

3

Es kann dir nichts geschehen
Solang du nicht entfliehst
Im Guten wie im Wehen
Den gleichen Himmel siehst
Und Wolken, Luft und Winden
Hast du ja nichts getan
Es wird sich niemand finden
Der dich verstoßen kann.

Über die Vitalität

1
Die Hauptsache ist die Vitalität
Die habt ihr nach Branntweingenuß
Ein gesundes junges Weib, das geht
Auf die Vitalität, weil es muß.

2
Die Weiber liegen zu Klumpen geballt
Die Peitsche nehmt mit ihnen ins Bett!
Doch geht's auch im Grünen: das heißt, es geht halt
Mit der nötigen Vitalität.

3
Die Vitalität, die schafft es auch
Beim dümmsten Engel. Die Vitalität.
So daß er euch rasend auf seinem Bauch
Um die letzten Dinge anfleht.

4
Die Vitalität, sie befaßt sich nicht
Mit der Seele und dem Gemüt
Sie befaßt sich mehr mit dem zweiten Gesicht
Und dem Weib als Gestüt.

5
Der Vitalität sind die Folgen egal
Die Vitalität macht sich alles bequem.
Es gibt keine Hemmung. Zum Beispiel Baal
War als Mensch nicht angenehm.

(Darum bitt ich Gott früh und spät
Um Vitalität.)

Ich, Jüngling, sage mir

Der Himmel ist heute wieder so bleich – als ob er wieder die ganze Nacht gevögelt hätte!

Es ist alles so unzüchtig! Die Hunde!

Ich bin an einem Weiher entlanggelaufen: Was das für Erinnerungen weckt! Es ist alles so unsittlich!

Hunde allein sprechen Bände!

Ich kann mich nicht mehr grad hinlegen abends im Bett! Die Bettdecke bildet einen Spitz! Oft denke ich dabei nur ganz wenig!

Die Frau von heutzutage: Kackt unter dem Hemd! Ich bringe es nicht aus dem Schädel! So werde ich gewaltsam geil gemacht.

Durch die Kammer ging der Wind
Blaue Pflaumen fraß das Kind
Vor es seinen weißen Leib
Hingab still zum Zeitvertreib.

Doch zuvor bewies sie Takt
Denn sie wollte ihn nur nackt
Einen Leib wie Aprikosen
Vögelt man nicht in den Hosen.

Wirklich bei dem wilden Spiel
War ihr keine Lust zuviel.
Danach wusch sie sich gescheit:
Alles hübsch zu seiner Zeit.

Liebe Marie, Seelenbraut:
Du bist viel zu eng gebaut.

Eine solche Jungfernschaft
Braucht mir zu viel Manneskraft.

Ich vergieße meinen Samen
Immerdar schon vor der Zeit:
Wohl nach einer Ewigkeit
Aber lange vor dem Amen.

Liebe Marie, Seelenbraut:
Deine dicke Jungfernhaut
Bringt mich noch zur Raserei.
Warum bist du auch so trei?

Warum soll ich, sozusagen:
Nur weil du lang sitzenbliebst
Grade ich, den du doch liebst
Mich statt einem andern plagen?!

Dunkel im Weidengrund
Orgelt der Wind
Und weil die Mutter ruft
Macht sie's geschwind...

Wolken am Himmel und
Orgelnder Wind:
Weil es schon dunkel ist
Tut sie es blind.

Weil es im Gras naß und
Kalt ist darin:
An einem Weidenstrunk
Gibt sie sich hin.

Wenn rot der Neumond hängt
Im Weidenwind:
Schwimmt sie im Fluß schon ab:
Jungfrau und Kind.

Der Seiltänzer

Jener aber bestieg das Gerüst...
Bei Orgel und Trompetenschall
Vor ihren Augen lief er übers Seil

Und doch: der Labtrunk dieser Nacht schmeckt *mir* wie Gift.
Die Sanftmut ihrer Stille reizt mich auf
Und ihres Windes kosende Berührung
Hohnlacht der Haut, die gerne schauern möchte.

Ihr grossen Bäume in den Niederungen
Mit mildem Licht von Wolken in den Kronen
Die finstern Wurzeln tief in sich verschlungen
So steht ihr da, worinnen Tiere wohnen.
Der Sturm peitscht eure nackten Äste finster
Wir sind sehr einsam und es macht auch nichts.
Wir haben nie ein Licht und nicht einmal Gespenster.
Und hätten wir's: Was täten wir mit Licht?

Ich habe dich nie je so geliebt, Ma sœur.
Als wie ich fortging von dir in jenem Abendrot.
Der Wald schluckte mich, der blaue Wald, ma sœur
Über dem immer schon die bleichen Gestirne im Westen standen.

Ich lachte kein klein wenig, gar nicht, ma sœur.
Der ich spielend dunklem Schicksal entgegenging –
Während schon die Gesichter hinter mir
Langsam im Abend des blauen Walds verblaßten.

Alles war schön an diesem einzigen Abend, ma sœur
Nachher nie wieder und nie zuvor –
Freilich: mir blieben nur mehr die großen Vögel
Die abends im dunklen Himmel Hunger haben.

Aber in kalter Nacht die erbleichten Leiber
Trieb nur mehr der Frost zusammen im Erlengrunde.
Halb erwacht, hörten sie nachts statt Liebesgestammel
Nur mehr vereinsamt und bleich das Geheul auch frierender Hunde.

Strich sie am Abend das Haar aus der Stirn und mühte sich ab, um zu lächeln
Sah er, tief atmend, stumm weg in den glanzlosen Himmel.
Und am Abend sahn sie zur Erde, wenn über sie endlos
Große Vögel in Schwärmen vom Süden her brausten, erregtes Gewimmel.

Auf sie fiel schwarzer Regen.

Von Absalom

Ausgestreckt
Liegt er jetzt. Nichts hält ihn
Sich hinzulegen, in seiner ganzen Länge.
Keinen Befehl
Gibt er mehr. Nimmer erhebt er sich
Auf Anruf. Ausgestreckt
Liegt er erschlagen, der sich erhob
Und vollendend den Aufstand
Aus der Bedrängnis erhob er sich
Stumm und verächtlich sternenwärts.
Nimmer fluchend, nimmer helfend: Er
Faltet die Hände! Sie liegen im Schoß.
Nimmer greift er, nimmer wehret er
Sondern die Hände leget er ab.
Sinnlos bedrängt, abseits gegangen
Ließ er mit Achselzucken
Den Sterbenden
Im Gehölz, einen
Schönen Leichnam, ausgestreckt!

1

Jene verloren sich selbst aus den Augen.
Jeder vergaß sich selbst. Es schwemmte das Meer seinen
Leichnam
Einmal an irgendein Riff, dort freuten sich Vögel darüber
Und lebten davon noch einige Wochen.
Viele versteckten sich hilflos in Nacht und glaubten, sie seien
Unsichtbar, wenn sie nicht sahen. Die Nacht
Gab ihnen Schutz und nahm ihnen lässig
Mütterlich streichelnd über ihr Antlitz
Stumm ihr Gesicht. In Wind und Wasserlaut
Wurden sie klagende Stimme, Scheuchen für Vögel
Und Kinderschreck, wehende Hemden im Flur
Zitternd in Angst vor Gelächter...

2

Und schon erhebt sich
Lachend im Winde, andres Geschlecht
Schläfer im Dunklen, Fresser der Vögel
Einig mit ihrem Leib
Und Herren unsäglicher Wonne.

3

Und aus den Seufzern jener
Aus Lachen und Niederfall
Speist sich die Sonne und tränkt sich die Nacht.
Also erneuert sich stündlich aus Fall und Verschlingung
Die unendliche Sensation
Welche bestimmt ist den Demütigen und denen, die reinen
Herzens sind:
Jung sein mit Überschwang und altern mit Wollust.

Das ist ja die Liebe zum Nächsten
Das ist ja der läppische Schmarrn
Drum regieren die Dümmsten und Frechsten!
Drum gibt es nur Schwindler und Narrn.
Und wenn sie noch viel schlimmer wären
Wir können sie ja nicht entbehren!

Ein' brauchen wir: daß wir ihm sagen
Wie furchtbar einsam wir sind.

Wir lassen uns ja alles bieten, wolln ja nicht mehr
Wir sind ja mit allem zufrieden
Das ist ja schon so ordinär
Darum ist er mit uns ja so barsch
Wir lecken ihn ja am Arsch

Eines Tages Geheul und Geweine
Aber Frau Rosa Palitzki bringt die Sache ins Reine.
Eine Jungfrau ist züchtig und munter
Der deutsche Shakespeare fließt den Kanal hinunter.

Lied der Schwestern

In den finstern Wäldern, sagt man
Wächst er auf wie fremdes, sanftes Vieh.
Viele Männer kamen von den Wäldern:
Aber aus den Wäldern kam er nie.

Und man sagte uns: in jenen Feldern
Mit den Bäumen wächst er sanft und still.
Aber viele kamen von den Feldern. Keiner
Der uns seinen Ort verraten will.

In den Städten, sagt man, leben viele.
Und in Höfen sieht man viele stehn.
Viele fragten wir, die dort her kamen:
Aber keiner hatte ihn gesehn.

Seitdem denken wir: in weißen Wolken
Gibt es oft ein sonderbares Licht.
Vielleicht sehen wir einst in den Wolken
Weiß, vom Wind verwehet, sein Gesicht.

Das war der Bürger Galgei
Mit schwerem Kopf und dick
Dem sagten Schurken einst, er sei
Der Butterhändler Pick.

Es waren böse Menschen
Die schenkten ihm den Strick
Er wollt es nicht und wurde
Am End der böse Pick.

Er konnt es nicht beweisen
Es stand ihm keiner bei:
Steht nicht im Katechismus
Daß er der Galgei sei.

Der Name stand im Kirchbuch.
Und am Begräbnisstein?
Der Bürger Galgei konnte
Gut auch ein andrer sein.

Der Bürger Joseph Galgei
Geboren im April
Fromm, ordentlich und ehrlich
Wie Gott der Herr es will.

Ballade von der sterbenden Ratte

Als der Sommer am Kanale war herabgeschwommen gar
Ward die Ratte nun noch einmal in den bunten Herbst gehüllt
Da der Vater und die Mutter diesen Lenz gestorben war
War die Ratte oft von traurigen Gefühlen ganz erfüllt.
Gegen Mitte Herbst stand leuchtend bunt in Blättern die Chaussee

I

Seine Musse zu geniessen
Ruht der Himmlische am Pfühl

Schöne Blumen sieht er sprießen
Aus der Irdischen Gewühl

2
Doch die Glieder aufzufrischen
Zu verwandeln in Gefühl
Liebe kommt auf zauberischen
Flügeln sanft auf seinen Pfühl.

3
Ach wie bald verfliegt die Liebe
Bald die Zeit der leichten Art
Von Gefühlen bleiben Triebe
Und hinunter geht die Fahrt.

4
Und des Alterns Weisheit breitet
Fittich übern Abgrund hin.
Selig, wer am Abend leidet
Weil am Tag die Sonne schien.

5
Wo die lichten Kähne schaukeln
Leuchtet Himmel von Korrund
Schwarze Wogen, die sie schaukeln
Ziehen die Musik zu Grund.

6
Daß er nicht geblendet werde
Blendet er das starke Licht
Zwischen Himmel, Höll und Erde
Schaukelt er im Gleichgewicht.

7
Seiner Güte, seiner Ehre
Singet Lob der Himmelsmund
Strahlend über seiner Leere
Wölbt sich Himmel von Korrund.

WAS ER SAGT, WEISS NIEMAND. Dies ist gewiß!
Aber jene, die Hände falten
Schmeißt er mit Lachen in Finsternis
Sollen ihr reines Herze behalten!

Am Ende sagt er, was alle sagen:
Nieder mit denen, die drunter!

AN A. G.

Segelschiff von Cadiz nach Pernambuco
Mit Zimt geladen, aber zu schwach, deshalb schlingernd
Daß man das Speien drin kriegen konnte
Auch schon vom Anschaun.
Sturzseen über dem weichen Leib, langsam versaufend –
Immer noch Wind im Segel, noch unter Wasser
Schwimmend noch, lieblich noch, in besoffenem Zustand...

BALLADE IN DER STUNDE DER ENTMUTIGUNG

1
Meine Jahre sind um und um.
Habe nichts gelernt, bin dumm.
Muß jetzt sterben, habe keine Religion
Bruder, gib mir Schnaps oder hilf mir davon?

2
Wasch dir *dein* Gesicht, wenn dir die Hand befleckt!
Mußt halt bitten, daß Moder und Kalk es verdeckt!
Es wird alles verbraucht und abgenutzt allhie
Aber meine blatternhäutige Seele, wie versteck ich sie?

3
So mich einer sieht in meinem Leichenhemd
Den bitte ich heut, daß er mir die Haare in die Augen kämmt
Er kann sich ja bekreuzen, doch wenn er erbleicht vor mir
So kann er erbleichen vor einem jeden Tier.

Ein jedes Tierlein in dem dunklen Feld
Preist seine Allmacht vielmals wunderbar
Und ist auf nichts, allein auf ihn gestellt
Wie es von Anbeginn war.
  Der Himmel dunkelblau
  Ist über uns zur Schau
  Mit seinem Schein, der nicht verblaßt
  Wenn uns der Tod erkalten laßt.

Und jedes Gras in seinem kalten Wind
Bückt sich zur Erde und freut sich, daß er ist
Und blickt nach ihm und ist sein kleines Kind
Und hofft, daß es sein Vater nie vergißt.

Und auch der Mensch, der wie das Gras verweht
Ist nicht allein und ganz verwaist noch
Wenn im Getümmel er nur aufrecht steht
Blickt er in Gottes reines Angesicht.

Die Geburt im Baum

1
Zwischen superfeinen Leichen
Braunem Raubtier sanft gesellt
Schwamm im Frühling ich mit gleichen
Satten Fressern aus der Welt.

2
Zwar war ich allein von allen
Goldgelb mit Musik gefüllt
Und, im Fleisch noch ihre Krallen
Nackt in Himmel eingehüllt.

3
Doch von dieser armen Erde
Nahm ich einzig mit mir als
Zeichen, daß sie mich verehrte
Einen Liebesbiß im Hals.

4
Blaue Salzflut überschwemmte
Mir das Fleisch bis auf das Bein
Wusch mich schnell von Kot und Hemde
Faustschlag (und auch Küssen) rein.

5
Bösen Träumen hingegeben
Mit mir selbst im Tod vereint
Hab ich Algen mich ergeben
Sie beschlafen, wie es scheint.

6
Als der Sommer wiederkehrte
War ich Aas in grüner Bucht
Und in einem Baum der Erde
Schlug ich himmelwärts die Flucht.

7
Grüne Wände wuchsen sommers
Über mich verfaultes Aas
Und im Herbste schwammen Wolken
Weiße, ob verfaultem Gras.

Die Häute der ewig Geliebten platzten jetzt leider
Und Samenfluß stinkend floß über ihr Knie
Ich aber sitze mitten im Eiter
Und danke Gott unermüdlich für seine Müh.

Und im Abendblau die kleinen Schatten
Klatsch ich auf aus dorrem Gras
Daß sie sich in Eil begatten
Klatschend, denn ich liebe das.

Gesang vom Meer

Seht! Hoch die Himmel, lustgeschwellt!
Schwimmt in Flut, die euch hinunterspült!
Stürzt Segel schreiend in Horizonte gebläht!
Katarakte blau, türkisgrün!
Jung!

Aufquellen Leichen *vom* Grundtang im Kielwasser!
Fischt sie!
Areale verfetteter Erinnerungen!
Seemöwen verflatterter Sehnsüchte!
Haifischaas zerfressen von Motten!
Werft sie in Flut zurück
Wascht eure Hände!

Unermeßliche Horizonte seit der Zeit des Kaisers Diokletian!
Voll untergehender Schiffe, halbvoll mit fauliger Salzwasserflut
Leichen im Zwischendeck! Raus!

Oh, orangene Morgenröte! O Meer ohne Grund! O Mäuler des Todes wie leere Kindermäuler! O Auffahrt im Morgenrot!

Seht, hoch der Himmel, lustgeschwellt
Sauft!

Kiefern schwarz mit hellen Flecken die Himmel sind!
Der Verwirrtheit überführt, der Schwärze angeklagt!
Geil verschwistert Nachtwind
Große Wipfel wiegend im Himmel: Es tagt.
Wolkenweiße berührt die Firn

Ode gegen die Politiker

Hochmut! Fette Knechte, blaugeschient
Unverwundbar wie alles Pöbelvolk!
Mörder der Sterbenden, Großmütter unvermeidlicher
Geschlechter!

Plangläubige!

Eure Einfalt rührt mich:

Der Fluss lobsingt. Die Stern im Gebüsch!
Geruch von Pfefferminz und Thymian!
Ein kleiner Wind macht unsre Stirnen frisch
So hat es Gott uns Kindern angetan
Das Gras ist weich: das Weib ohn Bitternis
Die schönen Weiden machen alles froh:
Heut ist die Lust den Willigen gewiß;
Es ist zum Nimmerwiederfortgehn so.

Meines Bruders Tod

Im Rausch geschmissen auf die kalten Steine
Es bog mein Bruder seinen Hals zurück
Und verbat sich zitternd alles Weinen
Und sammelte sich selbst in einen Blick.

Er sah uns nicht. Ihn blendete das Helle.
Er sagte nichts. Die Kehle war zu eng.
Er langte an die Brust an jene Stelle
Wo er ein *Herz* hat, und er sagte streng:

Geht fort und schämt euch! Und es ward sehr stille.
Die Steine sind's, sagt er, die *mir* gehören!
Und keiner weint, ihr, denn es ist mein Wille.
Da wagte keiner mehr von uns, ihn noch zu stören.

Wir gingen abseits.
Er lag bis Mittag trunken murmelnd da.
Und starb dann heimlich und verfiel in Eile
Wohl da er meinte, daß ihn keiner sah!

Mankeboddel Bol

Mankeboddel Bol sieht wie ’n Bulldog aus
Blökt so wie ein Ochse blökt zum Hals hinaus.
Violette Seidensocken unten dran
Ein Paar in der Tasche, das er wechseln kann.

Mankeboddel Bol, wie ich beweisen kann
Mankeboddel Bol ist nicht wie ’n andrer Mann.
Mankeboddel Bol weiß, was ihr niemals wißt
Daß die weite Welt nicht nur für ihn da ist.

Als er soweit war, na ihr versteht’s nicht so
Sagte Mankeboddel Bol zu sich: Adagio.
Denn es war ihm klar, was Euch noch dunkel ist:
Daß ein Mankeboddel Bol nicht für die Welt da ist.

Ihr Freunde, im Vorübergleiten

Hört dieses Lied seit sieben Jahr
Von den orangenen Seligkeiten
In Heigeis Tabernakelbar.

Der verlorene Sohn

Die bleichen Stauden in dem lila Himmel
Sind oft zur Nacht mir wie ein Schwesterkuß
Gegen Mitternacht, da schwimmen übern Himmel
Sehr weiße Wolken, die man lieben muß.

Den schönen Frauen tat ich großes Leid
Sie gingen traurig, als ich nichts mehr aß

Die Nächte sind sehr warm seit langer Zeit
Erst gegen Morgen wird es kühl im Gras.

Und fall ich müd in den Himmel der einen Nacht
Dann weiß noch wer um meinen Sündenfall
Früh wenn es kühl wird, lange ich erwacht
An meinem Hals, da war's nur böser Alb.

Der Himmel mild, der gute blaue Wind
Sie sind mir gut auf meinem Weg hinab
Und abends schlaf ich wieder wie ein Kind
In vielen Wassern wusch ich mich schon ab.

Und hab ich Blasen an den Füßen fürwahr
Das Pfefferminzkraut kühlt sie schwesterlich genug.
Und nachts im Schlaf verwirrt mein wüstes Haar
Sich in den Lilien mit dem bitteren Geruch

Der große Himmel kümmert sich doch nicht
Um einen bösen Hund im großen Feld
Er ist nicht kleinlich, denn er gibt sein Licht
Auf alle Dinge in der ganzen Welt.

ORGELT HEIGEI GEI SEIN KYRIELEIS
Bei Vermeidung des geringsten Lichts
Die Madonna mit dem weißen Steiß
Lächelt lieblich doppelten Gesichts.

Und sie lächelt stets, wenn er sie liebt
Wie durch Seetang fließen weißgebaucht
Dicke Fische, die es gar nicht gibt
Wenn er sie im Bett zusammenhaucht.

Und er liebt sie manchmal siebenmal
Durch und durch. Doch nie ist sie gestillt
Schwanger würgt sie, fischlaichangefüllt
Sanftgeblähter seinen Marterpfahl

Referring

Das Leben ist ganz scheen
Schnell und von vorn besehn
Doch liebt ihr es zu lang und heiß
Dann zeigt es euch den Steiß.

Ballade

Jener sah schon, wie sie sich verneigten
Und sie winkten sich schon Abschied zu
Ach da stand er in dem grün verzweigten
Schönen Baumwerk immer noch voll Ruh.

Ach da stand er noch am Baum und langte
In die Luft nicht einmal mit der Hand
Da verblaßten die Gesichter schon für immer überm Rand
Als aus grüner Bucht die Barke schwankte
Und im Wind wie eine Wolke schwand.

Steigt der Leib und fällt die Träne und das Herz tut weh
Kommt die Leichenmutter mit der gelben Matinee.

Sonne

Die Sonne scheint sieben Jahre lang
Auf meinen Leib und meine Wang
Und in meinen roten Hals hinein
Und durch mein Fleisch auf mein Gebein.
Die Sonne blies mir in die Haut
Ich mußt mich wälzen in dem Kraut
Sie ließ mir nichts, mein lieber Schwan
Sieben Jahre hab ich nichts getan.
Mit meinem Hirn und meinem Knie
Bin ich bei ihr. Ich liebe sie…

Von dem Gras und Pfefferminzkraut

Ich habe den Geschmack von Pfefferminzkraut
Auf meiner Zunge und Geruch vom Grase
Ich liege in den Brennesseln zum Spaße
Und wälz mich auf Fetzen meiner rohen Haut.
Ich hab das Schilf vom kleinen Fluß zerkaut.
Und mit den dicken Steinen Unzucht getrieben.
Als ich keine Haut mehr hatte von dem Lieben
Habe ich den kleinen Himmel angeschaut.
Ich kenne dieses Gras in meinem Hosensack
Von Jugend auf. Und als es noch klein war.
Es kratzte mir die Haut oft im Genack
Und wuchs viel schneller als mein eigen Haar.
Ich sah es Unzucht treiben schon im Kindesalter
(Es war ein wunderbarer schwarzer Falter.)
Wir standen gut zusammen jedenfalls.
Es liebte bang und lang nur meinen Hals

Ballade von der Liebe

Dies Kind (wie kein Engel so rein)
Ist unter sich dennoch ein Schwein

Prometheus

Das ist die Stunde ihres Triumphes:
Die blauen Wälder sind wie Eisenspiegel aufgebaut.
Sie selbst steht wie ein weiß Gespenst verbrannt im Dunst des Sumpfes.
Der Felsen wächst durch rohe Fetzen meiner Haut.

Aus dem entfleischten Himmel steigt sie nackt
Bleich, mit gebleckten Zähnen, ohne Mühe.
Ich lasse sie aufgehen jede Frühe
Und lege mich zum Fraß dem Katarakt.

Und wenn sie's satt hat, dann erbleicht das Gras
In Rauch verhüllt der Himmel sein Gesicht:
Von obenher kommt nun durch den dunklen Himmel Er:
Von dem es heißt: daß er gern Leber fraß.

Seit die Sturzgischte zischten über meine erbleichte
Stirn, sind Gefühle wie Ratten von mir geschwommen
Einsamer habe ich die schwarze Beichte
Dem Wind, der mich hinwarf, jetzt abgenommen.

Jeden Tag ging einer der Freunde unter
Mit vollen Segeln Seele um Seele
Sie verwelkten und schwammen wie Fische hinunter
Aber verpesteten rings die geliebte azurne Luft der Kanäle.

Die Häuser mit ihrer aussätzigen Stirn
Erbrachen die Sternennächte, die sie erwürgt hatten
Urplötzlich über den Betten der Kasematten
Stand der Gestirnte wie eisweißer Frühjahrsfirn.

Der Beleidigte

Gewiß: ich bin sofort heimgegangen.

Er hatte mich den ganzen Tag durch seinen blassen Himmel beleidigt. Aber am Abend war das Maß seiner Vergehen voll. Ich ging heim.

Ich habe eingesehen: Man liebt mich nicht. Ich kann wie ein Hund verrecken, sie trinken Kaffee. Ich bin überflüssig hinter meinen Gardinen.

Ich konnte mich nicht mehr retten, schwarze Kolosserhunde tauchen an den Straßenbiegungen auf.

Die Wolken winken ab, das himmlische Konzert findet unter Ausschluß meiner Persönlichkeit statt.

Das schwarze Wasser fließt immer noch unter der Brücke durch, ich habe rasch hinabgeschaut. Die Blasmusik spielte mit geblähten Backen (es wird mehrere Coitusse geben diesen Morgen!), ich dachte vom Wasser: wenn sie spielen, geht es etwas besser.

Ich bin, mit offenem Hemd auf der Brust, ohne Gebete im Gaumen, preisgegeben dem Stern Erde, der in einem System, das ich nie gebilligt habe, im kalten Raum umgeht.

Meine Mutter ist seit gestern abend tot, ihre Hände wurden allmählich kalt, als sie noch schnaufte, sie sagte aber weiter nichts mehr, sie hörte nur zu schnaufen auf.

Ich habe einen etwas beschleunigten Puls, sehe noch klar, kann gehen, habe zu Abend

LASS AUCH DAS GRAS BEDEUTEN
O Herr in deinem Wind
Wenn nach dem Vesperläuten
Die Felder ruhig sind.

Die Vögel in dem Laube
Sind aus mit ihrem Schrein
Der Laute wie der Taube
Schläft nun mit einem ein.

Mein Hals im Gras, dem blauen
Fühlt kühler deine Erd
Die Sterne sind in Haufen
Zu mir zurückgekehrt.

ABER GANZ GEGEN DAS ENDE ZU
Fand er das Wort noch
Siehe er sah noch, da es schon dunkel war
Den Weg in dem letzten Licht
Und den Gott schon vergaß, wegwendend sein Angesicht
Horcht: Er schrie und die Stimme fand Widerhall.
Aufjauchzten alle Himmel, als er hinüberschritt
Als er die Waffen *legte* aus lahmer Hand
Und sich besiegt gab und wegging
Als ein Befreiter!

Lied von der Hölle

In der Hölle, ich komme einst hin
Werden keinerlei Wolken mehr ziehn.

Die Vernunft

Jetzt wird es Abend und er kommt nicht.
Ob ich ihn erkenne bei *dem* Licht?
Ich werde jetzt so rasch zu einem alten Weibe
Wenn ich mich nur nicht eines Tages selbst entleibe!
Ich bin wohl häßlich, doch ich weiß es gut:
Man lebt nicht umsonst von Fleisch und Blut.

Sentimentales Lied Nr. 78

Ach in jener Nacht der Liebe
Schlief ich einmal müde ein:
Und ich sah voll grüner Triebe
Einen Baum im Sonnenschein.

Und ich dachte schon im Traume
Von dem Baum im Sonnenschein:
Unter diesem grünen Baume
Will auch *ich* begraben sein.

Als ich dann an dir erwachte
In dem Linnen weiß und rein:
Ach in diesem Linnen, dachte
Ich, will ich begraben sein.

Und der Mond schien nun ganz sachte
Still in die Gardinen ein
Und ich lag ganz still und dachte
Wann wird mein Begräbnis sein?

Als ich dann an deinem warmen
Leiblein lag und deinem Bein
Dachte ich: In diesen Armen
Will ich einst begraben sein.

Und ich sah euch wie ein Erbe
Weinend um mein Bette stehn
Und ich dachte: Wenn ich sterbe
Müssen sie mich lassen gehn.

Die ihr viel gabt: euch wird's reuen
Daß ihr mir nicht alles gabt:
Und es wird euch nimmer freuen
Daß ihr mich beleidigt habt.

Der Mensch ist kein Schwimmer, der Mensch ist kein Flieger:
Er ist aus der Gattung der Rückenlieger.

Und ist sie nicht so ane
Wenn er soaner ist:
Es schmeißen Don Juane
Die Häute auf den Mist.

Deutschland, du blondes, bleiches
Wildwolkiges mit sanfter Stirn!
Was ging vor in deinen lautlosen Himmeln?
Nun bist du das Aasloch Europas.

Geier über dir!
Tiere zerfleischen deinen guten Leib
Dich beschmutzen die Sterbenden mit ihrem Kot
Und ihr Wasser
Näßt deine Felder. Felder!

Wie sanft deine Flüsse einst!
Jetzt vergiftet von lila Anilin!

Mit nackten Zähnen raufen
Die Kinder das Getreide aus vor
Hunger
Aber die Ernte schwimmt in das
Stinkende Wasser!

Deutschland, du Blondes, Bleiches
Nimmerleinsland! Voll von
Seligen! Voll von Gestorbenen!
Nimmermehr, nimmermehr
Schlägt dein Herz, das vermodert
Ist, das du verkauft hast
Eingepökelt in Salz von Chile
Und hast dafür
Fahnen erhandelt!

O Aasland, Kümmernisloch!
Scham würgt die Erinnerung
Und in den Jungen, die du
Nicht verdorben hast
Erwacht Amerika!

O WARUM LASST IHR VORÜBERGEHEN ungeküsst
Die letzten Gesichter, die euch glichen
Bald sehet ihr keines mehr!
Und die Stimme, die ihr erwürget
Sie sang zum letztenmal *euer*
Lied!

DIE WOLKEN ZIEHEN IMMERFORT
Durch diese großen Himmel hin
(Ich habe eine Taube dort...)

I
UNSRE ERDE ZERFÄLLT, doch die Erde rollt weiter
Das Tier von der roten Sonne behext!

Aus dem Aasloch Europa erhebt sich befreiter
Ein neues Geschlecht und es dehnt sich und wächst.

2
Unter den fiebrigen Abendröten der Untergänge
Wandern Schwärme von neuen Menschen her
Über die Meere rollen sie so wie junge Gesänge
Über das schwarze Land und das gelbe ölige Meer.

3
Er spuckt auf die Häuser, die Dächer mit Fieber
Der Himmel genügt ihm mit Orion und Bär
Auf Kästen morschen Holzes jagt er lieber
Hinter den Haien, die nach ihm hungern, her.

4
Er ist furchtbar im Lieben: Sie haßte den Schwachen!
Sie wickeln sich ein zu zweien in Haut
Für die Kinder läßt er ihr nichts als sein Lachen
Das sie an weißen Zähnen am Morgen in Dämmerung schaut.

5
Und an einem Weib, das sich einst ihm im Halse verbissen
Hautlos im Finstern, und er war jung
Erkannte er sich und es schlug sein Gewissen
Und seine Eltern traten vor ihn aus Dämmerung.

6
Seine Eltern, das waren weißzähnige Tiere
Er erkannte sie gut und wie niemals das Einmaleins.
Mit dem Schrei in dem Hals, mit den Krallen der viere
Dem Geruch für den Wind und das Fleisch ihres Feinds

7
Seit dem Tag ist er ganz aus den Städten verschlagen
Er flieht verstört der Eroberung zu …
Oh, die Röten und Blässen der Himmel jagen
Sich von jetzt an für ihn wie die eigene Ruh!

8
Und Sonnen gehn auf mit jedem Öffnen der Lider
Und Abendröten für ihn! Für ihn!
Bäume, wie er jung, schlagen ihn nieder
Und sein Sturz reißt ihn über neue Gegenden hin.

9
Seine Seele ist scheu und der Himmel wird blässer
Wenn er denken soll mit dem Hirn statt den Knien
Er prüft jedes Wort wie ein schwarzes Gewässer
Ob es seicht und warm genug ist für ihn.

10
Und noch hat er die bittere Nacht in den Gelenken
Die Angst vor dem Licht in der Falte der Haut!
Nachts findet er blind die schwärzlichen Tränken
Und er schläft mit der Eule ein, wenn es graut.

11
Doch schon ist Gelächter, Lachen, oh, Lachen!
In ihm, des Lasziven Kindergemüt!
Doch noch Erz sein Gesicht, nur den tausendfachen
Windhauch spürt man, der ängstlich darüberflieht!

Negerlied

Die Wolken sind vor den Mond geschwommen...
  Frösche quaken im Moravesumpf! Sie lieben Frösche.
  Es ist dunkel und man sieht sich beim Lieben nicht
  Die Hände des Mannes bei mir zittern jetzt auf einmal.

Die Straßen sind dunkel und das Gehölz zittert im Wind
  Der Farmherr geht am Gebüsch vorbei und hört was vom Lieben.
  Er ist eifersüchtig, denn er ist betrunken und er sieht nichts.
  Nachts ist der Farmherr auf jeden Mann eifersüchtig, auch auf Gaul, Hund und Leuchtkäfer.

1
Die schwarzen Wälder aufwärts
In das nackte böse Gestein
Es wachsen schwarze Wälder bis
In den kalten Himmel hinein.

2
Es schreien die Wälder vor Kummer
Von Frost und Oststurm zerstört –
Wir aber haben dort unten
Die flüsternden Worte gehört.

3
Die Bäche, die von dort kommen
Sind kalt, daß sie keiner erträgt
Wir aber haben uns unten
In kältere Betten gelegt.

4
Sie sagen, man sieht dort nur Finstres
Weil Tannen vorm Lichte stehn:
Wir aber haben dort unten
Das Schauspiel der Welt gesehn.

5
Sie sagen auch: über den Wäldern
Drunten im Stein kommt nichts
Da sind wir die Leute, hinüber-
zugehen ins Gestein gelassnen Gesichts.

1
Und immer wieder gab es Abendröte
Geruch von Asphalt und von Thymian
Sie harrten immer drauf, daß Er sie töte
Er aber, lässig, dachte nicht daran.

2
Die Himmel strahlend wie die großen Lügen
Sie narrten sie: das alles hielt sie auf.
Er wollte wissen, wie lang sie's ertrügen
Sie aber, hilflos, kamen nicht darauf.

3
Und wenn sie fragten, ob er denn dann wünsche
Daß sie verzichteten, dann schwieg er auch.
Und ließ sie stehen in den dunklen Büschen
Und sagte nichts und hüllte sich in Rauch.

4
Sie aber sagten ja ins Ungewisse
Und gaben's auf und sanken in die Knie
Und schon vergingen ihre Bitternisse
(Und etwas früher noch vergingen sie.)

Sie sind vorübergegangen. Im Abendrot.
Mit großen Kreuzen. Viele liefen ihnen nach.
Ich bin allein geblieben. Später die Nacht
Als der Mond aufging, er wußte nichts mehr davon.

Später, die kühle Nacht mit dem grünen Mond...
Da ich allein blieb, ich war nicht mitgegangen...
Es fror mich ein wenig, später gen Morgen zu...
Die Erde gefiel mir wohl, aber die Qual im Hals...

Jetzt sind sie schon weit fort, mit ihren
Großen Kreuzen. Sie liefen die Nacht wohl durch.
Nichts hielt sie. Jetzt kann keiner, der vergaß, ihnen zu folgen
Sie je mehr einholen. Wird es jetzt wohl
Besser?

Als sie nun aus war, ließ man in Erde sie
Blumen wachsen. Falter gaukeln darüber hin...
Sie, die Leichte, drückte die Erde kaum
Wieviel Schmerz brauchte es, bis sie so leicht ward!

Noch flattert mein Herz. Noch bieten sich Himmel
Mit großer Gebärde dem Absteigenden dar.

Stark ist der Stier, der den Himmel nicht sieht! Er geht herum in der Sonne und stampft das Gras nieder!

Ha! Lacht in Juda und klatscht, weil der Stier stark ist!

Stark ist der Stier, aber das Gras ist stärker, das er niederstampft. Es kennt den Himmel und richtet sich wieder auf.

Ha! Lacht in Juda und klatscht, weil das Gras stärker ist!

Der die Wolken ansiehet, ist wie der Stein, der festsitzt. Aber der Stein muß nicht fort und geht nicht zur Tränke.

Ha, lacht in Juda und klatscht, weil der Stein nicht fortmuß!

Der Stein muß nicht fort, aber wer blind ist, siehet die Wolken nicht. Ist es nicht schön, ein voll Maul haben?

Ha, lacht in Juda, und klatscht, weil ihr nicht blind seid!

Und das Wasser schwillt bei Vollmond und es wird nicht mehr Wasser. Aber der Löwe stirbt Hungers, wenn er liegenbleibt.

Stark sind, die da tun, was sie müssen, und stärker sind, denen es nichts ausmacht.

Denn der Hagel trifft sie nicht und der sie trifft, er erschlägt sie nicht

Ha ha lacht in Juda, lacht und klatscht, klatscht in Juda, daß ihr noch lachen könnt!

Sie wandte mir den Rücken
Da kroch ein großer Wurm heraus
(Der wollte mich beglücken
Er wollt die Hand mir drücken...)
Doch war er mir ein Graus...

Wenn George und Buschiri und ihr Freund am Bummel gehn
Ihre Flossen in der Tasche, dritte Sorte in dem Maul
Sehn sie öfters alte Leute in den losen Türen stehn
Und nicht blinde und nicht taube und nicht faul.
Sondern diese Greise sprechen
Von Buschir als Kleiderrechen
Von Georges Billardspiel
Und von ihrem Freunde viel!
Wenn George und Buschiri und ihr Freund im Busche sind
Ihre Hand in einem Mädchen, ihren Geist wohl im Exil
Sehn sie öfters hinterm Busche ein verloren, altes Kind
Ohne Äpfel, ohne Laubwerk, ohne Stiel...
Und sie schwatzen dennoch morgen
Von Buschiris Kindersorgen
Von Georges Rückenzehr
Und von seinem Freund – noch mehr!
Wenn George und Buschiri und ihr Freund besoffen sind
Dann umarmen sie sich lässig, schwärmerisch, still unterm Tisch.
Waschen sich sodann im Flusse, trocknen sich sodann im Wind
Sind sie spätestens im Bette wieder frisch.
Aber diese Greise dulden
Nicht Buschiris Trinkerschulden
Und nicht, daß George streunt
Und schon gar nicht: seinen Freund!
Wenn George und Buschiri und ihr Freund einst Greise sind
Treibt den Hut ein Stiefelzieher nur auf den geschwollnen Kopf
Sind sie taub gen schnapsige Hymnen, gegen hübsche Kleider blind
Gegen Mädchenbrüste, Nacht und Weiberschopf.
Und man hört sie zahnlos sprechen:
Billardspiel und Kleiderrechen
Schulden, Kinder, Rückenzehr
Bummelei und vieles mehr.

Der dicke Cas ist gestorben.
Es war ein guter Mann.
Er konnte uns alle zeichnen.
Er soff sich herrlich an.

Er hat sich gut gestillet.
Ein dickes Loch gefüllet
Wohl in der freien Luft.

Der dicke Cas ist gegondelt
Hinab den schwarzen Pfuhl:
Er konnte wie zwei Mann liegen
In einem Schaukelstuhl.
Er kann sich nicht mehr wiegen:
Wie zwei Mann tut er liegen
Im tiefsten Höllenpfuhl.

Es ist der Cas verblichen
Als wie das Gras verweht –
Dieweil die Sonne lang noch
Im milden Mittag steht.
Der Wind ging in sein Segel
Er ist mit Kind und Kegel
Als wie das Gras verweht.

Er hat in manchem Graben
Mit manchem Tod gerauft.
Er hat den Tod gezeichnet
Und hat ihn gut verkauft.
Mit Kugeln und Komplotten
Sie konnten ihn nicht ausrotten
Er hat zu gut geschnauft.

Er stieg in die breite Sonne
Und in das Grün hinauf
Da kam ein lauer Wind daher
Der fraß ihn schmeichelnd auf.
So ist der Cas verblichen
Mit einer schauerlichen
Staubschichte oben drauf.

Wir sind zusammengekommen:
Buschiri, Orge und ich
Und haben bekümmert vernommen

Daß unser Cas verblich.
Wir weinten dicke Zähren.
Wir gaben ihm zu Ehren
Dem Leichnam manchen Stich.

Daß ihn kein Wurm nicht frisset
Lebendig in seinem Schacht
Da er ein dickes Loch auch
Der Erde voll nun macht.
Die Trommeln sind gesenket.
Die Hüte sind geschwenket:
Jetzt liegt er in der Nacht.

Es muss ja bei uns nicht geweint sein;
Uns ist es auch etwas fatal:
Wir könnten ja gar nicht gemeint sein
Es ist uns ja völlig egal!
Und haut man euch den Buckel an
So habt es nicht gleich satt:
Ach, daß man was verlieren kann
Beweist, daß man was hat!

Gardinenpredigt

Sei doch einmal ein netter Junge
Und paß auf deine arme Lunge!

Und sei so artig und honett
Und laß die Zeitung weg im Bett!

Zieh mich nicht auch in deinen Pfuhl
Und trink nicht Schnaps im Schaukelstuhl!
Du weißt genau, daß ich es büße!

Wann wäschst du eigentlich die Füße?!

Ein andrer würde sich ja schämen
Die »Worte« in den Mund zu nehmen!

Schäm dich, zwischen den Zehn zu fischen
Und dich am Bettuch abzuwischen!

Rasiert bist du auch wieder wie

Ein Schwein und Pickel wie noch nie!

Und mußt du denn die Virginien rauchen
Wo wir das Geld so schrecklich brauchen!
Du riechst davon nur aus dem Mund

Ja, was ich sagen wollte, – und
Sei doch einmal ein netter Junge
Und küß mal wieder mit der Zunge!

Civilis-Song

(Vor weißen Vorhang tritt ein muskulöser, breiter Neger in roter Uniform. Er hat eine Trommel vorgespannt. Licht grünlich.)

1
Grün war unser Dschungel
Trocken unsre Kraal
Aoh! Aoh!
Unsere Nabel träuften
Von die Fett einmal.
Aoh!
And because bei uns
Es grün und trocken war
Kam one day das Schnapsverkäufer
Und das Missionar.
Oah oah!
Bum!
Unsere feine trockne Kraal kaputt kaputt!

Weiße Missionar verkauft für Glock und Gin
Schwarze Mann kann drink wie Nilpferdpott
Weiße Mann kann drink wie Nilpferdpott
Mit Loch darin.
Und seit disse Tack hat es geschneit auf schwarze Haut.
Haut ist nicht geworden niemals weiß davon.
Schwarze Haut macht bumbum, schwarze Haut macht laut
Habe auf main Trommel schwarze Niggerhaut
Haut is überrblibben, Nigger is verdaut!
Weiße Mann hat uns geimpft mit Civilis-Civilis-Civilisation!

2
Whiskymann hat Whisky
Saufte grüne Räusch
Aoh aoh!
Missionar hat Himmel
Fraße Pferderfleisch
Aoh! Aoh!
Und an die arme Nigger
Verfeilschten ihr den Lamm
Die der Welten Missetat
Trägt sechs Pfaund der Gramm oah oah
Bum!
Unsere feine dicke Vieh kaputt kaputt!
Whiskymann hat teire Lamm auf Tisch.
Missionar frißt Pferderapfelcherkompott
Schwarze Mann frißt Gras von liebe Gott
Und faules Fisch.
Und seit disse Tack hat es geschneit auf schwarze Haut.
Haut ist nicht geworden niemals weiß davon.
Schwarze Haut macht bumbum, schwarze Haut macht laut
Habe auf main Trommel schwarze Niggerhaut
Haut is überrblibben, Nigger is verdaut!
Weiße Mann hat uns geimpft mit Civilis-Civilis-Civilisation!

3
Unsere Missis trabben
In uaiße Federhut
Slackt sie arme Nigger

Zeigen Missionar den Blut
Was die viele Lump
Wie weiße Ladies hathe
Sind doch an die Körpern nicht
Wie Magermilch und Käs.
Unsere feine dicke Missis o verreckt!
Weiße Miß für Nigger viel zu roh!
Hat für Nigger gar nimmer affect
Weiße Weibsfleisch bloß Primäraffekt
An die Popo.
Und seit disse Tack hat es geschneit auf schwarze Haut.
Haut ist nicht geworden niemals weiß davon.
Schwarze Haut macht bumbum, schwarze Haut macht laut
Habe auf main Trommel schwarze Niggerhaut
Haut is überrblibben, Nigger is verdaut!
Weiße Mann hat uns geimpft mit Civilis-Civilis-Civilisation!

4
Einmal arme Nigger
Civilis hat satt
Kommen in Millionen
In eur weiße Stadt
Packen Fedderhalt
Geschiß und Glock und Räusch
Eure schlechte Weiber
Eure gutte Fleisch!
Und ain feine dicke Nigger sauft express
Schnaps von Händler, Blutt von Missionar.
Weiße Mann kann kack auf Nigger, yes!
Nigger aber kann es, kann es fress
Ratzegar.
Und seit disse Tack hat es geschneit auf schwarze Haut.
Haut ist nicht geworden niemals weiß davon.
Schwarze Haut macht bumbum, schwarze Haut macht laut
Habe auf main Trommel schwarze Niggerhaut
Haut is überrblibben, Nigger is verdaut!
Weiße Mann hat uns geimpft mit Civilis-Civilis-Civilisation!

Die Leiden durchziehen in Wolkenleichte
Befleckte Himmel gleichgiltiger Welt
Und dem das Licht schon von alters erbleichte
Sie beschatten es kaum, das aussätzige Feld!

Erinnerungen

Meine Mutter sagte: die Einfältigen liebt der Herr, Kind
Und legte mir die Bibel immer auf den Tisch
Ich habe drin gelesen, bis mir die Augen zugefallen sind
Dann war ich am anderen Morgen auch frisch.

Ich war immer gern lang auf dem Abort
Und meine Mutter schämte sich vor andern Leuten dessen
Und ich hörte oft aus ihrem Mund das Wort:
Die Drohnen werden von den Bienen gefressen.

Den tiefen Sinn verstand ich damals noch nicht
Jetzt liegt meine Mutter unter der Erde
Ich höre sie noch, wie sie meinen Konfirmationsspruch spricht:
Es ist ein köstlich Ding, daß das Herz fest werde.

1

Ich beginne zu sprechen vom Tod
Viele Irrglauben sind verbreitet
Aber wenn man den Wunsch von der Furcht abscheidet
Kommt uns die erste Ahnung von dem, was uns droht

Die Welt gewinnt, wer das vergißt:
Daß der Tod ein halber Atemzug ist

2

Denn das ist kein Atemzug
Den zu tun noch uns dann verbleibt
Und das ist nicht das Genug
Sondern es ist das Zuwenig, was uns den Angstschweiß austreibt

Weise ist, wer darin irrt
Und meint, daß er sterbend fertig wird

3
Die Dinge sind, wie sie sind
Ein Gaumen ist immer ein Gaumen, ein Daumen ein Daumen
Aber deinem japsenden Gaumen
Langt nicht ein Wirbelwind

Dein Hals ist angesägt und leck
Dein Atem pfeift aus dem Spalt hinweg

4
Dieses wächserne Grubenlicht
Diese steifen Finger auf deinen Leinen
Die Esser um dich mit dem kalten Weinen
Glaub nicht, du merkst sie nicht

Was da um dich steht und da so weint
Das war der Mensch, das war dein Feind

5
Du kannst ihn nicht fressen mehr
Deine Zähne sind lang wie Rechen
Aber die werden die Nacht noch brechen
Also bleibt dir von nun an der Magen leer

Interimsberichte an die Missionen

1
Diese bissige lasterhafte Orangfamilie
Die jetzt an allen Wassern sitzt
Und die Himmel verpestet
Meint
Sie sei der Mittelpunkt des Planeten.
Irgend etwas
Drehe sich um sie.
Aber man merkte sie kaum in der kleinen Sphäre

Von Eiszeit zu Eiszeit
Wo sie mit Orangs handelten
Fleisch fraßen vom Aas
Wasser tranken, das unrein war
Sich die Kiefer zertraten und
Sich paarten, bevor sie einschliefen.
Fünf nur
Von Eiszeit zu Eiszeit
Saßen auf ihren dicken Ärschen
Rauchten aus dem Mund
Und
Hielten an sich.

Karl Hollmanns Sang

Rauchend den gelben Tabak
Am Flußkies bei ruhigem Wetter
Schnapp ich noch Luft. Im Sack
Noch Tabak und die Zeitungsblätter.

Dann denk ich an meinen Freund Jack
Bis es Nacht wird. Es graust mir oft selber
Ich rauche so gelben Tabak
Und mein Freund Jack war gelber!
In lackiertem Holz sein Gesicht
Es war zum Davonzulaufen!
Pfui Teufel, es half dir da nicht
Fünf Gläser Kirschwasser zu saufen!
Gott, die Sterbsakramente empfing
Er. Beim Wurm werden die nicht viel helfen!
Eher, daß die Haut ihm aufging
Dick wie Bananenschelfen.
Na, schließlich ist es auch gleich
Es ist keiner auf Kissen gebettet
Die Welt ist ein stinkender Teich
Siehst du, Jack, und du bist gerettet.
Ich schau da nicht auf dich herab
Ich sag nicht, du seist zu beneiden

Ich sag nur: man findet sich ab!
Jack, du warst der Mann von uns beiden!
Leer jetzt wie ein Zeitungsblatt!
Weihrauchgeräuchertes! Quitter
Mit dem Teufel ist niemand! Es hat
Würmer! Ach, Jack, es ist bitter!
Ach Jack, ich möchte nur wissen
Tut dir wirklich auch nichts mehr weh?
Ich glaub, ich bin froh: mir pissen
Die Fliegen noch in den Kaffee.
Ach Jack, ist der Himmel heut grün!
Und die Fliegen! Ein förmlicher Schwarm oft!
Ja, der Teich, Jack, der ist immerhin
Zwischendrin auch ziemlich warm oft!

Wenn es kälter wird, troll ich mich dann
Mit noch etwas Luft in den Händen
Heim. Ich, ein lebendiger Mann
Mit einem Dach über meinen vier Wänden.

An Tsi te je...

Chinesische Himmel, äußerst violett.
Ich ritt, ein schwarzer Klumpen, sonderbar und fett
Von Liedern trunken auf Wolkenschimmeln
Dann stieg ich langsam trunken von Musik ins Bett.

1

Ich liebe die Theater. Denn man sitzt.
Mit Weibern sitzt man, welche ihren fetten
Kumpan einwickeln in sehr bunte Toiletten.
(Und es ist Nacht und siehe da: Der Geist
Des großen Affen, der im Himmel sitzt
Schwebt überm Wasser, das schon heftig kreißt –)
Man kann sich wundern, daß man völlig schwitzt.

Auch der Himmel bricht manchmal ein
Indem Sterne auf die Erde fallen.
Sie zerschlagen sie mit uns allen.
Das kann morgen sein.

Bericht von einer misslungenen Expedition

Nachdem wir nicht den Mont Cenis überflogen hatten
Überkam uns Traurigkeit und wir
Mißgönnten uns das Essen.
Da es Winter geworden war
Schliefen wir viel.
Die Frage des hier wohnenden Pöbels
Ob wir nun bei ihnen blieben
Verursachte uns Kummer.
Nur das Geräusch großer Stürme über dem Berg
Heiterte uns etwas auf. Dann sagten wir:
Es wäre unmöglich gewesen.
Vom dritten Monat an spürten wir Furcht
Die niedere Türschwelle zu überschreiten, und
Alle Zeit unserer Niederlage über
Wuchs vor unserer Tür
Der Berg.

Betrachtung vor der Fotografie der Therese Meier

Daheim bei mir auf der flohgelblichen Tapete hängt
Unter dem von Motten heimgesuchten Geier
Sei es vom letzten Mieter nur vergessen oder mir geschenkt
Das Bild der ledig abgestorbenen Therese Meier.

Es ist zwar nur eine Fotografie und stark verblaßt
Und ich weiß nicht, ist sie wirklich gut getroffen?
Jedoch ich ehre sie aus Pietät und weil sie zu mir paßt
Verklebt vom Schweiß im schwarzen Lederkanapee besoffen.

Es ist ein plastischer Rahmen, schwarz lackiert mit Glas, schon ziemlich alt

Die Jungfrau Meier im Vergleich mit der Tapete
Nicht ganz so schön, doch ist das schwarze Ding mir doch ein Halt
Ich würde mich verachten, wenn ich dieses täte...

Und es ist eben doch nur eine Frage der Zeit
Das Glas zumindest gäbe ein paar Pfennige für Kirschenwasser
Und die Fotografie hat doch jetzt schon eine Art Leberkrankheit
Und das Papier wird jeden Abend etwas blasser.

Vielleicht grinste mir eines Tages doch nur mehr das weiße Papier ins Gesicht
Und ich müßte mir sagen: du bist wieder zu spät gekommen
Kirschwasser hilft gegen Verachtung. Aber ich tue es wirklich nicht
Gerne. Es ist mir schon so viel hinuntergeschwommen.

Den Nachgeborenen

Ich gestehe es: ich
Habe keine Hoffnung.
Die Blinden reden von einem Ausweg. Ich
Sehe.

Wenn die Irrtümer verbraucht sind
Sitzt als letzter Gesellschafter
Uns das Nichts gegenüber.

Der kleine Friederich besass
Von Kind auf eine weise Nas;
Die Mutter sprach zu ihm: Mein Kind
Der Eifer macht die Menschen blind.
Der Vater sprach mit arger List:
Im allgemeinen aber ist
Die Welt vortrefflich eingerichtet
(Es wird ihr sehr viel angedichtet!)
Doch eines Tages kam ein Hund

Mit einem Fleische in dem Mund.
Der kleine Friederich sah ein:
Wie kommt ein Hund zu diesem Bein?
Er hat gestohlen Fleisch und Bein
Der Friedrich ging hinterdrein.
So liefen sie bis an ein Loch
In dem der Hund ein Wasser roch.
Der Hund sah nichts als dieses Loch
Und kam hinüber eben noch.
Jedoch der Friedrich hinterdrein
Sah nur den Hund und fiel hinein.

Der eines Morgens aus seinen Delirien
Kindlich erwacht, mit kaltem Schweiße beschmiert
Und über Alaska und über Sibirien
In seinen vergessnen Himmel marschiert

Die Achillesverse

Zuerst ziehe ich mir die Schuhe aus zum Liegen
Dann wasche ich mich drei Tage nicht
Und verseuche mich für euch durch Zwetschgenwässer
Lasse mir die Haare wachsen nach Vergnügen
Und bekämpfe nur mit Jalousien das Licht

Erst am vierten Tage wird mir etwas besser
Aber oft dann erst am sechsten Tage kriege
Die Achillesverse ich in Sicht

Epistel über den Selbstmord

Sich selbst zu morden
Ist eine seichte Sache.
Man kann darüber mit seiner Waschfrau plaudern.
Mit einem Freund das Für und Wider erörtern.
Ein gewisses Pathos, das lockt

Sollte man vermeiden.
Obwohl das durchaus kein Dogma zu sein braucht.
Aber besser scheint mir doch
Ein kleiner Schwindel wie gewöhnlich:
Man habe es satt, die Wäsche zu wechseln, besser noch:
Die Frau sei einem untreu gewesen
(Das zieht bei denen, die von derlei in Erstaunen gesetzt werden
Und ist nicht zu großartig.)
Jedenfalls
Sollte es nicht aussehen
Als habe man
Zuviel von sich gehalten.

1

In den frühen Tagen meiner Kindheit
Die, man sagt es, nun vergangen ist
Liebte ich die Welt und wollte Blindheit
Oder Himmel, der am reinsten ist.
Aber früh, am Morgen, ward mir das Verkünden:
Daß erblinden muß, wer jenen reinen
Glanz des Himmels sehen will, erblinden!
Und ich sah ihn. Und ich sah ihn scheinen.
Wozu bettelhäftig sich vor Türen drücken?
Hilft's, wenn karge Jahre niemals enden?
Sollen wir den roten Mohn nicht pflücken
Weil er abends hinwelkt in den Händen?
Darum sagt ich: laß es!
Rauch den schwarzen Rauch
Der in kältere Himmel geht. Ach, sieh ihm
Nach: so gehst du auch.

2

Oftmals denk ich, wenn ich Opium koche
Was mein Feind macht, der verfault im Mohn.
Und der Stier? Ich beugte ihn so gut dem Joche
Und vor roten Fahnen schritt ich schon!
Aber schon im Mittag ward mir die Gewißheit:
Was denn sollen mir Kampf und Beschwerden?

Da ihr alle lange doch gewiß seid
Daß sie keinem von uns helfen werden.
Wozu Feinde schlagen? Ach, es traut leicht
Sich ein Stärkrer heute mich zu schlagen!
Wird doch keiner dicker als die Haut reicht
Und wozu noch Fett zu Grabe tragen?
Darum sagt ich: laß es!
Rauch den schwarzen Rauch
Der in kältre Himmel geht! Ach sieh ihm
Nach: so gehst du auch.

3
Seit den Tagen meiner Kindheit lief ich
Säte Hirse, ging die Gräser mähen
Bei den Weibern lag ich, zu den Göttern rief ich
Kinder macht ich, die jetzt Hirse säen.
Aber spät am Abend ward mir die Belehrung:
Daß kein Hahn schreit, wenn ich auch verrecke
Und daß auch die innerste Bekehrung
Keinen Gott aus seinem Schlafe weckte.
Wozu ewig Hirse säen in den
Steinigen Boden, der sich niemals bessert
Wenn doch keiner mehr den Tamarinden-
Baum, wenn ich gestorben, weiter wässert?
Darum sagt ich: laß es!
Rauch den schwarzen Rauch
Der in kältre Himmel geht; ach sieh ihm
Nach: so gehst du auch.

Lied von den mongolischen Rebellen

Festlich geölt die Häute
Die schwarzen Haare gepecht
Laufen sie unter erbleichten Himmeln.
Der Geier erstickt in den Lüften.
In den Wassern erstickt der Hecht.

Messer am Handgelenke
Vom Berghunger grausam entzahnt
Laufen sie blatterhäutig nach unten.
Die Reisfelder träumten von ihnen.
Und der Strom hat sie lange geahnt.

Langsam auf weichen Knochen
Unter den Häuten zerfault
Laufen sie in die Reisfelder hinein und
Der Boden hat klatschend getrommelt
Der Fluß, er hat nimmer gemault.

Die die schwarzen Regen einweichten
Trocknet der Steppenwind.
Sie singen: Von uns sterben tausend mal tausend.
Fressen Gras und platzen. Der Wind pfeift
Und der Regen läuft auch ohne sie.

sind ohne Namen und fallen
In den Schlaf wie die Fische auf Grund.
Sie singen: Wo kann man hier schlafen? Der Wind geht!
Viele Leute! Tausend mal tausend!
Wo Platz ist. Mit Gaul und Hund!

Ihr Fleisch klaubt der Wind aus den Knochen.
Und das Wasser fischt Pech aus dem Haar.
Tausend mal tausend Mal. Und die andern laufen.

Nordlandssage

Sie zogen von den Bergen groß und fett mit roten Haaren
Erzerne Waffen in den großen Händen
Die selbst wie ungeschlachte Tiere waren
Sie sangen, daß der blaue Himmel brauste.
Weiber mit flatternden Haaren und ungeheueren Lenden
Klammerten sich an fette und sanftmütige Stiere.

Abends, wenn der Wind im dunkeln Wipfel der Pappeln sauste
Träumen sie allesamt vom blauen Meere.

Darin ersoffen sie bei Kupferneumond wie zu schwere Tiere.

O ihr Kameraden auf schneehellen Strassen

Wer den Wind im Gesicht hat, gehört zu uns!
Nachts der Wind in unsichtbaren Lagergassen
Wenn wir schlafen im Dschungel, wacht über uns!

Politische Betrachtungen

Auf dem Stadtweiher fahren sie stundenlang Kahn
Ich sehe das wirklich einfach mit Eckel an
Kahn fahren, wenn man bis über den Hals verschuldet ist
In so einem Staatswesen, daß das überhaupt geduldet ist

Ich rauche da nur und sehe auch nur so zu
Und denke mir meinen Teil, ich denke mir nur so zu
Sie spielen auch Mundharmonika hierzulande
Mundharmonika spielen und das Land seufzt unter der schwarzen Schande

Ich denke da kalt, spielt nur weiter und fahrt nur weiter Kahn
Ich spucke aus, ja aber weiter geht's mich nichts an
Ich sehe nur so zu schon seit einigen Jahren
Ich sehe haarscharf, wohin wir da fahren

Die Bewohner von Orkney, heißt's in von Pol zu Pol
Lebten davon, daß sie sich ihre Wäsche wuschen jawohl
Nur so zu, nur so weiter gemacht noch einige Jahre
Die Assyrer und Babylonier sind ja auch Kahn gefahren

I

Ruft aus Schnapspfuhl und Kirschwasserbad
Man euch ab

Schlendert kalt hinaus, das Messer steif im Sack
Und sinkt steif hinab und nicht wie'n Wrack!
Geht so lang ihr gehen könnt. Dem Schweinepack
Wischt der Tod noch wiehernd Schweiß aus dem Genack!

2
Wenn das Leben euch einst wohler will
Eure Bäume grün sind, eure Weiher still
Dann schwimmt weg! Still! Lässig zwischen Schweinepack
Haarig und verflucht und nicht ein Wrack!
Still den Blick! Und steif in dem Genack:
Zwei, drei Zähren, trocken schon, im Magensack!

1
VOR JAHREN IN MEINER VERFLOSSENEN ARCHE
Zur Zeit der Allerseelenstürme ein Weib
Die fuhr mit ins Schwarze. Immer schwankten um uns die Bohlen
Doch sie gab einen Halt, gab mir in die Hand ihren Leib.

2
In mancher orangenen Frühe zwischen den Hölzern
Knie an Knie noch während der Sturmwind schrie
Nachts sind schwarze Regen aus Sternenhöhen gefallen
Und ihr trunkener Takt war in unserem Knie.

3
Wohl verließen wir uns an einer Küste, im Riffgebiet
Das Schiff war auch leck. Der Abschied leicht. Ich war satt.
Wir sahen uns, bleich von der Lieb, noch in die Augen.
Viele Wochen noch war das Meer mir glatt.

4
Viele Wochen vergingen. Das Wasser drang in den Schiffsleib.
Wasser und Winde machten mich dann im Fleische matt.
Und durch Wasser und Wind fuhr ich fröhlich viele Wochen
Wie einer fährt, der an einer Küste eine Heimat hat

5
Wiedergekehrt nach vielen Jahren, in meiner Hütte
Ein dicker Mann und sieben Kinder und sie
Dick und gleichgültig, Kalk über dem Munde
Wiewohl es warm in der Hütte war, fror ich wie nie.

6
Ja, ich fror, denn wiewohl ich eingedenk meiner Sünden
Untreu und Habsucht, der vielen Jahre meines verworfenen Gesichts!
Sagte ich zu Gott an diesem Tag: ich verzichtete nicht auf die Gnaden
Ich bin unwürdig. Aber ich verzichte nicht.

7
Dick werden ist schlau und in den kälteren Jahren
Vielen lieb, Dach der Hütte, Fische im Faß und des Ofens Rauch –
Aber ich erhebe die Stimme doch und weigere die Versöhnung
Und vielleicht bücke ich mich einst den Balken auch!

8
Nach vielen Jahren, zu Schiff von Haiti gekommen
Vom Fieber gedörrt wie Pökelfisch und vom Salzwind naß:
Sage ich: ihre Stimme ist gar, ihr Gesicht ist verschwommen
Aber ich verzichte nicht, ich liebe auch das.

Wären die Burschen, ach, nur violett!
Oder hätten Flüche in ihren Kröpfen!
Oder verfaulten in ihrem Bett
Schwarze Erde in Menschenköpfen!

Hätten sie sieben Bäuche oder zehn!
Oder fingen Fliegen mit ihren Lungen!
Oder blieben liegen im Bett 40 Jahre lang aus Versehn!
Oder liebten irrigerweise Hunde mit roten Zungen!

Aber sie kleben nur schleimig am Rain!
Und singen Gebete hinter den Hecken!
Und erbrechen Blut und weißen Wein
Und finden kein Ende mit dem Verrecken!

Schon platzen die Städte und siechen hin.
Der Himmel ist nur mehr eine wolkige Träne!
Und am Bach stehn die Burschen und in ihrem Urin
Schwimmen wir schaudernd hinunter wie schäbige Schwäne!

Wie ich genau weiss
Fahren die Unreinen zur Hölle
Über den ganzen Himmel
Sie werden gefahren in Wägen durchsichtig
Es wird ihnen gesagt: dies unter euch
Ist der Himmel
Ich weiß es, daß dies ihnen gesagt wird
Denn ich denke mir
Gerade unter ihnen
Sind viele, die ihn nicht erkennen würden, denn gerade sie
Haben ihn sich strahlender gedacht

Anna redet schlecht von Biti

Eingebildet bis zum Platzen
Faul wie ein Ameisenbär
Nichts als seine Eier kratzen
Und das Maul aufreißen der

Tabakrauchen, Zeitunglesen
Schnapsgesäuf und Billardspiel
Hundskalt und ein großes Wesen
Und kein menschliches Gefühl

Und nichts als mit Huren lumpen
Und zum Schiffen noch zu faul

Grinst er, sieht man seine Stumpen
Keinen Zahn hat er im Maul

Aber der wird auch noch schauen
Daß der nicht am besten lacht
Dem wird man die Schaufel hauen
Auf den Kopf, vor wir's gedacht

Der kommt doch auch noch gekrochen
Den trifft man noch seinerzeit
Wo wäre denn das ungerochen
Bleibt da noch Gerechtigkeit

Aus verblichenen Jugendbriefen
Geht hervor, daß wir nicht schliefen
Eh das Morgenrot verblich.
Frühe auf den braunen Ästen
Hockten grinsend in durchnäßten
Hosen Heigei, Cass und ich.

Orge im Zitronengrase
Rümpfte seine bleiche Nase
Als ein schwarzer Katholik.
Hoffart kommt zu schlimmem Ende
Sprach die Lippe, aber Bände
Sprach der tiefbewegte Blick.

Braunen Sherry in den Bäuchen
Und im Arme noch das Säuchen
Das uns nachts die Eier schliff.
Zwischen Weiden tat ein jeder
In den morgenroten Äther
Einen ungeheuren Schiff.

Ach, das ist zur gleichen Stunde
Wo ihr alle roh und hunde-
häutern den Kaffee ausschlürft
Daß der Wind mit kühlem Wehen

Ein paar weingefüllte Krähen
In die kalten Häuser wirft.

Ballade von zwei Freunden

Munker war tot. Seinen Rock trug Karl Reiter.
Wir kamen hinüber nach Ulm und erkannten die Kleider.

Mit ihm war ein Weib. Ihre Brust sah gut her.
Als Munker noch Hände hatte, griff er gern nach der.

Karl Reiter sagte uns: ich kann nicht klagen.
Und wir hörten wieder Munker das sagen.

Im Zahnfleisch die dicke Importe

Von der Trinitatisbarfose
In der Pfote eine verdorrte
Aber noch fast ganz weiße Rose

John-I-am-happy schlief in der Seehundsbar

Und spielte Poker und Can't
Und als seine Seele verpokert war
Da wurde John Sergeant.

John-I-am-happy
Wer ist deine Mutter, hee?
Es habt ihr schwarzen Schweine
Vor Gottes Thron einst keine
Die für euch dort einsteh!
Da sagte, rein wie Schnee
John-I-am-happy, seine
Sei die Mama Armee.

Gott

Eine Barke, die grün und oszillierend
Über den Abendhimmel schwimmt!

Nachts, wenn ich nicht getrunken habe

Dann wälz ich mich im Fieber
Auf meiner Mutter ihrem Grabe
Und seh sie nicht, mein Lieber.

Und seh den gelben Baum im Wind
Und kann dem Baum nicht helfen.
Und den Leib von einer Frau in Pest
Der in die Binsen gegangen.

Der gute Leib der Frau in Pest
Ist unter die Räder gekommen
Sie warf ihn nicht in die Sonne hinaus
Sie hat einen Mann geehlicht.

Der Mann, ein braver, fetter Mann
Es wachsen solche viele
Hat den guten Leib der Frau in Pest
In die Hände genommen.

Der gute Leib der Frau in Pest
Ist geworden alt und träge
Er ist geworden brav und fett.
Ich selber erkannte sie nimmer.

Doch weil die Wolken nicht aufwärts gehn
Und die Wolken nicht gegen die Winde –
Drum ist der Leib der Frau in Pest
Unter die Hunde gegangen.

Der gelbe Baum verreckt im Wind.
Das Wolkengesicht ist vergessen.

Weil immer das Wasser nach unten rinnt
Darum müssen wir trinken.

Weil ich ihr nicht genug ins Hemde griff
Wiewohl ich's wahrlich oftmals machte, pfiff
Sie kalt dem nächsten Louis mit dickem Kopf
Der füllte grinsend ihr den Häutetopf.
Ich aber liege mit zerbrochener Nase
Verrückt und brüllend auf der schwarzen Straße.

Ein Jahr, so sagt sie allen, sei zu viel
Auch kriegt man Hängebrüste ohne Gliederspiel.
Mit einem Rücken sei sie halb nur und
Mit mir sei es doch nur ein Seelenbund.
Ich aber, weit entfernt jetzt von Emphase
Empfand: es hängt mein Herz an diesem Aase.

Ihr ist es gleich, sie zeigt es unverhüllt
Ob sie der eine, ob der andre füllt.
Voll muß sie sein! Mich aber macht nicht keusch
Daß ich es weiß: so feil ist Weiberfleisch!
Ich kann dies feile Fleisch noch nicht verschmerzen:
So tief sitzt die Kanallje mir im Herzen!

1
Zwei Dinge geziemen dem Mann:
Zu rauchen und
Zu kämpfen mit der Metaphysik.

2
Ein Mann in einer Schenke sah in seinen gelben Wein und sagte:
Als ich noch Neger war
Biß ich meinem Feind in die Gurgel.
Wo die Wäsche am Strick hing
Hörte die Welt auf.
Späterhin
Verzieh ich meinem Feind oftmals.

Damals
Jammerte mich noch sein Aussatz.
Heute
Finde ich keine Gelegenheit mehr zu derlei.
Man bindet mir schon mitunter die Hände.
Dann weiß ich:
Daß ihr mir die Hände bindet, und
Daß sie mir gebunden sind, das ist
Eine Krankheit
Oder
Zwei Krankheiten.
Wenn man mich anspucken würde
Würde ich mit Interesse zusehen
Und ich müßte wohl glauben:
Es ist wie Wasser!
Regen ist besser für die Haut.
Meint ihr, ich bin es? Ihr irrt!
Denn ich
Wäre sehr froh
Wenn wir etwas zusammen zu schaffen hätten.

3
Seit ich gesehen habe
Daß Menschen durch Worte so leicht
Zu bestimmen sind
Weiß ich: es ist
Unmöglich
Sie zu treffen: sie verwehen
Zu schnell, wer weiß, wo sie sind
Die gefärbte Luft
Und ich dachte doch:
Mit einem Wort
Könnte man sie vielleicht noch am leichtesten
Treffen.
Aber das Deutliche
Stirbt schnell wie ein Pferd
Das einhält in einem Rennen:
Es wird überrannt.

3

Ich meinerseits liebe nicht die sichern Schiffe!

Hallo! Du kleiner Seelenverkäufer, in dem man noch sein Hemd aufspannt!

Daß es besser fährt, daß es höher klettert, hallo du kleiner Seelenverkäufer!

Dann gibt es diese großen schlittrigen Holzkasten, in deren Bauch man Fische fängt, und die ein Mann nicht lenken kann! Es ist aber gut fahren auf ihnen in den schwarzen tiefen Gewässern der Windstillen.

Hoho die alten unzüchtigen Holzkisten!

Es ist das da eine Fahrt mit dem Teufel, der Galoschen hat für die Seen, meine Kinder sind in Deutschland, hier sind wir nicht zu Haus!

Wann werden wir die grünen Gerstenfelder wiedersehen, die Frauen und den Pferdeverkehr auf den Märkten?

Wenn wir uns nur nach den Gestirnen orientieren könnten! Wir natürlich haben keine Galoschen! Dieses viel zu große Wrack wird uns das Leben kosten!

Hallo die bösen unsicheren Kähne auf den grünen Ozeanen unter dem aasverschlingenden Himmel! Wie liebe ich euch, ich, die alte abenteuerlustige Hyäne, der Sensationenwüstling, das halsbrecherische Nichts!

4

Mein Geschäft zur Zeit sind Papierverkäufe
Das ist abenteuerlicher, kühner und hochstaplerischer
Als das des Marquis von Keith.
Ich könnte geradesogut den Rauch meiner Zigaretten verkaufen.
Aber ich erhebe mich wild jeden Morgen
Wasche mich begeistert, daß die Haut rot wird
Und laufe in die Stadt.
Was für eine graue Raubtierluft
Ist es am Morgen zwischen den Häusern!
Und das Geschäft!
Zu turnen zwischen diesen hungrigen Beefsteaks!
Hände zu schütteln wie Kirschbäume beir Ernte!
Ich kaue die Worte wie lederne Riemen und stiefle in ein
Gesichtvoll Lachen hinein wie in ein Zimmer voll Gas.

Auf dem Gesicht Mauers steht, was ich zu Mittag speise
Und mein Schlaf steckt in der Tasche eines notorischen Schwindlers
Und S. Lemkuhls Fehlgriffe bereiten mir mein abendliches Essen.

Ich muß früh aufstehen, denn
Natürlich habe ich es schwerer wie die andern
Die gute Ware vertreiben.

An M

In jener Nacht, wo du nicht kamst
Schlief ich nicht ein, sondern ging oftmals vor die Türe
Und es regnete und ich ging wieder hinein.

Damals wußte ich es nicht: Aber jetzt weiß ich es:
In jener Nacht war es schon wie in jenen späteren Nächten
Wo du nie mehr kamst, und ich schlief nicht
Und wartete schon fast nicht mehr
Aber oft ging ich vor die Tür
Weil es dort regnete und kühl war.

Aber nach jenen Nächten und auch in späteren Jahren noch
Hörte ich, wenn der Regen tropfte, deine Schritte
Vor der Tür und im Wind deine Stimme
Und dein Weinen an der kalten Ecke, denn
Du konntest nicht herein.
Darum stand ich oft auf in der Nacht und
Ging vor die Tür und machte sie auf und
Ließ herein, wer da keine Heimat hatte.
Und es kamen Bettler und Huren, Gelichter
Und allerlei Volk.

Jetzt sind viele Jahre vergangen und wenn auch
Noch Regen tropft und Wind geht
Wenn du jetzt kämst in der Nacht, ich weiß
Ich kennte dich nicht mehr, deine Stimme nicht
Und nicht dein Gesicht, denn es ist anders geworden.
Aber immer noch höre ich Schritte im Wind
Und Weinen im Regen und daß jemand
Herein will.

Und ich will hinausgehen vor die Tür
Und aufmachen und sehen, ob niemand gekommen ist –
Aber ich stehe nicht auf und gehe nicht hinaus
Und sehe nicht
Und es kommt auch niemand

Das war die arme Marianne
Die bessere Tage sah
An ihrer Wiege sang ihr
Keiner Amerika.

Wenn immer aber sie bekümmert war
Sie sprach: In meiner Kindheit Zeit
Mein Vater war stets in der Seehundbar
Und meine Mutter zu zweit!

Der die Gestirne lässt und die Erde ausspeit
Er verzichtet nicht
Auf den bitteren Geschmack
Der übrig bleibt.

Aber unter der Beleidigung
Überschüttet mit Anklagen
Ging er schwerfällig weg
Und reinigte sich nicht
Noch hob er die Hand gegen Steine.
Sondern er ging leichter unter den Steinen
Und hob keine Hand
Und der Beleidigungen schienen ihm zu wenig
Da er nun wußte:
Wie er war.

Auf dem Wege von Augsburg nach Timbuktu habe ich die Marianne Zoff gesehen;
Welche in der Oper sang und aussah wie eine Maorifrau
Und im Gras schön war, auch im Bett und in den Kleidern schön aussah
Und ich schlief auch mit ihr und machte ihr ein Kind.
(Sie rollte sich zusammen wie ein Igel im Schlaf.
Sie war schlau wie ein Tier und handelte ohne Schlauheit
Sie nickte beim Lachen mit dem Kopf, sah einen von unten schief an und zog einen Grashalm durch die Zähne

Sie ging aus Freude
Sie sagte einmal zu mir: Debb!
Sie war stolz auf ihre Beine.
Sie sah aus wie verbranntes Gras in der Leidenschaft.)

Psalm

1
Wir haben nicht mit den Lidern geblinzelt, wie die weißen Wasser uns bis an den Hals gegangen sind

2
Wir haben Zigarren geraucht, wenn die dunklen braunen Abende uns angefressen haben

3
Wir haben uns nicht geweigert, als wir im Himmel ertrunken sind

4
Die Wasser haben es niemand gesagt, daß sie an unserem Halse waren

5
In den Zeitungen stand es nicht zu lesen, daß wir geschwiegen haben

6
Die Himmel hören die Schreie der Ertrinkenden nicht.

7
Also sind wir auf den großen Steinen gesessen wie die Glücklichen

8
Also haben wir die Grünlinge erschlagen, die von unseren schweigenden Gesichtern redeten

9
Wer redet von den Steinen?

10
Und wer will wissen, was uns Wasser, Abende und Himmel sind!

März

Mond hing kahl im Lilahimmel
Über der Likörfabrik
Als er, Gottes nackter Lümmel
Eingeseift im Sack den Strick

Durch absinthenen Abend trabte
Er, der nach Gefühlen stank
Kaum erjagten, halb gehabten
Wie aus einer Fleischerbank.
Ach, erbarmt euch! Ach, erbarmt euch!

Hast die Hände nie gerungen
Kahl, Branntweingeschluck im Mund
In den grünen Dämmerungen
Schwankend zwischen Wolf und Hund?

Zwischen Kirschschnaps und Wacholder
Eine Hymne schnell gefühlt?
Angstvoll und vertiert ein Vollder-
gnaden schnell hinabgespült?
Ach, erbarmt euch! Ach, erbarmt euch!

Fischt er ganz in Bitternissen
Sich ein Kinderlied, ach sei
Es befleckt gleich und zerbissen
Eine Strophe oder zwei
Schwimmt verwest in schwarzer, trüber
Lache der Verworfenheit:
Läuft's ihm kalt hinab, mein Lieber
Ach, erbarmt euch! Ach, erbarmt euch!

Als ob's auf die Haut ihm schneit!
Mählich ward der Himmel trüber
Und zerfleischt hob ich dies Herz
Zarter und ich ging vorüber
Wie ein Schnee im frischen März.

Epistel

Einer kann herkommen aus Ulm und mich abschlachten.
Dann erbleicht in der Luft ein Tag
Das Zittern einiger Grashalme, das ich vor Zeiten bemerkte
Kommt nun endlich zum Stillstand.
Ein toter Mensch, der mit mir befreundet war
Hat keinen mehr, der weiß, wie er aussah.
Mein Tabakrauch
Der inzwischen durch Milliarden Himmel gestiegen ist
Verliert seinen Gottesglauben
Und
Steigt weiter.

Früher dachte ich: ich stürbe gern auf eignem Leinenzeug
Heute
Rücke ich kein Bild mehr gerad, das an der Wand hängt
Ich lasse die Stores verfallen, ich öffne dem Regen die Kammer
Wische mir den Mund ab, mit fremder Serviette.
Von einem Zimmer, das ich vier Monate hatte
Wußte ich nicht, daß das Fenster nach hinten hinausging
(Was ich doch liebe)
Das kommt alles daher
Weil ich so sehr für das Vorläufige bin und an mich nicht recht glaube
Darum hause ich, wie's trifft, und friere ich, sage ich
Ich friere noch.
Und so tief verwurzelt ist meine Anschauung
Daß sie mir dennoch erlaubt, meine Wäsche zu wechseln
Aus Courtoisie für die Damen und weil
Man gewiß nicht ewig
Wäsche benötigt.

Ich bin vollkommen überzeugt, daß morgen ein heiteres Wetter ist
Daß auf Regen Sonnenschein folgt
Daß mein Nachbar seine Tochter liebt
Mein Feind ein böser Mann ist.
Auch daß es mir besser geht als fast allen andern
Daran zweifle ich nicht.
Auch hat man mich nie sagen hören, es sei
Früher besser gewesen
Die Rasse verkomme
Oder es gäbe keine Frauen, denen ein Mann reicht.
In all dem
Bin ich weitherziger, gläubiger, höflicher als die Unzufriedenen
Denn all dies
Scheint mir wenig zu beweisen.

1
Schon verlassen sie mit schwären-
den Gesichtern seinen Kreis.
Weiber, die ihm noch gebären
Sehn erbleichend ihr Geschmeiß.

2
Noch werden ihm Frühen geboren.
Und Kokos fällt ihm ins Gebiß.
Und grüne Alligatoren
Fraßen, was er schiß...

3
Doch in den höchsten Spitzen der Pappeln
Die er am Abend noch sah
Waren schon, als die Nacht kam
Die trostlosen Winde da.

4
Gegen Mitternacht aus den Sträuchern
In denen er grinsend saß
Stieg ein Geruch Verwesung
Wie von einem Aas.

5

Schon gegen Morgen, die Himmel
Schienen rein und matt.
Die bronzenen Mäuler der Winde
Schliefen schon satt.

Ihr könnt leicht mit der Wimper zucken.
Gleichmütig sei eures Herzens Schlag!
Über die Schulter könnt ihr spucken.
Wie es euch belieben mag.

Ihr könnt befreit zum Himmel gucken
Und warten bis zum jüngsten Tag
Auch könnt ihr über die Schulter spucken
Wie es euch belieben mag.

Komm zum Kerker der Verdammten
Komm, bequem dich in das Nichts!
Als die schönen Lichter flammten
Sahst auch du den Glanz des Lichts!

Und Tage, Wochen, Monde wichen lautlos
Es schwammen Jahre plätschernd sanft hinab
Und sein Gesicht ward durchsichtig in der Sonne
Und vielen Wind vertrug sein schönes Haar.

Die alte Tapete
Eine Männerimitation

Er kam schließlich mit ihr bis auf den Hund
Und verscheilscht sie
Sodann lediglich aus Philanthropie
An einen Damenimitator mit Muskelschwund

BALAAM LAI IN SEINEM DREISSIGSTEN JAHR
Fuhr eines Abends nach Madagaskar
Denn er trug Verlangen nach Erna Susatte
Die er vier Jahre lang nicht gesehn
Hatte
Und er wußte nicht, wo sie war
Und drum dachte er, sie ist in Madagaskar.

Er sah auf Cooks Reisebüro die Karte ein
Und dachte: Sie müsse dort
Irgendwo sein.
Und kam soso nach Madagaskar
Fürwahr
Wie der Pontius ins Credo hinein!

Er fuhr mit einem Koffer voll von Papieren
Einem Regenschirm mit kaputten Scharnieren
Einer Gitarre und einer Buddel Schnaps
Und mit seinem alten Herzklappenklaps.
Da das Meer verfluchte Manieren hatte
Dachte er nicht viel an Erna Susatte
Jedoch auf der Insel hinterdrein
Fiel ihm dieser Nam (nicht das Gesicht) wieder ein
Jedoch ging *allein* er an diesem Abend zu Bett, denn er spürte
Daß er sie an diesem Abend wohl doch noch nicht treffen würde.

Als nun Balaam Lai in seinem dreißigsten Jahr
Eines Morgens plötzlich in Madagaskar war
Frug er sich, bevor er auf Suche ging
Ob es möglich sei, daß Erna Susatte
In Madagaskar war.
Und da er fand: es sei möglich, warum auch nicht?
Daß aber die Aussicht sei äußerst gering
Besonders wenn man nur Koffer und Regenschirm hatte
Und da er außerdem für das Gesicht
Dieser entschwundenen Erna Susatte
Wenig Interesse, Interesse mehr hatte
Entschied er bei einem Punsch, der miserabel bereitet war

Es sei nichts Besonderes auf Madagaskar.
Und fuhr frei und ledig von allem Sehnsuchtsschleim
Mit einem Punschaffen mittlerer Größe wieder heim.
Und bestellte einen zweiten Punsch bei Erna Gewölke
Tauentzienstraße 12, in der Bar »Rote Nelke«.

Viele Jahre danach in einer Bar
Tauentzienstraße 4, erzählte eine total versoffene Wiese
Unter andern wahren Geschichten auch diese:
Von ciner kühnen Segelfahrt nach Madagaskar
Mit Schiffbrüchen, Visionen und Schlangenbissen
Und von einem Gesicht, das er mitten im Sumpf von
Madagaskar gesehn hatte –
Als Beweis, daß mitunter doch
Das Wunder geschieht
Und wie er, ohne etwas zu wissen
Das bleiche vergessene Gesicht der Erna Susatte
Von Punsch besoffen in
Einem asiatischen Sumpfe sieht.

Die befreit aus den grünen Dschungeln treten
Und die drin verbleichen, in Lianen geschirrt
Die, für die unter allen Sonnen noch Mütter beten
Und die, für die nimmer gebetet wird.

Und war es einst dunkel und wird es einst Licht
Salutiert vor ihnen, die, wie's ihre Pflicht
Von Harpunen zerfleischt, von Wassern gespült
Gezeichnet mit Knuten, von Ratten zerwühlt
Aufhoben ein ganz unbesiegtes Gesicht.

Ob zu Brei zerquetscht von dem Shik-Elefanten
Oder gestorben in Madras am Mückenbiß
Ob sie still in den Sümpfen der Schande umstanden
Ob erwürgt von Gelächtern oder von Bitternis

Ob in braunen Hütten lachend, mitten im Feilschen und Zanken
Ob allein auf den Inseln der Papageien
Ob man nach ihnen hinsah, als ihnen die Kinnladen entsanken
Oder ob sie zum ersten Mal oder zum letzten Male allein –

Ob sie Speere schwangen unter den grünen Bäumen der
Propheten
Ob sie Sklaven trieben über den Mongefluß –
Ob sie Hirse säen, ob sie Dornzeug jäten
Ob man sie wie Tiere erschlagen muß

Ob sie wegschießen wie das schwarze Erdreich unter den
Regengüssen
Oder ob sie zähe wichen Fuß für Fuß
Ob sie wie die Stiere brüllend hinuntermüssen
Oder ob man sie vor Schaudern noch loslassen muß.

Ob sie unter kalten Monden im Frühling still sich treiben ließen
Ob sie die Zähne zusammengebissen haben und geschnaubt
in den Wind –
Wenn nur ihre Gesichter, wenn man sie findet auf den
Schotterkiesen
Blaß oder zerfault, ruhig und unbesiegt sind.

Die noch steuerten in ihrem säufenden Sarge
Und die Raucher auf sinkenden Schiffen in Feuersglut
Und er, der auf seine versinkende Barke
Noch Möwe, Wal, Alge und Mondschein einlud.

François Chavez flog übern Montblanc
Surresurrewind! Surresurrewind!
Ein hölzerner Drache tanzt mit ihm Cancan

Wenn wir in den bittern Wässern
Trafen schnaufend Vieh
Sagten wir, wir überfliegen
Heute nacht den Mont Cenis

Als wir endlich stille lagen
Hörten wir Gegrunz
Und die nackten Steine fragen:
Kinder, bleibt ihr jetzt bei uns?

Lied

Mary fein wir sind, weil in dem Abendhimmel
Vor Frost die Sterne zittern, Gras ganz weiß wird und
Der schwarze Schlamm uns plagt, zu euch gekommen
Denkt nicht, aus einem andern Grund!
Ja und wenn wir auch zu euch gekommen sind
Weil der Fuß lahmt. Unser Herz lahmt nie.
Wind pfeift. Regen fällt. Wir überfliegen
Heute nacht den Mont Cenis.

Mary fein wir sind in eure Hütten gekrochen
Weil ihr Rauch unserer armen Haut Spaß machte.
Auch überwintert das Herz leichter in Stunden
Die wie eingebrannt in Branntwein sind.

1
Wenn der Abendstern im Froste zittert
Kriechen wir in euer Holz
Hören dort den Wind von innen, igeln uns im
Kober ein: wohl denn, wir sind nicht stolz!

2
Keinen Wind von Bergen, Wind von Meeren
Warmen Wind und salzigen Wind!
Leichter überwintert doch unser Herz in Stunden
Die wie eingebrannt in Branntwein sind!
Auch kommen nachts oft sicher Fledermäuse
An eure Fenster, winters, sicher! und
Ihr macht es auf und laßt sie in die Balken
Weil es sie friert: aus keinem andern Grund.
Warm ist warm. Und es gibt viele Tiere.

Manchmal lahmt ihr Fuß: Ihr Herz lahmt nie.
Seht uns an! Glotzt nicht! *Wir* überfliegen
Heute nacht den Mont Cenis!

3
Krochen frierend oft aus dem Gewässer
Zwischen salzigem Getier
Auf ein Eiland. Und die Tiere wurden besser
Wenn die Sonne warm schien. Und auch wir.
Auch haben wir oft selbst gar vielen Tieren
Quartier gegeben. An der Brust oft. Und
Wir haben nichts dabei gedacht. Wir taten's
Weil es sie fror: aus keinem andern Grund.

4
Sahen Himmel azurn, Himmel schwärzer
Als die Blattern und sie sind
Schneller oft als eure Mütter bleich geworden
Und vergangen wie das Gras im Wind!
Sie waren schön und haben uns verlassen
Und wir verkrochen uns im Strauche und
Sagten im Schlaf zu uns, wieso sie verblassen
Weil es Nacht wird! Aus keinem andern Grund.

5
Kannten Burschen, deren Auge heller
Als das eure war, und sie
Sind verschwunden wie die schwarzen Priemenstumpen
Die ein Saufbold in die Schwemme spie.
Auch schneiten sicher nachts an eure Fenster
Schon blässere Gesichter als die unsern und
Sie gingen morgens weiter, liefen
Weil das Spaß macht, aus keinem andern Grund.

I
Jetzt in der Nacht, wo ich dich liebe
Sind weiße Wolken am Himmel ohne Laut
Und die Wasser brausen über die Steine
Und der Wind erschauert in dem dorren Kraut.

2
Weiße Wasser rinnen
Abwärts Jahr für Jahr.
Und am Himmel gibt es
Wolken immerdar.

3
Später, in den einsamen Jahren
Werden Wolken weiße noch geschaut.
Und die Wasser werden brausen über die Steine.
Und der Wind wird erschauern in dem dorren Kraut.

Liebestod

Abend floß wie Spülicht an die Scheiben
Und die Gardinen räudig von Tabak.
In grünen Wassern zwei Geliebte treiben
Von Liebe ganz durchregnet wie ein Wrack.

Gegen Ende: ungeheure Schläfe
Überfielen sie so oft, daß sie's
Ohne Regung taten. Und wie Hefe
Quoll in ihnen grüne Bitternis.

Wechselt der zur Zeit der Regendichte
Noch sein Hemde zwischen ihren Knien.
Tut er es im Finstern wohl auch nicht mehr
Und sie sahen nicht mehr darauf hin.

Am ersten Tage schon gleich zu Beginne
Als jenes Paar umschlungen hier einging
Wußte die Schwelle, daß es nicht entrinne
Und daß sie seinen letzten Schritt empfing.
Grün hinter Gatterholz versank verschwiegen
Das Laub des Baums und welkte so geschwind
Und als sie bebend erst das Bett bestiegen
Entließ sie lächelnd der geliebte Wind.

Warum denn weinen, wenn man seinen Kopf verliert
Wenn schon ein andrer nebendran geboren wird.
Und warum weinen, wenn dir was geboren wird
Wenn doch ein andrer sich in dem Punkt auch mal irrt
Und warum weinen, wenn du dein Gesicht verlorn
Es findet manchmal auch ein blindes Huhn ein Korn
Warum denn weinen, wenn du nicht gescheiter bist
Wenn doch ein andrer   gescheiter ist.
Warum denn weinen, wenn für dich kein Schnaps da ist
Wenn du doch einfach dafür dann einen Rettich frißt.
Warum denn weinen, wenn der Rettich pelzig ist
Wenn ihn doch ohne weitres gleich ein andrer frißt

Oh, der arme Berthold Brecht aufgewacht! in fremden Häusern früh um vier Uhr, laufend in die Küche mit Augen glotzend wie Stachelbeeren, er preßt das Gesicht an die kühlen Scheiben, platt und schleimig wie ein Frosch...

Oh, die armen Hinterhöfe voll von Wäschestücken in der bleiernen Morgenluft

Züge donnern durch den Morgen, aus dem Weiten ins Weite durch die vielen Orte, die gleich sind wie ein Wassertropfen einem Wassertropfen, die wir für gleich ansehen.

War mir doch, als blieb ich ewig.
Und doch war ich nur die Welle
Die den Kiesel wusch. Und auch der
Kiesel ist jetzt längst verschwommen.

Spröder wie Bernstein, scheuer als Wachtelschwärme
Kühl wie Aprilmond zwischen Fichtenhölzern
Sie schneiten von den Bergen.

Besoffen von den Morgenwässern, torkelnd
Entschält von harten Fellen, schweißbedeckt
Bestiegen sie das Binsenbett der Sümpfe

Den großen Hunden nur wie Fliegen wehrend
Und trocken schluchzend unter Männerbrust und Schilfkraut
Erlagen sie dem Mann wie Schnee dem Föhn.
Sie sahn als letztes dunkle Binsen schwanken
Hoch über schwerbewölkten Raubgesichtern
Die sie bedrängten zu der Zeit
Als Vollmond
Rot übern schwarzen starren Wald stieg
Später
In kühlen Winden sahen sie sich trunken
Schwer aus den Binsen schwanken, abgewandten
Gesichts und finster und den schwarzen Wäldern
Zueilend....

Es fliegen drei Raben wohl über mein Haus
Sie fliegen laut kreischend, sie fliegen gradaus.

Der erste, der hat eine Feder so schwarz
Und wenn ich sie seh, dann zerreißt's mir das Harz.
Der zweite, der hat zwei Äuglein so wild
Und wenn ich sie seh, dann seh ich ihr Bild.
Der dritte, der schreit wie die Raben schrein
Und wenn ich ihn hör, dann bin ich allein.

Es fliegen drei Raben und ich steh still
Und frage mich oft, was der Rabe wohl will
Und wenn der letzte der Raben verschwand
Dann steh ich noch immer ganz unverwandt

Moritat

Diese letzte Schreckenstat einer gemeinen
Bestie soll im Hunsrück im Thüringischen
tatsächlich sich abgespielt haben...

Heinrich schlief in seinem Wüstlingsbette
Böse Düfte stiegen aus dem Mund

Da erschien mit seiner Sklavenkette
Rasselnd sein verstorbener Hund.

Still im Auge eine weiße Zähre
Doch im Herzen Sanftmut und er spricht:
Still am hintern Backen eine Schwäre
Von dem Tritt, der trat ihn aus dem Licht

Wenn mich auch in diesem Jammertale
Ach, so oft dein wilder Fuß zertrat –
Meine nicht, daß, ach, die bittere Schale
Die du bist, nicht einen Kern auch hat

Dieser Kern ist gut, doch tief verborgen
Doch auch er tritt einst zum Sonnenlicht
Meine nicht, mein Heinrich, daß im Morgen-
rot dein Lieblingshund nicht für dich spricht.

Ach an jenem Morgen voll der Weihe
Wenn es tagt vor Gottes Angesicht –
Weine nicht, mein Heinrich, ich verzeihe
Oh, mein Heinrich, kehre ein zum Licht!

Heinrich stöhnte schon mit blasser Miene
Als der Hund im Morgengrau verblich –
Und hinschwebend, still, durch die Gardine
Leise weinend aus der Kammer schlich.

An der Saale hellem Strande
Stehen Burgen hoch und hehr
Doch kein Ritter stößt ins Horne
Keine Ader schwillt vom Zorne
Und die Kerker stehen leer.

Doch in manchem Abendwinde
Bleibt ein Wandrer stehn am Fuß
Und aus altbemoosten Steinen
Hört er die Gespenster weinen
Wie zu altgewohntem Gruß.

An der Saale hellem Strande
Stehen Burgen stolz und kühn
Und kein Arsch hängt aus dem Fenster
Zwischen Nägelein und Ginster
Und der Wind zieht drüber hin.

Rudelsburg

An der Saale hellem Strande
Stehen Burgen, stolz und hehr
Doch kein Ritter stößt ins Horne
Keine Ader schwillt vom Zorne
Und die Kerker stehen leer.

Wandrer stehet still und lauschet
Stumm mit festgebanntem Fuß:
Aus den wildbemoosten Steinen
Hört man die Gespenster weinen
Wie zu altgewöhntem Gruß.

An der Saale hellem Strande
Stehen Burgen, stolz und kühn
Doch kein Arsch schaut aus dem Fenster
Zwischen Rosmarien und Genster
Wolken streichen drüber hin.

Es steht ein Baum im Odenwald

Der hat viel grüne Äst
Der eine steht nach Norden halt
Der andre steht nach West.

Und wenn ich dran vorübergeh
Dann steh ich immer still
Weiß nicht, ob ich, wenn ich dies seh
Nach Nord, nach Westen will.

Und wenn er sich im Winde wiegt
Nach Osten und nach Süd:

So weiß ich nicht, wie mir geschieht
Ich bin so seltsam müd.

Es steht ein Baum im Odenwald
Der wiegt im Winde sich
Und wenn ich dran vorübergeh
Mein ich: jetzt meint er mich.

Der Baum im Odenwald

Es steht ein Baum im Odenwald
Der hat viel grüne Äst
Der eine schaut nach Osten halt
Der andre schaut nach West.

Und wenn ein Sturm den Baum bewegt
Schaut auch ein Ast nach Nord.
Und wenn der Wind sich wieder legt
Schaut er zum alten Ort.

Wenn mir einst die Äuglein brechen
Und die Uhr schon stille steht
Will mit lauter Stimme sprechen
Ich noch stille dies Gebet:

Die Ballade vom Hauptmann Köpenick

Das ist der Hauptmann Köpenick
Ein tapferer Soldat
Den die undankbare Republik
Ins Herz getroffen hat

Gott weiß, was ihnen der Hauptmann tat
Daß es keinen mehr vor ihm graut
Schon murrt im Gliede der Soldat
Den er in die Fresse haut

Er brüllt wie sonst, doch keiner ward
Wie sonst von Angstschweiß feucht
Es sträubt der Hauptmann seinen Bart
Und keines Wang erbleicht

Der Sommer zog über die Gräber her
Und als er eines Morgens aufstund
Das wollte im ganzen großen Heer
Keiner von ihnen sterben mehr
Kein einziger Schweinehund

Da starb der Hauptmann Köpenick
Er starb am stillen Gram
Worauf ihn Gott mit klarem Blick
In seinen Himmel nahm

Dort traf er seinen Kaiser zwar
Doch der sprach mit ihm ganz
Wie ich mit dir, 's war offenbar
Der hat vergessen, daß er war
Auf Erden der Kaiser Franz

Dort gab es Engel fromm und gut
Doch sie zogen den Hut nicht ab
Und zogen doch nur nicht den Hut
Weil's keinen Hut nicht gab

So ward der Hauptmann kummerbleich
Grau, still und abgeharmt
Daß einmal, 's war im Himmelreich
Ein Engel sich erbarmt

Der steht am Sonntag nachmittag
Solang der Hauptmann will
Wie ein Basalt gerührt vom Schlag
Vor dem Hauptmann Köpenick still

Ballade vom Hauptmann von Köpenik

Das war der Hauptmann Köpenik
Ein tapferer Soldat
Den undankbar die Republik
Nun auch vergessen hat.

So litt der Hauptmann Köpenik
An einem bittren Gram
Bis Gott mit seinem scharfen Blick
Ihn in den Himmel nahm.

Die Heil'gen standen ringsumher
Mit Palmen fromm und gut.
Sie zögen so gern ihren Hut ihm zur Ehr
Doch sie hatten halt keinen Hut.

Drum steht der Hauptmann Köpenik
Den ganzen Tag allein
Und denkt an sein verlornes Glück
Im Himmelssonnenschein.

Er steht und träumt von Marsch und Takt
Vereinsamt und verharmt
Bis sich von Mitleid angepackt
Ein Engel sein erbarmt.

Der steht nun Sonntag nachmittag
Solang der Hauptmann will
Wie ein Basalt, gerührt vom Schlag
Vor seinem Hauptmann still.

Da herrscht im Himmel Freud und Glück
Dieweil seit jener Zeit
Genießt der Hauptmann Köpenik
Die reinste Seligkeit.

Zum Zerreissen verlockten, mein Fleisch, das mich kitzelte, sowie überhaupt jedes Fleisch, das der Tiere mit eingerechnet!

Außerdem verfluch ich besonders und in betont feierlicher Weise das Frühjahr, das an allen Kindern schuld ist, und ich schließe ein alle Frühjahre mindestens bis zum Jahr 2000.

Zudem verfluche ich alles das, woran ich gerade nicht denke, was mich aber verführt hat.

Die Welt gefällt mir nicht mehr. Wenn sie sich nicht ändert, fange ich an, mich zu betrinken.

Ich weiß alle Lüste der Welt, ich zähle sie an den Fingern her. Ich speie auf die Welt. Das ist meine Meinung.

Die Sterne sind mir völlig gleichgültig. Mein Fleisch erbittert mich. Die Anstrengungen der Natur, mir zu gefallen, lassen mich unheimlich kalt.

Ich hatte keinen Verstand, als ich auf die Welt kam. Sonst hätte ich Besseres zu tun gewußt. Ich konnte meiner Mutter nicht ihr einziges Kind abtreiben.

Aber jetzt, wo ich einmal da bin, kenne ich keinen Spaß mehr. Ich verlang gesättigt

Wohl scheint er anfangs unter seines Pferdes
Purpurschabracken eine leichte Kälte
Zu spüren, bitteren Geschmack der Speise
Doch würgt er sie hinab aus Furcht vor Angst.
Am Abend, sehr verwaist in den Tapeten
Scheucht er mit vielen Lichtern lang den Schlaf
Und wacht gen Morgen schweißbedeckt von Argwohn
Vergrindet auf, hört Totenglocken läuten
Läuft lahm, im Nachthemd, fliegend an die Spiegel
Und reitet morgen fett und leichenhaft ins Holz.
Jedoch berückt von jenem schönen Wind
Verzückung, die entsteht, wo auch das Antlitz scheint

Erliegt er, den Natur stiefmütterlich
Den rauhen Späßen der Barbarenwärter
Als Kind schon ausgesetzt, der schrecklichen Verführung:
Dem Kinderwahn, daß Schönheit arglos sei.
Und als schon Erde unter seinen Füßen
Wie Schotter wich und seine linke Hand
Aussätzig war und seine rechte Hand
Gehorsam weigert und die Wand ringsum
Durchsichtig war vor Hohn und Schönheit hurte
Stand er noch immer ohne Einsicht da
Und mit dem Eigensinn, der jenen eignet
Die Irrtum umbringt, der so menschlich ist
Versteift er sich und nennt schlecht schön und schön
Was ihn vernichtet, raucht und trinkt und schläft
Und wiegt sich sicher, lächelt, wechselt Wäsch
Und weint mitunter, plötzlich

Ballade von der menschlichen Stärke

1
Ach es gibt wohl Bitternis
Doch der Mensch ist stark gewiß
Weil er sie fast stets aushält.
Einst saß ich auf einem Feld

2
Einen Bären kummergrau
Sah ich dort mit meiner Frau:
Schwanden für 'ne Viertelstund
In dem schwarzen Tannengrund

3
In der grauen Morgenkält
Fand ich mich noch auf der Welt.
Und ich fand (wohl von dem Spaß)
Meine ganze Hemdbrust naß.

Die Stadt

In den Hallen von Eisenbeton
Haben sie eine eigene Religion.

Ballade von den Schwangeren ohne Heim

Es peitschen die Winde die allzu Beschwerte
Sie selber veraßen, was Sonne einst war
Ihre Bäuche schleifen auf harter Erde
Ihre Nacken wäscht Regen, ihr schmutzverklebt Haar.

Wir sind auf Schiffen zum Himmel gefahren

Der über uns wieder so gleißhell und grün
Wie dereinst vor gänzlich unzähligen Jahren
Als Kain und Abel noch jung waren, schien.

Des lieben Himmels schöne Bläue

War jenem ein so köstlich Ding
Daß er mit jedem Tag aufs Neue
Froh unter den Geringen ging.

Des Abends braune Hügel und ein heller
Glanz von den Sternen waren ihm genug
Er aß ein liebes Brot von fremdem Teller
Und liebes Wasser trank er gerne aus dem fremden Krug.

Er sah von vielen Dörfern nur das eine
Und unter allen Winden jeglicher Gezeit!
Sein weiches Gras und seine harten Steine
Sie blieben bei ihm seine kleine Zeit.

In spätren Zeiten kommt's, daß er den Himmel
Und Dorf und Acker beinah schon vergaß
Er hat sie so wie seine Hände: immer.
So weiß vom eignen Boden nichts mehr oft das Gras.

Ich bin viele Ströme heruntergefahren
Eisregen und Windhose waren mir lieb
Ich war tüchtig böse, wenn sie böse waren –
Ob ich auf dem Lande trabbte oder auf den Seen trieb –

Komm Mädchen, lass dich stopfen
Das ist für dich gesund
Die Dutten werden größer
Der Bauch wird kugelrund.

Und alle die Jahre am Abend
Ging Wind und die Wiese verblich
Und der Bäume dunklere Wipfel
Füllten mit Schwärzerem sich.
O ihr wilden Wasser der Klippen!
O du roter enthäuteter Mond!
O ihr braunen Segel der Schiffe
Gebläht über den Horizont!

5
Ich erkannte mich jetzt natürlich nicht mehr
Als ich den kalten Schweiß abwischen wollte
Sah ich: ich hat kein Gesicht mehr
(Was doch auch nicht vorkommen sollte –)

Oh! Ihr Zeiten meiner Jugend! immer
Matter wird Erinnerung jetzt schon.
Leichte Schatten! Weiß getünchte Zimmer!
Und darinnen rot Orchestrion.

In den apfellichten Teichen karpften
Wir gefräßig leicht in windiger Flut
Und in himbeerfarbenen Hemden harpften
Wir am Abend im Melonenhut.

O Gekreisch der schnarrenden Gitarren!
Ach du himmlisch aufgeblähter Hals!
Hosen, die von Schmutz und Liebe starren!
Und in schleimig grünen Nächten: welch Gebalz!

Schläfrig lungern zwischen Weidenstrunken!
Unter apfelgrünem Himmel, o Tabak!
Ach, wie Tauben fliegend, die vom Kirsch betrunken –
Trauriger endend als ein Rupfensack.

Zartes Lammfleisch du, in steifem Linnen!
Ach, schon sucht dich wild der gute Hirt!
Ja, noch weidest du und rot darinnen
Sitzt ein Herz, das bald verfaulen wird.

Hinunterschlingernd Arm in
Arm ins schwarze Walddickicht
Gestillt der Hungrige und hungrig der Satte!
O Bruder Blaßhaut so verbissen in ein Mondsgesicht!
Und so verschlagen in ein dunkles Herz o Bruder Asiate!

Hier steht Bertold Brecht auf einem weißen Stein
Fleischfressender Esel, bußfertiges Schwein
Halber Niggergötze und halber Affe
Maulheld, Zutreiber, Speichellecker und Pfaffe
Zahnlos vom vielen Brombeernschlecken
Katzbalgerei und Zähneblecken
O lacht ein gutes Lachen
Und weint ein Weinen echt
Und macht ein Kreuz in der Luft über
Den armen Bertold Brecht.
Den guten Frauen weisend, was Bestie ist
Und ihre Häute werfend auf den Mist
Im Rausch ein saures Lästermaul
In grauen Frühen elend wie ein Wind und stinkfaul
Zu allen Zeiten
(Ein Altweiberfurz, ein nasses Kind, das flennt
Schweinisch, halsabschneiderisch und impotent.)

Vom lieben Gott geschaffen
Wie ihr und wieder vergessen!
Ließ keiner einer blatternarbigen Seel ein Messer?
Nackt wie ein Stein bin ich seit Tag und Jahr
Dem Schnaps verfallen mit Haut und Haar.
Wasser im Aug, Frost in der Brust
Hat keiner zu einem Elend Lust?

Wer im guten Glücke des Unglücks gedenkt
Dem war das Glück zu Unrecht geschenkt!
Wer da sparte im Glück für die sauren Wochen
Der wird auf dem Ätna nur Suppen kochen!

Das Glück ist dunkel und es läuft schnell!
Das Unglück aber ist lang und hell.
Die ihr Licht haben wolltet und müßtet ihr's stehlen
Daß ihr seht, was ihr liebtet, wie wird es euch quälen!

Daß die Sterne zu weit sind, das schuf euch einst Qual
Und daß ihr zu schwach seid, das traf euch einmal.
Dann macht euch nicht, daß sie versinken, erbleichen
Sondern daß sie sich wie die Eier gleichen!

Wenn einer vor Drang nicht zu Atem kam
Wenn ihn das Geschick roh beim Schopfe nahm
Ohne viel Sperenzen und ohn viel Federlesen –
Das sind seine besten Jahr gewesen!

Wenn alles verbraucht ist und vieles verkauft
Nur nicht mehr ums Übrige abgerauft!
Ach, geh doch gemütlich und lässig hinab, was willst du verlangen?
Als daß die nachsahen, sagen: er ist wohl gerne *gegangen*!

Balaam Lai im Juli

Im Juli nach dem Verfall der Marquise
Und seiner Austreibung aus dem Paradiese
Bekam, als er im dorren Schilf
Mit den Fliegen an einem Weiher stand
Sum, sum
Balaam Lai, die versoffene Wiese
Bekam Balaam Lai einen Sonnenbrand.
Maria hilf!
Balaam Lai, Kirschwasserbottich in der Weißen Nelke
Spuckte lässig hinein in den Fliegenweiher
Flatsch
Schielte gehalten nach seinem Zahn und ersann
Eine Einladung an die Anna Gewölke
Für die Nacht zu einer solennen Beweinung
Ging hin und erstand noch zwei Enteneier.
Gott erbarm sich der Anna Gewölke!

Als der Abend bleich, mit Qualen zu dämmern begann
Änderte zwar Balaam Lai seine Meinung
Als er sah, wie Anna Gewölke gesegelt kam
Mit ihrem Sonnenschirm durch die Dämmerung, weiß wie Rahm!
Denn Anna Gewölke war, wenn es darauf ankam
Ohne falsche Zimperlichkeiten in freier
Auffassung der Liebe, weiß Gott, die letzte
Die sich mit faulem Zauber abspeisen ließ
Und einen Mann nicht nach seiner Leistung einschätzte
Als ob er Hostien fraß oder rohe Eier
Und Balaam Lai wußte dies.
Kurz, sie sagte, die Fenster seien aus Glas
Und als er sie nicht verhängte, tat sie's
Und flaggte um acht Uhr in Balaam Lais Weiher.
(Während er krampfhaft die Zeitung las.)

Als nun Anna Gewölke vor Langeweile schon ihre rosa Zehen anfraß
Erwog Balaam Lai noch in aller Eile

Wie sich das unkeusche Rabenaas
Aus seinem Wigwam hinausschmeißen ließ
Und es blieb ihm nichts übrig, als fortzulaufen
Und hinunterzutappen und Rotwein zu kaufen
Und sie mit dem Rotwein rapid zu besaufen.

Damit sie vielleicht so die Besinnung verließe
Er selbst aber saß über dem Papier
Eines ehrwürdigen und beleibten Bandes
Bedruckt mit dem Untergang des Abendlandes.
Jedoch sie, die von Rotwein gefüllt, in den Kissen sich wälzte
Beschielte ihn steif und es schwante ihr
Etwas Verwandtes.
Nun, sie soff die Flaschen und war die kältste
Frivolste Person, als sie mit der Allüre
Einer auf Leichen versessenen Walküre
Ihn einlud zu einer kleinen Umarmung.

Bericht des Schiffbrüchigen

Als das Schiff brüchig war
Ging ich in die Wasser. Des Wassers Gewalt
Warf mich auf einen kahlen Steinbrocken.
Ich war von Sinnen alsbald.
Währenddem ging meine Welt unter. Zwar
Als ich aufwachte, mein Haar
War schon trocken.

Ich aß aus Muscheln einiges
Und schlief in einem Baum
Drei Tage, die beste Zeit
Und weil ich hatte nichts als Raum
Ging ich weit.

Der Anblick war mir ungewohnt.
Ich berührte nichts mit der Hand.
Nach dreien Nächten habe ich den Mond
Wieder erkannt.

Ich hängte ein Tuch in einen Baum
Und stand daneben
Einmal einen Tag und eine Nacht.
Das Wasser war ruhig
In meinem Tuch war kein Hauch
Es kam kein Schiff
Es gab keine Vögel.

Später sah ich auch Schiffe
Fünfmal sah ich Segel
Dreimal Rauch.

Lied der verderbten Unschuld beim Wäschefalten

1
Was meine Mutter mir sagte
Das kann wohl wahr nicht sein.
Sie sagte: wenn du einmal befleckt bist
Wirst niemals du mehr rein.
Das gilt nicht für das Linnen
Das gilt auch nicht für mich.
Den Fluß laß drüber rinnen
Und schnell ist's säuberlich.

2
Mit elfen war ich sündig
Wie ein Dreihellerweib.
Und wirklich erst mit vierzehn
Kasteit ich meinen Leib.
Das Linnen war schon gräulich
Ich hab's in Fluß getaucht.
Im Korbe liegt's jungfräulich
Wie niemals angehaucht.

3
Bevor ich noch einen kannte
War ich gefallen schon.
Ich stank zum Himmel, wahrlich ein
Scharlachnes Babylon.

Das Linnen in dem Flusse
Geschwenkt in sanftem Kreis
Fühlet im Wellenkusse:
Jetzt werd ich sachte weiß.

4
Denn als mich mein erster umarmte
Und ich umarmte ihn
Da fühlt ich aus Schoß und Busen
Die schlechten Triebe fliehn.
So geht es mit dem Linnen
So ging es auch mit mir.
Die schnellen Wasser rinnen
Und aller Schmutz ruft: hier!

5
Doch als die andern kamen
Ein trübes Jahr anfing.
Sie gaben mir schlechte Namen
Da wurd ich ein schlechtes Ding.
Mit Sparen und mit Fasten
Erholt sich keine Frau.
Liegt Linnen lang im Kasten
Wird's auch im Kasten grau.

6
Und wieder kam ein andrer
In einem andren Jahr.
Ich sah, als alles anders war
Daß ich eine andre war.
Tunk's in den Fluß und schwenk es!
's gibt Sonne, Wind und Chlor!
Gebrauch es und verschenk es:
's wird frisch als wie zuvor!

7
Ich weiß: noch viel kann kommen
Bis nichts mehr kommt am End.
Nur wenn es nie getragen war
Dann war das Linnen verschwendt.

Und ist es brüchig geworden
Dann wäscht's kein Fluß mehr rein.
Er spült's in Fetzen forten.
So wird es einmal sein.

Vorspruch einer letzten Szene, in der ein guter Mensch straflos ausgeht

Gleichsam als wären
Die Leitenden lässig
Oder hätten heut einen schwachen Tag
Geht der unvorsichtige gute Mensch
Straflos aus

Nicht immer
Schlägt ihn das Geschick
In den duldsamen Nacken, denn
Nicht immer
Ist es unfehlbar

Ballade vom Tod des Anna Gewölkegesichts

1
Sieben Jahre vergingen. Mit Kirsch und Wacholder
Spült er ihr Antlitz aus seinem Gehirn
Und das Loch in der Luft wurde schwärzer und voll der
Sintflut von Schnäpsen war leer dies Gehirn.

2
Mit Kirsch und Tabak, mit Orgeln und Orgien:
Wie war ihr Gesicht, als sie wegwich von hier?
Wie war ihr Gesicht? Es verschwamm in den Wolken?
He, Gesicht! Und er sah dieses weiße Papier!

3
Wohin immer er fuhr, an vielmal viel Küsten!
(Er fuhr nicht wohin bloß wie du und ich!)

Ihm schrie eine Stimme weiß über den Wassern
Eine Stimme, der ihre Lippe verblich...

4
Einmal sieht er noch ihr Gesicht: in der Wolke!
Es verblaßte schon sehr. Da er allzu lang blieb...
Einmal hörte er noch, fern im Wind, ihre Stimme
Sehr weit in dem Wind, in dem die Wolke hintrieb...

5
Aber in späteren Jahren verblieben
Ihm nur mehr Wolke und Wind und die
Fingen an zu schweigen wie jene
Und fingen an zu vergehen wie sie.

6
O wenn er durchnäßt von den salzigen Wässern
Von wilden Winden die wilden Hände zerfleischt
Hinunterschwimmt, vernimmt er als letztes
Eine Möwe, die über den Segeln noch kreischt!

7
Von den grünen Bitternissen, den Winden
Den fliegenden Himmeln, dem leuchtenden Schnee
Und Kirsch und Tabak und Orgeln blieb nichts mehr
Als ein Kreischen in Luft und ein Salzschlücklein See.

8
Aber immer zu jenen hinwelkenden Hügeln
In den weißen Winden des wilden April
Fliegen wie Wolken die blässeren Wünsche:
Ein Gesicht vergeht. Und ein Mund wird still.

Ein Windhauch öffnet opernhafte Lücken in den Zwischenwänden –

Es regnet ein schwarzer Puder sanft auf meine Nachtarbeit –

Ein Götzenbild, schwarze Augen und gelbes Haar, ohne Verwandte, ohne Hofstaat, vornehmer als die Mythologie. Sein Reich, unverschämtes Grün und Azur

Die Blumenwelt
Die Wirklichkeit war zu dornig für meinen großen Charakter. – Nichtsdestoweniger befand ich mich bei meiner Dame, als großer graublauer Vogel

Groß wie ein Bär mit violettem Zahnfleisch und kummergrauem Haar. Alles ward Schatten und leuchtendes Aquarium.

Psalm für einen höflichen Mann

Auf den kleinen Steinen sitzt Biti und singt
Biti weiß, daß es für einen Mann 70 Krankheiten gibt
Biti weiß, daß Gott mit Vorliebe Zurückzieher macht
Biti hält an sich und grinst nicht, Biti ist höflich

Auf den Steinen sitzt Biti und singt
Biti weiß, daß es mehr Krankheiten gibt, als man wissen kann
Biti ist charakterlos wie ein Gast und hinkt freiwillig, wenn es ihm gut geht
Biti weiß, wie leicht man sich mißliebig macht

Auf den kleinen Steinen sitzt Biti und singt

1

Sind auch die Täler noch voll von Grünem: Ich lasse sie.
Ich stürze mich zu den Wasserfällen, die in Armut heulen
Immer erstarre ich kalt unter ihren auf meinen Genicken zerberstenden Säulen
Aber ich feire die Orgien meiner standhaft sich biegenden Knie.

Der schwarze Regen auf Kieseln das Licht und das Lachen Erkannter
Die zerfressen waren

Kommen die ärmsten Dinge zu mir wie der Regen abends auf Pflastersteinen
Und bitten um Nachsicht und einen Platz und laufen mir bittend nach

Lasse ich sie eine Minute lang nicht allein und wage es doch noch mit ihnen
Aber dann weis ich sie ab und höre sie nicht mehr und trolle mich unter mein Dach.

Tahiti

1
Der Schnaps ist in die Toiletten geflossen
Die rosa Jalousien herab
Der Tabak geraucht, das Leben genossen
Wir segelten nach Tahiti ab.

2
Wir fuhren auf einem Roßhaarkanapee
Stürmisch die Nacht und hoch ging die See
Das Schiff, es schlingert, die Nacht, sie sank weit
Sechs von uns drei hatten die Seekrankheit.

3
Tabak war da, Schnaps, Papier, Irrigator
Das Bettlakensegel von Topp bedient
Mit: Gedde, zieh dich aus, es wird heiß, der Äquator!
Und: Bidi, setz den Hut fest, der Golfstromwind!

4
Kap Good Horn passierend durch Riechgewässer
Welch ein Kampf mit Piraten und eisgrünem Mond!
Welch ein Taifun bei Java! Drei Menschenfresser
Sangen: Nearer, my God! in den Horizont.

5
Hinter Java mußte schließlich noch Schnaps fließen
Denn Bidi mußte Topp standrechtlich erschießen
Zwei Tage später bekam Gedde von einer Möwe ein Kind
Und sie fuhren weiter zu dritt gegen den Nordpassatwind.

VIELLEICHT
Gibt's irgendwann noch auf der Welt ein Morgenrot!
Vielleicht
Bin ich und ihr: dann aber auch schon tot!!

11
WIR SIND IN PERGAMENT VERDORBEN
Der ganze Tümpel ist vertiert
Nachdem Arture Rimbaud gestorben
Dem man ein Bein noch amputiert.

Das Fieber in dem gelben Schilfe
Allein war's nicht; er starb am End
Weil niemand mehr ihm kam zu Hilfe
(Versehen mit dem Sakrament)...

12
Der schöne Himmel, den wir lieben
Ist abgedeckt samt Gras und Kraut
Wir sind mit uns allein geblieben:
Das haben wir nicht gut verdaut.
Mit Frauenliebe, Kälberzungen
Und manchem roten Varieté
Ist es uns wahrlich nicht gelungen
Das Herz zu schützen vor dem Schnee.

WURDEN WIRKLICH TRÄNEN HIER VERGOSSEN
Ist das Leid jetzt alles ausgetunkt
Ausradiert sind Spuren ihrer Flossen
Und auf leerem Blatte steht ein Punkt.

Dieses Blatt ist nicht mehr zu beschreiben!
Dieser Punkt beweist kaum ein Gefühl!
Was nicht ist, soll bleiben
Kalkül

1
VON SEIDE BUNT UMGLÜHT wie von *Orange*
Von schmalem Schlitz entblößt ein Inkarnat
Das rot und schimmernd leuchtet wie vom Bad
Du spürst es auf der Zunge wie *Melange*

2
Und wie die Frucht von Schale eingeschnürt
So war dies Fleisch in diesem Schawl verschält
Und wie die Schale springt, wenn sie berührt
Und wie die Frucht der Schale leicht entfällt

3
So fiel der Schawl und jenes Inkarnat
Das ganz entblößt ihm nun die Hände füllt
Und rot und schimmernd leuchtet wie vom Bad
War einzig noch von einem Kruzifix verhüllt
Das auf dem Fleisch hing wie an schwarzer Naht.

Die Sterbenden

Ich vermache euch den blauen und
Unverderblichen Himmel
Ich, das Geschrei der Menschenmärkte am
Morgen
Ich, das blaue Obst
Ich, die wollüstigen Leiber
Ich, ein Menschgesicht
Ich, Pferde unter dem Schnee!
Ich, Wind!
Ich, Wasser!
Ich, Erde!

Und wächst mir der Nagel am Fuß alsdann
Ich schneide ihn jetzt nimmer.
Ich will nur größere Stiefel han
Sonst komm ich mit Gewimmer.

1
Ich, Bertold Brecht, bin aus den schwarzen Wäldern.
Meine Mutter trug mich in die Städte hinein
Als ich in ihrem Leibe lag. Es müssen die Wälder
Aber dennoch in mir geblieben sein.

2
In der Asphaltstadt bin ich daheim. Seit vielen Jahren
Lebe ich dort als ein Mann, der die Städte kennt
Zwischen Zeitungen mit Tabak und Branntwein
Mißtrauisch und faul und zufrieden am End.

3
Aber in den Bettstatten aus Tannenholz war mir
Immer kalt und das Schlechteste war die Nacht.
Von den vielen Kammern, die ich bewohnte
Hab ich keine wohnlich gemacht.

4
In der Nacht sind die schwarzen Wälder voll Unruh.
Kann sein: es treten Tiere zwischen das Geäst!
Die großen Tannen haben viele Geschäfte.
Pfui Teufel, wenn der bleiche Himmel des Waldes einschlafen läßt!

5
Gegen Morgen in der grauen Frühe pissen die Tannen
Und ihr Ungeziefer fängt an zu schrein.
Um diese Stunde trinke ich den Branntwein aus und schmeiße
Die Zigarre weg und schlafe unruhig ein.

6
Denn ich spiele mitunter in viel Gesichten Gitarre
Und verstehe mich nicht gut und bin leidlich allein.
Sie fressen die rohen Wörter. Es sind andre Tiere.
Ich aber liege und spüre im Rücken noch einen Stein.

7
Mag sein, denke ich, ich bin in Papier und Weiber verschlagen
Und aus der Asphaltstadt komme ich nie mehr heraus:
So habe ich doch über den Dächern einen bleichen Waldhimmel für mich.
Und eine schwarze Stille in mir und ein Tannengebraus.

8
Trinke ich oder nicht: wenn ich die schwarzen Wälder sehe:
Bin ich ein guter Mann in meiner Haut, gefeit.
Ich, Bertold Brecht, in die Asphaltstädte verschlagen
Aus den schwarzen Wäldern in meiner Mutter in früher Zeit.

An meiner Wiege haben sie mir ein Chanson gesungen
Rothäute behandelten meinen Skalp als Abortpapier
Zwischen Weidenweibern in graugrünen Dämmerungen
Kam ich oft auf mich zu als ein haariges Ozeantier
(Ozeantier!)
In den großen Städten grassierte damals die Civilis

Den Affen fielen die Haare aus und sie wurden versöhnlich
Man rauchte, las Zeitung, trank Kognak, schlief, schiß
Machte den Himmel zu und wurde gewöhnlich

Maria

Die Nacht ihrer ersten Geburt war
Kalt gewesen. In späteren Jahren aber
Vergaß sie gänzlich
Den Frost in den Kummerbalken und rauchenden Ofen
Und das Würgen der Nachgeburt gegen Morgen zu.

Aber vor allem vergaß sie die bittere Scham
Nicht allein zu sein
Die dem Armen eigen ist.

Hauptsächlich deshalb
Ward es in späteren Jahren zum Fest, bei dem
Alles dabei war.

Das rohe Geschwätz der Hirten
Verstummte.
Später
Wurden aus ihnen Könige in den Geschichten.
Der Wind, der sehr kalt war
Wurde zum Engelsgesang.
Ja, von dem Loch im Dach, das den Frost einließ, blieb nur
Der Stern, der hindurch sah.

Alles dies
Kam vom Gesicht ihres Sohnes, der leicht war
Gesang liebte
Arme zu sich lud
Und
Die Gewohnheit hatte, unter Königen zu leben
Und einen Stern über sich zu sehen zur Nachtzeit.

Chanson vom Geld

… denn die Freunde gehen in die Binsen
Und die Weiber fallen in die wärmeren Betten
Aber das Geld
Ist's, was zu dir hält

… denn davor
Legt der Leichenkutscher noch die Hand an seinen Trauerflor
Und mehr als das
Gibt es nicht: das ist der Spaß!

Ballade

Und als sie lag auf dem Sterbebett
Da sprach sie zu ihm: Ich bin
Dir treu gewesen an 14 Jahr
Was hat es jetzt für Sinn?

Er sprach zu ihr und hielt ihr die Hand
Die schon weißer als das Linnenzeug war:
Ich danke dir, meine liebe Frau
Für diese 14 Jahr.

Ich bin gegangen, sagte sie
In einem grauen Kleid
Und habe gegessen Supp und Fisch
Das tut mir beinah leid.

Er hielt ihr die Hand als wie im Meer
Einer hält ein schwaches Tau
Der schon ertrinkt, und sprach: Du warst
Mir eine gute Frau.

Sie sagte ihm noch: Wie schnell es geht
Sieh doch meine Hand, wie weiß!
Und sie sah vor sich ein Lesebuchblatt –
»… Und wie ein schwankes Reis«

Er aber stand bei ihr, sprach zu ihr
(Und wußte wohl nicht gleich
Ob es richtig war, was er sprach) und sprach:
Jetzt ist es wohl schon gleich.

DASS SIE SCHWARZ SIND und daß sie hinken
Sieht man im Finstern nicht
Und sie stehen nun ganz ohne Schminken
In dem kalten Zitronenlicht.

1
DRUM HERR PFARRER müsset ihr bei uns verbleiben
Und uns den Teufel aus der Gemeine treiben

2
Ich meinerseits bin ein liederlich Branntweinfaß
Aber die Augen sind mir heut naß

3
Als ihr auf der alten Kanzel standet

IN DEN TEMPELN WIE IN FUTTERALEN
Stecken die Götter vom Ja de si noch
Ihre morschenden Gläubigen zahlen
Nicht mehr das Holz für die Opferschalen
Und nicht den Rauch für das fangende Loch

1
IN DEN FINSTERSTEN ZEITEN, VOR JAHREN, in der Asphaltdschungel

2
Als ich zwischen feuchten Tapeten wie eine halbverdorrte Motte herumkroch

3
Und ich blinzelnd ein unangenehm saures Licht wahrnahm

4
Schickte mir einer in einem Brief eine Blechkapsel mit meinem Bild.

5
Ich betrank mich nicht an diesem Tag, ich hing das Bild um den Hals

6
Und von Stund an ging es besser mit mir, fast gut.

Ballade der Billigkeit

1
Weil sich die Welt wohl mehr als schicklich
Durchaus viel gegen uns vermißt
Weil unsre Lage unerquicklich
In diesem Jammertale ist
Weil einige trotz diesem Elend
Vergrößern unsre große Pein
Drum müssen wir selbst schwach und fehlend
und kommen überein
Und müssen drauf beharren bleiben
Und einigen den Hut eintreiben.

2
Die Schurken, die grad gehen wollen
Und machen uns von Kind auf schlapp
Mit Tannen und mit Weihnachtsstollen
Vom rechten Weg uns bringen ab
Daß wir den Leib nicht wacker stählen
Für die gute Sünde, die uns befreit
Und uns zu seligem Tode quälen
Mit den zehn Verboten der Seligkeit.
Wir müssen uns hier einig bleiben
Und denen ihren Hut eintreiben.

3
Die Burschen, die uns langeweilen
Mit ihrem sauren »Zeitvergeiht«
Wenn wir beschäftigt, aufzuteilen
Die unermeßlich lange Zeit.
Die nicht Tabak zu rauchen wissen
Und nicht leicht gehn von Bett zu Bett
Begegnet uns in Finsternissen
Auch noch ein scheußliches Skelett
So müssen wir wohl stehen bleiben
Und ihm etwas den Hut eintreiben.

4
Die Burschen, die in Schleim zerfließen
Und Schwung in ihrer besten Zeit
(Die Dinge dieser Welt genießen
Kann nur fanatische Trockenheit –)
Wer uns durch Triefen seiner Fresse
Die teuflisch wenige Lust vergällt
Mit jener faden Totenblässe
Dem mattorangnen Tag im lichten Zelt
Bei dem muß man ein Zwinkern lang verbleiben
Und ihm den Hut etwas eintreiben.

5
Die Weiber, die ins Bett gehören
Und es nur tun, wenn wir ihnen auch
Die Gurgeln waschen mit Likören
Und stopfen Krebse in den Bauch
Und lange wählen in den sieben
Wochen, wo sie bekömmlich sind
Und überhaupt nur Einen lieben
Und machen zuviel grünen Wind
Wir müssen drauf beharren bleiben
Und es auch ihnen schon eintreiben.

Choräle

1
Nun bittet alle Gott, daß er uns einen guten Leib gibt
Harte Zucht für die Sünde, nicht
Locker lassen, ... ein fester Will

2
Geben ist seliger als nehmen, o du
Der Leib muß hergegeben werden, verheert mit Schnaps,
Nikotin, Syphilis.
wir wucherten
Bei Gott mit unserm Pfund!

Lied

1
Wenn der Abend kommt, Bruder, was machst du da?
Steck deine Zähn ein! Ich kann mich betrinken ja.

2
Ich kann mich gut betrinken wohlan
Daß ich den Abend nicht mehr wahrnehmen kann.

3
Wenn dich einer fragt: was sagst du da?
Ich kann mein Maul halten ja.

4
Wenn sie nichts Besondres an mir sehn
Werden sie vorübergehn.

5
Ist es aber gut, Bruder, ist es gut?
Bruder, was mich angeht, ich ziehe immer meinen Hut

6
Ich kann auch gehen mit meinem Bein
In den Abend hinein.

7
Ich kann nicht wahrnehmen da
Einen großen Unterschied zwischen nein und ja

Der Narziss

1
Das violette Licht vom Hofe her
Scheint noch um sein Gesicht. Oh, es ist blaß.
Man kann noch lesen. Doch es ist schon schwer.
Ein kühles Leuchten schwimmt durch das Gelaß.

2
Wie wird Maria, dir, wenn du ihn siehst?
Er schließt den Deckel. Taumelnd: Ist er blind?
Er knöpft die schwarze Hose auf und liest
Das weiße Blatt: es duftet nach Absynth.

3
Der schwarze Baum im Fenster steht im Licht.
Er schwankt, daß jenem im Papier das Licht verblich
Und er dichtet weiter (es ist ein Gedicht)
Verlösche Licht! Verlösche! ER liebt SICH.

4
Ist's nicht, als schüttle sich der Baum und grinst?
Es regnet. Milch tropft in die Finsternis
Schwankend aus dem Gelaß weicht ein Gespinst
Mit Eiweiß auf der Hose: der Narziß.

1
Dies milchglasige Licht vom Hofe her
Wäscht ihm noch sein Gesicht. Es ist schon blaß.
Der Ort ist schweißig vom Parteiverkehr
Auch schwimmen Spinnen kühl durch das Gelaß.

2
Wie wird, Maria, dir, wenn du ihn siehst?
Er schließt den Deckel taumelnd: ist er blind?
Er knöpft die schwarze Hose auf und liest
Ein altes Blatt. Es duftet nach Absynth.

3
Der dorre Baum vorm Fenster steht im Licht
So daß dem Mann die Schrift am Blatt verblich
Sein Aug wird klein, er neigt sein Angesicht
Verlösche Licht! Verlösche: ER liebt SICH.

4
Der dorre Baum vorm Fenster zittert wild und grinst.
Es regnet in die kalte Finsternis.
Schwankend aus dem Gelaß weicht ein Gespenst
Mit Eiweiß auf der Hose: der Narziß!

Ruhig sitz ich an den Wassern wieder
Mit den gleichen Tieren wie dereinst
Und es fliegen auch die gleichen Lieder
In den Himmel, über die du weinst.

Kalendergedicht

Zwar ist meine Haut von Schnee zerfressen
Und von Sonne rot gegerbt ist mein Gesicht
Viele sagten aus, sie kennten mich nicht mehr, indessen
Ändert sich, der gegen Winter ficht

Sitzt er auch gelassen auf den Steinen
Daß der Schwamm ihm auswächst im Genick
Die Gestirne, die ihn kühl bescheinen
Wissen ihn nicht mager und nicht dick

Sondern die Gestirne wissen wenig
Sahn ihn noch nicht und er ist schon alt

Und das Licht wird schwärzer, fettig oder sehnig
Sitzt er schauernd in der Sonne, ihm ist kalt

Ach die Nägel an den schwarzen Zehen
Schnitt er längst nicht mehr, mein lieber Schwan
Sondern sieh, er ließ sie lieber stehen
Und zog einfach große Stiefel an

Eine Zeitlang saß er in der Sonne
Einen Satz sprach er gen Mittag zu
Abends spürte er noch etwas Wonne
Und wünscht nachts nichts mehr als etwas Ruh

Einst floß Wasser durch ihn durch und Tiere
Sind verschwunden in ihm und er ward nicht satt
Fraß er Luft, fraß er Stiere
Er ward matt

Ein Wicht:
Bringt, toter Timon, dich die Grabnacht nicht
Mehr noch als einst der lichte Tag zum Toben?
Horch, was er spricht:
Noch schlechter ist das Dunkel als das Licht!
Sind doch hier unten mehr von euch als droben!

Jeder Mensch auf seinem Eiland sitzt
Klappert mit den Zähnen oder schwitzt
Seine Tränen, seinen Schweiß
Sauft der Teufel literweis –
Doch von seinem Zähneklappern
Kann man nichts herunterknappern.

Jeder Mensch in seiner Sprache mault
Und kein Mensch versteht es, was er jault
Ist er mal im Kopfe licht
Dann versteht's auch er wohl nicht.
Die Enttäuschten und Vergrämten
Sind die wahrhaft Unverschämten.

Epistel

1

Vielleicht bin ich überhaupt zu spät gekommen. Sicher gehe ich zu früh wieder weg.

Noch verstündest du mich. Die Kammer ist leer, du hast vierzig Jahre zuviel, die Jugend verstreicht wie ein Schwan über einem Teich, vielleicht ungesehen.

Wie traurig meine Kammer ist! Ihre Tapete ist Schimmel, ihr Ofen Verzweiflung. Ich tue nichts, sie zu tapezieren, es ist alles vorläufig, dauert nicht lange. Ich friere aber.

Vielleicht werde ich dich nicht mehr sehen, vor die Stürme kommen, die Finsternis hereinbricht und dann, in den großen Schneefällen! Wie willst *du* auf den Himalaja kommen? Es gibt dann keine Landkarten!

2

Krank, die Anarchie in der Brust, ohne Fähigkeit zu hassen, in einer verschimmelten Kammer gefangen gehalten, erdulde ich gleichgültig die Berührung schwitziger Hände. Ich liege in schmutziger Wäsche, man besprengt uns lediglich mit Weihwasser, der Revolver unter der Bettdecke macht nur kalt!

O die Athleten, die die Gleichgültigkeit der Welt ertragen! O die Sicherheit der gewöhnlichen Visagen aus der Apokalypse, welche Unschuld, wie neidisch muß ich sein auf sie! Wie verachten wir mich, der ich wie Branntweindunst in meinen Kleidern bin, ich, das einsame Ungeziefer, der Schmarotzer voll Menschenverachtung!

1

Bin gewiss nicht mehr wie jeder Rupfensack
Voll von Moder und Kälte und Schabernack!
Habe gesagt, was nicht wahr, habe nicht gesagt, was ist
Habe pfeifend ins Tabernakel gepißt.
Aber den Blicken, die vor mir erblichen
Bin ich durchaus nicht ausgewichen.

2
Habe verschlungen, was da war, mit Appetit
Mancher ging eine Meile weit in das Elend mit
Manchen Getreuen warf ich hinaus am Genick
Manchen verließ ich, im Elend auch, mit einem falschen treuen Blick
Aber die Guten, die mir's vergolten
Habe ich nicht für schlecht gescholten.

3
Viele Male bekam ich ins offne Gesicht einen Tritt
Einen Schlag auf die Gabe, nur Hohn auf meine Bitt –
Viele gingen von mir mit meinem Hemd davon
Oder prellten mich um meinen Schurkenlohn.
Aber das, was sie mir immer bezahlten
Habe ich immer für Gnade gehalten.

Herabgewirbelt wie ein gelbes Blatt
Zu wenig Zeit, daß man die Zähne bleckt
Wie rasch es ging! Und oft doch noch hat
Ein Glanz des Himmels die Armen erschreckt!

Was druckt es keiner von euch in die Zeitung
Wie gut das Leben ist! Maria Hilf:
Wie gut ist Schiffen mit Klavierbegleitung!
Wie selig Vögeln im windtollen Schilf!

Sie
  Sanken noch lang durch milde Luft
  Sie
  Sahn nicht nach oben in rettende Masten
  Über ihnen war nichts und sie sanken durch Luft, die war mild.

Die in den Mastkörben saßen der untergehenden Schiffe
  Glückliche, hörten die Schreie der hier Ersaufenden noch –
  Sie waren noch unberührt, sie hatten nichts mehr zu tun –
  Sie konnten noch immer hinab –

Lupu Pick und Manke Pansche

Ihre Worte waren bitter
Ihre Wege liefen krumm.
Hin durch sieben lange Jahre
Sieben Jahre gingen um.

Lupu Pick und Manke Pansche
Haare weiß und Häute welk

Mit dem linken schon umwölkten
Auge sah ihn Lupu Pick
Und er fällt ihn stumm mit einem
Sichern Schlag in das Genick.

Pansche, der begriff mit Schaudern
Und er krabbelte hinaus
Dick und haarig in das Reisfeld
Und besann sich einiges aus.

Und er kam herein mit Eimern
Voller Reis und Fleisch und Wein
Und er stopfte und er goß es
Dem geschwächten Lupu ein.

Lupu Pick, voll angefressen
Jagte ihn mit einem Blick
In die nasse Hundehütte
So brutal war Lupu Pick.

Ja, er kniff dann in die Backe
(Welche Backe sag ich nicht)
Manke Pansches Weib und kam dann
Schwankend zu ihm ins Dickicht.

Und er schrie, die haarige Brust sich
Trommelnd heiser wie ein Vieh.
Komm heraus, Hund Manke Pansche
Und stieß nach ihm mit dem Knie.

Eine Ballade von Männern, die rauchten, fluchten und an sich hielten

1
Ich will nicht sagen, daß sie durchkommen, Messieurs

2
Daß sie je wieder jemand begegnet wären, davon hat
Man nichts gehört

3
Etliche sagen sogar, sie wären durchgekommen

4
Wenn sie sich besser umgetan hätten
  Aber sie lachten

1
Siegfried hatte ein rotes Haar
Und Hagen Tronje liebte ihn sehr
Und Siegfried wußte, was Hagen Tronje war –
Aber da war noch Giselher.

2
Gunther sagte dem Hagen Tronje oft:
Siegfried liebt man. Da lachte er
Und stand eines Tages im Gras, unverhofft
Und schlug in Siegfrieds Nacken einen Eschenspeer.

3
Hagen Tronje blieb drei Tage lang bleich
Und trank sich durch die lange Nacht
Denn er dachte an Gunther und Giselher immer zugleich
Und er hätte lieber nur an Gunther gedacht.

4
Aber am vierten Morgen kam Giselher selber zu ihm hin
Und brach das Brot mit ihm und aß von seinem Salz

Und sprach von Weibern und Pferden mit dem Kinn.
Da ging dem Hagen Tronje wild der Wind an seinen Hals.

Und ich bat, es möchte mir
Ein gut Wort gegeben werden
Daß ich als ein gutes Tier
Geh von einer guten Erden.

Aber wachet erst recht auf
Vor dem Sündenschlafe
Denn es folget sonst darauf
Eine lange Strafe.

an die Menschenfresser

1

Man sollte nicht zu kritisch sein.
Zwischen ja und nein
Ist der Unterschied nicht so groß.
Das Schreiben auf weißes Papier
Ist eine gute Sache, auch
Schlafen und abends essen.
Das frische Wasser auf der Haut, der Wind
Die angenehmen Kleider
Das Abc
Der Stuhlgang!
Im Hause des Gehenkten vom Strick reden
Ist nicht schicklich.
Und im Dreck
Zwischen Lehm und Schmirgel einen
Scharfen Unterschied finden
Das geziemt sich nicht.
Ach
Wer von einem Sternenhimmel eine
Vorstellung hat
Der
Könnte eigentlich sein Maul halten.

Ballade von der alten Frau

Sie hat sich montags noch einmal erhoben
Man hätt es ihr fast nicht mehr zugetraut
Die Grippe war für sie ein Wink von oben
Sie ist seit Herbst schon nur noch Bein und Haut

Sie hat zwei Tage nur noch Schleim erbrochen
Und war noch, als sie aufstand, weiß wie Schnee
Versehen war sie ja auch schon seit Wochen
Sie trank ja auch schon nichts mehr als Kaffee

Jetzt stand sie ja noch einmal auf vom Tode
Es war doch noch zu früh, das Sterbesakrament
Sie hätte sich von ihrer Nußkommode
Ja doch recht ungern diesmal schon getrennt

Wenn auch der Wurm schon drin ist, so ein altes
Stück wächst ans Herz, sie hätte es direkt
Vermißt, wie man so sagt, nun Gott erhalt es
Sie hat jetzt noch mal Brombeern eingeweckt

Auch hat sie sich die Zähne richten lassen
Man ißt ganz anders, wenn man Zähne hat
Man legt sie nachts bequem in Kaffeetassen
Und hat sie morgens immer in die Stadt

Sie hat auch einen Brief von ihren Kindern
Sie stehn von nun an ganz in Gottes Hand
Sie wird mit Gott noch einmal überwintern
Das schwarze Kleid ist auch noch gut im Stand

2

Ein pessimistischer Mensch

Ist duldsam.
Er weiß die feine Courtoisie auf der Zunge zergehen zu lassen
Wenn ein Mann eine Frau nicht totprügelt
Und die Aufopferung einer Frau, die ihrem Geliebten Kaffee kocht

Mit weißen Beinen unter dem Hemd
Rührt ihn.
Die Gewissensbisse eines Mannes, der seinen Freund
Verkauft hat
Erschüttern ihn, der die Kälte der Welt kennt
Und wie weise es ist
Laut und selbstbewußt zu reden
In der Nacht.

Jener

Das Hausdach, das ihm seine Aussicht verstellt
Nannte er oftmals »das Dach der Welt«

Von einem, den es noch nicht gegeben
Sagte er, der kenne das Leben

Von dem, der einem das Leben genommen
Er sei ihm menschlich nähergekommen

Er sah sehr klar, bei ihm hieß es viel wagen
Seinen leiblichen Bruder nicht zu erschlagen

Kouplets für Blandy

1

Ich bin nicht erotisch, ich bin unterernährt, ich ne
Mutter sagte immer, du bist ein Stiefkind vom lieben Gott
Hat keiner was gemerkt
Wenn ich abends in der Chaussee einen Mann erblicke, dann laufe
Immer denke, er hat ein Messer, wenn Anna einen Mann sieht, sagt sie, wird
Rot, als mir Anna das sagte, habe ich geweint
Meine Mutter sagte immer zu mir, das Lasterleben ist nichts für mich, weil
Ich es auf der Lunge habe

Da kam Otto, der ist doch elektrisch
Ich bin immer so unruhig, aber wenn Otto mich ansieht, könnte ich sitzen wie
Im Panoptikum, wenn Otto mich anrührt, gibt es Funken
Das geht durch und durch, es berührt einen förmlich wie ein Schlag und dann kenne
Ich mich nicht mehr in solchen Minuten, ich muß ihm ganz zu Willen sein
Weil ich nämlich auch elektrisch bin, gibt es einen so starken Kontakt, sagt Otto
Ich muß bestimmt noch dafür büßen, wir Frauen müssen es immer aushalten, oft
Denke ich, ich ende sicherlich im Wasser und im Lokalen, denn Otto ist, sagt er
Polygam

Über den richtigen Genuss von Spirituosen

Andere gießen ihr Glas gewöhnlich nur so hinunter
Und kriegen nichts als ein alkoholisches Herz davon weg
Wenn ICH trinke, geht die Welt grinsend unter
Und ich bleibe noch ein Minute. Ich sehe darin einen Lebenszweck.

Ich lese dabei gern die Zeitung, bis meine Hände
Etwas zu zittern beginnen, dann sieht es nicht aus
Als besaufte ich mich mit Absicht. Ich tue gern, als verstände
Ich mich nicht auf Alkohol, denn zu Haus

Hat es mir meine Mutter sehr abgeraten
Es war sozusagen ihr heimlicher Schmerz.
Aber ich bin Schritt für Schritt in seine Klauen geraten
Es wird mir davon etwas leichter. Ich spüre mein rotes Herz.

Ich fühle, daß auch mein niederes Leben nicht umsonst und verfehlt ist
Ich achte die großen Geister. Ich verstehe sie.
Ich sehe die Welt, wie sie ist, und wenn das Bild nicht zu stark gewählt ist

Überfliege ich manchmal sogar wie betrunkene Tauben den Mont Cenis.

Ich höre tatsächlich, Sie werden mir ja nicht glauben wollen
Tabakfelder rauschen in einer Art bitterer Niederung
Ich weiß, sie sind lang seit 4000 Jahren verschollen
Aber sie sind mir wirklich noch eine gewisse Beruhigung.

Abend in der Menagerie

Man hört das Weib wieder wimmern
Das wieder einen gebiert
Und in den kahlen Zimmern
Werden Witze serviert

Den Witz, den ich heute machte
Hat der Kapitän wieder nicht goutiert
Ich muß etwas ausfindig machen
Daß er ihn kapiert

Die schwarzen nassen Dielen
Sind heute ein wenig verschneit
Mit Piotr und Kartenspielen
Vergeht etwas Zeit

Nachts geht es um vieles besser
Wenn man raucht
Die Tricks mit dem falschen Messer
Sind freilich verbraucht

Die Nächte zu verhauen
Ist freilich ein heiklerer Text
Man kann seine Zehen ankauen
Wenn die Langeweile wächst

Dem Kapitän von nebenan langen
Seine Nägel noch für eine Fahrt
Die meinen sind ausgegangen
Ich habe nicht gut gespart

In den windgeschützteren Koben
Wird es schon stiller jetzt
Es gibt heute nacht Wind hier oben
Und das Stroh ist so abgewetzt

Der Trotter ist schon fertig mit Dungen
Ich schmecke nur noch Rauch
Ist es dem gelungen
Gelingt es vielleicht mir auch

Das Lied der Rosen vom Schipkapass

Ein Sonntag war's in meinen Jungenjahren
Und Vater sang mit seinem schönen Baß
Und sang, als Krug und Glas geleeret waren
Das Lied der Rosen vom Schipkapaß.

Und wieder war's ein Sonntag, wieder
Sang Vater uns mit seinem schönen Baß
Er sang von Lilien nicht und nicht vom Flieder
Er sang von Rosen am Schipkapaß.

Und so noch oft im Schnurrbart manche Träne
Sang Vater uns in seinem schönen Baß
Nicht von den Rosen sang er in Mykenae
Nein, nur von Rosen am Schipkapaß.

Uns sanken oft vor Schlaf die Augenlider
Doch unseres Vaters Auge war noch naß
Vom letzten Male, und er sang schon wieder
Das Lied der Rosen am Schipkapaß

Man grub sein Grab schon in die Erde
Da sang er noch, schon etwas blaß
Wenn er persönlich auch vergessen werde
So blühn doch Rosen am Schipkapaß.

Episteln an die Chicagoleute

2
Die Gelächter auf den Menschenmärkten der Kontinente
(Einst unter Euch bleibend)
Müssen Euch durchschüttelt haben, die Kälte in den Regionen der vierten Tiefe
Wird Eure Häute imprägniert haben.
Ihr liebt noch die blauen Augen der Pferdediebe?
Wenn Ihr aber kommen werdet in die Asyle
Werde ich auf Euren Rücken nachschauen
Ob die Winter Euch gezeichnet haben.
Euren Kindern
Will ich aus Euren toten Handgelenken aufzeigen
Ob Ihr in den Flüssen gestanden seid
Zwischen den Eisklötzen und schwarzen Fischen
Und etwas wißt von dem Planeten.
Ach es gibt in Wirklichkeit
Nur
Besiegte und Feiglinge.
Also.

Gedanken eines Grammophonbesitzers

Ich habe es 1904 erworben, es war nicht vergebens.
Seitdem halte ich es am Tag versteckt.
Es ist ein rührendes Stück Holz für die dunklen Stunden des Lebens:
Darin ist die Stimme der Adeline Patti eingeweckt.

Die Sängerin Adeline Patti ist 1911 gestorben
Die Erde werde ihr leicht, ihre Stimme habe ich
Das ist so im Leben, ich habe es auf dem Papier noch, das käuflich erworben.
Ihre Stimme ist noch ganz gut, sie genügt noch lange für mich.

Wahrscheinlich wird es auch noch meinen Enkeln vorsingen eines Tages

Es hat frühzeitig auf den Namen Adeline gehört.
Seit einem Sturz anläßlich eines Branntweingelages
Ist die Stimme meiner lieben Adeline etwas gestört.

Aber es ist doch merkwürdig und hat schon Klügere wundergenommen
Was das Leben alles so mit sich bringt.
Freilich sind wir auch schon sehr weit in der Technik gekommen
Daß sie immer noch aus dem Holz ihre Traviata singt.

So etwas wäre noch zur Zeit unserer Großeltern nicht möglich gewesen
Eine ganze Anzahl von Künsten war einfach dem Untergang geweiht.
Wir sind eben doch etwas weiter im Guten sowie im Bösen
So eine Maschine bedeutet doch auch eine Art Unsterblichkeit.

Orge sagt zu mir oft, bring heut abend Tabak und Adeline
Ich bin mit den Nerven jetzt so herunter und dann kommt sie mit Haut und Haaren
Und spielt die Traviata, und er macht seine anständigste Miene
Sie spielt übrigens immer nur Traviata seit 18 Jahren.

Ich hätte wohl schon öfters andere Platten bekommen
Und meine Frau hätte von jeher gern einige Jimmies gewollt.
Aber ich habe davon im letzten Augenblick immer wieder Abstand genommen
Ich denke nämlich multum non multa und ich habe Adeline immer meinen vollen Beifall gezollt.

In der Destillation

In der Destillation zu den Schwemmepferden
Hauptsächlich nur für Zivil
Gibt es neben anderem Sehenswerten
Auch ein eingemachtes Krokodil
Dorthin führen sie die Weiber an der Leine
Sie kommen dort leichter zum Ziel

Sie erbleichen dort meist und es war der besten eine
Die dort einmal glatt in Ohnmacht fiel
Dort ist auch das Mädchen aus dem guten Hause
Sie war nur zu enge gebaut
Und verpassen sie's nicht, nehmen sie sich auch nach Hause
Mit ein Schankerchen für ihre Braut

Katharina im Spital

Ich brauche einfach meinen geregelten Geschlechtsverkehr
Alles andere ist Seife
Ich arbeite wie ein Pferd, bitte sehr
Mir ist nichts geholfen mit der sittlichen Reife

Mir sagt der Arzt, ich kriege es sonst am Eierstock
Ich werde sowieso jeden Tag gelber
Ich denke da ganz anders, lieber ein Ziegenbock
Als ich selber

Nicht, dass ich nicht immer die besten Vorsätze gehabt haben würde

Ich habe es vielleicht nur mit dem Tabak zu stark getrieben
Oder daß es mich vielleicht, als es zu spät war, nicht berührte
Und der Müllereisert hat mir immer gesagt, laß doch das viele dünne Teesaufen
Aber mein Grundsatz war, es kann einer Glück haben, nur nicht davonlaufen
Und eines Tages hatte ich richtig ein Drama geschrieben

Ich hatte kaum was gemerkt, es war mir einfach abgegangen
Ich habe immer so viel mit Grundsätzen auszustehen gehabt
Alles hat bei mir mit Grundsätzen angefangen
Der Tabak sowohl wie die Schnapsgewässer
Ich wollte zuerst reinen Mund halten und habe mich nur verschnappt
Und Orge sagte gleich, so was wird nie mehr besser

Am besten gleich eine Kugel durch den Kopf schießen
Als lange leiden, und wie die Trostsprüche alle hießen

Und jetzt schreibe ich fast jede Woche eines
Es schmeckt wie Eier im Glase
Ich weiß, eines ist nicht keines
Aber ich glaube, es hängt zusammen mit meiner Adlernase
Und da kann einer nichts machen, das ist längst erwiesen

Und auch ich war einst zu Höhrem geboren
Orge hat sich einmal verschnappt
Du hättest das Zeug zu einem Tiger gehabt
Aber die Hoffnung gebe nur ruhig verloren

Sentimentalische Erinnerungen vor einer Inschrift

1
Zwischen gelbem Papier, das mir einst was gewesen
Man trinkt und man liest es – betrunken ist's besser
Eine Fotografie. Und darauf steht zu lesen:
REIN. SACHLICH. BÖSE. Das Aug wird mir nässer.

2
Sie wusch sich immer mit Mandelseife
Und von ihr war auch das Frottierhandtuch
Das Tokaierrezept und die Javapfeife
Gegen den Liebesgeruch.

3
Ihr war es ernst. Sie schwamm nicht. Sie dachte.
Sie verlangte Opfer für die Kunst.
Sie liebte die Liebe, nicht den Geliebten, ihr machte
Keiner einen rosa Dunst.

4
Sie lachte, sie duldete keinen Dulder
Sie hatte keine Wanzen im Hirn
Sie hatte den Griff und die kalte Schulter
Mir steht beim Drandenken der Schweiß auf der Stirn.

5
So war sie. Bei Gott, ich wollte, man läse
Auf meinem Grabstein dereinst: hier ruht
B. B. REIN. SACHLICH. BÖSE.
Man schläft darunter bestimmt sehr gut.

Die Bekenntnisse eines Erstkommunikanden

Kälbermax hat eine Hostie geschluckt
Aber er meint, für ihn gibt es noch eine Rettung dereinst
Es steht im Katechismus klein gedruckt
Aber so einer wie ich ist verloren, es hilft dir da nichts, wenn du auch meinst

Und Kälbermax war schon weiß wie Leinewand
Und dem hat seine Mutter nicht die Hände auf die Bettdecke binden müssen
Vielleicht kommt Kälbermax doch durch, das kann man nicht wissen
Aber mich packt es, ich war Erstkommunikand

Ich habe bei zwei Kerzenlichtern zu Gott gesprochen
Es hat nichts geholfen, ich habe es nicht gehalten
Nachts war eben wieder alles beim alten
Meine Mutter hat es am Nachthemd gerochen

Manchmal bin ich wieder ganz kalt
Und ich meine, wenn ich später tüchtig rauche, vergeht es
Aber meistens glaube ich, es wird nie besser mit mir, ich habe keinen Halt
Später tue ich es dann zwei Mal am Tage, das weiß doch ein jedes

Es ist mir wahrscheinlich angeboren
So einer ist dann verfallen mit Haut und Haaren
Er kann machen, was er will, er ist eben verloren
Er ist einfach verdammt schon mit vierzehn Jahren

Die grossen Männer in ihren beschriebenen Jahren
Von denen die Erde sieben hat
Die großen beschriebenen Männer waren
Ursprünglich jeder ein unbeschriebenes Blatt

Ihre Mütter haben ihnen das Brot gezeigt
Und sie haben es gegessen wie wir
Die goldenen Hüte haben sie beschützt
Die Regenwässer waren ihnen willkommen
Mit ihnen fing das Gras viel an
In ihnen hatten viele Faustschläge Platz

Die großen Männer in ihren beschriebenen Zeiten waren
Ohne Erwartung und Widerstand.

Die kleinen Verhaltungsmassregeln mit dickem Ende

1
Wenn du sie mit Säure gewaschen hast
Dann lege sie auf den Gartentisch
Betrachte sie sorglos und wählerisch
Und spreche, komm Herr Jesus, sei unser Gast
Du sollst sie aber nicht weiter gebrauchen
Du sollst nur Walasko rauchen

2
Schaue sie dir ruhig an
Und verweile ruhig zwischen ihren Beinen
Und betrachte hierauf nachdenklich den deinen
Und du wirst sehen
Alles Weibliche zieht ihn hinan
Und wirst sagen: es ist unwürdig für unsereinen
Und gehen
Und sind's die Augen, geh zu Ruhnke!

3
Nachts stehe ich oft vor einer Häuserwand
Und denke: jetzt schlafen sie da so allein

Jeder sein eigener Spatz in der Hand
Und dann möchte ich sie alle aufwecken
Damit sie herunterkommen zu zweien und zwein
Und mich am Arsch lecken
(Allen anderen zuvor
Der Sarottimohr)

Gesänge vom V R

1

Ich liebe die Operette, das Orange der käuflichen Musik, gemixt mit der Flachköpfigkeit des papierenen Zeitalters

Nach dem Mittagessen die Fabeln, eine Viertelstunde, zwischen Börse und Kontor, unter dem Dach des Vierzigstockhauses

Man raucht, man singt, man hat die Sängerinnen mit dem Eintrittsgeld vergewaltigt

Was man sieht, ist nicht die große antikische Kunst des Filmes, nicht das Venenbad des Boxkampfes, aber man hat die Songs selbst gemacht, man ist unschuldig, die Lifts der leichten Musik massieren die Hälse dieser dummen Tiere, im Weggehen hört man noch in den Rachengeräuschen des Auditoriums den Clou, eine ungepuderte Dame entkleidet sich

1

WER DIE KÄMPFE DES LEBENS KENNT, bitteren Kämpfe des Lebens
WER seinen Arbeitstag hinter sich hat, langen Arbeitstag
WER sein Geschäft liebt, ein guter Arbeiter
WER seinen Geburtstag feiert, Tag seiner Geburt
WER die ersten Falten im Gesicht entdeckt, wer sie sieht, die ersten Falten
WER Sorgen hat
Der hat auch
Allaschkümmel
Wodka
Eiskümmel

Jagdkümmel
Eispomeranzen
Stockmannshof
Blutorange und Goldorange
Schwarzer Kräuterbalsam
Imperialkirsch
Gin

Kantate Nr. 1

WER die großen Kämpfe des Lebens kennt
Der kennt auch
  Allaschkümmel und so weiter
WER einen langen Arbeitstag hinter sich hat
Der hat auch
  Allaschkümmel und so weiter
WEN das Glück seines Landes und seines Hauses nicht schlafen läßt
Der braucht viel
  Allaschkümmel und so weiter
WER

Wir waren auch gross

Und dachten auch groß
Und sprachen manches große Wort gelassen aus
Bei uns war auch was los
Natürlich war was los
Wir hängten ebenso wie ihr die große Fresse raus

Edis Kebsweib hat einen Bart auf der Brust
Bitt für uns, bitt für uns, bitt für uns
Drum hat der Krieg gegen Schottland aufhören gemußt
Bitt für uns, bitt für uns, bitt für uns
Der Peer von Cornwall hat zuviel Schilling im Strumpf
Bitt für uns, bitt für uns, bitt für uns
Drum hatt Patty keinen Arm mehr und O'Nelly nur 'nen Stumpf
Bitt für uns, bitt für uns, bitt für uns
Edi laust seinen Gavy und hat niemals nicht Zeit
Bitt für uns, bitt für uns, bitt für uns
Drum ging Johnny in die Binsen von dem Sumpf vor Bannockbride
Bitt für uns, bitt für uns, bitt für uns.

Die Mädchen von England im Witfrauenkleid
Ihr Buhle vermodert vor Bannockbride
  Schrein Aheave und Aho!
Der König von England läßt die Trommel schlagen
Daß man nicht hört die Witwen von Bannockbride klagen
  Mit Arom Rombelow.

Die Mädchen von England im Witfrauenkleid
  In der Nacht
Ihr Buhle vermodert vor Bannockbride
  In der Nacht
Schrein Aheave und Aho.
Der König von England läßt die Trommel schlagen
  In der Nacht
Daß man nicht hört die Witwen von Bannockbride klagen
  In der Nacht
Mit Arom Rombelow.

Eines Morgens, der Regen floss heftig
In einem Hof, und der Regen floß grau
Sieben Männer mit sieben Gewehren
Besiegten eine Frau
Konnte man ihr denn nicht den Mund zustopfen

Warum redet sie denn immerfort von dem
Es gibt Branntwein, und es gibt Choräle
Das ist unbequem

John Smith aus Chikago

Kann sein Brot nicht bezahlen
Und er will sein Brot essen
Sagte Mabel Worthing.

Was geht das dich an, Mabel Gray
Daß er nicht sein Brot bezahlen kann, denn
Du hast ja die bittere Welt hier nicht gemacht

Freilich werden kommen durch Chikago
Alle, die ihr Brot nicht essen dürfen
Und bezeugen, daß du es nicht warst.

Weihnachtslegende

Am heiligen Christabend heut
Sitzen wir, die armen Leut
In einer kalten Stube drin.
Der Wind geht draußen und geht herin.
Komm lieber Herr Jesus zu uns, sieh an:
Weil wir Dich wahrhaft nötig han.

Wir sitzen heute so herum
Als wie das finstre Heidentum.
Der Schnee fällt kalt auf unser Gebein:
Der Schnee will unbedingt herein.
Komm Schnee zu uns herein, kein Wort:
Du hast im Himmel auch keinen Ort.

Wir brauen einen Branntwein
Dann wird uns leicht und wärmer sein.
Einen heißen Branntwein brauen wir.
Um unsere Hütt tappt ein dick Tier.

Komm, Tier, zu uns herein nur schnell:
Ihr habt heut auch keine warme Stell.

Wir tun ins Feuer die Röck hinein
Dann wird's uns allen wärmer sein!
Dann glüht uns das Gebälke schier.
Erst in der Früh erfrieren wir.
Komm, lieber Wind, sei unser Gast:
Weil Du auch keine Heimat hast.

Ach schenke in solcher Irrnis uns Taubheit
Derweil die Worte roh sind und nicht zum Essen
Ist andres zwischen Menschen noch als körperliches Berühren

Weil uns die Zunge ungelenk, das Ohr
Verstopft, Verständigung zu weitmaschig

Boxkämpfe

Das ist ein guter Artillerist
Der seinen Feind nicht haßt oder liebt
Der den Feind nicht kennt, ob er braun oder blond
Und der ihm Saures gibt.

Die Männer, die herumgeschickt werden.
Man konnte sich unsrer nicht erinnern
Sagten sie.
Man wußte noch die Farbe von unserm Haar
Doch nicht mehr, wie unser Auge war
Daran konnte man sich nicht mehr erinnern

Die Langeweile

Denn sie sehn in ihre Branntweingläser
Denn die Wälder sind entlaubt und verbaut ist ihr Holz
Sie sind eingeschlagen in Zeitungen
Und sie haben immer die gleichen Zigarren

Ach in Mahagonni war die Jenny schlecht gestellt
Ach Jimmi, wenn du Geld bei hast
Dann leih mir 'n Geld
Ach Jimmi geh auf
Das ist
Ein Gentleman bezahlt es, Jenny
Und Jenny
Ach Jenny, warum ißt du nichts mehr
Du siehst so weiß wie
Ja hast du denn kein Geld mehr, Jenny

1
Ach; setz dich auf mein Knie
Ach je, ach ich liebte nie
Ach trink aus meinem Glase, Jenny

2
Ach Jenny, liebe Jenny mein
Die Herrn sehn immer auf mein Bein
Mein Bein ist nur für dich da, Jenny

Rund ist der Dollar und rund ist die Welt
Wer Geld hat, braucht Lieb
Wer keins hat, braucht Geld

Is jetz so oder so
Siehgst jetz san ma scho do
Ob's jetz blitzt oder kracht
Mir bleibn do bis in d' Nacht

2

Als ich sah, dass die Welt abgestorben war
Die Pflanzen, das Menschengeschlecht und alles übrige Getier der Oberfläche und des unteren Meergrunds
Wuchs aber ein Berg
Größer als die anderen Berge und als der Berg Himalaja
Und er benützte die ganze Welt, daß er wuchs
Und die Weisheit gab ihm einen großen Buckel und einen größeren machte die Dummheit
Das Licht verstärkte ihn, aber die Dunkelheit machte ihn noch größer
Also verwandelte die Welt sich in einen einzigen Berg, damit es von ihm heißen könne: dieser sei der größte!

4

In der siebenten Nacht erblickte ich einen Mann, welcher auf einem Abtritt von Stein hockte
Derselbe hielt in der Hand zwei Becher und mixte ein Getränk und das Getränk war sehr scharf
Und unablässig goß er den Inhalt der Becher zusammen und auseinander
Er verlor aber dabei keinen Tropfen
Und von ihm flohen alle Kreaturen wegen des Gestanks, welcher sehr groß war
Nur eine Löwin stand ununterbrochen an seinem Knie
Diese beachtete er aber nicht, sondern war ganz mit seinem Getränk beschäftigt, das nicht weniger wurde
Ich schreibe dies auf, weil ich die Genauigkeit liebe

Ein Knabe lief auch neben mir her und ich verscheuchte ihn nicht
Sondern wie eine Fliege kehrte er stets zurück und sang auf der Flucht vor mir
Aber seine Stimme war sehr laut
Und er betrachtete mich immerwährend und auch, wenn ich aß, und während er mich betrachtete, wurde er dick und aß doch nicht und ich wurde mager

Oft aber rechnete ich an den Steinen nach, wie lang ich es aushielte, daß jener Knabe mich betrachtete, während wir durch die Wüste gingen, und ich verscheuchte ihn
Eines Tages aber entstand auf der Ebene unter unsern Füßen ein starkes Licht, dessen Herkunft unbekannt war, und der Knabe schrie nach mir, als sehe er mich nicht, ging zwei Schritte nach seitwärts und verschwand

Biddi, wie ist Sumatra

Sumatra ist grün
Biddi, mit wem schläfst du da?
Eh avec chacune

Deutscher Ausverkauf

O liebliches finsteres Land, du
Bist arm geworden
Knorrig tragische Eiche, was kriegst du
Von der Knechtung des Mannes, der dich zersägt?
Tiefgehende wilde Flüsse, was
Verdient ihr? Wem gehört ihr? Wessen
Betrieb treibt ihr?
Helle Buche, wieviele
Schweißige Hände wirst du wechseln, bis
Du zur Wärme geworden, die teuer bezahlt?

Dinge, die einer wissen muss

1

Deswegen kann einer so rein sein wie Schnee
Es hat gar nichts zu tun mit innerer Reinheit
Da kann sich einer kurieren mit Kräutertee
Aber Jeppe trinkt Schnaps und das ist die Gemeinheit.

2
Wegen Blähungen verdammt wird einer mitnichten
Jeder von uns hat schon irgendeinmal dem Trieb der Natur gefrönt
Aber es kann sich's einer doch etwas einrichten
Die Leute meinen tatsächlich, daß man sie damit verhöhnt.

3
Bequemlichkeit ist schon recht, auch Spaß, nur muß einer wissen
Was noch geht und was eben zuviel ist
Es wird keiner verlangen, daß sich einer zerreißt, aber es müssen
Grenzen gewahrt werden da, wo das Gefühl seiner Mitmenschen im Spiel ist.

4
Und gerade bei Familienfestlichkeiten ist man anderes gewohnt
Da macht es wirklich unter Umständen böses Blut
Und zieht manchmal sogar Kreise und es zeigt auch einen so niederen Horizont
Und man rechnet doch einfach darauf, daß ein Gast das nicht vor den Kindern tut.

Doch eines Tags war die Zeit ihm vergangen
Die ihm zu lang war, in Straßen und Haus
Hebt an ein Begegnen fremder Gesichter
Noch kennt er die Wörter in ihren Gemäulen
Doch nicht mehr den Sinn, er ahnt, daß von allen
Zungen die seine nimmer gehorchet
Und in neuen Zungen jetzt werden
Öffentlich seine Verbrechen verhöhnt

Entwurf eines Gesellschaftsvertrags

Ich, Thomas P., verpflichte mich
Aus freien Stücken heute, angesichts
Des Zustands dieser Welt und feierlich
Zu nichts.

Der Herr, der meine Mutter sexuell weckte
Sorgte, obgleich begütert, nicht rechtzeitig für Abort
So fallen alle Pflichten wohl, auch indirekte
Meinerseits fort.

Ich verpflichte mich ausdrücklich nicht, meine Schwester, das Luder
Auf den Händen zu tragen
Und meinen jüngeren Bruder
Aufs Maul zu schlagen.

Jedoch erkenne ich hiemit die Verpflichtung an
Meine eigenen Interessen ehrlich im Auge zu haben
Und meinem Mitmenschen dann und wann
Fleißig eine Grube zu graben.

Und ich verspreche, den Gesetzen mutig
Die Stirn zu bieten. Und nach bestem Wissen
Wohltaten zu rächen, wenn nötig, blutig

Es wird von einem Vorbild gesprochen

Bei einer andern müßte sich einer nicht vom Kanapee erheben
Die stillt einem seine Tee- und Limonadendürste
(Halbgrün mit Eis), die ist praktisch im Leben
Die Anna wäscht sich dort unten zum Beispiel immer mit einer Zahnbürste

Bei der Anna hat noch keiner je aufstehen müssen
Um etwas Kleines zu trinken auf seinem Kanapee
Wenn man daliegt wie ein Leichnam, der Teufel mag wissen
Wo die den Schnaps herschaffte für diesen Tee

Und das ist ja auch nur in der Ordnung und nichts als nur billig
Wenn der Mann sozusagen daliegt, todmüd von dem Ganzen
Daß da die Frau sich erkenntlich zeigt, und nicht nur ihr Fleisch ist willig
In solchen Momenten eckelt es einfach den gesunden Mann vor so faulen Pflanzen

Und wer ist denn eigentlich sozusagen schuld, daß der Mann ausgepumpt ist
Und für wen ist das alles, wenn es nicht für die Weiber ist
Nur immer aus dem Vollen ja und wenn man dann endlich verlumpt ist
Dann schmeißt ihr einen mit seinen verdorrten Eiern halt auf den Mist

Die Anna ließ einen auch einmal in Ruhe eine Pfeife rauchen
Und legte sich in Gottes Namen allein hin auf eigene Hand
Wenn sie mal noch Lust hatte, der hat man nicht immer das Hemd halten brauchen
Die nahm sich noch aus eigenem Antrieb eine japanische Wand

Jeremiade eines Zwanzigjährigen

Als der Arzt fand, daß man mich operieren müßte
Da war ich erst vierzehn, ein halbes Kind
Wenn ich gewußt hätte, was ich heute wüßte
Meine Mutter wollte es nicht, das Rind
Weil Geschlechtsteile so empfindlich sind

Meine Mutter sagte, das ist ja alles so häßlich
Und von den Weibern ist sowieso jede vierte ein Seuchenherd
Und der Junge ist sowieso so bläßlich
Heute habe ich Gelüste wie ein Pferd
Und meine verdorrten Eier sind nichts wert

Lala

Sie haben schon mancher die Lie genommen
Aber ich habe schon besonders in die Nesseln gepißt
Denn ich habe einen Liebhaber bekommen
Der mit allen Wassern gewaschen ist

Als er mir meine Sinne betörte
Hab ich die Zähne zusammengebissen und

Gedacht: das kommt, weil ich nie auf die Eltern hörte
Aber der hatte schon gar kein Schamgefühl mehr, der Hund.

Der wagte es glatt, eine Jungfrau so anzutasten
Und war gar nicht im Stand. Es war alles nur Schleim.
Und schickt einen doch noch nicht einmal halb Gefaßten
In dem Zustand kaltblütig zu Muttern heim.

Er sagte, er war noch in jedem Sattel
Gerecht nur bei mir nicht. Ich sagte: probiern
Willst du bei mir! Du mit deiner verdorrten Samendattel
Solltest dich heimgeigen lassen, statt Jungfraun zu verführn!

Er sagte, er lange sich an die Stirn, weil er mich nicht begriffe
Ich soll froh sein, daß ich bei ihm kein Kind kriege. Die Luft
Ging mir aus! Als ob ich nicht etwa auf alles pfiffe
Wenn ich nichts davon habe! So einem Schuft

Ist es freilich gleich, wenn ein armes unschuldiges Mädchen verführt ist!
So einer wirft die Haut auf den Mist.
So einer pfeift sich was, wenn das Unheil erst angerührt ist
Wenn nur seine Wollust befriedigt ist!

Omnes vulnerant ultima necat

Und eh sie nackend in die Grube fuhr
Nimmt ihr Geliebter auch ihr Bett noch fort
Und spuckt ihr in das Auge ohne Wort
Die letzte Ölung der verlassenen Hur.

Es ging eine Stimme aus den Häusern heraus:
Wenn du deinen Dreck ausspuckst, spuckt Gott dich aus.
Die wollen nicht erschlagen von ihren Häusern sein
Und können doch nicht tragen einen Stein.

Zur Zeit der grauen Tage

Schrecklich, wie der Zahn der Zeit langsam nagt
Dabei habe ich mich zweimal rasiert
Meine Socken gestopft, meinen Akt fotografiert
Und in allen Südfrüchtehandlungen der Stadt nach Spielkarten gefragt
Diese Zeitungen, man liegt sich ganz wund
Und das Leben ist so kurz und
Einem geschenkten Barsch
Sieht man nicht in den
Mund
Und man kann ja gehen, wenn es einem nicht behagt
Aber abends wird man mich wieder sehen hinter meiner roten Jalousie
Fressend meine Fußzehn und vor Langeweile krumm
Und wird mich schreien hören wie ein krankes Vieh
Hallo Sie
Man schnalle mir ein Lustweib um

Die Prozession in Capri

Zur Zeit, wo er noch nicht vergessen
Trugen sie zum Gedenken an ihn zwar jedes Jahr
Seine Bilder durch ihre Städte.

Voraus aber trugen sie alles, was
Nötig war, ihn zu töten
Nägel, ihn zu zerfleischen
Den Hahn, ihn zu verraten
Die Würfel, sein Kleid zu teilen

Aber hinter dem Bild seines Leichnams
Trugen sie seine Mutter
So hoch, daß der Himmel zu nieder war
Und hinter ihr hergetragen werden
Mußte.

Kleine Epistel, einige Unstimmigkeiten entfernt berührend

1
Wenn einer gern schreibt, ist er froh
Wenn er ein Thema hat.
Als der Suezkanal gebaut wurde
Wurde einer berühmt, weil er dagegen war.
Einige schreiben gegen den Regen
Andere bekämpfen den Mondwechsel.
Wenn ihr Feuilleton hübsch ist
Werden sie berühmt.

2
Wenn ein Mann seine Nase
Auf einen Schienenstrang legt
Wird sie ihm weggefahren
Wenn der Eisenbahnzug kommt
Und wäre sie noch so untrüglich.
Aber sie kann so lang liegenbleiben
Bis man sie findet.

3
Die chinesische Mauer während ihres Baues
Wurde 200 Jahre lang bekämpft.
Dann stand sie.

4
Als die Eisenbahnen jung waren
Sagten die Postkutschenbesitzer über sie Abfälliges.
Sie hätten keinen Schwanz und fräßen keinen Hafer
Und in ihnen sähe man die Gegend nicht langsam
Und wo habe man je eine Lokomotive mit Stuhlgang gesehen
Und je besser sie redeten
Desto bessere Redner waren sie.

5
Was einige Querulanten betrifft
Die sich gegen die Gesetze auflehnen, so sollte man ihnen
Nicht mit Gründen kommen.
Das merken sie nicht.
Man sollte sie lieber abfotografieren.
Nicht Kluges sollte man mit ihnen reden, nicht Schwieriges.
Einige meiner Freunde aus dem Süden sollten mit ihnen reden
Keinen Bums *ohne* Inhalt
Keine Leere mit Tempo
Sondern
Deutlich.

Bericht über die Vorpostengefechte im Winter 24/25

Die Glocken läuten über einem Massengrab
Aber wer lebte, war taub, wer gehört hätte, tot
Und weil die Erde noch trank und Speise nach alter Gewohnheit gab
Saßen die Greise am Tisch und mummelten unser Brot
Und hervor wie Maden aus Scheiße
Krochen die Großväter der Greise

Es wurde zu jener Zeit auch endgültig offenbar
Daß zu sterben eine große Schande war
Und daß zu leben in jeglicher Gestalt
Nicht mehr als schimpflich oder unwürdig galt
Es gruben die Großväter der Greise
Auch noch ihre Großväter aus der Scheiße

Die Scheiße nahm in jenen Tagen furchtbar überhand
Was jung ist, muß sich dran gewöhnen
Gottes Hand ist eine kalte Lamäng in diesem Land
Und wir können mit niemand mehr reden, nur mit unsern
Söhnen
Und wir sagten zueinander perditi sumus
Denn die Greise haben eben einmal diesen Humus

SIE HABEN MIR WEIBER INS BETT GELEGT wie schon David

Ich konnte mich über sie nicht anders äußern
Ich habe von ihnen gesagt: sie enttäuschen mich

In den Zeitungen steht, daß der Mont-
blanc veraltet ist.
Man kann nicht in ihm baden

Es war kalt und die Schildwache
Fror entsetzlich

DIE STERNE STEHN AM FIRMAMENT
Das dunkle Gras schläft schon
Der milde Erdwind, den er kennt
Ging abends schon davon

Die Gerstenhalme drüben
Schauen noch
Es ist stiller hüben

3
Der Mann hat sie die letzte Nacht besessen
Und nichts an ihr bemerkt, er sagt, sie tut ihm leid
Wer schläft jetzt mit ihr und gibt ihr ihr Essen?
Es ist November eine schlechte Zeit!

5
Gebt acht, der nächste Todesfall entfernt sie
Im vierten Mond erblaßte ihre Gestalt
Mit wem spricht sie: welch neue Sprache lernt sie?
Sie ist jetzt 39 Lenze alt.

Mich hat erfasst das Fieber
Des Städtebaus und des Öls
Meine Gedanken waren Prärieen
Und die Züge nach Illinois

Ich vergaß über dem Weizen von Dakota
Meinen Vater und die Mutter und einen Mann in Manhattan
Und mit mir
Viele aus Illinois
Darum wird mir mein Lohn.

An meinen Sohn

1
Du mußt es so anfangen, daß sie dich in deinem bequemsten Anzug fotografieren wollen.

2
Das, was du von Ethik brauchst, ist: daß du so handelst wie derjenige Bursche, der du gern sein möchtest. Du mußt wissen: ich bin jemand, mit dem du allerhand anfangen kannst.

3
Wichtig ist, was du zum zweiten Mal tust!

4
Wenn du etwas erreicht hast, was du wolltest, dann hat es nur etwas genützt, wenn du etwas dabei gelernt hast.

5
Die andern sind nie schuld. Was deine Angelegenheiten betrifft, so sind es Dummköpfe.

6
Ein erstklassiger Bursche hat genügend Verstand, etwas Gutes zu tun.

7
Laster sind das, was du dir nicht leisten kannst. Minderwertig bist du, wenn die andern sich dich nicht leisten können.

8
Im Verkehr mit Menschen (auch mit sich selber) ist es wichtig, die Brutalität der Situation zur öffentlichen Grundlage jeder Handlung zu machen. Dann erst fängt Güte (das ist Selbstbewußtsein, von dem andere profitieren) undsoweiter an.

9
Auf der Welt gibt es ungefähr 1600 Millionen Menschen zu viel. Das ist ungefähr die Anzahl der menschlichen Wesen auf der Welt. Einige aber von ihnen machen diese Tatsachen vergessen – sie selbst wissen sie.

10
Es gibt nicht den Ausschlag, wieviel Erfolge du erringen, sondern: wieviel Niederlagen du aushalten kannst.

11
Pläne sind nur etwas für Leute, die sie fallenlassen können. Man muß das tun, was möglich ist, aber wissen: daß es das beste ist, nichts zu tun.

12
Nicht versuchen, die eigenen Schwächen nicht auf den Markt mitzunehmen: denn man kann es nicht.

13

Ein Mann, der keine Chance mehr hat, ist schlimmer daran als einer, der nur Chancen hat, auch wenn er alles erreicht hat, was er wollte: denn er hat zu wenig gewollt.

Ane Smith erzählt die Eroberung Amerikas

Am Anfang
War es Grasland vom
Atlantischen Meer bis zur stillen See Pazifik
Bären und Büffel
Liefen am namenlosen Missisippi
Und der rote Mann
Aß ihr blutiges Fleisch und sein Pferd
Das Gras
Eines Tages kam ein Mann mit weißer Haut
Der krachte und spie Eisenklötze
Wenn er Hunger hatte, und er hatte
Immer Hunger
Roter Mann tötete roten Mann
Immer noch an dem Fluß Missisippi, aber schon
Ging vorüber der weiße Mann, mancher weiße Mann
Mit feurigem Wasser, Eisenklötzen und dem guten Buch Bibel
Und bald
Fand man in roten Männern Eisenklötze und in Bären und Büffeln
Dreimal hundert Jahre starben zwischen dem
Atlantischen Meer und der stillen See Pazifik
Die roten Männer
Aber
Die Flüsse teilten sich und der weiße Mann
Hob aus ihnen das gelbe Metall
Und der Boden zerriß unter seiner Hand
Und es lief aus ihm
Das goldene Öl und ringsum
Wuchsen aus faulendem Gras die hölzernen Hütten und
Aus den Hütten von Holz Gebirge aus Stein, die waren
Städte geheißen, drin ging

Das weiße Volk und sagte, auf dem Erdball
Sei angebrochen eine neue Zeit, die genannt wird: die eiserne
Aber die Städte
Brannten die Nächte hin
Von der goldnen Elektrizität
Und am Tag
Fielen donnernd die faulenden Wälder empor die Züge
Büffel und roter Mann
Waren gestorben, aber
Öl und Eisen und Gold gab es mehr als Wasser
Und mit Musik und Geschrei saß das weiße Volk
In den ewigen Prärien aus Stein
Es hießen aber die Stätten, die es gab:
Arkansas, Connecticut, Ohio
New Jork, New Jersey und Massachusetts
Und heute noch
Gibt es Öl und Männer und es heißt
Es ist das größte Geschlecht der Erde
Das jetzt lebt, und alle
Bauen Häuser und sagen
Meines ist länger, und sind dabei, wenn es Öl gibt
Fahren in eisernen Zügen an die Enden der Welt
Bauen den Weizen und verkaufen ihn überm Meer
Und sterben nicht mehr unbekannt, sondern sind
Eine ewige Rasse in des Erdballs
Größter Zeit

Das gute Zeitalter

Vis a vis
Meiner roten Jalousie
Hatte ich, als Gott mich noch liebte, ein Zifferblatt
Ich spielte immer Karten und rauchte viel Tabak
Und die Squaw war immer kuhwarm und versteckt der Thomawhak
Abends trinken in der Cherry Brandy Kneipe
Gegen elf Uhr ging ich leicht zum Weibe
Und entschlief gen zwölf im Fleische matt

Das ist so seine Weise

Er fährt auf dem Geleise

Aber seid getrost
Die bessre Zeit ist noch
Und wenn euer Zug zu grade fährt
Ist noch ein andrer da.

Aber der fährt *auch* grad

1
Was hatte jetz das wer'n sollen

Außer – a Gfrett
Das is ja nix aus'n Vollen
Das is nur geredt!

2
Dös soan koane Essenzen
Da is koa Schärfe drin
Das hat bei dena Stenzen
Ja gar koan Sinn.

3
Das is ja nur so quasi
Und nix so, wie's halt is
Was der si denkt, das woaß i
Es is eham halt recht mies

Der Kaugummi-Song

Hauptsächlich haben viele Frauen auf der Welt nur Johnny gesehen
Der der härteste Mann in Mahagonny war
Ja dieser Johnny war für viele der größte Eindruck auf der Welt
Und seine ganze Philosophie war, daß er Kaugummi kaute
Ganz einfach, ganz einfach
Johnny war in sehr vielen Lebenslagen drin

Warum nicht, warum nicht
Doch in allen Lebenslagen kaute Johnny Kaugummi

Tatsächlich haben die meisten Männer schon nach Johnny
geschossen
Der der schönste Mann in Mahagonny war
Johnny selber schoß nur selten
und schoß nur von hinterrücks
Weil eine Patrone nicht umsonst ist
wie eine Frau
Ganz einfach, ganz einfach
Johnny schoß nur, wenn es ihm wirklich Spaß machte
Warum nicht, warum nicht
Doch auch hinter seinem Browning kaute Johnny Kaugummi

Tatsächlich haben viele Frauen sich nur für Johnny geschminkt
Der der gemeinste Bursche in Mahagonny war
Johnny selber liebte selten
und nur in Kleidern unbedingt
Dann auch am Sonntag vormittag
bei offner Tür
und lang
Ganz einfach, ganz einfach
Johnny war ebenso scharf auf geschminkte Mädchen wie wir
Warum nicht, warum nicht
Doch bei ihm geschah es niemals ohne Kaugummi

Mit der Zeit wollten viele Leute Mahagonny lieber ohne Johnny
sehn
Der der einzige Mann in Mahagonny war
Und Johnny starb auch, ja er selber wollte lange nicht so recht
Weil's mit dem Tod, meine Herren, nicht so leicht geht
wie mit einer Frau
Nicht so einfach, nicht so einfach
Jedoch Johnny war schnell dann im Bilde im Verrecken
Und warum nicht, ja warum nicht
Und auch auf dem Sterbebette kaute Johnny Kaugummi

4
Des Mannes Blick, der auf die beiden fällt
Er faßt nicht alles, was hier vor sich geht
Doch geht der Mann beruhigt auf das Feld
Wo er im Wind   noch eine Zeitlang steht.

Die Hölle von Bilbao

2
Zu Bilbao wohl auf den Höhen
Mancher Mutter Sohn verblich
Unterm Donnern der Kanonen
Unsere Lage war fürchterlich

3
Zu Bilbao wohl auf den Höhen
Sieben Stunden in roter Sonn
Doch wir zeigten die kalte Schulter
Und sie kriegten den blutigen Lohn

4
Zu Bilbao wohl auf den Höhen
Saß am Abend mancher Mutter Sohn
Und er rauchte und spielte Karten
Er verspielte seinen ganzen Wochenlohn

Und später noch nach vielen Jahren
Wenn es um beinah geschehen war
Dann sagten wir, das ist in
Die rote Sonn.

Einen Whisky oder einen Gin

Daß Zeit bemerkt nicht werde
Verwandelnd Fleisch in Erde

Freudenheim von M

1
Bei Mamma...
Kostete die Frau fünf Dollars
Das war eben Mahagonny
Wir *standen* die halbe Nacht ab sechs abends an
Mit einer Zeitung und unserm Trockenbrot
Schossen durch angelehnte Teakholztür
Und schossen und sangen von Zeit zu Zeit
Johnny mach rascher, denn der grüne
Mond geht unter

2
Bei Mamma...
Ging es streng der Reihe nach
Das war eben Mahagonny, das war eben Mahagonny
Heute vögeln wir nur mit Revolvern in den Flossen
Gegen die angelehnte Teakholztür
Wo sie sangen die ganze Zeit:
Johnny mach rascher, denn der grüne
Mond geht unter

3
Bei Mamma...
Lernte jeder Mann den savoir vivre
Das war eben Mahagonny
So ein Mann wußte fürs Leben
Was die Liebe ist
Und davon hat noch seine Frau was später:
  Denn er hört auch ohne Teakholz
  Einen alten Gesang und Schießen und:

Georgie läuft sein Feind fort
Und Johnny schießt ihn tot
Und Freddy braucht sein' Raubmord
Wie du dein täglich Brot

Es gibt Georgie, Johnny, Freddy
Und sie gleichen sich aufs Haar

Johnny hat kein Money
Und Freddy frißt sich fett
Freddy kauft Johnny
Und Georgie kauft Fredd

Aber angenommen, daß ein Trick nicht tauge
Dem Leben sieht er ins Weiß im Auge?
Was nicht gar!

HAAR VON BLECH und Haar von Stroh
Der Effekt ist ebenso!
Wasch das Weib mit Oxydul
Aber setz ein Weib in den Schaukelstuhl

So vergeht die Zeit sehr langsam
Die sehr kurz ist –

Noch ein Tag wie Kaugummi
Laßt den Whisky weg

Nehmt die Frau!
Es ist ebenso
Ganz genau!

JEPPE KARL

In Hamburg war Jeppe Karl bekannt unter dem Namen der Hummer
Eine Zeitlang war er Schankkellner in der Krim
In der Südsee war er eine große Nummer
Und Chikago sprach einmal drei Tage von ihm.
Er war der Mann, der auf den Filippinen
Von Tigern verfolgt in den Affenbrotbaum
Affenbrotblätter rauchte wie im Traum

Bis die Affenbrotäste leider
Ratzekahl abgegrast schienen
Da erschoß er die Tiger doch und ging ruhig weiter.
Er konnte auch, wenn ihn sein Humor verführte
Einem Mann vier Zähne ausziehen, ohne daß es dieser gemerkt haben würde.
Aus dem Erdbeben zum Beispiel von Trapezunt
Kam er zurück mit einem wertvollen Rassehund.
Er war verschwägert mit japanischen Markis und deutschen Viehtreibern.
Acht Schiffe sanken mit ihm auf den Grund
Mit den Haifischen redete er wie mit Fischweibern.

Jeppe Karl liegt in Irland begraben.

Der Mann ging ein auf eine beinahe schon tragische Weise:
Im Rausche ersoff er haarig und zottig
In einem stark riechenden Branntweinbottich
Sein letztes Wort war, es sei alles nur Scheiße

Er soll im Tode noch furchtbar ausgesehn haben.

Letzter Brief der Anna Schreiber

Ende September war ich zum letzten Mal in der Mette
Ich war voller Zweifel da schon und Kümmernis
Da bekam ich, woran ich niemals im Traum gedacht hätte
Mitte Oktober dieses Jahres plötzlich die Syphilis

Ich wusch mich am Morgen und sah plötzlich die rosablassen
Flecken am Bauch und wollte sie erst noch feucht
Abwaschen und mittags sagten sie in der Krankenkasse
Ich sei leider schon durch und durch verseucht

Meinem Vater konnte ich mich nicht gut offenbaren
Da er in ganz alten Anschauungen aufgewachsen ist
Er tut mir leid, er wird es noch früh genug erfahren
Weil Syphilis oft die Nase und manchmal sogar die Kiefer anfrißt.

Mittags finde ich jetzt oft den Teller nimmer
Und ich fasse alles mit Lappen an, wenn ich koche
Und dann stinkt doch nach mir noch das ganze Zimmer
Und ich habe einmal mein Hemd gewechselt zweimal die Woche

I

Mittags, da rasierte ich meine Beine
Abends, da saß ich im Ufergesträuch
Und der Mond stieg hoch
Mit grünem Scheine
Und Er sagte zu mir still und bleich:
Wie er steigt! Wie er steigt!

Stunde des grossen Kotzens

Denn mir gefällt nicht mehr
Diese Welt.
Vor allem aber blick ich fremd
Auf dies Geschöpf mit Namen Mensch, dem ich
Gleichen soll, besonders dies Geschöpf
Mißfällt mir sehr. Doch auch ich selbst, daß ich's
Gestehe nur, mißfalle mir und drum und
Auch aus Gründen, die ich nicht weiß
Hab ich seit einiger Zeit vor, zu entfliehen dieser Welt und mir
Und hätte gern
Den Absprung! In hellrer Stund, in kältrer Heiter-
keit, ohne Mißgunst, weil ich
Geschlagen bin, mich, ohne daß ich's merke
Zu entfernen!

Von einer Jugendgeliebten

Daß sie so ganz verloren ist
Tut mir herzlich leid
Und nicht als einem guten Krist
Kam mir die Traurigkeit

Sondern ich bedenke
Daß sie so lieblich war
Sogar ihre Gelenke
Und vor allem: ihr Haar.

Das ist schade, daß es vergangen ist
Es war gut und es hätte sollen bleiben
Wie schändlich so eine kurze Frist
Daß wir es so treiben

1

Was geschiehet einem Mann
Darüber hat er zu lachen
Wer durch seine Haut noch durchkann
Das sind vergangene Sachen

2

So ist bei mir
Ein Mädchen aus früher Zeit
An dem muß ich gehangen haben
Sie ist verdorben
Man hat sie nur nicht begraben

Ach Jimmi, kümmre dich nicht um den Hut
Der Hut macht nicht den Mann
Der Soldat hat darum kein irdisches Gut
Damit er leichter sterben kann
  Wie, was, warum
  Schau nicht so dumm
Soldaten wohnen...

Ach Jimmi, kümmre dich nicht um den Hut
Auf den Hut kommt's gar nicht an
Denn darum geht's dem Soldat so gut
Weil er nicht seinen Hut nehmen kann
  Wie, was, warum
  Schau nicht so dumm
Soldaten wohnen...

1
Die Nacht hat sich jetzt aufgemacht
Mit einem roten Geschrei
Der Tag, der kommt, geht auch vorbei:
Es ist gelacht.

2
Was wir vom Weibe haben
Wird mit Rauchen weggehext
Dieweil die Häutesammlung wächst
Die wir am Leibe haben

Es ist doch merkwürdig, wie doch auch die Größten vergehen
Und nichts bleibt außer Staub. Wie das Gras.
Und es ist selten etwas so schrecklich und unaufgeklärt wie das
In Altötting zum Beispiel ist der katholische Feldherr Tilly im Sarge zu sehen
Gegen nur zwei M Eintritt für Erwachsene, präpariert unter Glas
Es steht darauf: Tilly nicht berühren!
Und der Kastellan sagte mir selber und im Angesicht der Bahre
Und er hatte auch gar keinen Grund, mich irrezuführen
Und es stimmte auch sicherlich:
Vor einigen Jahren hatte der Herr General noch Haare
So etwas gibt einem immer wieder einfach einen Stich.

1
Jener trank vier Flaschen Aquavit
Doch als er dann seine Beine schaute
Lächelte er wie ein Sybarit:
Ach, sie waren schon so weich wie Kitt!
Doch er wußte: wer auf Beine baute
Mit dem gehen sie nicht weiter mit!
Doch *Er* ging still lächelnd einfach weiter

Und ging nicht nur gut, er ging schon lang.
Und zu uns gewandt, sagte er heiter:
Schalomang!

Mahagonnysong No. 4

1
Ach Johnny, hab nicht so
Viele Angst um deinen Kopf
Dann zerschlägst du Jack Dempsey
Wie einen alten Topf!
Sei ein Mann
Geh nur ran
Mein Sohn!
Und wenn du über die Runden kommst
Dann komm nach Mahagon!
Und sitzt du einmal bei den
Mahagonnyleuten
Nun dann rauchst du auch
Und aus euren gelben Häuten
Steigt Rauch.
Himmel wie Pergament
Goldener Tabak
Solang San Franzisko brennt
Sitzen wir im Sak-
ko

2
Ach Johnny, wenn du mal
Deinen Wolkenkratzer hast
Dann ist es höchste Eisenbahn
Daß du ihn fahren laßt!
Sei ein Mann
Kleb nicht dran
Mein Sohn!
Schau, daß du wieder runter kommst
Und komm nach Mahagon!
Und sitzt du einmal bei den
Mahagonnyleuten
Nun dann rauchst du auch
Und aus euren gelben Häuten
Steigt Rauch.
Himmel wie Pergament

Goldener Tabak
Solang San Franzisko brennt
Sitzen wir im Sak-
ko

Mahagonnysong No. 4

Deine Beine wie Billardqueus
Die ein Orang deflorierte
In den blassen Schenken von Mahagonny
Wer weiß, wer die alles rasierte

1
Zu den Burschen im gelben Fieber
Hast du dich gelegt, man weiß es
In den heißen Nächten von Mahagonny
Ihre Körper mißbraucht statt des Eises
Immer deine Beine
Immer nur sagten sie das
Manchem Burschen der seine
War schon wie Gummi, du Aas
Aber wenn du schon nicht wartest, bis mich deine Krankheit frißt
Warte gefälligst, meine Geliebte, bis mein Hemd getrocknet ist

2
Ja die alten Männer beim Karten
Schlossen oft ihr Aug und bebten
Und gedachten der Zeiten in Mahagonny
Fern vom Pokertisch, als sie noch lebten
Über deinem Leibe
Hat sich mancher gewiegt
Daß er bei seinem Weibe
Nur noch mit dem Schuhlöffel liegt
Aber wenn du schon nicht wartest, bis die kalte Zeit mich frißt
Warte gefälligst, meine Geliebte, bis mein Hemd getrocknet ist

3
Die Jungfrau hörte oft bitten
Den Mann, eingeweckt in Whisky

Solle ihn nicht führen nach Mahagonny
Vor sein Messer vertrunken für Whisky
Immer deine Beine
Immer nur sagten sie das
Manchem Burschen der seine
War schon wie Gummi, du Aas
Aber wenn du schon nicht wartest, bis ihn deine Krankheit frißt
Warte gefälligst, liebe Geliebte, bis sein Hemd getrocknet ist

I

MAN HAT SIE JETZT DREI TAGE NICHT
Erreicht, jetzt, wo sie sich vor der Welt versteckt

Weil innen, wie gesagt, der Schlüssel steckt.

Sie weilte 20 Jahr auf dem Planeten
Und mußte sich mit ihm um die Sonne drehn
Wir wollen nicht einmal von Liebe reden
Doch hat man die überhaupt gar nicht gesehn.

Sie hat mit dem sich Ändern angefangen
Sie ändert sich   so gut es geht.
Doch ist sie sicher schon zu weit gegangen
Glaubt mir, 's ist besser, wenn ihr sie *nicht* seht.

MEIN SPASS (WIEDERUM) IST ES
Sie in den Bauch zu treten.
Sagen Sie nicht, das sei Wahnsinn
Wenn Sie auch die Gründe nicht anerkennen werden
(Ein Grund mehr für mich zu tun
Was mir Spaß macht!)
Sagen Sie mir lieber, wie soll ich
Es vermeiden?
Geben Sie mir wenigstens einen Anhaltspunkt!
Ich verwickle mich doch nicht gerne
In Ungelegenheiten!
Aber wenn ich Sie immer sehe
Wie soll ich da auf andere Gedanken kommen!

Weisst du denn nicht, was du deinem
Opappa schuldig bist
Merkst du denn nicht, wie der alte
Mann schon ungeduldig ist

So 'nem alten Mann ist doch nichts Menschliches unbekannt
Meinst du denn, der hatte noch keine
Damenhose in der Hand
In seiner alten welken Hand
Das sagt dir doch schon dein Verstand
Drum Jesse, zieh die Hose aus
Und maul nicht lang herum
Schlag nicht dem Faß den Boden aus
Sonst wird es ihm zu dumm

Anna hält bei Paule Leichenwache

Paule war gestorben
Und Anna saß dabei
Und das ganze Leben war ihr verdorben
Durch diese verfluchte Schweinerei.

Natürlich wurde es auch noch dazu Nacht.
Der Mond war auch nicht zu vermeiden.
Anna hätte das nicht von Paule gedacht
Sie war immer die vertrauensselige von beiden.

Es hatte sich natürlich gerächt
Wie alles im Leben.
Und Paule hatte es ihr eben gegeben
Das war wieder von Paule echt!

Natürlich konnte er jetzt wieder nichts dafür!
Aber für was hatte Paule je was gekonnt?
So einer lebt ja für sich hin wie ein Tier.
Was morgen war, das ging schon über seinen Horizont.

Jetzt verzog er sich hinter seiner Leichenstarre!
Beim Sichdrücken, da hatte er immer Talent.
Arme Anna! Gegen Morgen bei einer billigen Zigarre
Gab sie für ihr Leben nicht mehr einen Cent!

Schaut an die Gesichter an den Wänden

Und ihr seid im Bild
  Ihr seid nicht erwünscht
  Sagt nicht zuviel
Seid höflich!
Sehet an das alte Gemäuer
Und sagt: es ist jung!
  Trinkt Euren Whisky warm!
Wenn ihr habt alles bekommen
Seht ihr: es ist zu wenig!

Sonett

Was ich von früher her noch kannte, war
Sausen von Wasser oder: von einem Wald
Jenseits des Fensters, doch entschlief ich bald
Und lag abwesend lang in ihrem Haar

Drum weiß ich nichts von ihr als, ganz von Nacht zerstört
Etwas von ihrem Knie, wenig von ihrem Hals
In schwarzem Haar Geruch nach Badesalz
Und was ich vordem über sie gehört

Man sagt mir, ihr Gesicht vergäß sich schnell
Weil es vielleicht auf etwas Durchsicht hat
Das leer ist wie ein unbeschriebenes Blatt

Doch sagte man, ihr Antlitz sei nicht hell
Sie selber wisse, daß man sie vergißt
Wenn sie dies läs, sie wüßt nicht, wer es ist.

Die Opiumraucherin

Von einer, die vom schwarzen Rauche raucht
Weiß man: sie ist jetzt auf das Nichts vereidigt.
Sie wird nun nicht erhöht mehr noch beleidigt
Und: daß sie nur den dritten Teil vom Leben braucht.

Sie braucht jetzt keinen Mut mehr: sie wird häßlich
(Sie ist nicht mehr verwandt mit ihrem Haar)
Würd sie sich sehn nach einem Vierteljahr
Sie kennte sich nicht: sie ist sehr vergeßlich.

Seit ihr im Rauch des Bluts Verdikte schwanden
Schläft sie allein: sie ist der Erde billig.
Sie fährt auf ihres Lebens dünnster Woge!
Nur andere wissen, daß sie noch vorhanden
(Sie ist zu allem Unbemerkten willig)
Die jedem hilft, hilft ihr: die gute Droge.

Der Mann-ist-Mann-Song

1
Ach Tom, bist du auch beir Armee, beir Armee?
Denn ich bin auch beir Armee, beir Armee!
Wenn ich so 'n altes Huhn wieder seh
Dann bin ich wieder gern beir Armee.
Hast du mich auch noch nicht gesehn?
Denn ich hab dich auch noch nicht gesehn.
Drauf kommt's nicht an
Denn ein Mann ist ein Mann.
Wie? Warum? Wann?
Aber Tom, schau, darauf kommt's ja gar nicht an!
Denn Mann ist Mann!
Und darauf kommt's an!
Denn Mann ist Mann!
Und darauf kommt's an!
Die Sonne von Kilkoa scheint
Auf siebentausend Männer hin
Die sterben alle unbeweint
Und 's ist bei keinem schad um ihn;
Drum sagen wir: 's ist gleich, auf wen
Die rote Sonne von Kilkoa schien!

2
Ach Tom, hast du auch heut Reis gegessen?
Denn ich hab auch heut Reis gegessen!
Wenn ich kein Huhn im Topfe seh
Dann bin ich gar nicht gern beir Armee.
Ach Tom, hast du auch heut schon gekotzt?
Denn ich hab auch heut schon gekotzt!
Drauf kommt's nicht an
Denn ein Mann ist ein Mann.
Wie? Warum? Wann?
Aber Tom, schau, darauf kommt's ja gar nicht an!
Denn Mann ist Mann!
Und darauf kommt's an!
Denn Mann ist Mann!
Und darauf kommt's an!

Die Sonne von Kilkoa scheint
Auf siebentausend Männer hin
Die sterben alle unbeweint
Und 's ist bei keinem schad um ihn;
Drum sagen wir: 's ist gleich, auf wen
Die rote Sonne von Kilkoa schien!

3
Ach Tom, hast du auch Jenny Smith gesehn?
Denn ich hab auch Jenny Smith gesehn!
Wenn ich so 'n altes Huhn beseh
Dann bin ich wieder gern beir Armee.
Ach Tom, hast du auch bei Jenny geschlafen?
Denn ich habe auch bei Jenny geschlafen!
Drauf kommt's nicht an
Denn ein Mann ist ein Mann.
Wie? Warum? Wann?
Aber Tom, schau, darauf kommt's ja gar nicht an!
Denn Mann ist Mann!
Und darauf kommt's an!
Denn Mann ist Mann!
Und darauf kommt's an!
Die Sonne von Kilkoa scheint
Auf siebentausend Männer hin
Die starben alle unbeweint
Und 's ist bei keinem schad um ihn;
Drum sagen wir: 's ist gleich, auf wen
Die rote Sonne von Kilkoa schien!

4
Ach Tom, hast du auch deinen Koffer gepackt?
Denn ich hab auch meinen Koffer gepackt!
Wenn ich so 'n Huhn mit 'm Koffer seh
Dann bin ich wieder gern beir Armee.
Tom, hast du auch nichts zum Hineintun gehabt?
Denn ich hab auch nichts zum Hineintun gehabt!
Drauf kommt's nicht an
Denn ein Mann ist ein Mann.
Wie? Warum? Wann?

Aber Tom, schau, darauf kommt's ja gar nicht an!
Denn Mann ist Mann!
Und darauf kommt's an!
Denn Mann ist Mann!
Und darauf kommt's an!
Die Sonne von Kilkoa scheint
Auf siebentausend Männer hin
Die starben alle unbeweint
Und 's ist bei keinem schad um ihn;
Drum sagen wir: 's ist gleich, auf wen
Die rote Sonne von Kilkoa schien!

5
Ach Tom, gehst du auch von hier fort, von hier fort?
Denn ich geh auch von hier fort, von hier fort.
Solang ich ein Huhn marschieren seh
Marschier ich mit der Armee, der Armee!
Ach Tom, weißt du auch nicht, wohin du gehst?
Denn ich weiß auch nicht, wohin ich geh.
Drauf kommt's nicht an
Denn ein Mann ist ein Mann.
Wie? Warum? Wann?
Aber Tom, schau, darauf kommt's ja gar nicht an!
Denn Mann ist Mann!
Und darauf kommt's an!
Denn Mann ist Mann!
Und darauf kommt's an!
Die Sonne von Kilkoa scheint
Auf siebentausend Männer hin
Die starben alle unbeweint
Und 's ist bei keinem schad um ihn;
Drum sagen wir: 's ist gleich, auf wen
Die rote Sonne von Kilkoa schien!

Sonett über schlechtes Leben

Seit sieben Jahren sitz ich jetzt am Tische
Mit Niedrigkeit und Bosheit Bein an Bein
Und daß er nicht mit Schmutz das karge Wasser mische
Sag ich zum Neid: ich trink nicht, laß es sein

Ich esse meine Lust von eurem Teller
Und trinke meinen Kummer aus eurem Glas
Ich weiß, ihr wünschtet mehr: noch dies und das
Ich sage, morgen, Freund, es geht nicht schneller

Gespräche solcher Art sind nicht erbaulich
Ich haucht in meine Hand schon hinterm Spind
Und roch an meinem Atem: da roch er faulig

Da sagt ich zu mir selbst: ich sterbe bald
Seitdem bemerk ich ohne Lust und kalt
Wie langsam uns die kurze Zeit verrinnt

Bidis Ansicht über die grossen Städte

1
Allenthalb sagt man es nackt:
Jetzt wachsen die Städte: zuhauf!
Und dieses Petrefakt
Hört nicht mehr auf.

2
Weil ich bekümmert bin
Daß dieser Menschheit abgeschmackt-
es Gewäsch zu lang in
Den Antennen hackt

3
Sage ich mir: den Städten ist
Sicher ein Ende gesetzt
Nachdem sie der Wind auffrißt
Und zwar: jetzt.

4
Freilich es leuchtet noch her
Wie's dein Papa noch sah
Doch das Gestirn Großer Bär
Selber ist nicht mehr da.

5
Also auch ist
Schon vergangen die Große Stadt
Was auch an ihr frißt
Es wird nicht mehr satt.

6
Sie steht nicht mehr lang da
Der Mond wird älter.
Du, der sie sah
Betrachte sie kälter.

Der Theaterkommunist

Eine Hyazinthe im Knopfloch
Am Kurfürstendamm
Empfindet der Jüngling
Die Leere der Welt
Auf dem Klosett
Scheint es ihm deutlich, er
Scheißt ins Leere

Müde der Arbeit
Seines Vaters
Befleckt er die Cafés
Hinter den Zeitungen
Lächelt er gefährlich
Er ist es, der
Diese Welt zertreten wird wie
Ein Kuhflädchen

Für 3000 Mark im Monat
Ist er bereit
Das Elend der Massen zu inszenieren
Für 100 Mark im Tag
Zeigt er
Die Ungerechtigkeit der Welt

Von den Resten älterer Zeiten

Immer noch steht zum Beispiel der Mond
Über den Neubauten die Nächte her
Unter den Dingen aus Kupfer
Ist er
Der Unbrauchbarste, schon
Erzählen die Mütter von Tieren
Die Wägen zogen, Pferde geheißen
Freilich in den Gesprächen der Kontinente
Kommen sie nicht mehr vor mit ihrem Namen
An den großen neuen Antennen
Ist von alter Zeit
Nichts mehr bekannt

Auf den Tod eines Verbrechers

1
Dieser, hör ich, wurde abberufen
Und sie trugen ihn nach dem Erkalten
In den »kleinen Keller ohne Stufen«
Aber dann blieb alles doch beim alten:
Einer nämlich ist jetzt abberufen
Aber viele bleiben uns erhalten.

2
Diesen, hör ich, sind wir losgeworden
Und er wird es nicht mehr weiter treiben
Er hat aufgehört, uns zu ermorden
Leider gibt es sonst nichts zu beschreiben.

Diesen nämlich sind wir losgeworden
Aber viele weiß ich, die uns bleiben.

Aus der Hitze des roten Sands
Die Schenkel sich reiben
Und heiß der Gewehrverschluß! Schau, mein Schwanz.
Wo die feurigen Wolken treiben.
Wenn im Bauch der Schiffe die Maschine stampft

Das Mädchen mit dem Holzbein

In dem zarten Alter von vierzehn Jahren
Ist mir eine Droschke über den Leib gefahren
Ich bin mit dem Schrecken davongekommen
Und ein Bein wurde mir abgenommen
Das eine Bein – man glaubte lang nicht, daß es so viel bedeute
Das eine Bein machte mir viel Sorgen bis heute
Es ist etwas Unnatürliches für die Leute
Meine Tante schenkte mir gleich Limonade
Aber ich hatte noch etwas Reißen da – schade
Solange es neu war, ging es, die ersten Wochen
Wurde ich von den Hausleuten per Sie angesprochen
Das eine Bein, man hätte es nicht für möglich gehalten
Machte mir schon mit fünfzehn die ersten Falten
Und heute mit kaum zwanzig Jahren gehöre ich schon zu den Alten.

Den er hat, den Bizeps
Ihn benützt er nicht
Aber was er nicht hat, ein Hirn
Das soll ihm helfen

Ach ich habe es satt
Meinen grindigen Leib zu bewahren vor Elend
Fleisch zu essen, um nicht zu sterben

Von Tag zu Tag
Es ist zu viel Mühe
Um zu wenig Gewinn
Am Abend nicht verreckt zu sein
Das genügt nicht

Der tote Kolonialsoldat

1
Die im Smoking sind gewaschen
Vor man sie in die Erde steckt
Nichts ist in ihren Taschen
Wenn man sie bedeckt!

2
Dieser da hat nichts von Tod erfahren!
Man wird solche nicht vermissen.
Sein Mund steht offen und man sah: vor Jahren
Wurde ihm ein Zahn gerissen.

3
Aber einst sind Fliegentücher
Auf seinem Gesicht
(In die Absentenbücher
Schreibt man seine Schulden nicht)

4
Stiefel, Halstuch und Messer
Das Gewehr gehört der Armee!
Damit erobert sie
Alles bis an die See!

5
Ein Zentner Erde
Ist über ihm da
Und zum Hinspucken nah ein Baum
Den er nie sah

6
Daß er die Blechmarke um den Hals hat
Wie gut das jetzt ist!
Daß er einen *Namen* hatte
Den man vergißt!

7
Sein Gesicht ist bedeckt, aber sein Bein!
Dort ist die Hose gerissen von höhrer Gewalt!
Darum liegt sein Bein nackt wie bei einem Schwein
Aber jeder weiß: ihm ist nicht mehr kalt.

Der Verschwörer

Er wird die letzten Witze reißen und
Als letzter weggehen in letzter Stund
Und sag ich ihm: »Du wirst nicht älter mehr« beim Gehn
Dann wird man ihn zum letzten Male lachen sehn.

Die Chloroformballade

1
Je schärfer er ist und je schneller der Pfeil
Desto schrecklicher bohrt er sich ein
Und je stärker die Hand und je leichter der Pfeil
Desto schneller wird er sein
Und ist das Herz grau oder ist das Herz rot
Oder ist es röter als rot
Trifft der Pfeil schnell oder langsam dies Herz
Ist der Mann nicht toter als tot

2
Die Wörter, die du von nun an hörst
Sind die besten nur, die ich ersann
Was du hörst, ist nicht, was ich sagte, mein Sohn
O sieh mein Gesicht lieber an
Frag nicht den Stein nach dem Baume, Sohn

Frag nicht, wie ich nicht frug
Doch trag ich keine Mütze vor dem Gesicht
Wie sie Lewis Taylor trug

Entdeckung an einer jungen Frau

Des Morgens nüchterner Abschied, eine Frau
Kühl zwischen Tür und Angel, kühl besehn
Da sah ich: eine Strähn in ihrem Haar war grau
Ich konnt mich nicht entschließen mehr zu gehn

Stumm nahm ich ihre Brust, und als sie fragte
Warum ich, Nachtgast, nach Verlauf der Nacht
Nicht gehen wolle, denn so war's gedacht
Sah ich sie unumwunden an und sagte

Ist's nur noch eine Nacht, will ich noch bleiben
Doch nütze deine Zeit, das ist das Schlimme
Daß du so zwischen Tür und Angel stehst

Und laß uns die Gespräche rascher treiben
Denn wir vergaßen ganz, daß du vergehst
Und es verschlug Begierde mir die Stimme

Forderung nach Kunst

Die Gute, die dem Liebsten nichts verwehrt
Und sich ihm hingibt für den Fall des Falles
Muß wissen: Guter Wille ist nicht alles
Begabung ist's, was er von ihr begehrt.

Selbst wenn da mit der Schnelligkeit des Schalles
Ihr Ichbindein sich in den Beischlaf kehrt
Er legt so viel nicht auf die Eile wert
Bei der Entleerung seines Samenballes.

Wenn auch die Liebe erst das Feuer schürt
So braucht sie doch, um dann zu überwintern
Durchaus auch noch den talentierten Hintern.
Mehr nämlich als ein seelenvoller Blick
(Der auch vonnöten) ist da oft ein Trick
Prächtiger Schenkel, prächtig ausgeführt.

Heute nacht und morgen und
Auch die nächsten Jahre noch
Verderben viele

Sie müssen damit fertig werden
Ich bitte, daß sie sich beeilen
Man muß ihnen nur sagen, daß es
Eine neue Zeit gibt, wenn sie
Fort sind, das tröstet sie
Die Städte sind besser als sie
Das gibt
Ihnen vielleicht Mut

Wir, dieser Abschaum, werden
Aufhören
Ich bin der erste, der stirbt

Hiermit danke ich
Öffentlich
Der Stadt Reutlingen für ihre
Eines großen Dichters würdige Beschreibung
Der Ungelegenheit, welche
Ihr die Unvollkommenheit unserer Technik
Dieser Tage bereitet hat

Ich höre
Auf den Märkten sagt man von mir, mein Schlaf sei schlecht
Meine Feinde, sagt man, gründen schon einen Hausstand
Meine Frauen ziehen ihre guten Kleider an

Bei mir im Vorraum warten die Leute
Von denen man weiß, sie sind freundlich zu den Unglücklichen
Bald
Wird man hören, ich esse nichts mehr
Trüge aber neue Anzüge
Das schlimmste aber ist: ich selber
Merke, ich bin zu den Leuten
Härter geworden.

Immer noch

Wenn schon der achte Autotyp
Auf dem alten Eisen des Fabrikfriedhofs liegt
  (R. I.P.)
Stehen die Bauernkärren aus der Lutherzeit
Fahrbereit unter dem Moosdach.
Ohne Makel.
Immer noch, wo doch schon Ninive dahin ist
Sind seine äthiopischen Brüder sicherlich startbereit.
Immer neu blieb das Rad und das Fahrgestell
Ewig gedacht war die hölzerne Gabel.

Immer noch
Steht der äthiopische Bruder unter dem Moosdach.
Aber wer
Fährt auf ihm?
Schon
Liegt der achte Autotyp
Oben auf dem alten Eisen
Aber
Den neunten fahren wir
Also haben wir uns entschieden
Auf immer neuen Wägen voll Mäkeln
Jederzeit zerstörbaren
Leichten, zerbrechlichen
Zahllosen
Ewig zu fahren.

JA MEINE LIEBEN, jetzt ist alles Gras aufgefressen
Und auf den Kontinenten spricht es sich herum, daß
das Leben nicht mehr
Wert ist, gelebt zu werden
Die Rassen sind alt, man darf nichts mehr von ihnen erwarten
Der kleine Planet ist flink und abgenagt
Es ist alles schon herum, es blieb nur ein Gerede davon eine
Zeitlang
Wir sind nur ein spätes Geschlechtlein von Augenzeugen
Und die Zeit wird heißen
Die Gummizeit

KOMM MIT MIR NACH GEORGIA

1
Seh diese Stadt und seh: sie ist alt
Du erinnerst dich, wie lieblich sie war
Jetzt betrachte sie nicht mit dem Herzen, sondern kalt
Und sage: es ist genug
Komm mit mir nach Georgia
Dort bauen sie eine neue Stadt
Und wenn diese Stadt alt sein wird
Werden wir weitergehen

2
Seh diese Frau und seh: sie ist verbraucht
Erinnere dich, wie sie einst aussah
Jetzt betrachte sie nicht mit dem Herzen, sondern kalt
Und sage: es ist genug
Komm mit mir nach Georgia
Dort gibt es neue Frauen
Und wenn diese Frauen alt sein werden
Werden wir weitergehen

3
Seh deine Ansichten und seh: sie sind alt
Erinnere dich, wie gut sie waren
Jetzt betrachte sie nicht mit deinem Herzen, sondern kalt
Und sage: es ist genug

Komm mit mir nach Georgia
Dort gibt es neue Ansichten
Und wenn diese Ansichten alt sein werden
Werden wir weitergehen

Können ihm Essig holen
Können sein Gesicht abreiben
Können die Beißzange holen
Können ihm die Zunge herausziehen
Können einem toten Mann nicht helfen.

Können ihm gut zureden
Können ihn anbrüllen
Können ihn liegen lassen
Können ihn mitnehmen
Können einem toten Mann nicht helfen.

Können ihm Geld in die Hand drücken
Können ihm ein Loch graben
Können ihn hineinstopfen
Können ihm die Schaufel hinaufhauen
Können einem toten Mann nicht helfen.

Können wohl von seinen großen Zeiten reden
Können seine große Zeit vergessen
Können ihm ein sauberes Hemd anziehen
Können einem toten Mann nicht helfen.

Hier ruht die Jungfrau Johanna Beck
Als sie starb, war ihre Unschuld schon vorher weg.
Die Männer haben ihr den Rest gegeben
Drum floh sie aus diesem süßen Leben.

Liebesgedicht

Ohn Anruf wartend in dem rohen Hause
Auf etwas, was, er fühlt's, sich aufgemacht hat
Und sich bewegt nach diesem rohen Hause
Und heut im Freien seine erste Nacht hat

Prüft er die Hütte, ob sie wirklich leer ist
Sie sei morgen nicht mehr als heut bewohnt
Sie sei nur Platz, und daß nichts andres mehr ist
Als er, entfernt er jetzt sogar den Mond

Wenn es doch keine Richtung wüßte
In dieser Nacht der Lernende verlernt sich
Er glaubt, daß auch er heute schlafen müßte
Sonst scheut es an der Tür noch und entfernt sich

Lied einer Familie aus der Savannah

1
Wir hatten eine Farm in der Savannah
Pferde, ein Auto und Weizenfelder
Hier ist es schlecht, sagte Billy
Aber in Frisko wird es besser sein
  Und wir hatten unser Brot auf der Savannah
  Frischen Wind und den Mond am Samstag abend
Und in der Savannah war es uns zu schlecht

2
Wir hatten ein Haus in San Franzisko
Ein Motorgeschäft und neue Kleider
Und: hier ist es schlecht, sagte Billy
Aber in Massachusetts wird es besser sein
  Und wir hatten unser Essen in San Franzisko
  Hübsche Kleider und auch Jazz am Samstag abend
Und in San Franzisko war es uns zu schlecht

3
Wir hatten ein Zelt in Massachusetts
Ein Ölfeld und eine Bohrmaschine
Doch: hier ist es schlecht, sagte Billy
Aber in Chikago wird es besser sein
  Und wir hatten unser Dach in Massachusetts
  Einen Ofen und die Bibel am Samstag abend
Und in Massachusetts war es uns zu schlecht

4
Wir haben kein Zimmer in Chikago
Keinen Dollar und keine Aussicht, mein Gott
Und: hier ist es schlecht, sagt jetzt Billy
Aber nirgendwo wird es besser sein
  Und wir hatten einst Geld und Aussichten
  Arbeit die Woche und frei am Samstag abend
Und an allen Orten war es uns zu schlecht

Mutter Beimlen

Mutter Beimlen hat ein Holzbein
Damit kann sie ganz gut gehn
Und mit 'nem Schuh, und wenn wir brav sind
Dürfen wir das Holzbein sehn.

In dem Bein, da ist ein Nagel
Und da hängt sie den Hausschlüssel dran
Daß sie ihn, wenn sie vom Wirtshaus heimkommt
Auch im Dunkeln finden kann.

Wenn Mutter Beimlen auf den Strich geht
Und sie bringt 'nen Freier nach Haus
Dreht sie das Elektrische, bevor sie aufschließt
Auf dem Treppenabsatz aus.

Pioniere

Sie machten sich eines schönen Morgens
Auf den Weg
Verschwindend gleichzeitig
Jenseits des Horizonts

1

Sie sagt, sie ist die treuste Frau der Welt

(Sie werden's glauben, wenn Sie sie gesehn)
Nur darf sie, sagt sie, ja nichts trinken, sagt sie
Sonst kann sie, sagt sie, einfach für nichts stehn
Aber kann man eine solche Frau heiraten?
Und mit ihr vereint durch dieses Leben gehn?
Sie werden mir natürlich davon abraten
Aber haben Sie sie schon einmal gesehn?
Ach, da ist ja nicht ja
Nein ist nicht nein
Der, der sie einmal sah
Geht mit ihr heim
Aber wenn Sie nicht wolln
Bitte, ich will
Fragen Sie nicht mich, was Sie solln
Wenn Sie nicht zahlen wolln, soll Sie der Teufel holn
Ach sei'n Sie still!

2

Ich fragte sie, ob sie sehr gerne trinkt
Sie sagte nein, sie haßt nämlich den Wein
Nur darf man, sagt sie, sie nicht überreden, sagt sie
Sonst gibt sie nach, sie sagt sehr ungern nein
Aber kann man eine solche Frau heiraten?
Und mit ihr vereint durch dieses Leben gehn?
Sie werden mir natürlich davon abraten
Aber haben Sie sie schon einmal gesehn?
Ach, da ist ja nicht ja
Nein ist nicht nein
Der, der sie einmal sah

Geht mit ihr heim
Aber wenn Sie nicht wolln
Bitte, ich will
Fragen Sie nicht mich, was Sie solln
Wenn Sie nicht zahlen wolln, soll Sie der Teufel holn
Ach sei'n Sie still!

Sonett für Trinker

So wie man Fleisch, um es zu essen, klopft
Soll man, um sich am eignen Leib zu weiden
Sich selbst für den Genuß erst zubereiten
(Man nehme Schnaps, der durch den Gaumen tropft)

Der Kopf des Menschen ist zumeist verstopft
Und stets bedroht von seinen Eingeweiden
Doch ist's »des Mannes Wollust, nicht zu leiden«
Und dies gelingt ihm, wenn er sich entkopft

Dem Trinker scheint es würdig eines Manns
Seinen Kopf zu behandeln wie seinen Schwanz
Die bittere Milch ist's, die ihm dies verheißt

Dem Esser ist Enttäuschung fast gewohnt
Die Sicherheit beginnt erst, wenn er scheißt
Denn nichts zu wollen, ist das, was sich lohnt

Sonett vom Sieger

Wo nicht der Platz für eines Ölbaums Schatten war
Entstand ein Kampf von Männern, nicht zu zähmen
Und um ein Feldchen, allen Lebens bar
Zu klein, um ihre Leichen aufzunehmen.

Doch einer kämpfte mit *ganz* ohne Zweck
Unkenntlich durch Gewalt! Dem alle fluchten!
Als sich die Schlächter nachts zu retten suchten
Stand er noch kämpfend und ging lang nicht weg.

Die meisten waren tot und lagen da
Als er noch stand und mähte in der Runde
Bis er gar nichts mehr fand, es zu besiegen

Er ging in schlechtem Licht weg, doch ich sah:
Er hatte auf dem Rücken eine Wunde!
Er konnte auf dem Rücken nicht mehr liegen

Song zur Beruhigung mehrerer Männer

1

Kameraden! Verzaget nicht!
Hängt doch Eure Hüte dort an die Tür
Und nehmt Euch einen Stuhl
Der breiter ist als ein Mann
Und denkt an Euer Haus, das Ihr bald baut!
  Ihr werdet es bald bekommen
  Ihr werdet es bald bekommen
  Ihr werdet es sicher bald bekommen (gegebenen Falles)
  Es ist schon in Aussicht genommen
  Es ist schon in Aussicht genommen
  Da braucht man Euch nur anzuschauen – da sieht man alles.
Doch so große Leute
Erkennt man nicht gleich heute
Denn sie sitzen gleich wie hinter einem Rauch
Aber ihre Taten
Machen großen Schaden
Hurrikane über Florida sind nicht
Was von Euch ein Hauch!

2

Kameraden, habt nur Geduld!
Legt nur Eure Füße auf das Klavier
Und seht nicht nach der Uhr
Die schneller ist als ein Mann
Und denkt an Jenny Brown, welche nicht hier
  Ihr werdet sie auch bald kriegen
  Ihr werdet sie auch bald kriegen

Ihr werdet sie sicher sehr bald kriegen (gegebenen Falles)
Wollt Ihr nicht bei ihr liegen?
Wollt Ihr nicht bei ihr liegen?
Da braucht man euch nur anzuschauen – da weiß man alles.
Ja, so große Leute
Erkennt man nicht gleich heute
Denn sie sitzen gleich wie hinter einem Rauch
Aber ihre Taten
Machen großen Schaden
Hurrikane über Florida sind nicht
Was von Euch ein Hauch!

3
Kameraden! Habt keine Furcht.
Schneidet Eure Zigarren ordentlich ab
Und mischt Euch ein Getränk
Das stärker ist als ein Mann
Und denkt an Eure Feinde in der Stadt:
Ihr werdet es ihnen besorgen
Ihr werdet es ihnen besorgen
Ihr werdet es ihnen bestimmt besorgen – (gegebenen Falles)
Man wird schon sehen morgen
Man wird schon sehen morgen
Da braucht man Euch nur anzuschaun – da weiß man alles!
Doch so große Leute
Erkennt man nicht gleich heute
Denn sie sitzen gleich wie hinter einem Rauch!
Aber ihre Taten
Machen großen Schaden
Hurrikane über Florida sind nicht
Was von Euch ein Hauch!

VIELE LAUFEN HERUM und sind alt
Ich
Bin ein neuer Mann und ohne Eltern
Geboren auf den Sundainseln vielleicht
Oder in Irland oder auf den großen Wassern
Ich bin keiner

Als einer von euch, marschierend leicht unter der Sonne
Bist du mein Bruder

Von der zermalmenden Wucht der Städte

Aber die Händelosen
Ohne Luft zwischen sich
Hatten Gewalt wie roher Äther
In ihnen war beständig
Die Macht der Leere, welche die größte ist
Sie hießen Mangel-an-Atem, Abwesenheit, Ohnegestalt
Und sie zermalmten wie Granitberge
Die aus der Luft fallen fortwährend
O ich sah Gesichter
Wie in schnell hinspülendem Wasser
Der abtrünnige Kies
Sehr einförmig, viele gesammelt
Gaben ein Loch
Das sehr groß war
Immer jetzt rede ich nur
Von der stärksten Rasse

Über die Mühen der ersten Zeit

Plötzlich
Flohen einige in die Luft
Bauend nach oben, andere vom höchsten Hausdach
Warfen ihre Hüte hoch und schrien
So hoch das nächste
Aber die Nachfolgenden
Nach gewohnten Daches Verkauf fliehend vor Nachtfrost
Drangen nach und sahen mit Augen des Schellfischs
Die langen Gehäuse
Die nachfolgenden
Denn zu jener Zeit in selbiger Wändefalt
Aßen in Hast
Vier Geschlechter zugleich
Hatten in ihrem Kindheitsjahr

Auf flacher Hand den Nagel im Wandstein
Niemals gesehn
Ihnen wuchs ineinander
Das Erz und der Stein
So kurz war die Zeit
Daß zwischen Morgen und Abend
Kein Mittag war
Und schon standen auf alten gewöhneten Boden
Gebirge Beton

Vor meinen Augen welkten viele Sachen
Manches Blatt ging verloren im Wind, ich sah es
Nachdenkend über alte Rosen
Habe ich oft nicht geschlafen

In den Wochen voll Schnee und Winterwind
Verdorrt natürlich auch die Liebe leicht
Mit dem Mai freilich müßte sie aufwachen
Wenn sie nicht gestorben ist

Wer weiß, wohin die Rosen gehen
Und wer weiß, wohin zum Beispiel der Wind geht
Nachdenkend über solche Sachen
Habe ich oft nicht geschlafen

Und nach so viel Zeit, wo wir eingeschneit
Fast wie Schmerzen selbst vergangen sind
Wenn jetzt Sturm sein soll im Mond Aprile
Gib noch, Himmel, für mich etwas Stille
Halt noch etwas Ruhe für mich, Wind

Lacht, ich bitte euch, liebt nur auch zugleich
Denn die Zeit läuft, lacht und kommt gar nimmermehr
Für eur schönes Haar noch nicht genossen
Für eur Hals und Brust und Mund mit eingeschlossen
Gibt uns Gott nur wenige kalte Nächte her

Wasserfiskus

Ein Mann mit einer Aktentasche trat in ihre Tür
Der sagte, sie sollten was zahlen, und sie fragten ihn: wofür?
Und er sagte, für das Stück Erde, das hier entstanden sei
Zwischen dem Wasser und ihren Häusern
Da fragten sie, wer er sei. –

Erinnerung an eine M. N.

1
Haltbar wie Kautschuk
Der bleibt, wie er ist
Den kannst Du nicht umbiegen
Wer Du auch bist.
Doch warum nicht Rum aus dem Wasserglas
Und warum nicht die hundert Prozent
Aber vielleicht ist es gut für was
Wenn man das Bitterste kennt.

2
Fandest Du sie billig
Sagtest Du: Kattun?
Aber jetzt lüge nicht:
Hattest Du sie nun?

3
Warst Du auf ihrem Bett?
Erzähle nichts! Deine Hand!
Ich weiß, auf dem Gange
Hat sie Dich nicht mehr erkannt.

4
Willst Du sie vergessen
Zerreiß ihre Fotografie
Da wirst Du sie schon vergessen.
Aber ihre Wörter nie.

5
Sage, es war finster
Sage, finster war gut
Merke Dir: es war Ebbe
Und vergiß: es war Flut.

6
Sagst Du, Du gingst weg von ihr
Schwöre, daß Du sie vergaßt!
Sage nicht, sie war nichts
Sage, daß Du eine bessere sahst.
Ach, warum Rum aus dem Wasserglas
Und warum auch hundert Prozent
Freilich: vielleicht ist es gut für was
Wenn man das Bitterste kennt.

Sonett

Und als ich dringend fragte, was geschähe
Damit ihr Staat sich bessre und ihr Leben

Sie werden schreien, was die Händler schreien
Daß ihre Fische frisch und eßbar seien
Denn nicht die Fische stänken, sondern sie!

Wenn man das gesalzene Krabbenzeug ass
Das vor den Saloons früh hängt
Keinen Penny kostet und Durst macht der Fraß
Aber wer zahlt das Getränk??
Aber das muß Johnny zahlen
Den es irgendwo ja gibt
Den bezahlt man mit den Qualen
Die er zufügt, wenn er liebt

Nachts zählst du gar nicht und wird es schon Tag
Sind noch immer neun Seeleute da
Und es schließt eine Faust mit einem Schlag

Ein Auge, das zuviel sah
Aber das muß nicht mehr sehen
Was es auf der Erde gibt
Es gelingt nicht, zu verstehen
Einen Menschen, welcher liebt

Aber eure Hüte ziehen
Könnt ihr, wenn ihr von ihr hört
Daß ihr nie, durch kein Bemühen
Fandet, was sie ganz zerstört

Achttausend arme Leute kommen vor die Stadt

»Auf der Strecke Salgotarjan, vor Budapest, liegen jetzt über 8000 arbeitslose Bergarbeiter mit Frauen und Kindern auf offenem Felde. Die ersten zwei Tage ihres Kampfes verbrachten sie ohne Nahrung. Fetzen dienten ihnen notdürftig zur Bekleidung. Sie sehen wie Skelette aus. Sie haben sich gelobt, wenn sie kein Brot und keine Arbeit bekommen sollten, nach Budapest zu ziehen, auch wenn es Blut kosten sollte, sie haben nichts mehr zu verlieren. In der Umgebung von Budapest wurde Militär zusammengezogen. Es ergingen strenge Befehle, im Falle der geringsten Ruhestörung von den Waffen Gebrauch zu machen.«

Gingen wir hinab in die größte Stadt
1000 von uns hatten nicht gegessen
1000 von uns waren nicht satt
Und 1000 von uns wollten essen.

Sah der General zum Fenster hinaus
Und sagte: Ihr könnt hier nicht bleiben
Seid mir nicht störrisch, geht ruhig nach Haus
Was euch fehlt, könnt ihr mir schreiben.

Blieben wir auf der Landstraße stehn
Glaubten wir, sie kämen heraus, uns zu speisen
Aber kam keiner, uns anzusehn
Sahn wir nur den Rauch von ihren Häusern.

Aber kam der General einher
Dachten wir: Er würd uns speisen
Saß der General auf einem Maschinengewehr
Und kochte für uns Eisen.

Sagte der General: Ihr dürft nicht so viele beisammenstehn
Und fing an, uns zu messen.
Sagten wir: Genau so viele, wie Sie sehn
Haben heute nichts gegessen.

Bauten wir uns keine Hütten her
Wuschen wir nicht mehr ein Hemd
Sagten wir: Wir können nicht lange warten mehr.
Sagte der General: Das stimmt!

Sagten wir: Wir können doch nicht alle sterbn.
Sagte der General: Ihr könnt es!
Hörten die Leute in der Stadt einen Schuß
Sagten: Dort drüben brennt es.

Ach, wie war es lustig in Uganda

Ach, wie war es lustig in Uganda
Sieben Cent für 'nen Stuhl auf der Veranda
Ach, das Pokerspiel mit diesem alten Tiger
Ach, wir spielten noch einmal so gut
Setzten wir die Haut von Papa Krüger
Setzte er nur seinen alten Hut.
Oh, wie schien der Mond so friedlich in Uganda!
Wir saßen noch am Morgen dort
Die Luft strich kühl
Der Zug ging fort.
Nicht jeder hatt an Geld so viel
Für ein kleines Pokerspiel
Mit 'nem Tiger in Zivil
(Sieben Cent für 'nen Stuhl auf der Veranda).

Song von Witwe Begbicks Trinksalon

In Witwe Begbicks Trinksalon
Kannst du rauchen, schlafen, trinken zwanzig Jahr.
Du kannst's in diesem Alewaggon
Von Singapore bis Cooch-Behar
Von Delhi bis Kamatkura
Und wenn man einen lang nicht sah
Der saß in Witwe Begbicks Tank.
Mit Toddy, Gum und hai, hai, hai
Am Himmel vorbei, an der Höll entlang.
Mach das Maul zu, Tomy, halt den Hut fest, Tomy
Auf der Fahrt vom Sodabergchen bis zum Whiskyhang.

In Witwe Begbicks Trinksalon
Bekommst du, was du verlangst.
Er fuhr durch dieses Indien schon
Als statt Whisky du der Mutter Milch noch trankst.
Von Delhi bis Kamatkura
Und wenn man einen lang nicht sah
Der saß in Witwe Begbicks Tank.
Mit Toddy, Gum und hai, hai, hai
Am Himmel vorbei, an der Höll entlang.
Mach das Maul zu, Tomy, halt den Hut fest, Tomy
Auf der Fahrt vom Sodabergchen bis zum Whiskyhang.

Und brüllt die Schlacht im Pandschabvale
Fahrn wir in Witwe Begbicks Tank
Mit Rauchen und mit schwarzem Ale
Erst mal die Niggerfront entlang.
Von Delhi bis Kamatkura
Und wenn man einen lang nicht sah
Der saß in Witwe Begbicks Tank.
Mit Toddy, Gum und hai, hai, hai
Am Himmel vorbei, an der Höll entlang.
Mach das Maul zu, Tomy, halt den Hut fest, Tomy
Auf der Fahrt vom Sodabergchen bis zum Whiskyhang.

Ballade von den untreuen Weibern

1
Willst du ein Weib, mein Sohn, für dich allein
Dann mach dein Testament für diese Erde
Wird nicht dein Maul wie das von einem Schwein
Dann gleicht dein Schwanz bald dem von einem Pferde
's gibt dies und das Weib, das sich dann beschwert
Doch die begehre nicht: sie ist nichts wert

2
Lüg's ihr, daß keiner größer ist als deiner
Sag's ihr ganz deutlich, Junge, nimm ein Beil
Und setz dich neben sie, sonst steckt ihr einer

Sofort ein Kissen unters Hinterteil
Es gibt auch dies und das Weib, das sich wehrt
Halt dich von diesen fern: sie ist nichts wert

3
Hau in die Bettstatt neben euch dein Messer
Und geh ja nicht hinaus, wenn du nicht mußt
Dann nimm sie mit, ich sage dir, 's ist besser
Sonst greift ihr wieder einer an die Brust
's gibt dies und das Weib, das sich drum nicht schert
Doch halt dich fern von der: sie ist nichts wert

4
Du darfst sie auch nachts nicht zu oft gebrauchen
Sonst schläfst du allzu tief und nichts ist schlimmer
Kannst du im Schlaf nicht grad noch Pfeife rauchen
Läuft sie doch gleich noch in ein andres Zimmer
's gibt dies und das Weib, das den Schlummer ehrt
Halt dich von der entfernt: sie ist nichts wert

Wenn der Whisky verraucht ist

Dann gehen wir nach Surrabay
Wenn die Frau gebraucht ist
Dann gehen wir nach Surrabay

Surrabay, das gibt es nicht
Das ist kein Ort
Surrabay – das ist nur
Ein erfundenes Wort

Eure Getränke haben wir grinsend ausgetrunken

Bier und Kaffee: ist das euer ganzes Gift?
In euren weißgekachelten Spelunken
Zu traurig, als daß man gerne drin schifft!

Sonett Nummer 3

Nach einer mittelalterlichen Legende verkauften sechs italienische Jungfrauen, um ins Gelobte Land zu kommen, ihren Leib an die Schiffsbesatzung. Keine erreichte Palästina.

Dem Weibe gleich, das ins Gelobte Land
Zu kommen, seinen Leib den Schiffern ließ
Und hoffte, einzufahren in das Paradies
Mit zwanzig Schifferschwänzen in der Hand!

So tun auch wir. Mit solchem Ungefähr
Beflecken wir den untauschbaren Leib
Und brauchen zu der Waschung wie das Weib
Am End ein ganzes winterliches Meer.

So kommen wir nach manchem Unternehmen
Und machen halt am Meer zur linken Hand
Und tauchen auf, um unsern Gott zu überraschen:
Seht doch, dort kommen meine Unbequemen
Mein ganzes Meer reicht nicht mehr, sie zu waschen.
So stehn sie gegen mich im Zeugenstand.

6

Eure Mädchen, schwache Esserinnen
Ohne Religion und ohne Brüste
Gaben sich sehr rasch ohne Besinnen
Waren aber trocken wie die Wüste!

Vom Geld

Vor dem Taler, Kind, fürchte dich nicht.
Nach dem Taler, Kind, sollst du dich sehnen.
Wedekind

Ich will dich nicht zur Arbeit verführen.
Der Mensch ist zur Arbeit nicht gemacht.

Aber das Geld, um das sollst du dich rühren!
Das Geld ist gut. Auf das Geld gib acht!

Die Menschen fangen einander mit Schlingen.
Groß ist die Bösheit der Welt.
Darum sollst du dir Geld erringen
Denn größer ist ihre Liebe zum Geld.

Hast du Geld, hängen alle an dir wie Zecken:
Wir kennen dich wie das Sonnenlicht.
Ohne Geld müssen dich deine Kinder verstecken
Und müssen sagen, sie kennen dich nicht.

Hast du Geld, mußt du dich nicht beugen!
Ohne Geld erwirbst du keinen Ruhm.
Das Geld stellt dir die großen Zeugen.
Geld ist Wahrheit. Geld ist Heldentum.

Was dein Weib dir sagt, das sollst du ihr glauben.
Aber komme nicht ohne Geld zu ihr:
Ohne Geld wirst du sie deiner berauben
Ohne Geld bleibt bei dir nur das unvernünftige Tier.

Dem Geld erweisen die Menschen Ehren.
Das Geld wird über Gott gestellt.
Willst du deinem Feind die Ruhe im Grab verwehren
Schreibe auf seinen Stein: Hier ruht Geld.

I

Das ist sein Los, den du liebtest
Zu liegen in der Nacht
Seiner Eingrabung
Bei dünnem Regen
Und die Trennung zu vollziehen
Von seinen Freunden beim
Ersten Abendessen.

2
Wie bezeichnest du die
Platte Welt! Als mit
Schalem Abklatsch
Ihrer unnennbaren Schalheit.

3
Hier liege ich
Mit Gott einverstanden!
Und wenn *nicht* einverstanden?
Mein Leben war
Tapfer!
Und wenn *nicht* tapfer?
Die Welt ist
Genügend!
Und wenn nicht genügend?

Matinee in Dresden

1
Sie luden aber ein drei Götter
Zu Alibi am Flusse Alibe
Und machten eine große Versprechung
Von 150 Hekatomben für einen jeden von ihnen
Und Ehrung, so vieler sie bedürften.

2
Als sie aber ankamen, war nur der Regen da
Sie zu empfangen.
Und als sie kamen zu dem Festhause der Stadt Alibi
Hörten sie mächtig Getöse aus seinem Innern.
Denn sie feierten ein Fest zu Ehren des großen Alea.
Und kamen hinein und sahen ihre Stühle stehen
Wo die Mäntel hingen und die faulen Eier gekocht wurden.
Da weinten die Gottheiten zwischen den Mänteln
Die der Regen empfangen hatte.

3
Es trat aber zu ihnen Sibillus, ein Mann aus der Stadt
Der kannte sie von früher her und tröstete sie:
Und ging umher, Leute zu sammeln, die guten Willens wären
Die guten Götter zu verehren zu Alibi, der Stadt an dem Fluß Alibe.
Er fand aber da niemand.

4
Sprach Sibillus, Mann aus der Stadt Alibi:
Laßt uns hingehn zum Tische des dicken Alea
Welcher ein Weltfreund ist, daß wir aufsammeln die Brosamen
Die von seinem reichen Tische fallen.
Und sie gingen und kamen an vor den Tischen.
Es fiel aber da kein Brosamen.

5
Da verzagte Sibillus und sagte zu den drei Gottheiten:
Wollet nicht verzweifeln und euch nicht stürzen
In den Fluß Alibe wegen mangelnder Ehrung
Daß nicht überschwelle der Fluß und
Wegschwemme unsere Stadt Alibi!

Behauptung

1
Schweig.
Was, meinst du, ändert sich leichter
Ein Stein oder deine Ansicht darüber?
Ich bin immer gleich gewesen.

2
Was besagt eine Fotografie?
Einige große Worte
Die man jedem nachweisen kann?
Ich bin vielleicht nicht besser geworden
Aber
Ich bin immer gleich geblieben.

3
Du kannst sagen:
Ich habe früher mehr Rindfleisch gegessen
Oder ich bin
Auf falschen Wegen schneller gegangen.
Aber die gute Unvernunft ist die
Welche vergeht, und
Ich bin immer gleich gewesen.

4
Was wiegt ein großer Regen?
Ein paar Gedanken mehr oder weniger
Wenige Gefühle oder gar keine
Wo alles nicht genügt
Ist nichts genügend.
Ich bin immer gleich gewesen.

Die Städte, die wir da bauen

Dauern nicht lange
Wenn mit dem Bauen aufgehört
Wird
Fallen sie ein

Wir sind nur für diesen Abend

Von den grossen Männern

1
Die großen Männer sagen viele dumme Sachen
Sie halten alle Leute für dumm
Und die Leute sagen nichts und lassen sie machen
Dabei geht die Zeit herum

2
Die großen Männer essen aber und trinken
Und füllen sich den Bauch
Und die anderen Leute hören von ihren Taten
Und essen und trinken auch

3
Der große Alexander, um zu leben
Brauchte die Großstadt Babylon
Und es hat andere Leute gegeben
Die brauchten sie nicht, du bist einer davon

4
Der große Kopernikus ging nicht schlafen
Er hatte ein Fernrohr in der Hand
Und rechnete aus: die Erde drehe sich um die Sonne
Und glaubte nun, daß er den Himmel verstand

5
Der große Bert Brecht verstand nicht die einfachsten Dinge
Und dachte nach über die schwierigsten wie zum Beispiel das Gras
Und er lobte den großen Napoleon
Weil er auch aß

6
Die großen Männer tun, als ob sie weise wären
Und reden sehr laut – wie die Tauben
Die großen Männer sollte man ehren
Aber man sollte ihnen nicht glauben.

UND STOPFT EIN GRAMMOPHON HINEIN
In ein hübsches Automobil
Und macht einen Ausfluge zur Geschäftszeit
Weil Marie Glatt es will!

Ihr findet Maries Zimmer
Wenn ihr einmal nach ihr schaut
Am Ende der kürzesten Treppenflucht
Die ein Maurer je gebaut

Sintflut

Siebenmal
Siehst du nicht her
Aber beim achten Mal
Verdammst du sofort

Die Städte mit den schwarzen Blattern

Sind voll von uns bis oben hin
Und um ein Essen zu ergattern
Wandelt mancher seinen Sinn.

Es bangen um uns unsre Väter
In solchen Städten früh und spät
Denn auf die schwarzen Motorräder
Sind gute Menschen dünn gesät!

So mancher Gute ohne Fehle
Den man nicht dem vergleichen kann
Was von ihm grinsend ohne Seele
Auf Motorrädern hier entrann.

Die gute Nacht

Die Niederkunft fiel in die kalte Zeit
Doch sie verlief zur Zufriedenheit.
Denn der Stall, den sie doch noch gefunden hatten
War warm und mit Moos zwischen seinen Latten.
Und auf die Tür war mit Kreide gemalt
Daß *der* Stall bewohnt war und bezahlt.
So wurde es doch noch eine gute Nacht.
Auch das Heu war wärmer, als man gedacht.
Ochs und Esel waren dabei
Damit alles in der Ordnung sei.
Eine Krippe von ihnen gab einen kleinen Tisch
Und der Hausknecht brachte ihnen heimlich einen Fisch.
Und der Fisch war ausgezeichnet und reichte durchaus

Und Maria lachte ihren Mann wegen seiner Besorgnis aus.
Denn am Abend legte sich sogar der Wind
Und war nicht mehr so kalt, wie die Winde sonst sind
Aber bei Nacht war er fast wie ein Föhn.
Und der Stall war warm. Und das Kind war sehr schön.
Und es fehlte schon fast gar nichts mehr.
Da kamen auch noch die Dreikönig daher!
Maria und Joseph waren zufrieden sehr.

Die gute Nacht

Der Tag, vor dem der große Christ
Zur Welt geboren worden ist
War hart und wüst und ohne Vernunft.
Seine Eltern hatten keine Unterkunft
Und auf den Straßen herrschte ein arger Verkehr
Und die Polizei war hinter ihnen her
Und sie fürchteten sich vor seiner Geburt
Die gegen Abend erwartet wurd.
Denn seine Geburt fiel in die kalte Zeit.

Aber sie verlief zur Zufriedenheit.
Der Stall, den sie doch noch gefunden hatten
War warm und mit Moos zwischen seinen Latten
Und mit Kreide war auf die Tür gemalt
Daß *der* Stall bewohnt war und bezahlt.
So wurde es doch noch eine gute Nacht
Auch das Heu war wärmer, als sie gedacht
Ochs und Esel waren dabei
Damit alles in der Ordnung sei.
Eine Krippe gab einen kleinen Tisch
Und der Hausknecht brachte ihnen heimlich einen Fisch.
(Denn es mußte bei der Geburt des großen Christ
Alles heimlich gehen und mit List.)
Doch der Fisch war ausgezeichnet und reichte durchaus
Und Maria lachte ihren Mann wegen seiner Besorgnis aus.
Denn am Abend legte sich sogar der Wind
Und war nicht mehr so kalt, wie die Winde sonst sind.
Aber bei Nacht war er fast wie ein Föhn.

Und der Stall war warm. Und das Kind war sehr schön.
Und es fehlte schon fast gar nichts mehr –
Da kamen auch noch die Dreikönig daher!

Maria und Joseph waren zufrieden sehr.
Sie legten sich sehr zufrieden zum Ruhn.
Mehr konnte die Welt für den Christ nicht tun.

Als der Krist zur Welt geboren wurd
War es für seine Mutter eine schwere Geburt.
Es kam auch überraschend schnell
Und da war kein Geld da für ein Hotel.
Maria setzte sich auf einen Stein
Und Josef lief herum, sich das Geld ausleihn.
Da kam er aber übel an
Denn wer leiht einem Arbeitsmann?
Sie fanden am End mit knapper Not
Einen Bauern, der ihnen seinen Stall anbot.
Dann aber wandte sich das Blatt
Und alles ging plötzlich merkwürdig glatt.
Eine Kiste stand da, das gab einen Tisch
Und der Knecht brachte heimlich sogar einen Fisch.
Den trug er unterm Rock, daß es niemand sah.
Und plötzlich stand die Magd mit einem Strohbüschel da
Damit konnt man, wenn man nur sparsam verfuhr
Die Ritzen zustopfen zwischen Stalltür und Flur.
Die Kühe schnauften schwer und voll
Was einen Raum ja warm machen soll.
Das Licht war anfangs etwas schwach
Doch dann schien der Mond durch ein Loch im Dach.
So wurd es noch ganz behaglich. Je nun
Mehr konnte die Welt für den Krist nicht tun.

Musste grad du es sein
Sonst fiel mir keiner ein!
O sei verdammt!
O sei verdammt!
Herz ist Herz. Stein ist Stein.

Das Morgenrot
Ist sehr schön und der Mensch
Hat ein Herz und es ist
Kühn, eins zu haben!

Jung ist *freilich*
Besser als alt!
Was vorbei *natürlich*
Ist nicht besser als
Was kommt!

Sonett über einen durchschnittlichen Beischlaf

Bis ich dich endlich übern Stuhle habe
Hoff ich, du seist endlich die ausgesiebte
Und etwas nässer als die, die ich liebte
(Es pflanzt die Hoffnung, ach, uns noch am Grabe!)

Ich seh, es geht. Ich hoffe: nicht zu schnell
Von nun an denk ich immer nur an Ihn
Gut: weniger Lieb und weniger Vaselin
Dafür bricht der jetzt Schweiß aus ihrem Fell

Ach du verglichst mich schon mit einem Pferde
Vor fünf Minuten, wie ich darauf scheiße!
Dieweil ich sinne, wie ich fertig werde
Nennst du mich Emil, der ich nicht so heiße

Dies alles ist in höhrem Sinne schnuppe
Im Schweiß des Antlitz' koch ich meine Suppe

Sonett über das Böse

Von Kindheit an sann ich zumeist auf Böses
Doch ist dies schwer, ich habe nichts erfunden
Ich zahlte meine Gier, zu sehen Wunden
An eitle Opfer harmlosen Getöses!

Die gute Tat lag bläßlich im Vermächtnis
Sehr toter Leute nunmehr ohne Neid
Wenn sie nicht kam aus Unvorsichtigkeit
Der Ruhm floß nur aus löchrigem Gedächtnis

Die Menschheit hat umsonst nach dem geschielet
Der ihr den Kopf gänzlich vom Rumpfe trennte
Wo blieb er? Ach, die wenigen Monumente
Der Erde: ausgeheilte Narben!
Die paar Erwählten haben sie erzielet
So mühsam, daß sie vor der Zeit dran starben.

Unablässige Flüge
Bestürmen den Pol der Welt
Der Ruhm ward gesetzt
Durch den Zweig narbengewohnter
Geschlechter...
Über den Pol hinaus!!
Aufzufüllen unsere schwächlichen
Gebote.
Flache Furche ist genug
Und da also beginnt
Neu, jedes Geschlecht freut sich
Wir sind viele
Unseres Bruders Sprache
Ist unverständlich in das
Knirschen heimatlicher Bäume
Aber seine Flüge zum Pol
Aufbau seines hundertstöckigen
Hauses verstehen
Wir.

Da freilich kam aus der entfernten Ecke:
Der ganze Trost. Dort saß wer hinter Rauch:
Des Stimme täglich kam aus dem Verstecke
Doch eines Mittags schwieg *die* Stimme auch.

3
DAS HAUS RIECHT
Nach abgezogenen blutigen Häuten.
Die großen Tiere sind los. Diese Wochen
Jagen sie. Kommt!

ABER DIE STÄDTE, BEPACKT MIT FLEISCH für sechs Menschenalter
Und mit Getränken versorgt und mit Metall für die Becher
Aßen mit Gleichmut das Fleisch und tranken das Wasser mit Lässigkeit.
So aber wurde der Wein, der reichliche
Kräftig durch riesiges Pumpwerk
Hochgetrieben durch Röhren von der Sohle des Feldes
Steil voll zum Scheitel der Städte und so
Auf schaurigem Umweg unaufhaltsam geleitet
In fälschliche Bäuche.
So aber wurde das Fleisch vergeudet an Esser

DREIHUNDERT ERMORDETE KULIS BERICHTEN AN EINE INTERNATIONALE

Aus London wird telegrafiert: 300 Kulis, die von den Truppen der chinesischen weißen Armee gefangen gesetzt waren und in offenen Eisenbahnwaggons nach Ping Tschuen befördert werden sollten, sind *während der Fahrt vor Kälte und Hunger gestorben*.

Wir wären gern in unsern Dörfern geblieben
Aber man konnte uns nicht dort lassen.
So wurden wir eines Nachts in die Waggons getrieben.
Leider konnten wir keinen Reis mehr fassen.

Einen geschlossenen Waggon konnten wir nicht bekommen
Da man diese für die Rinder brauchte, die sehr empfindlich sind.
Besonders weil man unsere Pelze genommen
Litten wir stark unter dem Gegenwind.

Wir fragten mehrmals, wozu man uns brauche
Jedoch wußten es die Soldaten nicht, die unsere Wächter waren.
Sie sagten uns, daß man nicht friere, wenn man in die Hände hauche.
Wohin wir fuhren, haben wir nie erfahren.

Die letzte Nacht blieben wir stehen vor Festungstoren.
Wenn wir fragten, wann wir ankämen, sagte man uns: heute.
Es war der dritte Tag. Am Abend sind wir erfroren.
In diesen Jahren ist es zu kalt für die armen Leute.

Letzte Hoffnung

1
Auch am Abend hat sich nichts gebessert
Morgen ist und Mittag jetzt verbraucht
Ach wir haben unser Meer verwässert?
Und das Meer war einst, so sagt man jetzt, erlaucht!

2
Ja wir haben jetzt bald kein Gesicht mehr
Sind verstummt, nicht mangels Arschs noch Munds
Dieses Land legt auf uns kein Gewicht mehr
Und die Städte sind noch nicht für uns

3
Doch wer freut sich nachts nicht eines Daches?
Und uns ziemt zu leben ungehemmt
Früh im Rausch das Elend treffend, sprach es
Ach wir sind einander völlig fremd

Surabaya-Johnny

1
Ich war jung, Gott, erst 16 Jahre
Du kamest von Burma herauf
Und sagtest, ich solle mit Dir gehen

Du kämest für alles auf.
Ich fragte nach Deiner Stellung
Du sagtest: so wahr ich hier steh
Du hättest zu tun mit der Eisenbahn
Und nichts zu tun mit der See.
Du sagtest viel, Johnny
Kein Wort war wahr, Johnny
Du hast mich betrogen, Johnny
Ich hasse Dich so, Johnny
Wie Du stehst und grinst
Nimm die Pfeife aus dem Maul, Johnny, Du Hund!
Surabaya-Johnny, warum bist Du so roh?
Surabaya-Johnny, mein Gott, ich liebe Dich so.
Surabaya-Johnny, warum bin ich nicht froh?
Du hast kein Herz, Johnny, und ich liebe Dich so.

2
Zuerst war es immer Sonntag
So lang, bis ich mitging mit Dir.
Aber dann schon nach zwei Wochen
War Dir nichts mehr recht an mir
Hinauf und hinab durch den Pandschab
Den Fluß entlang bis zur See:
Ich sehe schon aus im Spiegel
Wie eine Vierzigjährige.
Du wolltest nicht Liebe, Johnny
Du wolltest Geld, Johnny
Ich aber sah, Johnny, nur auf Deinen Mund.
Du verlangtest alles, Johnny
Ich gab Dir mehr, Johnny
Nimm die Pfeife aus dem Maul, Du Hund!
Surabaya-Johnny, warum bist Du so roh?
Surabaya-Johnny, mein Gott, ich liebe Dich so.
Surabaya-Johnny, warum bin ich nicht froh?
Du hast kein Herz, Johnny, und ich liebe Dich so.

3
Ich habe es nicht beachtet
Warum Du den Namen hast

Aber an der ganzen langen Küste
Warst Du ein bekannter Gast.
Eines Morgens in einem Sixpencebett
Werd ich donnern hören die See.
Und Du gehst, ohne etwas zu sagen
Und Dein Schiff liegt unten am Kai.
Du hast kein Herz, Johnny
Du bist ein Schuft, Johnny
Du gehst jetzt weg, Johnny, sag mir den Grund.
Ich liebe Dich doch, Johnny
Wie am ersten Tag, Johnny
Nimm die Pfeife aus dem Maul, Du Hund!
Surabaya-Johnny, warum bist Du so roh?
Surabaya-Johnny, mein Gott, warum lieb ich Dich so
Surabaya-Johnny, warum bin ich nicht froh?
Du hast kein Herz, Johnny, und ich liebe Dich so.

1
Und wenn wir's überlegen
Wir können nicht lang groß sein
Der Wind kommt und der Regen
Und machen uns eilig klein
Elendiglich und klein
Muß der Mensch dürfen sein.

2
Siehst du die schwarze Wolke dort
(Für Männer ein Ort!)
Wo die Autos brüllen im Stadtgewühl
Schau dich um und bleib kühl
Nimm den Hut und geh fort!
Wo die Autos brüllen im Stadtgewühl!
  Die Stadt mit den schwarzen Blattern
  Voll Menschen bis oben hin
  Um ein Essen zu ergattern
  Wandelt mancher seinen Sinn!

Von der Willfährigkeit der Natur

Ach, es kommt ja der Krug mit der schäumenden Milch auch
Noch zu des Alten zahnlos geiferndem Mund.
Ach, es reibt sich dem flüchtenden Schlächter
Noch am Bein der Liebe heischende Hund.
Ach, dem Mann, der das Kind mißbraucht hinterm Dorfe
Neigen sich Ulmen noch mit schönem und schattigem Laub.
Und es empfiehlt eure blutigen Spuren, ihr Mörder
Unserm Vergessen der blinde, freundliche Staub.
So auch verwischt der Wind die Schreie von sinkenden Booten
Vorbedacht mit dem Säuseln des Blattwerks im Innern des Lands
Und er hebt höflich der Magd vor dem syphilitischen Fremden
Daß er die lustigen Beine sähe, den Zipfel des armen Gewands.
Und es deckt das tiefe, wollüstige Du eines Weibes
Nachts das Geflenn des erschreckten Vierjährigen zu in der Ecke des Raums.
Und in die Hand, die das Kind schlug, drängt sich der Apfel
Schmeichlerisch aus der Ernte des jährlich üppiger wachsenden Baums.
Ach, wie glänzt das klare Auge des Kindes
Wenn der Vater den Kopf des Ochsen zu Boden zwingt, und das Messer aufschnellt!
Und wie wogen die Busen der Weiber, an denen einst Kinder gehangen
Wenn durchs Dorf der kriegrische Marsch der Manöverkapelle gellt.
Ach, unsre Mütter sind käuflich, es werfen sich weg unsre Söhne
Denn nach jedwedigem Eiland späht die Mannschaft des brüchigen Kahnes!
Und ihm ist genug auf der Welt, daß der Sterbende kämpft, doch die Frühe
Noch zu erleben und noch das dritte Krähen des Hahnes.

Alsbald verliess auch sein Aug arglistig die heimische Höhlung
Fließend wie Öl in den Mund, der andere Speise gewöhnt war
Alsbald wurde zu Gummi sein Knie und der Boden wurd seine Sehnsucht

Und er wünschte sich sehnlich ein tiefes Vergessen und fühlte
Sinkend schon, einzig noch sein Ohr anwachsend zum Schallrohr
Sammelnd in sich wie ein Phonograph jene feindlichen Laute
Äußerst entfernten, doch äußerst rasenden Beifalls
Ölend dem Gegner die Wunden, sammelnd sie alle mit Sorge
Für spätere Zeiten des müßigen Nachdenkens

Chor armer Leute aus »Der reiche Mann und der arme Mann«

Ich streiche aus
(Mit einem dünnen Strich ohne Erbitterung)
Alle, die ich kenne, mich eingeschlossen
Über alle diese wird man mich in Zukunft
Nicht mehr
Erbittert sehen.

Das Entsetzen, arm zu sein
Viele gaben an, sie würden es ertragen, aber man sah
Ihre Gesichter nach einigen Jahren.
Abortgerüche und faulige Tapeten
Warfen die breitbrüstigen Männer nieder wie Stiere.
Die wäßrigen Gemüse
Zerstören Pläne, die ein Volk stark machen.
Ohne Badewasser, Einsamkeit und Tabak
Ist nichts zu verlangen.
Die Mißachtung des Publikums
Ruiniert das Rückgrat.
Der Arme
Ist nicht allein. Immer schauen
Alle in seine Kammer. Sie bohren
An seinem Teller. Er weiß nicht, wohin.
Der Himmel ist sein Dach, es regnet hinein in ihn.
Die Erde schüttelt ihn ab. Der Wind
Kennt ihn nicht. Die Nacht macht ihn zum Krüppel. Der Tag
Entblößt ihn. Nichts ist Geld, das einer hat. Es rettet ihn nicht
Aber nichts hilft ihm
Der kein Geld hat.

Der Cholerakamp

1

Wir haben da jetzt die Cholera im Kamp, die ist kein Pokkerspiel:
Wir fallen in den Wüstenein, wie der Israelit einst fiel.
Und wir können nicht weg, sie zieht *vor* uns und sie zieht auch *hinter* uns her
Und der Doktor schreibt in sein Krankenbuch: heute zehn mehr.

Oh, brecht euren Kamp ab und geht!
Der Regen fallt
Die Toten grabt ein unter Strauch und Stein.
Daß sie liegen in Sicherheit
Die Musikband macht, was sie kann, zum Spaß
Der Kaplan bittet Gott, daß der schicke uns was
Denn unter uns ist eine große Sterblichkeit.

2

Seit Juli, als es damit begann, hängt sie sich an uns an
Obwohl sie uns ausrücken ließen zu Fuß und uns wieder holten per Bahn
Doch sie läuft so schnell, wie ein Truppenzug läuft, und sie ist immer hinter uns her
Und in der Krankengeschicht für den Oberst steht: heute zehn mehr.

3

Du hast keinen Spaß am Weibe, du hast keinen Spaß am Getränk
Es ist viel zu feucht zum Schießen: also marschier und denk!
Und abends aus den Nullahs herauf dringt die Rede des Schakals her:
Steht auf, ihr faulen Hunde, ihr habt heut zehn mehr.

4

Ein Affe würde lachen, wenn er sieht, wie es bei uns geht
Der Leutnant übernimmt die Kompagnie, und der Hauptmann übernimmt die Tete
Und der Gefreite tut Sergeantendienst, dem doch keiner gehorchen mag:
Bei uns ist eine schnelle Beförderung bei zehn Toten am Tag.

5
Der Oberst, rot und zittrig, wird von keinem Schlaf geletzt
Er brüllt im Hospital herum, wo nichts mehr gut tut jetzt
Er spendiert uns korbweis Tröstung, die er schwer bezahlen mag
Doch es gibt nur wenig Tröstung für zehn Tote am Tag.

6
Der Kaplan, der hat ein Banjo gekriegt und reitet eine Mauleselin
Und das Zeug, was der uns vorsingt, das geht dir ans Zwerchfell
Der schwarze schlottrige Rockschoß mit diesem Banjovortrag!
's ist schon die richtige Sorte Padre für zehn Tote am Tag.

7
Bei unsern Römisch-Katholischen hilft ihm Pater Benedix
Der weiß einen Haufen irische Songs und tolle Kartentricks.
So trieben's die zwei bei Gebet und Spiel und was noch sonst vorlag
So hielten wir den Ball auf dem Billardtisch für zehn Tote am Tag.

8
Die Cholera ist bei uns im Kamp, das ist kein Weihnachtsfressen
Doch sie wird serviert und herumgereicht: und wir müssen essen.
Wir haben nichts gefunden noch, was sich besser auszahlen mag
Und traben zwischen den Pfählen herum mit zehn Toten am Tag.

Drum reißt euren Kamp ab und geht! Das Saxophon schallt
Der Regen fallt
Die Toten grabt ein unter Strauch und Stein
Daß da nichts geschehen kann!
(Und der's nicht mag, der laßt es
Und der's nicht vertragt, den faßt es)
Wir sterben ja doch irgendwann:
Schön, fangen wir heut damit an!
Drum, Nummer 1, legt um den Zeltstock sacht
Schlagt aus den Pflock und faßt das End, gebt acht!
Faltet die Zeltbahn um
Schnüret die Stricke drum, seht!
O reißt, o reißt ihn ab, euren Kamp, und geht!

(Gott helf uns!)

Der Cholera-Camp

Wir haben die Cholera bekommen im Camp, sie ist schlechter als Schlachtgewühl
Wir fallen in den Wüstenein, wie der Israelit einst fiel
Und wir können nicht weg und sie zieht vor uns und sie zieht auch hinter uns her
Und der Doktor schreibt in sein Krankenbuch: heute sind's zehn mehr
O brecht euren Camp ab und geht, das Saxophon schallt
Der Regen fallt
Die Toten grabt ein unter Strauch und Stein
Daß sie liegen in Sicherheit
Die Musikband macht, was sie kann, zum Spaß
Der Kaplan bittet Gott, daß er schicke uns was
Daß er sage uns was
O Herr, denn unter uns ist eine große Sterblichkeit

Seit Juli, als es damit anging, hängt sie sich an uns an
Obwohl sie uns ausrücken ließen zu Fuß und uns wieder holten per Bahn
Doch sie läuft so schnell, wie ein Truppenzug läuft, und sie ist immer hinter uns her
Und in der Krankengeschicht für den Oberst steht drin: heute zehn mehr

Du hast keinen Spaß am Weibe und du hast keinen Spaß am Getränk
Es ist viel zu feucht zum Schießen: also marschier und denk
Und abends aus den Nullahs herauf dringt die Rede des Schakals her:
Steht auf, ihr faulen Hunde, ihr habt heut zehn mehr

Ein Affe würde lachen, wenn er sieht, wie es bei uns geht
Der Leutnant übernimmt die Kompagnie und der Hauptmann übernimmt die Tete
Und der Gefreite tut Sergeantendienst, dem doch keiner gehorchen mag
Bei uns ist eine schnelle Beförderung bei zehn Toten am Tag

Der Oberst, weiß und zittrig, wird von keinem Schlaf geletzt
Er brüllt im Hospital herum, wo nichts mehr gut tut jetzt
Er spendiert uns korbweis Tröstung, die er schwer bezahlen mag
Doch es gibt nur wenig Tröstung für zehn Tote am Tag

Der Kaplan, der hat ein Banjo gekriegt und reitet eine Mauleselin
Und das Zeug, was der uns vorsingt, das geht ans Zwerchfell hin
Der schwarze schlottrige Rockschoß mit diesem Banjovortrag
's ist schon die richtige Sorte Padre für zehn Tote am Tag

Bei unsern Römisch-Katholischen hilft ihm Pater Benedix
Der weiß einen Haufen irischer Songs und dolle Kartentricks
So treiben's die zwei bei Gebet und Spiel und was noch sonst vorlag
So halten wir den Ball auf dem Billardtisch bei zehn Toten am Tag

Die Cholera ist jetzt bei uns im Camp, das ist kein Weihnachtsfressen
Doch wird sie frank herumgereicht und wir müssen essen
Wir haben nichts gefunden noch, was sich besser auszahlen mag
Und traben zwischen den Pfählen herum mit zehn Toten am Tag
Drum reißt den Camp ab und geht, das Saxophon schallt
Der Regen fallt
Die Toten grabt ein unter Strauch und Stein
Daß da nichts geschehen kann!
Und der's nicht mag, der laßt es
Denn der's nicht verträgt, den faßt es
Wir sterben ja doch irgendwann
Schön, fangen wir heut damit an.
Drum, Nummer 1, legt um den Zeltstock sacht
Schlagt aus den Pflock und faßt das End! Gebt acht!
Faltet die Zeltbahn um
Schnüret die Stricke drum
Seht!
O reißt, o reißt ihn ab euren Camp und geht.
(Gott helf uns)

Der Gast

Sie fragt ihn viel, wiewohl es draußen nachtet
An sieben Jahre gibt er eilends aus
Und hört: im Hofe wird ein Huhn geschlachtet
Und weiß: es ist kein zweites mehr im Haus

Er wird vom Fleische wenig essen morgen
Sie sagt, greif zu, er sagt, ich bin noch satt
Wo warst du gestern, vor du kamst? Geborgen!
Und woher kommst du? Aus der nächsten Stadt!

Nun steht er eilends auf, die Zeit entflieht!
Er sagt ihr lächelnd: »Lebe wohl!« »Und du?«
Zögernd entfällt ihr seine Hand: sie sieht
Ihr unbekannten Staub auf seinem Schuh

Der gordische Knoten

1

Als der Mann aus Makedämon
Mit dem Schwert den Knoten
Durchhauen hatte, nannten sie ihn
Abends in Gordium »Sklave
Seines Ruhms«.

Denn ihr Knoten war
Eines der spärlichen Wunder der Welt
Kunstwerk eines Mannes, dessen Gehirn
Das verwickeltste der Welt! kein anderes
Zeugnis hatte zurücklassen können als
Zwanzig Schnüre, verwickelt zu dem Behuf
Endlich gelöst zu werden durch die leichteste
Hand der Welt! Leichteste außer der
Die ihn geknüpft, ach der Mann
Dessen Hand ihn knüpfte, war
Nicht ohne Plan, ihn zu lösen, jedoch

Reichte die Zeit seines Lebens, angefüllt
Leider nur aus für das eine, das Knüpfen.
Eine Sekunde genügte
Ihn zu durchhauen.

Von jenem, der ihn durchhieb
Sagten viele, dies sei
Noch sein glücklichster Hieb gewesen
Der billigste, am wenigsten schädliche

Jener Unbekannte brauchte mit Recht
Einzustehen nicht mit seinem Namen
Für sein Werk, das halb war
Wie alles Göttliche
Aber der Depp, der es zerstörte
Mußte wie auf höhrem Befehl
Nennen seinen Namen und sich zeigen dem Erdteil

2

Sagten so jene in Gordium, sage ich:
Nicht alles, was schwerfällt, ist nützlich und
Seltener genügt eine Antwort
Um eine Frage aus der Welt zu schaffen
Als eine Tat.

Der Johnnywillkeinmenschsein-Song

Ihr habt gelernt das Cocktail-ABC
Ihr habt den Mond die ganze Nacht gesehn
Geschlossen wird die Bar von Mandelay
Und es ist immer noch nichts geschehn.
(O Jungens, es ist immer noch nichts geschehn.)

I
Ich glaube, ich will meinen Hut aufessn
Ich glaube, da werde ich satt

Warum soll einer nicht seinen Hut aufessn
Wenn er sonst nichts zu tun hat?
Ihr habt gelernt das Cocktail-ABC
Ihr habt den Mond die ganze Nacht gesehn
Geschlossen wird die Bar von Mandelay
Und es ist immer noch nichts geschehn.
(O Jungens, es ist immer noch nichts geschehn.)
O Johnny, bleibe kalten Bluts
Es ist die Luft von Mandelay
Johnny will seinen Hut aufessen
Warum willst du denn deinen Hut aufessen?
Du bist ein tolles Huhn, Johnny
Nein, das kannst du nicht tun, Johnny
Treib es uns nicht zu dick
Johnny, da ist ein Strick
Wir schlagen dich einfach nieder
Johnny, bis du wieder
Ein Mensch bist!
(Jungens, ich will doch gar kein Mensch sein.)

2
Ich glaube, ich will meine Frau nicht mehr haben
Ich glaube, ich habe sie satt
Warum soll einer seine Frau immer haben
Wenn er sonst auch nichts mehr hat?
Ihr habt gelernt das Cocktail-ABC
Ihr habt den Mond die ganze Nacht gesehn
Geschlossen wird die Bar von Mandelay
Und es ist immer noch nichts geschehn.
(O Jungens, es ist immer noch nichts geschehn.)
O Johnny, bleibe kalten Bluts
Es ist die Luft von Mandelay
Johnny will seine Frau nicht mehr haben
Warum willst du denn deine Frau nicht mehr haben?
Du bist ein tolles Huhn, Johnny
Nein, das kannst du nicht tun, Johnny
Treib es uns nicht zu dick
Johnny, da ist ein Strick
Wir schlagen dich einfach nieder

Johnny, bis du wieder
Ein Mensch bist!
(Jungens, ich will doch gar kein Mensch sein.)

3
Ich glaube, ich müßte nach Georgia fahrn
Ich glaube, da ist eine Stadt
Warum soll einer nicht nach Georgia fahrn
Wenn er sonst nichts zu tun hat?
Ihr habt gelernt das Cocktail-ABC
Ihr habt den Mond die ganze Nacht gesehn
Geschlossen wird die Bar von Mandelay
Und es ist immer noch nichts geschehn
(O Jungens, es ist immer noch nichts geschehn.)
O Johnny, bleibe kalten Bluts
Es ist die Luft von Mandelay
Johnny will nach Georgia fahren
Warum willst du denn nach Georgia fahren?
Du bist ein tolles Huhn, Johnny
Nein, das kannst du nicht tun, Johnny
Treib es uns nicht zu dick
Johnny, da ist ein Strick
Wir schlagen dich einfach nieder
Johnny, bis du wieder
Ein Mensch bist!
(Jungens, ich will doch gar kein Mensch sein.)

Die Städte

Unter ihnen sind Gossen.
In ihnen ist nichts. Und über ihnen ist Rauch.
Wir waren drinnen. Wir haben sie genossen.
Wir vergingen rasch. Und langsam vergehen sie auch.

Diese babilonische Verwirrung der Wörter

Kommt daher, weil sie die Sprache
Von Untergehenden sind

Daß wir sie nicht mehr verstehen
Das kommt daher, daß es
Nichts mehr nützt, sie zu verstehen
Was nützt es den Toten
Zu erzählen, wie man besser
Gelebt hätte, bewege doch nicht
Den Erkalteten dazu
Die Welt zu erkennen
Streite nicht
Mit dem, hinter dem
Schon die Gärtner warten
Gedulde dich lieber

Neulich wollte ich euch
Erzählen mit Arglist
Die Geschichte eines Weizenhändlers in der Stadt
Chikago, mitten im Vortrag
Verließ mich meine Stimme in Eile
Denn ich hatte
Plötzlich erkannt: welche Mühe
Es mich kosten würde, diese Geschichte
Jenen zu erzählen, die noch nicht geboren sind
Die aber geboren werden und in
Ganz anderen Zeitläuften leben werden
Und, die Glücklichen! gar nicht mehr
Verstehen können, was ein Weizenhändler ist
Von der Art, wie sie bei uns sind
Da fing ich an, es ihnen zu erklären, und im Geist
Hörte ich mich sprechen sieben Jahre
Aber ich begegnete
Nur stummem Kopfschütteln bei allen
Meinen ungeborenen Zuhörern
Da erkannte ich, daß ich
Etwas erzählte, was
Ein Mensch nicht verstehen kann

Sagten sie zu mir, ihr hättet müssen
Eure Häuser ändern oder euer Essen
Oder euch, sage du uns, gab es

Keine Vorlage für euch und war es
Nur in Büchern vielleicht älterer Zeiten
Vorlage von Menschen, gezeichneten oder
Beschriebenen, denn uns scheint
Es war ganz niedrig, was euch bewegte
Ganz leicht änderbar, beinah von jedem
Zu durchschauen als falsch, unmenschlich und einmalig
Gab es nicht solch einen alten
Einfachen Plan, daß ihr euch
Danach gerichtet hättet in Verwirrung?

Sagte ich: die Pläne gab es
Aber seht, sie waren beschrieben
Mit neuen Zeichen fünfmal darüber unlesbar
Fünfmal umgeändert die Vorlage nach unserm
Verkommenen Bildnis, so daß selbst
Unsere Väter auf diesen Berichten
Nur mehr uns glichen
Da waren sie mutlos und taten mich ab
Mit dem lässigen Bedauern
Glücklicher Leute

1
Doch es ist von den Mjows
Eine Überzahl auf Erden
Und so lebt Iwan Mjow noch
Und kann noch zerschossen werden.

1
Die assen und schliefen und
Wie ein einziges Tier
Fragten aber Leute, wer wohnt da?
Sagten die R.: wir.

2
Bis an einem Tag wie heute
An einer Mauer wie dort

Zettel klebten und Leute
Sagten: jetzt geht ihr fort!

Mandelay Song

Mutter Goddams Puff in Mandelay
Sieben Bretter an der grünen See
Goddam, was ist das für'n Etablissement
Da stehen jetzt schon fünfzehn die Bretterwand entlang
In der Hand die Uhr und mit Hohé!

Gibt's denn nur ein Mensch in Mandelay?
Menschen sind das Schönste auf der Welt
Denn die sind zum Teufel wert ihr Geld
Und es wäre alles einfach in der Ordnung
Wenn der Mensch, der drin ist, nicht so langsam wär.

Nehmt den Browning, schießt mal durch das Türchen
Denn der Mensch, der drinnen, hindert den Verkehr
Rascher Johnny, he! Rascher Johnny, he!
Stimmt ihn an, den Song von Mandelay!
Liebe, die ist doch an Zeit nicht gebunden
Johnny, mach rascher, denn hier geht's um Sekunden
Ewig nicht steht der Mond über Dir, Mandelay!

Sonett an Herrn Albert Frehse

Weil er durch Lebensart mich ganz bestach
Widme ich dies Sonett Herrn Albert Frehse
Daß unsre Nachgeburt noch von ihm lese
(Obwohl es ihm an manchem noch gebrach)

Die Freunde waren seines Kummers Quell
Und was sie sagten, war's, was ihn bedrückte:
Daß man der Liebe Erstling schwierig pflückte
Sie führten ihn zu lernen ins Bordell

Der Dame sagten sie, daß er nichts wisse
Und wirklich hat er sie auch nicht geschwächt
Doch zog er vor aus Gummi ein Gemächt

Und gab's ihr höflich, daß sie nichts vermisse
Was wollt ihr mehr? Ihm selber war es schlecht
(Denn diese Dame roch nach Ochsenpisse)

The Ladies

Ich hatte meine Zeit und ich nützte sie
Meinen Spaß nahm ich, wo ich ihn sah
Ich hatte meine Portion Mädchen
Und vier davon warn eins a!
Eine war eine halfcast Witwe
Eine ein Weib aus Yime
Eine das Weib eines Pferdeknechts
Und eine ein Mädchen daheim.

Und jetzt bin ich nicht für und nicht gegen!
Man weiß nie, was aus so was wird!
(Vor Sie's nicht probiert haben, können Sie nichts sagen
Und dann haben Sie sich noch meistens geirrt.)
Es gibt Zeiten, wo Sie denken, Sie mögen nicht
Es gibt Zeiten, wo Sie wissen, Sie mögen!
Doch was Sie lernen bei Braunen und Gelben
Das kommt Ihnen bei den Weißen gelegen.

Ich war ein junger Hund in Hoogli
Fast zu schüchtern für das Spiel
Doch Aggie de Castrer, die machte mich
Und Aggie war tüchtig für viel!
Älter als ich! Meine Erste!
Mehr wie 'ne Mutter zu mir
Sie zeigte mir prompt, wie man vorwärts kommt
Und ich lernte was von Frauen bei ihr.

Dann wurde ich versetzt nach Burma
Wo ich den Einkauf im Basár versah
Und ich bekam 'ne leibhaftig hübsche Heidin
Durch Geschäfte mit dem Papa!
Komisch und gelb und ergeben.
Sie roch wie nach Tee, und wir
Lebten wie ein Paar in Burmas Basár
Und ich lernte was von Frauen bei ihr.

Dann schiffte ich mich ein nach Neemuch (sonst hätt ich sie heute noch)
Und ich hing mich an 'nen weiblichen Teufel
Der nach Teer und Sünde roch
Das Weib eines Niggers in Bombay
Ein ganz vulkanisches Vieh
Sie bedrohte mich nachts mit dem Messer
Weil ich angab, weiß wäre besser
Und ich lernte was von Frauen durch sie.

Dann kam ich heim mit dem Truppenteil
Über den Weg lief mir eine da –
Die war sechzehn und im Stiftshaus zu Meerut
Das Geradeste, was ich je sah.
Es hatte sie gepackt auf den ersten Blick
Ich wußte nicht was und nicht wie
Doch ich tat ihr kein Arg, denn ich liebt sie zu stark
Doch – ich lernte was über Frauen durch sie.

Ich nahm meinen Spaß, wo ich ihn kriegte
Da wirst du mit den Jahren gemeiner
Und je mehr du kennst von den andern
Desto weniger bleibst du bei einer.
Und das Ende ist – sitzen und denken
Mit höllischem Feuer in dir.
Tu's nicht, rat ich dir noch (aber ich weiß, du tust's doch)
Oh, lernt was über Frauen von mir!

Was hielt des Obersten Frau davon?
Schaut: das erfährt keiner von Euch.

Einer, der frug des Sergeanten Weib
Die sagte die Wahrheit gleich.
Oh, wenn ein Mann mit im Spiel ist, sind
Sie wie Stecknadeln gleich, denn schaut:
Des Obersten Lady und Judy O'Grady
Sind Schwestern (unter der Haut).

Und jetzt bin ich nicht für und nicht gegen!
Man weiß nie, was aus so was wird!
(Vor Sie's nicht probiert haben, können Sie nichts sagen
Und dann haben Sie sich noch meistens geirrt.)
Es gibt Zeiten, wo Sie denken, Sie mögen nicht
Es gibt Zeiten, wo Sie wissen, Sie mögen!
Doch was Sie lernen bei Braunen und Gelben
Das kommt Ihnen bei den Weißen gelegen.

2

Timur, höre ich, nahm sich die Mühe, die Erde zu erobern.
Ich verstehe ihn nicht:
Mit etwas Schnaps vergißt man die Erde.
Ich sage ja nichts gegen Alexander
Nur
Habe ich Leute gesehen, bei denen
War es sehr merkwürdig
Eurer Bewunderung höchst würdig
Daß sie
Überhaupt lebten.
Die großen Männer sondern zu viel Schweiß ab.
Ich sehe in allem nur den Beweis
Daß sie nicht allein sein konnten
Und rauchen
Und trinken
Und so.
Und sie müssen zu armselig sein
Als daß es ihnen genügen könnte
Bei einer Frau zu sitzen.

Über die Städte 2

Etliche ziehen fort, eine halbe Straße
Hinter ihnen werden die Tapeten geweißnet
Niemals sieht man sie wieder, sie essen
Ein andres Brot, ihre Frauen liegen
Unter anderen Männern mit gleichem Ächzen
An frischen Morgenden hängen
Aus den gleichen Fenstern Gesichter und Wäsche
Wie ehedem

Wir fordern, daß auch er den nackten Körper zeige
Dann fühle er das Schweigen, lasse ab
Von Fechthandschuh, Seil, Schwamm und Eimer, steige
Im vollen Mittag stumm vom Ring herab

Geh hin, wo dir's beliebt, nur gehe schneller
Der Austritt ist umsonst, dies oder das:
Iß deine Lust von unserm Teller
Oder trink deinen Kummer aus unserm Glas

Die Gäste, die du siehst
Haben Teller und Tasse
Du
Hast nur einen Teller bekommen
Und als du fragtest, wann kommt der Tee
Hieß es
Nach dem Essen

Die Städte sind für dich gebaut. Sie erwarten dich freudig.
Die Türen der Häuser sind weit geöffnet. Das Essen
Steht schon auf dem Tisch.

Da die Städte sehr groß sind
Gibt es für die, welche nicht wissen, was gespielt wird, Pläne
Angefertigt von denen, die sich auskennen

Aus denen leicht zu ersehen ist, wie man auf dem schnellsten Wege
Zum Ziel kommt.

Da man eure Wünsche nicht genauer kannte
Erwartet man natürlich noch eure Verbesserungsvorschläge.
Hier und dort
Ist etwas vielleicht noch nicht ganz nach eurem Geschmack
Aber das wird schleunigst geändert
Ohne daß ihr euch einen Fuß ausreißen müßt.

Kurz: ihr kommt
In die besten Hände. Alles ist seit langem vorbereitet. Ihr
Braucht nur zu kommen.

1
Du, der das Unentbehrliche
Wenige machen sieht, verlaß sie nicht!
Frage nicht nach deinem Anteil am Essen
Frage nicht nach deiner Beliebtheit.
Das Richtige
Braucht den kleinsten Fingerzeig noch!
Nenne nicht einen Ersatz
Wenn *du* gebraucht wirst!

2
Warum rechnest du
Als Freundlichkeit nur das Gewünschte
Da du doch weißt, daß du Unweises wünschest?

3
Betrachte nicht immer
Deine paar Narben!
Bedenke: die Schläge, die du ausgeteilt hast
Wurden aufgenommen ohne Klage.
Deine Launen wurden ausgehalten
Du wurdest geachtet.
Daß du, wenn du das Gewünschte nicht bekamst

Das Nötigste verweigertest
Wurde nicht gerügt.
Auf dich wurden Lasten gelegt, die man
Nur auf die sichersten Schultern legt.
Du wurdest übersehen wie das Nächstliegende.
Von dir wurde erwartet
Die besondere Einsicht.

4
So essen am letzten die, denen das Werk am nächsten steht: die Köche.

5
Wie immer du behandelt wurdest, so eben
Wurden die Geachtetsten behandelt.

6
Setze also deinen Namen nicht
Auf die nicht abreißende Liste
Der Abgefallenen.

Einmal möcht ich reich sein
Groß und angesehn
Es muß ja nicht gleich sein
Auch ein Traum ist schön

1

Einsehend, wie unzulänglich
Mein ganzes Geschlecht ist
Das sich selber vergessen hat
(Aus knechtischer Nachsicht)
So daß ich selber schon
Keine Ehrung mehr tragen könnt
Scheint es mir nötig doch
Daß einige
Geehrt werden

Nicht ihrer Vernunft wegen
Sondern: weil ihr Ansehen groß ist
Nicht ihres Wuchses wegen
Sondern: wegen ihrer Kleidung
Nicht ihrer selbst wegen
Sondern: wegen ihrer Eltern

Je einfältiger dieser Mensch wäre
Desto leichter ist es, ihn zu ehren
Je hilfloser er ist
Desto strahlender ist er
Dem Ehre gebührt

Gesänge des Proletariats

Ich merke, ihr besteht darauf, daß ich verschwinde
Ich seh, ich esse, euch zu viel
Ich verstehe, ihr seid nicht eingerichtet auf solche Leute wie ich
Nun, ich verschwinde nicht.

Ich habe euch zugeredet
Daß ihr euer Fleisch hergeben sollt
Ich bin neben euch hergegangen
Und habe euch nahegelegt, daß ihr ausziehen müßt
Zu diesem Zweck habe ich eure Sprache gelernt
Am Ende
Hat mich jeder verstanden
Aber am Morgen war wieder kein Fleisch da.

Einen Tag noch habe ich mich hingesetzt
Um euch die Gelegenheit zu geben, daß ihr noch kämt
Um euch zu rechtfertigen.

Wenn ich wiederkehre
Unter roherem Mond, meine Lieben
Dann komme ich in einem Tank
Rede mit einer Kanone und
Schaffe euch ab.

Wo mein Tank durchfährt
Da ist eine Straße
Was meine Kanone sagt
Das ist meine Ansicht
Von allen aber
Verschone ich nur meinen Bruder
Indem ich ihm lediglich aufs Maul schlage.

Ich habe ihm gesagt, er soll ausziehn
Er wohnte hier im Zimmer schon sieben Wochen
Und wollte nicht ausziehn
Er lachte und meinte
Ich mache Scherze
Als er am Abend heimkam, stand
Sein Koffer an der Tür. Da
Wunderte er sich.

Ich höre Sie sagen:
Er redet von Amerika
Er versteht nichts davon.
Er war nicht dort.
Aber glauben Sie mir
Sie verstehen mich sehr gut, wenn ich von Amerika rede.
Und das Beste an Amerika ist:
Daß wir es verstehen.

Eine Keilschrift
Verstehen nur Sie
(Es ist natürlich eine tote Sache)
Aber sollen wir nicht von Leuten lernen
Die es verstanden haben
Verstanden zu werden?
Sie, Herr
Versteht man nicht
Aber New York versteht man
Ich sage Ihnen:
Diese Leute verstehen, was sie tun
Darum versteht man sie.

JEDER WEISS, daß der einzeln Mißtrauische
Zu Verbrechen neigt
Der Verbrecher aber
Hat Grund zum Mißtrauen.

Sage mir nicht, dein Mißtrauen
Sei im Verbrechen der andern begründet.
Woher immer das Mißtrauen kommt, der Mißtrauische
Neigt zu Verbrechen.

Manche, ins Wasser gefallen, erreichen spielend das Flußufer
Andere mit Mühe und wieder andere gar nicht.
Dem Fluß ist dies gleichgültig.
Du mußt das Flußufer erreichen.

Wisse: niemand außer dir
Kann es von dir verlangen, daß du lebst.
Der Mißtrauische
Hält zu viel von sich selber
Der Verfolgte
Achte nicht so hoch, was da verfolgt wird!

Die Erdbeben mögen dich verschlingen
Aber sie sind nicht gegen dich geplant.
Die Erde, die dich verschlungen hat
Ist kaum gesättigt.

Ganz anders ist es mit dem Mißtrauen
Der Klassen.

OFT IN DER NACHT TRÄUME ICH, ich kann
Meinen Unterhalt nicht mehr verdienen
Die Tische, die ich mache, braucht
Niemand in diesem Land, die Fischhändler sprechen
Chinesisch
Meine nächsten Anverwandten
Schauen mir fremd ins Gesicht
Die Frau, mit der ich sieben Jahre schlief

Grüßt mich höflich im Hausflur und
Geht lächelnd
Vorbei

Ich weiß
Daß die letzte Kammer schon leer steht
Die Möbel schon weggeräumt sind
Die Matratze schon zerschlitzt
Der Vorhang schon abgerissen ist
Kurz, es ist alles bereit, mein
Trauriges Gesicht
Zum Erblassen zu bringen

Die Wäsche, im Hof zum Trocknen aufgehängt
Ist meine Wäsche, ich erkenne sie gut
Näher hinblickend, sehe ich
Allerdings
Nähte darinnen und angesetzte Stücke
Es scheint
Ich bin ausgezogen, jemand anderes
Wohnt jetzt hier und
Sogar in
Meiner Wäsche

1
SETZEN SIE SICH
Sitzen Sie?
Lehnen Sie sich ruhig zurück!
Sie sollen bequem und legere sitzen.
Rauchen können Sie.
Wichtig ist, daß Sie mich ganz genau hören.
Hören Sie mich genau?
Ich habe Ihnen etwas mitzuteilen, was Sie interessieren wird.

2
Sie sind ein Plattkopf.
Hören Sie auch wirklich?
Es besteht doch hoffentlich kein Zweifel darüber, daß Sie mich klar und deutlich hören?

Also:
Ich wiederhole: Sie sind ein Plattkopf.
Ein Plattkopf.
P wie Paul, l wie Ludwig, a wie Anna, zwo Mal t wie Theodor
Kopf wie Kopf.
Plattkopf.

3
Bitte unterbrechen Sie mich nicht.
Sie sollen mich nicht unterbrechen!
Sie sind ein Plattkopf.
Reden Sie nicht. Machen Sie keine Ausflüchte!
Sie sind ein Plattkopf.
Punkt.

4
Ich sage das doch nicht allein.
Ihre Frau Mutter sagt das doch schon lang.
Sie sind ein Plattkopf.
Fragen Sie doch Ihre Angehörigen?
Ob Sie *kein* P sind?
Ihnen sagt man das natürlich nicht
Denn da werden Sie doch wieder rachsüchtig wie alle Plattköpfe.
Aber
Ihre ganze Umgebung weiß seit Jahr und Tag, daß Sie ein P sind

Es ist ja typisch, daß Sie leugnen.
Das ist doch die Sache: es ist typisch für den P, daß er es ableugnet.
Ach ist das schwer, einem Plattkopf beizubringen, daß er ein P ist.
Es ist direkt anstrengend.

Sehen Sie, das muß doch einmal gesagt werden.
Daß Sie ein P sind
Das ist doch nicht uninteressant für Sie zu wissen, was Sie sind.
Das ist doch ein Nachteil für Sie, wenn Sie nicht wissen, was alle wissen
Ach Sie meinen, Sie haben auch keine anderen Ansichten als ihr Kompagnon

Aber das ist ja auch ein Plattkopf
Bitte trösten Sie sich nicht damit, daß es noch mehr P'e gibt.
Sie sind ein P

Ist ja auch gar nicht schlimm
Damit können Sie achtzig werden.
Geschäftlich ist es direkt ein Vorteil.
Und politisch erst!
Nicht mit Geld zu bezahlen!
Als P brauchen Sie sich um *nichts* zu kümmern.
Und Sie sind ein P
(Das ist doch angenehm?)

Sie sehen: wir wissen, daß Sie ein P sind.

Sind Sie immer noch nicht im Bilde?
Ja, wer soll's Ihnen denn noch sagen
Der Brecht sagt's ja auch, daß Sie ein P sind
Also bitte, Brecht, sagen Sie ihm doch als Fachmann Ihre Ansicht

Der Mann ist ein P
Na also

Einmaliges Abspielen der Platte genügt nicht.

TRITT AN! WARUM KOMMST DU SO SPÄT? Jetzt
Warte! Nein, du nicht, der da! Du kannst
Überhaupt weggehen, dich kennen wir, das hat gar keinen Zweck
Daß du dich da heranschmeißt. Halt, wohin?
Haut ihm doch bitte in die Fresse, ihr! So
Jetzt weiß er Bescheid hier. Was, er quatscht noch?
Nehmt ihn euch mal vor, er quatscht immer.
Zeigt dem Mann mal, auf was es hier ankommt
Wenn er meint, er kann brüllen bei jeder Kleinigkeit
Immer auf das Maul, ihr werdet doch noch mit so einem fertig werden.
So, wenn ihr mit ihm fertig seid, könnt ihr
Hereinbringen, was von ihm noch da ist, das
Wollen wir behalten.

Wenn einmal ausgesperrt

Sein wird der Wind aus der Stadt
Und der Regen des Himmels wird
Ausgesperrt sein
Außer der Jahreszeit
Gehend in abgeschautem
Falschem Lichte der Mensch
Wird
Nicht anders als menschlich sein
Darum haltet nicht ein
Mit dem Bau eurer Stadt nimmermehr
Sondern

Wer will unter die Soldaten?

Der muß haben ein Gewehr
Das muß er mit Pulver laden
Und mit einer Kugel schwer.

Wer will einen Fleischerladen –
Und mein Sohn, was willst du mehr?
Der muß einem Ochsen schaden
Nur ein Ochs gibt Rindfleisch her!

Ballade vom Stahlhelm

(Melodie: Prinz Eugenius, der edle Ritter)

Noch erdröhnte der Krieg in Flandern
Schon in Rußland aufgestanden
War das Proletariat.
Und mit Stahlhelm und Kanone
Zogen Wilhelms Bataillone
Gen das rote Leningrad.

Ein Kontrakt ward aufgeschrieben
Daß in Rußland sollte sieben
Tag marschieren kein Soldat.
Schon fuhr Trotzki froh nach Hause
Brachte mit die Atempause
Für das Proletariat.

Doch zu Brest-Litowsk in Polen
Schlug (ihn soll der Teufel holen)
General Hoffmann auf den Tisch.
Und er hat sogleich geboten
Daß man sollt vertilgn die Roten
Und der Krieg begann von frisch.

Und in endelosen Wogen
Kamen Stahlhelme gezogen
Gen das rote Leningrad.
Als drei Monat warn verflossen
Mußten sie die Hände lassen
Von dem Proletariat.

Nichts half Stahlhelm und Kanone
Und die weißen Bataillone
Kamen nie bis Leningrad
Nie hält Stahlhelm und Kanone
Halten weiße Bataillone
Auf der Weltgeschichte Rad.

An Karl

(Zur Zeit Kran in Ruhrort)

1

Komm mal her, Karl!
Schau mal da in den Kanal!
Was siehst du denn da, Karl?
Das bist du, Karl.
Du bist der längste hier
Und du hast die größte Fresse.
Aber was ist das denn da auf deinem Hals, Kleiner?
Karl, du hast ja Sifilis.
Wenn du es so weitertreibst
Bekommst du nie eine Lohnaufbesserung.
Huste nicht so, Karl!
Nimm dich zusammen, der Herr Vorarbeiter schaut her.
Rauch nicht den ganzen Tag wie ein Kapitalist
Bete und arbete!
Rutsch mal vier Meter vor!
Rutsch mal vier Meter retour!
Mach mal Männchen!
Leg mal dein Greiferchen vor dich auf die Schienen!
So ist's brav, Karlchen.

2

Karl, mach mal ein marxistisch aufgehelltes Gesicht!

3

Einmal wird Sonntag, Karl
Dann gehn wir spazieren
Du wirst schauen!
Um deinen dreckigen Kragen hast du eine rote Fahne und so
Mit Blechmusik notabene

Trotten wir zwei
Hinter Fritz und Willem
Unsern eisernen Genossen
Durch die Hauptstraßen.
Mensch!
Mit einem kleinen Geheul an jeder Straßenecke
Und unhöflich gähnend vor jeder Polizeiwache.
Und einem kleinen schreienden Haufen im Greifer
Den Genossen Jungens!
Und am Abend, Genosse
Besaufen wir uns eindringlich
50 Liter Schmieröl wie nichts!
Denn wir müssen heimfinden
Aber an diesem Sonntag, Karl
Sind wir überall daheim
Zwischen Duisburg und Essen
Kann uns keiner vertreiben.
Prost, Karl!

4

Rutsch mal vier Meter vor!
Rutsch mal viere retour!
Nimm mal da die Kohle, leg sie mal dorthin!
Denn die sind nun von hier
Und die kommen nun von hier weg
Und drinnen liegt
Und drinnen liegt ein tiefer Sinn.
Drum, Karl, streck deinen Kragen grad
Und schmeiß sie mal da rein
Denn, Karl, das mußt du
Denn, Karl, das mußt du!
Karl, du gehörst zum Proletariat
Und Karl, das ganze Proletariat
Das darf nicht sagen nein.

Rutsch mal vier Meter vor
Rutsch mal viere retour

Pack das Eisen da und schmeiß es mal dorthin!
Denn das ist nun ein Eisen
Und das wird nun Kanonen
Und die haben
Und die haben einen tiefen Sinn.
Drum, Karl, streck deinen Kragen grad
Und schmeiß sie mal da rein
Denn, Karl, das mußt du
Denn, Karl, das mußt du!
Karl, du gehörst zum Proletariat
Und Karl, das ganze Proletariat
Das darf nicht sagen nein.

Einmal geht's nur mehr vor
Und dann geht's nie mehr retour
Und wir beide schmeißen ihnen alles hin!
Und unser Eisen wird Häuser
Und unsere Kohle macht warm sie
Und dann kommt in alles
Und dann kommt in alles erst ein Sinn.
Dann, Karl, streck deinen Kragen grad
Und schmeiß mal uns was rein!
Dann, Karl, dann darfst du!
Dann, Karl, dann darfst du!
Karl, du gehörst zum Proletariat
Und geht es für das Proletariat
Dann gibt's für uns kein Nein!

5

Mein Nam ist Milchsack Nummer 4
Ich saufe Schmieröl, du saufst Bier
Ich fresse Kohlen, du frißt Brot
Du lebst noch nicht, ich bin noch tot.
Ich mache täglich meine Tour
Ich war vor dir hier an der Ruhr.
Bist du's nicht mehr, bin ich's noch lang
Ich kenne dich an deinem Gang.

Freilich bald seh ich dich nimmer
Doch ich denke an dich immer
Denn du hast ja ein Gefühl für mich
Wir gehören schon zusammen
Als Genossen, denn wir stammen
Aus dem Proletariat!
Aus dem Proletariat
Du und ich!

Vier schon nannten mich Genosse
Führten mich an meiner Flosse
Einer gab mir Bier zu saufen
Ließ es übern Greifer laufen.
Einer schob vor meinen dreckigen Rüssel
Früh zum Waschen seine Schüssel
Einer ließ auf mich vorzeiten
Die Genossen Jungens reiten.
Freilich bald sah ich sie nimmer
Doch ich denke an sie immer
Denn sie hatten ein Gefühl für mich.
Wir gehören schon zusammen
Als Genossen, denn wir stammen
Aus dem Proletariat!
Aus dem Proletariat
Sie und ich!

Mein erster war ein Mann aus Hamm
Der ging verschütt am Chemin des Dames
Mein zweiter schluckt zu viel Kohlenstaub
Und fiel der Lungenseuch zum Raub.
Meinem dritten flog ins Aug ein Ruß
Dem zerquetschte ich den Fuß.
Mein vierter kam eines Morgens nicht mehr
Der war gestorben an einem Maschinengewehr.
Freilich bald seh ich euch nimmer
Doch ich denke an euch immer.
Denn ihr hattet ein Gefühl für mich.
Wir gehörten schon zusammen
Wir Genossen! Denn wir stammen

Aus dem Proletariat!
Aus dem Proletariat
Ihr und ich.

Sang der Maschinen

1
Hallo, wir wollen mit Amerika sprechen
Über das atlantische Meer mit den großen Städten
Von Amerika, hallo
Wir haben uns gefragt, in welcher Sprache
Wir reden sollen, damit man
Uns versteht
Aber jetzt haben wir unsere Sänger beisammen
Die man versteht hier und in Amerika
Und überall in der Welt
Hallo hört, was unsere schwarzen Stars singen
Hallo paßt auf, wer für uns singt...
Das ist kein Wind im Ahorn, mein Junge
Das ist kein Lied an den einsamen Stern
Das ist das wilde Geheul unserer täglichen Arbeit
Wir verfluchen es und wir haben es gern
Denn es ist die Stimme unserer Städte
Es ist das Lied, das uns gefällt
Es ist die Sprache, die wir alle verstehen
Und bald ist es die Muttersprache der Welt

2
Hallo, das sind unsere schwarzen Stars
Sie singen nicht hübsch, aber sie singen beir Arbeit
Während sie für euch Licht machen, singen sie
Während sie Kleider machen, Zeitungen, Wasserröhren
Eisenbahnen und Lampen, Öfen und Schallplatten
Singen sie
Hallo singt gleich noch einmal, weil ihr gerade da seid
Euren kleinen Song über das atlantische Meer
Mit eurer Stimme, die alle verstehen
Das ist kein Wind im Ahorn, mein Junge

Das ist kein Lied an den einsamen Stern
Das ist das wilde Geheul unserer täglichen Arbeit
Wir verfluchen es und wir haben es gern
Denn es ist die Stimme unserer Städte
Es ist das Lied, das uns gefällt
Es ist die Sprache, die wir alle verstehen
Und bald ist es die Muttersprache der Welt

Kinderlied

1
Beiß, Greifer, beiß
Die Kohle hat 'nen Preis
Die Kohle, die ist schon bestellt
Der Millionär braucht wieder Geld
Das kostet uns viel Schweiß
Beiß, Greifer, beiß

2
Ohne Schweiß kein Preis
Die Kohle, die sauft Schweiß
Wenn ich mal zu lang scheißen tu
Dann steigt der Kohlenpreis im Nu
Bei Kind und Mann und Greis
Das Wasser, das ist Schweiß.

Gedenktafel für zwölf Weltmeister

Dies ist die Geschichte der Weltmeister im Mittelgewicht
Ihrer Kämpfe und Laufbahnen
Vom Jahre 1891
Bis heute:

Ich beginne die Serie im Jahre 1891
Der Zeit rohen Schlagens
Wo die Boxkämpfe noch über 56 und 70 Runden gingen
Und einzig beendet wurden durch den Niederschlag

Mit *Bob Fitzsimmons*, dem Vater der Boxtechnik
Inhaber der Weltmeisterschaft im Mittelgewicht
Und im Schwergewicht (durch seinen am 17. März 1897 erfochtenen Sieg
Über Jim Corbett)
34 Jahre seines Lebens im Ring, nur sechsmal geschlagen
So sehr gefürchtet, daß er das ganze Jahr 1889
Ohne Gegner war. Erst im Jahre 1914
Im Alter von 51 Jahren absolvierte er
Seine beiden letzten Kämpfe.
Ein Mann ohne Alter. –
1905 verlor Bob Fitzsimmons seinen Titel an

Jack O'Brien, genannt Philadelphiajack.
Jack O'Brien begann seine Boxerlaufbahn
Im Alter von 18 Jahren
Er bestritt über 200 Kämpfe.
Niemals
Fragte Philadelphiajack nach der Börse
Er ging aus von dem Standpunkt
Daß man lernt durch Kämpfe
Und er siegte, so lange er lernte.

Jack O'Briens Nachfolger war
Stanley Ketchel
Berühmt durch vier wahre Schlachten
Gegen Billie Papke
Und als rauhster Kämpfer aller Zeiten
Hinterrücks erschossen mit 23 Jahren
An einem lachenden Herbsttage
Vor seiner Farm sitzend
Unbesiegt.

Ich setze meine Serie fort mit
Billie Papke
Dem ersten Genie des Infightings
Damals wurde zum ersten Male gehört
Der Name: Menschliche Kampfmaschine.
Im Jahre 1913 zu Paris

Wurde er geschlagen
Durch einen Größeren in der Kunst des Infightings:
Frank Klaus.

Frank Klaus, sein Nachfolger, traf sich
Mit den berühmtesten Mittelgewichten seiner Zeit
Jim Gardener, Billie Berger
Willie Lewis und Jack Dillon
Und Georges Carpentier war gegen ihn schwach wie ein Kind.

Ihn schlug *George Chip*
Der unbekannte Mann aus Oklahoma
Der nie sonst Taten von Bedeutung vollbrachte
Und geschlagen wurde von

Al Maccoy, dem schlechtesten aller Mittelgewichtsmeister
Der weiter nichts konnte als einstecken
Und seiner Würde entkleidet wurde von

Mike O'Dowd
Dem Mann mit dem eisernen Kinn
Geschlagen von
Johnny Wilson
Der 48 Männer k.o. schlug
Und selber k.o. geschlagen wurde
Von

Harry Grebb, der menschlichen Windmühle.
Dem zuverlässigsten aller Boxer
Der keinen Kampf ausschlug
Und jeden bis zu Ende kämpfte
Und wenn er verloren hatte, sagte:
Ich habe verloren.
Der den Männertöter Dempsey
Den Tigerjack, den Manassamauler
Verrückt machte, daß er beim Training
Seine Handschuhe wegwarf
Das »Phantom, das nicht stillstehen konnte«
Geschlagen 1926 nach Punkten von

Tiger Flowers, dem Neger und Pfarrer
Der nie k.o. ging.

Heute ist Weltmeister im Mittelgewicht
Der Nachfolger des boxenden Pfarrers
Mickey Walker
Der den mutigsten Boxer Europas
Den Schotten Tommy Milligan
Am 30. Juni 1927 zu London in 30 Minuten
In Stücke schlug.

Bob Fitzsimmons
Jack O'Brien
Stanley Ketchel
Billie Papke
Frank Klaus
George Chip
Al Maccoy
Mike O'Dowd
Johnny Wilson
Harry Grebb
Tiger Flowers
Mickey Walker –
Dies sind die Namen von zwölf Männern
Die auf ihrem Gebiet die besten ihrer Zeit waren
Festgestellt durch harten Kampf
Unter Beobachtung der Spielregeln
Vor den Augen der Welt.

Lied der Jenny

Meine Herrn, meine Mutter prägte
Auf mich ein schlimmes Wort
Das Kind wird enden im Schauhaus
Oder an einem noch schlimmeren Ort.
Ja, so ein Wort, das ist leicht gesagt
Aber ich sage euch, daraus
Wird nichts

Das könnt ihr nicht machen
Mit mir
Was aus mir noch wird, das
Werden wir sehen
Ein Mensch ist kein Tier.
Aber ich sage euch, daraus
Wird nichts
Das könnt ihr nicht machen
Mit mir
Was aus mir noch wird, das
Werden wir sehen
Ein Mensch ist kein Tier.
Denn wie man sich bettet, so liegt man
Es deckt einen keiner da zu
Und wenn einer tritt, dann bin ich es
Und wird einer getreten, dann bist's du.

Meine Herrn, mein Freund, der sagte
Mir damals ins Gesicht
Das Größte auf Erden ist Liebe
An morgen denkt man da nicht.
Ja Liebe, das ist leicht gesagt
Aber solang der Mensch jeden Tag älter wird
Und nicht jünger
Ist Liebe Dreck
Da wird man nicht nach Liebe gefragt
Da muß man seine Zeit benützen
Sonst schwimmt einem eben alles weg.
Aber ich sage euch, daraus
Wird nichts
Das könnt ihr nicht machen
Mit mir
Was aus mir noch wird, das
Werden wir sehen
Ein Mensch ist kein Tier.
Aber ich sage euch, daraus
Wird nichts
Das könnt ihr nicht machen
Mit mir

Was aus mir noch wird, das
Werden wir sehen
Ein Mensch ist kein Tier.
Denn wie man sich bettet, so liegt man
Es deckt einen keiner da zu
Und wenn einer tritt, dann bin ich es
Und wird einer getreten, dann bist's du.

Ich kann nicht mit dir rumgehn, Jimmy
Ja Jimmy, es tut mir leid
Du bist mir noch der Liebste, aber
Du stiehlst mir meine Zeit
Ich muß die kurze Zeit benützen
Jimmy
Sonst schwimmt mir alles weg
Ich habe nur eine Jugend und
Die langt nicht
Weißt du, Jimmy
Ich bin ein Dreck.
Ach Jimmy, meine Mutter prägte
Auf mich ein schlimmes Wort
Ich würde enden im Schauhaus
Oder an einem noch schlimmeren Ort.
Aber ich sage euch, daraus
Wird nichts
Das könnt ihr nicht machen
Mit mir
Was aus mir noch wird, das
Werden wir sehen
Ein Mensch ist kein Tier.
Aber ich sage euch, daraus
Wird nichts
Das könnt ihr nicht machen
Mit mir
Was aus mir noch wird, das
Werden wir sehen
Ein Mensch ist kein Tier.
Denn wie man sich bettet, so liegt man
Es deckt einen keiner da zu

Und wenn einer tritt, dann bin ich es
Und wird einer getreten, dann bist's du.

Von der Sparsamkeit der reichen Leute

Ein armer Mann war einmal da
Der ging auf die Höfe spielen.
Er spielte Ziehharmonika
Um ein paar Pfennige zu erzielen.

Aber man sah nicht, daß welche fielen.

Täglich wurde er blasser.
Sein Spiel wurde unangenehm.
Aber er war kein Menschenhasser
Geworden trotzdem.

Schließlich wurde er fahl wie Lehm.

Er aß nämlich nur noch Sonne
Und trank Regen statt Koffein.
Diogenes in der Tonne
War ein Krösus gegen ihn.

Aber er spielte noch die süßesten Melodien.

Als er endlich (am Hunger) verreckt war
Da zog man die Harmonika fein
Auseinander, bis sie ganz gestreckt war
Und legte den Alten hinein:

So sparten sie auch noch den Totenschrein.

Ratschläge einer älteren Fohse an eine jüngere

1
Wenn ich dir sag, wie man als Fohse liebt
So hör mir zu mit Fleiß und ohn Verdruß
Weil ich schon lang durch Kunst ersetzen muß
Was dir die Jugend einige Zeit noch gibt
  Doch wisse, daß du desto jünger bleibst
  Je weniger mechanisch du es treibst.

2
Mit Faulheit ist's bei jedem gleich verhunzt
Riskier nur, daß er dich zusammenstaucht
Und er, wenn du ihn fickst, daß dir die Fotze raucht
Stinkfaul am Arsch liegt und: »Mehr Demboh« grunzt.
  Und nennt der Herr die beste Arbeit schlecht
  Halt deinen Rand: der Herr hat immer recht.

3
Klug mußt du sein wie Pfaffen, nur genauer
Sie zahlen dir nicht das für dich Bequeme!
Und ihre Schwänze sind für dich Probleme
Genau wie Pfeifen für den Orgelbauer.
  Jung ahnt man nicht, was alles daran hängt
  Doch was ist eine Fohse, die nicht denkt?

4
Was seinem Weib nicht frommt, der Fohse frommt's
Drum – mußt du ihn hereinziehn auch am Strick –
Seufz, wenn er drinnen ist: »Ihrer ist dick!«
Und wenn's ihm kommt, dann stöhne schnell: »Mir kommt's!«
  Denn bei den Jungen grad wie bei den Alten
  Du mußt sie immerfort im Aug behalten.

5
Sag ihm, es macht dich geiler, wenn der Herr
Dein Ohr leckt. Leckt er's, stöhn: »Ich bin so scharf!«
Und glaubt er's, stöhn: »Ich bitt, daß ich mich strecken darf!«
Und dann: »Entschuldigen Sie, ich bin so naß parterre.«

Daß ihr ein Herz und eine Seele schient
Er zahlt dafür, daß er dich gut bedient.

6
Nicht immer ist es schmackhaft, ungesalzen
Sich einen bärtigen Schwanz ins Maul zu stecken
Und ihn, als wär es Lebertran, zu lecken
Doch oft ist's saubrer, ihn dort zu umhalsen.
Und er verlangt nicht nur, daß er genießt
Sondern auch, daß du selbst erregt aussiehst.

7
Wenn du es je nicht schaffst, dich aufgeregt zu stellen
Halt deinen Atem an, als sitzt du auf dem Topf
Dann scheint's, als steige dir das Blut zu Kopf
Bequemer ist's, als wie ein Fisch zu schnellen.
Auch einen sanften Mann kannst du empören
Denkst du an Dinge, die nicht hergehören.

8
Vergiß nie, daß es sich um Liebe handelt
Vergißt du's doch, so fall nicht gleich aufs Maul
Und mache aus dem Saulus einen Paul
Ein Finger im Arsch hat manchen schon gewandelt.
Du hast noch nicht erlebt, was ihrer harrt
Der Fohsen ohne Geistesgegenwart.

9
Für unsereinen ist es eine harte Nuß
Sieht sie, daß ihre Fotz zu weit wird (wie bei mir)
So daß ein Mann gar nichts mehr spürt bei ihr
Und er sich um den Schwanz ein Handtuch wickeln muß.
So eine muß beizeiten daran denken
Ob ihr die Gäule was fürs Vögeln schenken.

10
Die Bürgermädchen, die auf Gartentischen
Die älteren Brüder längst zusammenhaun
Machen die Fotze enger mit Alaun

Um sich für ewig einen Mann zu fischen.
Wo's angebracht ist, richte dich nach denen
Und: was ist eine Fohse ohne Tränen?

11
Sehr viele Männer vögeln gern Gesichter
Das Weib muß oben so wie unten naß sein
Bei einem solchen darf es für das Weib kein Spaß sein
Er selbst erscheint sich umso ausgepichter.
Vor diesen also heuchle ruhig Qualen
Wo's angebracht ist. Denn auch diese zahlen.

12
Der Herr weiß selber selten, was er will
Du mußt es wissen! Tritt er in die Kammer
Weißt du: ist er heut Amboß oder Hammer?
Werd *ich* gevögelt, hält Er heute still?
Die Menschen zu erkennen, ist die Kunst
Das muß so spielend gehn, wie einer brunzt.

13
Die schlimmsten Leute sind die klugen Leute
Ich hätt oft lieber doch mit einem Hund geschlafen
Die klugen Leute, du, sind unsere Strafen
Die graben sich ein, das seh ich an mir heute
Ich selbst, obgleich ich nie, was ich tat, gern getan
Ich tat doch keinem etwas Kluges an.

14
Doch wisse, daß ich selber mich verachte!
Wenn du, nachdem du lustlos unter Männern lagst
Einmal nicht ganz im Dreck verrecken magst
So mach es anders, als ich selbst es machte.
Wenn du einmal was Kluges findst, dann tu's
Hab ich es nicht geschafft, vielleicht schaffst du's.

Auf den Schiffen

Auf nach M
Dort ist ein Land entdeckt
Das ist so voll der Wonne
Daß dort ein Mensch verreckt.

Über den Winter

Frühjahr, Sommer und Herbst – wie ich euch sagte, sind den Städten ein Nichts, aber der Winter ist merkbar.

1
Denn der Winter
Lange von Dichtern »der sanfte« geheißen
Ist der schreckliche wieder geworden
Jetzt wie in der Stunde des Anfangs
Im   Zeitalter
War nicht der Sommer schon unverträglich?

2
Plötzlich beteiligt sich auch noch der
Gleichgültige Himmel an der Vernichtung
Und kommt mit Kälte

3
Die Masse nach ihrer täglichen Peinigung
Findet zurückkehrend die Höhlen dunkel

4
Und von jetzt ab
Teilen Hunger und Kälte sich
In der Armen Besitztum!

5
Als ob nicht der Mensch ausreichte
Den Menschen
Auszurotten!

Fatzerchor 1

Auch sahen wir fahren
Durch unsere Stadt zu schnell und
Darum kaum sichtbar
Mit blutbeschmiertem Gesicht zu dringlicher Verrichtung
Die Gerechtigkeit
Allzusehr beschützt von Menschen mit
Eisernen Hüten.
Eine Stimme hörend zwischen
Kanonen und Wolf
Erfragten wir: die sei
Der Gerechtigkeit Stimme.

Fatzerchor 7

1
Unrecht ist menschlich
Menschlicher aber
Kampf gegen Unrecht!
Machet aber doch halt auch hier
Vor dem Menschen, laßt ihn
Unversehrt, den Getöteten
Belehrt nichts mehr!
Schabe nicht, Messer, ab
Die Schrift mit der Unreinheit
Du behältst
Einzig ein leeres Blatt sonst
Mit Narben bedeckt!

2
Solch ein reinliches Blatt
Narbenbedeckt, laßt uns
Einfügen endlich dem Bericht von
Der Menschheit!

Johny Schmitt ist auch gestorben
Und der war so schön wie du
Jetzt ist schon die Kiste zu
Und sein Fleisch ist schon verdorben.

Und ich denke heut: die meisten
Etablissements waren schon geschlossen

Freilich ich frug nach einem Haus am Hafen
Das Er beschrieb als groß und unvergleichlich
Was man mir zeigte, war nicht von dem Ausmaß –
Doch war es wohl einst das, was *er* gesehen

Und so die Bahn aus Stahl
Von der er sagte
Daß kommende Geschlechter dran
Das unsere
Erkennen könnten

Liquidation vom trunkenen Schiff

Ich aber habe mit dem gesprochen
Was der Rausch von ihnen übrigließ
Immerfort von neuem nach Neuem aufgebrochen

Hindert die Helden nicht abzugehen
Eilends nach ihrer Heldentat

Wo zwischen Kanonen und Leichenwagen
Ein paar krebsige Weiber Fleisch kaufen gehn

Hereinkriechend hier in den schwarzen Kanälen
Bei der rostigen Schiffsschraube Trauermarsch
Mögen die Matrosen sich den Witz
Von den Filzläusen erzählen
Die plötzlich losbrüllen: Verrat! Wir sind im Arsch!

1

Jung und hilflos in die Städte gekommen
Abkommandiert zu denen, die
Geopfert werden
Gab ich rasche Antwort auf
Jegliche Frage
Sagte, ich gehe, und ging
Oder: ich bleib, und blieb.

2

Heute weiß ich:
Was ich sage und tue, das
Ist nicht dasselbe
Allzu oft sah ich mich.

3

Wenn ich sagte: dies schmeckt mir
Sogleich
Wurd mir die Speise bitter im
Mund

Singende Steyrwagen

Wir stammen
Aus einer Waffenfabrik
Unser kleiner Bruder ist
Der Manlicherstutzen.
Unsere Mutter aber
Eine steyrische Erzgrube.

Wir haben:
Sechs Zylinder und dreißig Pferdekräfte.
Wir wiegen:
Zweiundzwanzig Zentner.
Unser Radstand beträgt:
Drei Meter.
Jedes Hinterrad schwingt geteilt für sich: wir haben
Eine Schwenkachse.

Wir liegen in der Kurve wie Klebestreifen.
Unser Motor ist:
Ein denkendes Erz.

Mensch, fahre uns!!

Wir fahren dich so ohne Erschütterung
Daß du glaubst, du liegst
In einem Wasser.
Wir fahren dich so leicht hin
Daß du glaubst, du mußt uns
Mit deinem Daumen auf den Boden drücken und
So lautlos fahren wir dich
Daß du glaubst, du fährst
Deines Wagens Schatten.

KAUM ZU ENDE GESPROCHEN
Fühlte er plötzlich an einer Kälte
Über sich elf Schatten:
Dem Erschöpften entgegen
Zogen in ungeheuerlichem Zug
Elf Jahre des äußersten Unglücks
Welche endeten nur
Mit seiner völligen Zerstörung

AUS DIESEM SCHLECHTEN TAG
Wird ein besserer Morgen bald
Und aus dir schlechtem
Wird ein besserer Mann!

WIRD DAS ESSEN ABGETRAGEN, sind die Esser noch nicht satt
Abgetragen war das Brot noch nicht gebrochen
Ähnlich finden ihre Wochen
Diese Nacht unwiderruflich schon zum
Letzten Male statt.

Das Zehnte Sonett

Es ist mir gleich, ob diese Welt mich liebt.
Seit ich hier wohn, drang manches an mein Ohr
Und ich behalt mir jede Feigheit vor.
Jedoch verdrießt es mich, daß es nicht Größe gibt.

Und wär ein Tisch und säßen Große dort
Ich säße gern als Mindester am Tisch
Und wär ein Fisch, ich äß den Schwanz vom Fisch
Und sähn sie mich nicht gern, ich ginge fort.

Ein Buch, das mir von solchem Tisch erzählte!

Und gäb's Gerechtigkeit und wenn sie mir gleich fehlte
So wär ich froh und träfe sie selbst mich!

Gibt's alles dies und bin ich selbst nur blind?
Was ich nicht gern gesteh: gerade ich
Verachte solche, die im Unglück sind.

5
Sie schafften Bibeln nach Zanzibar

Und Kanonen nach Verdun

6
Sie setzten sich mit Zigarren
In das Chaos
Und machten einen Kanal durch
Amerika

Sie zogen ein Kabel durch das Meer

Mit 15 fuhren sie 60 Kilometer
Aber mit 70 fuhren sie 320
Schneller als der Taifun

1
Auf dem Weg nach Louisiana
Erst nach links, kehrt und gradaus!
Ging uns unser Whisky aus

2
Auf dem Weg nach Louisiana
Sehn wir uns nach Whisky um
Aber bis nach Louisiana
Hat's nicht Whisky und nicht Rum!

3
Auf dem Weg nach Louisiana
Gibt's, so hieß es, keinen Rum
Und drum kehrten vor Louisiana
Wir gleich lieber wieder um

Aber wenn Sie meine Ansicht kennenlernen wollen, meine Herrn

Meine Herrn, das kenne ich alles
Das ist für uns ein Hohn
Liebe, Tugend, Gesundheit
Und das Dümmste der Himmelslohn
Ja Himmel, das ist schön gesagt
Da können Sie von mir einen Tritt haben
Die Frage ist, wer frißt wen
Sonst wird doch weiter nichts gefragt
Ein Mensch muß eben Appetit haben
Und dann muß es ohne Mühe gehn

Auf einen zehnjährigen Jungen, der als Held des Schauspiels im Kino persönlich anwesend war

Als ein Klatschen mir, dem längst von Nebenstühlen
Tränenerguß klang
Und das Scheinwerferlicht Dich in der Loge präsentiert hat
Wollte ich in peinlicher Zurückhaltung aus einem Nebenausgang

Nicht weil meine Lederjacke mich geniert hat
Aber vor der triumphierenden Mutter Begleitung
Überboten sich die tratschenden, himmelnden Tanten
Nach dem Rührstück einer hingerissenen Überschreitung

Was können *wir* Dir sagen, die Dinge Deines naiven Spiels als Erlebnisse kannten
Deren kindliche Sehnsucht nie eine gesegnete Mutter erfüllte
Viel eher deren täglich in Brand verzehrten, gläubig geopferten Kerzen
Verständnisträgheit und Dünkel statt Rührung beschworener Herzen

Was sollen, Teufel auch, bombastisch aufgeschmuste Winde
Einem Kinde?

Rasch lief ich hinter die Loge. Du glühtest, vom servilen Tätscheln benommen
Ich hörte Dich belustigt eben:
»Gottseidank hab ich die schrecklichen Hiebe gar nicht bekommen«

Stand ich dazwischen: »Schön da, nicht wahr, daß Du nicht tot bist –
Aber hör: vorne heult ein Kleiner, dem mußt Du die Hand geben
Wahrhaftig, in leidenschaftlicher Not ist
Er gar nicht anders zu trösten –« und strich Dir über die Haare.
Du lachtest pausbäckig und brav und beseligt vom Leben
Und standest doch ein wenig ratlos vor dem schmalen, erschütterten Bengel
Der es wohl endlich geglaubt hat.

Was konntest Du wissen
Von mir, als daß in eines fremden Mannes Hand Deine derbe Patsche lag.
Trotzdem ist ein Funke auf Dich übergesprungen
So daß Du unvermittelt Deine zehnjährigen Beine zusammengerissen
Was wetten?

Du, der Kadett gespielt hast – unter sachverständiger Anleitung natürlich
Alle solchen Filme sind ja höchst sachlich, patriotisch und manierlich
In den Wind gedreht – verspürtest auf einmal den alten Kadetten

Freilich
Ahnst Du nicht, wie ganz abscheulich ich heute –
Weil trotz- und leidvoll wissender als viele Leute –
Die eingedrillten Paraden, Kadaver mit Monokel und den ganzen Zauber bewerte.

Der mehr als das Kindsein verhunzte, arrogante Forschheit gebracht hat
Stramm zweckmäßig nach Gefälligkeiten das Leben durchwittert
Und eine bestialische Freßmaschine Mensch als Ebenbild Gottes uns lehrte

Weil ja keiner, aus sich selbst erbittert
Unbeschönigt nachgedacht hat

Jetzt ja

Mit zehn Jahren kannst Du das noch gar nicht ermessen
Aber daß ein anderer um Dich geweint hat, weil er Dich leiden sah
Dürftest Du, mein lieber Junge, nicht vergessen.

Bericht anderswohin

1

Als ich in die neuerbauten
Städte kam, da kamen mit mir
Viele, aber als ich wegging aus den
Neuerbauten, kam nicht einer
Mit mir weg
Am festgesetzten

Tag des Kampfes ging ich kämpfen
Und ich stand vom Morgen bis Abend
Und sah keinen bei mir stehen
Aber viele sahen lächelnd
Oder weinend von den Mauern

2
Dacht ich mir, sie haben vergessen
Jenen Tag, der festgesetzt war
Oder andern Tag beschlossen
Und vergessen, mir's zu sagen
Aber abends sah ich, daß sie
Auf den Mauern saßen und aßen
Und
Was sie aßen, waren Steine
Und ich sah, sie hatten schläulich
Neue Speis zu essen, grad noch
Rechtzeitig gelernt

3
Und ich sah an ihren Augen
Daß die Feind mich nicht bekämpften
Sondern daß ein dichter Hagel
Von Geschossen an dem Platz war
Wo ich stand, so ging ich lächelnd
Von dem Platz

4
Alsbald gingen wir hinab, um
Miteinander Freund und Feind jetzt
Wein zu trinken und zu rauchen
Und sie sagten es mir immer
Wieder diese schöne Nacht durch
Daß sie gegen mich nichts hatten
Keines meiner Worte hatte
Sie beleidigt, wie ich glaubte
Denn sie hatten keins gedeutet
Sondern nur ihr Glaube war es
Daß ich etwas wollte, was sie

Hatten und was festgesetzt war
Und für alle Zeiten heilig
Aber ich versichre lächelnd
Daß ich nichts dergleichen wollte

Jedweden Baumes Blatt
Tür, Mauer und Fensterglas
Nehmen wir in Besitz zu dieser
Stunde ihres Ablebens für sie.
Arbeit und Unterkunft
Speise und Trank dieser Welt
Nehmen wir in Besitz.

Rosa

Noch stand die Staude gelb belaubt
Bestimmt voll Hoffnung noch
Und jede Blume hielt ihr Haupt
Noch eine Woche hoch.

Schluss-Song

Kanonen und Tanks und Elefanten
Das steht hier und will durch
Berg Himalaja, laß uns alle durch.

Sie wollten keinen hereinlassen
In Jerico, Jerico, Jerico.
Da kam Josua und führte alle nach Jerico
Und da zogen sie alle ein. Laßt uns alle durch.

Sie wollten keinen Weißen sehn
In Gizeh, Gizeh, Gizeh.
Da kam Napoleon und führte alle nach Gizeh
Und da zogen sie alle ein. Laßt uns alle durch.

Wir haben keinen Josua, Josua, aber wir sind viele
Wir haben keinen Napoleon, aber wir wollen durch!

1
Wenn der Schlachtlärm stille schweigt
Wer der Sieger ist, sich zeigt
Das ist, vor der Tag sich neigt.

2
Bruder, diese Küsten kenn ich
Auf der Seemannskarte nenn ich
Jeden Punkt um einen Pfennig.

3
Blutiges Tier und blutiges Tier
Rauft sich dort und rauft sich hier
Und was übrig bleibt, sind wir.

Ausschluss unsachlicher Momente beim Beischlaf

(Ein Beispiel natürlicher, ungezwungener Intimitäten)

Sie liegt am besten auf dem Bauch
Das Gesicht in den Kissen, kann sie es vergessen

Nichts ist geschehen, wenn mein Ärmel sie zwischen
Die Schenkel streift; sie nimmt es als Versehen.

Der Brockensammler

Ich bin froh, Gott rief den Tod
Und stellte den Tod an, zu sorgen für alle, die müde des Lebens sind.

Wenn alle Räder einer Uhr verbraucht und langsam und alle Übersetzungen lose sind

Und die Uhr fährt fort, zu ticken und falsch zu gehen von Stunde zu Stunde
Und die Leute im ganzen Haus sich darüber lustig machen, was für eine Bruchuhr sie ist
Wie froh ist da die Uhr, wenn der große Brockensammler seine Karre
Herauf zum Haus fährt und die Uhr mit seinen Armen umschlingt und sagt:

Ich höre gern meine Rechte aufzählen

Es ist mein Recht
Genug zu essen zu haben
(Mir mein Essen zu nehmen, ist nicht mein Recht)

Es ist ein Recht von mir
Unter einem Dach zu schlafen
Aber gibt es so viele Dächer?
Wie es Rechte gibt?

Es ist mein Recht
Gerechtigkeit zu bekommen
Eingeladen zu werden
Nicht zu kommen
Einen guten Anzug zu tragen

Einen schlechten zu tragen
Geld auszuleihen
Mir einen Tritt in den Hintern geben zu lassen
Ihnen die Wahrheit zu sagen
Die Wahrheit zu hören

Vor allem hätte ich doch wohl noch das Recht
Zu leben.

S… und F… winken E…

Seht, wie die alte Vettel dort der Jungen
Den Rock hochhebt, daß man die Ware sieht!
Zum Huren nur ein Hintern! Doch zwei Zungen
Zum Schimpfen hat das Paar, wenn man es flieht.

Seit meiner Kindheit galt es ungebührlich

Daß eines Weibes Hintern mich erhob
Was man auch sagt: als Mensch bin ich natürlich
Ein Weib versucht mich immer noch. Gottlob.

Selbst wenn man meine bessren Triebe weckte
Und räng sich meine Seele an das Licht
Und wenn ich auch mein Glied versteckte
Wie unkeusch ist schon mein Gesicht!

Man sagt, die Männer sind nur Lückenbüßer
Das Weib nimmt stets, was in den Schoß ihm fällt
Doch eine Brust angreifen ist halt süßer
Als alle Achtung nachgeborner Welt

Sind Sie ein König?

Oder sind Sie gerade so wie der Rest von uns?
Besitzen Sie ein Rittergut?
Oder leben Sie in unserer Seitenstraße?

Sind Sie ein gerechter Mann?
Oder sind Sie wie wir gewöhnliches Pack?
Haben Sie Mut?
Oder verhalten Sie sich wie wir in der Gefahr?

Glauben Sie an irgend etwas?
Oder reden Sie wie wir von der Welt?

Inschrift auf einem nicht abgeholten Grabstein

Wandrer, wenn du vorbeikommst
Wisse:
Ich war glücklich
Meine Unternehmungen waren fruchtbar
Meine Freunde treu
Meine Gedanken angenehm
Was ich tat, war besonnen
Am Ende habe ich nicht widerrufen
Wegen einer Kleinigkeit
Habe ich nie mein Urteil geändert.

Da ich noch nicht tot bin
Wage ich nichts zu sagen als:

Mein Leben war schwer, aber
Ich klage nicht
Auch habe ich etwas aufzuweisen
Was mein Leben rentiert hat
Sorge dich nicht um mich, ich selber
Verachte die Unglücklichen
Aber schon, als ich schrieb
Was du hier liest
Gab es nichts mehr, was mich noch treffen konnte.

Über die Abhängigkeit des Menschen von der Natur

Immer
Denkt der Mensch, er steht
In der Welt unveränderlich, die Luft kann
Einmal voll Feuer sein, den Boden
Hat er gesehn, wie er wankte, er stand
Ohne Änderung, der Nämliche, und neben sich
War er gewohnt, zu sehn
Den Menschen ganz unverändert, falsch
Boden blieb Boden bald
Luft blieb Luft, aber der Mensch

Schrumpfte hinweg vor Furcht und dehnte
Sich vor Torheit aus

Wenig würde genügen

Als ich einstmals die großen Städte gesichtet
Dachte ich gleich, es genügt
Wenn einer zum Beispiel ein Wort an sie richtet
Damit hätten sie sich ihrerseits dann begnügt

Ich habe dieses Wort leider nicht gefunden
Das ohnegleichen ist
Die Zeit ist indes hingeschwunden
Ich brachte sie um mit List

An Worten hat es nicht gemangelt
Der eine kotzt's, der andre frißt's
Hätt ich dies eine Wort eben geangelt
Hätten alle gesagt: das ist's

Ich hätte sicher Ruhe gegeben
Hätte die Münzen aufgelesen
Hätte davon gut können leben
Und sie wären mit mir zufrieden gewesen

As long as you're sane and you still have a hand
And there is a nabob of Audh
You may knock him out some teeth with your hand
And if he gets a knock-out
Nevertheless
If you have success
Oh! You may be perfectly quiet
It's all right!

You may tell me what you want me to tell
That your grandma is the Empress of Chine
And that you must have plenty of my money, well
Your aunt'll pay it back when the stars shine.

You can tell your girl what you want her to tell
That she is not worthy of you
And that it would be better to go with you to hell
Than to Hollywood without you
Nevertheless
If you have success
Oh! You may be perfectly quiet
It's all right!

Sie können den wilden Mann spielen und sagen
Was morgen ist, ist ihnen piepe
Sie erwarteten sowieso den Weltuntergang
Und der würde ja doch alle Berechnungen durchkreuzen

Kommentar

7,1 *Sommer]* T: Manuskript (Tagebuch). E: 19. Mai 1913.
Dieses Gedicht sowie die folgenden Gedichte von 1913 (außer *Meine lieben Reitter!*, *Mon cher Gautier*, *Lieber Walter!*, *Der brennende Baum*, *Galerie der Klasse 6 A* und *Der Wunsch*) finden sich im *Tagebuch N° 10*, das Brecht vom 15. Mai bis zum 25. Dezember 1913 führt. Die rund 80 Gedichte sind fast durchweg in Reinschrift überliefert. Außer zu *Christus vor dem Hohen Rat* gibt es zu keinem der Gedichte weitere Niederschriften. – Zum gesamten Text des *Tagebuchs N° 10* vgl. das Faksimile: Bertolt Brecht, *Tagebuch N° 10. 1913*, hg. v. Siegfried Unseld, Transkription der Handschrift und Anmerkungen v. Günter Berg u. Wolfgang Jeske, Frankfurt a. M.: Suhrkamp Verlag 1989; vgl. auch *Journale* (Band 26).

9,1 *Die Gewaltigen]* T: Manuskript (Tagebuch). E: 20. Mai 1913.
Zur Überlieferung vgl. zu 7,1, *Sommer*. – Brecht notiert zu diesem Gedicht: »Nachfolgend ein Versuch, ein Sonett zu formen.«

9,1 *Heimat]* T: Manuskript (Tagebuch). E: 21. Mai 1913.
Zur Überlieferung vgl. zu 7,1, *Sommer*. – Brecht notiert zu diesem Gedicht: »Das die Probe einer Ballade. Ich beherrsche den Stil noch nicht!«
9,2 *Sinenischna]* Konnte nicht ermittelt werden.
10,36 *Bityrne]* Möglicherweise abgeleitet von der antiken Landschaft »Bithynien« am Schwarzen Meer.

11,1 *Arbeiter]* T: Manuskript (Tagebuch). E: 26. Mai 1913. Zur Überlieferung vgl. zu 7,1, *Sommer*.

13,1 *Übers Jahr!]* T: Manuskript (Tagebuch). E: 26. Mai 1913. Zur Überlieferung vgl. zu 7,1, *Sommer*.

13,1 *Der Kardinal]* T: Manuskript (Tagebuch). E: 26. Mai 1913. Zur Überlieferung vgl. zu 7,1, *Sommer*.
13,2 *Kapitelsaal]* Teil einer Kathedrale, in dem sich das Priesterkollegium (Kapitel) versammelt.
13,14 *Eminenz]* Anrede für den Kardinal.

14,1 *Der alte Ritter]* T: Manuskript (Tagebuch). E: 31. Mai 1913. Zur Überlieferung vgl. zu 7,1, *Sommer*.

15,1 *Juni]* T: Manuskript (Tagebuch). E: 31. Mai 1913. Zur Überlieferung vgl. zu 7,1, *Sommer*.

16,1 *Die beiden]* T: Manuskript (Tagebuch). E: 7. Juni 1913. Zur Überlieferung vgl. zu 7,1, *Sommer*.

16,1 *Opfere!]* T: Manuskript (Tagebuch). E: 7. Juni 1913.
Es handelt sich um ein Gelegenheitsgedicht, das Brecht aus Anlaß des »Blumentags« schreibt, eines bayrischen Volksfestes, das 1913 in Augsburg stattfindet. Der Tag steht unter dem Goethe-Motto: »Edel sei der Mensch, hilfreich und gut!« Vgl. *Journale*, 7. Juni 1913. – Zur Überlieferung vgl. zu 7,1, *Sommer*.

17,1 *Victor Mors]* T: Manuskript (Tagebuch). E: 7. Juni 1913.
Zur Überlieferung vgl. zu 7,1, *Sommer*. – Die Übersetzung des lateinischen Gedichts lautet:

Der Sieger Tod

Alle Sieger besiegt das Schicksal; – –
Die Großen streckt es zu Boden
Auch die Ärmeren verschmäht es nicht – –
Alle, alle besiegt der Tod.

Im blühenden Leben
Bei lachender Sonne

In dunkler Nacht
Während des losbrechenden Sturms
Klopft der Tod mit hartem Finger
An die Tür.

An den König der Erde
Wenn am Ende der Zeit
Der Wagen dann gestrauchelt ist
Durch eiserne Befestigungen
Durch verläßliche Wachtposten
Spazierte der gewaltige Tod hindurch.

Den treusorgenden Vater
Der die Familie erschaffen hat
Die liebende Mutter
Die für das Kind gebetet hat
Raubt der grausame Tod.

Alle, die hoffen
Die das Leben lieben
Alle, alle Kämpfenden
Sind in der Gewalt des raubenden
Triumphierenden Todes.

17,14 *etabat]* Gemeint ist vermutlich »delabat«; so auch übersetzt.
18,19 *paravavit]* Gemeint ist »paravit«.

18,1 *Die Freundin]* T: Manuskript (Tagebuch). E: 11. Juni 1913. Zur Überlieferung vgl. zu 7,1, *Sommer*.

18,1 *Der Quell]* T: Manuskript (Tagebuch). E: 11. Juni 1913. Zur Überlieferung vgl. zu 7,1, *Sommer*.

19,1 *Der Gedanke]* T: Manuskript (Tagebuch). E: 11. Juni 1913. Zur Überlieferung vgl. zu 7,1, *Sommer*.

19,1 *Der Mönch]* T: Manuskript (Tagebuch). E: 11. Juni 1913. Zur Überlieferung vgl. zu 7,1, *Sommer*.

19,1 *Judas Ischarioth]* T: Manuskript (Tagebuch). E: 11. Juni 1913. Zur Überlieferung vgl. zu 7,1, *Sommer*. – Nach der Auferstehung erscheint Christus zunächst seinen zwölf Jüngern, zu denen auch sein Verräter Judas (hebr.: Iskariot) gehört. Christus zeigt ihnen zum Beweis die Wundmale seiner Kreuzigung (Lukas 24,36-40). Brecht knüpft mit seinem Gedicht an diese biblische Überlieferung an, gestaltet die Episode aber neu.

20,11 *allgemal]* So in der Textgrundlage.

20,12 *mit]* In der Textgrundlage irrtümlich gestrichen.

20,36 f. *»Judas, warum ... getan!«]* Nicht als Christus-Worte überliefert. In der biblischen Überlieferung prophezeit Christus den Verrat des Judas mit den Worten: »einer unter euch wird mich verraten« (Matthäus 26,21). Vgl. auch das Gedicht *Christus vor dem Hohen Rat* (63,1).

21,45 *gezittert wie Espenlaub]* Sprichwörtliche Redensart im Sinn von »heftig zittern«.

21,1 *Bannerlied]* T: Manuskript (Tagebuch). E: 11. Juni 1913. Das Gedicht entsteht vermutlich aus Anlaß der Jahrhundertfeier, die an die Befreiungskriege 1813-1815 erinnert. Vgl. *Journale*, 14. Juni 1913. – Zur Überlieferung vgl. zu 7,1, *Sommer*.

21,3 *Leu]* (Mittelhochdt.) Löwe. Seit dem Mittelalter ist der Löwe Symbol für die herrscherliche Macht.

21,9 *Banner schwarz-weiß-rot]* Schwarz-Weiß-Rot sind die Flaggen-Farben des Norddeutschen Bundes (1866), zusammengesetzt aus den Farben Preußens (Schwarz-Weiß) und Brandenburgs (Rot-Weiß). Sie werden 1871 vom Kaiserreich übernommen (bis 1918). Vgl. das Gedicht *Die Toten vom 3. Regiment* (72,1).

22,1 *Die Husaren]* T: Manuskript (Tagebuch). E: 15. Juni 1913. Zur Überlieferung vgl. zu 7,1, *Sommer*.

22,2 *Lützen]* Anspielung auf ein Ereignis aus dem Dreißigjährigen Krieg; in der Schlacht bei Lützen (1632) besiegen die Schweden das Heer Wallensteins, der Schwedenkönig Gustav II. fällt.

22,4 *Tarrenhag]* Konnte nicht ermittelt werden.

22,5 *Die 4. Husaren]* Konnte nicht ermittelt werden.

22,14 *Hochstädt]* In der Schlacht bei Höchstädt (1704) besiegen im spanischen Erbfolgekrieg die Kaiserlichen unter Prinz Eugen von Savoyen zusammen mit englischen Truppen die Bayern und Franzosen.

23,25 *gebracht.«]* Abführungszeichen ergänzt.

23,37 *aufgefressen!«]* Abführungszeichen ergänzt.

23,1 *Der Bettler]* T: Manuskript (Tagebuch). E: 15. Juni 1913. Zur Überlieferung vgl. zu 7,1, *Sommer*.

24,1 *König Erich von Schweden]* T: Manuskript (Tagebuch). E: 15. Juni 1913.

Das Gedicht entsteht im Zusammenhang mit einem geplanten Drama *König Erich*, für das Brecht im *Tagebuch N° 10* (vgl. zu 7,1, *Sommer*) erste Szenen entwirft. Gemeint ist König Erich XIV. von Schweden, dessen Regentschaft (1560-1568) in die Zeit der gesamteuropäischen Reformationsbestrebungen fällt. In zahlreiche Mordgeschichten verwickelt, wird er wahnsinnig, von seinem Bruder gefangengenommen und später von diesem vergiftet. Vgl. *Journale*, 5. und 9. Juni 1913.

25,1 *Alexander]* T: Manuskript (Tagebuch). E: 15. Juni 1913. Zur Überlieferung vgl. zu 7,1, *Sommer*.

25,1 *Alexander]* Gemeint ist Alexander der Große. Er stirbt mit 33 Jahren, vermutlich an Lungenentzündung oder Malaria.

25,14 *Diadochen]* (Griech.) Nachfolger. Der Begriff bezieht sich auf die unmittelbaren Nachfolger Alexanders, die nach seinem Tod (323 v. d. Z.) um die Aufteilung des alexandrinischen Reiches streiten.

25,18 *Molochen]* »Moloch« ist nach dem *Alten Testament* der Name für einen kanaanitischen Gott, der Kinderopfer verlangt; vgl. 2 Könige 23,10.

26,54 *makedonischen Kolonnen]* Gemeint sind die Truppen Alexanders, der aus dem makedonischen Königshaus stammt.

27,1 *Der Hagel]* T: Manuskript (Tagebuch). E: 17. Juni 1913. Zur Überlieferung vgl. zu 7,1, *Sommer*.

28,28 *»Rufe mich an ... erretten!«]* Abgewandeltes Bibelzitat: »Rufe mich an in der Not, so will ich dich erretten« (Psalm 50,15).

28,1 *Die Erinnerung]* T: Manuskript (Tagebuch). E: 19. Juni 1913. Brecht kommentiert sein Gedicht im *Tagebuch N° 10*: »Der Bettler ist die Erinnerung, sein Lied das der Liebe.« (Vgl. zu 7,1, *Sommer*; vgl. auch *Journale*, 19. Juni 1913.)

28,1 *Sturm]* T: Manuskript (Tagebuch). E: 19. Juni 1913. Zur Überlieferung vgl. zu 7,1, *Sommer.*

29,1 *Fontainebleau]* T: Manuskript (Tagebuch). E: 22. Juni 1913.
Zur Überlieferung vgl. zu 7,1, *Sommer.* – Das Gedicht bezieht sich auf Napoleon Bonapartes erzwungene Abdankung in Fontainebleau am 6. April 1814.
29,4 *Sarkophag]* (Griech.) wörtlich: Fleischverzehrer; prunkvoller Sarg, meist aus Stein oder Metall.
30,28 *Granitkolonnen von Austerlitz]* In der »Dreikaiserschlacht« bei Austerlitz am 2. Dezember 1805 schlagen die Truppen Napoleons die verbündeten Heere der Österreicher und Russen.
30,30 *Und plötzlich ...]* Mit diesem Vers beginnt eine neue Seite, so daß die Strophengrenze nicht eindeutig ist.
30,31 *kleiner ... Mann]* Anspielung auf Napoleons geringe Körpergröße (1,51 m).
30,36 *Vive l'empereur!]* (Franz.) Es lebe der Kaiser! Es handelt sich um den Heeresschwur und den Ruf der Truppen Napoleons.

30,1 *An den scheidenden Freund]* T: Manuskript (Tagebuch). E: Zwischen 25. und 29. Juni 1913.
Zur Überlieferung vgl. zu 7,1, *Sommer.* – Brecht überschreibt dieses und das folgende Gedicht mit dem Hinweis: »Zwei Sonette«.

31,1 *Emaus]* T: Manuskript (Tagebuch). E: Zwischen 25. und 29. Juni 1913.
Zur Überlieferung vgl. zu 7,1, *Sommer.* – Das Gedicht ist nicht im üblichen Zeilenfall des Sonetts geschrieben. Vgl. den voranstehenden Kommentar. – Nach der biblischen Überlieferung erscheint der auferstandene Jesus zuerst zweien seiner Jünger auf ihrem Weg nach Emmaus, einer Stadt nordwestlich von Jerusalem (vgl. Lukas 24,13-31).

31,1 *Herbst]* T: Manuskript (Tagebuch). E: Zwischen 25. und 29. Juni 1913. Zur Überlieferung vgl. zu 7,1, *Sommer.*

31,1 *Die Alten]* T: Manuskript (Tagebuch). E: Zwischen 25. und 29. Juni 1913. Zur Überlieferung vgl. zu 7,1, *Sommer.*

32,1 *Juli 1913]* T: Manuskript (Tagebuch). E: 30. Juni 1913. Zur Überlieferung vgl. zu 7,1, *Sommer.*

33,1 *Meine lieben Reitter!]* T: Manuskript. E: 16. Juli 1913 (nach der Datierung des Postskriptums von Brechts Vater).

Diesen Brief in Gedichtform schreibt Brecht aus Bad Steben, wo er vom 14. Juli bis zum 14. August 1913 mit seiner Mutter in den Sommerferien zur Kur ist. Brecht datiert den Brief auf Juli 1913, versieht ihn irrtümlich mit der Ortsangabe Augsburg und unterzeichnet mit »Eugen«; Mutter und Vater, der noch am selben Tag abreist, ergänzen ihn mit Postskripta. Vgl. Brechts Brief an die Familie Reitter vom Juli 1913, den er ebenfalls aus Bad Steben schreibt.

33,1 *Reitter]* Angeschrieben sind Hermann Reitter, Ingenieur der Papierfabrik Haindl, Amalie Reitter, die Schwester von Brechts Mutter, sowie deren Kinder Fritz und Richard. Die Familie Reitter kommt in dieser Zeit häufig mit Brechts zusammen; Vetter Fritz ist ein Mitschüler von Brechts Bruder Walter.

34,60-64 *Et finio ... cupiit bos!]* (Lat.) Und ich schließe meinen Brief mit dem Wunsch, daß es bei uns schlechter ist. *Das* möchte ich ganz sicher annehmen, solange ihr uns nicht von einem Unglück geschrieben habt – denn Schlechtes wünscht nur ein Ochse!

34,1 *Der Baum]* T: Manuskript (Tagebuch). E: 19. Juli 1913.

Zur Überlieferung vgl. zu 7,1, *Sommer*. – Brecht notiert unter das Gedicht: »Fortsetzung später, da ich jetzt nicht arbeiten darf!« Eine Fortsetzung erfolgt jedoch im *Tagebuch N° 10* nicht. Zum Motiv des Baums vgl. *Das Lied vom Geierbaum* (95,1).

35,6 *schon schon]* So in der Textgrundlage.

35,24 *Giebel]* Unsichere Entzifferung.

35,30 *Ach...]* Mit diesem Vers beginnt eine neue Seite, so daß die Strophengrenze nicht eindeutig ist.

35,30 *sein Adern]* So in der Textgrundlage.

36,1 *Mon cher Gautier]* T: Manuskript (Staats- und Stadtbibliothek Augsburg). E: 19. Juli 1913. ED: Vorliegende Ausgabe.

Brecht schreibt die französischen Verse an seinen Bruder Walter aus Bad Steben in einem Brief. Er kommentiert: »Voilà! Meine französischen Kenntnisse sind aus. Du kannst jetzt, mein lieber Walter, ein bißchen dich besinnen, was für *viele* Fehler in dem *kleinen* Gedichtchen stecken.« Die Übersetzung lautet:

Mein lieber Walter

Dein Brief hat uns gefreut
Und wir antworten, weil wir Zeit haben
Denn es regnet.
Ich bin ohne –
Einfach –
Ohne Worte
Wie das Wetter schrecklich ist

Einfach schlecht.
Und mir fehlt die Schule.
Hast du schon einen Freund?
Ich nicht!
Meine Langeweile ist riesig –
Es gibt viel Musik
Sehr schön und geschmackvoll
Und ich warte immer auf ein neues
Stück!

Das Gedicht ist vermutlich angeregt durch die Lektüre von Paul Verlaines Gedichtsammlung *Romances sans Paroles* (1874; dt.: *Lieder ohne Worte*), insbesondere das Gedicht III.

36,1 *Herbststimmung aus »Tanhäuser«]* T: Manuskript (Tagebuch). E: Zwischen 19. und 25. Juli 1913.

Aus Anlaß des hundertjährigen Geburtstags von Richard Wagner (22. Mai 1913) finden zahlreiche Festspiele statt, bei denen auch die Oper *Tannhäuser und der Sängerkrieg auf Wartburg* (1845) gespielt wird. Vermutlich bildet die Oper eine Anregung zum Gedicht. Das Gedicht ist möglicherweise weiterhin angeregt durch die Bücher von Eduard Grisebach, *Tanhäuser in Rom*, *Der neue Tanhäuser* (Leipzig 1907), die sich auch in der von Brecht häufig besuchten Leihbibliothek Augsburgs befinden. Ihr Held ist der mittelalterliche Minnesänger und Lyriker Tannhäuser, der weite Wanderfahrten als fahrender Sänger unternimmt. Nach dem Tod seines Gönners Herzog Friedrich des Streitbaren von Österreich (1246) ist Tannhäuser arm und ohne Bleibe. – Zur Überlieferung vgl. zu 7,1, *Sommer*.

37,28 *Der Herbst...]* Mit diesem Vers beginnt eine neue Seite, so daß die Strophengrenze nicht eindeutig ist.

39,1 *Lieber Walter!]* T: Manuskript (Staats- und Stadtbibliothek Augsburg). E: 24. Juli 1913. ED: Vorliegende Ausgabe.

Brecht schreibt den lyrischen Brief an seinen Bruder Walter aus Bad Steben.

40,1 *Abend war es]* T: Manuskript (Tagebuch). E: Zwischen 26. Juli und 11. August 1913.

Dieses und die drei folgenden Gedichte sowie *Aschermittwoch* – möglicherweise auch noch weitere des *Tagebuchs N° 10* (vgl. zu 7,1, *Sommer*) – gehören zu einem geplanten Zyklus *Stunden des Lichtes* (bzw. *Lichts*), den Brecht am 26. Juli 1913 in seinem Tagebuch entwirft; es heißt dort: »Ferner: *Stunden des Lichtes*. Zwölf Gedichte. *Der Fürst*, *Der Mensch*, *Der Bauer*, *Der Vater*, *Der Gelehrte*, *Revolution*, *Der Baum*, *Der Weg*, *Der Wind*, *Das Meer*, *Der Strom*, *Krieg*.« Mit Ausnahme von *Der Baum* sind die genannten Gedichte nicht im *Tagebuch* enthalten. Bei dem Gedicht *Der Vater*, das sich an späterer Stelle des *Tagebuchs* findet, handelt es sich nicht um das für den Zyklus vorgesehene Gedicht. Den Titel des Zyklus notiert Brecht über dem vorliegenden Gedicht mit der Ergänzung »Visionen«, die vermutlich den Untertitel des Zyklus bilden sollte.

40,1 *Leidenschaft]* T: Manuskript (Tagebuch). E: Zwischen 26. Juli und 11. August 1913. Zur Überlieferung vgl. zu 7,1, *Sommer*; vgl. auch den voranstehenden Kommentar.

41,1 *Tanhäuser]* T: Manuskript (Tagebuch). E: Zwischen 26. Juli und 11. August 1913.

Zur Überlieferung vgl. zu 7,1, *Sommer*; vgl. auch zu 36,1, *Herbststimmung aus »Tanhäuser«* und zu 40,1, *Abend war es.*

41,25 *beuget]* Unsichere Entzifferung.

42,1 *Bad Steben]* T: Manuskript (Tagebuch). E: Zwischen 26. Juli und 11. August 1913.

Zur Überlieferung vgl. zu 7,1, *Sommer*; vgl. auch zu 40,1, *Abend war es*. Brecht hält sich seit dem 14. Juli 1913 in dem Bayrischen Staatsbad und Kurort in Nordbayern (Frankenwald) auf. Vgl. *Journale* (Band 26).

42,2 *Wagen des Helios]* Helios, der Sonnengott des griechischen Mythos, wird gewöhnlich als Lenker eines Wagens mit vier Pferden dargestellt. Nach griechischer Vorstellung versinkt der Wagen jeden Abend im Okeanosstrom, durch den Helios nach dem Osten zurückkehrt.

42,3 *des Styx Gewässer]* Nach dem griechischen Mythos ist die Welt der Lebenden durch ein riesiges Gewässer vom Reich der Toten getrennt; Styx (griech.), der Verabscheuungswürdige, ist einer der Namen für den Unterweltsstrom.

42,6f. *webt mit Rosenfingern ... Morgenrot]* Eos ist im griechischen Mythos die Göttin der Morgenröte; »Rosenfinger« bzw. »die Rosenfingrige« ist ihr stehendes Epitheton (Beiname); vgl. Homers *Odyssee*, 2. Gesang, Vers 1.

42,7 *den Olympischen Gewölken]* Der Olymp, höchstes Gebirge Griechenlands (Hauptgipfel Mytika 2918 m) und häufig von Wolken verdeckt, ist in der mythischen Vorstellung der Griechen der Sitz der Götter.

42,1 *Die Leute]* T: Manuskript (Tagebuch). E: Zwischen 26. Juli und 11. August 1913.

Das Gedicht bezieht sich auf Beobachtungen Brechts während seines Kuraufenthalts in Bad Steben. In Form und Ton ahmt Brecht den antiken Hexameter, den Vers des griechischen Heldenepos, nach. Die Anregung, den Hexameter auszuprobieren, bezieht Brecht möglicherweise aus der Lektüre von Goethes Versepos *Hermann und Dorothea*, das im gerade abgeschlossenen Schuljahr in seiner Klasse gelesen worden ist. – Zur Überlieferung vgl. zu 7,1, *Sommer*.

42,5 *Pfeng]* Pfennig.

42,10 *nicht]* Unsichere Entzifferung; möglicherweise auch: »seicht«.

42,10 *stählerne Wasser]* Die eisen- und mineralhaltigen Heilwasser in Bad Steben.

43,20 *Atlantis]* Anspielung auf Gerhart Hauptmanns Roman *Atlantis* (1912).

43,29 *mon]* (Franz.) meine.

43,31 *Buch]* Es folgt ein nicht entziffertes Wort.

43,37 *Hauptmann?!!«]* Abführungszeichen ergänzt.

43,40 *Café]* So in der Textgrundlage.

43,1 *Die Musik]* T: Manuskript (Tagebuch). E: Zwischen 26. Juli und 11. August 1913. Zur Überlieferung vgl. zu 7,1, *Sommer*; vgl. auch den voranstehenden Kommentar.

43,3 *Muhsi]* (Bair.) Musik.

44,11 *Wagner ... Haydn]* Mit Richard Wagner, Frédéric Chopin, Ludwig van Beethoven und Josef Haydn nennt Brecht Namen anerkannter, im Bürgertum als klassisch geltender Komponisten.

44,17 *Strauß ... Gilbert]* Mit Johann Strauß, dem »Walzerkönig«, Franz Lehár, der durch Walzer und Operetten hervorgetreten ist, sowie mit Jean Gilbert (d. i. Max Winterfeld), dessen Operetten zu dieser Zeit in Berlin erfolgreich sind, führt Brecht Vertreter der zur leichten Muse gerechneten Komponisten an.

44,18 *Léhar!!!«]* Abführungszeichen ergänzt.

44,23 *Pfitzner]* Der österreichische Komponist Hans Pfitzner ist damals noch weitgehend unbekannt und zählt zur musikalischen Avantgarde.

44,29 *Lorgnette]* (Franz.) Bügellose Brille, die an einem Stiel vor die Augen gehalten wird.

44,29 *spitzigen]* In der Textgrundlage: »spitzige«.

44,32 *»Hören]* Anführungszeichen ergänzt.

44,33 *Klange]* In der Textgrundlage: »Klage«.

45,36 *lieblich«]* Abführungszeichen ergänzt.

45,39 *wasser-hm-blauen (?)]* So in der Textgrundlage.

45,42 *derzahlen]* (Bair.) bezahlen; unsichere Entzifferung.

45,53 *Tschaikowsky]* Der Komponist Pjotr Iljitsch Tschaikowsky ist der erste russische Klassiker der Musik, der Ende des 19. Jahrhunderts, noch zu seinen Lebzeiten, Weltruhm erlangt und als »Westler« gilt, da seine Kompositionen der zentraleuropäischen Musik verpflichtet sind.

45,54 *das Gemeine]* So in der Textgrundlage.

45,1 *Ästhetik. Glossen]* T: Manuskript (Tagebuch). E: Zwischen 26. Juli und 11. August 1913. Zur Überlieferung vgl. zu 7,1, *Sommer*.
45,3 *eckelt]* Ekelt.

46,1 *Feiertag]* T: Manuskript (Tagebuch). E: 12. August 1913.
Zur Überlieferung vgl. zu 7,1, *Sommer*. – Im August notiert Brecht stenographisch: »Hatte das Gedicht *Feiertag* an die *Jugend* geschickt in voreiliger unüberlegter Weise. Bekam natürlich keine Antwort.« (*Journale*, 17. August 1913.)

46,1 *August]* T: Manuskript (Tagebuch). E: 12. August 1913. Zur Überlieferung vgl. zu 7,1, *Sommer*.

47,1 *Die Ferien]* T: Manuskript (Tagebuch). E: Zwischen 17. und 19. August. Zur Überlieferung vgl. zu 7,1, *Sommer*.
47,4 *Herr Titur]* Konnte nicht ermittelt werden.
47,17 *Portemaneeh]* Verballhornte phonetische Schreibweise von Portemonnaie.

48,1 *Friedhof]* T: Manuskript (Tagebuch). E: 20. August 1913.
Zur Überlieferung vgl. zu 7,1, *Sommer*. – Brecht notiert unter das Gedicht den Kommentar: »Dieses Gedicht ist Skizze und nichts wert.« (*Journale*, 20. August 1913.)

48,1 *Der brennende Baum]* T: Abschrift des Erstdrucks (Nachlaß). E: Ende August 1913. ED: *Die Ernte*, Augsburg, (September) 1913, Heft 2 (nicht erhalten).
Das Gedicht ist vermutlich für das verlorengegangene Heft 2 der *Ernte* geschrieben, in dem sich nach der Erinnerung von Georg Geyer ein weiterer Beitrag von Brecht (vermutlich ein Gedicht), überschrieben mit *Der Dichter*, befunden haben soll (vgl. Werner Frisch/K. W. Obermeier, *Brecht in Augsburg*, Berlin und Weimar 1975, S. 59 f.); zu ihm liegt kein Textzeugnis vor. – Die Schülerzeitschrift *Die Ernte* wird im August 1913 von Fritz Gehweyer und Brecht gegründet. Als Titel der Zeitschrift erwägen die Herausgeber zunächst *Der Tag* (vgl. *Journale*, 20. August 1913). Sechs Hefte im Format DIN A 5, als deren Redakteure Brecht und Julius Bingen zeichnen, erscheinen vom August 1913 bis Februar 1914 zum Preis von 15 Pfennigen, eine siebte Nummer wird vorbereitet, aber nicht mehr vervielfältigt. *Die Ernte* ist auf Matrize handgeschrieben und in nur kleiner Anzahl verbreitet worden. Es existiert ein Konvolut von Abschriften Brechtscher Texte, die in der *Ernte* erschienen sind (Nachlaß). Das vorliegende Gedicht ist lediglich in diesem Konvolut erhalten. Die Textgestalt kann deshalb

nicht als gesichert gelten, obwohl die Abschriften insgesamt zuverlässig sind. – Zum Baummotiv vgl. *Das Lied vom Geierbaum* (95,1).

49,1 *Der Königssohn]* T: Manuskript (Tagebuch). E: Zwischen 30. August und 7. September 1913. Zur Überlieferung vgl. zu 7,1, *Sommer.*

50,1 *Der Narr]* T: Manuskript (Tagebuch). E: Zwischen 30. August und 7. September 1913. Zur Überlieferung vgl. zu 7,1, *Sommer.*

50,1 *Aschermittwoch]* T: Manuskript (Tagebuch). E: Zwischen 30. August und 7. September 1913.

Zur Überlieferung vgl. zu 7,1, *Sommer.* – Brecht notiert am Rand »Stunden des Lichts«, wonach das Gedicht dem geplanten gleichnamigen Zyklus zugeordnet werden sollte (vgl. zu 40,1, *Abend war es*). – Aschermittwoch ist im katholischen Ritus der erste Tag der vierzigtägigen Fastenzeit, an dem der Priester Asche weiht und damit den Gläubigen ein Kreuz auf die Stirn zeichnet.

50,10 *Pierrot]* Aus der italienischen Commedia dell'arte hervorgegangene melancholische Figur mit weißer Maske und Kleidung.

50,1 *Borodino]* T: Manuskript (Tagebuch). E: Zwischen 30. August und 7. September 1913.

Zur Überlieferung vgl. zu 7,1, *Sommer.* – Während des Feldzugs der Franzosen unter Napoleon I. gegen Rußland kommt es am 7. September 1812 zur Schlacht bei Borodino, einem Dorf an der Moskwa; ihr Ausgang ermöglicht den Weitermarsch der napoleonischen Truppen nach Moskau.

51,5 *Leid]* Unsichere Entzifferung.

51,1 *Savonarola]* T: Manuskript (Tagebuch). E: Zwischen 30. August und 7. September 1913.

Zur Überlieferung vgl. zu 7,1, *Sommer.* – Der Dominikanermönch Girolamo Savonarola, der 1491 Prior des Klosters San Marco in Florenz wird, steht als Reformer in erbitterter Gegnerschaft zu Papst Alexander VI. Er wird 1498 als Ketzer verbrannt.

51,11 *Vesperbrot]* Vesper ist die vorletzte der kirchlichen Stunden, nach denen im Mittelalter der Tag eingeteilt wird. Sie liegt zunächst unmittelbar vor Sonnenuntergang, später in der Mitte des Nachmittags.

51,19f. *Mutter … toten Sohn]* Anspielung auf die in der christlichen Kunst verbreitete Pietà, die bildliche Darstellung der Maria mit ihrem toten Sohn Christus.

52,1 *Die Vergessenen]* T: Manuskript (Tagebuch). E: Zwischen 30. August und 7. September 1913. Zur Überlieferung vgl. zu 7,1, *Sommer.*

52,1 *Mond!]* T: Manuskript (Tagebuch). E: 8. September 1913.
Brecht führt das Gedicht im *Tagebuch N° 10* (vgl. zu 7,1, *Sommer*) als Beispiel dafür an, daß er sich zu Stefan George »bekehre«. Unter das Gedicht notiert er: »Schlußzeile banal! -« (Vgl. *Journale*, 8. September 1913.)

53,1 *Der Abend]* T: Manuskript (Tagebuch). E: 10. September 1913.
Zur Überlieferung vgl. zu 7,1, *Sommer*. – Brecht notiert vorher: »Ich sehe es ein: Es hat kaum Wert. Meine ganze Dichterei ist ein Gefühlsfusel. Ohne Form, Stil und Gedanken. Ich muß wenden. Kleine, feine Gedichtchen!« (Vgl. *Journale*, 10. September 1913.)

53,1 *Der Kardinal. Ballade]* T: Manuskript (Tagebuch). E: Zwischen 11. und 15. September 1913. Zur Überlieferung vgl. zu 7,1, *Sommer*.

54,1 *Paider, der Faun]* T: Manuskript (Tagebuch). E: 17. September 1913.
Zur Überlieferung vgl. zu 7,1, *Sommer*. – Brecht erwägt an späterer Stelle des *Tagebuch N° 10* eine »Tragikomödie« mit demselben Titel. – Faune sind in der altrömischen Mythologie Beschützer der Hirten und Bauern, ihrer Herden und Äcker; sie werden meist gehörnt und bocksbeinig dargestellt. Ein Vorbild für den Namen Paider konnte nicht ermittelt werden.
54,18 *Blust]* (Süddt. und schweizerisch) Blütezeit, Blühen.
55,30 *Stück ...«]* Abführungszeichen ergänzt.

55,1 *Herbst]* T: Manuskript (Tagebuch). E: 23. September 1913. Zur Überlieferung vgl. zu 7,1, *Sommer*.

55,1 *Die große Straße]* T: Manuskript (Tagebuch). E: 23. September 1913. Zur Überlieferung vgl. zu 7,1, *Sommer*.

56,1 *Der Vater]* T: Manuskript (Tagebuch). E: 23. September 1913. Zur Überlieferung vgl. zu 7,1, *Sommer*.

56,1 *Der Sohn]* T: Manuskript (Tagebuch). E: 23. September 1913. Zur Überlieferung vgl. zu 7,1, *Sommer*.

57,1 *Die Geiger]* T: Manuskript (Tagebuch). E: 23. September 1913.
Zur Überlieferung vgl. zu 7,1, *Sommer*. – Im *Tagebuch N° 10* findet sich unter dem Datum des 21. Juni 1913 eine Prosa-Ballade *Die Geige des Todes* mit ähnlicher Thematik (vgl. Band 19 und 26).

57,1 *Gethsemaneh]* T: Manuskript (Tagebuch). E: 24. September 1913.

Zur Überlieferung vgl. zu 7,1, *Sommer*. – Nach biblischer Darstellung ist der Garten Gethsemane, am Fuße des Ölbergs vor Jerusalem gelegen, die Stätte des Gebets und der Gefangennahme Jesu (vgl. Matthäus 26,36-50).

58,1 *Galerie der Klasse 6 A]* T: Erstdruck. E: September/Oktober 1913. ED: *Die Ernte*, Augsburg, (Oktober und November) 1913, Heft 3 und Heft 4. Nur im Druck überliefert. Das Gedicht erscheint in zwei Teilen zu je vier Strophen (»Ein Kohler! Wie ist er so schmal...« bildet den Anfang von Teil 2).

Den Anlaß zu diesem Gedicht bildet vermutlich der »Luitpoldtag« (24. Juni) des Jahres 1913, an dem die jährlich vorgeschriebenen Wettkampfspiele stattfinden. Das Kampfgericht haben 1913 »dankenswerterweise Offiziere des 3. Infanterieregiments, des 4. Feldartillerieregiments und des 4. Chevauxlegersregiments übernommen« (vgl. Werner Frisch/K. W. Obermeier, *Brecht in Augsburg*, Berlin und Weimar 1975, S. 49 f.). – Brecht ist Schüler des Königlichen Realgymnasiums Augsburg. Er beschreibt Mitschüler der Untersekunda des Schuljahrs 1913/14.

58,18 *Kohlers]* Mitschüler Karl Kohler.

58,18 *Wiedemann]* Mitschüler Ludwig Wiedemann.

58,19 *Baldi]* Mitschüler Alexander Baldi.

58,19 *Abendstein]* Mitschüler Ferdinand Abenstein; die falsche Schreibung des Namens hat Brecht bewußt vorgenommen.

59,26 *der Erde Salz]* Anspielung auf Matthäus 5,13.

59,33 *Deutschballwurfkraft]* Brechts Bruder Walter beschreibt in seinen Erinnerungen eine Sonderform des Schlagballs, die die Brecht-Kinder mit ihren Kameraden häufig gespielt haben und auf die sich Brecht bezieht (vgl. Walter Brecht, *Unser Leben in Augsburg, damals. Erinnerungen*, Frankfurt a. M. 1984, S. 118). Es handelt sich um ein brutales Ballspiel, das in den paramilitärischen »Wehrkraftvereinen« der Zeit verbreitet ist.

59,41 *Sagt, wer ... sein?]* Anspielung auf das Volkslied von Hoffmann von Fallersleben *Ein Männlein steht im Walde* (1843).

59,41 *Herrchen]* Mitschüler, konnte nicht ermittelt werden.

59,50 *Kern]* Mitschüler Max Kern.

59,51 *il est sans doute]* (Franz.) es besteht kein Zweifel.

60,1 *Herbstmoor]* T: Manuskript (Tagebuch). E: Zwischen 16. und 22. Oktober 1913. Zur Überlieferung vgl. zu 7,1, *Sommer*.

60,1 *Professor Sil Maria]* T: Manuskript (Tagebuch). E: Zwischen 16. und 22. Oktober 1913. Zur Überlieferung vgl. zu 7,1, *Sommer*.

60,1 *Sil Maria]* Vermutlich verwendet Brecht den Namen in Anlehnung an das Gedicht *Sils-Maria* (1881/82) von Friedrich Nietzsche, das er in der Anthologie *Moderne deutsche Lyrik* (mit einer literaturgeschichtlichen Einleitung und biographischen Notizen hg. v. Hans Benzmann, Leipzig 1907) gelesen hat. Die Anthologie erwirbt Brecht im Juni 1913 (vgl. *Journale*, 16. Juni 1913). Sils Maria ist ein Teil des Kurorts Sils im Engadin (Schweiz); Friedrich Nietzsche verbringt dort in den Jahren 1881-1888 jeweils die Sommermonate. Brecht erwägt später im *Tagebuch N° 10* die »Skizze eines Romans« unter demselben Titel als »Tragödie des Pessimisten« (vgl. *Journale*, 10. Dezember 1913).

61,1 *Der Wunsch]* T: Erstdruck. E: Oktober/November 1913. ED: *Die Ernte*, Augsburg, (November) 1913, Heft 4. Nur im Druck überliefert.

Quelle ist der Mythos von Kleobis und Biton nach Herodot, *Historiai* (450-425 v. d. Z.; dt.: *Historien*), aus Buch 1 (Abschnitt 29), den Brecht möglicherweise aus einem Schullesebuch kennt (vgl. Herodotus, *Neun Bücher der Geschichte*, übersetzt von Johann E. Goldhagen, München/Leipzig 1911, S. 16 f.). Im Schuljahr 1913/14 steht in der Untersekunda »Allgemeine Geschichte des Altertums bis auf Augustus; Geschichte der Griechen und Römer« auf dem Lehrplan von Brechts Klasse (vgl. Werner Frisch/K. W. Obermeier, *Brecht in Augsburg*, Berlin und Weimar 1975, S. 53). Der geschilderte Vorfall spielt in Argos; die Priesterin dient der Hera (Juno), der höchsten Göttin und Gemahlin des Zeus. Im Mythos wird der Wagen von Ochsen gezogen. Die Söhne sterben im Tempel nach einem Opfermahl. Bei Herodot erzählt Kroisos die Geschichte als Beispiel auf die Frage nach dem »glücklichsten Menschen«: Der Gott zeige damit an, es sei für den Menschen besser, zu sterben als zu leben. – Das Inhaltsverzeichnis des Erstdrucks bezeichnet das Gedicht als »Ballade«.

61,10 *Zeus]* Der höchste der griechischen Götter (römisch: Jupiter).

61,1 *November]* T: Manuskript (Tagebuch). E: Zwischen 23. Oktober und 7. November 1913. Zur Überlieferung vgl. zu 7,1, *Sommer*.

62,1 *Campo Santo]* T: Manuskript (Tagebuch). E: 28. November 1913.

Zur Überlieferung vgl. zu 7,1, *Sommer*. – Camposanto: (ital.) heiliges Feld; die Bezeichnung für einen Friedhof, der mit Arkadengängen umbaut ist.

62,1 *Morgengebet]* T: Manuskript (Tagebuch). E: 28. November 1913. Zur Überlieferung vgl. zu 7,1, *Sommer*.

62,1 *Die Mönche]* T: Manuskript (Tagebuch). E: 28. November 1913. Zur Überlieferung vgl. zu 7,1, *Sommer*.

62,3 *klingen]* So in der Textgrundlage.

62,4 *Des Largos ... Weinen]* Largo: (ital.) ein Musikstück in sehr langsamem, breitem Zeitmaß.

62,5 *Spinett]* Tasteninstrument, dessen Saiten ursprünglich mit einem natürlichen Federkiel angerissen wurden.

62,8 *wissen]* In der Textgrundlage: »wisses«.

63,1 *Verité]* T: Manuskript (Tagebuch). E: 3. Dezember 1913.
Zur Überlieferung vgl. zu 7,1, *Sommer*. – Brecht notiert über das Gedicht: »Ich dichte in allen Sprachen, wie folgt, sehr leicht (und falsch!)«. Die Übersetzung des französischen Textes lautet:

Wahrheit

Wer sich erlaubt zu sagen
Ein anderer ist schlecht
Der ist in Wahrheit
Sogar viel schlimmer.

63,1 *Christus vor dem Hohen Rat]* T: Erstdruck. E: 3. Dezember 1913. ED: *Der Erzähler.* Literarische Beilage der *Augsburger Neuesten Nachrichten*, 1. April 1915. Gezeichnet: »Berthold Eugen«.
Brecht schreibt das Gedicht zunächst ins *Tagebuch N° 10*. Für die Publikation überarbeitet er es und faßt es zum Teil neu. Die frühe Fassung des Tagebuchs lautet:

Christus vor dem Hohen Rat

Und als die Treppen des Palastes er erstieg
Da lag ein Schweigen um ihn schwer und still –
Doch von ihm aus, obgleich er immer schwieg
Schwang's wie ein Läuten, seltsam dumpf und schrill.
Und als er drinnen stand, wo stumm und kalt
Der Feinde stumme, fahle Mauer steht
Wie die Kultur, wohl tausend Jahre alt
Da war sein Auge weit, wie im Gebet.
Als er so dachte, einsam und allein
Da mocht er schauen, ob kein Zugang wäre
Zu diesen Herzen, die erstarrt wie Stein – –
Da sah er wohl in weite, öde Leere – – – – –

Und als man frug: Er solle seine Sache
Verteidigen vor der Religion
Alteingesetzter Priesterwache ...
Er soll beweisen, daß er Gottes Sohn ...

Da klang in Lüften wieder Läuten schrill
Der Schatten in den Augen Christi stieg
Und in dem weiten Saal war's totenstill
Und Christus schwieg. – – – – –

Das Gedicht erzählt einen Teil der Passionsgeschichte frei nach (vgl. Markus 14,53-15,5).

64,1 *Sorge]* T: Manuskript (Tagebuch). E: 6. Dezember 1913. Zur Überlieferung vgl. zu 7,1, *Sommer.*

65,1 *Prolog. Knüppelverse auf unsere Zeit]* T: Manuskript (Tagebuch). E: 6. Dezember 1913.

Zur Überlieferung vgl. zu 7,1, *Sommer.* – Unter dem letzten Vers des Gedichts notiert Brecht: »u.s.w.«

65,2 *Knüppelverse]* Wortspiel mit Knittel- oder Knüttelverse (paarweise gereimte, vierhebige Verse mit freier Silbenfüllung aus dem 16. Jahrhundert) und Knüppel.

65,18f. *Lebenslauf der Rothschilds ... Vanderbilts]* Genannt sind die erfolgreichsten Geschäftsleute der Zeit bzw. ihre Familien. Meyer Amschel Rothschild (1743-1812) begründet in Frankfurt als Bankier das Stammhaus der Bankiersfamilie, die in der Folgezeit in ganz Europa weitere einflußreiche Bankhäuser eröffnet (Paris, Wien, London). – John David Rockefeller, amerikanischer Großindustrieller, gründet 1870 den Vorläuferkonzern der Standard Oil Company, die ihn in den zwanziger Jahren zum »reichsten Mann der Welt« macht. – Cornelius Vanderbilt (1794-1817) begründet als amerikanischer Finanzmann den Vanderbilt-Konzern (Eisenbahnen, Kohlenbergwerke, Grundstückbesitz in New York). – Möglicherweise hat Brecht das Buch *Amerika als neueste Weltmacht der Industrie* von Ernst Hesse Wartegg (Stuttgart/Berlin/Leipzig 1890) zur Kenntnis genommen, das bis dahin die einzige Abhandlung über die Großindustriellen in den USA bildet. Es ist im damaligen Bestand der von Brecht häufig besuchten Augsburger Leihbibliothek vorhanden.

65,1 *Die Zeit]* T: Manuskript (Tagebuch). E: 10. Dezember 1913.

Zur Überlieferung vgl. zu 7,1, *Sommer.* – Dieses Gedicht ist zusammen mit dem folgenden von Brecht mit dem Hinweis »Zwei Gedichte« versehen.

66,11 *Storren]* Baumstumpf; dürrer, emporstarrender Ast.

66,1 *Gewitterschwüle]* T: Manuskript (Tagebuch). E: 10. Dezember 1913. Zur Überlieferung vgl. zu 7,1, *Sommer*; vgl. auch den voranstehenden Kommentar.

66,1 *Denn also steht's]* T: Manuskript (Tagebuch). E: 11. Dezember 1913.

Der Vierzeiler ist im *Tagebuch N° 10* (vgl. zu 7,1, *Sommer*) notiert unter dem Stichwort »Savonarola« (vgl. das gleichnamige Gedicht, 51,1). Unter den Text schreibt Brecht: »Das ist die tragische Idee.«

66,1 *Siegvater]* T: Manuskript (Tagebuch). E: 14. Dezember 1913. Zur Überlieferung vgl. zu 7,1, *Sommer*. – Brecht erwägt im *Tagebuch N° 10*, dieses Gedicht und »einige« (nicht genannte) Gedichte zu einem Zyklus *Nächte* zusammenzufassen. – Das Gedicht enthält Anklänge an Goethes Ballade *Erlkönig* (1782).

67,1 *Nacht im Stadtchen]* T: Manuskript (Tagebuch). E: 15. Dezember 1913. Zur Überlieferung vgl. zu 7,1, *Sommer*.

67,1 *Die Stadt der Rosen]* T: Manuskript (Tagebuch). E: 15. Dezember 1913.

Zur Überlieferung vgl. zu 7,1, *Sommer*. – Brecht notiert zu diesem Gedicht: »Aus einem Zyklus: *Weiße Tage*«, zu dem keine weiteren Überlieferungen vorliegen.

67,1 *Der Strauß]* T: Manuskript (Tagebuch). E: 15. Dezember 1913. Brecht schreibt das Gedicht, als sein Vater krank ist und in München operiert wird. Er notiert zu diesem und dem folgenden Gedicht: »Auch so ein Dingelchen, das ohne weiteren Wortschwall ist... Solchen kleinen Gedichten bin ich grad sehr geneigt. Sie sind zierlich und hübsch – mein ich.« – Zur Überlieferung vgl. zu 7,1, *Sommer*.

68,1 *Das Tal]* T: Manuskript (Tagebuch). E: 15. Dezember 1913. Zur Überlieferung vgl. zu 7,1, *Sommer*; vgl. auch den voranstehenden Kommentar.

68,1 *Das Kind]* T: Manuskript (Tagebuch). E: 25. Dezember 1913. Dieses und die beiden folgenden Gedichte schreibt Brecht während eines Krankenbesuchs bei seinem Vater in München; sie sind als »Drei Balladen« gekennzeichnet. Zur Überlieferung vgl. zu 7,1, *Sommer*.

68,2 *Vogt von Tied]* Konnte nicht ermittelt werden.

68,1 *Die Messerprobe]* T: Manuskript (Tagebuch). E: 25. Dezember 1913. Zur Überlieferung vgl. zu 7,1, *Sommer*; vgl. auch den voranstehenden Kommentar.

68,4 *gut?«]* Abführungszeichen ergänzt; ebenso Zeile 8.

68,5 *»Prob]* Anführungszeichen ergänzt; ebenso Zeile 9.

69,1 *Die Väter]* T: Manuskript (Tagebuch). E: 25. Dezember 1913. Zur Überlieferung vgl. zu 68,1, *Das Kind*.

69,1 *Dank]* T: Manuskript (Tagebuch). E: 25. Dezember 1913. Brecht schreibt den Vierzeiler nach seinem Krankenbesuch beim Vater in München. – Zur Überlieferung vgl. zu 7,1, *Sommer*.

70,1 *Sylvester-Nacht]* T: Matrizendruck. E: Dezember 1913. Das Gedicht, mit Hand in Druckbuchstaben auf Matrize geschrieben und von einer Zeichnung Fritz Gehweyers umrahmt, ist nur in einem Abzug erhalten, der als loses Blatt im *Tagebuch N° 10* gefunden worden ist. Es ist mit »31.12.13« datiert und mit »E. B.« gezeichnet. Auf der Rückseite befinden sich zwei Matrizenabzüge von Fritz Gehweyers Zeichnung »Bergfrieden«. Vermutlich handelt es sich dabei um Entwürfe für den Umschlag von Heft 5 der *Ernte*, den Gehweyer und Brecht Mitte Dezember drucken (vgl. *Journale*, 16. Dezember 1913). Das ganze Heft ist nicht überliefert.

71,1 *Dankgottesdienst]* T: Erstdruck. E: August 1914. ED: *München-Augsburger Abendzeitung*, 24. August 1914. Gezeichnet: »Berthold Eugen«. Nur im Druck überliefert.

»Siegesfeiern« und »Dankgottesdienste« sind besonders in den ersten beiden Kriegsjahren in Deutschland üblich. Brecht hört regelmäßig die Predigten des Dekans Hans Detzer in der Barfüßerkirche von Augsburg, deren Inhalt und Stil sich in diesem Gedicht sowie in den folgenden Kriegsgedichten niederschlagen. Detzer vertritt einen kämpferischen Chauvinismus und sieht den Krieg als gerechte Strafe Gottes an, indem er mahnt, den Krieg als Einkehr zum Glauben zu nutzen. – Vgl. die *Augsburger Kriegsbriefe*, die Brecht im selben Jahr verfaßt (Band 21).

176,1*Der heilige Gewinn]* T: Erstdruck. E: August 1914. ED: *Augsburger Neueste Nachrichten*, 24. August 1914. Gezeichnet: »Berthold Eugen«. Nur im Druck überliefert.

Brecht verarbeitet Motive aus Predigten des Gemeindepfarrers Hans Detzer, der auch für Brechts Religionsunterricht zuständig gewesen ist. – Vgl. das voranstehende Gedicht.

72,1 *Die Toten vom 3. Regiment]* T: Erstdruck. E: August 1914. ED: *Der Erzähler.* Literarische Beilage der *Augsburger Neuesten Nachrichten*, 5. September 1914. Gezeichnet: »Berthold Eugen«. Nur im Druck überliefert.

Das 3. Infanterieregiment, zu dem 1917 auch Brechts Bruder Walter eingezogen wird, ist in Augsburg stationiert.

72,6 f. *schwarz-weiß-roten Siegfahnen]* Vgl. zu 21,9, *Bannerlied*. Brecht spielt auf eine Strophe des Flaggenlieds an:

Dir wolln wir treu ergeben sein,
Getreu bis in den Tod,
Dir wolln wir unser Leben weihn,
Du Flagge schwarz-weiß-rot.

72,1 *Mutter sein ...]* T: Erstdruck. E: September 1914. ED: *München-Augsburger Abendzeitung*, 21. September 1914. Gezeichnet: »Berthold Eugen«. Nur im Druck überliefert.

Das Gedicht steht mit Brechts *Augsburger Kriegsbrief* vom 18. September auf derselben Seite der Zeitung (vgl. Band 21).

73,1 *Kriegsfürsorge]* T: Erstdruck. E: Herbst 1914. ED: Postkarte »Zum Besten des Roten Kreuzes und der Kriegsfürsorge«, Herbst 1914. Gezeichnet: »Berthold Eugen«. Nur im Druck überliefert.

Dieses Gedicht gehört zu einer Reihe von Gedichten, die Brecht für Postkarten der »Kriegsfürsorge« schreibt. Die Anregung dazu gibt der Oberinspektor Josef Hagg, der Vater eines Mitschülers von Brecht, an Fritz Gehweyer, der die Zeichnungen für die Postkarten anfertigt. Überliefert ist nur diese eine Karte. Ihre Zeichnung, die am Jugendstil orientiert ist, zeigt einen gefallenen Krieger, an dessen Totenbett Kind und Frau trauern (vgl. die Abbildung in: Werner Frisch/K. W. Obermeier, *Brecht in Augsburg*, Berlin und Weimar 1975, Bildanhang, Nr. 35).

73,1 *Kriegsfürsorge]* Eine seit Beginn des Krieges bestehende Fürsorgebehörde, die sich besonders um die soziale Betreuung der Frontsoldaten und um die Unterstützung der Hinterbliebenen von Kriegsopfern bemüht.

73,6 *hungern]* In der Textgrundlage: »hungren«.

73,1 *Moderne Legende]* T: Erstdruck. E: 10. November 1914. ED: *Der Erzähler.* Literarische Beilage der *Augsburger Neuesten Nachrichten*, 2. Dezember 1914.

Brecht entwirft das Gedicht in einem Brief an Caspar Neher (10. November 1914). Die Anregung gibt vermutlich ein Bild von Ferdinand Staeger in der Zeitschrift *Jugend* (Nr. 45, München 1914), das aufbrechende, fröhliche Soldaten zeigt, denen zurückbleibende trauernde Soldatenmütter gegenüberstehen. Weitere Anregung (»Telegraphendrähte«) ist möglicherweise ein Besuch Brechts bei der Telefonzentrale der Reichspost in Augsburg, der im Rahmen der Klassenausflüge im Schuljahr 1913/14 stattgefunden hat. – Für den Erstdruck ist keine Vorlage Brechts überliefert. Es gibt zwei weitere, leicht abweichende (spätere) Typoskripte fremder Hand (ein Typoskript im Nachlaß Münsterer, Bayerische Staatsbibliothek München).

73,4 *Klingend]* Im Typoskript (Nachlaß Münsterer, Bayerische Staatsbibliothek München): »Klirrend«.

74,1 *Hans Lody]* T: Erstdruck. E: November 1914. ED: *Der Erzähler.* Literarische Beilage der *Augsburger Neuesten Nachrichten*, 9. Dezember 1914. Gezeichnet: »Berthold Eugen«. Nur im Druck überliefert.

Hans Lody wird als deutscher Spion in England festgenommen und im November 1914 erschossen. Der Fall geht durch die deutsche Presse und führt zu zahlreichen Lody-Dichtungen.

74,1 *Widmung]* T: Manuskript. E: Dezember 1914. Das Gedicht trägt den Vermerk »Weihnachten 1914« und ist mit »Berthold Eugen Brecht« unterzeichnet.

75,16 *Ambrosia]* (Griech.) wörtlich: Unsterblichkeit; in der griechischen Mythologie die Speise der Unsterblichkeit (neben dem Nektar), die den Göttern vorbehalten ist.

75,1 *Goldne Früchte hängen]* T: Manuskript. E: 1914.

Brecht schreibt das Gedicht auf die Vorsatzseite eines Exemplars von Immanuel Kants *Kritik der reinen Vernunft* (Leipzig/Wien o.J.).

76,1 *Der Kaiser. Silhouette]* T: Erstdruck. E: Januar 1915. ED: *Augsburger Neueste Nachrichten*, 27. Januar 1915. Gezeichnet: »Berthold Eugen«. Nur im Druck überliefert.

Gemeint ist Kaiser Wilhelm II.; vgl. auch dessen Charakterisierung in Brechts *Notizen über unsere Zeit* (Band 21).

76,7 *im Frieden Streiter]* Wilhelm II. unternimmt viel, um in der Bevölkerung als Friedenskämpfer zu erscheinen. In einer Predigt des Dekans Detzer, die Brecht zu dieser Zeit in der Barfüßerkirche hört, heißt es z. B.: »unser Kaiser, unser Kanzler haben alles aufgeboten, den Frieden zu erhalten« (*Herr, Deine Toten werden leben!*, Predigt von Dekan Detzer über Jeremia, Kapitel 29, Vers 11, Augsburg o.J. [1914]).

76,10 *Untergang]* Anspielung auf die allgemeine Stimmung vor dem Krieg; der erste Weltkrieg wird in der Bevölkerung als »Aufbruch« zu Neuem angesehen.

76,11 f. *am ersten ... eherne Schar]* Anspielung auf das Treuegelöbnis, das Wilhelm II. am 4. August 1914 den Fraktionen des Reichstags abverlangt.

76,13 *Weihte klirrend ... Schwert]* Das Schwert gilt als Sinnbild der Macht (Reichsschwert, Richterschwert) und ist in den Rechts- und Reichssymbolen des Deutschen Reichs fester Bestandteil. Der Begriff ist 1914 auch üblich, um Krieg und Kriegsmaschinerie zu bezeichnen (mit entsprechenden »Weihen«). Wilhelm II. schreibt z. B. in seinem *Aufruf an das deutsche Volk* vom 6. August 1914: »So muß denn das Schwert entscheiden.«

76,1 *Die Schneetruppe]* T: Erstdruck. E: Frühjahr 1915. ED: *Der*

Erzähler. Literarische Beilage der *Augsburger Neuesten Nachrichten*, 1. März 1915. Gezeichnet: »Berthold Eugen«. Nur im Druck überliefert.

Angespielt ist auf die sogenannten Alpenjäger, Freicorps, gebildet nach den italienischen »Cacciatori delle Alpi«, die Garibaldi im Krieg 1859 einsetzt. Ab 1915 gibt es ein deutsches Alpencorps. – Die Widmung gilt August Brecht, einem Onkel Brechts, der in der Familie sehr beliebt ist.

76,15 *Trunken ... sterben.]* Vgl. die letzte Szene von Henrik Ibsens Drama *Hedda Gabler* (1890), wo es heißt: »in Schönheit sterben«.

77,1 *Deutsches Frühlingsgebet]* T: Erstdruck. E: Frühjahr 1915. ED: *Der Erzähler.* Literarische Beilage der *Augsburger Neuesten Nachrichten*, 12. April 1915. Nur im Druck überliefert.

Es handelt sich um ein Bittgebet nach dem christlichen Ritus, das an die 4. Bitte des *Vaterunser* anknüpft: »Unser täglich Brot gib uns heute.« Zugleich handelt das Gedicht indirekt vom ersten Hungerwinter 1914/15 in Deutschland. Im Januar 1915 wird per Gesetz das sogenannte K-Brot, auch KK-Brot (Kriegs- und Kartoffelbrot), eingeführt, das wegen mangelnder ausländischer Getreidezufuhren mit 20% Kartoffelzusatz gebacken werden muß.

78,1 *Karfreitag]* T: Typoskript. E: Frühjahr 1915.

Das Gedicht wird am Karfreitag, dem 18. April 1919, auf einer Gedächtnisfeier »für unsere auf dem Felde der Ehre gebliebenen Helden« von der Augsburger Schauspielerin Vera-Maria Eberle vorgetragen (Programmzettel; im Nachlaß). Die ausgesparte Mitte zwischen »Prolog« und »Epilog« gilt der Verlesung der Namen der Toten. Ein »Vorspruch« und ein »Ausklang« von Brecht, die ebenfalls auf der Gedächtnisfeier verlesen werden, sind nicht erhalten. Brechts Freund Hanns Otto Münsterer berichtet, daß der »Vorspruch« das »bange Warten der Heimat und die Meldung der Niederlage« gebracht und der Bote geschrien habe: »Unsere Helden liegen erschlagen.« Im »Ausklang« sei »eine Art Auferstehung oder Verklärung der Toten gestaltet« worden. – Münsterer wertet die Gedichte als »Arbeiten von höchster dichterischer Qualität« (Nachlaß Münsterer, Bayerische Staatsbibliothek München).

78,3 *Als sie aber ...]* Typische sprachliche Wendung der Lutherbibel.

78,8 *Sieh, da ...]* Typische biblische Wendung (vgl. Jesaja 40,9); vgl. auch Zeile 14.

78,8 f. *eine Stimme ... herabfiel]* Nach Daniel 4,28.

79,20-42 *Epilog]* Der Epilog erzählt modernisierend die Geschichte von den Emmausjüngern nach. Das biblische Ereignis findet zu Ostern statt (Auferstehung Christi); nach Lukas 24,13-25.

79,1 *Der Geist der »Emden«]* T: Erstdruck. E: Frühjahr 1915. ED: *München-Augsburger Abendzeitung*, 26. April 1915. Gezeichnet: »Berthold Eugen«. Nur im Druck überliefert.

Der kleine Kreuzer »Emden« wird 1914 von der deutschen Obersten Heeresleitung im Indischen Ozean als Kaperschiff eingesetzt und gilt als »Schrecken des Meeres«. Englische Truppen zerstören es am 9. November 1914, als es die Kokosinseln anläuft, um dort die Funkstationen zu zerstören. Der Kapitän von Müller setzt das beschädigte Schiff auf eine Sandbank und flieht mit dem überlebenden Teil der Mannschaft, der im Februar 1915 in die Heimat zurückkehrt. Die »Emden« wird von der deutschen Kriegspresse überschwenglich als »Heldenschiff« gefeiert. – Brecht knüpft mit dem zeitgenössischen Ereignis an die literarische Tradition des Gespensterschiffs an (vgl. z. B. Richard Wagners Oper *Der fliegende Holländer*, 1841).

80,16 *sie füllen nun Mastwerk]* Die Überlebenden der »Emden« bemächtigen sich auf den Kokosinseln eines alten Dreimasters und entkommen. Sie landen im Februar 1915 zunächst in der Türkei.

80,1 *Der Fähnrich]* T: Erstdruck. E: Frühjahr 1915. ED: *Der Erzähler.* Literarische Beilage der *Augsburger Neuesten Nachrichten*, 28. April 1915. Nur im Druck überliefert.

Das Gedicht ist angeregt durch die »Fähnrich«-Gedichte der Zeit, die den Heldentod oder den Tod im Rausch verklären (vgl. Rainer Maria Rilke, *Die Weise von Liebe und Tod des Cornets Christoph Rilke*, 1906, oder Josef Winckler, *Die mythische Zeit*, 1914).

81,1 *Der Name der Mutter]* T: Erstdruck. E: Frühjahr 1915. ED: *München-Augsburger Abendzeitung*, 11. Mai 1915. Gezeichnet: »Berthold Eugen«. Nur im Druck überliefert.

82,1 *Frühling]* T: Erstdruck. E: Frühjahr 1915. ED: *Augsburger Neueste Nachrichten*, 29. Mai 1915. Gezeichnet: »Berthold Eugen«. Nur im Druck überliefert.

82,11 *Reiterquadrupeln]* Reitereinheiten, die aus vier Gruppen bestehen; Quadrupel: (lat.) Vierfaches.

83,1 *Karsamstagslegende]* T: Erstdruck. E: Frühjahr 1915. ED: *Der Erzähler.* Literarische Beilage der *Augsburger Neuesten Nachrichten*, 21. Juni 1915. Überschrieben: »Von Berthold Eugen«. Nur im Druck überliefert. Die Widmung steht unter dem Gedicht.

Brecht spielt auf die Grablegung und Auferstehung Christi an, ohne daß er Einzelheiten der Christus-Geschichte übernimmt (vgl. z. B. Matthäus 27,57-61).

83,1 *Der belgische Acker]* T: Erstdruck. E: Juni/Juli 1915. ED: *Der*

Erzähler. Literarische Beilage der *Augsburger Neuesten Nachrichten*, 21. Juli 1915. Nur im Druck überliefert.

Der Druck enthält die Anmerkung: »Ganz Belgien, soweit in deutschem Besitz, wurde im Frühling 1915 von deutschen Soldaten durchpflügt und besät – alle Felder, alle irgendwie entbehrlichen Straßen und alle Gärten.« Anregung zu diesem Gedicht ist der Artikel *Belgiens Bevölkerung* von P. Oßwald, in: *Der Erzähler.* Literarische Beilage der *Augsburger Neuesten Nachrichten*, 21. Juni 1915. Der Überfall der deutschen Truppen auf Belgien beginnt am 4. August 1914 und endet mit der vollständigen Besetzung des Landes im Oktober. Das besetzte Belgien wird unter eine Militärverwaltung gestellt. Es kommt immer wieder zu Kämpfen, vor allem mit englischen Truppen. Das Gedicht wertet Elemente des Opfertods und der Auferstehung Christi patriotisch um (vgl. »Ich bin das Brot des Lebens«, Johannes 6,48).

83,9 *Altflanderns]* Flandern ist eine belgische Landschaft um Gent (Ostflandern) und Brügge (Westflandern). Westflandern ist vor allem der Schauplatz der Kämpfe mit den englischen Truppen 1914/15.

85,1 *Französische Bauern]* T: Erstdruck. E: Juni/Juli 1915. ED: *München-Augsburger Abendzeitung*, 30. Juli 1915. Gezeichnet: »Berthold Eugen«. Nur im Druck überliefert.

Im Frühjahr 1915 kommt der Bewegungskrieg im Westen zum Erliegen und geht in den mit viel Materialeinsatz geführten Stellungskrieg über, der mit großen Zerstörungen verbunden ist.

85,19 *Baumsparren]* Sparren: die paarweise gegeneinandergestellten Schrägbalken der Dachkonstruktion; hier übertragen verwendet.

85,21 *Schacht]* Gemeint sind die Eingänge in die Bunker, die kennzeichnend für den Stellungskrieg sind.

85,1 *Der Tsingtausoldat]* T: Erstdruck. E: Sommer 1915. ED: *Der Erzähler.* Literarische Beilage der *Augsburger Neuesten Nachrichten*, 18. August 1915.

Das Gedicht, nur durch den Erstdruck und ihm folgende Abschriften überliefert, ist vermutlich durch die Redaktion (Wilhelm Brüstle) entstellt (vgl. die Zeilen 35 und 37, die durch Punkte markiert sind und möglicherweise Textauslassungen anzeigen sollen). – Tsingtau ist die Hauptstadt der ehemaligen deutschen Kolonie Kiautschou (China). Japanische Truppen erobern Stadt und Gebiet im November 1914 und fügen den deutschen Truppen eine vernichtende Niederlage zu.

87,1 *Die Orgel]* T: Erstdruck. E: Ende 1915. ED: *Der Erzähler.* Literarische Beilage der *Augsburger Neuesten Nachrichten*, 6. Januar 1916. Gezeichnet: »Berthold Eugen«. Nur im Druck überliefert.

Die Widmung gilt dem Unternehmer Clemens Haindl, der mit seinem Bruder Friedrich die Papierfabrik leitet, in der Brechts Vater arbeitet. Clemens Haindl pflegt den Kindern Brecht (Bertolt und Walter) häufiger auf seiner elektrischen Orgel vorzuspielen, für die er einen Extrasaal in seiner Villa eingerichtet hat. – Die kriegerischen Töne, die Brecht während des Orgelspiels hört, sind auch für die voranstehenden Kriegsgedichte bestimmend (vgl. besonders *Der Tsingtausoldat*, 85,1).

87,1 *Tanzballade]* T: Erstdruck. E: Ende 1915. ED: *Der Erzähler.* Literarische Beilage der *Augsburger Neuesten Nachrichten*, 20. Januar 1916. Gezeichnet: »Berthold Eugen«. Nur im Druck überliefert.

89,1 *Soldatengrab]* T: Erstdruck. E: Anfang 1916. ED: *München-Augsburger Abendzeitung, Stadt-Anzeiger für Augsburg*, 20. Februar 1916. Gezeichnet: »Berthold Eugen«. Nur im Druck überliefert.

Anlaß zu diesem Gedicht sind die Gefallenenmeldungen von Mitschülern und Freunden, die sich freiwillig zum Kriegsdienst gemeldet haben. – Das Gedicht ahmt den Volksliedton nach.

89,1 *Kalt oder Heiß -]* T: Manuskript (Staats- und Stadtbibliothek Augsburg). E: September 1916.

Brecht schreibt den Spruch in ein Poesiealbum von Lilli Krause (später verheiratete Prem) mit Unterschrift und der Datierung: »Augsburg September 16«.

89,1 *Bonnie Mac Sorel freite]* T: Manuskript (Staats- und Stadtbibliothek Augsburg). E: 1916.

Das Gedicht ist unterschrieben mit »Meiner kleinen Rosa Maria A.« Gemeint ist Marie Rose Aman, eine Jugendliebe Brechts in Augsburg.

90,1 *Die Männer der See]* T: Manuskript (Privatbesitz). E: 1916. Vgl. die ähnlichen Motive in *Das Lied von der Eisenbahntruppe von Fort Donald* der *Hauspostille* (Band 11).

91,1 *Das Beschwerdelied]* T: Typoskript (handschriftlich korrigiert). E: Um 1916.

Es liegen zwei Überlieferungen vor. Im früheren Typoskript sind die Strophen 4-6 sowie die letzten vier Verse von Strophe 3 gestrichen; auf dem Typoskript ist überdies handschriftlich vermerkt: »Im April/sind der Narren viel.«, »Miserere« und »3. Kap.«, letzteres möglicherweise ein Zuordnungshinweis zur *Hauspostille* (vgl. Band 11). Die Streichungen werden nicht in das spätere Typoskript (Textgrundlage) übernommen.

91,4 f. *Alle rennen ... hinterher.]* Vgl. die identische Formulierung in der Strophe 3 von *Das Lied von der Unzulänglichkeit menschlichen Strebens* in der *Dreigroschenoper* und in *Die Songs der Dreigroschenoper* (Band 11).

91,18 *Baum des Lebens]* Nach 1 Mose 2,9 der Baum im Garten Eden (neben dem Baum der Erkenntnis).

91,26 *flaggst]* Flaggen bzw. flacken, mundartlich für: faul daliegen, herumliegen.

92,42 f. *Das ewig Weibliche ... hinan]* Zitat aus Goethes *Faust. Der Tragödie zweiter Teil* (1824-1831): »Das Ewig-Weibliche/Zieht uns hinan« (Vers 12110 f.).

92,1 *Mütter Vermißter]* T: Typoskript (handschriftlich korrigiert). E: Um 1916.

Hanns Otto Münsterer, der das Gedicht für verloren hielt, schreibt: »Es ist möglich, daß dieses wundervolle Gedicht 1917 in einer Zeitung veröffentlicht wurde, ich habe es nie auffinden können« (Nachlaß Münsterer, Bayerische Staatsbibliothek München).

93,30 *einmal wird Licht]* Anspielung auf 1 Mose 1,3: »Und Gott sprach: Es werde Licht!«

93,35 *Und er bricht ... Wein]* Anspielung auf das Abendmahl, das Christus spendet (vgl. Lukas 22,19 f.).

93,1 *Serenade]* T: Typoskript (Nachlaß Münsterer, Bayerische Staatsbibliothek München). E: Um 1916.

Nach Münsterer ist das Lied »wohl um 1916 zu datieren« und noch 1919 als »Ständchen« gesungen worden (Hanns Otto Münsterer, *Bert Brecht. Erinnerungen aus den Jahren 1917-1922*, Zürich 1963, S. 73 f., mit Mitteilung der ersten Strophe). – Zum Text merkt Münsterer an: »Mündlich, Einzelheiten, insbesondere die zwei ersten Zeilen der 2. und 3. Strophe, unsicher«. Eine weitere Überlieferung ist textidentisch (Typoskript im Nachlaß).

93,4 *Rathausplatz]* In Augsburg.

94,10 *in Frieden ruht]* Anspielung auf Psalm 4,9: »Requiescat in pace« (»Er ruhe in Frieden«); häufig als Grabinschrift verwendet.

95,1 *Das Lied vom Geierbaum]* T: Typoskript (handschriftlich korrigiert). E: 1. Halbjahr 1917.

Das Gedicht ist in zwei Typoskripten, Original mit Durchschlag, überliefert, die beide von Brecht handschriftlich korrigiert sind. Der Durchschlag trägt aus späterer Zeit die Datierung »Juli 1912«, die jedoch durch die Überlieferung nicht bestätigt wird. Das Original, das die weitergehenden Korrekturen aufweist, ist mit »Bert Brecht« unterzeichnet, ein Name, mit dem Brecht erst ab 1917 zeichnet. Papier, Schreibmaschine sowie die Überlieferungszusammenhänge sprechen ebenso für 1917; vgl. den Brief Brechts an Max Hohenester: »Sonst habe ich nichts, wenn Du das *Lied vom Geierbaum* kennst.« (8. Juni 1917.) – Auf der Rückseite des Originals findet sich eine Notenskizze. – Vgl. die Geschichte *Der Geierbaum* von 1918 (Band 19).

95,3 *dem einsamen Baum]* Es handelt sich um ein zentrales Motiv vor allem der frühen Lyrik Brechts (vgl. die Gedichte *Der brennende Baum*, 48,1, *Der Geschwisterbaum*, 118,1, oder später auch mit sozialer Komponente *Der Pflaumenbaum*, Band 12).

96,1 *Die jungen Mädchen lieben uns nicht]* T: Manuskript. E: Anfang September 1917.
Das Gedicht entsteht während Brechts Aufenthalt am Tegernsee; er ist dort in der Villa des Kommerzienrats Kopp als Hauslehrer für dessen Sohn Conrad tätig. – Dieses und die zwei folgenden Gedichte sind in einem Brief an Caspar Neher (datiert »Anfangs September 17«) enthalten; sie sind mit dem Hinweis »Motive« versehen.

97,1 *Die Hörerin der Romanze in F.]* T: Manuskript. E: Anfang September 1917.
Zu Entstehung und Überlieferung vgl. den voranstehenden Kommentar. – Angespielt ist auf Ludwig van Beethovens F-Dur-Romanze für Violine und Orchester (um 1798).

97,1 *Paula!]* T: Manuskript. E: Anfang September 1917.
Zu Entstehung und Überlieferung vgl. zu 96,1, *Die jungen Mädchen lieben uns nicht*. – Das Gedicht ist an Paula Banholzer gerichtet, die eine sportliche Schülerin ist und später Sportlehrerin wird. Das Versprechen des Vaters ist authentisch.

97,1 *Romantik]* T: Manuskript (Staats- und Stadtbibliothek Augsburg). E: September 1917 (laut Manuskript). Gezeichnet: »Bert Brecht«. Das Gedicht ist Brechts Jugendfreundin Ernestine Müller gewidmet.
97,3 *fremdes Schiff]* Das Gedicht nimmt das Motiv vom Geisterschiff auf, wie es Brecht durch die »romantische Oper« *Der fliegende Holländer* (1841) von Richard Wagner kennt; vgl. zu 79,1, *Der Geist der »Emden«* und *Das Schiff* der *Hauspostille* (Band 11).

98,1 *Sagte mir einst eine Frau]* T: Manuskript. E: September 1917.
Das Gedicht – während Brechts Aufenthalt am Tegernsee entstanden – ist zusammen mit *An Cas Neher!* (98,1) in einem Brief an Caspar Neher (datiert »im September 17«) überliefert.
98,10 *Peitsche]* Anspielung auf Friedrich Nietzsches *Also sprach Zarathustra* (1883-1885; Teil 1, *Von alten und jungen Weiblein*): »Du gehst zu Frauen? Vergiß die Peitsche nicht!«

98,1 *An Cas Neher!]* T: Manuskript. E: September 1917. Zu Entstehung und Überlieferung vgl. den voranstehenden Kommentar.

99,1 *Siehst du ihre blassen Fotzen]* T: Manuskript (Privatbesitz). E: 29. Dezember 1917 (laut Manuskript).

Brecht teilt die Verse in einem Brief an Caspar Neher als Strophe aus einem – verlorengegangenen – *Winterlied* mit.

99,2 *Spittelmauern]* Spittel: Spital.

99,1 *Caspars Lied mit der einen Strophe]* T: Typoskript (handschriftlich korrigiert). E: 1917.

Caspar Neher ist als Freiwilliger seit 1915 im Krieg. Brecht fordert ihn in zahlreichen Briefen immer wieder auf, sofort aus dem Militärdienst nach Hause zu kommen (vgl. die Briefe vom 20. August 1917, Anfangs Februar 1918, 30. Mai 1918 u. a.).

99,18 *trabbt]* Mundartlich für: trabt.

100,1 *Der Himmel der Enttäuschten]* T: Typoskript. E: 1917.

Hanns Otto Münsterer berichtet, daß das Lied von einem Orchestrion angeregt worden sei, das in einer Kneipe Augsburgs aufgestellt war und ein Transparent mit Landschaft und Wasserfall enthielt. Brecht habe das Lied bei nächtlichen Streifzügen durch die Stadt zur Klampfe ohne Saiten gesungen (Hanns Otto Münsterer, *Bert Brecht. Erinnerungen aus den Jahren 1917-22*, Zürich 1963, S. 111 f.). – Ein Sammelband mit Novellen und Erzählungen von Bruno Frank (1916) hat den gleichen Titel. – Brecht entwirft das Gedicht zunächst handschriftlich. In der Abschrift (Textgrundlage) sind die Strophen 3 und 4 umgestellt. Auf der Rückseite ist die *Hymne an Gott* (101,1) überliefert.

100,13 *den untern Himmeln]* In der Textgrundlage: »den untern Himmel«, nach dem Manuskript korrigiert.

101,1 *Hymne an Gott]* T: Manuskript. E: 1917.

Das Gedicht ist zusammen mit dem voranstehenden überliefert (Rückseite).

101,17 *4]* Strophenziffer ergänzt.

101,19 *Aber wie ... kann?]* Anspielung auf den im Christentum verbreiteten Gottesbeweis (Theodizee, Rechtfertigung Gottes) mit negativer Begründung.

102,1 *Die Legende der Dirne Evlyn Roe]* T: Typoskript. E: 1917.

Das Gedicht ist im Stil alter schottischer Balladen geschrieben. Es spielt auf die Geschichte der Maria aus Ägypten (gestorben um 420) an, die, durch ein Wunder bekehrt, von der Dirne zur Heiligen wird. Brecht kehrt den Legendenstoff um. Eine direkte Quelle konnte nicht ermittelt werden. – Das Gedicht geht in die erste Fassung des *Baal* von 1918 ein, und zwar in die Szene *Wirtsstube* (»Bürger. Im Hintergrund Baal und der Jüngling Johannes«). Baal zitiert das Lied als »Schweinerei«, um das Vorurteil der Bürger zu widerlegen: »Gedichte sind nicht nötig«. Tatsächlich werden durch Baals Vortrag die »Herren [...] nach und nach gepackt« (Regieanweisung). 1922 wird es als 8. Gedicht der *Dritten Lektion: Chroniken* Bestandteil der *Hauspostille*, in den Ausgaben von 1926 (*Taschenpostille*) und 1927 jedoch nicht berücksichtigt. Im *Sonett Nummer 3* (332,1) greift Brecht auf das Thema zurück.

102,1 *Legende]* Legenden erzählen den irdischen Lebenslauf von Heiligen, ihren Kampf um den Glauben und ihre (meist außergewöhnliche) Buße für ein Vergehen oder ihren besonderen Einsatz gegenüber den Mitmenschen.

104,69 *riegeln]* In der Textgrundlage: »regeln«.

104,1 *Lied von den Seligen]* T: Manuskript (Universitäts-Bibliothek Erlangen-Nürnberg). E: 1917.

Brecht schreibt zunächst in Reinschrift die ersten beiden Strophen und ergänzt später die beiden folgenden. Auf der Rückseite des Manuskripts befindet sich eine Notenskizze mit den Versen: »Bruder, deine Hand, es ist finster da/Wenn du nicht dableibst, ist niemand mehr nah«, die möglicherweise zum Gedicht gehören oder es fortsetzen sollten. Auf einem Manuskript des Gedichts *Der Himmel der Enttäuschten* notiert Brecht – mit dem Vermerk: »Aus: Lied v.d. Seligen« – folgende Strophe, die nicht zugeordnet werden kann:

Wer von Liebe noch Haß konnt auf der Erden brennen
Der wird auch im Himmel nicht leben können
Wer nie mild und wer nie demütig war
Der findet keinen Himmel – was nicht gar ...

104,17 *Baal]* Vgl. Brechts gleichnamiges Drama von 1918 (Band 1).

104,17 *Karamasoff]* Anspielung auf Fedor Dostojewskis Roman *Die Brüder Karamasow* (*Bratja Karamazovy*, 1878-1880), der von drei Brüdern handelt: von Fedor (dem enthemmten Triebtäter), Dmitri (dem Vatermörder) und Iwan (dem hybriden Rächer).

105,1 *Plärrerlied]* T: Manuskript. E: 1917.

Das Gedicht ist zusammen mit *Luzifers Abendlied* (ursprünglicher Titel von *Gegen Verführung*; Band 11) im Manuskript überliefert.

105,5 *Plärrer]* Das zweimal jährlich stattfindende Volksfest in Augsburg.

105,6-9 *Dort hab ich ... wunderbar.]* In einem Brief an Caspar Neher vom 13. April 1918 zitiert Brecht diese Strophe als Vierzeiler mit der Bemerkung: »Der Plärrer ist das Schönste, was es gibt.« Die Strophe spielt an auf den zweiten Teil (Strophe 3) von Heinrich Heines *Heimkehr* (1823/24), »Ich weiß nicht, was soll es bedeuten«.

105,1 *Leichenfrau Litje Pu]* T: Hanns Otto Münsterer, *Bert Brecht. Erinnerungen aus den Jahren 1917-22*, Zürich: Arche 1963, S. 78. E: Um 1917.

Münsterer gibt die Entstehungszeit nicht genauer an, ordnet sein Zitat jedoch in die Zeit von 1917 ein. – Das Gedicht ist nur durch ihn und fragmentarisch überliefert. Titel und Textgestalt sind ungesichert.

105,1 *Litje Pu]* Möglicherweise mundartlich für: kleine Puppe.

106,1 *Tarpeja]* T: Typoskript (handschriftlich korrigiert). E: Um 1917.

Hanns Otto Münsterer hat folgenden Entstehungsanlaß festgehalten: »Einer unsrer Mitschüler, Armin Kroder, hatte ein langes gereimtes Gedicht *Trapeja* [!] mit dem üblichen exaltierten Pathos der Anfänger verfaßt. Gewissermaßen als Entgegnung schrieb Brecht seine *Trapeja*, die er uns durch Otto Bezold zeigen ließ. Es war eine vorzügliche, ganz knappe Ballade in reimlosen fünffüßigen Jamben, deren erste Zeile begann: ›Rom zeugte, fraß und schlief...‹ [vgl. 107,48]. Auch nach der Tötung der Trapeja, deren Aas in der Sonne liegt, wird die teilnahmslose Ewigkeit der Weltstadt herausgehoben.« (Nachlaß Münsterer, Bayerische Staatsbibliothek München.) – Die Geschichte von der verräterischen Jungfrau Tarpeia existiert in vielen Varianten, so daß sie Brecht durch die Schullektüre (Lateinunterricht) oder durch Sagen- bzw. Lesebücher kennengelernt haben kann. Es handelt sich um eine Racheaktion für den (ebenfalls sagenhaften) Raub der Sabinerinnen. Livius überliefert die Sage in *Ab urbe condita* (dt.: *Römische Geschichte*), Buch 1, Kapitel 11.

108,1 *Von einem Maler]* T: Typoskript (handschriftlich korrigiert). E: Um 1917.

Brechts Freund Caspar Neher ist seit 1915 im Krieg. Brecht überträgt eine Episode aus Rudyard Kiplings Roman *The Light that Failed* (1891; dt.: *Das Licht erlosch*), in der Übersetzung von Leopold Rosenzweig von 1917, auf ihn. Bei Kipling malt die Hauptfigur Dick Heldar, als er von Lima nach Auckland vagabundiert, aus Langeweile ein Bild auf eine Innenwand des Frachtdampfers. Er nennt es später sein »bestes Bild«, obwohl er nicht weiß, wo das Schiff geblieben ist. Das exotische Kolorit stammt ebenfalls aus der Quelle und entspricht nicht Nehers Kriegserlebnissen. – Die Überschrift des Gedichts lautet ursprünglich *Psalm an einen Maler*. Der endgültige Titel wird handschriftlich hinzugesetzt, der ursprüngliche mit Klammern versehen. Außerdem vermerkt Brecht: »6. Kap.«, möglicherweise für eine geplante Aufnahme in die *Hauspostille*, und: »für werdende Eheleute und Soldaten«. Die Zeilenbrechung ist nicht eindeutig; es handelt sich aber offenbar um ein Prosagedicht nach dem Muster der *Psalmen* (vgl. Band 11).

109,19 *Petschawar]* Peschawar heißt die Hauptstadt der Nordwest-Grenzprovinz des damaligen Britisch-Indien (nach Kipling).

109,1 *Augsburg. Im Ludwigsbau]* T: Typoskript (Nachlaß Münsterer, Bayerische Staatsbibliothek München). E: Um 1917/18.

Die Verse sind durch Hanns Otto Münsterer überliefert, der dazu anmerkt: »*Reimereien*«. In einer Abschrift fremder Hand sind die Verse ohne Titel überliefert (Typoskript im Nachlaß). – Auf der Textgrundlage notiert Münsterer außerdem unter der Überschrift *Brecht ergänzt ein Gedicht*:

Bezold: Er sah die Maid
und dachte, die gefällt mir wohl.
Er hob das Kleid
Brecht: Und damit wird das Lied frivol.

109,1 *Ludwigsbau]* Großer Festsaal in Augsburg; 1914 errichtet, 1965 abgerissen.

109,1 *O du ahnst nicht, was ich leide]* T: Typoskript (Nachlaß Münsterer, Bayerische Staatsbibliothek München). E: Um 1917/18.

Die Verse sind durch Hanns Otto Münsterer überliefert; er kennzeichnet sie als »Fragment«. Eine weitere Überlieferung fremder Hand ist textidentisch (Typoskript im Nachlaß).

109,1 *Teddys Lied]* T: Typoskript (Nachlaß Münsterer, Bayerische Staatsbibliothek München). E: Um 1917/1918.

Das Gedicht ist durch Hanns Otto Münsterer überliefert. Er merkt an: »Für Paula Banholzer, Brechts später von ihm verlassene Geliebte, eine übrigens prachtvolle Frau.« – Zur Überlieferung schreibt Münsterer: »Mündlich, wohl fehlerfrei«. Eine weitere Überlieferung fremder Hand, die sonst textidentisch ist, hat den Titel *Tanzlied*. – Teddy bzw. Teddi ist ein Kosename für Paula Banholzer (Nachlaß Münsterer, Bayerische Staatsbibliothek München).

109,6 *selig wird jeder gern]* Anspielung auf den Spruch: »Wer's glaubt, wird selig« (vgl. auch Zeile 11).

110,1 *Was brauchen den Dirnen]* T: Typoskript (Nachlaß Münsterer, Bayerische Staatsbibliothek München). E: Um 1917/18.

Die Verse sind durch Hanns Otto Münsterer überliefert. Er deklariert sie als »Fragment eines Tanzlieds«; sie seien mündlich überliefert, »aber fehlerfrei«: »Wahrscheinlich überhaupt die einzige Strophe«. Ein weiteres Textzeugnis fremder Hand weist nur die Verse ohne weitere Zusätze auf (Nachlaß).

111,1 *Das Lied von der Wolke der Nacht]* T: Typoskript. E: Anfang 1918.

Das Gedicht entsteht zunächst als *Liebeslied für Orchester*. Mit geringen Textänderungen und dem neuen Titel fügt Brecht es, auf einem gesonderten Blatt, in das Typoskript des *Baal* (Szene *Landstraße am Getreidefeld*; Fassung 1918) ein und übernimmt es auch in die entsprechende Szene der Fassung von 1919 (vgl. Band 1). – Die frühe Überlieferung enthält die Anweisung »Das Lied: Mit halbgeöffneten, gebrochenen Eulenaugen zu singen, Frauen-Sopran. Halblaut, innerlich in vielen Geigen verschüttet.«

111,1 *Auslassungen eines Märtyrers]* T: Typoskript. E: Februar 1918.

Hanns Otto Münsterer überliefert zu diesem Gedicht den Titel *Gebrauch gemeiner Ausdrücke* (Nachlaß Münsterer, Bayerische Staatsbibliothek München).

111,15 *dem Reinen ist alles rein]* Brecht zitiert aus Friedrich Nietzsches *Also sprach Zarathustra* (1883-1885), der den Spruch dem Volk zuweist und ihm entgegenhält: »Ich aber sage euch: den Schweinen wird alles Schwein!« (Teil 3, *Von alten und neuen Tafeln*).

112,18 *die Erde]* In der Textgrundlage: »der Erde«, nach einem früheren Typoskript korrigiert.

112,19 *mit den Nägeln auskratzen]* Brecht übernimmt das Bild in das *Lied von meiner Mutter. 8. Psalm* (Strophe 6), das er nach dem Tod der Mutter im Mai 1920 schreibt (vgl. Band 11).

112,22 *5]* In der Textgrundlage: »6«; nach allen weiteren Überlieferungen ist das Gedicht vollständig.

112,25 *Katechismus]* (Griech.) Unterweisung; im christlichen Altertum und Mittelalter der Glaubensunterricht, seit der Reformation das Buch für den christlichen Glaubensunterricht (Martin Luther verfaßt es 1529).

112,1 *Philosophisches Tanzlied]* T: Manuskript. E: 22. Februar 1918.

Brecht schreibt zunächst sechs Strophen unter dem Titel *Lied der müden Empörer* (Staats- und Stadtbibliothek Augsburg), datiert auf »22.II.18«. Als Fassung mit drei Strophen (die vorliegenden Strophen 4-6) geht es mit diesem Titel in die Sammlung *Lieder zur Klampfe* ein (vgl. Band 11; der dortige Kommentar zum *Lied der müden Empörer* ist aufgrund des inzwischen neu aufgefundenen Materials zu korrigieren). Eine weitere dreistrophige Fassung mit dem Titel *Tanzlied* (die vorliegenden Verse 14-17 als Strophe 1, die Verse 22-25 sowie 18-21 als Strophen 2 und 3) überliefert Hanns Otto Münsterer (Nachlaß, Bayerische Staatsbibliothek München). Paula Banholzer teilt in ihren Erinnerungen eine weitere Fassung mit, die ihr Brecht ins Poesiealbum geschrieben hat; sie umfaßt die vorliegenden Strophen 4, 6 und 5 (in dieser Reihenfolge, ohne Strophengrenzen; Strophe 5 mit leicht abweichendem Text); vgl. Paula Banholzer, *So viel wie eine Liebe. Der unbekannte Brecht. Erinnerungen und Gespräche*, hg. von Axel Poldner und Willibald Eser, München 1981 (S. 42 f.). – Textgrundlage bildet eine Reinschrift der ursprünglichen sechsstrophigen Fassung, die den neuen Titel *Philosophisches Tanzlied* erhält. Nach Münsterers Erinnerung hat Brecht das Lied bereits 1917 zur Gitarre gesungen (vgl. *Bert*

Brecht. Erinnerungen aus den Jahren 1917-22, Zürich 1963, S. 77f., mit Zitat der letzten Strophe). Möglicherweise hat Brecht das Lied erst nachträglich schriftlich fixiert. – Der Titel spielt vermutlich auf Friedrich Nietzsches *Also sprach Zarathustra* (1883-1885) an, der im 2. Teil *Das Tanzlied* (ein weiteres im 3. Teil) enthält.

112,2 *Wer nie ... darf]* Anspielung auf Mignons Lied *Wer nie sein Brot mit Tränen aß* in Goethes *Wilhelm Meisters Lehrjahre* (1794-1796).

112,6 *Gefrett]* (Süddt.) Ärger, Mühe, Plage.

113,1 *Die Ballade von François Villon]* T: Typoskript. E: 24. Februar 1918.

Die Ballade, die Villons Leben nacherzählt, orientiert sich an dessen Gedichtsammlungen *Le Lais* (1456; dt.: *Das kleine Testament*) und *Le Testament* (1462; dt.: *Das große Testament*), die Brecht in der Übersetzung von K. L. Ammer (d. i. Karl Klammer) kennt (François Villon, *Des Meisters Werke*, Berlin: Hyperionverlag o. J. [1907]). – Der vorliegende Text folgt dem Typoskript der Erstfassung. In die *Hauspostille* von 1927 geht eine gekürzte Fassung von fünf Strophen mit dem Titel *Vom François Villon* ein (vgl. Band 11).

113,21 *derbleckte]* Mundartlich für: ärgern, reizen.

114,42 *Gauch]* Kuckuck, mundartlich für: Narr, Tor; uneheliches Kind, Bastard.

115,66 *Sure]* (Arabisch) Kapitel des Korans.

115,1 *Zu Wedekinds Begräbnis]* T: Manuskript (Staats- und Stadtbibliothek Augsburg). E: März/April 1918.

Frank Wedekind stirbt am 9. März 1918 in München. Brecht nimmt an der Beerdigung am 12. März teil. Es kommt dabei zu Zwischenfällen: Zaungäste, Prostituierte, Halbwüchsige und Vagabunden bringen den Trauerzug durcheinander. Der Schriftsteller Heinrich Lautensack stürzt an der offenen Grube nieder und gibt einen verwirrten Nachruf von sich. – Textgrundlage ist ein Brief Brechts an Caspar Neher (Poststempel 20. April 1918). – Vgl. Brechts Nachruf *Frank Wedekind* (Band 21).

116,1 *Aus Nachtsturm und aus Morgenlicht]* T: Typoskript. E: April 1918.

Es handelt sich um die Schlußstrophe eines – verlorengegangenen – Gedichts, das Brecht auf die damals bekannte deutsche Tänzerin Gertrud Leistikow geschrieben hat. Leistikow bevorzugte Grotesktänze. – Textgrundlage ist die Abschrift eines Briefs von Brecht an Caspar Neher, der mit »Augsburg Ende April 1918« datiert ist.

116,2 *trunkner Gott]* Anspielung auf den griechischen Gott Dionysos, (lat.) Bacchus, den Gott der Fruchtbarkeit, des Weines und des Rausches; er wird begleitet von den »Rasenden« (griech.: Mänaden, lat.: Bakchen), von Frauen, die von seiner ekstatischen Gewalt erfüllt sind.

116,1 *Oh, holde Jungfrau]* T: Typoskript. E: Mai/Juni 1918.

Brecht schreibt den Vierzeiler für die Szene *Schenke* des *Baal* (Fassung 1918). Er ist in der ersten Reinschrift des Stücks enthalten (abgeschlossen Juni 1918) und geht auch in die Fassung des *Baal* von 1919, Szene *Branntweinschenke*, ein. In den späteren Fassungen des Stücks ist er gestrichen (vgl. Band 1).

116,2 *Mums]* Kot.

116,1 *Sie loben die Jungfrau]* T: Typoskript. E: Mai/Juni 1918.

Zur Entstehung vgl. den voranstehenden Kommentar. – Der Vierzeiler ist ausschließlich in der frühesten Fassung des *Baal* von 1918 überliefert. Bei diesem und dem vorangehenden Vierzeiler könnte es sich um zwei Strophen von *Lied an die Jungfrauen* (so eine Szenenanweisung in *Ländliche Schenke. Gegen Abend* des *Baal*, Fassung 1918) handeln. – Baal singt die Strophe in der Szene *Schenke* Eckart zu.

116,1 *Eine kleine Weile wartet]* T: Manuskript (Akademie der Künste, Berlin). E: Sommer 1918.

Brecht schreibt das Gedicht für den schwer verwundeten Freund Rudolf Prestel und schickt es ihm ins Lazarett. Nach Prestels Erinnerungen handelt es sich um einen »Psalm«. Er überliefert das Gedicht mit anderem Zeilenfall und z.T. abweichendem Text (vgl. Werner Frisch/K. W. Obermeier, *Brecht in Augsburg*, Berlin und Weimar 1975, S. 142).

117,1 *Ballade an meinen Totenschädel]* T: Manuskript (Nachlaß Münsterer, Bayerische Staatsbibliothek München). E: 3. September 1918 (laut Manuskript).

Otto Bezold entwendet aus einem Beinhaus zwei Totenschädel und schenkt den schöneren Brecht, der ihn in seiner Mansarde zur Schau stellt. Brecht versieht das Gedicht mit dem Entstehungsdatum und -ort (Augsburg) sowie mit der Widmung: »Bez gewidmet für den Schädel.«

117,2 *Heilgei]* Spitzname für Brechts Freund Otto Müllereisert.

117,4 *Orge]* Spitzname für Georg Pfanzelt.

117,10 *Teddi]* Nach Münsterer ein Kosename für Paula Banholzer (Nachlaß Münsterer, Bayerische Staatsbibliothek München); vgl. *Teddys Lied* (109,1).

117,12 *Caß]* Caspar Neher.

117,18 *Bertie]* Bert Brecht.

118,34 *Stenz]* Umgangssprachlich (abwertend) für: selbstgefälliger junger Mann.

118,1 *Der Geschwisterbaum]* T: Manuskript (Staats- und Stadtbibliothek Augsburg). E: Anfang September 1918.

Unter dem Gedicht steht die Widmung: »Meinem Bruder Walter gewidmet: Meiner lieben Mutter 1918 zum Geburtstag.« Brechts Mutter hat am 8. September Geburtstag. – Vgl. das Motiv des Baumes, besonders in den frühen Gedichten (z. B. *Das Lied vom Geierbaum*, 95,1).

120,1 *Als ich einst im Flügelkleide]* T: Manuskript (Notizbuch). E: 1918.

Das Gedicht steht in dem Notizbuch, in dem die *Lieder zur Klampfe* (Band 11) enthalten sind, ist aber nicht in die Sammlung integriert. Im ersten Vers ist ein Lied des 19. Jahrhunderts (unbekannter Autor) zitiert, das nach der Melodie des Menuetts aus Wolfgang Amadeus Mozarts *Don Giovanni* gesungen worden ist. Das Grimmsche *Deutsche Wörterbuch* notiert unter dem Stichwort »Flügelkleid« ohne Quellenangabe die Verse »als ich noch im flügelkleide/in die mädchenschule gieng«.

120,1 *im Flügelkleide]* Kinderkleid mit abstehenden Rüschen an den Schultern.

121,1 *Der Choral vom großen Baal]* T: Typoskript. E: 1918.

Der Choral entsteht im Zusammenhang mit *Baal*. Er ist in der ersten Reinschrift des Stücks vom Juni 1918 überliefert, aber vermutlich erst nachträglich in das Typoskript eingefügt worden. Er steht dort zwischen den Szenen *Landstraße. Sonne. Felder* und *Ländliche Schenke. Gegen Abend*. – Der vorliegende Text stellt die Erstfassung dar. Vgl. auch die verschiedenen Fassungen des Gedichts im Stück (Band 1) sowie die Fassung *Choral vom Manne Baal* der *Hauspostille* (Band 11).

121,21 *das große Weib Welt]* Anspielung auf den alten Topos von der Welt als der bösen, verführerischen Frau, die (nach christlicher Vorstellung) den Menschen abhält, sich auf sein eigentliches Dasein im Jenseits vorzubereiten (Thematik der Weltverachtung); verbreitet vor allem im Barock.

123,1 *Er war Diener in dem Institute]* T: Hanns Otto Münsterer, *Bert Brecht. Erinnerungen aus den Jahren 1917-22*, Zürich: Arche 1963, S. 162. E: 1918.

Die Entstehung des Gedichts hängt vermutlich mit Brechts Tätigkeit als Militärkrankenwärter zusammen; es hat aber keine unmittelbaren biographischen Bezüge. – Die Überlieferung erfolgt indirekt durch Hanns Otto Münsterer; die Textgestalt ist daher ungesichert. – Münsterer bezeichnet die Strophen als »Miezzi-Krummbach-Verse«, zu denen sonst keine weiteren Informationen vorliegen. Eine weitere Strophe ist von Paula Banholzer mitgeteilt worden:

Miezzi Krummbach war 'ne Krankenschwester
In der Königlichen Charité
Und ihr Ruf war stets ein allerbester
Bis sie traf das erste Liebesweh.

123,1 *Liebeslied]* T: Typoskript. E: 1918. ED: Bert Brecht, *Baal*, München: Georg Müller 1920, S. 36 (Strophe 3).

Das Gedicht entsteht im Zusammenhang mit *Baal* (Fassung 1918; vgl. Band 1, Fassungen 1919 und 1922).

124,10-13 *Den Abendhimmel ... Bett.]* Diese Strophe ist in der ersten Reinschrift des Stücks von 1918 als gesonderter Vierzeiler in der Szene *Nacht* enthalten. Für die Fassung von 1919 rückt er in die Szene *Baals Dachkammer*; er ist auch in den Drucken von 1920 und 1922 des *Baal* berücksichtigt.

124,18-21 *Und Deine ... der Hölle zu.]* Vgl. die ähnlichen Formulierungen in Strophe 8 der *Ballade von den Seeräubern* in der *Hauspostille* (Band 11).

124,1 *Litaipee kann in siebzig Sprachen reden]* T: Hanns Otto Münsterer, *Bert Brecht. Erinnerungen aus den Jahren 1917-22*, Zürich: Arche 1963, S. 100. E: 1918.

Das Gedicht ist nur indirekt und fragmentarisch durch Hanns Otto Münsterer überliefert, die Textgestalt ist daher nicht gesichert.

124,1 *Litaipee]* Gemeint ist Li Tai-peh, bekannter unter dem Namen Li Po (701-762), chinesischer Dichter aus alter Beamtenfamilie, der als fahrender Ritter weite Reisen in China unternahm und als Exzentriker galt. Vgl. auch die *Chinesischen Gedichte* (Band 11).

124,2 *O die unerhörten Möglichkeiten]* T: Manuskript. E: 1918.

Hanns Otto Münsterer hält das Gedicht für eine Vorstufe von *Choral vom Manne Baal* (Brief an Elisabeth Hauptmann, 21. August 1964; Elisabeth-Hauptmann-Archiv, Akademie der Künste zu Berlin). – Das Gedicht besteht zunächst aus fünf Strophen, die hintereinander geschrieben (in der Reihenfolge der vorliegenden Strophenzählung: 3,7,8,2,1) und dann mit Ziffern versehen werden (dabei entsprechen die vorliegenden Strophen 1-3 der ursprünglichen Zählung, Strophe 7 ist zunächst mit 4, Strophe 8 mit 5 numeriert). In einem zweiten Arbeitsgang fügt Brecht dem Gedicht sechs weitere Strophen an und numeriert sie – zusammen mit den fünf ursprünglichen Strophen – neu. Dabei ergeben sich zwei Strophen mit der Ziffer 1 (»O die unerhörten Möglichkeiten« und »Doch wer dich nicht griff«). Da nicht anzunehmen ist, daß Brecht die ursprüngliche Strophe 1 durch eine neue ersetzen wollte, und sich dabei inhaltlich auch kein deutlicher Zusammenhang ergäbe, wird die später geschriebene Strophe 1 in der vorliegenden Ausgabe als Strophe 11 gezählt.

125,33-35 *wenn man nackt ... wie Weiber packt]* Vgl. das entsprechende Bild in *Vom Klettern in Bäumen* in der *Hauspostille* (Band 11).

125,37-41 *Oder wenn dich ... wiegst]* Vgl. das entsprechende Bild in *Vom Schwimmen in Seen und Flüssen* in der *Hauspostille.*

126,54 *Baal]* Hauptfigur aus Brechts gleichnamigem Stück (vgl. Band 1); vgl. auch zur Entstehung des vorliegenden Gedichts.

126,1 *Wie dem auch sei, einmal]* T: Hanns Otto Münsterer, *Bert Brecht. Erinnerungen aus den Jahren 1917-22*, Zürich: Arche 1963, S. 116. E: 1918.

Die Überlieferung erfolgt indirekt; Text und Titel können daher nicht als gesichert gelten. Es handelt sich möglicherweise um eine Zusatzstrophe zu *Ein bitteres Liebeslied* aus der Sammlung *Lieder zur Klampfe* (vgl. den Kommentar in Band 11).

126,1 *Im Abendglanze liegt Paris]* T: Manuskript. E: Um 1918.

Das Gedicht ist möglicherweise durch die Villon-Lektüre angeregt; vgl. zu 113,1, *Die Ballade von François Villon.* – Es ist mit »I« überschrieben und die erste Strophe mit »1)« gezählt; es sollte möglicherweise Teil einer nicht ausgeführten Gedichtgruppe werden.

126,1 *Kuplet]* T: Typoskript. E: Um 1918.

Brecht schreibt einen ersten Entwurf auf die Rückseite von *Im Abendglanze liegt Paris* (126,1) und versieht ihn mit einer Notenskizze. Der Entwurf lautet:

Wenn ich auf den zauberischen Karussellen
Mit den Kindern um die Wette ritt
Heftig schaukelnd in den wunderhellen
Schönen Abendhimmel selig ritt –

Unter einer weiteren Notenskizze sind dort folgende Verse notiert:

Die Liebste sprach: Ich halt dich
Du hast mir nichts geschworen
Der nicht zur Treu geboren
Dann komme wieder zu mir.

Textgrundlage bildet ein Typoskript von fremder Hand aus einem Konvolut mit Jugendgedichten Brechts.

126,1 *Kuplet]* (Franz.) Couplet von (lat.) copula, Verbindung (zweier rhythmischer Sätze zur Strophe), übertragen: scherzhaft-satirisches Lied frivolen oder satirisch-aktuellen Inhalts (vor allem in Oper, Operette, Singspielen).

127,1 *Lied an Herrn Münsterer]* T: Manuskript (Nachlaß Münsterer, Bayerische Staatsbibliothek München). E: Um 1918 (vgl. das Faksimile in: Hanns Otto Münsterer, *Bert Brecht. Erinnerungen aus den Jahren 1917-22*, Zürich: Arche 1963, S. 15).

Auf seiner Abschrift des Gedichts merkt Hanns Otto Münsterer an, daß Otto Müllereisert ein »ähnliches ›lyrisches Portrait‹« erhalten habe; es ist nicht überliefert.

127,11 *bläuliches Blut]* Anspielung auf die Redewendung: blaues Blut in den Adern haben, von adliger Herkunft sein.

128,1 *Psalm 2]* T: Manuskript (Privatbesitz). E: Um 1918. ED: Vorliegende Ausgabe. Gezeichnet: »Bert Brecht«.

Das Gedicht geht den 1920 entstandenen *Psalmen* (Band 11) voraus, gehört aber formal und inhaltlich nicht zu ihnen. – Auf der Rückseite notiert Brecht die folgenden Verse, die offenbar nicht zum Gedicht gehören:

Nur eines ist ewig. Das sehen sie niemals.
Es sei denn, es wenden der Schlaf und der Tod
Ihre blinden Gesichter nach oben:
Der Himmel!

128,2 *Schöne Nelke an dem Busen]* T: Manuskript. E: Um 1918.

Das Gedicht entsteht zusammen mit dem folgenden. Die Strophen beider Gedichte sind auf einer Seite geschrieben und sollten vermutlich zunächst ein Gedicht bilden. Die Trennung in zwei Gedichte erfolgt nachträglich durch Numerierung der Strophen. Auf der Rückseite des Blatts ist *Himmel zittern violetter* notiert.

129,12 *Adamsapfel]* Frucht aus der Gattung der Citrus, auch die Banane; daneben Bezeichnung für den Kehlkopf bei Männern.

129,19 *Nocken]* (Österreichisch) dumme, eingebildete Frau.

129,2 *Wir können's uns nicht leisten]* T: Manuskript. E: Um 1918. Vgl. den voranstehenden Kommentar.

129,9 *Und will sie dann nicht]* Ursprünglich: »Wenn die Tricks nimmer«.

129,9 *ziegen]* (Altdt.) ziehen.

129,15 *Wasenmeisterei]* (Süddt.) Abdeckerei.

130,19 *zarmen]* Zarm: (süddt.) ärmlich, karg.

130,1 *Himmel zittern violetter]* T: Manuskript. E: Um 1918. ED: Vorliegende Ausgabe. Zu Entstehung und Überlieferung vgl. zu 128,2, *Schöne Nelke an dem Busen.*

130,1 *Tanzlied]* T: Manuskript (Akademie der Künste, Berlin). E: Um 1918. ED: Vorliegende Ausgabe. Zur Anspielung im Titel vgl. zu 112,1, *Philosophisches Tanzlied.*

131,1 *Als ich im Finstern war]* T: Manuskript. E: Um 1918/19.

Es handelt sich um ein Prosagedicht. – Es ist zusammen mit einem

Bruchstück einer Kritik zu Fritz von Unruhs *Ein Geschlecht* überliefert. Das Drama erscheint Ende 1917 zuerst in Buchform und wird 1918 in Frankfurt uraufgeführt. Der Kritik Brechts ist nicht eindeutig zu entnehmen, ob sie sich auf das Buch oder auf Berichte über eine der Aufführungen bezieht, die Ende 1918 und Anfang 1919 inszeniert werden (Berlin und Hamburg).

132,1 *Als sie unschuldsvoll in Kissen]* T: Manuskript (Staats- und Stadtbibliothek Augsburg). E: Mitte April 1919.

Brecht schreibt das Gedicht in einem Brief an Paula Banholzer, die in Kimratshofen im Allgäu die Zeit ihrer Schwangerschaft verbringt, weil ihre Eltern sie geheimhalten wollen. Brecht fragt im Brief nach, wie es mit dem Wohnen sei, wenn er sie besuche: »Ich kann wirklich nicht im gleichen Dorf mit Dir eine ganze Nacht lang ohne Dich schlafen. Ich habe ein Gedicht gemacht, dieser Tage, im Zug, das ist an Dich.«

132,1 *Die Tage deiner Bitternisse]* T: Hanns Otto Münsterer, *Bert Brecht. Erinnerungen aus den Jahren 1917-22*, Zürich: Arche 1963, S. 155. E: Juni/Juli 1919.

Das Gedicht entsteht nach Münsterer während der Schwangerschaft Paula Banholzers (ihr und Brechts Sohn Frank wird am 30. Juli 1919 geboren). – Der Text ist nur indirekt überliefert und kann deshalb nicht als gesichert gelten.

132,7 *wirst du katholisch]* (Augsburgisch) klein beigeben bzw. das Zeitliche segnen (sterben). Paulas Schwangerschaft wird von den Eltern geheimgehalten, die Tochter aus Augsburg (nach Kimratshofen) entfernt.

132,1 *Aufgewachsen in dem zitronenfarbenen Lichte]* T: Manuskript (Staats- und Stadtbibliothek Augsburg). E: September 1919.

Brecht schreibt das Gedicht für seine Großmutter väterlicherseits, Karoline Brecht geb. Wurzler, die am 17. September 1919 ihren 80. Geburtstag feiert. – Über den Versen ist, offenbar von Brechts Vater, notiert: »Der Großmutter zum 80. Geburtstag«. Eine weitere Überlieferung (Abschrift von fremder Hand; Nachlaß) trägt den Titel *Großmutter zum 80. Geburtstag*. – Der Erinnerung der Großmutter gilt auch die Kalendergeschichte *Die unwürdige Greisin* (vgl. Band 18).

132,1-3 *Aufgewachsen ... Kindern]* Vgl. den fast identischen Wortlaut der ersten Verse der *Ode an meinen Vater* (134,1).

132,2 *Unter dem breiten Dach des Hauses am Markte]* Brecht meint das alte, ansehnliche Bürgerhaus in Achern (Baden), mitten in der Stadt, an der Hauptstraße gelegen, wo auch der Wochenmarkt stattfand. In dem Haus wohnten seit Generationen die Vorfahren Brechts väterlicherseits.

133,1 *So halb im Schlaf]* T: Manuskript (Notizbuch). E: 31. Oktober 1919 (laut Manuskript).

Brecht schreibt das Gedicht ins Notizbuch mit der Widmung »An Bittersweet, 31.10.19«.

133,4f. *kalten Himmeln ... schreien]* Brecht zitiert wesentliche Teile aus Friedrich Nietzsches Gedicht *Der Freigeist* (1884), das in älteren Ausgaben unter dem Titel *Vereinsamt* gedruckt wird: »Die Krähen schrei'n/und ziehen schwirren Flugs zur Stadt« sowie »Nun stehst du bleich/zur Winter-Wanderschaft verflucht,/dem Rauche gleich,/der stets nach kältern Himmeln sucht.« Die »kälteren Himmel« stehen bei Nietzsche u. a. als Symbol für den Nihilismus.

133,7 *Bittersüße]* Von Brecht auch in der Form »Bittersweet« verwendet. Der Begriff leitet sich aus (griech.) »Glykypicron« ab, den erstmals die Dichterin Sappho für die lesbische Liebe verwendet hat. Er bezeichnet auch ein Nachtschattengewächs und ist Brechts Kosename für Paula Banholzer.

134,1 *Ode an meinen Vater]* T: Manuskript. E: Oktober/November 1919.

Brechts Vater, Berthold Friedrich Brecht, der aus Achern (Baden) stammt, feiert seinen 50. Geburtstag am 6. November 1919. Brecht schreibt ihm das Dankgedicht in einem Brief mit der Unterschrift: »Zu Deinem 50. Geburtstag/Dein dankbarer/Eugen«.

134,2-4 *Unter dem breiten ... Kindern]* Vgl. den fast identischen Wortlaut der ersten Verse von *Aufgewachsen in dem zitronenfarbenen Lichte* (132,1).

134,2 *Unter dem breiten Dach ...]* Vgl. zu 132,2, (*Aufgewachsen in dem zitronenfarbenen Lichte*).

134,13-15 *In fremder Stadt ... gebaut ist.]* Brechts Vater kommt 1893 nach Augsburg und steigt als Angestellter der Haindlschen Papierfabrik 1901 zum Prokuristen, 1917 zum Direktor der kaufmännischen Abteilung auf. Die Familie wohnt ab September 1900 in einem Haus der »Georg und Elise Haindlschen Stiftung«, Bleichstraße 2.

135,1 *Beuteltier mit Weinkrampf]* T: Manuskript (Notizbuch). E: 1919. Brecht widmet das Gedicht Otto Bezold.

135,3 *Heigei Gei und das Beuteltier]* Name für den Freund Otto Müllereisert. Die Frau, von der das Gedicht handelt, konnte nicht ermittelt werden.

136,1 *Biti im Herbst]* T: Typoskript. E: 1919. Die Textgrundlage weist keine Zeichensetzung auf.

136,1 *Biti]* Kosename Brechts; auch »Bidi« geschrieben.

136,3 *Dogmen]* Brecht stilisiert das Rauchen zu einem Kult und verballhornt damit zugleich die christlichen Dogmen (Gesetze) der Enthaltsamkeit.

136,7 *hin zu dächseln]* Abgeleitet von dachsen: sehr tief und fest schlafen.

136,1 *Der alte Mann im Frühling]* T: Manuskript (Staats- und Stadtbibliothek Augsburg). E: 1919.
Im Manuskript ist an den Rand geschrieben: »Seit wir nimmer jung/im Alter Änderung«.

137,1 *Der Dichter, der ihn manchmal geliebt]* T: Manuskript (Notizbuch). E: 1919.
137,3 *Zedernholz und Salböl]* Zedernholz steht traditionell für Stärke, Hoheit, Unzerstörbarkeit, im Christentum für Majestät und Würde. Durch die Salbung wird etwas oder jemand geweiht (z. B. Könige).
137,4 *Myrrhen]* Harze, die aus nordafrikanischen Bäumen gewonnen werden; stehen als Symbol für Leiden und Schmerzen.
137,7 *weißes Segel ... bauscht]* Bereits in der Antike Topos für Dichten: Der Dichter setzt das Segel, das die Muse der Dichtkunst aufbläht. Vgl. das Schiffsmotiv vor allem in der frühen Lyrik, z. B. in *Das Schiff* (*Hauspostille*; Band 11).
138,32 *Äckern]* Der Acker als Bild für das Schreiben und die Vorstellung des Ackermanns als Schriftgelehrten geht auf Johann von Saaz, *Der Ackermann aus Böhmen* (um 1400), zurück.

138,1 *Der Virginienraucher]* T: Erstdruck. E: 1919. ED: *Das Tagebuch*, Berlin, 17. März 1923.
Das Gedicht heißt zunächst *Über die Sterblichkeit* und geht mit dem Titel *Von seiner Sterblichkeit* leicht verändert in die *Taschenpostille* ein (*Anhang: Vom armen Bidi*). Brecht übernimmt das Gedicht nicht in die *Hauspostille* (vgl. Band 11).
138,1 *Virginienraucher]* Virginien sind helle Zigarren; benannt nach dem US-Bundesstaat Virginia.
138,4 *gelbliche]* In der *Taschenpostille*: »krebsige«.
139,26 *Unsereins weiß, es ist keiner]* Brecht schreibt die Schlußstrophe mit dem Beginn »Jeder weiß: es ist...« ins Gästebuch von Artur Kutscher, dessen Theaterseminare er seit Wintersemester 1918/19 in München besucht. Kutscher teilt den Vierzeiler in seinen Erinnerungen mit (Artur Kutscher, *Der Theaterprofessor. Ein Leben für die Wissenschaft vom Theater*, München: Ehrenwirth 1960, S. 73).

139,1 *Die Mutter]* T: Manuskript. E: 1919.
Brecht unterschreibt: »Meiner Mutter 1919/Bert Brecht«. Vgl. *Mutter sein...* (72,1).

140,1 *Die Sünder]* T: Manuskript (Notizbuch). E: 1919. ED: Vorliegende Ausgabe (in dieser Fassung).

Es handelt sich um die Urfassung des Gedichts *Von den Sündern in der Hölle* aus der *Hauspostille* (vgl. Band 11). Im Anschluß an das Gedicht notiert Brecht eine weitere Strophe, integriert sie aber nicht:

Es kommt die Liebe Marie
Gestorben im Spital –
Ach, Gott vergaß die Absolution
Und sie das Abendmahl.

Es liegt eine weitere Überlieferung vor, die der Fassung in der *Hauspostille* vorausgeht und teilweise stark abweicht (Typoskript; Besitz: Hanne Hiob, München):

Von den Sündern in der Hölle

Die Sünder in der Hölle
Ham's heißer, als man glaubt.
Doch fließt, wenn einer weint um sie
Die Trän mild auf ihr Haupt.

Doch die am ärgsten brennen
Haben keinen, der drum weint
Die müssen an ihrem Feiertag
Drum betteln, daß einer greint.

Doch keiner hört ihr Greinen
Durch die die Winde wehn
Durch die die Sonne scheint hindurch
Die kann man nicht mehr sehn.

Da kommt Dynysos Heigei
Der starb in Amerika
Das wußte seine Braut noch nicht
Drum war kein Wasser da.

Es kommt die schöne Rosa
Mit ihrem toten Kind
Die hatte ihre Reu ersäuft
Im Wasser und im Wind.

Es kommt George Garga
Sobald die Sonne scheint
Dem hatten sie, Gott weißwarum
Keine Träne nachgeweint.

Und Lieselotte Arka
Steht mitten in der Sonn.
Die hatte so geliebt, daß man
Einst nichts mehr hatte davon.

Dann kommt der
Ein unglückseliger Mann
Der hatte die Idee gehabt
Es käm auf ihn nicht an.

Und dort die liebe Marie
Gestorben im Spital
Ach, Gott vergaß die Absolution
Beim letzten Abendmahl.

Und dort im Licht steht Bart Brecht
An einem Hundestein
Der kriegt kein Wasser, weil man glaubt
Der müßt im Himmel sein.

Jetzt brennt er in der Höllen
Oh, weint ihr Brüder mein!
Sonst steht er am Sonntag nachmittag
Immer wieder dort an seinem Hundestein.

140,3 *Hant's]* (Bair.) haben es; vgl. Zeile 7.

140,10 *Dionysos Heigei]* Dionysos: griechischer Gott des Weins, gemünzt auf Otto Müllereisert (Heigei).

140,14 *George Garga]* Figur aus dem Drama *Im Dickicht* (Band 1).

140,18 *Liselotte Barger]* Möglicherweise Bezug zur Figur der Sophie Barger im *Baal* (Band 1).

141,22 *Geörge Pfanzelt]* Georg Pfanzelt.

141,27 *Hundestein]* Ein konischer Stein, wie er früher für Vermessungen verwendet worden ist, in der Nähe der Galluskirche in Augsburg. Die Bezeichnung erhielt er, weil die Hunde ihre Markierung an ihm hinterließen.

141,34 *Rosa]* Vermutlich bezogen auf Marie Rose Aman.

141,42 *Otto Zarek]* Brecht lernt Zarek, der 1920 Chefdramaturg an den Münchner Kammerspielen wird, im Wintersemester 1918/19 in Artur Kutschers Seminar über modernes Drama kennen. Brecht, der an der Universität München für Medizin eingeschrieben ist, besucht regelmäßig die Autorenabende beim »Theaterprofessor« Kutscher.

141,1 *Doch einmal ließ sie's gelten]* T: Manuskript. E: 1919.

142,1 *Kerr, der Nüancerich]* T: Manuskript (Notizbuch). E: 1919. ED: Vorliegende Ausgabe.

142,1 *Kerr]* Gemeint ist Alfred Kerr, der 1917 seine *Gesammelten Schriften in zwei Reihen* (Berlin) herausgebracht hat. Es handelt sich um das früheste Zeugnis Brechts über den eigenwilligen und prononciert schreibenden Theaterkritiker, der den jüngeren Dramatikern höchst skeptisch gegenübertritt. Zu den späteren Auseinandersetzungen zwischen Kerr und Brecht vgl. z. B. den Kommentar zu *Trommeln in der Nacht* (Band 1), *Die Dreigroschenoper* (Band 2) und *Kleine Epistel, einige Unstimmigkeiten entfernt berührend* (281,1) und zahlreiche Schriften (Band 21).

142,1 *Larrys B]* T: Manuskript. E: 1919.

Das Gedicht spielt auf die britische Armee in Indien an und ist vermutlich von Rudyard Kipling beeinflußt, ohne daß direkte Bezüge nachweisbar wären. – Ein Inhaltsverzeichnis der *Hauspostille* von 1922 nennt den vollständigen Titel: *Larrys Ballade von der Mama Armee* (vgl. Band 11). – Der Text nimmt passagenweise den *Kanonensong* der *Dreigroschenoper* vorweg (vgl. Band 2 und Band 11).

142,30 *Vom lieben Gott schon vergessen]* Vgl. *Vom ertrunkenen Mädchen* in der *Hauspostille* (Band 11).

143,49 *Eckel]* (Bair.) Ekel.

143,1 *Mein lieber Bez]* T: Manuskript (Staats- und Stadtbibliothek Augsburg). E: 1919.

Diesen undatierten Brief in Gedichtform schreibt Brecht 1919 an seinen Freund Otto Bezold. – Er ist vermutlich nicht vollständig überliefert.

143,4 *Sie]* Bezold notiert handschriftlich auf Brechts Manuskript: »Marie Glossner«; über eine Person mit diesem Namen konnte nichts ermittelt werden.

144,42 *Tschinellen]* Von »Cinelli«: (ital.) Messingbecken (Schlaginstrumente).

144,43 *Plärrer]* Vgl. zu 105,5, (*Plärrerlied*).

145,1 *Reiche mir, Kind]* T: Manuskript (Notizbuch). E: 1919.

Die Textgrundlage ist schlecht lesbar, das Wort »Johimbim« erschlossen, »Semori« nicht eindeutig entziffert.

145,1 *Johimbim]* Auch: Yohimbin; Aphrodisiacum, das aus der Rinde des afrikanischen Yohimbenbaums gewonnen wird.

145,4 *Semori]* Konnte nicht ermittelt werden.

145,4 *bargen]* An dieser Stelle sollte vermutlich die Klammer geschlossen werden.

145,1 *Soldatengesang]* T: Manuskript. E: 1919.

Das Gedicht ist vermutlich eine Reminiszenz an die Jahre 1917/18, als viele Mitschüler Brechts zum Kriegsdienst eingezogen werden.

145,1 *Und als sie wegsah]* T: Manuskript (Notizbuch). E: 1919.
146,14 *Unter dem großen Bär]* Eines der auffälligsten Sternbilder des nördlichen Fixsternhimmels.

146,1 *Die Neger singen Choräle über dem Himalajagebirge]* T: Manuskript. E: Um 1919/20.

Das Gedicht liegt spätestens im August 1920 abgeschlossen vor, ist aber vermutlich bereits 1919 entstanden, als bei Brecht nach Münsterers Erinnerung »eine Art Negermanie« geherrscht hat (Hanns Otto Münsterer, *Bert Brecht. Erinnerungen aus den Jahren 1917-22*, Zürich 1963, S. 143). Brecht erwähnt das Lied im Zusammenhang mit einer *Lautenbibel*, die er doch noch »hinausschmeißen« wolle, »auf Zeitungspapier groß gedruckt, fett gedruckt auf Makulationspapier [...]. Voraus ein Gedicht: *Die Neger singen Choräle über dem Himalajagebirge!* ...« (*Journale*, 31. August 1920). Bei der erwähnten *Lautenbibel* handelt es sich möglicherweise um eine geplante erweiterte Fassung der *Lieder zur Klampfe von Bert Brecht und seinen Freunden. 1918* (vgl. Band 11). – Im Zusammenhang mit der »Negermanie« überliefert Münsterer zwei Strophen. Bei der ersten handele es sich »höchstwahrscheinlich« um »das Lied von der *glückseligen Frau*«, die zweite sei für eine »Niggerszene« des *Baal* geschrieben und von Brecht mit Vorliebe gesungen worden. Die Strophen lauten:

Sie war so glücklich und selig
Wie lachenden Himmels Blau
Ihre Freuden waren unzählig
Sie war eine herrliche Frau.

Dieser Neger war nicht schön
Auch war er nicht herrisch
Auch war er nicht elegant
Sondern nur der Polizei bekannt.

146,4 *Stehen sie]* In der Textgrundlage möglicherweise gestrichen.

148,1 *Schmidtbonns »Graf von Gleichen« im Stadttheater]* T: Erstdruck. E: Zwischen 3. und 5. Januar 1920. ED: *Der Volkswille*, Augsburg, 6. Januar 1920. Nur im Druck überliefert; gezeichnet: »B. Pr.« (vermutlich Druckfehler für »B. Br.«).

Es handelt sich um eine Rezension in Gedichtform; im Anschluß an die Verse folgt der Zusatz: »Was die Regie des Herrn Merz betrifft, so ist zu sagen, daß sie den dichterischen Gehalt des Werkes voll ausschöpfte.« – Wilhelm Schmidtbonns Drama *Der Graf von Gleichen* (1908) hat am 3. Januar 1920 am Stadttheater Augsburg Premiere. Es behandelt den alten Stoff des Grafen von Gleichen, der gleichbedeutend mit dem Motiv des Mannes zwischen zwei Frauen geworden ist, das Goethe in *Stella* (1776) verarbeitet hat. – Die Wahl des Versmaßes (gereimte Jamben) geht vermutlich auf eine jambische Verserzählung mit dem Titel *Der steinerne Mann* (1792, anonym) zurück, die in der Augsburger Staats- und Stadtbibliothek aufbewahrt wird. Die Schrift, in der auch eine Theateraufführung über den Grafen von Gleichen erwähnt wird, schildert die Heldentat eines legendären Bäckers, der im Dreißigjährigen Krieg Augsburg vor einem Überfall gerettet haben soll. Ihn stellt die Statue *Der eiserne Mann* dar, die sich in der Nähe von Brechts Wohnung in einer Nische der Stadtmauer an der Schwedenstiege befindet. (Zur Rezension vgl. auch Band 21.)

148,9 *Katarakt]* (Griech.) Wasserfall.

148,19 *Merzwind]* Anspielung auf den Regisseur Hermann Merz.

148,33 *ein toter Mann]* In der Textgrundlage: »aus toter Manne«.

149,1 *Lobgesang nach: Befiehl du deine Wege]* T: Manuskript (Privatbesitz). E: 9. Januar 1920 (laut Manuskript). ED: Vorliegende Ausgabe. Gezeichnet: »Bert«.

Brecht schreibt die Parodie auf das bekannte Kirchenlied vermutlich für Caspar Neher. – Quelle ist Paul Gerhards Lied *Befiehl du deine Wege* (1653) nach dem Psalmvers (37,5): »Befiehl dem Herrn deine Wege und hoffe auf ihn; er wird's wohlmachen«. – Das Gedicht ist nur durch Nehers Handschrift überliefert, die Brecht mit dem Vermerk »9.I.20« und seinem Namen versieht.

150,1 *Über die Vitalität]* T: Typoskript. E: Januar 1920.

Brecht datiert das Gedicht auf »1920 Januar Donnerstag«. In der Textgrundlage ist die Strophe 4 gestrichen, danach die Strophenzählung nicht geändert; in der vorliegenden Ausgabe korrigiert. Die gestrichene Strophe lautet:

Und starb der Mann einem armen Weib
Und hat der Herr Pfarrer Vitalität
Dann liegt er schon nachts so zum Zeitvertreib
Bei der trostlosen Witwe im Bett.

150,1 *Vitalität]* Brecht hat das Wort stets »Fitalität« ausgesprochen; es ist eines seiner Schlagworte in der damaligen Zeit.

150,9 *Peitsche]* Anspielung auf Nietzsches *Also sprach Zarathustra* (vgl. zu 98,10).

150,25 *Baal]* Vgl. zu 126,54.

150,28 *Vitalität.]* In der Textgrundlage ist im Anschluß an diesen Vers vermerkt: »Auf den Ton h«.

151,1 *Ich, Jüngling, sage mir]* T: Manuskript (Notizbuch). E: Januar 1920.

Dieses und die folgenden Gedichte (bis *Lied der Schwestern*; 156,1) stehen in einem Notizbuch, das Brecht von etwa Mitte Januar bis März 1920 führt. Einige Gedichte sind datiert. – Das vorliegende Gedicht ist in Prosa geschrieben; vgl. die *Psalmen* (Band 11).

151,1 *Durch die Kammer ging der Wind]* T: Manuskript (Notizbuch). E: 21. Januar 1920 (laut Manuskript). ED: Bert Brecht, *Baal*, München: Georg Müller 1920, S. 58 (Strophe 1).

Das Gedicht entsteht im Zusammenhang mit *Baal* (Fassungen 1919 und 1920). Da der Erstdruck nur eine Strophe aufweist, bildet das Manuskript die Textgrundlage. Es trägt das Entstehungsdatum (»21.1.20«) und den Vermerk »Für Baal. Nachtkaffé«. Die erste Strophe des Lieds wird in der Szene *Nachtcafé zur ›Wolke zur Nacht‹* (Fassung 1920) von Baal gesungen. Es ist vorgesehen, daß dieser das Lied weiter singt, die übrigen Strophen werden aber nicht zitiert. In den vorangehenden Fassungen des Stücks singt Baal statt dessen eine Fassung von *Baals Lied* (vgl. Band 1). – Zur Überlieferung vgl. den voranstehenden Kommentar.

151,3 f. *Vor es ... Zeitvertreib.]* Im Erstdruck: »Doch den sanften weißen Leib/Ließ es still dem Zeitvertreib.«; so auch (mit der Abweichung »Und den sanften ...«) in der zweiten Druckfassung des *Baal* von 1922 (Band 1).

151,1 *Liebe Marie, Seelenbraut]* T: Manuskript (Notizbuch). E: 21. Januar 1920 (laut Manuskript).

Zur Entstehung vgl. den voranstehenden Kommentar; zur Überlieferung vgl. zu 151,1, *Ich, Jüngling, sage mir*. – Das vorliegende Gedicht geht nicht ins Stück ein.

152,1 *Dunkel im Weidengrund]* T: Manuskript (Notizbuch). E: Ende Januar 1920. Zur Überlieferung vgl. zu 151,1, *Ich, Jüngling, sage mir.*

152,15 f. *Schwimmt ... und Kind.]* Brecht nimmt das Motiv der Wasserleiche (Ophelia) wieder auf; vgl. *Vom ertrunkenen Mädchen* (*Hauspostille*; Band 11).

153,1 *Der Seiltänzer]* T: Manuskript (Notizbuch). E: Ende Januar 1920.

Das Gedicht entsteht vermutlich im Zusammenhang mit der Lektüre von Nietzsches *Also sprach Zarathustra* (1883-1885; Vorrede, Abschnitt 3 und 4). Es ist auch ein Bezug zu *Till Eulenspiegel* (als Volksbuch 1515 und 1519) möglich, wo in einer Episode Till über ein Seil entkommt. – Zur Überlieferung vgl. zu 151,1, *Ich, Jüngling, sage mir.*

153,1 *Und doch: der Labtrunk dieser Nacht]* T: Manuskript (Notizbuch). E: Februar/März 1920.

Zur Überlieferung vgl. zu 151,1, *Ich, Jüngling, sage mir.* – Über dem Gedicht, möglicherweise dazu gehörend, steht: »süß wie Ananas und Schmeichelei«.

153,1 *Ihr großen Bäume in den Niederungen]* T: Manuskript (Notizbuch). E: Februar/März 1920. Zur Überlieferung vgl. zu 151,1, *Ich, Jüngling, sage mir.*

153,1 *Ich habe dich nie je so geliebt]* T: Manuskript (Notizbuch). E: Februar/März 1920. Zur Überlieferung vgl. zu 151,1, *Ich, Jüngling, sage mir.*

153,1 *Ma sœur]* (Franz.) Meine Schwester.

154,1 *Aber in kalter Nacht]* T: Manuskript (Notizbuch). E: Februar/März 1920. Zur Überlieferung vgl. zu 151,1, *Ich, Jüngling, sage mir.*

154,1 *Von Absalom]* T: Manuskript (Notizbuch). E: Februar/März 1920.

Das Gedicht entsteht im Zusammenhang mit einem geplanten *David*-Drama (vgl. Band 10). Es zeigt den »Untergang der starken Menschen« (*Journale*, 13. September 1920) und folgt der biblischen Quelle (2 Samuel 15 und 18). – Zur Überlieferung vgl. zu 151,1, *Ich, Jüngling, sage mir.*

154,1 *Absalom]* Absalom ist Sohn König Davids und erhebt sich gegen ihn, indem er sich zum Richter über Israel macht (2 Samuel 15). Sein Tod durch Joab gegen den ausdrücklichen Befehl Davids entspricht in Brechts Darstellung nicht der biblischen Quelle (2 Samuel 18).

154,4 *hinzulegen]* In der Textgrundlage: »hinzuliegen«.

155,2 *Jene verloren sich selbst]* T: Manuskript (Notizbuch). E: Februar/März 1920.

Zur Überlieferung vgl. zu 151,1, *Ich, Jüngling, sage mir.* – Unter dem Gedicht ist nach einem Querstrich vermerkt »Chortrilogie«; es handelt sich möglicherweise um einen Zuordnungshinweis oder um den Titel.

155,26 *die reinen Herzens sind]* Vgl. Matthäus 5,8.

155,1 *Das ist ja die Liebe zum Nächsten]* T: Manuskript (Notizbuch). E: Februar/März 1920. Zur Überlieferung vgl. zu 151,1, *Ich, Jüngling, sage mir.*

156,1 *Wir lassen uns ja alles bieten]* T: Manuskript (Notizbuch). E: Februar/März 1920. Zur Überlieferung vgl. zu 151,1, *Ich, Jüngling, sage mir.*

156,2 *zufrieden]* In der Textgrundlage: »zufr.«

156,1 *Eines Tages Geheul und Geweine]* T: Manuskript (Notizbuch). E: Februar/März 1920. ED: Vorliegende Ausgabe.

Zur Überlieferung vgl. zu 151,1, *Ich, Jüngling, sage mir.* – Auf der Seite finden sich außerdem die folgenden Verse: »Ich liebe dich so sehr, daß ich erblasse/Wenn du den Himmel zärtlich ansiehst, du«, »Wenn du mir sagst, ich soll die Täter/Würgen, dann will ich's tun« und »An diesem Tage will ich dich nicht sehn.« Eine Seite vorher im Notizbuch notiert Brecht: »Eine Jungfrau ist glücklich: Mit einem Wort:/Der deutsche Napoleon stürzt in den Abort.«

156,2 *Rosa Palitzki]* Konnte nicht ermittelt werden.

156,1 *Lied der Schwestern]* T: Manuskript (Notizbuch). E: Februar/März 1920.

Zur Überlieferung vgl. zu 151,1, *Ich, Jüngling, sage mir.* Die Verse sind mit einer Notenskizze versehen.

156,14-17 *Seitdem denken wir ... sein Gesicht.]* Die Verbindung der Bilder von Wolke und Gesicht sind typisch für die Lyrik des jungen Brecht; vgl. *Erinnnerung an die Marie A.* (Band 11) und *Ballade vom Tod des Anna Gewölkegesichts* (235,1).

157,1 *Das war der Bürger Galgei]* T: Manuskript (Notizbuch). E: Frühjahr 1920.

Dieses Gedicht ist neben weiteren Gedichten in einem Notizbuch enthalten, das Brecht 1920 (ab Frühjahr) geführt hat. – (Joseph) Galgei heißt der Held des Stücks *Galgei*, das Brecht ab Juni 1920 schreibt (vgl. Band 10), dann aber zugunsten von *Im Dickicht* (später: *Im Dickicht der Städte*) aufgibt. Daß aus dem Tischler Galgei der Butterhändler Pick wird, geht verallgemeinert als Ummontierung eines Menschen in *Mann ist Mann* ein (vgl. Band 2).

157,4 *Pick]* Vermutlich verballhornte Schreibung von »pig«: (engl.) Schwein; an späterer Stelle im Notizbuch steht: »Pick das Schwein«.

157,1 *Ballade von der sterbenden Ratte]* T: Manuskript (Notizbuch). E: Frühjahr 1920.

Zur Überlieferung vgl. den voranstehenden Kommentar. – Im Notizbuch stehen auf der vorhergehenden Seite zwei Verse, die vermutlich zu diesem Fragment gehören, ihm aber nicht eindeutig zuzuordnen sind: »Und schon blieb ihr Auge glanzlos und gelassen sah sie zu/Sah sie stillen Blickes wie durch Spülicht lila Wasser floß«.

157,2 *Seine Muße zu genießen]* T: Manuskript (Privatbesitz). E: Frühjahr 1920.

Brecht entwirft das Gedicht zunächst an verschiedenen Stellen seines

Notizbuchs der Zeit (vgl. zu 157,1, *Das war der Bürger Galgei*) mit sechs Strophen, die weitgehend den endgültigen Text aufweisen; für Strophe 7 ist nur die Ziffer notiert. – Textgrundlage ist eine spätere Reinschrift, in der die Strophe 7 ausgeführt ist.

157,3 *Pfühl]* Ein mit Federn gefülltes Kissen.

158,23 *Korrund]* Korund ist nach dem Diamanten das härteste Mineral, als Edelstein z. B. der Saphir.

159,1 *Was er sagt, weiß niemand]* T: Manuskript (Notizbuch). E: Frühjahr 1920.

Das Gedicht ist im Notizbuch (vgl. zu 157,1, *Das war der Bürger Galgei*) zwischen den Strophen 2 und 3 von *Seine Muße zu genießen* notiert; vgl. den voranstehenden Kommentar.

159,1 *An A. G.]* T: Manuskript (Notizbuch). E: Frühjahr 1920. Zur Überlieferung vgl. zu 157,1, *Das war der Bürger Galgei.*

159,1 *A. G.]* Gemeint ist »Anna Gewölke«; der Name steht für eine Verbindung von Brechts Wolkenbild (vgl. *Erinnerung an die Marie A.*, Band 11) und dem (verblassenden) Frauengesicht. Vgl. *Ballade vom Tod des Anna Gewölkegesichts* (235,1).

159,2 *Cadiz]* Südspanische Hafenstadt am Atlantik.

159,2 *Pernambuco]* Brasilianische Küstenstadt.

159,1 *Ballade in der Stunde der Entmutigung]* T: Manuskript (Notizbuch). E: Frühjahr 1920.

Zur Überlieferung vgl. zu 157,1, *Das war der Bürger Galgei.* – Auf der Textgrundlage notiert Brecht ein Zitat aus Friedrich Hebbels Tagebüchern, Nr. 469: »Zum Dank dafür, daß das Licht sie bescheint, werfen die Dinge Schatten.« (Friedrich Hebbel, *Sämtliche Werke*, Säkularausgabe, Tagebücher, Band 1, Berlin o.J., S. 85.) Die Verse sollten möglicherweise das Motto zum Gedicht bilden. Das Zitat geht später in die *Anleitung zum Gebrauch* der *Hauspostille* ein (Band 11).

159,11 *blatternhäutige]* Blattern sind eine ansteckende gefährliche Infektionskrankheit mit Hautausschlag und bleibenden Narben.

160,1 *Ein jedes Tierlein]* T: Manuskript (Notizbuch). E: Frühjahr 1920.

Zur Überlieferung vgl. zu 157,1, *Das war der Bürger Galgei.* – Unter dem Gedicht ist, möglicherweise als Titel, in Klammern notiert: »Unterwerfung der Kreatur unter Gott«.

160,14 *noch]* Das Reimwort »nicht« fehlt in der Textgrundlage; es ist sinngemäß zu ergänzen.

160,1 *Die Geburt im Baum]* T: Typoskript (handschriftlich korrigiert). E: Frühjahr 1920.

Brecht entwirft das Gedicht im Notizbuch (vgl. zu 157,1, *Das war der Bürger Galgei*) mit den Strophen 3, 4 und 6 und trägt dann drei weitere nach (die Strophen 1, 2 und 7); Strophe 5 folgt als »4a« in einem Nachtrag. Er notiert: »auf dem Abort vollendet«. – Textgrundlage ist ein Typoskript, das Brecht handschriftlich korrigiert hat. Eine weitere handschriftliche Korrektur auf demselben Blatt stammt aus den fünfziger Jahren. Ein frühes Typoskript weist keine Strophenzählung auf und enthält eine abweichende Strophe 5:

Bösen Träumen hingegeben
Mit dem Dreck im Tod vereint
Hab ich Algen mich ergeben
Sie beschlafen und geweint.

161,26 *wie es scheint]* Brecht überschreibt Mitte der fünfziger Jahre das ursprüngliche »und geweint«.

161,1 *Die Häute der ewig Geliebten]* T: Manuskript (Notizbuch). E: Frühjahr 1920. ED: Vorliegende Ausgabe. Zur Überlieferung vgl. zu 157,1, *Das war der Bürger Galgei.*

161,1 *Und im Abendblau die kleinen Schatten]* T: Manuskript (Notizbuch). E: Frühjahr 1920.

Zur Überlieferung vgl. zu 157,1, *Das war der Bürger Galgei.* – Das Gedicht folgt dem Muster von *Baals Lied* (Band 11).

161,2 *dorrem]* Dorren: mundartlich (bair.) für: verdorren, vertrocknen.

162,1 *Gesang vom Meer]* T: Manuskript (Notizbuch). E: Frühjahr 1920. Zur Überlieferung vgl. zu 157,1, *Das war der Bürger Galgei.*

162,5 *Katarakte]* Vgl. zu 148,9.

162,14 *Diokletian]* Römischer Kaiser (284-305), auf den die absolute Monarchie zurückgeht. Das Ende seiner Herrschaft leitet den Untergang des römischen Reiches ein.

162,17f. *Oh, orangene ... Morgenrot!]* Diese Strophe ist in Prosa geschrieben.

162,1 *Kiefern schwarz]* T: Manuskript (Notizbuch). E: Frühjahr 1920.

Zur Überlieferung vgl. zu 157,1, *Das war der Bürger Galgei.* – Nach der Textgrundlage ist nicht zu entscheiden, ob es sich um ein Fragment oder ein abgeschlossenes Gedicht handelt.

162,5 *Firn]* Hochgebirgsschnee, aus dem das Gletschereis entsteht.

163,1 *Ode gegen die Politiker]* T: Manuskript (Notizbuch). E: Frühjahr 1920.

Zur Überlieferung vgl. zu 157,1, *Das war der Bürger Galgei.* – Das Gedicht ist vermutlich Fragment.

163,1 *Der Fluß lobsingt]* T: Manuskript (Notizbuch). E: 27. April 1920 (laut Manuskript).

Brecht schreibt das Gedicht für Paula Banholzer; unter dem Text merkt er an: »An P. B. 27.4.20 Nachts«. – Zur Überlieferung vgl. zu 157,1, *Das war der Bürger Galgei.*

163,1 *Meines Bruders Tod]* T: Manuskript (Notizbuch). E: Frühjahr 1920.

Zur Überlieferung vgl. zu 157,1, *Das war der Bürger Galgei.* – Das Gedicht gehört zu den fingierten Grabgedichten des jungen Brecht; vgl. *Die Sünder* (140,1).

164,1 *Mankeboddel Bol]* T: Typoskript. E: Frühjahr 1920.

Brecht schreibt das Gedicht zunächst ins Notizbuch (vgl. zu 157,1, *Das war der Bürger Galgei*). – Eine weitere Überlieferung im Typoskript mit dem Zusatz »Z.d.S.u.M.-F.« (Zeit der Sonnen- und Mondfinsternis) und dem Vermerk »2. Kap.« deutet auf eine erwogene Zuordnung zur *Hauspostille*.

164,1 *Mankeboddel Bol]* Vgl. den Zibebenmanke in *Trommeln in der Nacht* und die Figur des Steuermanns Pat Mankyboddle in dem später begonnenen Stück *Im Dickicht*, der das Lied in der Szene *Bei den Gargas* zur Mundharmonika singt.

164,11 *Adagio]* Langsames Musikstück.

164,1 *Ihr Freunde, im Vorübergleiten]* T: Manuskript (Notizbuch). E: Frühjahr 1920. ED: Vorliegende Ausgabe. Zur Überlieferung vgl. zu 157,1, *Das war der Bürger Galgei.*

164,4 *Heigeis]* Gemeint ist der Schulfreund Otto Müllereisert.

164,1 *Der verlorene Sohn]* T: Manuskript (Notizbuch). E: Frühjahr 1920.

Zur Überlieferung vgl. zu 157,1, *Das war der Bürger Galgei.* – Der Titel spielt an auf das biblische »Gleichnis vom verlorenen Sohn« (Lukas 15,11-32). – Die Strophen 3 und 4 stehen ursprünglich in umgekehrter Folge; Brecht markiert die Umstellung durch eine entsprechende Ziffer.

165,10 *in den Himmel der einen]* Unsichere Entzifferung.

165,1 *Orgelt Heigei Gei sein Kyrieleis]* T: Manuskript (Notizbuch). E: Frühjahr 1920. Zur Überlieferung vgl. zu 157,1, *Das war der Bürger Galgei.*

165,1 *Heigei Gei]* Gemeint ist Otto Müllereisert.

165,1 *Kyrieleis]* (Griech.) Kyrie eleison: Herr, erbarme dich; bildet den Hauptanruf Gottes im christlichen Ritus.

165,12 *Sanftgeblähter]* Der letzte Vers steht auf einer gesonderten

Seite des Notizbuchs. Die Zuordnung ist durch den gleichen Duktus der Handschrift möglich.

166,1 *Referring]* T: Manuskript (Notizbuch). E: Frühjahr 1920.
Zur Überlieferung vgl. zu 157,1, *Das war der Bürger Galgei.* – Der Titel ist vermutlich aus dem Lateinischen abgeleitet (»referre«) und heißt »Erwiderung«; möglich ist auch eine Verballhornung von »Refrain«.

166,1 *Ballade]* T: Manuskript (Notizbuch). E: Frühjahr 1920.
Zur Überlieferung vgl. zu 157,1, *Das war der Bürger Galgei.* – Da beide Strophen mit abweichendem Schreibduktus notiert sind, könnte es sich auch um zwei Gedichte (bzw. Fragmente) handeln.
166,8 *verblaßten die Gesichter schon]* Ursprünglich: »verblaßte schon ihr Antlitz«. – Typisches Motiv der Lyrik des jungen Brecht; vgl. *Erinnerung an die Marie A.* (Band 11) und *Ballade vom Tod des Anna Gewölkegesichts* (235,1).

166,1 *Steigt der Leib und fällt die Träne]* T: Manuskript (Notizbuch). E: Frühjahr 1920. ED: Vorliegende Ausgabe.
Zur Überlieferung vgl. zu 157,1, *Das war der Bürger Galgei.* – Unter dem Zweizeiler steht: »Dazu Choralstrophen« (sie konnten nicht ermittelt werden).

166,1 *Sonne]* T: Manuskript (Notizbuch). E: Frühjahr 1920.
Zur Überlieferung vgl. zu 157,1, *Das war der Bürger Galgei.* – Der Titel ist unter dem Gedicht notiert.

167,1 *Von dem Gras und Pfefferminzkraut]* T: Manuskript (Notizbuch). E: Frühjahr 1920. Zur Überlieferung vgl. zu 157,1, *Das war der Bürger Galgei.*

167,1 *Ballade von der Liebe]* T: Manuskript (Notizbuch). E: Frühjahr 1920. ED: Vorliegende Ausgabe. Zur Überlieferung vgl. zu 157,1, *Das war der Bürger Galgei.*

167,1 *Prometheus]* T: Manuskript (Notizbuch). E: Frühjahr 1920.
Zur Überlieferung vgl. zu 157,1, *Das war der Bürger Galgei.* – Prometheus bringt nach der griechischen Sage den Menschen das Feuer und wird deshalb von den Göttern an einen Felsen (auch von einem Pfahl ist die Rede) im Kaukasus geschmiedet. Ein Adler frißt täglich seine Leber, die über Nacht wieder nachwächst. – Das Gedicht ist ursprünglich mit *Prometheus am Mittag* überschrieben.
167,9 *Katarakt]* Vgl. zu 148,9.
168,12 *Von obenher ... Er:]* Brecht schreibt über den Vers als er-

wogene Variante: »Denn durch den dunklen Himmel ohne Licht« und beginnt im vorliegenden Vers umzustellen, um den Reim auf »Gesicht« zu erhalten. Die gültige Lesart des Verses muß offen bleiben, da Brecht die Korrekturen nicht zu Ende geführt hat.

168,1 *Seit die Sturzgischte zischten]* T: Manuskript (Notizbuch). E: Frühjahr 1920. Zur Überlieferung vgl. zu 157,1, *Das war der Bürger Galgei.*

168,11 *Kasematten]* In alten Festungswerken schußsicherer Raum zur Unterbringung von Mannschaft und Gerät; auf Kriegsschiffen durch Panzerwände abgeschlossener Geschützraum.

168,1 *Der Beleidigte]* T: Manuskript (Notizbuch). E: 2. Mai 1920. Dieses Fragment ist neben weiteren Gedichten in einem Notizbuch enthalten, das Brecht Mitte 1920 benutzt hat. Es wird im zeitlichen Zusammenhang mit den *Psalmen* wie diese als Prosagedicht geschrieben (vgl. Band 11). Es weist auch vom Ton und inhaltlich Gemeinsamkeiten mit ihnen auf.

168,4f. *Ich ging heim.]* Im Anschluß folgt ein Absatz, der von Brecht nachträglich eingeklammert wird: »Es gelang ihm, eine Bauernkapelle in einem Wirtshausgarten zu veranlassen, mit Blasinstrumenten Walzer zu spielen, als ich vorüber mußte ... Das war schmutzig!«

169,21-23 *Meine Mutter ... schnaufen auf]* Brechts Mutter stirbt am 1. Mai 1920 nach langer Krankheit.

169,1 *Laß auch das Gras bedeuten]* T: Manuskript (Notizbuch). E: 27. Mai 1920 (laut Manuskript).

Zur Überlieferung vgl. den voranstehenden Kommentar. – Brecht schreibt unter das Gedicht »27.5.20 abends in K.«; gemeint ist Kimratshofen, wo sein Sohn Frank zu dieser Zeit in Pflege ist.

169,3 *Vesperläuten]* Hora vespera: (lat.) Abendstunde; gemeint ist das Läuten, das zum abendlichen Gebet ruft (katholisches Stundengebet).

169,1 *Aber ganz gegen das Ende zu]* T: Manuskript (Notizbuch). E: Mitte 1920. ED: Vorliegende Ausgabe.

Zur Überlieferung vgl. zu 168,1, *Der Beleidigte.* – Es handelt sich möglicherweise um ein Bruchstück zum geplanten Drama *David* (Band 10).

169,5 *den Gott schon vergaß]* Vgl. das Motiv in *Vom ertrunkenen Mädchen* (*Hauspostille*, Band 11).

170,1 *Lied von der Hölle]* T: Manuskript (Notizbuch). E: Mitte 1920. Zur Überlieferung vgl. zu 168,1, *Der Beleidigte.*

170,1 *Die Vernunft]* T: Manuskript (Notizbuch). E: Mitte 1920. Zur Überlieferung vgl. zu 168,1, *Der Beleidigte.*

170,1 *Sentimentales Lied Nr. 78]* T: Manuskript (Notizbuch). E: Mitte 1920.

Zur Überlieferung vgl. zu 168,1, *Der Beleidigte.* – Im Notizbuch ist zum Gedicht angemerkt »Bei Sedan wohl auf den Höhen« (vermutlich als Notat für die Melodie). – Vgl. den ursprünglichen Titel *Sentimentales Lied Nr. 1004* von *Erinnerung an die Marie A.* (Band 11).

171,1 *Der Mensch ist kein Schwimmer]* T: Manuskript (Notizbuch). E: Mitte 1920. ED: Vorliegende Ausgabe. Zur Überlieferung vgl. zu 168,1, *Der Beleidigte.*

171,1 *Und ist sie nicht so ane]* T: Manuskript (Notizbuch). E: Mitte 1920.

Dieses Gedicht ist neben weiteren Gedichten in einem zusätzlichen Notizbuch enthalten, das Brecht Mitte 1920 benutzt hat.

171,1 *ane]* (Bair.) eine; vgl. auch Zeile 2: »soaner« (so einer).

171,3 *Don Juane]* Don Juan erhält seine erste literarische Prägung durch Tirso de Molinas Drama *El Burlador de Sevilla y convidado de piedra* (um 1613; dt.: *Der Verführer von Sevilla und der steinerne Gast*); er stellt den Prototyp des Frauenverführers dar.

171,1 *Deutschland, du Blondes, Bleiches]* T: Manuskript (Notizbuch). E: Mitte 1920. Zur Überlieferung vgl. den voranstehenden Kommentar.

171,11 *Anilin]* Hochgiftiger Grundstoff zur Herstellung von Farben (und Arzneimitteln).

172,23 *Salz von Chile]* Der in der Atacamawüste (Nordchile) gewonnene Chile-Salpeter, der den Rohstoff für Salpetersäure bildet und als Düngemittel verwendet wird, ist von großer wirtschaftlicher und politischer Bedeutung.

172,30 *Amerika]* Amerika gilt Brecht zu dieser Zeit als Inbegriff der Modernität. Bereits 1919 schreibt er eine Oper *Prärie* (Band 1), 1920 liest er Upton Sinclairs *Der Sumpf* (*The Jungle*), den Chikagoroman des Dänen Johannes V. Jensen *Das Rad* und beginnt mit den Arbeiten an *Im Dickicht* (vgl. *Journale*, 18. Juni 1920).

172,1 *O warum laßt ihr vorübergehen]* T: Manuskript (Notizbuch). E: Mitte 1920. Zur Überlieferung vgl. zu 171,1, *Und ist sie nicht so ane.*

172,1 *Die Wolken ziehen immerfort]* T: Manuskript (Notizbuch). E: Mitte 1920. ED: Vorliegende Ausgabe. Zur Überlieferung vgl. zu 171,1, *Und ist sie nicht so ane.*

172,2 *Unsre Erde zerfällt]* T: Manuskript (Notizbuch). E: Mitte 1920. Zur Überlieferung vgl. zu 171,1, *Und ist sie nicht so ane.*

172,2 f. *die Erde rollt ... Tier]* Anspielung auf Friedrich Nietzsches Philosophie, daß der Mensch seit Kopernikus auf die schiefe Bahn geraten sei: »er rollt immer schneller nunmehr aus dem Mittelpunkte weg«, und »er ist Tier geworden, Tier, ohne Gleichnis« (*Zur Genealogie der Moral*, 1886/87; 3. Abhandlung, Kapitel 25).

172,3 *Das Tier]* Darüber als erwogene Variante: »oh« (Tier).

173,8 *neuen Menschen]* Die Vorstellung vom »neuen Menschen«, der die alte, abgelebte Welt Europas erneuern wird, geht auf den Expressionismus (ca. 1910-1920) zurück und ist auch noch nach dem Krieg in Deutschland zeittypisch.

173,13 *Orion und Bär]* Sternbilder des nördlichen Fixsternhimmels.

173,15 *nach ihm]* Ursprünglich: »auf ihn«.

174,53 *des Lasziven]* Von lascivus: (lat.) ausgelassen, zügellos; danach: schlüpfrig, unanständig.

174,1 *Negerlied]* T: Manuskript (Notizbuch). E: Mitte 1920.

Zur Überlieferung vgl. zu 171,1, *Und ist sie nicht so ane.* – Das Thema »Neger« ist nach Münsterer seit August 1919 innerhalb der »Brecht-Clique« aktuell (Hanns Otto Münsterer, *Bert Brecht. Erinnerungen aus den Jahren 1917-22*, Zürich: Arche 1963, S. 143). – Es handelt sich um ein Prosagedicht.

174,3 *Moravesumpf]* Konnte nicht ermittelt werden; vermutlich ein Phantasiename Brechts.

175,2 *Die schwarzen Wälder aufwärts]* T: Manuskript (Notizbuch). E: Mitte 1920. Zur Überlieferung vgl. zu 171,1, *Und ist sie nicht so ane*; vgl. auch *Ich, Bertold Brecht* (241,2) und *Vom armen B. B.* (Band 11).

175,2 *Und immer wieder gab es Abendröte]* T: Manuskript (Notizbuch). E: Mitte 1920. Zur Überlieferung vgl. zu 171,1, *Und ist sie nicht so ane.*

176,1 *Sie sind vorübergegangen]* T: Manuskript (Notizbuch). E: Mitte 1920. Zur Überlieferung vgl. zu 171,1, *Und ist sie nicht so ane.*

177,1 *Als sie nun aus war]* T: Manuskript (Notizbuch). E: Mitte 1920.

Das Gedicht nimmt Bezug auf den Tod der Mutter Brechts; sie stirbt nach langer Krebskrankheit am 1. Mai 1920. – Zur Überlieferung vgl. zu 171,1, *Und ist sie nicht so ane.*

177,1 *Noch flattert mein Herz]* T: Manuskript (Notizbuch). E: Mitte 1920.

Zur Entstehung vgl. den voranstehenden Kommentar; zur Überlieferung vgl. zu 171,1, *Und ist sie nicht so ane.*

177,1 *Stark ist der Stier]* T: Manuskript. E: 28. Juli 1920 (laut Manuskript). ED: Vorliegende Ausgabe.

Brecht schreibt das Lied im Zusammenhang eines Szenenentwurfs zum Stückfragment *David* (Band 10). David singt es Saul »ins Gesicht«, der, wie er sagt, »nie auf den Text« hört. – Der Liedtext, in Prosa geschrieben, ist von Brecht unterstrichen. Die Form des Gesangs ist an den biblischen Psalmen orientiert.

177,1-5 *Stark ist der Stier ... wieder auf.]* Das Motiv stammt aus Walt Whitmans Gedichtsammlung *Leaves of Grass* (zuerst 1855; dt.: *Grashalme*), die in der deutschen Übersetzung von Hans Reisiger verbreitet ist (Walt Whitman, *Grashalme. Neue Auswahl*, Berlin 1919). Vgl. *Der siebente Psalm* (Band 11).

177,1 *Sie wandte mir den Rücken]* T: Manuskript (Tagebuch). E: 19. August 1920.

Dieses Gedicht sowie die folgenden (bis *Es muß ja bei uns nicht geweint sein*; 180,1) sind in einem Tagebuch enthalten, das Brecht zwischen Mitte Juni und Ende September 1920 führt. – Das Gedicht bezieht sich vermutlich auf die damalige Geliebte Hedda Kuhn.

178,1 *Wenn George und Buschiri]* T: Manuskript (Tagebuch). E: 26. August 1920.

Zur Überlieferung vgl. den voranstehenden Kommentar. – Unter demselben Datum vermerkt Brecht zwei Gedichttitel: *Die Schlacht bei den Baumwurzeln* und *Goger Gog, der Zinnsoldat*, zu denen jedoch kein Text überliefert ist.

178,1 *George und Buschiri]* Georg Pfanzelt und Otto Müllereisert.

178,2 *dritte Sorte]* Zigarettenmarke der gehobenen Preisklasse, hergestellt von der »Österreichischen Tabakregie«, Zweiggesellschaft München, in gelber Packung; ab 1920 in Deutschland eingeführt.

178,1 *Der dicke Cas ist gestorben]* T: Manuskript (Tagebuch). E: 5. September 1920.

Zur Überlieferung vgl. zu 177,1, *Sie wandte mir den Rücken.* – Das Gedicht bezieht sich auf Caspar Neher.

179,22 f. *Er hat ... gerauft.]* Anspielung auf Nehers Soldatenzeit 1917/18.

179,37 *Buschiri, Orge]* Otto Müllereisert, Georg Pfanzelt; vgl. *Wenn George und Buschiri* (178,1).

180,1 *Es muß ja bei uns nicht geweint sein]* T: Manuskript (Tagebuch). E: 9. September 1920.

Zur Überlieferung vgl. zu 177,1, *Sie wandte mir den Rücken.* – Brecht bezeichnet das Gedicht als ein »Couplet«, das für eine (nicht realisierte) Operette gedacht gewesen ist.

180,1 *Gardinenpredigt]* T: Manuskript. E: November/Dezember 1920. Gezeichnet: »B«.

Das Gedicht ist auf einem eingelegten Blatt in einem Notizbuch der Zeit überliefert. Es bezieht sich auf Marianne Zoff, die seit der Spielzeit 1919/20 am Augsburger Stadttheater engagiert und mit Brecht befreundet ist. Sie hat sich häufiger über Brechts mangelnde Körperpflege und sein laxes Benehmen beschwert.

181,16 *Virginien]* Vgl. zu 138,1.

181,1 *Civilis-Song]* T: Manuskript. E: 1920.

Das Gedicht spielt mit Sprachfehlern und englischen Worteinsprengseln. Der Titel ist ein Wortspiel aus »Syphilis« (Geschlechtskrankheit), »civilis« (lat. für bürgerlich) und »Zivilisation«. – Eine frühe Fassung des Gedichts notiert Brecht auf zwei Blätter und beginnt im Manuskript eine Reinschrift, die er intensiv korrigiert. Die Blätter der begonnenen Reinschrift sind in ein Notizbuch der Zeit eingelegt. Die frühe Fassung der Strophe 4, die von Brecht gestrichen wird, lautet:

Weiße Mann maxt Monney
Noch aus weiße Wolk
Noch aus Faultierpelzer
Noch aus Niggervolk!
Nigger laßt fir alte
Regerschirm sein Seel
Weiße Mann schmeißt auf die Mist hin.
Kauft nur unsre Fell!
Feinstes, dickstes Nigger geht in war kaputt!
Hat Geschisse vorn und hinter sich.
Nigger kann erwirg mit kalte Blutt
Weiße Mann erwirg ganz ohne Blutt
Mit Fedderstrich.

181,4 *Kraal]* Runddörfer afrikanischer Stämme. Brecht hat sein Mansardenzimmer im Haus der Eltern »Kraal« genannt.

182,20-25 *Und seit ... Civilisation!]* Der Text des Refrains ist an Strophe 5 angehängt und mit dem Hinweis versehen: »Refrain für alle Strophen:« Brecht ergänzt später: »mit tiefen einzelnen Paukenschlägen:«

182,22 *Schwarze Haut ... laut]* Der Vers ist handschriftlich eingefügt; möglicherweise sollte er den folgenden ersetzen.

182,23 *schwarze Niggerhaut]* Brecht erwägt als Korrektur: »weiß gentleman«; ebenso »gentleman« für »Nigger« im folgenden Vers.

184,1 *Die Leiden durchziehen in Wolkenleichte]* T: Manuskript. E: 1920.
Das Gedicht ist auf die Rückseite einer Zeichnung von Caspar Neher geschrieben, die Brecht darstellt und von Neher mit der Widmung »Sainte Louis Berthold« versehen ist.
184,2 *gleichgiltiger]* So in der Textgrundlage.

184,1 *Erinnerungen]* T: Erstdruck. E: 1920. ED: *Gustav Kiepenheuer zum 50. Geburtstag*, Leipzig: Gustav Kiepenheuer 1930, S. 10.
Brecht schreibt das Gedicht zunächst unter dem Titel *Die Bibel* und ändert ihn dann in einem Typoskript (Besitz: Hanne Hiob, München) in *Bibelsprüche* um. Für den 10. Juni 1930 stellen die Autoren des Verlags für Gustav Kiepenheuer ein Buch mit eigenen Arbeiten zusammen, das in einem Exemplar gedruckt wird. Brechts Gedicht erscheint dort in der vorliegenden Gestalt.
184,2 *die Einfältigen liebt der Herr]* Sinngemäß nach Psalm 116,6.
184,11 *Mutter unter der Erde]* Brechts Mutter stirbt am 1. Mai 1920.
184,13 *Es ist ... fest werde.]* Brechts Konfirmationsspruch lautet: »Lasset euch nicht durch mancherlei und fremde Lehren umtreiben, denn es ist ein köstlich Ding, daß das Herz fest werde, welches geschieht durch Gnade, nicht durch Speisegebote, davon keinen Nutzen haben, die damit umgehen.« (Hebräer 13,9.)

184,2 *Ich beginne zu sprechen vom Tod]* T: Typoskript. E: 1920. Die Textgrundlage weist, bis auf den Doppelpunkt in Zeile 6, keine Zeichensetzung auf.
185,31 *Deine Zähne ... Rechen]* Brecht übernimmt die Formulierung in die *Ballade aus dem Gefängnis* in *Die Songs der Dreigroschenoper* (Zeile 20; Band 11). Sie geht zurück auf François Villons Gedicht *Epistre* (1461; dt.: *Epistel an seine Freunde in Balladenform*) in der Übersetzung von K. L. Ammer (*Des Meisters Werke*, Berlin: Hyperionverlag o.J. [1907], S. 19 f.).
185,31 *Rechen]* In der Textgrundlage folgt mit einem Zwischenraum in dieser Zeile noch das Wort »dir«; eine Zuordnung nimmt Brecht jedoch nicht vor.

185,1 *Interimsberichte an die Missionen]* T: Manuskript. E: 1920.
Das Gedicht heißt zunächst *Briefe an die Norweger*. Es ist von Friedrich Nietzsches Philosophie angeregt; vgl. z. B. dessen Schrift *Über Wahrheit und Lüge im außermoralischen Sinn* (1873).
185,10 *Sphäre]* Das Wort ist von fremder Hand ergänzt.

186,1 *Karl Hollmanns Sang]* T: Typoskript (handschriftlich korrigiert). E: 1920.
186,1 *Karl Hollmann]* Konnte nicht ermittelt werden.

186,14 *Sterbsakramente]* Sakrament: (lat.) feierliche Verpflichtung; kirchliche Ritualhandlung, durch die ein Mensch die Gnade Gottes erlangt. Die katholische Kirche kennt sieben Sakramente: Taufe, Kommunion, Beichte, Firmung, Ehe, Ordination und letzte Ölung; hier: Beichte und letzte Ölung.

186,17 *Bananenschelfen]* Schelfen: mundartlich für: Schalen.

187,1 *An Tsi te je...]* T: Manuskript. E: Um 1920.

Der Adressat konnte nicht ermittelt werden. – In der Textgrundlage steht der Titel unter den Versen. – Das Gedicht ist mit *Ich liebe die Theater* auf einem Blatt überliefert.

187,2 *Ich liebe die Theater]* T: Manuskript. E: Um 1920.

Zur Überlieferung vgl. den voranstehenden Kommentar. – Weitere Strophen sind nicht ausgeführt. – Vgl. auch das Gedichtfragment *Gesänge vom V R* (268,1).

187,4 *(Und es ist Nacht...]* Brecht schreibt an den Rand die Variante »Und man sieht fremde Tiere ohne Ketten.«, ohne eine eindeutige Zuordnung vorzunehmen.

188,1 *Auch der Himmel]* T: Manuskript. E: Um 1920.

188,1 *Bericht von einer mißlungenen Expedition]* T: Manuskript. E: Um 1920.

Das Gedicht bezieht sich auf die erste Alpenüberfliegung durch den Mexikaner Georges Chavez (Strecke: Brig – Simplonpaß – Domodossola). Chavez stürzt kurz vor der Landung ab (23. September 1910) und erliegt wenige Tage später seinen Verletzungen. – Hanns Otto Münsterer berichtet von einem langen Chavez-Gedicht, das Brecht 1916 geschrieben und veröffentlicht haben soll. Nach Münsterers Bericht handelt es sich bei dem vorliegenden Gedicht um den ersten Teil dieser umfangreicheren Fassung: Die Flieger lagern vor den Alpen, keiner hat den Mut, die Expedition zu wagen, ausgenommen Chavez: »Er fliegt. Der Apparat steigt, schraubt sich langsam empor, immer höher, dringt ein in die Wolken, ins Gebirg. Über die Gipfel der Berge. Drüben wird er jubelnd erwartet. Schon schreit er jauchzend aus dem Aeroplan, winkt, da, beim Landen schlägt die Maschine auf und zerschellt.« (Nachlaß Münsterer, Bayerische Staatsbibliothek München.)

188,2 *Mont Cenis]* Paß der Westalpen zwischen Italien und Frankreich.

188,1 *Betrachtung vor der Fotografie der Therese Meier]* T: Typoskript. E: Um 1920.

Brecht schreibt in allen Überlieferungen des Gedichts stets »Fotografi«.

188,1 *Therese Meier]* Konnte nicht ermittelt werden.

189,1 *Den Nachgeborenen]* T: Typoskript. E: Um 1920.
Brecht merkt in den fünfziger Jahren an: »eines der ältesten Gedichte der Frühzeit. Aber es müßte heißen: *Der* Nachgeborene«, ändert den Titel jedoch nicht.

189,1 *Der kleine Friederich besaß]* T: Manuskript. E: Um 1920.
Das Gedicht ist auf einem Blatt zusammen mit *Der eines Morgens aus seinen Dilirien* (190,1) überliefert. Brecht folgt mit diesen Versen dem Muster von Heinrich Hoffmanns *Struwwelpeter* (1844/45).

190,1 *Der eines Morgens aus seinen Delirien]* T: Manuskript. E: Um 1920.
Der Vierzeiler ist auf einem Blatt zusammen mit *Der kleine Friederich besaß* (189,1) überliefert.

190,1 *Die Achillesverse]* T: Typoskript (handschriftlich korrigiert). E: Um 1920. Die Textgrundlage weist keine Zeichensetzung auf.
Hanns Otto Münsterer meint, Brecht habe die *Augsburger Sonette* (vgl. Band 11) überschreiben wollen mit *Meine Achillesferse* (im Inhaltsverzeichnis von Münsterers Abschriften steht *Meine Achillesverse*): »Das Buch war vorgesehen als zweites Werk der Augsburger Presse bei Lampart u. Co. als Privatdruck« (Nachlaß Münsterer, Bayerische Staatsbibliothek München). Vgl. *Die Augsburger Sonette* (Band 11).
190,1 *Achillesverse]* Wortspiel mit der verwundbaren Ferse des griechischen Helden Achill vor Troja – nach Homers *Ilias* ist sie Achills einzige verletzbare Stelle, in die ihn dann auch der tödliche Pfeil trifft – und mit Gedichtversen.

190,1 *Epistel über den Selbstmord]* T: Manuskript. E: Um 1920.
190,1 *Epistel]* Epistole: (griech.) Brief; als Dichtung meist lehrhaft moralischen, philosophischen oder ästhetischen Inhalts.

191,2 *In den frühen Tagen]* T: Typoskript (handschriftlich korrigiert). E: Um 1920.
Das Gedicht ist auf drei Typoskripten mit dem Titel *Der Gesang aus der Opiumhöhle* überliefert. Textgrundlage ist das späteste Typoskript; es ist von Brecht handschriftlich korrigiert, wobei der Titel eingeklammert und dadurch getilgt wird. Von fremder Hand ist auf demselben Typoskript über dem Text »Kanon« vermerkt, möglicherweise ein neuer Titelvorschlag. – Jede Strophe ist einer Figur zugeordnet, und zwar in dieser Folge: »Das junge Mädchen«, »Der Mann«, »Der Greis«. – Vgl. *Das Lied vom Rauch* in der *Der gute Mensch von Sezuan*

(Szene 1), das in der gleichen Weise als Rollengedicht aufgebaut ist, die Reihenfolge der Sänger jedoch umgekehrt; der Refrain beider Gedichte stimmt weitgehend überein (vgl. Band 15).

191,10 *bettelhäftig]* (Bair.) bettelhaft.

191,12 *Mohn]* Bildet den Grundstoff zur Opium-Gewinnung (weiße Mohnmilch).

191,15 f. *Rauch ... kältere Himmel]* Brecht zitiert anspielend Friedrich Nietzsches Gedicht *Der Freigeist* (1884), das in älteren Ausgaben unter dem Titel *Vereinsamt* geführt wird; vgl. *So halb im Schlaf* (133,1) und *Die Ballade von dem Soldaten* (Band 11).

192,41 *kein Hahn schreit]* Nach der Redensart »Da kräht kein Hahn danach« für »das interessiert niemand«.

192,46 f. *Tamarinden-Baum]* Tamarindus, Bäume der ostafrikanischen Steppe.

192,1 *Lied von den mongolischen Rebellen]* T: Manuskript. E: Um 1920.

Das Gedicht ist möglicherweise im Zusammenhang mit der Geschichte *Bargan läßt es sein* (Band 20) entstanden. Eine Quelle konnte nicht ermittelt werden.

193,9 *blatterhäutig]* Vgl. zu 159,11.

193,22 *sind]* Vor dem Wort ist das Blatt abgerissen (Textverlust); vermutlich fehlt: »Sie«.

193,1 *Nordlandssage]* T: Typoskript. E: Um 1920.

Zur Entstehung vgl. den voranstehenden Kommentar. – Textgrundlage bildet ein Typoskript fremder Hand; die Textgestalt kann daher nicht als gesichert gelten.

194,8 *Abends]* In der Textgrundlage: »Abend«.

194,1 *O ihr Kameraden auf schneehellen Straßen]* T: Manuskript. E: Um 1920.

194,1 *Politische Betrachtungen]* T: Typoskript. E: Um 1920. Die Textgrundlage weist keine Zeichensetzung auf.

194,3 *Eckel]* (Bair.) Ekel.

194,14 *Orkney]* Die Orkney-Inseln sind eine britische Inselgruppe nördlich von Schottland.

194,14 *von Pol zu Pol]* Anspielung auf das Reisebuch des Schweden Sven Hedin *Fran pol till pol* (1911; dt.: *Von Pol zu Pol*), einer der damals beliebtesten, in Fortsetzungen publizierten Reiseberichte in Deutschland, der den heroischen Kampf des Menschen mit der Natur feiert.

194,17 *Assyrer und Babylonier]* Die Namen stehen für zwei Weltreiche der geschichtlichen Frühzeit; sie sind trotz ihrer Kultur und Macht untergegangen.

194,2 *Ruft aus Schnapspfuhl]* T: Typoskript (handschriftlich korrigiert). E: Um 1920.

Die Verse haben im Typoskript zunächst folgenden Wortlaut:

SAUFSANG

Holt aus Schnapspfuhl und Kirschwasserbad
Man euch ab zu einer Engelstatt.
Wenn Ihr voller Schnaps die Gurgel habt
Daß schon jedes Loch nachts nach euch schnappt:
Schlendert kalt hinaus, das Messer steif im Sack
Und sinkt steif hinab und nicht wie'n Wrack
Lauft so lang ihr laufen könnt. Dem Schweinepack
Wischt der Tod noch wiehernd Schweiß aus dem Genack!

Wenn das Leben euch einst wohler will
Eure Bäume grün sind, eure Weiher still
Wenn die Liebe euch im Darme laicht
Und ihr schwimmt, im Weiher eingeteicht:
Dann schwimmt weg! Still. Lässig zwischen Schweinepack
Haarig und verflucht und nicht ein Wrack
Still den Blick! Und steif in dem Genack
Zwei, drei Zähren, trocken schon, im Magensack!

Brecht ordnet das Gedicht Anfang 1956 einem geplanten 5. Kapitel, *Die leiblichen Übungen*, der *Hauspostille* zu, nimmt es dann aber nicht in das Inhaltsverzeichnis der Sammlung auf, das er 1956 anfertigt (vgl. Band 11).

195,2 *Vor Jahren in meiner verflossenen Arche]* T: Manuskript. E: Um 1920.

Das Gedicht ist auf zwei herausgerissenen Blättern eines Notizbuchs überliefert. Das erste Blatt enthält die Strophen 1-3 und eine weitere, nicht numerierte Strophe. Diese Strophe ist vermutlich zunächst als die abschließende Strophe 4 gedacht, wird dann aber mit leicht verändertem Text zur vorliegenden Strophe 8. Die Strophen 4-8 sind auf dem zweiten Blatt überliefert; der Anschluß an die Strophen 1-3 kann als gesichert gelten. Die ursprüngliche Strophe 8 lautet:

Nach 14 Jahren werde ich von Haiti kommen
Vom Fieber geschüttelt und vom Salzwind naß
Sie wiedersehen ohne Gesicht, verdummt und verschwommen
Und darüber lachen: denn ich liebe auch das.

195,2 *Arche]* Anspielung auf die Arche Noahs, in der Noah mit seiner Familie und zahlreichen Tierpaaren die Sintflut übersteht (1 Mose 7-8).

195,3 *Allerseelenstürme]* Allerseelen: katholischer Feiertag am 2. November, an dem der Seelen im Fegefeuer gedacht wird.

196,23 *sieben Kinder]* Sieben Kinder werden auch von der Frau in *Erinnerung an die Marie A.* vermutet (vgl. Band 11). Brecht soll Marie Rose Aman, seiner Jugendliebe, nach ihren Aussagen sieben Kinder versprochen haben.

196,1 *Wären die Burschen]* T: Manuskript. E: Um 1920.

197,1 *Wie ich genau weiß]* T: Typoskript (handschriftlich korrigiert). E: Um 1920.

197,1 *Anna redet schlecht von Biti]* T: Typoskript. E: Um 1920/21. Die Textgrundlage weist keine Zeichensetzung auf.

197,1 *Anna]* Konnte nicht ermittelt werden.

197,1 *Biti]* Kosename Brechts; meist »Bidi« geschrieben.

198,1 *Aus verblichenen Jugendbriefen]* T: Typoskript. E: Um 1920/21.

Das Gedicht erinnert an die nächtlichen Ausflüge Brechts und seiner Freunde an den Lech bei Augsburg. Brecht merkt an: »3. Kap. (Kleine Kantaten) (zu singen in der Woche vom Weißen Sonntag ab, wenn diese in den Mai fällt).« Die angesprochene Sammlung ist nicht überliefert; es handelt sich möglicherweise um eine Vorstufe zur *Hauspostille*.

198,6 *Heigei, Cass]* Otto Müllereisert, Caspar Neher.

198,7 *Orge]* Georg Pfanzelt.

199,1 *Ballade von zwei Freunden]* T: Typoskript. E: Um 1920/21.

199,2 *Munker]* Konnte nicht ermittelt werden.

199,2 *Karl Reiter]* Konnte nicht ermittelt werden.

199,1 *Im Zahnfleisch die dicke Importe]* T: Manuskript. E: Um 1920/21.

Unter das Gedicht notiert Brecht die folgenden Verse, die möglicherweise Entwürfe zu einer weiteren Strophe darstellen:

Schon um zehn Uhr schiffte ein Hund mich an
Das Bad; der Spiegel;
Er floß wie schwarzes Gerinnsel in einigen Straßen.

199,2 *Von der Trinitatisbarfose]* Brecht schreibt unter den Vers in Klammern die Variante: »Zu dick für das Loch einer Fose«. Es ist nicht endgültig zu entscheiden, welcher Vers gelten sollte.

199,2 *Trinitatisbarfose]* Prostituierte der Bar, die sich »Dreieinigkeit« nennt (Trinität ist im christlichen Glauben die Einheit von Gott Vater, Sohn und Heiligem Geist).

199,1 *John-I-am-happy schlief in der Seehundsbar]* T: Hanns Otto Münsterer, *Bert Brecht. Erinnerungen aus den Jahren 1917-22*, Zürich: Arche 1963, S. 168 f. E: Um 1920/21.

Nach Münsterers Erinnerungen entsteht der Song im Winter 1920/21 für eine Szene des Dramas *Mann ist Mann*, das damals noch *Der grüne Garraga* bzw. *Galigay* geheißen hat: »Neben der Begbick erschien als eine der eindrucksvollsten Figuren der Sergeant Bloody Five, der in den Entwürfen John-I-am-happy hieß. Im Gedächtnis ist mir noch eine Szene, bei der die Soldaten ein Spottlied auf diesen gefürchteten Burschen singen« (Münsterer, S. 168). – Es gibt keine Überlieferung des Gedichts, die auf Brecht direkt zurückginge. Der Name »John I am happy« taucht jedoch 1924 in einem Prosatext (Bruchstück) auf sowie in einer fragmentarischen Szene, die im Zusammenhang mit der Ausarbeitung von *Mann ist Mann* steht. Münsterers Überlieferung des Songs aus dem Gedächtnis kann nur bedingt als authentisch gelten.

199,2 *Poker]* Kartenspiel um (Geld-)Einsätze, bei dem es vor allem darauf ankommt, dem Gegner zu suggerieren, man habe bessere Karten als er. Poker wird vor allem in den USA gespielt.

199,2 *Can't]* Coon-can't, auch: Coon can (engl.: der Neger kann); Kartenspiel, bei dem vor allem mutige und riskante Einsätze den Erfolg ermöglichen.

199,12 *Mama Armee]* Das Bild geht in *Mann ist Mann* (1926) ein. In Szene 8, *Kantine*, heißt es: »Mama, wie wir die Armee im Scherz getauft haben« (vgl. Band 2); vgl. auch zu 142,1, *Larrys B.*

200,1 *Gott]* T: Manuskript. E: Um 1920/21. ED: Vorliegende Ausgabe.

200,1 *Nachts, wenn ich nicht getrunken habe]* T: Manuskript (Staats- und Stadtbibliothek Augsburg). E: Um 1920/21 (Datierung unsicher). ED: Vorliegende Ausgabe.

Brecht schreibt das Gedicht auf die Rückseite eines undatierten Briefes von Walter Brecht. Die Textgestalt kann nicht als gesichert gelten.

200,7 *Pest]* Vermutlich ist die links der Donau gelegene Schwesterstadt von Buda gemeint; beide Städte sind zu Budapest vereinigt worden.

201,1 *Weil ich ihr nicht genug]* T: Typoskript (handschriftlich korrigiert). E: Um 1920/21.

Brecht schreibt das Gedicht zunächst im Typoskript mit dem Titel *Wahre Ballade von einem Weib* und bearbeitet es dann handschriftlich, als er die *Hauspostille* zusammenstellt. Dabei klammert er den Titel ein, vermutlich, um für die Gedichtsammlung eine neue Überschrift zu wählen. Das Gedicht sollte in das 2. Kapitel der *Hauspostille* eingehen, was dann aber nicht der Fall ist (vgl. Band 11).

201,3 *Louis]* Umgangssprachlich für: Zuhälter.

201,2 *Zwei Dinge geziemen dem Mann]* T: Manuskript. E: Um 1920/21.

Das Gedicht ist zusammen überliefert mit *Ich meinerseits liebe nicht*.

201,5 *2]* Von dieser Strophe liegt eine Abschrift mit geringfügigen Abweichungen vor; dieses Typoskript trägt den handschriftlichen Zusatz »*2. Brief an die Mestizen*/über die Mißliebigen. Die Schmerz Empfindenden sind glücklich« und die Numerierung »2«. Vgl. das Gedicht *Ich bin vollkommen überzeugt* (210,1), für das Brecht den Titel *1. Brief an die Mestizen* erwogen hat.

203,2 *Ich meinerseits liebe nicht]* T: Manuskript. E: Um 1920/21.

Zur Überlieferung vgl. den voranstehenden Kommentar. – Die Strophe 3 ist in Prosa geschrieben, die Strophe 4 in Versen. Weitere Strophen sind nicht überliefert.

203,3 *Seelenverkäufer]* Schiffe, die so schlecht gebaut oder so heruntergewirtschaftet sind, daß sie eigentlich nicht seetüchtig sind.

203,12 *Galoschen]* Überschuhe.

203,27 *Marquis von Keith]* Figur des gleichnamigen Dramas (1898-1900) von Frank Wedekind.

204,38 *Mauers]* Konnte nicht ermittelt werden.

204,40 *S. Lemkuhls]* Konnte nicht ermittelt werden.

205,1 *An M]* T: Manuskript (Besitz: Hanne Hiob, München). E: 13. Januar 1921 (laut Manuskript).

Brecht notiert unter das Gedicht: »13.I.21 1/2 1 Uhr nachts«. Adressatin ist Marianne Zoff. Vgl. die Gedichtsammlung *Psalmen* (Band 11).

205,29-33 *Und ich will ... auch niemand]* Die Strophe beginnt ursprünglich mit dem Vers: »Obgleich du doch damals nicht kamst, Geliebte, und ich war es, der wartete –!«, den Brecht nachträglich einklammert.

206,1 *Das war die arme Marianne]* T: Manuskript (Tagebuch; Besitz: Hanne Hiob, München). E: 3. März 1921.

Dieses Gedicht sowie die folgenden Gedichte (bis *Epistel*, 209,1) sind in dem Tagebuch enthalten, das Brecht zwischen Februar und Mai 1921 führt. Über dem Gedicht ist angemerkt: »in der Frühe, an Mar, eine Strophe im Kopf«. Zwischen den beiden Strophen vermerkt er ein »und:«. – Angesprochen ist Marianne Zoff (vgl. *Journale*, 3. März 1921).

206,7 *Seehundbar]* Ursprünglich: »Seemannsbar«.

206,8 *zu zweit]* Ursprünglich: »war weit«.

206,1 *Der die Gestirne läßt]* T: Manuskript (Tagebuch; Besitz: Hanne Hiob, München). E: 21. März 1921. Zur Überlieferung vgl. den voranstehenden Kommentar.

206,1 *Aber unter der Beleidigung]* T: Manuskript (Tagebuch; Besitz: Hanne Hiob, München). E: 23. März 1921. Zur Überlieferung vgl. zu 206,1, *Das war die arme Marianne.*

Das Gedicht bezieht sich auf Marianne Zoffs damaligen Verlobten, den Kaufmann Oskar Camillus Recht. Marianne Zoff erwartet ein Kind von Brecht, ist aber unschlüssig, ob sie bei ihrem Verlobten bleiben oder sich für Brecht entscheiden soll.

206,1 *Auf dem Wege von Augsburg nach Timbuktu]* T: Manuskript (Tagebuch; Besitz: Hanne Hiob, München). E: 22. Mai 1921.

Zur Überlieferung vgl. zu 206,1, *Das war die arme Marianne.* – Marianne Zoff hat in der Spielzeit 1919/20 in Augsburg ein Engagement.

206,1 *Timbuktu]* Handelsstadt im Sudan, als »Königin der Wüste« lange umrätselt.

206,2 *Maorifrau]* Maori sind in Neuseeland lebende Eingeborene mit hellbrauner Hautfarbe und schwarzen Haaren.

207,9 *Debb]* So in der Textgrundlage.

207,1 *Psalm]* T: Typoskript (handschriftlich ergänzt). E: 29. Mai 1921.

Brecht schreibt das Gedicht in Prosa ohne Titel zunächst ins Tagebuch der Zeit (vgl. zu 206,1, *Das war die arme Marianne*, und Band 26). In der Textgrundlage sind Titel und die Abschnittszählung handschriftlich ergänzt worden. – Vgl. den Kommentar zu den *Psalmen* (Band 11).

208,1 *März]* T: Typoskript. E: 12. Oktober 1921.

Brecht schreibt das Gedicht zunächst ins Tagebuch der Zeit (vgl. zu 206,1, *Das war die arme Marianne*, und Band 26). Textgrundlage ist eine Abschrift im Typoskript.

208,6 *absinthenen]* Absinth ist ein grüner, sehr starker Schnaps aus Wermut, Anis und Kräutern.

208,17 f. *Volldergnaden]* Nach dem »Ave Maria« (Lukas 1,28) als Formel für die Mutter Gottes in viele Gebete des christlichen Ritus eingegangen.

209,1 *Epistel]* T: Typoskript (handschriftlich korrigiert). E: 19. Dezember 1921.

Brecht schreibt dieses und die zwei folgenden Gedichte zunächst unter den Titeln *Gedicht*, *Anderes Gedicht* und *Noch ein Gedicht* ins Tagebuch der Zeit (vgl. zu 206,1, *Das war die arme Marianne*, und Band 26). Abschriften (Typoskripte) der Gedichte sind handschriftlich korrigiert. Neben der Textgrundlage gibt es ein weiteres Typoskript der *Epistel*, überschrieben mit der Ziffer 4 und handschriftlich darüber: »2. Brief an die Moskauer, eine weitere Ermahnung«.

209,1 *Epistel]* Vgl. zu 190,1, *Epistel über den Selbstmord.*

209,1 *Früher dachte ich]* T: Typoskript. E: 19. Dezember 1921. Zu Entstehung und Überlieferung vgl. den voranstehenden Kommentar.

209,14 *Courtoisie]* (Franz.) Ritterlichkeit.

210,1 *Ich bin vollkommen überzeugt]* T: Typoskript. E: 19. Dezember 1921.

Das Gedicht steht im Tagebuch unter dem Titel *Noch ein Gedicht.* Neben der Textgrundlage gibt es eine Abschrift im Typoskript mit dem Zusatz: »*1. Brief an die Mestizen*/da erbittert Klage geführt wurde gegen die Unwirtlichkeit«. – Vgl. das Gedicht *Zwei Dinge geziemen dem Mann* (201,2), dessen Abschnitt 2 auf einem Typoskript mit dem Zusatz versehen ist: »*2. Brief an die Mestizen*/über die Mißliebigen. Die Schmerzempfindenden sind glücklich«.

210,2 *Schon verlassen sie]* T: Manuskript (Notizbuch). E: 1921. Brecht notiert zunächst Strophe 1 in ein Notizbuch von 1921, ergänzt diese dann zu einem fünfstrophigen Gedicht in einem weiteren Notizbuch der Zeit und versieht es mit einer Notenskizze.

210,2 f. *schwärenden]* Mit Geschwüren übersät; eiternd.

211,21 *5]* Strophenziffer ergänzt.

211,1 *Ihr könnt leicht mit der Wimper zucken]* T: Manuskript (Notizbuch). E: 1921.

Dieses Gedicht ist neben weiteren Gedichten und der ersten Strophe von *Schon verlassen sie* in einem Notizbuch enthalten, das Brecht 1921 benutzt hat. Die Verse sind mit einer Notenskizze versehen.

211,8 *Wie es ... mag.]* In der Textgrundlage: »W.e.e.b.m.«

211,1 *Komm zum Kerker der Verdammten]* T: Manuskript (Notizbuch). E: 1921. Zur Überlieferung vgl. den voranstehenden Kommentar.

211,1 *Und Tage, Wochen, Monde wichen lautlos]* T: Manuskript (Notizbuch). E: 1921. Zur Überlieferung vgl. zu 211,1 *Ihr könnt leicht mit der Wimper zucken.*

211,1 *Die alte Tapete. Eine Männerimitation]* T: Manuskript (Notizbuch). E: 1921. ED: Vorliegende Ausgabe. Zur Überlieferung vgl. zu 211,1, *Ihr könnt leicht mit der Wimper zucken.*

211,1 *Tapete]* Brecht notiert danach in Klammern als Variante: »Frau«.

211,4 *verscheilscht]* So in der Textgrundlage.

211,5 *Philanthropie]* (Griech.) Menschenfreundlichkeit.

212,1 *Balaam Lai in seinem dreißigsten Jahr]* T: Manuskript (Notizbuch). E: 1921.

Zur Überlieferung vgl. zu 211,1, *Ihr könnt leicht mit der Wimper zucken.* – Über dem Text ist notiert: »Das Nichts marschiert«; möglicherweise handelt es sich um den Titel des Gedichts, das Hanns Otto Münsterer mit *Balaam Lai im Juli* (231,1) den »Anna-Gewölke-Gedichten« zuordnet (vgl. *Ballade vom Tod des Anna Gewölkegesichts*, 235,1): »Der die Entschwundene Suchende weiß plötzlich ohne jeden Grund, daß sie ›in Madagaskar‹ sein müsse. Und nun steigt in mir die Assoziation an urweltliche Sümpfe auf, aus denen eine Frauengestalt auftaucht, fast eine Dinosauriervision.« (Hanns Otto Münsterer, *Bert Brecht. Erinnerungen aus den Jahren 1917-22*, Zürich: Arche 1963, S. 146f.) Im Notizbuch von 1922 gibt es einen Dialog-Entwurf zwischen Balaam und Edschmidt, in dem ein Streit um eine Frau zwischen beiden mit dem Revolver gelöst werden soll.

212,1 *Balaam Lai]* Balaam ist in der *Vulgata*, der lateinischen Bibel, der Name für Bileam, einen heidnischen Propheten des *Alten Testaments*. Die Bileamiten sind nach Balaam genannte Irrlehrer; vgl. 4 Mose 22-24. Ein Vorbild für den Namen »Lai« konnte nicht ermittelt werden.

212,2 *Madagaskar]* Insel südöstlich von Afrika; steht für Exotismus.

212,3 *Erna Susatte]* Fingierter Name.

212,8 *Cooks Reisebüro]* Reisebürokette, die vom Engländer Thomas Cook gegründet worden ist. Cook ist der Erfinder der Pauschalreisen (1841) und des Reisejournalismus.

212,13 *Wie der Pontius ins Credo hinein]* Redensart, abgeleitet von Pontius Pilatus, einem römischen Prokurator von Judäa: Wegen seiner Verurteilung Christi zum Kreuzestod gelangt sein Name in das christliche Glaubensbekenntnis (Credo), mit dessen Inhalt er nichts zu tun hat; vgl. Lukas 23,20-25. Credo: (lat.) ich glaube bzw. Glaube.

213,38 *Mit einem Punschaffen]* Einen Affen haben: umgangssprachlich für: volltrunken sein.

213,39 *Erna Gewölke]* Bei Brecht ist sonst der Name »Anna Gewölke« üblich, der auch ursprünglich im Typoskript steht, von Brecht jedoch mit »Erna« überschrieben wird.

213,40 *Tauentzienstraße]* Straße im westlichen Zentrum Berlins.

213,42 *Wiese]* Im übertragenen Gebrauch zurückgehend auf die ursprüngliche Bedeutung des Worts: sumpfig, besonders feucht.

213,1 *Die befreit aus den grünen Dschungeln treten]* T: Manuskript (Notizbuch). E: 1921. Zur Überlieferung vgl. zu 211,1, *Ihr könnt leicht mit der Wimper zucken.*

213,1 *Und war es einst dunkel]* T: Manuskript (Notizbuch). E:

1921. Zur Überlieferung vgl. zu 211,1, *Ihr könnt leicht mit der Wimper zucken.*

213,1 *Ob zu Brei zerquetscht]* T: Manuskript (Notizbuch). E: 1921. Das Gedicht ist durch die Lektüre von Büchern Rudyard Kiplings angeregt. – Zur Überlieferung vgl. zu 211,1, *Ihr könnt leicht mit der Wimper zucken.*

213,1 *Shik-Elefanten]* So in der Textgrundlage; gemeint ist nach Kipling: »Sikh-Elefanten«. Sikh: (sanskrit) Schüler; es handelt sich um Anhänger einer indischen Sekte mit straffer militärischer Organisation.

213,2 *Madras]* Staat im südlichen Indien.

214,10 *Mongefluß]* Name nach Kipling; vgl. *Die Ballade von dem Soldaten* (Band 11).

214,1 *Die noch steuerten]* T: Manuskript (Notizbuch). E: 1921. ED: Vorliegende Ausgabe. Zur Überlieferung vgl. zu 211,1, *Ihr könnt leicht mit der Wimper zucken.*

214,1 *François Chavez flog übern Montblanc]* T: Manuskript (Notizbuch). E: 1921.

Brecht schreibt in sein Notizbuch (vgl. zu 211,1, *Ihr könnt leicht mit der Wimper zucken*) zunächst die drei Anfangsverse und ordnet dann die beiden folgenden Strophen durch den Vermerk »Chz« auf der Folgeseite des Notizbuchs zu. – Zum zeithistorischen Hintergrund vgl. zu 188,1, *Bericht von einer mißlungenen Expedition.*

214,3 *Cancan]* Aus Algier stammender Tanz im 2/4-Takt; ab 1830 in Paris eingeführt, Ende des 19. Jahrhunderts in Deutschland (Berlin).

214,7 *Mont Cenis]* Vgl. zu 188,2.

215,1 *Lied]* T: Manuskript (Notizbuch). E: 1921. Zur Überlieferung vgl. zu 211,1, *Ihr könnt leicht mit der Wimper zucken.*

215,9 *Mont Cenis]* Vgl. zu 188,2.

215,2 *Wenn der Abendstern]* T: Manuskript (Notizbuch). E: 1921. Zur Überlieferung vgl. zu 211,1, *Ihr könnt leicht mit der Wimper zucken*; vgl. auch *Bericht von einer mißlungenen Expedition* (188,1), *François Chavez flog übern Montblanc* (214,1) und die teilweise gleichlautenden Verse im *Lied* (215,1) sowie die zugehörigen Kommentare. – Brecht schreibt zunächst die Strophen 2-5, gezählt als 1-4, und erst dann die Strophe 1, die er mit der Ziffer 0 versieht. Die Strophenzählung ist im vorliegenden Druck korrigiert worden.

215,5 *Kober]* Gemeint ist vermutlich »Koben«: Stall, Käfig; Kober ist ein Korb für Eßwaren.

216,40 *Priemenstumpen]* Priem: (niederdt.) Pfläumchen, Kautabak.

216,2 *Jetzt in der Nacht]* T: Manuskript (Notizbuch). E: 1921.
Zur Überlieferung vgl. zu 211,1, *Ihr könnt leicht mit der Wimper zucken.* – Elisabeth Hauptmann hat für das Gedicht den Titel *Jahr für Jahr* gewählt, und zwar in Erinnerung an eine Publikation, die nicht ermittelt werden konnte (Elisabeth-Hauptmann-Archiv; Akademie der Künste zu Berlin).

217,1 *Liebestod]* T: Manuskript (Notizbuch). E: 1921. ED: Vorliegende Ausgabe.
Zur Überlieferung vgl. zu 211,1, *Ihr könnt leicht mit der Wimper zucken.* – Es handelt sich um eine selbständige Vorstufe zu *Die Ballade vom Liebestod* der *Hauspostille* (vgl. Band 11). Strophe 1 des vorliegenden Gedichts und Strophe 12 der Ballade sind identisch.

217,1 *Am ersten Tage schon gleich zu Beginne]* T: Manuskript (Notizbuch). E: 1921. ED: Vorliegende Ausgabe. Zur Überlieferung vgl. zu 211,1, *Ihr könnt leicht mit der Wimper zucken.*

218,1 *Warum denn weinen]* T: Manuskript (Notizbuch). E: 1921.
Zur Überlieferung vgl. zu 211,1, *Ihr könnt leicht mit der Wimper zucken.* – Brecht parodiert das Chanson *Wer wird denn weinen, wenn man auseinandergeht* von Hugo Hirsch (Text: Arthur Rebner), das 1918 im Vaudeville *Die Scheidungsreise* verwendet wird und 1921 durch den Film *Der Fürst von Pappenheim* weite Verbreitung findet. Die ersten Verse werden zum geflügelten Wort: »Wer wird denn weinen, wenn man auseinandergeht/wenn an der nächsten Ecke schon ein andrer steht«.
218,8 *andrer gescheiter]* Lücke im Text.

218,1 *Oh, der arme Berthold Brecht]* T: Manuskript (Notizbuch). E: 1921.
Zur Überlieferung vgl. zu 211,1, *Ihr könnt leicht mit der Wimper zucken.* – Es handelt sich um ein Prosagedicht im Stil der *Psalmen* (vgl. Band 11).

218,1 *War mir doch, als blieb ich ewig]* T: Manuskript (Notizbuch). E: 1921.
Zur Überlieferung vgl. zu 211,1, *Ihr könnt leicht mit der Wimper zucken.* – Die Verse spielen auf Goethes frühes Gedicht *Unbeständigkeit* (1770) an.

218,1 *Spröder wie Bernstein]* T: Manuskript (Notizbuch). E: 1921. Zur Überlieferung vgl. zu 211,1, *Ihr könnt leicht mit der Wimper zucken.*
219,7 *Hunden]* Unsichere Entzifferung; möglicherweise auch »Händen«.

219,1 *Es fliegen drei Raben]* T: Manuskript (Notizbuch). E: 1921.
Zur Überlieferung vgl. zu 211,1, *Ihr könnt leicht mit der Wimper zucken.* – Diese und die folgenden vier Volksliedparodien, *Moritat, An der Saale hellem Strande, Es steht ein Baum im Odenwald* und *Die Ballade vom Hauptmann Köpenick,* schreibt Brecht mit einer Ausnahme hintereinander ins Notizbuch. Nach Hanns Otto Münsterer haben er und Brecht eine Sammlung von Volksliedparodien geplant mit dem Titel *Des Knaben Plunderhorn oder Schmatzkästlein des schweinischen Hausfreunds. Ein Volksbuch für die oberen Zehntausend* in Anspielung auf *Des Knaben Wunderhorn. Alte deutsche Lieder* (1806/1808), die Volksliedsammlung von Achim von Arnim und Clemens Brentano, sowie auf *Das Schatzkästlein des rheinischen Hausfreundes* (1811) von Johann Peter Hebel. Münsterer überliefert drei Gedichte aus der Erinnerung, und zwar *Rudelsburg, Der Baum im Odenwald* und *Ballade vom Hauptmann von Köpenik* als »Gemeinschaftsarbeit von Brecht und Münsterer«. Münsterers Überlieferung ist beim Köpenick-Gedicht mit der Jahreszahl 1922 versehen (Nachlaß Münsterer, Bayerische Staatsbibliothek München). Weiterhin berichtet er: »Sogar gemeinsam machten wir noch Gedichte; eine Art *Plunderhorn* war geplant, das allerhand dem deutschen Gemüt unentbehrliche Sentimentalitäten parodieren sollte.« (*Bert Brecht. Erinnerungen aus den Jahren 1917-22*, Zürich: Arche 1963, S. 185.) Eine genauere Datierung dieser geplanten Gemeinschaftsarbeit erfolgt bei Münsterer nicht. – Quellen von *Es fliegen drei Raben* sind Ludwig Uhlands Lied *Der Wirtin Töchterlein* (um 1840): »Es zogen drei Burschen wohl über den Rhein,/Bei einer Frau Wirtin, da kehrten sie ein« und das Volkslied *Zucht bringt Zucht* (»Es flohen drei Sterne wohl über den Rhein/Es hätt' eine Wittwe drey Töchterlein«) nach *Des Knaben Wunderhorn.*

219,1 *Moritat]* T: Manuskript (Notizbuch). E: 1921.
Zur Entstehung vgl. den voranstehenden Kommentar; zur Überlieferung vgl. zu 211,1, *Ihr könnt leicht mit der Wimper zucken.* – Quelle ist das volkstümliche Lied *Heinrich schlief bei seiner Neuvermählten* (1779) von Johann Friedrich August Kazner nach einer traditionellen Melodie des 18. Jahrhunderts. Kazners Lied geht in einer erweiterten Fassung in das Stück *Schweyk* ein (Szene 4; vgl. Band 7). Vgl. auch die *Ballade vom armen Stabschef* (Band 14). – Der Text ist von Brecht nicht endgültig bearbeitet. Mehrere Einklammerungen von Versen oder Versteilen weisen darauf hin, daß Brecht Änderungen erwogen hat, ohne sie dann auszuführen. Brechts Bruder Walter überliefert eine andere Version der Strophe 1, von der er schreibt, daß sie von Brecht gesungen worden sei (Walter Brecht, *Unser Leben in Augsburg, damals*, Frankfurt a. M. 1984, S. 139):

Heinrich schlief bei seiner Neuvermählten
Einer reichen Erbin an dem Rhein
Giftige Schlangen, die ihn quälten
Ließen lange ihn nicht schlafen ein...

219,3 *Böse Düfte ... Mund]* Der Vers ist eingeklammert und sollte vermutlich ersetzt werden.

220,8f. *Still am ... Licht]* In der Textgrundlage ursprünglich: »Meine nicht, mein Heinrich, ich beschwere/Mich dereinstens, o mein dieses nicht.« Brecht klammert die Verse ein und schreibt unter sie, wiederum in Klammern, die vorliegenden Verse, die offenbar auch noch nicht endgültig sind.

220,21 *kehre ein zum Licht!]* Darunter in Klammern die Variante: »schau die Schale bricht –«.

220,1 *An der Saale hellem Strande]* T: Manuskript (Notizbuch). E: 1921.

Zur Entstehung vgl. zu 219,1, *Es fliegen drei Raben*; zur Überlieferung vgl. zu 211,1, *Ihr könnt leicht mit der Wimper zucken*. – Quelle ist das gleichnamige Volkslied von F. Kugler (1821), die Melodie stammt von E. F. Fesca (1822).

221,1 *Rudelsburg]* T: Typoskript (Nachlaß Münsterer, Bayerische Staatsbibliothek München). E: 1921.

Zur Entstehung vgl. zu 219,1, *Es fliegen drei Raben*. – Es handelt sich um Münsterers Überlieferung des voranstehenden Gedichts im Rahmen der geplanten Sammlung *Des Knaben Plunderhorn*. Eine weitere Überlieferung dieser Fassung von fremder Hand (Nachlaß) bestätigt ihren Wortlaut.

221,1 *Rudelsburg]* Burgruine an der Saale bei Bad Kösen; im Mittelalter meißnische Sperrburg des Saaletals, 1641 zerstört.

221,1 *Es steht ein Baum im Odenwald]* T: Manuskript (Notizbuch). E: 1921.

Zur Entstehung vgl. zu 219,1, *Es fliegen drei Raben*; zur Überlieferung vgl. zu 211,1, *Ihr könnt leicht mit der Wimper zucken*. – Quelle ist das Gedicht *Aus dem Odenwald* (»Es steht ein Baum im Odenwald/Der hat viel grüne Aest«) nach *Des Knaben Wunderhorn*.

222,16 *Mein ich ... mich.]* In der Textgrundlage ursprünglich: »Dann wein ich bitterlich.«

222,1 *Der Baum im Odenwald]* T: Typoskript (Nachlaß Münsterer, Bayerische Staatsbibliothek München). E: 1921. ED: Vorliegende Ausgabe (in dieser Fassung).

Zur Entstehung vgl. zu 219,1, *Es fliegen drei Raben*. – Es handelt sich um Münsterers Überlieferung der voranstehenden Volksliedparodie, die durch eine weitere von fremder Hand bestätigt wird (Nachlaß).

222,1 *Wenn mir einst die Äuglein brechen]* T: Manuskript (Notizbuch). E: 1921. Zur Überlieferung vgl. zu 211,1, *Ihr könnt leicht mit der Wimper zucken.*

222,4 *Gebet:]* Das Gebet ist nicht überliefert.

222,1 *Die Ballade vom Hauptmann Köpenick]* T: Typoskript. E: 1921. Die Textgrundlage weist keine Zeichensetzung auf.

Zur Entstehung vgl. zu 219,1, *Es fliegen drei Raben.* – Brecht notiert das vorliegende Gedicht ohne Titel ins Notizbuch (vgl. zu 211,1, *Ihr könnt leicht mit der Wimper zucken*) und fertigt dann eine Reinschrift (Textgrundlage) an. – Mit dem Gedicht deutet Brecht die historische Person des Schusters Wilhelm Voigt um. Dieser hat am 16. Oktober 1906 auf die Stadtkasse von Köpenick (heute Stadtteil von Berlin) einen Handstreich verübt: Als Hauptmann verkleidet, verschafft er sich einen Trupp Soldaten und beschlagnahmt die Kasse. Mut, Draufgängertum sowie Verschmitztheit verbinden sich seitdem mit der Person des Schusters. Die »Köpenickiade« wird sprichwörtlich für die Entlarvung der Uniform- und Autoritätsgläubigkeit im Wilhelminischen Deutschland. Voigt selbst wird nach seinem Prozeß weitgehend vergessen. Er stirbt am 3. Januar 1922. Voigt war nicht Soldat, jedoch identifiziert ihn Brecht mit dem Militarismus, den der Schuster mit seiner »Köpenikkiade« bloßgestellt hat. – Das Gedicht spielt auf *Die Legende vom toten Soldaten* an (Band 11).

222,4 *undankbare Republik]* Gemeint ist die Weimarer Republik.

223,27 *Kaiser Franz]* Angespielt ist auf den österreichischen Kaiser Franz Joseph I., mit dem der Hauptmann von Köpenick jedoch nichts zu tun hatte.

224,1 *Ballade vom Hauptmann von Köpenik]* T: Typoskript (Nachlaß Münsterer, Bayerische Staatsbibliothek München). E: 1921. ED: Vorliegende Ausgabe (in dieser Fassung).

Zur Entstehung vgl. den voranstehenden Kommentar. – Es handelt sich um Münsterers Überlieferung des Gedichts, die durch eine weitere von fremder Hand bestätigt wird (Nachlaß).

224,1 *Köpenik]* So durchgängig die Schreibung in der Textgrundlage.

225,1 *Zum Zerreißen verlockten]* T: Manuskript (Notizbuch). E: 1921.

Dieses und die folgenden Gedichte finden sich in einem weiteren Notizbuch, das Brecht 1921 geführt hat. – Es handelt sich um das Bruchstück eines dem Umkreis der *Psalmen* zuzuordnenden Prosagedichts (vgl. Band 11).

225,1 *Die Welt gefällt mir nicht mehr]* T: Manuskript (Notizbuch). E: 1921.

Zur Überlieferung vgl. den voranstehenden Kommentar. – Es handelt sich um ein Prosagedicht.

225,12 *Ich verlang gesättigt]* Text bricht ab.

225,1 *Wohl scheint er anfangs]* T: Manuskript (Notizbuch). E: 1921. Zur Überlieferung vgl. zu 225,1, *Zum Zerreißen verlockten.*

225,2 *Purpurschabracken]* Paradedecken für Kavalleriepferde.

226,28 *plötzlich]* Es folgt noch ein unleserliches Wort, dann bricht der Text ab.

226,1 *Ballade von der menschlichen Stärke]* T: Manuskript (Notizbuch). E: 1921.

Zur Überlieferung vgl. zu 225,1, *Zum Zerreißen verlockten.* – Der Titel ist nachgetragen.

226,3 *Ach es gibt wohl]* In der Textgrundlage ursprünglich: »Freilich gibt es«.

227,1 *Die Stadt]* T: Manuskript (Notizbuch). E: 1921.

Zur Überlieferung vgl. zu 225,1, *Zum Zerreißen verlockten.* – Auf dem Blatt finden sich noch eine Notenskizze und die Verse: »Der sibirische Bär ist zwar in den Schluchten vereist/Und das Holz der Wälder auch verschleißt«, die nicht zugeordnet werden können.

227,1 *Ballade von den Schwangeren ohne Heim]* T: Manuskript (Notizbuch). E: 1921. Zur Überlieferung vgl. zu 225,1, *Zum Zerreißen verlockten.*

227,3 *veraßen]* Es soll vermutlich »vergaßen« heißen.

227,1 *Wir sind auf Schiffen zum Himmel gefahren]* T: Manuskript (Notizbuch). E: 1921. Zur Überlieferung vgl. zu 225,1, *Zum Zerreißen verlockten.*

227,4 *Kain und Abel]* Söhne Adams und Evas; Kain ermordet seinen Bruder; vgl. 1 Mose 4.

227,1 *Des lieben Himmels schöne Bläue]* T: Manuskript (Notizbuch). E: 1921. Zur Überlieferung vgl. zu 225,1, *Zum Zerreißen verlockten.*

228,1 *Ich bin viele Ströme heruntergefahren]* T: Manuskript (Notizbuch). E: 1921. Zur Überlieferung vgl. zu 225,1, *Zum Zerreißen verlockten.*

228,1 *Komm Mädchen, laß dich stopfen]* T: Manuskript (Notizbuch). E: 1921.

Dieses und die folgenden Gedichte finden sich in einem weiteren Notizbuch, das Brecht 1921 geführt hat.

228,3 *Dutten]* Mundartlich für: Brüste.

228,1 *Und alle die Jahre am Abend]* T: Manuskript (Notizbuch). E: 1921.

Zur Überlieferung vgl. den voranstehenden Kommentar. – Unter das Gedicht notiert Brecht noch die zwei (unvollständigen) Verse: »Kalt und und mit vier mal zehn Jahren/Mit Mond und Wiese und Wind«, die möglicherweise zum Gedicht gehören.

228,2 *Ich erkannte mich]* T: Manuskript (Notizbuch). E: 1921.

Zur Überlieferung vgl. zu 228,1, *Komm Mädchen, laß dich stopfen.* – Es handelt sich um die Strophe eines Gedichtfragments, zu dem lediglich der Beginn einer vierten Strophe überliefert ist: »Das Lied war schnell abgedroschen/Und«.

228,4 *hat]* So in der Textgrundlage.

228,1 *Oh! Ihr Zeiten meiner Jugend!]* T: Typoskript. E: 1921.

Das Gedicht ist zunächst handschriftlich ins Notizbuch (vgl. zu 228,1, *Komm Mädchen, laß dich stopfen*) eingetragen. Textgrundlage ist eine Abschrift (Typoskript).

229,1 *Hinunterschlingernd]* T: Manuskript (Notizbuch). E: 1921. ED: Vorliegende Ausgabe.

Zur Überlieferung vgl. zu 228,1, *Komm Mädchen, laß dich stopfen.* – Die Verse entstehen im Zusammenhang mit Aufzeichnungen zum Stück *Im Dickicht* (Band 1).

229,4 *Blaßhaut]* Anspielung auf die Figur des George Garga aus *Im Dickicht.*

229,5 *Asiate]* Anspielung auf die Figur des Holzhändlers Shlink, ein Malaie, aus dem Stück *Im Dickicht.*

229,1 *Hier steht Bertold Brecht]* T: Manuskript (Notizbuch). E: 1921.

Das Gedicht entsteht im Zusammenhang mit dem Gedicht *Vom schlechten Gebiß* (Band 11). – Zur Überlieferung vgl. zu 228,1, *Komm Mädchen, laß dich stopfen.*

229,5 f. *Zahnlos ... Zähneblecken]* Fast identisch mit den beiden ersten Versen von *Vom schlechten Gebiß.*

229,9 *Kreuz]* In der Textgrundlage steht das Zeichen eines Kreuzes.

229,11 *was Bestie ist]* In der Textgrundlage ursprünglich: »wie der bleiche Krist«.

229,17 *impotent.)]* Klammer ergänzt.

230,21 f. *bin ich ... und Haar.]* Identisch mit den Schlußversen von *Vom schlechten Gebiß.*

230,1 *Wer im guten Glücke]* T: Manuskript (Notizbuch). E: 1921. Zur Überlieferung vgl. zu 228,1, *Komm Mädchen, laß dich stopfen.*

230,8 *Daß ihr seht ... quälen!]* Brecht notiert unter den Vers in Klammern die Variante: »Eure Augen sind schwächer als eure Seelen!«

231,1 *Balaam Lai im Juli]* T: Typoskript. E: 1921. Zu Namen und Thema vgl. zu 212,1, *Balaam Lai in seinem dreißigsten Jahr.*

231,3 *Austreibung aus dem Paradiese]* Anspielung auf 1 Mose 3,23-24.

231,9 *Maria hilf!]* Anrufung der Gottesmutter im christlichen Ritus.

231,15 *solennen]* (Lat.) feierlich.

231,27 *Hostien]* Beim christlichen Abendmahl gereichte Oblaten, die den Leib Christi symbolisieren.

231,31 *flaggte]* Vgl. zu 91,26.

232,36 *Wigwam]* Indianerhütte.

232,43 *Untergang des Abendlandes]* Angespielt ist auf Oswald Spenglers zweibändiges geschichtsphilosophisches Werk *Der Untergang des Abendlandes* (1918-1922).

232,49 *Walküre]* Im germanischen Mythos die »Totenwählerin«, ein überirdisches weibliches Wesen, das im Auftrag des Gottes Odin den zum Tode bestimmten Helden »erwählt« und nach Walhalla, in die Totenhalle, bringt.

232,1 *Bericht des Schiffbrüchigen]* T: Erstdruck. E: 1921. ED: *Vossische Zeitung*, Berlin, 12. April 1925.

233,1 *Lied der verderbten Unschuld beim Wäschefalten]* T: Erstdruck. E: 1921 (laut Textgrundlage). ED: Bertolt Brecht, *Hundert Gedichte. 1918-1950*, Berlin/DDR: Aufbau 1951, S. 23-25. Auf einem frühen Typoskript merkt Brecht handschriftlich an: »H. Zille gewidmet«.

233,24 *Scharlachnes Babylon]* Anspielung auf die Offenbarung 17,4, in der die Stadt Babylon als in »Purpur und Scharlach« gekleidete Hure beschrieben wird.

235,1 *Vorspruch einer letzten Szene, in der ein guter Mensch straflos ausgeht]* T: Typoskript. E: 1921.

Die Verse gehören möglicherweise zum Stückfragment *Die Päpstin Johanna* (Band 10).

235,1 *Ballade vom Tod des Anna Gewölkegesichts]* T: Manuskript. E: Um 1921. Vgl. *An A. G.* (159,1) und die »Balaam Lai«-Gedichte (212,1 und 231,1).

235,1 *Gewölkegesichts]* Kunstwort Brechts; vgl. zu 159,1, *An A. G.*, und zu 214,39.

235,9 *Wie war ihr Gesicht]* Das vergehende Gesicht im Zusammenhang mit dem Bild der Wolke ist ein Grundmotiv der frühen Lyrik Brechts; vgl. z.B. *Erinnerung an die Marie A.* in der *Hauspostille* (Band 11).

236,1 *Ein Windhauch öffnet]* T: Manuskript. E: Um 1921. ED: Vorliegende Ausgabe.

Das Prosagedicht, das vermutlich fragmentarisch ist, entsteht im Zusammenhang mit der Arbeit am Stück *Im Dickicht* (Band 1), das Brecht im Winter 1921/22 im Manuskript abschließt. – Vgl. auch die *Psalmen*, die Brecht 1920 verfaßt (Band 11).

237,1 *Psalm für einen höflichen Mann]* T: Typoskript. E: Um 1921. Es handelt sich vermutlich um ein Fragment. – Die Textgrundlage weist keine Zeichensetzung auf.

237,2 *Biti]* Kosename für Brecht.

237,2 *Sind auch die Täler noch voll von Grünem]* T: Manuskript. E: Um 1921.

Es handelt sich um ein Fragment; weitere Strophenauszeichnungen erfolgen nicht.

238,1 *Tahiti]* T: Typoskript (handschriftlich korrigiert). E: Um 1921. ED: *Aufstieg und Fall der Stadt Mahagonny*, in: *Versuche*, Heft 2 (*Versuche 4-7*), Berlin: Gustav Kiepenheuer 1930, S. 86.

Das Gedicht umfaßt im Erstdruck drei Strophen und wird durch ein Zitat aus *Des Seemanns Los* (vgl. zu 238,9) fortgesetzt:

Der Schnaps in die Toiletten geflossen
Die rosa Jalousien herab
Der Tabak geraucht, das Leben genossen
Wir segeln nach Alaska ab.

Hallo, Paule, großer Navigator!
Hallo, seht, wie er schon das Segel bedient
Jenny, zieh dich aus, es wird heiß, der Äquator
Heinrich, setz den Hut fest, der Golfstromwind!

Das Schiff, das ist kein Kanapee!
Stürmisch die Nacht und hoch geht die See.
Das Schiff, es schlingert, die Nacht sinkt weit
Sechs von uns drei haben die Seekrankheit.

238,1 *Tahiti]* Meint beim jungen Brecht die (nicht genauer lokalisierte) Ferne, in die er sich sehnt: »Darum wollen wir alles gut machen, daß wir, wenn wir in Tahiti sitzen, sagen können: Es war alles gut.« (*Journale*, 8. Mai 1921.) Die Anregung, diese Ferne nach der größten der »Gesellschaftsinseln« im Pazifik »Tahiti« zu nennen, geht auf den autobiographischen Roman *Noa Noa 1891-1893* (1897, dt. 1908) von Paul Gauguin zurück; Gauguin berichtet über seinen Südseeaufenthalt und gibt das Bild eines von der modernen Zivilisation verschonten Lebens. – In den Fassungen *Im Dickicht* und *Im Dickicht der Städte* wird das Tahiti-Motiv ebenfalls verwendet (vgl. Band 1).

238,9 *Stürmisch die Nacht ...]* Brecht zitiert die Anfangszeile einer *Weise* von Adolf Martell, die im ersten Weltkrieg nach einer Musik von Henri Wilhelm Petri viel gesungen worden ist. Die *Weise* ist populär geworden als Schlager unter dem Titel *Des Seemanns Los*.

238,13 *Irrigator]* Instrument zum Verabreichen von Darmeinläufen und Spülungen.

238,14 *Topp]* (Niederdt.) Zopf, oberes Ende des Mastes. Hier übertragen und personifiziert gebraucht (vgl. Zeile 24).

238,15 *Gedde]* Konnte nicht ermittelt werden.

238,16 *Bidi]* Kosename Brechts.

238,18 *Kap Good Horn]* Mischung aus Kap Horn (Südspitze Amerikas) und Cape Good Hope (Kap der guten Hoffnung, Südspitze Afrikas).

238,20 *Java]* Indonesische Insel im Malaiischen Archipel.

238,21 *Nearer, my God!]* Den englischen Choral *Nearer, my God, to Thee*, 1840) (»Näher, mein Gott, zu Dir«) von Sarah Flower Adams sollen die Passagiere der untergehenden Titanic (1912) gesungen haben. Er wurde durch entsprechende Presseberichte allgemein bekannt.

239,1 *Vielleicht]* T: Manuskript. E: Um 1921.

239,2 *Wir sind in Pergament verdorben]* T: Manuskript. E: Um 1921.

239,1 *11]* Überliefert sind nur die vorliegenden Strophen.

239,4 *Arture Rimbaud]* Arthur Rimbaud gehört zu den wichtigsten Vorbildern des frühen Brecht. Rimbaud, dem wegen Leukämie ein Bein amputiert wurde, stirbt am 10. November 1891 an der Krankheit.

239,9 *Sakrament]* Nach dem Bericht von Rimbauds Schwester soll sich dieser noch kurz vor seinem Tod zum Katholizismus bekehrt und die »letzte Ölung« empfangen haben.

239,1 *Wurden wirklich Tränen hier vergossen]* T: Manuskript. E: Um 1921.

239,8 *Kalkül]* Es handelt sich möglicherweise um ein nur vorläufig notiertes Reimwort.

240,2 *Von Seide bunt umglüht]* T: Manuskript (Staats- und Stadtbibliothek Augsburg). E: Um 1921/22 (Datierung unsicher). ED: Vorliegende Ausgabe.

Das Gedicht ist auf die Rückseite eines Briefbogens der Firma F. C. Krist (Augsburg) geschrieben. Auf der Vorderseite findet sich eine Abschrift fremder Hand, die am Rand den, in Brechts Manuskript nicht vorhandenen, Titel *Shawl und Kreuz* und unter dem Text die Anmerkung enthält: »von Bert Brecht an einem Teeabend«. Das Gedicht bezieht sich auf die Tochter von Fanny Krist geb. Roecker, deren Schwester Marie Roecker in der Familie Brecht den Haushalt besorgt hat.

240,6 *2]* Strophenziffer ergänzt; ebenso Zeile 11.

241,1 *Die Sterbenden]* T: Manuskript (Notizbuch). E: Januar/Februar 1922. ED: Vorliegende Ausgabe.

Dieses Gedicht ist neben weiteren Gedichten in einem Notizbuch enthalten, das Brecht 1922 geführt hat. – Die Datierung ergibt sich durch entsprechende Eintragungen im Notizbuch. Dies gilt auch für die beiden folgenden Gedichte.

241,1 *Und wächst mir der Nagel]* T: Manuskript (Notizbuch). E: Februar 1922.

Zu Entstehung und Überlieferung vgl. den voranstehenden Kommentar. – Möglicherweise handelt es sich bei diesem Vierzeiler um eine Vorstufe zum *Kalendergedicht*; vgl. dort besonders die Strophe 4 (251,14-17).

241,2 *Ich, Bertold Brecht]* T: Manuskript (Notizbuch). E: 26. April 1922 (laut Manuskript).

Zu Entstehung und Überlieferung vgl. zu 241,1, *Die Sterbenden*. – Brecht schreibt unter das Gedicht: »26.4.22 nachts 1/2 10 im Dezug« von Augsburg nach München. Es handelt sich um die Urfassung des *Hauspostille*-Gedichts *Vom armen B. B.* (vgl. Band 11).

241,2 *den schwarzen Wäldern]* Brechts Vater stammt aus Achern am Schwarzwald.

242,1 *An meiner Wiege]* T: Typoskript. E: Oktober 1922.

In einem Brief an Arnolt Bronnen, den Brecht mit »Euer B./Augsburg 22 Okt« unterzeichnet, ist als Teil 1 das vorliegende Gedicht vorangestellt. Zum vollständigen Text des Briefs vgl. Band 28.

242,6 *Civilis]* Vgl. zu 181,1, *Civilis-Song*.

243,1 *Maria]* T: Erstdruck. E: Dezember 1922. ED: *Berliner Börsen-Courier*, 25. Dezember 1924.

Ein Typoskript trägt die handschriftliche Notierung: »Weihnachten 1922«. Es weist Textabweichungen und in einigen Fällen einen anderen Zeilenfall als der Erstdruck auf (handschriftlich nachgetragen); Strophe 1 lautet danach:

Die Nacht ihrer ersten Geburt war
Kalt gewesen
In späteren Jahren aber
Vergaß sie gänzlich
Den Frost in den Kummerbalken
Ochsenpissengeruch und rauchenden Ofen
Und das Würgen der Nachgeburt gegen Morgen zu

Brecht erzählt umdeutend die Weihnachtsgeschichte nach; vgl. Lukas 2.

244,1 *Chanson vom Geld]* T: Manuskript (Notizbuch). E: 1922. Zur Überlieferung vgl. zu 241,1, *Die Sterbenden.*

244,1 *Ballade]* T: Manuskript (Notizbuch). E: 1922. Zur Überlieferung vgl. zu 241,1, *Die Sterbenden.*

244,21 *ein schwankes Reis]* Ein zarter, leicht zerbrechlicher Zweig; in der althochdt. Grundbedeutung ist das Reis selbst bereits »schwank«.

245,24 *sprach)]* Klammer ergänzt.

245,1 *Daß sie schwarz sind]* T: Manuskript (Notizbuch). E: 1922. Zur Überlieferung vgl. zu 241,1, *Die Sterbenden.*

245,2 *Drum Herr Pfarrer]* T: Manuskript (Notizbuch). E: 1922. ED: Vorliegende Ausgabe. Zur Überlieferung vgl. zu 241,1, *Die Sterbenden.*

Die Verse sind nur in dieser fragmentarischen Form überliefert und entstehen im Zusammenhang mit dem geplanten Stück *Gösta Berling* nach Selma Lagerlöf, an dem Brecht zu dieser Zeit arbeitet. Die Strophen 1 und 2 gehen variiert als Dialogpassagen in ein Vorspiel von *Gösta Berling* ein (vgl. Band 10).

245,3 *Gemeine]* So in der Textgrundlage.

245,1 *In den Tempeln wie in Futteralen]* T: Manuskript (Notizbuch). E: 1922.

Zur Überlieferung vgl. zu 241,1, *Die Sterbenden.* – Über dem Gedicht steht: »Kap. 2«, möglicherweise eine erwogene Zuordnung zur *Hauspostille* (Band 11).

245,2 *Ja de si]* Si ist im Chinesischen der Name für das buddhistische Kloster, »Ja de si« danach möglicherweise der Name für ein Kloster, das mit Jade gebaut worden ist (Jade ist einer der kostbarsten Steine für Skulpturen im alten China).

245,2 *In den finstersten Zeiten, vor Jahren]* T: Manuskript (Notizbuch). E: 1922.

Zur Überlieferung vgl. zu 241,1, *Die Sterbenden.* – Es handelt sich um ein Prosagedicht im Stil der *Psalmen* (Band 11).

245,2 f. *in der Asphaltdschungel]* So in der Textgrundlage.

246,8 *wahrnahm]* Ursprünglich: »bemerkte«.

246,1 *Ballade der Billigkeit]* T: Manuskript (Notizbuch). E: 1922. Brecht beginnt das Gedicht im Notizbuch (vgl. zu 241,1, *Die Sterbenden*) zunächst mit der Niederschrift von einigen Versen, über die er Auslassungspunkte setzt. Sie erhalten keine Ziffer und lauten:

Und wenn wir allen verziehen hätten
Durch das Vorbild unseres Herrn Jesu Krist
Nie dem Schwein, das die letzten Ruhestätten
Der Menschheit und die Aborte vergißt!
Man muß dabei beharren bleiben
Und muß ihm seinen Hut eintreiben.

Nach diesen Versen erfolgt die Niederschrift der übrigen Strophen, deren Zählung nachträglich zum Teil geändert wird. Darunter notiert Brecht die Ziffer 6 für eine weitere Strophe; sie bleibt jedoch ohne Text. Möglicherweise ist vorgesehen, die zuerst geschriebenen Verse an diese Stelle zu rücken und auch zu ergänzen. – Quelle ist François Villons *Ballade par laquelle Villon crye mercy à chacun* (um 1461; dt.: *Ballade in der Villon jedermann Abbitte leistet*) aus dem *Großen Testament* in der Übersetzung von K. L. Ammer (*Des Meisters Werke*, Berlin: Hyperionverlag o.J. [1907], S. 109 f.). Sie ist auch Vorbild für die *Ballade, in der allen verziehen wird* in der *Dreigroschenoper* (vgl. *Die Songs der Dreigroschenoper*, Band 11).

246,10 *und kommen überein]* Der Vers ist unvollständig; Brecht notiert am Beginn metrische Zeichen.

246,21 *zehn Verboten]* Anspielung auf die zehn Gebote der Bibel (2 Mose 20 und 5 Mose 5).

248,1 *Choräle]* T: Manuskript (Notizbuch). E: 1922.
Zur Überlieferung vgl. zu 241,1, *Die Sterbenden*. – Angespielt ist auf das Kirchenlied *Nun danket alle Gott* (1647) von Johann Crüger.

248,3 *bittet]* Ursprünglich: »danket«.

248,7 *Geben ist seliger als nehmen]* Ausspruch Christi; Apostelgeschichte 20,35.

248,9 *wir wucherten]* Der Vers ist eingerückt und sollte vermutlich ergänzt werden.

248,9 f. *wucherten ... Pfund]* Anspielung auf das biblische Gleichnis vom Pfund, das zehn Knechte erhalten, um damit zu handeln; Lukas 19,11-27.

248,1 *Lied]* T: Manuskript (Notizbuch). E: 1922. Zur Überlieferung vgl. zu 241,1, *Die Sterbenden*.

249,20 *7]* Da Brecht die Strophenzählung nachträglich vorgenommen hat, erscheint in der Textgrundlage die Strophennummer 6 doppelt; hier korrigiert.

249,1 *Der Narziß]* T: Manuskript (Notizbuch). E: 1922.
Die erste Niederschrift erfolgt im Notizbuch (vgl. zu 241,1, *Die Sterbenden*). Weitere Überarbeitungen nimmt Brecht in mehreren Typoskripten vor. Vgl. den folgenden Kommentar.

249,1 *Narziß]* Von Narkissos, dem Sohn des griechischen Flußgottes Kephissos und der Naiade Leirope, abgeleiteter Begriff für Selbstliebe. Narkissos verzehrt sich in unbefriedigter Liebe zu seinem im Wasser erblickten Spiegelbild, bis er in die nach ihm benannte Narzisse verwandelt wird.

249,11 *Absynth]* Vgl. zu 208,6.

249,2 *Dies milchglasige Licht]* T: Typoskript (handschriftlich korrigiert). E: 1922. ED: Vorliegende Ausgabe (in dieser Fassung).
Es handelt sich um die letzte Bearbeitungsstufe des voranstehenden Gedichts.

250,1 *Ruhig sitz ich]* T: Manuskript (Notizbuch). E: 1922. Zur Überlieferung vgl. zu 241,1, *Die Sterbenden.*

250,1 *Kalendergedicht]* T: Typoskript (handschriftlich korrigiert). E: 1922. Die Textgrundlage weist keine Zeichensetzung auf.
Brecht schreibt das Gedicht zunächst als *Kalenderballade* ins Notizbuch (vgl. zu 241,1, *Die Sterbenden*). Textgrundlage ist eine Abschrift, die außerdem eine Notenskizze enthält.

251,14-17 *Ach die Nägel ... große Stiefel an]* Vgl. die ähnlichen Formulierungen im Vierzeiler *Und wächst mir der Nagel* (241,1).

251,22 *floß Wasser durch ihn durch]* Vgl. das ähnliche Bild in *Vom ertrunkenen Mädchen* der *Hauspostille* (Band 11).

251,1 *Ein Wicht]* T: Manuskript (Notizbuch). E: 1922. ED: Vorliegende Ausgabe.
Zur Überlieferung vgl. zu 241,1, *Die Sterbenden.* – Das Gedicht bezieht sich auf das 4. Epigramm des Kallimachos, das Brecht unmittelbar vor den vorliegenden Versen nach der Übersetzung von August Oehler (*Der Kranz des Meleagros von Gadara*, Berlin 1920, S. 199) ins Notizbuch eingetragen hat:

·Nun, Timon, da du tot, scheint Lichtgefunkel,
Scheint finstere Nacht dir weniger zu loben? –
»Noch bitterer als das Licht haß ich das Dunkel,
Sind doch hier unten mehr von euch als droben.«

Brecht stellt 1940 eine eigene Übersetzung des Epigramms her (vgl. *Nun, Timon, Menschenfeind*, Band 15).

251,2 *Timon]* Gilt als Prototyp des Menschenverächters und ist als solcher Gestalt der antiken Komödie. Er soll zur Zeit des Perikles (5. Jahrhundert v. d. Z.) gelebt haben. Im späten Altertum wird er mit dem Skeptiker Timon von Phleius gleichgesetzt und zusätzlich zum Götterhasser gemacht.

251,1 *Jeder Mensch auf seinem Eiland sitzt]* T: Manuskript (Notizbuch). E: 1922. Zur Überlieferung vgl. zu 241,1, *Die Sterbenden.*

252,1 *Epistel]* T: Manuskript (Notizbuch). E: 1922.
Das Prosagedicht ist im Notizbuch (vgl. zu 241,1, *Die Sterbenden*) mit *Epistel 1* überschrieben, wobei nicht sicher ist, ob sich die Ziffer auf das ganze Gedicht bezieht oder ob es sich um einen Strophenzähler handelt; für letzteres spricht, daß die folgende Strophe mit 2 gezählt ist.
252,1 *Epistel]* Vgl. zu 190,1, *Epistel über den Selbstmord.*
252,22 *Apokalypse]* (Griech.) Offenbarung, allgemein: eine Schrift, die das Weltende prophetisch ankündigt und beschreibt; ältestes Beispiel ist das Buch Daniel des *Alten Testaments.*

252,2 *Bin gewiß nicht mehr]* T: Manuskript (Notizbuch). E: 1922. Zur Überlieferung vgl. zu 241,1, *Die Sterbenden.* Das Gedicht ist mit einer Notenskizze versehen.
252,5 *Tabernakel]* Behältnis für das Allerheiligste in der katholischen Kirche; steht in der Regel auf dem Hauptaltar.

253,1 *Herabgewirbelt wie ein gelbes Blatt]* T: Manuskript (Notizbuch). E: 1922.
Zur Überlieferung vgl. zu 241,1, *Die Sterbenden.* Die Verse sind mit Notenskizzen versehen.

253,1 *Was druckt es keiner]* T: Manuskript (Notizbuch). E: 1922. Zur Überlieferung vgl. zu 241,1, *Die Sterbenden.*
253,2 *Maria Hilf]* Vgl. zu 231,9.

253,1 *Sie]* T: Manuskript (Notizbuch). E: 1922.
Zur Überlieferung vgl. zu 241,1, *Die Sterbenden.* Das Gedicht ist in Prosa geschrieben. Möglicherweise handelt es sich um ein Fragment.

254,1 *Lupu Pick und Manke Pansche]* T: Manuskript (Notizbuch). E: 1922. Zur Überlieferung vgl. zu 241,1, *Die Sterbenden.*
254,1 *Lupu Pick]* Name eines deutschen Schauspielers und Regisseurs (aus Rumänien stammend) der Stummfilmzeit (1886-1931).
254,1 *Manke Pansche]* Konnte nicht ermittelt werden. Den Namen »Manke« verwendet Brecht für Figuren in seinem Stück *Trommeln in der Nacht* (Zibebenmanke und Picadillybarmanke; es handelt sich dort um Kellner).
254,6 f. *Lupu ... welk]* Die Strophe ist im Manuskript nicht weiter ausgeführt.

255,1 *Eine Ballade von Männern, die rauchten, fluchten und an sich hielten]* T: Manuskript (Notizbuch). E: 1922. Zur Überlieferung vgl. zu 241,1, *Die Sterbenden.*

255,3 *Ich]* In der Textgrundlage steht vor dem Wort ein Anführungszeichen; das entsprechende Schlußzeichen fehlt.

255,2 *Siegfried hatte ein rotes Haar]* T: Manuskript (Notizbuch). E: 1922.

Zur Überlieferung vgl. zu 241,1, *Die Sterbenden.* – Quelle ist die Siegfried-Sage, die vielfältig überliefert ist; ihre erste schriftliche Fixierung findet sie im *Nibelungenlied* (um 1200).

255,2 *Siegfried]* Sohn Siegmunds und Sieglindes, stammt aus Xanten und verdingt sich an Gunthers Hof. Durch seine – für Gunther hilfreichen – Taten gewinnt er dessen Gunst und erhält Gunthers Schwester Kriemhild zur Frau. Siegfrieds Aufstieg am Hof von Burgund bringt ihm zugleich den Neid von Hagen ein, der Siegfried jedoch darüber zu täuschen weiß.

255,3 *Hagen Tronje]* Hagen von Tronje ist Gefolgsmann Gunthers und Siegfrieds Gegenspieler.

255,5 *Giselher]* Bruder von Gunther.

255,7 *Gunther]* König von Burgund.

255,10 *in Siegfrieds Nacken einen Eschenspeer]* Hagen tötet Siegfried durch dessen einzige verwundbare Stelle hinterrücks.

255,18 *Und brach das Brot]* Anspielung auf das Abendmahl Christi; vgl. z. B. Johannes 13,21-26.

256,1 *Und ich bat]* T: Manuskript (Notizbuch). E: 1922. Zur Überlieferung vgl. zu 241,1, *Die Sterbenden.*

256,1 *Aber wachet erst recht auf]* T: Manuskript (Notizbuch). E: 1922. Zur Überlieferung vgl. zu 241,1, *Die Sterbenden.*

256,1 *an die Menschenfresser]* T: Typoskript (handschriftlich ergänzt). E: 1922.

Der Titel ist unvollständig (Textverlust durch Blattabriß) und hat vermutlich mit »Briefe« begonnen. Brecht erwägt als weiteren Titel: *Briefe an die Moskauer* (mit Blei darunter geschrieben). Über diesen Titel ergeben sich Zusammenhänge mit dem Gedicht *Epistel* (»Einer kann herkommen«, 210,2); möglicherweise steht die handschriftliche Numerierung, die ohne Fortsetzung bleibt, in diesem Zusammenhang. Möglich ist auch, daß das Gedicht *Ein pessimistischer Mensch* (257,2), das mit der Ziffer 2 überschrieben ist, die Fortsetzung bilden sollte. Die Überlieferung läßt keine eindeutige Zuordnung zu.

256,13 *Im Hause ... reden]* Sprichwörtliche Wendung, die aus dem Englischen stammt.

257,1 *Ballade von der alten Frau]* T: Erstdruck. E: 1922. ED: *Das Tagebuch*, Berlin, 25. November 1922. Die Textgrundlage weist keine Zeichensetzung auf.

Im Erstdruck, der zusammen mit dem Gedicht *Über den richtigen Genuß von Spirituosen* (259,1) erfolgt, ist angemerkt: »Den Lesern des ›T.-B.‹ wird hiermit der Träger des Kleist-Preises für 1922 vorgestellt.« Brecht erhält den Preis für seine Stücke *Trommeln in der Nacht*, *Baal* und *Im Dickicht* im November 1922.

257,8 *Versehen war sie ...]* Gemeint ist: mit den Sterbesakramenten; vgl. zu 186,14.

257,2 *Ein pessimistischer Mensch]* T: Typoskript. E: Um 1922.

Ein erster Teil des Gedichts ist nicht überliefert. Es ist möglich, daß dieses Gedicht den zweiten Teil von *an die Menschenfresser* (256,1) bilden sollte.

257,4 *Courtoisie]* (Franz.) Ritterlichkeit.

258,1 *Jener]* T: Typoskript (handschriftlich korrigiert). E: 1922. Gezeichnet: »Brecht«. Die Textgrundlage weist keine Zeichensetzung auf.

Auf demselben Blatt befindet sich ein handschriftlicher Entwurf Brechts der Strophen 3-8 von *Ich, Bertold Brecht* (241,2).

258,3 *»das Dach der Welt«]* Metaphorischer Name für das Himalaja-Gebirge.

258,9 *Bruder ... erschlagen]* Anspielung auf den biblischen Brudermord Kains an Abel; 1 Mose 4.

258,1 *Kouplets für Blandy]* T: Typoskript. E: 1922.

Es ist trotz des Titels und der Numerierung nur dieses eine Gedicht überliefert. Der (abgeschlossene) Text ist durch einen Blattabriß verstümmelt worden, so daß einzelne Worte am Zeilenende entfallen sind. Der Textbestand ist, so weit er vorliegt, wiedergegeben; in eindeutigen Fällen wurde ergänzt.

258,1 *Kouplets]* Vgl. zu 126,1, *Kuplet*.

258,1 *Blandy]* Blandine Ebinger spielt Ende 1922 am Deutschen Theater (Berlin) die Rolle der Anna in *Trommeln in der Nacht* und im Film *Mysterien eines Frisiersalons* (1922; Regie: Erich Engel, Bertolt Brecht) neben Karl Valentin.

259,11 *Otto]* Angespielt ist entweder auf Otto Falckenberg, der in Berlin (*Trommeln in der Nacht*) Regie führt oder auf Otto Zarek, der für die Berliner Aufführung in den *Blättern des Deutschen Theaters* eine Eloge auf das Stück schreibt.

259,1 *Über den richtigen Genuß von Spirituosen]* T: Erstdruck. E: 1922. ED: *Das Tagebuch*, Berlin, 25. November 1922. Weiterer Druck: *Prager Tageblatt*, 3. Dezember 1922.

Der Erstdruck erfolgt zusammen mit der *Ballade von der alten Frau* (257,1); vgl. den entsprechenden Kommentar.

260,17 *Mont Cenis]* Vgl. zu 188,2.

260,1 *Abend in der Menagerie]* T: Typoskript (handschriftlich korrigiert und ergänzt). E: Um 1922. Die Textgrundlage weist keine Zeichensetzung auf.

Vermutlich handelt es sich um die Schilderung eines Abends bei Karl Valentin, der sein Ensemble »Menagerie« genannt hat. – Die Strophe 2 ist handschriftlich auf einem gesonderten Zettel notiert und von Brecht mit Einfügungszeichen versehen.

260,1 *Menagerie]* (Franz.) Schau lebender Tiere.

260,7 *goutiert]* (Franz.) an etwas Geschmack finden, mögen.

260,12 *Piotr]* Konnte nicht ermittelt werden.

261,30 *Trotter]* Abgeleitet von Trott, bestimmte Gangart des Pferdes.

261,30 *Dungen]* Abgeleitet von Dung, Mist machen.

261,1 *Das Lied der Rosen vom Schipkapaß]* T: Typoskript (handschriftlich korrigiert). E: Um 1922. Auf dem Typoskript notiert Brecht eine Notenskizze.

261,1 *Schipkapaß]* Wichtigster Paß über das Balkangebirge in Bulgarien.

261,12 *Mykenae]* Mykene, Stadt und Burg im Nordosten des Peloponnes; in der griechischen Mythologie der Königssitz des Agamemnon, des Heerführers der Griechen vor Troja.

262,1 *Episteln an die Chicagoleute]* T: Typoskript (handschriftlich korrigiert). E: Um 1922.

Weitere Gedichte bzw. ein erster Teil des Gedichts – die Numerierung sowie der Titel sind von Brecht nachgetragen – sind nicht überliefert.

262,1 *Episteln]* Vgl. zu 190,1, *Epistel über den Selbstmord.*

262,18 *Besiegte und Feiglinge.]* Elisabeth Hauptmann ändert in: »Betrogene und Betrüger.« Da die Korrektur vermutlich erst für die Ausgabe der *Gedichte* in den sechziger Jahren erfolgt (Band 8, 1965), wird sie in der vorliegenden Ausgabe nicht berücksichtigt.

262,1 *Gedanken eines Grammophonbesitzers]* T: Erstdruck. E: Um 1922. ED: *Blätter des Deutschen Theaters*, Berlin, Heft 3, Oktober 1924, S. 19. Weiterer Druck: *Vossische Zeitung*, Berlin, 1. Januar 1926 (mit dem Titel: *Mein Grammophon*).

Das Gedicht ist in mehreren Typoskripten überliefert. Eines davon, das möglicherweise nach dem Erstdruck entstanden ist, weist die abweichende Überschrift *Die Gedanken eines Gramophon-Besitzers* auf, wobei die ursprüngliche Schreibung »Grammophon« von Brecht handschriftlich in »Gramophon« geändert worden ist (Wortspiel mit »Gram«). In der Erstveröffentlichung steht das Gedicht, versehen mit dem Hinweis »Zwei Gedichte. Von Bert Brecht.«, zusammen mit *Matutin vom ertrunkenen Mädchen* (in der *Hauspostille* unter dem Titel *Vom ertrunkenen Mädchen*, vgl. Band 11).

262,5 *Adeline Patti]* Adelina Patti (1843-1919), italienische Opernsängerin (Koloratursopran).

263,17 *Traviata]* Gemeint ist Giuseppe Verdis Oper *La Traviata* (1853) über die »ehrbare Dirne«; die Hauptfigur heißt dort Violetta.

263,22 *Orge]* Georg Pfanzelt.

263,27 *Jimmies]* Gemeint sind »Shimmies«; aus dem Foxtrott entstandener Gesellschaftstanz, der um 1920 aus den USA nach Europa kommt und mit seinen Schüttelrhythmen die bisherige Tanztradition durchbricht.

263,29 *multum non multa]* (Lat.) Viel, nicht vieles.

263,1 *In der Destillation]* T: Typoskript (handschriftlich korrigiert). E: Um 1922. Die Textgrundlage weist keine Zeichensetzung auf.

263,1 *Destillation]* Auch Destille; umgangssprachliche Bezeichnung für Spirituosenhandlung bzw. Kneipe.

264,13 *Schankerchen]* Schanker: eine Geschlechtskrankheit.

264,1 *Katharina im Spital]* T: Typoskript. E: Um 1922. Die Textgrundlage weist keine Zeichensetzung auf.

264,1 *Katharina]* Konnte nicht ermittelt werden.

264,1 *Nicht, daß ich nicht immer]* T: Typoskript. E: Um 1922. Die Textgrundlage weist keine Zeichensetzung auf.

264,4 *Müllereisert]* Otto Müllereisert.

264,6 *ein Drama geschrieben]* Gemeint ist Brechts Stück *Baal* (Band 1).

264,12 *Orge]* Georg Pfanzelt.

265,1 *Sentimentalische Erinnerungen vor einer Inschrift]* T: Typoskript. E: Um 1922.

Brecht entwirft das Gedicht zunächst handschriftlich (als loses Blatt im Notizbuch von 1922 überliefert).

265,1 *Sentimentalische]* Anspielung auf Friedrich Schillers Schrift *Über naive und sentimentalische Dichtung* (1795/96).

265,10 *Tokaierrezept]* Tokajer, ungarischer Wein, gilt als »König der Weine«.

266,1 *Die Bekenntnisse eines Erstkommunikanden]* T: Typoskript. E: Um 1922/23. Die Textgrundlage weist keine Zeichensetzung auf.

266,1 *Erstkommunikanden]* Erstkommunikanten sind in der katholischen Kirche die Kinder, in der Regel im 6.-8. Lebensjahr, die erstmals an der Heiligen Kommunion teilnehmen und damit in die Gemeinschaft (lat.: communio) der Gläubigen aufgenommen werden.

266,2 *Kälbermax]* Möglicherweise ist Max Hohenester gemeint, der zur Augsburger »Brecht-Clique« gehört hat.

266,2 *Hostie]* Vgl. zu 231,27.

266,4 *Katechismus]* Vgl. zu 112,25.

267,1 *Die großen Männer]* T: Typoskript. E: Um 1922/23. Die Textgrundlage weist, außer dem Schlußpunkt, keine Zeichensetzung auf.

267,1 *Die kleinen Verhaltungsmaßregeln mit dickem Ende]* T: Typoskript (handschriftlich korrigiert). E: Um 1922/23.

Das Typoskript ist von Brecht handschriftlich korrigiert. Die vierte Strophe ist nicht ausgeführt, nur die Ziffer notiert. Im Titel ist durch fremde Hand »mit dickem Ende« ergänzt.

267,6 *komm Herr Jesus, sei unser Gast]* Wörtlich übernommene Anfangszeile aus dem lutherischen Tischgebet: »Komm, Herr Jesus, sei unser Gast/Und segne, was du uns bescheret hast.«

267,8 *Du sollst nur Walasko rauchen]* Brecht nimmt den Werbespruch in der Form: »Du sollst nur Manoli rauchen« als Beispiel für unregelmäßige Rhythmisierung, durch die »eine gewisse Eindringlichkeit erreicht werden soll«, in seinen Aufsatz von 1939 *Über reimlose Lyrik mit unregelmäßigen Rhythmen* auf (vgl. Band 22).

267,8 *Walasko]* »Walasco« ist eine Zigarettenmarke der »Waldorf-Astoria-Co«, einer Zigarettenfabrik in Stuttgart; die Marke wird Anfang der zwanziger Jahre in Deutschland eingeführt.

267,14 *Alles Weibliche zieht ihn hinan]* Verballhorntes Zitat aus Goethes *Faust. Zweiter Teil* (1824-1831), Vers 12110f.

267,17 *Ruhnke]* Name eines Optikergeschäfts in Berlin; Brecht zitiert dessen Werbeslogan: »Sind's die Augen, geh' zu Ruhnke«.

268,21 *Spatz in der Hand]* Nach der alten sprichwörtlichen Redensart: »Besser den Spatz in der Hand als die Taube auf dem Dach« für: besser einen kleinen, aber sicheren Gewinn haben, als große Hoffnungen hegen, die sich nicht erfüllen.

268,25 f. *(Allen ... Sarottimohr)]* Vgl. erste Anmerkung zu 267,8; hier als Beispiel mit Reim.

268,26 *Sarottimohr]* Markenzeichen des Schokoladenherstellers Sarotti.

268,1 *Gesänge vom V R]* T: Typoskript (handschriftlich ergänzt). E: Um 1922/23. Die Textgrundlage weist keine Zeichensetzung auf.

Die Gesänge sollten offenbar fortgesetzt werden. Brecht notiert für

Strophe 2 nur die Ziffer; sie ist nicht ausgeführt. Es handelt sich um ein Prosagedicht.

268,1 *V R]* Abkürzung für Virginien-Raucher; Virginien sind Zigarren aus Tabaken des US-Staats Virginia (vgl. zu 138,1).

268,2 *Wer die Kämpfe des Lebens kennt]* T: Typoskript. E: Um 1922/23.

Das Gedicht stellt eine erste selbständige Fassung der *Kantate Nr. 1* (269,1) dar.

268,7-269,18 *wer Sorgen hat ... Gin]* Nach Wilhelm Buschs *Die fromme Helene* (1871). Dort heißt es: »Es ist ein Brauch von alters her:/Wer Sorgen hat, hat auch Likör!«

268,9 *Allaschkümmel]* Feiner Kümmellikör, nach seinem Herstellungsort Allasch bei Riga.

269,13 *Eispomeranzen]* Als Pomeranzen werden die beiden Sorten des Stockmannshof zusammengefaßt nach der im Likör verwendeten Bitterorange, abgeleitet aus pomum: (lat.) Apfel.

269,14 *Stockmannshof]* Süß-bitterer Likör (»Die Grüne« und »Die Gelbe vom Stockmannshof«), benannt nach einer kleinen Stadt in Lettland.

269,17 *Imperialkirsch]* Nicht ermittelt; vermutlich ein Kirschlikör der Marke »Imperial«.

269,1 *Kantate Nr. 1]* T: Typoskript. E: Um 1922/23.

Es handelt sich um eine Bearbeitung des voranstehenden Gedichts, die Fragment bleibt. Vgl. den voranstehenden Kommentar.

269,4 *Allaschkümmel und so weiter]* Möglicherweise wollte Brecht hier die Aufzählung aus *Wer die Kämpfe des Lebens kennt* wiederholt haben; vgl. zu 268,7-269,18.

269,1 *Wir waren auch groß]* T: Typoskript. E: Um 1922/23. Die Textgrundlage weist keine Zeichensetzung auf.

269,3 *sprachen ... gelassen aus]* Nach Goethes *Iphigenie* (1779-1786): »Du sprichst ein großes Wort gelassen aus.« (I,3.)

270,1 *Edis Kebsweib]* T: Erstdruck. E: 2. Halbjahr 1923. ED: Bertolt Brecht, *Leben Eduards des Zweiten von England (Nach Marlowe). Historie*, Potsdam: Gustav Kiepenheuer 1924, S. 14.

Dieses und das folgende Lied entstehen im Zusammenhang mit *Leben Eduards des Zweiten von England* ab Sommer 1923. Sie sind bereits Bestandteil der ersten fragmentarischen Fassung des Stücks und somit spätestens Ende des Jahres 1923 abgeschlossen (vgl. Band 2). – Das Lied wird vom Balladenverkäufer in der Szene *Mißwirtschaft unter der Regierung König Eduards* gesungen. Zu ihm liegt eine Notenschrift vor, die Otto Weißert »Nach der Erinnerung an die Uraufführung« angefertigt hat (Nachlaß). – Im Nachlaß liegt eine Komposition des Lieds für Gesang von Kurt Weill vor, die vermutlich um 1929 entstanden ist (eingelegtes Blatt im *Song Album* von Weill).

270,1 *Edis Kebsweib]* Kebse: (altdt.) Nebenfrau, Hure; gemeint ist Eduards homosexuelle Beziehung zu seinem Günstling Gaveston, dem Peer bzw. Earl von Cornwall.

270,2 *Bitt für uns]* Formel in der christlichen Fürbitte an Maria.

270,9 *Gavy]* Gaveston.

270,11 *Bannockbride]* Anspielung auf die historischen Schlachten zwischen England und Schottland (die gegen Eduards Mißherrschaft aufbegehrenden Barone) von Bannockburn (1314) und Boroughbride (1322).

270,1 *Die Mädchen von England]* T: Erstdruck. E: 2. Halbjahr 1923. ED: Bertolt Brecht, *Leben Eduards des Zweiten von England (Nach Marlowe). Historie*, Potsdam: Gustav Kiepenheuer 1924, S. 29 und 41.

Zur Entstehung vgl. den voranstehenden Kommentar. – Das Lied stellt eine Nachdichtung dar (Marlowe in der Übersetzung von Alfred Walter Heymel; 1912). Es handelt sich um einen alten schottischen Spottgesang der Soldaten auf die Kriegsführung der Engländer, nachgewiesen seit 1533, und lautet in der Übersetzung Heymels:

Mädchen von England, tief mögt ihr trauern
Eure Buhlen verlort ihr vor Bannockbourns Mauern
Weint hu und ho und ha!
Was wähnet der König von Engeland
So schnell zu gewinnen der Schotten Land
Mit hüh und hopsasa.

Brechts Anfangszeile paraphrasiert überdies den Beginn von Rudyard Kiplings Ballade *The Widow of Windsor* in der Übersetzung von Marx Möller (1911): »Die Witwe zu Windsor im Witfrauenkleid«. – Mortimer singt die Strophe 1 des Lieds innerhalb des Stücks in der Szene *9. Mai 1311: Da sich König Eduard weigert ...*; die Soldaten singen die Strophe 2 in der Szene *Die Schlacht von Killingworth (15. und 16. August 1320) ... (Ein Uhr Nacht)*. – Zum Lied liegt eine Notenschrift vor, die Otto Weißert »Nach der Erinnerung an die Uraufführung« angefertigt hat (Nachlaß). – Vgl. auch die *Ballade von den Osseger Witwen* (Band 12).

270,2 *Bannockbride]* Vgl. zu 270,11.

270,6 *Arom Rombelow]* Bei Marlowe: »With a rombelow«; in der Übersetzung von Heymel: »mit hüh und hopsasa«.

270,1 *Eines Morgens, der Regen floß heftig]* T: Manuskript. E: September 1923.

Brecht notiert das Gedicht zusammen mit dem folgenden auf den

Umschlag eines Briefes, der den Poststempel vom 4. September 1923 trägt (Deutsches Theater, Berlin, an Brecht, Kammerspiele, München).

271,1 *John Smith aus Chikago]* T: Manuskript. E: September 1923. Zur Überlieferung vgl. den voranstehenden Kommentar.

271,1 *Weihnachtslegende]* T: Erstdruck. E: Dezember 1923. ED: *Berliner Börsen-Courier* (Beilage), 25. Dezember 1923.

271,6 f. *Komm lieber ... nötig han.]* Anspielung auf das lutherische Tischgebet: »Komm, Herr Jesus, sei unser Gast/Und segne, was du uns bescheret hast.« Vgl. die Zeilen 18 f. und 24 f. Vgl. zu 267,6.

272,1 *Ach schenke in solcher Irrnis]* T: Manuskript (Notizbuch). E: 1923.

Dieses Gedicht ist neben weiteren Gedichten in einem Notizbuch enthalten, das Brecht 1923 geführt hat.

272,1 *Boxkämpfe]* T: Manuskript (Notizbuch). E: 1923. ED: Vorliegende Ausgabe. Zur Überlieferung vgl. den voranstehenden Kommentar.

272,1 *Die Männer, die herumgeschickt werden.]* T: Manuskript (Notizbuch). E: 1923. Zur Überlieferung vgl. zu 272,1, *Ach schenke in solcher Irrnis.*

273,1 *Die Langeweile]* T: Manuskript (Notizbuch). E: 1923. Zur Überlieferung vgl. zu 272,1, *Ach schenke in solcher Irrnis.*

273,1 *Ach in Mahagonni]* T: Manuskript (Notizbuch). E: 1923. ED: Vorliegende Ausgabe.

Zur Überlieferung vgl. zu 272,1, *Ach schenke in solcher Irrnis.* – Es handelt sich vermutlich um den ersten, nicht weiter ausgeführten Entwurf der späteren *Mahagonnysongs.* Er geht jedoch in keinen der *Mahagonnysongs* der *Hauspostille* ein und bleibt selbständig. Die handschriftliche Überlieferung weist Textverluste auf. Mit der Handschrift ist eine Notenskizze überliefert.

273,1 *Mahagonni]* Spätere Schreibung »Mahagonny«. Arnolt Bronnen meint, Brecht habe den Begriff 1923 angesichts einer Hitler-Kundgebung als Wort für »Spießers Utopia« gefunden, »jenen zynisch-dummen Stammtisch-Staat, der aus Anarchie und Alkohol die bis dahin gefährlichste Mixtur für Europas Hexenkessel zusammenbraute« (Arnolt Bronnen, *Tage mit Bertolt Brecht. Geschichte einer unvollendeten Freundschaft*, Wien/München/Basel 1960, S. 143 f.). – Vgl. die *Mahagonnygesänge* der *Hauspostille* und den dortigen Kommentar (Band 11) sowie die Oper *Aufstieg und Fall der Stadt Mahagonny* (Band 2).

273,3 *mir 'n Geld]* Textverlust.
273,4 *geh auf]* Folgt unleserliches Wort.
273,5 *Das ist]* Folgen unleserliche Worte.
273,7 *Und Jenny]* Folgen unleserliche Worte.
273,9 *weiß wie]* Folgen unleserliche Worte.
273,19-21 *Rund ist ... braucht Geld]* Es handelt sich vermutlich um den Refrain. Brecht notiert zunächst (ohne es zu streichen):

Er vertrinkt allen
Rund ist die Welt
Jenny hat Lieb und Jimmy hat Geld.

273,1 *Is jetz so oder so]* T: Manuskript (Notizbuch). E: 1923. ED: Vorliegende Ausgabe. Zur Überlieferung vgl. zu 272,1, *Ach schenke in solcher Irrnis.*

274,2 *Als ich sah, daß die Welt]* T: Typoskript. E: Um 1923. Die Textgrundlage weist, außer dem Ausrufezeichen am Schluß, keine Zeichensetzung auf.

Dieses und die beiden folgenden Gedichte sind zusammen entstanden; die Typoskripte werden von Brecht handschriftlich mit den Ziffern 2, 4 und 7 versehen. Die Texte sollten möglicherweise Strophen eines größeren Gedichts oder Teile einer Sammlung bilden. Weitere Texte dieser Art sind jedoch nicht überliefert. – Textgrundlage ist eine Abschrift des ursprünglichen Typoskripts, in der die Ziffer 2 berücksichtigt ist. Die Trennung der Verse ist im Typoskript durch Virgeln angezeigt.

274,2 *In der siebenten Nacht]* T: Typoskript (handschriftlich ergänzt). E: Um 1923. Die Textgrundlage weist keine Zeichensetzung auf.

Zur Entstehung vgl. den voranstehenden Kommentar. – Textgrundlage ist die einzige Überlieferung im Typoskript; die Ziffer 4 ist handschriftlich nachgetragen.

274,1 *Ein Knabe lief auch neben mir her]* T: Typoskript. E: Um 1923. Die Textgrundlage weist keine Zeichensetzung auf.

Zur Entstehung vgl. zu 274,2, *Als ich sah, daß die Welt.* – Textgrundlage ist eine Abschrift, in der die ursprüngliche Bezifferung (7) nicht berücksichtigt ist.

275,1 *Biddi, wie ist Sumatra]* T: Manuskript. E: Um 1923. Die Verse sind mit einer Notenskizze versehen.
275,1 *Biddi]* Kosename Brechts, meist »Bidi« geschrieben.
275,1 *Sumatra]* Indonesische Insel, die zweitgrößte des Malaiischen Archipels.
275,4 *avec chacune]* (Franz.) mit jeder.

275,1 *Deutscher Ausverkauf]* T: Manuskript. E: Um 1923 (Datierung unsicher).

275,4 *Eiche]* Die Eiche ist ein traditionell heiliger Baum der Germanen und gehört zu den am meisten verehrten Bäumen; sprichwörtlich: »Fest wie eine deutsche Eiche«.

275,1 *Dinge, die einer wissen muß]* T: Typoskript. E: Um 1923.

275,6 *Jeppe]* Im Nachlaß ist ein Stück-Entwurf Lion Feuchtwangers erhalten, für das der Personenname Jeppe Karl vorgesehen ist. Näheres konnte nicht ermittelt werden; vgl. das Gedicht *Jeppe Karl* (292,1).

276,1 *Doch eines Tags war die Zeit]* T: Typoskript. E: Um 1923. Die Textgrundlage weist keine Zeichensetzung auf.

276,1 *Entwurf eines Gesellschaftsvertrags]* T: Typoskript. E: Um 1923.

Das Gedicht ist vermutlich im Zusammenhang mit der Lektüre von Georg Büchners *Dantons Tod* (1835) entstanden, in dem die Figur des »Amerikaners« Thomas Payne einen betont amoralischen Standpunkt vertritt (III,1): »Was wollt Ihr denn mit Eurer Moral? Ich weiß nicht, ob es an und für sich was Böses oder was Gutes gibt, und habe deswegen doch nicht nötig, meine Handlungsweise zu ändern. Ich handle meiner Natur gemäß, was ihr angemessen, ist für mich gut und ich tue es, und was ihr zuwider, ist für mich bös und ich tue es nicht und verteidige mich dagegen, wenn es mir in den Weg kommt.« Brecht überträgt diese Position auf den historischen Thomas Paine, der als Humanist und Republikaner jedoch ein Verfechter demokratischer Bürgerrechte gewesen ist. – Das Gedicht ist nur durch eine Abschrift fremder Hand überliefert und bleibt fragmentarisch; die vorliegende Textgestalt kann nicht als gesichert gelten.

276,1 *Gesellschaftsvertrags]* Vereinbarung einer Herrschafts- und Staatsordnung, die auf freiwilliger und vernünftiger vertraglicher Übereinkunft basiert, durch die der Wille des einzelnen mit dem Willen der Allgemeinheit in Übereinstimmung gebracht wird, vertreten u. a. von Thomas Hobbes, John Locke und Rousseau mit seinem Werk *Du contract social* (1762; dt.: *Vom Gesellschaftsvertrag*).

276,2 *Thomas P.]* Satirische Anspielung auf Thomas Paine, der mit *The Rights of Men* (1791; dt.: *Die Menschenrechte*) Rousseausche Gedanken aufnimmt und die menschlichen Grundrechte vertritt.

277,1 *Es wird von einem Vorbild gesprochen]* T: Typoskript (handschriftlich ergänzt). E: Um 1923. Die Textgrundlage weist keine Zeichensetzung auf.

277,12 *ihr Fleisch ist willig]* Umkehrung des Bibelspruchs »Der Geist ist willig; aber das Fleisch ist schwach« (Matthäus 26,41).

277,13 *eckelt]* Ekelt.

278,21 *japanische Wand]* Verschiebbare dünne Wände aus Papier in traditionellen japanischen Häusern.

278,1 *Jeremiade eines Zwanzigjährigen]* T: Typoskript. E: Um 1923. Die Textgrundlage weist keine Zeichensetzung auf.

278,1 *Jeremiade]* Klagelied nach dem Propheten des *Alten Testaments* Jeremias.

278,1 *Lala]* T: Typoskript (handschriftlich korrigiert). E: Um 1923.

278,2 *Lie]* So in der Textgrundlage und allen weiteren Überlieferungen; gemeint ist »Lilie«, die in der christlichen Symbolik für Unschuld und Reinheit steht (auch Attribut für Maria).

279,1 *Omnes vulnerant ultima necat]* T: Typoskript. E: Um 1923. Der lateinische Titel lautet sinngemäß: Alle Wunden heilt der Tod.

279,5 *letzte Ölung]* Sterbesakrament im katholischen Ritus.

280,1 *Zur Zeit der grauen Tage]* T: Typoskript (handschriftlich korrigiert). E: Um 1923. Die Textgrundlage weist keine Zeichensetzung auf.

281,1 *Die Prozession in Capri]* T: Manuskript. E: Mai/Juni 1924. Brecht und seine Frau Marianne Zoff halten sich mit ihrer Tochter Hanne sowie mit Caspar Neher von April bis Juni 1924 auf Capri, später in Positano auf. Brecht beschreibt vermutlich eine Fronleichnamsprozession; angesprochen sind Christus und seine Mutter Maria. – Über das Gedicht notiert Brecht »Sonett:«. Ob er vorhatte, das vorliegende Gedicht als Sonett zu schreiben, kann nach der Überlieferung nicht geklärt werden.

281,7 *Nägel]* Christus ist ans Kreuz genagelt worden; vgl. Johannes 20,25.

281,8 *Hahn]* Christus prophezeit seinem Jünger Petrus, daß dieser ihn dreimal verleugnen wird, »ehe der Hahn kräht«; vgl. Matthäus 26,34.

281,9 *Die Würfel ... teilen]* Nach der Kreuzigung Christi verteilen die römischen Kriegsknechte dessen Kleider, indem sie das Los darüber werfen; vgl. Markus 15,24.

281,1 *Kleine Epistel, einige Unstimmigkeiten entfernt berührend]* T: Erstdruck. E: Dezember 1924. ED: *Kiepenheuers Tabatiere*, Berlin, Heft 1, 17. Januar 1925, S. 19. Nur im Druck überliefert.

Das Gedicht ist eine Replik auf die Berliner Theaterkritik, insbesondere auf Alfred Kerr, der anläßlich der Frankfurter Uraufführung von Arnolt Bronnens *Katalaunische Schlacht* (28. November 1924) im *Berliner Tageblatt* (18. Dezember) mit der jungen Dramatik abrechnet,

Bronnens Drama scharf angreift und in seine Kritik auch Brecht einbezieht. – Der Erstdruck enthält eine Zeichnung, die Kerrs geflügelten Kopf, der mit kleinen Beinen versehen ist, auf dem Band *Die junge Dichtung* stehend, zeigt.

281,1 *Epistel]* Vgl. zu 190,1, *Epistel über den Selbstmord.*

281,5 *Suezkanal]* Der Kanal wird unter der Leitung von Ferdinand des Lesseps 1859-1869 zwischen Mittelmeer (Port Said) und Rotem Meer (Suez) gebaut. Der Kanal hat als Verbindungsweg nach Indien große wirtschaftliche und strategische Bedeutung.

282,20 *chinesische Mauer]* Die Chinesische Mauer wird zwischen dem 14. und 16. Jahrhundert als damals größter Grenzwall der Erde gegen die Mongolen erbaut.

282,24 f. *Eisenbahnen ... Postkutschenbesitzer]* Vgl. Brechts Vergleich zwischen Auto und Droschke in der fragmentarischen Notiz *Unterschied der Generationen*, gemünzt auf Thomas Mann (Band 21).

282,39 f. *Keinen Bums ... Tempo]* Brecht zitiert Kerrs Bronnenkritik, die unter dem Titel *Die launische Schlacht* im *Berliner Tageblatt*, 18. Dezember 1924 (Abendausgabe), erschienen ist. Dort heißt es: »Es ließe sich auch sagen: Bumms ohne Inhalt. Knall an sich. Leere mit Tempo.«

282,1 *Bericht über die Vorpostengefechte im Winter 24/25]* T: Typoskript. E: Dezember 1924.

Das Gedicht entsteht im Zusammenhang mit dem voranstehenden und spielt im Titel auf Bronnens Drama *Katalaunische Schlacht* an. Es bezieht sich auf die Situation der Berliner Theater und der Theaterkritik. In Fred Hildenbrandts Kritik zur Uraufführung von *Katalaunische Schlacht*, in: *Berliner Tageblatt*, 2. Dezember 1924 (Abendausgabe), heißt es: »Was ritt da alles am Donnerstagabend im Nachtschnellzug nach Frankfurt am Main zu dieser Schlacht: die Intendanten und großen Kritiker im Schlafwagen, die schmäleren Rezensenten in der zweiten und die jungen Schriftsteller in der dritten Klasse. Es rief sie der Alarm heftiger Einladungen auf das leere Feld der jungen Dramatik, sie sahen gruselnd an den Rändern dieses Feldes Berthold Brecht zerschunden durch die Büsche flüchten, in der Mitte aber stand noch aufrecht Arnolt Bronnen. Dieser letzte Aufrechte ist gefallen am 28. November in der Katalaunischen Schlacht am westlichen Main.«

283,16 *eine kalte Lamäng]* Nach la main: (franz.) die Hand, gebildete scherzhafte Wendung: etwas aus der (kalten) Lamäng machen, etwas unvorbereitet und mit Leichtigkeit tun.

283,18 *perditi sumus]* (Lat.) Wir sind verloren.

283,1 *Sie haben mir Weiber ins Bett gelegt]* T: Manuskript (Notizbuch). E: 1924.

Dieses und die folgenden Gedichte (bis 284,1, *Mich hat erfaßt das*

Fieber) stehen in einem Notizbuch, das Brecht 1924 geführt hat. – Zwischen den Versen läßt Brecht z.T. größere Lücken, die er vermutlich noch auffüllen wollte.

283,1 *wie schon David]* Anspielung auf den König von Juda und Israel (2. Hälfte des 10. Jahrhunderts v. d. Z.), der mit sechs Frauen sechs Söhne hatte; vgl. 2 Samuel 3,1-5.

283,1 *Die Sterne stehn am Firmament]* T: Manuskript (Notizbuch). E: 1924. Die Textgrundlage weist keine Zeichensetzung auf. Zur Überlieferung vgl. den voranstehenden Kommentar.

284,2 *Der Mann hat sie]* T: Manuskript (Notizbuch). E: 1924.

Zur Überlieferung vgl. zu 283,1, *Sie haben mir Weiber ins Bett gelegt*. Brecht hat nur diese beiden Strophen ausgeführt. Ob der eine Seite vorher notierte Satz »Eine Frau verschwindet« die Überschrift für das geplante (ganze) Gedicht bildet, ist unsicher, aber möglich.

284,3 *er sagt ... leid]* Brecht notiert als mögliche Variante: »da schweigt der Neid«. Aus der Textgrundlage geht nicht hervor, welche Lesart gelten soll.

284,1 *Mich hat erfaßt das Fieber]* T: Manuskript (Notizbuch). E: 1924. ED: Vorliegende Ausgabe.

Dieses Gedicht und *Ane Smith erzählt die Eroberung Amerikas* (286,1) werden im Zusammenhang mit der Fragment gebliebenen Oper *Mann aus Manhattan* geschrieben, die Brecht im selben Jahr entwirft. Sie werden nicht Bestandteil der ausformulierten Teile der Oper (vgl. Band 10). – Zur Überlieferung vgl. zu 283,1, *Sie haben mir Weiber ins Bett gelegt*.

284,4 *Illinois]* Bundesstaat der USA, ein Zentrum des Weizenanbaus.

284,5 *Dakota]* Nach einem Indianerstamm benanntes Territorium am Mississippi, aus dem die USA-Staaten North und South Dakota gebildet worden sind.

284,6 *Manhattan]* Stadtteil im Zentrum von New York, auf der Strominsel zwischen Hudson, Harlem und East River gelegen.

284,1 *An meinen Sohn]* T: Manuskript. E: Um 1924.

Angesprochen ist Brechts Sohn Stefan, der am 3. November 1924 geboren worden ist. – Es handelt sich um ein Prosagedicht.

284,8 *kannst]* In der Textgrundlage: »kann« (die Korrekturen sind nicht konsequent zu Ende geführt).

285,26 *das ist]* In der Textgrundlage steht ein Gleichheitszeichen.

286,1 *Ane Smith erzählt die Eroberung Amerikas]* T: Typoskript. E: Um 1924.

Der Text ist innerhalb des Opernfragments *Mann aus Manhattan* überliefert und gehört zum zweiten Akt, der erzählt, wie James Sorel seinen Bürgen vergißt und im Dschungel der Großstadt untertaucht (Band 10). Das Gedicht stellt eine Chronik Amerikas – weitgehend aus der Sicht der Indianer – dar. Vgl. *Verschollener Ruhm der Riesenstadt New York* (Band 11).

286,6 *namenlosen Missisippi]* Der Name Mississippi für den längsten Fluß von Nordamerika ist indianischer Herkunft und heißt »Väter der Gewässer«.

286,11 *spie Eisenklötze]* Anspielung auf die Feuerwaffen der weißen Eroberer.

286,17 *Mit feurigem Wasser]* Anspielung auf den durch Karl May verbreiteten Begriff »Feuerwasser«, den bei ihm die Indianer für Schnaps verwenden.

286,24 *Die Flüsse teilten sich]* Anspielung auf 2 Mose 14,21 (Durchzug der Kinder Israel durchs Rote Meer).

286,25 *das gelbe Metall]* Anspielung auf den »goldrush«, der Ende des 19. und Anfang des 20. Jahrhunderts das westliche Nordamerika heimsucht.

287,45 *Arkansas, Connecticut, Ohio]* Staaten der USA, die nach den Flüssen benannt sind, die durch sie fließen. Arkansas (indianisch: Volksstrom) ist einer der südwestlichen Mittelstaaten (ab 1836), Connecticut (indianisch: langer Fluß) ist der südlichste der Neuenglandstaaten (ab 1788) und Ohio (Name vermutlich ebenfalls indianischen Ursprungs) ist einer der nordöstlichen Mittelstaaten (ab 1803).

287,46 *New Jork, New Jersey und Massachusetts]* Staaten der USA: New York, einer der mittleren atlantischen Staaten (ab 1788 zu den Original States, den Gründungsstaaten der Union gehörend), New Jersey, einer der mittleren atlantischen Staaten (ab 1787 als Original State) und Massachusetts, einer der Neuenglandstaaten (ebenfalls Original State).

287,1 *Das gute Zeitalter]* T: Typoskript. E: Um 1924. Die Textgrundlage weist keine Zeichensetzung auf.

287,2 *Vis a vis]* Vis-à-vis: (franz.) gegenüber.

287,6 *Squaw]* (Engl., abgeleitet aus dem Indianischen) Indianerfrau.

287,6 *Thomawhak]* So in der Textgrundlage; (engl., abgeleitet aus dem Indianischen) Tomahawk, Streitaxt der nordamerikanischen Indianer.

288,1 *Das ist so seine Weise]* T: Manuskript. E: Um 1924. Das Gedicht steht mit dem folgenden auf einem Blatt.

288,6 f. *Ist noch ... grad]* Zwischen die Verse notiert Brecht metrische Zeichen.

288,2 *Was hatte jetz das wer'n sollen]* T: Manuskript. E: Um 1924. Zur Überlieferung vgl. den voranstehenden Kommentar.

288,3 *Gfrett]* (Süddt.) Ärger, Plage.

288,9 *Stenzen]* Vgl. zu 118,34.

288,1 *Der Kaugummi-Song]* T: Typoskript. E: Um 1924. Die Textgrundlage ist weitgehend ohne Zeichensetzung geschrieben.

Es handelt sich vermutlich neben *Ach in Mahagonni* (273,1) um einen der späteren *Mahagonnygesänge*, der allerdings weder in die *Hauspostille* (Band 11) noch ins Songspiel oder in die Oper eingeht (vgl. Band 2). Der Inhalt des Songs nimmt in groben Zügen den Handlungsverlauf der späteren Oper *Aufstieg und Fall der Stadt Mahagonny* (1927/28) vorweg; dort heißt die Hauptfigur zunächst Jim bzw. Jimmy (Mahoney), später Johann, im Druck schließlich Paul (Ackermann). – Das Gedicht liegt in einem Typoskript Brechts vor, das Elisabeth Hauptmann später handschriftlich korrigiert hat (ob sie dazu autorisiert war, konnte nicht ermittelt werden). Hauptmanns Änderungen sind nicht berücksichtigt. – Als szenische Anweisung notiert Brecht unter dem Titel: »Zwei Männer und zwei Frauen vor Beechnut Plakaten aufgestellt und zur Musik Beechnut kauend:«

289,17 *Browning]* Pistole mit Selbstladeeinrichtung, benannt nach ihrem Erfinder John Moses Browning.

289,28 *lange nicht so recht]* Von Elisabeth Hauptmann ersetzt durch: »vielleicht gar nicht einmal«.

290,2 *Des Mannes Blick, der auf die beiden fällt]* T: Manuskript. E: Um 1924.

Es handelt sich um ein Fragment; weitere Strophen sind nicht überliefert. – Die Verse stehen mit der Schrift *Kritiker [1]* auf einem Blatt (vgl. Band 21).

290,5 *Wind noch]* Lücke im Text.

290,1 *Die Hölle von Bilbao]* T: Manuskript. E: Um 1924.

Da sich innerhalb der Materialien zu *Mann ist Mann* ein Fragment mit ähnlichem Text befindet, ist die Entstehungszeit des Gedichts im Kontext des Stücks anzusetzen (vgl. Band 2). – Textgrundlage ist ein Blatt mit ungeordneten Strophenentwürfen, die später z.T. Ziffern erhalten, und Notenskizzen. Der Titel ist unter eine Notenskizze geschrieben, aber nicht eindeutig zugeordnet. Der Text des Lieds lehnt sich an das populäre Lied *Zu Sedan auf den Höhen* an, das während des deutsch-französischen Kriegs 1870 entstanden und in verschiedenen Varianten verbreitet ist (Aktualisierungen im ersten Weltkrieg). – Auf dem Blatt finden sich noch die nicht zugeordneten Verse: »Halloh Bilbao, als wir in der Hölle warn«, »Die Jahre vergingen und wenn es uns/Auf dieser jemals schlimm ging«, »Und es mit uns an einem Härchen hing«.

290,1 *Bilbao]* Hauptstadt der spanischen Provinz Vizcaya; die Stadt liegt eingebettet zwischen Berghängen auf niedrigen Terrassen beiderseits des Flusses Nervión.

290,18 *um beinah]* So in der Textgrundlage; es fehlt möglicherweise ein Wort.

290,19 *das ist in]* Der Vers ist nicht weiter ausgeführt.

290,1 *Einen Whisky oder einen Gin]* T: Manuskript. E: Um 1924.

290,2 *Daß Zeit ... werde]* Brecht notiert am Rand mit Fragezeichen: »vergeudet«.

291,1 *Freudenheim von M]* T: Manuskript. E: Um 1924. ED: Vorliegende Ausgabe.

Es handelt sich um eine frühe selbständige Fassung zum *Mandelay Song* (359,1) von 1927. Auf der Rückseite des Manuskripts sind Zugankünfte in Italien sowie eine Adresse von Positano notiert, die auf eine Entstehungszeit von 1924 (Italienbesuch Brechts, April bis Juni) hindeuten.

291,6 *abends an]* Brecht schreibt darüber die Variante: »so ein Mann«.

291,23 *savoir vivre]* (Franz.) wissen zu leben; Kunst, das Leben zu genießen.

291,29 *Schießen und:]* Vermutlich ist hier noch der Refrain der beiden ersten Strophen zu ergänzen.

291,1 *Georgie läuft sein Feind fort]* T: Manuskript. E: Um 1924. ED: Vorliegende Ausgabe.

Das Gedicht ist fragmentarisch mit einer Notenskizze überliefert. Eine nicht zugeordnete Zeile lautet: »doch es gibt keinen Mann von Manhattan bis Sansibar«. Die Reihenfolge der Strophen kann, da Brecht das Blatt von zwei Seiten aus beschreibt, nicht als gesichert gelten. Die Zugehörigkeit der Strophe 4 ist ebenfalls nicht gesichert. – Es handelt sich möglicherweise um einen Entwurf zu *Der Kanonen-Song* der *Dreigroschenoper* (vgl. Band 2 und Band 11).

292,1 *Haar von Blech]* T: Manuskript. E: Um 1924.

Das Gedicht ist nur bruchstückhaft überliefert; der Platz zwischen den einzelnen Strophen weist darauf hin, daß Ergänzungen vorgesehen waren.

292,3 *Oxydul]* Oxyd (chemische Verbindung eines Elements mit Sauerstoff) niederer Wertigkeit; hier ist vermutlich Wasserstoffsuperoxyd gemeint, das zum Haarebleichen verwendet wird.

292,4 *setz ... Schaukelstuhl]* Selbstzitat Brechts; vgl. *Vom armen B. B.* (Band 11).

292,1 *Jeppe Karl]* T: Typoskript. E: Um 1924.
Im Nachlaß Brechts ist ein Stück-Entwurf Lion Feuchtwangers erhalten, für das der Personenname Jeppe Karl vorgesehen ist (vgl. zu 275,6). Möglicherweise steht das Gedicht im Zusammenhang mit dem Entwurf oder ist von ihm angeregt; Näheres konnte nicht ermittelt werden. Vgl. auch die Verwendung des Namens in *Dinge, die einer wissen muß* (275,1).

292,6 *Filippinen]* Die Philippinen sind eine Inselgruppe im malaiischen Archipel (über 7000 Inseln), die zu einem Staat zusammengeschlossen sind.

293,14 *Trapezunt]* (Türkisch) Trabzon, Hauptstadt der gleichnamigen türkischen Provinz in Nordost-Anatolien (Hafen am Schwarzen Meer).

293,16 *Markis]* Eingedeutschte Schreibung des französischen Adelstitels Marquis.

293,1 *Letzter Brief der Anna Schreiber]* T: Typoskript (handschriftlich korrigiert; Besitz: Hanne Hiob, München). E: Um 1924. Gezeichnet: »Bertolt Brecht«. Das Gedicht trägt zunächst den Titel *Miriam*, der von Brecht jedoch handschriftlich geändert wird. Vgl. den »Romanentwurf *Lebenslauf der Anna Schreiber* (Band 17).

293,2 *Mette]* Von (lat.) matutina: Nachtgottesdienst.

294,2 *Mittags, da rasierte ich meine Beine]* T: Manuskript. E: Um 1924.
Brecht führt das Gedicht nicht weiter aus; von Strophe 2 ist nur die Ziffer notiert. Die Verse sind mit einer Notenskizze versehen. – Auf der Rückseite des Manuskripts befindet sich ein Szenenbruchstück mit dem Titel *Auf nach Mahagonny*, das jedoch weder zur *Mahagonny*-Oper noch zum Songspiel eine direkte Beziehung hat.

294,1 *Stunde des großen Kotzens]* T: Manuskript. E: Um 1924.
Das Gedicht weist starke Bearbeitungsspuren auf; der Zeilenfall ist aufgrund von Einfügungen nicht immer eindeutig.

294,10 f. *Hab ich ... hätte gern]* Alternativ notiert Brecht: »Und weil ich weiß, daß sie uns hält mit manchem Trick und Täuschung, hätte ich gern –«.

294,14 *mich, ohne]* Brecht erwägt, dazwischen einzufügen: »zwischen Tag und Nacht mit Klarheit ohne Willen«. Die Einfügung ist von Brecht eingeklammert und mit Fragezeichen versehen.

294,1 *Von einer Jugendgeliebten]* T: Manuskript. E: Um 1924. Das Gedicht ist mit dem folgenden zusammen überliefert.

295,2 *Was geschiehet einem Mann]* T: Manuskript. E: Um 1924. ED: Vorliegende Ausgabe.

Zur Überlieferung vgl. den voranstehenden Kommentar. – Das Gedicht weist starke Bearbeitungsspuren auf und ist vermutlich Fragment.

295,1 *Ach Jimmi, kümmre dich nicht]* T: Typoskript. E: Um 1924/25.

Das Lied ist vermutlich im Zusammenhang mit *Mann ist Mann* entstanden. Zu ihm gehört der Refrain »Soldaten wohnen ...«, der in der Textgrundlage allerdings nicht ausgeführt ist und nach den späteren Überlieferungen lautet:

Soldaten wohnen
Auf den Kanonen
Vom Cap bis Couch-Behar.
Wenn es mal regnete
Und es begegnete
Ihnen 'ne neue Rasse
'ne braune oder blasse
So machten sie vielleicht daraus Beefsteak-Tartar.

Ob der Refrain bereits zu diesem Zeitpunkt ausformuliert vorliegt, ist nach der Überlieferung nicht zu klären. Er ist für das Lied *Der tote Kolonialsoldat* (310,1) vorgesehen, aber auch da nicht ausgeführt; in *Der Kanonen-Song* der *Dreigroschenoper* (Band 2) ist er enthalten.

296,2 *Die Nacht hat sich jetzt aufgemacht]* T: Manuskript. E: Um 1924/25.

Brecht notiert für die Strophe 3 nur die Ziffer; sie bleibt ohne Text.

296,1 *Es ist doch merkwürdig]* T: Manuskript. E: Um 1924/25.

296,4 *Altötting]* Stadt in Oberbayern, Wallfahrtsort.

296,4 *Tilly]* Johann Tserclaes Graf von Tilly ist ab 1630 Oberbefehlshaber der Truppen Kaiser Ferdinands II. von Habsburg, der im Dreißigjährigen Krieg um die österreichische Hegemonie in Europa kämpft; er ist in Altötting begraben.

296,7 *Kastellan]* Aufsichtsbeamter von Kastellen (Schlössern, kleinen Befestigungsanlagen), im Mittelalter: Burgvogt.

296,2 *Jener trank vier Flaschen Aquavit]* T: Manuskript. E: Um 1924/25. Es handelt sich um ein Fragment.

296,2 *Aquavit]* (Lat.) Wasser des Lebens, Schnaps, der meist mit Kümmel aromatisiert ist.

296,4 *Sybarit]* Einwohner der Stadt Sybaris, eine 700 v.d.Z. von Achäern gegründete griechische Ackerbaukolonie in Süditalien von großem Reichtum; das Wohlleben von Sybaris wurde sprichwörtlich.

296,9 *Und ging]* Davor steht in der Textgrundlage eine Klammer, die nicht geschlossen wird.

296,11 *Schalomang]* Von Schalom: (hebräisch) Frieden. Grußformel; hier verballhornt.

297,1 *Mahagonnysong No. 4 / Ach Johnny]* T: Typoskript. E: Um 1924/25.

Der Song entsteht im Zusammenhang mit den *Mahagonnygesängen* der *Hauspostille*. – Es handelt sich um ein Fragment. Für die Strophe 3 notiert Brecht nur die Ziffer, sie bleibt ohne Text. Auf dem Typoskript stehen neben einer Notenskizze noch handschriftliche Entwürfe zu einer Strophe 4 mit den Versen: »Ach Tom, hast du auch schon Raben gesehn«, »Bist du auch schon ausgestiegen«. – Zur Entstehung der *Mahagonnysongs* sowie zur Bedeutung des Worts »Mahagonny« vgl. den Kommentar zur *Hauspostille* (Band 11) und zu 273,1, *Ach in Mahagonni.*

297,5 *Jack Dempsey]* Amerikanischer Berufsboxer, 1919 Weltmeister im Schwergewicht. Vgl. 381,73 und *Das Renommee* (Band 17).

298,1 *Mahagonnysong No. 4 / Zu den Burschen]* T: Typoskript. E: Um 1924/25.

Zur Entstehung vgl. den voranstehenden Kommentar. – Der Titel und die ersten beiden Verse des Gedichts sind nur korrupt überliefert. Der Titel kann möglicherweise auch *Mahagonnygesang No. 4* lauten. Der Text des ersten Verses ist nach Elisabeth Hauptmanns Erinnerung ergänzt und kann nur bedingt als gesichert gelten (Elisabeth-Hauptmann-Archiv, Akademie der Künste zu Berlin).

298,1 *Billardqueus]* (Franz.) Billardqueue, Stab mit runder Leder- oder Kunststoffkuppe zum Billardspiel.

299,2 *Man hat sie jetzt drei Tage nicht]* T: Manuskript. E: Um 1924/25.

Brecht schreibt die Verse zu einer Zeichnung (Zeitungsausschnitt ohne Quellenangabe). Sie zeigt Hausbewohner, die vor einer Wohnungstür mit bestürzten Gesichtern stehen. Ein Mann blickt durchs Schlüsselloch. Die Zeichnung trägt die Unterschrift: »Verdacht/›Man hat sie schon 3 Tage nich jesehn – – – !‹«. – Es handelt sich um einen Entwurf: Zwischen Zeile 3 und 4 ist Platz für einen Vers gelassen; die weiteren Strophen sind nicht gezählt. Von Strophe 3 entwirft Brecht zunächst die beiden Schlußverse, um dann die Strophe nochmals im ganzen zu notieren, ohne die beiden ursprünglichen Verse zu streichen; sie lauten: »Jetzt ist sie sicherlich zu weit gegangen/Glaubt mir 's ist besser, wenn ihr sie nicht seht.«

299,10 *sich so]* Lücke im Text.

299,1 *Mein Spaß (wiederum) ist es]* T: Typoskript. E: Um 1924/25.

300,1 *Weißt du denn nicht]* T: Typoskript. E: Um 1924/25. Die Textgrundlage weist keine Zeichensetzung auf.

300,3 f. *Merkst … ungeduldig ist]* In der Textgrundlage ursprünglich: »Wo er doch, merkst du denn gar nichts/Schon so ungeduldig ist«.

300,5 *nichts Menschliches unbekannt]* Nach Terenz: »Homo sum: humani nil a me alienum puto«: (lat.) »Ich bin ein Mensch: nichts Menschliches ist mir fremd« (*Heautontimorumenos*, I,1,25).

301,1 *Anna hält bei Paule Leichenwache]* T: Erstdruck. E: 1. Halbjahr 1925. ED: *Simplicissimus*, München, 3. August 1925.

In der ersten Niederschrift des Gedichts stehen für die Namen Anna und Paule noch Johnny und Jenny.

301,1 *Schaut an die Gesichter an den Wänden]* T: Manuskript. E: Mai/Juni 1925.

Beim vorliegenden Song-Entwurf handelt es sich möglicherweise um eine Vorstufe zu *Komm mit mir nach Georgia* (315,1). – Das vermutlich fragmentarische Gedicht ist auf einem Blatt aufgezeichnet, das außerdem Notizen mit dem Datum »2.6.25« enthält. – Über dem Gedicht notiert Brecht: »Zwei Songs:« und die Ziffer 1. Ein zweiter Song folgt nicht.

302,1 *Sonett]* T: Typoskript (handschriftlich korrigiert). E: Juli 1925 (laut Typoskript).

Das Sonett entsteht während Brechts Besuch in Baden bei Wien, wo sich Marianne Zoff und die gemeinsame Tochter Hanne zur Kur aufhalten. – Als Variante der ersten Strophe enthält das Typoskript die handschriftlich notierten, aber wieder gestrichenen Verse:

Das letzte, was ich hörte – doch entschlief ich bald
Was von früher her bekannt mir war:
Sausen vom Wasser oder: von einem Wald!
Abwesend lag ich lang in ihrem Haar.

Das Gedicht gehört in den Umkreis der *Augsburger Sonette*. Das Motiv des Vergessens, besonders des Gesichts der Geliebten, ist typisch für die frühe Lyrik Brechts; vgl. u. a. *Erinnerung an die Marie A.* (Band 11).

302,7 *wenig]* Steht als handschriftliche Variante am Rand, ohne daß im Text das ursprüngliche »nicht viel« gestrichen wäre; es ist nicht eindeutig zu entscheiden, welche Formulierung endgültig sein sollte.

302,1 *Die Opiumraucherin]* T: Typoskript (handschriftlich korrigiert). E: 7. September 1925.

Das Gedicht entsteht in Augsburg. Es gehört in den Umkreis der *Augsburger Sonette* (Band 11). Im ersten handschriftlichen Entwurf, datiert mit »7.9.25«, lautet der Titel *Sonett an die Opiumraucherin*. Vgl. zu 191,2, *In den frühen Tagen*.

302,7 *(Sie ist ... ihrem Haar)]* Das Bild stammt aus Hugo von Hofmannsthals *Terzinen* (*I/Über die Vergänglichkeit*), wo es heißt, daß die Ahnen »Mit mir verwandt sind wie mein eigenes Haar« (Vers 12).

303,1 *Der Mann-ist-Mann-Song]* T: Erstdruck. E: Ende 1925. ED: Bertolt Brecht, *Mann ist Mann*, Berlin: Propyläen 1926, S. 67f., 74, 83f., 88f., 103f. und im Anhang mit Noten, S. 128-135. Weiterer Druck: Programmheft zu *Mann ist Mann*, Volksbühne Berlin, Januar 1928 (Einlage; Strophe 1).

Der Song ist als Entwurf bereits in dem Manuskript von *Mann ist Mann* enthalten, das Elisabeth Hauptmann Ende 1925 von Brecht als Geschenk erhält (vgl. Band 2). Die Ausarbeitung des Lieds erfolgt Anfang 1926 und wird nach einer Tagebucheintragung Hauptmanns am 25. Februar 1926 abgeschlossen (Nachlaß). – Im Stück ist der Song Bestandteil der Szene 9 (*Kantine der Witwe Begbick*), und wird dort mit Unterbrechungen durch Dialog strophenweise gesungen. Die einzelnen Strophen sind im Stück jeweils mit »1. Strophe des Mann-ist-Mann-Songs« bis »Letzte Strophe des Mann-ist-Mann-Songs« (Strophe 5) überschrieben.

303,17 *Kilkoa]* Alter geographischer Begriff des kolonialen Indien, vermutlich nach Rudyard Kipling, der jedoch keinen konkreten Ort meint; Schauplatz von *Mann ist Mann* (dort auch als in Tibet liegend ausgewiesen).

306,1 *Sonett über schlechtes Leben]* T: Typoskript. E: November 1925 (laut Typoskript).

Das Gedicht entsteht in Berlin, und zwar zunächst in leicht abweichender Fassung unter dem Titel *Sonett*. Es gehört in den Umkreis der *Augsburger Sonette* (Band 11).

306,1 *Bidis Ansicht über die großen Städte]* T: Typoskript. E: Dezember 1925 (laut Typoskript).

Das Gedicht gehört zur Städtelyrik der zwanziger Jahre; vgl. *Aus dem Lesebuch für Städtebewohner* (Band 11).

306,1 *Bidis]* Bidi, Kosename Brechts.

306,5 *Petrefakt]* (Griech.) Versteinerung.

307,20 *Großer Bär]* Sternbild des nördlichen Himmels.

307,24 *Große Stadt]* So in der Textgrundlage.

307,1 *Der Theaterkommunist]* T: Typoskript. E: 1925. Die Textgrundlage weist keine Zeichensetzung auf.

Das Gedicht bezieht sich auf die Berliner Theaterszene, ohne daß genauere Bezüge ermittelt werden konnten. Vgl. die Gedichte *Kleine Epistel, einige Unstimmigkeiten entfernt berührend* (281,1) und *Bericht über die Vorpostengefechte im Winter 24/25* (282,1).

307,3 *Kurfürstendamm]* Geschäftsstraße im Zentrum Berlins.

308,17-22 *Für 3000 ... der Welt]* Bei diesen Versen, die auf dem Typoskript deutlich abgesetzt sind, könnte es sich auch um den Refrain handeln.

308,1 *Von den Resten älterer Zeiten]* T: Typoskript. E: 1925. Die Textgrundlage weist keine Zeichensetzung auf.

308,1 *Auf den Tod eines Verbrechers]* T: Typoskript (handschriftlich korrigiert). E: Um 1925.
Eine Vorstufe zu diesem Gedicht lautet:

Einer, hör ich, wurde uns entrissen

Viele aber wurden uns erhalten
Viele aber weiß ich, die uns bleiben
Viele aber kann man nicht begraben

309,1 *Aus der Hitze des roten Sands]* T: Typoskript (handschriftlich korrigiert). E: Um 1925.

309,1 *Das Mädchen mit dem Holzbein]* T: Typoskript. E: Um 1925.
309,9 *Limonade]* In der Textgrundlage alternativ in Klammern: »Schokolade«.

309,1 *Den er hat, den Bizeps]* T: Typoskript. E: Um 1925. Die Textgrundlage weist keine Zeichensetzung auf.
Der Gedichtentwurf steht zusammen mit dem folgenden Gedicht auf einem Blatt.

309,1 *Ach ich habe es satt]* T: Typoskript. E: Um 1925. Die Textgrundlage weist keine Zeichensetzung auf. Zur Überlieferung vgl. den voranstehenden Kommentar.

310,1 *Der tote Kolonialsoldat]* T: Manuskript. E: Um 1925.
Brechts Manuskript ist teilweise von Elisabeth Hauptmann korrigiert worden; ihre Korrekturen sind zeitgenössisch und können als autorisiert gelten. Brecht notiert an den Rand »Ref./Soldaten wohnen/auf den Kanonen«, führt ihn textlich aber nicht weiter aus; vermutlich sollte der volle Wortlaut des Refrains übernommen werden; vgl. zu 295,1, *Ach Jimmi, kümmre dich nicht.*
310,15 *Absentenbücher]* Von absens: (lat.) abwesend; hier die Totenbücher bzw. -listen, die über die gefallenen Soldaten geführt werden.
311,28 *Blechmarke]* Paßersatz für Soldaten, der die wichtigsten persönlichen Daten enthält; eine Hälfte der perforierten Marke bekommt die Familie des Soldaten nach dessen Tod.

311,1 *Der Verschwörer]* T: Manuskript. E: Um 1925.

311,1 *Die Chloroformballade]* T: Typoskript. E: Um 1925.

Nach Elisabeth Hauptmann handelt es sich um die »Anfangsstrophen einer Ballade über den Tod eines Gangsters« (Elisabeth-Hauptmann-Archiv, Akademie der Künste zu Berlin). – Brecht notiert die Ziffer 3 für eine weitere Strophe, führt sie jedoch nicht aus.

312,19 *Lewis Taylor]* Vermutlich der Name des von Hauptmann erinnerten Gangsters; konnte nicht ermittelt werden.

312,1 *Entdeckung an einer jungen Frau]* T: Typoskript. E: Um 1925. Die Textgrundlage weist, außer dem Doppelpunkt in Zeile 4, keine Zeichensetzung auf.

Das Gedicht steht in der Tradition der mittelalterlichen »niederen« Minnelyrik, dem »Tagelied«: es schildert Abschied und Trennung zweier Liebender nach einer (unerlaubten) Liebesnacht im Morgengrauen (in der Regel weckt ein Wächter das unverheiratete Paar, um es vor der Entdeckung zu bewahren). Das Sonett gehört in den Umkreis der *Augsburger Sonette* (Band 11) und sollte vermutlich mit ihnen zusammen gedruckt werden. Brecht versieht das Typoskript mit der Anweisung: »Hauptwörter natürlich groß!«

312,1 *Forderung nach Kunst]* T: Typoskript (handschriftlich korrigiert). E: Um 1925.

Das Sonett gehört in den Umkreis der *Augsburger Sonette* (Band 11).

313,10 *das Feuer]* Ursprünglich: »die Gluten«.

313,15 *Prächtiger ... prächtig]* Brecht erwägt, die beiden Worte zu ersetzen durch »Begieriger« und »kunstvoll« (jeweils mit Fragezeichen versehen).

313,1 *Heute nacht und morgen und]* T: Manuskript. E: Um 1925. ED: Vorliegende Ausgabe.

Die Verse sind auf die Rückseite einer Textpassage zu *Joe Fleischhakker* (»Calvin auf dem elektrischen Stuhl...«) geschrieben und gehören vermutlich in den Zusammenhang des Stückfragments (vgl. Band 10).

313,1 *Hiermit danke ich]* T: Typoskript. E: Um 1925. Die Textgrundlage weist keine Zeichensetzung auf.

Brecht schreibt das Gedicht unter einen aufgeklebten Ausschnitt aus einer Zeitung (ohne Quellenangabe) mit der Überschrift *Bestrafter »Blauer Dunst«*: »Einen originellen Strafzettel erhielt ein Motorradfahrer, nachdem er unter anderen Städten mit seiner Maschine auch *Reutlingen* besucht hatte. Er wurde zur Zahlung von fünf Mark und zwanzig Pfennig verurteilt wegen ›Hinterlassung eines bläulichen Dunstes und eines donnerähnlichen Geräusches‹.« (Nachlaß.)

313,1 *Ich höre]* T: Typoskript (handschriftlich korrigiert). E: Um 1925.

Das Gedicht gehört in den Umkreis der Städtelyrik der zwanziger Jahre. Vgl. *Aus dem Lesebuch für Städtebewohner* (Band 11).

314,1 *Immer noch]* T: Typoskript. E: Um 1925.
Auf der Textgrundlage notiert Brecht zum Gedicht: »Revue«. Vermutlich erwägt Brecht 1926, das Gedicht der Revue für Max Reinhardt zuzuordnen, die eine Parodie auf den Amerikanismus sein sollte. Die Revue ist nicht zustandegekommen (vgl. Band 10).

314,4 *R.I.P.]* Requiescat in pace: (lat.) Ruhe in Frieden; Aufschrift von Grabsteinen.

314,5 *Bauernkärren]* So in der Textgrundlage.

314,8 *Ninive]* Stadt am linken Ufer des Tigris, ehemalige Hauptstadt von Assyrien, von den Medern und Babyloniern 612 v. d. Z. völlig zerstört.

314,9 *äthiopischen Brüder]* Gemeint sind einfache (Holz-)Gefährte vorgeschichtlicher Kulturen.

314,22 *Wägen voll Mäkeln]* So in der Textgrundlage.

315,1 *Ja meine Lieben]* T: Typoskript. E: Um 1925. Die Textgrundlage weist keine Zeichensetzung auf.

315,2 *auf den Kontinenten ... herum]* Häufiger gebrauchte Wendung Brechts; vgl. das Gedicht *Viele sagen, die Zeit sei alt* (Band 14).

315,9 *Gummizeit]* Brecht charakterisiert den neuen Menschentypus der zwanziger Jahre als »Gummimenschen«. In der *Anleitung zum Gebrauch der einzelnen Lektionen* zur *Hauspostille* (Band 11) heißt es zum Kapitel 2 (*Ballade auf vielen Schiffen*) der dritten Lektion: »ist zu lesen in Stunden der Gefahr: in ihm kommt der Gummimensch in Sicht«. Der Name steht für den Typus des gummiartigen Anpassers, der sich gerade dadurch als widerstandsfähig erweist; der Terminus »Gummizeit« ist vermutlich entsprechend zu verstehen.

315,1 *Komm mit mir nach Georgia]* T: Typoskript. E: Um 1925. Die Textgrundlage weist, außer den Doppelpunkten, keine Zeichensetzung auf.
Das Gedicht entsteht im Umkreis der *Mahagonnygesänge* (Band 11). – Das Gedicht liegt als Typoskript vor, das Brecht handschriftlich korrigiert hat. Da diese Korrekturen inkonsequent und nicht eindeutig sind, werden sie in der vorliegenden Ausgabe nicht berücksichtigt. Die handschriftlichen Varianten sind im folgenden einzeln verzeichnet.

315,1 *Georgia]* Staat der USA am Atlantik.

315,4 *Du erinnerst]* Nach der Handschrift: »Erinnere«.

315,5 *Jetzt betrachte ... kalt]* Nach der Handschrift: »Jetzt aber betrachte sie kalt«.

315,6 *es ist genug]* Nach der Handschrift: »sie ist alt.«

315,8-10 *Dort ... weitergehen]* Nach der Handschrift:

Dort baun wir halt
Eine neue Stadt
Und wenn diese Stadt zuviele Steine hat
Dann bleiben wir nicht mehr da.

318,12 *verbraucht]* Nach der Handschrift: »kalt«.

318,13 *wie sie]* Handschriftlich eingefügt: »schön«.

318,15 *genug]* Nach der Handschrift: »alt«.

318,17-19 *Dort ... weitergehen]* Nach der Handschrift:

Dort laß uns schaun nach neuen Fraun
Und wenn diese Fraun wieder alt ausschaun
Dann

315,21 *Ansichten und seh]* Nach der Handschrift: »Ansicht und sieh«.

315,22 *sie waren]* Handschriftlich eingefügt: »einst«.

316,26 f. *Dort gibt ... werden]* Nach der Handschrift: »Dort, wirst du sehn, gibt es neue Ideen/Und wenn die Ideen wieder alt aussehn«.

316,1 *Können ihm Essig holen]* T: Typoskript. E: Um 1925. ED: *Aufstieg und Fall der Stadt Mahagonny*, in: Brecht, *Versuche*, Heft 2 (*Versuche 4-7*), Berlin: Gustav Kiepenheuer 1930, S. 105 f.

Das Gedicht entsteht unabhängig von der Oper *Aufstieg und Fall der Stadt Mahagonny*, deren Schlußgesang es 1928 wird. Die Verse werden an der Leiche Paul Ackermanns gesungen (Szene 20): Strophe 1 vom fünften Demonstrationszug, der eine Tafel mit der Inschrift »Für die Justiz« trägt, Strophe 2 und 3 vom sechsten Zug (»Für die Dummheit«), Strophe 4 vom siebenten Zug (»Für den Fortbestand des goldenen Zeitalters«). – Das Gedicht ist auf einem Typoskript gesondert überliefert. Es ist von Elisabeth Hauptmann mit dem Titel *Gedicht über einen Toten* versehen und handschriftlich korrigiert worden, was hier nicht berücksichtigt wird (Hauptmann hat die Strophen in keine ihrer Gedichte-Ausgaben der sechziger Jahre aufgenommen). Die Textgrundlage weicht in einzelnen Versen vom Erstdruck ab (vgl. Band 2). Auf demselben Blatt stehen die Verse *Hier ruht die Jungfrau*.

316,1 *Hier ruht die Jungfrau]* T: Typoskript. E: Um 1925. ED: Kurt Weill, *Song-Album*, Wien/Leipzig: Universal-Edition 1929, S. 8-10 (Titel: *Marterl* aus *Berliner Requiem*; Notendruck).

Zur Überlieferung vgl. den voranstehenden Kommentar. – Das Gedicht ist eine versteckte Ehrung (ausdrücklich unpolitischer Art) Rosa Luxemburgs. Kurt Weill unterlegt die Noten des Klavierauszugs alternativ mit den Worten des vorliegenden Gedichts sowie mit *Grabschrift 1919* (Band 11). – Der Erstdruck kann nicht als authentisch gelten. Deshalb folgt die vorliegende Ausgabe dem Typoskript Brechts.

317,1 *Liebesgedicht]* T: Typoskript. E: Um 1925. Die Textgrundlage weist keine Zeichensetzung auf.

317,1 *Lied einer Familie aus der Savannah]* T: Typoskript. E: Um 1925. Die Textgrundlage weist keine Zeichensetzung auf.

Das Lied gehört zum geplanten Stück *Joe Fleischhacker* (Band 10) und ist im Material zum Stück überliefert. Auf dem Typoskript ist unter einer Notenskizze notiert: »und in san franzisko/war es uns zu kalt«.

317,1 *Savannah]* Gemeint ist die Savanne (prärieartige Graslandschaft).

317,6 *Frisko]* Abkürzung für San Francisco.

317,14 *Massachusetts]* Neuenglandstaat der USA (Hauptstadt Boston).

318,1 *Mutter Beimlen]* T: Typoskript. E: Um 1925.

Das Gedicht wird 1937 Bestandteil der privaten Sammlung von Kindergedichten, die Brecht als *Kinderlieder für Helli* (gemeint ist Helene Weigel) zusammenstellt, und geht 1938 in eine Zusammenstellung von 13 *Kinderliedern* ein, die mit der Ziffer »II« versehen ist und vermutlich für die *Gedichte im Exil*, die späteren *Svendborger Gedichte* (dort als 2. Abteilung), vorgesehen war (vgl. den Kommentar in Band 12).

318,1 *Beimlen]* Vermutlich Phantasiename.

319,1 *Pioniere]* T: Manuskript. E: Um 1925. ED: Vorliegende Ausgabe.

319,2 *Sie sagt, sie ist die treuste Frau der Welt]* T: Typoskript. E: Um 1925.

Es handelt sich um ein Fragment. Für eine weitere Strophe ist nur die Ziffer 3 notiert, aber kein Text. Eine weitere Überlieferung im Typoskript, die eine Notenskizze enthält, hat anstelle der Zeilen 6-18 den Refrain

Aber kann man eine solche Frau heiraten?
Sie werden sagen: nein
Aber Sie haben sie auch nicht gesehen
Und Sie lassen es auch besser sein

320,1 *Sonett für Trinker]* T: Typoskript (handschriftlich korrigiert). E: Um 1925. Die Textgrundlage weist keine Zeichensetzung auf.

Das Gedicht gehört in den Umkreis der *Augsburger Sonette*. – Vgl. *Über den richtigen Genuß von Spirituosen* (259,1).

320,4 *Sich selbst ... zubereiten]* Brecht ist unentschlossen, ob der Vers nicht wie in der ersten Niederschrift des Gedichts (Typoskript) lauten soll: »Zuvörderst mit Getränk sich zubereiten.« Er notiert die ursprüngliche Lesart in Klammern am Rand. Welcher Vers letztlich gelten sollte, ist nach der Überlieferung nicht zu entscheiden.

320,8 *»des Mannes Wollust, nicht zu leiden«]* Es handelt sich um eine Wendung, die in der Zeit geläufig gewesen ist. Brecht übernimmt sie wörtlich in Szene 1 von *Aufstieg und Fall der Stadt Mahagonny* (Band 2) und in *Das sechste Sonett* von 1933 (Band 11).

320,1 *Sonett vom Sieger]* T: Typoskript (handschriftlich korrigiert). E: Um 1925. Gezeichnet: »Bertolt Brecht«.

Das Sonett, das in einer ersten Fassung abgeschlossen vorliegt, ist von Brecht – vor allem in den beiden abschließenden Terzetten – noch einmal intensiv bearbeitet worden, und zwar so, daß es keine endgültige Gestalt gewonnen hat: erwogene Varianten sind so hinzugefügt, daß über ihre Gültigkeit kein abschließendes Urteil gefällt werden kann. Ein Vers der ursprünglichen Fassung ist nicht getilgt, fällt aber nach dem neuen Reimschema sowie durch begonnene Streichungen aus. Die beiden Terzette lauten im Typoskript ursprünglich:

Die meisten schliefen längst und waren satt
Da stand er noch und mähte in der Runde
Und als er wegging, war wohl nichts mehr da.

Ich sah ihn weggehn (selbst von Schauen matt)
Er ging in schlechtem Licht weg, doch ich sah:
Er hatte auf dem Rücken eine Wunde!

Die Textgrundlage ist unterschrieben mit »Bert Brecht«; nach der Korrektur fügt Brecht beim Vornamen handschriftlich »olt« ein.

320,4 f. *Und um ein Feldchen ... aufzunehmen]* Anspielung auf Shakespeares *Hamlet, Prince of Denmark* (um 1600/01): »Nicht Gruft genug und Raum, um die Erschlagnen/Nur zu verbergen« (IV,4).

321,12 *Bis er ... besiegen]* Brecht notiert zwei Varianten: »Dem nicht genug da war, es zu besiegen« und »Ihm konnte nichts mehr Einhalt tun wie siegen«.

321,13 *Er ging ... sah:]* Vor diesem Vers, der das letzte Terzett einleitet, steht ein weiterer mit begonnenen Korrekturen: »Ich sah ihn weggehn (schon vom *Schauen* matt)«, den Brecht nicht gestrichen hat; er paßt jedoch vom Reimschema nicht mehr zu den letztnotierten Varianten. Der entsprechende Reim des ersten Terzetts ist im Typoskript gestrichen.

321,1 *Song zur Beruhigung mehrerer Männer]* T: Typoskript (handschriftlich ergänzt). E: Um 1925.

Das Gedicht ist in mehreren Typoskripten überliefert. Die erste Niederschrift ist mit einer Notenskizze versehen und dokumentiert durch handschriftliche Zusätze Elisabeth Hauptmanns Mitarbeit am Gedicht und an der Vertonung. 1929 fügt Hauptmann den Song mit leichten Veränderungen in ihr Stück *Happy End* ein. – Die Textgrundlage ist von Hauptmann handschriftlich ergänzt. Die Ergänzungen werden als zeitgenössische Korrekturen in der vorliegenden Ausgabe berücksichtigt.

322,1 *Viele laufen herum]* T: Typoskript. E: Um 1925. Die Textgrundlage weist keine Zeichensetzung auf.

322,4 *Sundainseln]* Indonesische Inselgruppe.

323,1 *Von der zermalmenden Wucht der Städte]* T: Typoskript (handschriftlich korrigiert). E: Um 1925. Die Textgrundlage weist keine Zeichensetzung auf.

Es liegen zwei Überlieferungen vor. Das frühere Typoskript ist von Brecht geschrieben, von Elisabeth Hauptmann korrigiert und ergänzt worden. Die spätere Abschrift Hauptmanns, die in Einzelheiten abweicht, ist vermutlich für die Ausgabe der *Gedichte* (Band 2, 1960) angefertigt, auf alle Fälle da erst korrigiert worden. Textgrundlage bildet deshalb das frühere Typoskript; die in ihm enthaltenen Korrekturen Hauptmanns sind zeitgenössisch und daher in der vorliegenden Ausgabe berücksichtigt.

324,1 *Vor meinen Augen welkten]* T: Typoskript. E: Um 1925. ED: Vorliegende Ausgabe.

Das Gedicht steht zusammen mit dem folgenden auf einem Blatt und ist mit dem Vermerk »ste 53« versehen, eine Abkürzung für »Seite 53«. Auf der Rückseite notiert Brecht handschriftlich: »2 Strophen/1)/2)«. Welchem Projekt diese Zuordnung gelten sollte, konnte nicht ermittelt werden.

324,1 *Und nach so viel Zeit]* T: Typoskript (handschriftlich korrigiert). E: Um 1925. ED: Vorliegende Ausgabe. Die Textgrundlage weist keine Zeichensetzung auf.

Zur Überlieferung vgl. den voranstehenden Kommentar. – Das Gedicht ist mit dem handschriftlichen Vermerk »ste 27« versehen.

325,1 *Wasserfiskus]* T: Manuskript. E: Um 1925.

Das Gedicht ist nur durch Elisabeth Hauptmann überliefert, von ihr jedoch Brecht zugeschrieben worden. – Die Textgestalt kann nicht als gesichert gelten.

325,1 *Wasserfiskus]* Fiskus: (lat.) Staatskasse; hier: Behörde für Wasserwirtschaft.

325,1 *Erinnerung an eine M. N.]* T: Typoskript. E: Um 1925/26.

Mit diesem Gedicht erinnert Brecht vermutlich an Marietta Neher, die Schwester von Caspar, die er 1919 in Augsburg kennengelernt hat. – Brecht notiert an den Rand handschriftlich eine weitere Strophe, ohne sie zuzuordnen:

Warum ist das Wasser nicht kälter als kalt?
Und der Mond nicht grüner als grün?
Nur diese Erde ist älter als alt
Und uns hält man mit Versprechungen hin!

326,1 *Sonett]* T: Typoskript. E: Um 1925/26 (Datierung unsicher). Nach der Überlieferung handelt es sich um einen Entwurf. Thematisch steht er nicht im Zusammenhang mit den Sonetten der Zeit. – Brecht läßt große Zwischenräume für weitere Verse; nach der Anordnung sollten die Verse 4-6 den Schluß bilden.

326,1 *Wenn man das gesalzene Krabbenzeug aß]* T: Typoskript. E: Um 1925/26 (Datierung unsicher). Die Textgrundlage weist, außer den Fragezeichen in Zeile 4, keine Zeichensetzung auf.

326,2 *Saloons]* Saloon (engl.), Empfangszimmer, hier Gastraum.

326,3 *Penny]* Kleinste englische Währungseinheit.

327,17-20 *Aber eure ... ganz zerstört]* Die Strophe ist durch einen größeren Zwischenraum abgesetzt, der möglicherweise mit weiteren Versen gefüllt werden sollte.

328,1 *Achttausend arme Leute kommen vor die Stadt]* T: Bertolt Brecht, *Gedichte. 1913-1929* (= *Gedichte II*), Frankfurt a.M. 1960, S. 165 f. E: 1. Halbjahr 1926.

Nach einer Tagebucheintragung Elisabeth Hauptmanns vom 8. Juni 1926 liegt das Gedicht zu diesem Zeitpunkt abgeschlossen vor und ist zur Publikation in der satirischen Zeitung *Der Knüppel* (Berlin) vorgesehen; ein entsprechender Druck konnte nicht ermittelt werden. Hauptmann zitiert Brecht, wonach das Gedicht nicht in die *Hauspostille* passe, es »müßte aber in eine andere Sammlung [...], die sich mit dem neuen Menschen befaßt.« (Nachlaß.) – Zum Gedicht gibt es keine Unterlagen im Nachlaß. Da es durch Hauptmanns Tagebuch bezeugt ist und sie es in alle ihre Ausgaben aufgenommen hat, wird das Gedicht nach ihrer Edition in die vorliegende Ausgabe übernommen. Die Textgestalt kann nicht als gesichert gelten.

328,1 *Salgotarjan]* Ungarische Bezirkshauptstadt im nordöstlichen ungarische Mittelgebirge, nahe der Grenze zur Tschechoslowakei; Hauptort eines Bergbau- und Industriegebiets.

329,1 *Ach, wie war es lustig in Uganda]* T: Erstdruck. E: 1. Halbjahr 1926. ED: Bertolt Brecht, *Mann ist Mann*, Berlin: Propyläen 1927, S. 157f. (*Anhang. Das Elefantenkalb*).

Das Gedicht entsteht im Zusammenhang des Stücks *Mann ist Mann*, das am 25. September 1926 Premiere hat. – Der »Song« wird von vier Spielern (Jesse, Polly, Galy Gay, Uria) gegen Ende des »Elefantenspiels« gesungen (eine Vertonung liegt nicht vor). – Die Verse sind nur innerhalb des Dramentextes überliefert (vgl. Band 2).

329,5 *Papa Krüger]* Anspielung auf Paulus Krüger, genannt Oom Paul (oder Ohm Krüger), der 1883-1900 Präsident der südafrikanischen Republiken Transvaal sowie des Oranjefreistaats ist und sich im Burenkrieg (1899-1902) als Führer der aufständischen Buren gegen die britische Kolonialarmee auszeichnet. Er wird als »Idealtyp seines Volkes« zur Legende.

329,1 *Song von Witwe Begbicks Trinksalon]* T: Erstdruck. E: 1. Halbjahr 1926. ED: Bertolt Brecht, *Mann ist Mann*, Berlin: Propyläen 1927, S. 24 f.

Das Gedicht entsteht im Zusammenhang des Stücks *Mann ist Mann*. In der Szenenanweisung heißt es: »Soldaten singen den Song von Witwe Begbicks Trinksalon«, ein Titel, der sich auch durch die Vertonung Paul Dessaus (1951) allgemein durchgesetzt hat. In der Textgrundlage ist der Refrain nur nach der ersten Strophe ausgeführt, nach den andern Strophen heißt es nur: »Refrain.« – Die Soldaten singen den Song in *Mann ist Mann* (Fassung von 1926) am Beginn von Szene 4 (*Kantine*), die Töchter der Begbick spielen dazu auf, und zwar als Jazzband. Brecht hat den Song möglicherweise für die Uraufführung (Darmstadt, 25. September 1926) vertont; die Musik ist jedoch nicht überliefert. Paul Dessau vertont das Lied 1951 und erneut 1956.

329,4 *Alewaggon]* Waggon zum Bierausschank; Ale: (engl.) obergäriges Bier.

329,5 *Singapore bis Cooch-Behar]* Für Brecht stehen die Namen Singapur, Staat im Süden der Malaienhalbinsel, und Bihar, nördlichste Provinz Indiens, für das englische Kolonialgebiet in Asien; vgl. die Wendung »Cap bis Couch-Behar« in *Der Kanonen-Song* (vgl. *Die Songs der Dreigroschenoper*, Band 11).

329,6 *Kamatkura]* Kamakura, japanische Küstenstadt, nahe der Sagami-Bucht, südlich von Jokohama.

329,11 *Tomy]* Eigenart Brechts in der Schreibweise des Englischen. Eigentlich: Tommy, die volkstümliche Bezeichnung für den britischen Soldaten. Sie geht auf ein Handbuch für englische Rekruten von 1837 zurück, in dem zum besseren Verständnis alle Anweisungen an einen fiktiven Soldaten Thomas Atkins gerichtet sind. Kiplings *Barrack-Room Ballads* sind dem Soldaten Tommy gewidmet.

330,24 *Pandschabvale]* Fünfstromtal. Pandschab: (hinduistisch) fünf Ströme; vorderindische Landschaft zwischen Indus mit seinen fünf großen Nebenflüssen und dem Himalaja.

330,1 *Ballade von den untreuen Weibern]* T: Typoskript (handschriftlich korrigiert). E: 1. Halbjahr 1926. Die Textgrundlage weist, außer den Doppelpunkten, keine Zeichensetzung auf.

Dieses und die folgenden Gedichte (bis *Das ist sein Los*; 333,2) finden sich in einem Notizbuch aus dem ersten Halbjahr 1926. Der

Schreibduktus zeigt, daß Brecht das Notizbuch kontinuierlich und nur über eine geringe Zeitspanne geführt hat. – Das Gedicht entsteht aus den (späteren) Strophen 1 und 4, die Brecht im Notizbuch entwirft. Im Typoskript (Textgrundlage) umfaßt es zunächst 5 Strophen. Brecht streicht die ursprüngliche Strophe 2, ohne die Strophenzählung zu ändern (in der vorliegenden Ausgabe korrigiert); die gestrichene Strophe lautet:

Und setz dich mit dem Weibe auf dein Zimmer
Wenn auf der Bank im Frein ein andrer sitzt
Sonst schaukelt der und nichts, mein Kind, ist schlimmer
Du selbst merkst gar nichts, bis du merkst: sie schwitzt
's gibt dies und das Weib, das sich nichts draus macht
Vor der, ich bitte dich, nimm dich in acht

331,1 *Wenn der Whisky verraucht ist]* T: Manuskript (Notizbuch). E: 1. Halbjahr 1926. Die Textgrundlage weist keine Zeichensetzung auf. Zur Überlieferung vgl. den voranstehenden Kommentar.

331,2 *Surrabay]* Surabaja, auch Soerabaja, ist die zweitgrößte Stadt auf der indonesischen Insel Java. Brecht übernimmt den Namen von Rudyard Kipling.

331,1 *Eure Getränke haben wir grinsend ausgetrunken]* T: Manuskript (Notizbuch). E: 1. Halbjahr 1926. Zur Überlieferung vgl. zu 330,1, *Ballade von den untreuen Weibern.*

332,1 *Sonett Nummer 3]* T: Typoskript (handschriftlich korrigiert). E: 1. Halbjahr 1926.

Brecht entwirft das Gedicht zunächst vierstrophig im Notizbuch (vgl. zu 330,1, *Ballade von den untreuen Weibern*). Die Form des Sonetts erhält es erst in dem späteren Typoskript (um 1927). – Die mittelalterliche Legende, die Brecht angibt, ist vermutlich fingiert. – Das Sonett gehört in den Umkreis der *Augsburger Sonette* (Band 11); die Zählung im Titel läßt keine nähere Zuordnung zu.

332,2-5 *Dem Weibe ... Hand!]* Brecht spielt auf sein Gedicht *Die Legende der Dirne Evlyn Roe* (102,1) an.

332,2 *Eure Mädchen]* T: Manuskript (Notizbuch). E: 1. Halbjahr 1926. ED: Vorliegende Ausgabe.

Zur Überlieferung vgl. zu 330,1, *Ballade von den untreuen Weibern.* – Es handelt sich um eine ausgeführte Strophe eines Gedichtfragments, von dem noch je ein Vers von Strophe 3 und 4 überliefert ist: »Erreichten wir eure Städte mit starken Begierden.« (Strophe 3); »Sondern man wird uns noch lang hier sehen« (Strophe 4). Dieses Fragment steht möglicherweise in Zusammenhang mit dem voranstehenden *Sonett Nummer 3.*

332,1 *Vom Geld]* T: Erstdruck. E: 1. Halbjahr 1926. ED: *Simplicissimus*, München, 28. März 1927, S. 708.

Brecht entwirft das Gedicht 1926 im Notizbuch (vgl. zu 330,1, *Ballade von den untreuen Weibern*). – Es wird zusammen mit einem Artikel von Erich Czech, *Der Schatz in Österreich*, publiziert, der satirisch vom Geldmangel in Österreich handelt. – Vgl. das thematisch verwandte *Lied von der belebenden Wirkung des Geldes* in *Die Rundköpfe und die Spitzköpfe* (Fassung von 1934, Band 4).

332,1 *Vor dem Taler ... sehnen.]* Das Motto entstammt Frank Wedekinds Gedicht *Der Taler* in der Sammlung *Die vier Jahreszeiten* (1905).

333,2 *Das ist sein Los]* T: Manuskript (Notizbuch). E: 1. Halbjahr 1926. Zur Überlieferung vgl. zu 330,1, *Ballade von den untreuen Weibern.*

334,1 *Matinee in Dresden]* T: Erstdruck. E: 20./21. März 1926. ED: *Berliner Börsen-Courier*, 22. März 1926.

Brecht, Arnolt Bronnen und Alfred Döblin sind am 21. März 1926 zu einer Sonntagsmatinee nach Dresden eingeladen, um dort aus ihren Arbeiten zu lesen. Als am Vorabend eine Verdi-Feier mit der Premiere von *Die Macht des Schicksals* im Staatstheater stattfindet, erhalten sie schlechte Plätze im zweiten Rang und werten dies als Affront des Intendanten Reucker. Das Gedicht ist die Reaktion auf die vermeintlich schäbige Behandlung. Nach dem Bericht *Die Rache der Dichter*, der der Erstpublikation des Gedichts im *Börsen-Courier* beigegeben ist, hat das »Trifolium« die Matinee dazu benutzt, seinen Unmut über den »schamlosen Empfang« (Bronnen) zu äußern. – Brecht notiert das Gedicht in weitgehend endgültiger Gestalt zunächst handschriftlich auf einen Briefbogen des Palast-Hotels Weber. Ein Typoskript und der Erstdruck nennen als Verfasser »Brecht Bronnen Döblin«. – Brecht rezitiert die Verse am Beginn seiner Lesung und löst damit einen *Offenen Brief* des Kritikers Martin Elsner aus, in dem dieser die drei Dichter als hochnäsig, undankbar und in ihrer literarischen Anmaßung als »demaskiert« beschimpft sowie von einem »Dumme-Jungen-Streich« spricht (*Allgemeine Zeitung*, Chemnitz, 25. März 1926). Brecht antwortet lapidar: »nur in Dresden wirken Mücken wie Elefanten«; es habe sich lediglich um einen Scherz gehandelt (Brecht an Elsner, März 1926).

334,3 *drei Götter]* Erstes Vorkommen der »drei Götter«, die später als Figuren des Stücks *Der gute Mensch von Sezuan* verwendet werden (Band 6).

334,4 *Alibi am Flusse Alibe]* Alibi: (lat.) irgendwo; hier als Wortspiel für Dresden an der Elbe.

334,6 *Hekatomben]* (Griech.) Opfer von hundert Tieren, allgemein: große Opfer.

334,13 *Alea]* (Lat.) Würfel, Namenverballhornung von Franz Werfel, der eine Neuübersetzung des Librettos von *Die Macht des Schicksals* angefertigt hat, die am 20. März in Dresden Premiere hatte.

335,19 *Sibillus]* Dr. Leo Francke, ein Mitarbeiter des Dresdner Sibyllenverlags, der bei der »Entrüstungskundgebung« (*Berliner Börsen-Courier*) zu vermitteln suchte.

335,27 *Weltfreund]* Anspielung auf Werfel und dessen Gedichtsammlung *Der Weltfreund* (1911).

335,1 *Behauptung]* T: Erstdruck. E: Juli 1926 (laut Typoskript). ED: *Das Tagebuch*, Berlin, 31. Juli 1926.

Brecht schreibt das Gedicht laut Typoskript in Wien im »Juli 1926«, wo er Material für sein Stückprojekt *Joe Fleischhacker* sammelt. Elisabeth Hauptmann zählt es zu den Gedichten *Aus einem Lesebuch für Städtebewohner*, ohne daß es dafür weitere Anhaltspunkte gäbe.

336,1 *Die Städte, die wir da bauen]* T: Manuskript (Notizbuch). E: August 1926. Die Textgrundlage weist keine Zeichensetzung auf.

Dieses und die folgenden Gedichte (bis *Die Städte mit den schwarzen Blattern*; 338,1) stammen aus einem Notizbuch, das Brecht im August 1926 geführt hat.

336,1 *Von den großen Männern]* T: Typoskript. E: August 1926.

Brecht notiert das Gedicht zunächst – ohne Titel und die Strophe 4 – ins Notizbuch (vgl. den voranstehenden Kommentar). Textgrundlage ist eine spätere Abschrift im Typoskript, die nur spärliche Zeichensetzung aufweist.

337,13 f. *Alexander ... Babylon]* Alexander der Große besetzt Babylon nach seinem Sieg über die Perser bei Arbela und Gaugamela (331 v. d. Z.).

337,18 *Kopernikus]* Sein Hauptwerk ist *De revolutionibus orbium coelestium libri VI* (*Sechs Bücher über die Umläufe der Himmelskörper*, 1543); mit ihm wird das heliozentrische Weltbild der Neuzeit begründet.

337,25 *Napoleon]* Napoleon Bonaparte ist Kaiser der Franzosen von 1804 bis 1814/15.

337,1 *Und stopft ein Grammophon hinein]* T: Manuskript (Notizbuch). E: August 1926. Die Textgrundlage weist, außer dem Ausrufezeichen in Vers 4, keine Zeichensetzung auf. Zur Überlieferung vgl. zu 336,1, *Die Städte, die wir da bauen*.

337,1 *Grammophon]* In der Textgrundlage: »Gramofon«.

337,4 *Marie Glatt]* Konnte nicht ermittelt werden.

338,1 *Sintflut]* T: Manuskript (Notizbuch). E: August 1926. Die

Textgrundlage weist keine Zeichensetzung auf. Zur Überlieferung vgl. zu 336,1, *Die Städte, die wir da bauen.*

338,1 *Die Städte mit den schwarzen Blattern]* T: Manuskript (Notizbuch). E: August 1926.

Zur Überlieferung vgl. zu 336,1, *Die Städte, die wir da bauen.* – Das vorliegende Gedicht steht in engem Zusammenhang mit dem Gedicht *Und wenn wir's überlegen* (346,2); seine erste Strophe bildet dort den Schluß.

338,1 *schwarzen Blattern]* Vgl. zu 159,11.

338,1 *Die gute Nacht / Die Niederkunft]* T: Erstdruck. E: Dezember 1926. ED: *Das Unterhaltungsblatt.* Beilage der *Vossischen Zeitung*, Berlin, 25. Dezember 1926.

Brecht entwirft das Gedicht zunächst handschriftlich. Diese Fassung liegt dem Erstdruck zugrunde. Vermutlich erst nach dem Druck erweitert Brecht das Gedicht. Vgl. den folgenden Kommentar und zu 340,1, *Als der Krist zur Welt geboren wurd.* – Das vorliegende Gedicht erzählt die Weihnachtsgeschichte frei nach; vgl. Lukas 2.

339,1 *Die gute Nacht / Der Tag]* T: Typoskript (handschriftlich korrigiert). E: Dezember 1926.

Zur Entstehung vgl. den voranstehenden Kommentar. – Die erweiterte Fassung ist in zwei Typoskripten überliefert; eines davon (Textgrundlage) ist handschriftlich korrigiert.

340,1 *Als der Krist zur Welt geboren wurd]* T: Typoskript. E: Dezember 1926. ED: Vorliegende Ausgabe. Gezeichnet: »Brecht«.

Das Gedicht stellt eine weitere, selbständige Fassung von *Die gute Nacht / Die Niederkunft* (339,1) dar. Es ist als Reinschrift im Typoskript überliefert.

340,5 *Marie setzte ... Stein]* Nach dem alten deutschen Kinderlied »Mariechen saß auf einem Stein«.

340,18 *Flur]* Hier: Fußboden.

340,1 *Mußte grad du es sein]* T: Manuskript. E: Dezember 1926. ED: Vorliegende Ausgabe.

Brecht notiert die Verse auf einen Brief der *Magdeburgischen Zeitung* (Unterzeichner: Guillemin) vom 8. Dezember 1926.

340,5 *Herz ist Herz. Stein ist Stein.]* In der Textgrundlage: »Herz = Herz. Stein = Stein.«

341,1 *Das Morgenrot]* T: Manuskript (Notizbuch). E: 1926.

Dieses Gedicht ist neben weiteren Gedichten in einem Notizbuch enthalten, das Brecht 1926 geführt hat.

341,1 *Sonett über einen durchschnittlichen Beischlaf]* T: Typoskript (handschriftlich korrigiert). E: 1926.

Brecht entwirft das Gedicht zunächst im Notizbuch (vgl. den voranstehenden Kommentar), und zwar ohne Titel, aber bereits als Sonett mit der entsprechenden Verszählung von 1 bis 14. Die danach folgende Reinschrift trägt den Titel *Sonett über einen guten Beischlaf*. Der endgültige Titel wird von Brecht handschriftlich eingefügt. – Das Gedicht gehört in den Umkreis der *Augsburger Sonette* (Band 11).

341,5 *(Es pflanzt ... am Grabe!)]* Nach Schillers Gedicht *Hoffnung* (1797): »Noch am Grabe pflanzt er – die Hoffnung auf«.

341,15 *Im Schweiß des Antlitz']* Anspielung auf 1 Mose 3,19; Gott sagt nach dem Sündenfall zu Adam: »Im Schweiße deines Angesichts sollst du dein Brot essen«.

341,1 *Sonett über das Böse]* T: Typoskript (handschriftlich korrigiert). E: 1926.

Es handelt sich um eine selbständige Vorfassung von *Sonett Nr. 1. Über Mangel an Bösem* (vgl. *Die Augsburger Sonette*, Band 11). Brecht entwirft das Sonett zunächst im Notizbuch (vgl. zu 341,1, *Das Morgenrot*). Textgrundlage ist ein handschriftlich überarbeitetes Typoskript, das kurz nach dem Entwurf entstanden ist.

342,1 *Unablässige Flüge]* T: Manuskript (Notizbuch). E: 1926.

Zur Überlieferung vgl. zu 341,1, *Das Morgenrot*. – Brecht bezieht sich auf den mißglückten Versuch von Roald Amundsen und Lincoln Ellsworth vom Mai 1925, den Nordpol zu überfliegen, und auf die geglückten Unternehmungen von Richard Byrd vom 9. Mai 1926 und von Amundsen/Ellsworth zwei Tage später.

342,1 *Da freilich kam]* T: Manuskript (Notizbuch). E: 1926. Zur Überlieferung vgl. zu 341,1, *Das Morgenrot*.

343,2 *Das Haus riecht]* T: Manuskript (Notizbuch). E: 1926. ED: Vorliegende Ausgabe.

Zur Überlieferung vgl. zu 341,1, *Das Morgenrot*. – Es ist nur die vorliegende Strophe überliefert.

343,1 *Aber die Städte, bepackt mit Fleisch]* T: Typoskript. E: 1926. ED: Vorliegende Ausgabe.

Die Verse sind zusammen mit dem fragmentarischen Stück *Sintflut* (vgl. Band 10) überliefert, bleiben jedoch selbständig.

343,1 *Dreihundert ermordete Kulis berichten an eine Internationale]* T: Erstdruck. E: 1926. ED: *Der Knüppel*, Berlin, Heft 1, Januar 1927.

Anlaß zu diesem Gedicht ist möglicherweise der strenge Winter des Jahres 1926/27. Neben dem Gedicht Brechts ist im *Knüppel* eine Zeichnung abgebildet, die frierende Arbeiter in ihrer Wohnung zeigt und mit dem Titel *Eispalast* sowie mit dem Kommentar versehen ist: »Im Winter friert man ja ein bißchen. Dafür ist es aber im Sommer schön kühl.« – Brecht verarbeitet ein Ereignis, das aus Kalgan in der Provinz Tschili berichtet wird. 1926 beginnt Tschiang Kai-scheks Feldzug zur »Einigung Chinas« gegen den revolutionären Flügel der Kuo-min-tang-Truppen. Tschiang ist für seine rücksichtslose Rekrutierung von Soldaten bekannt gewesen.

343,1 *Internationale]* Gemeint ist vermutlich die »Dritte Internationale«, der dritte Zusammenschluß von sozialistischen und kommunistischen Parteien zu einer internationalen Vereinigung, die 1919 durch die Initiative Lenins gegründet worden ist (auch: »Kommunistische Internationale«).

343,1 *chinesischen weißen Armee]* Bezeichnung für die Truppen Tschiang Kai-scheks (in Abgrenzung zur »roten Armee« der Kuo-mintang).

343,5 *Reis ... fassen]* Formuliert in Anlehnung an die im Militär übliche Redewendung »Essen fassen«.

344,1 *Letzte Hoffnung]* T: Typoskript (handschriftlich korrigiert). E: 1926.

Das Gedicht ist durch zwei Typoskripte überliefert; das frühere enthält eine abweichende Strophe 3:

Bleiben freilich drum auch unbeschweret
Gehen freilich euch ungehemmt
Selbst des Elends blasse Augen treffend
Sehen wir, wir sind einander fremd

Vgl. *Die Städte mit den schwarzen Blattern* (338,1).

344,1 *Surabaya-Johnny]* T: Typoskript. E: 1926. ED: Kurt Weill, *Surabaya-Johnny. Text von Bert Brecht*, Wien: Universal-Edition 1929 (Notendruck).

Brecht schreibt das Lied für das Stück *Kalkutta, 4. Mai* (1926), eine Neubearbeitung des Historien-Dramas *Warren Hastings. Gouverneur von Indien* (1915) von Lion Feuchtwanger, an der er beteiligt ist. In einer Regieanweisung am Beginn des zweiten Aktes heißt es, Lady Marjorie Hike »übt mit großer Sorgfalt zu einer Art Banjo den ›Song vom Surabaya-Jhonny‹ ein« (Lion Feuchtwanger, *Drei angelsächsische Stücke*, Berlin: Propyläen 1927, S. 157). Der Text des Songs ist allerdings nicht abgedruckt. – Quelle ist Rudyard Kiplings Ballade *Mary, Pity Women*, deren Text Brecht teilweise in wörtlicher Übersetzung übernimmt. Vgl. auch *Maria, Fürsprecherin der Frauen* (Band 14). – Der Song ist lediglich in zwei Typoskripten von fremder Hand, vermutlich aus dem Jahr 1929, überliefert. Das frühere weist Korrekturen von Elisabeth Hauptmann auf, die sie für die Übernahme des Songs in ihr Stück *Happy End* vorgenommen hat. Die Strophe 3 hat dort in den ersten vier Versen folgenden Wortlaut:

Nichts fürcht ich so sehr, als sehen
Das Schiff – denn dann gehst du von mir.
Nichts fürcht ich so, als zu hören
Die See – Und dorthin gehen wir.

Elisabeth Hauptmann streicht diese Verse und schreibt an den Rand »Die vier Zeilen in der Weillschen Komposition, glaube ich, weggefallen.« Die zweite, spätere Überlieferung ist die innerhalb des Typoskripts von *Happy End*, der einzigen vollständigen Fassung des Stücks aus dem Jahr 1929. Da Brecht an *Happy End* mitgearbeitet hat, kann diese Überlieferung des Songs als autorisiert angesehen werden. Sie bildet die Textgrundlage der vorliegenden Ausgabe. – Die erste Vertonung des Songs nimmt Franz S. Bruinier im Mai 1927 vor. Nach dem Regiebuch von Erich Engel wird der *Surabaya-Johnny* in der Berliner Aufführung von Feuchtwangers Stück nicht berücksichtigt, obwohl sich Marta Feuchtwanger erinnert, er sei als Sprechgesang vorgetragen worden. – 1929 vertont Kurt Weill den Song für Elisabeth Hauptmanns Stück *Happy End*. Er erscheint noch im gleichen Jahr als Notendruck (für Gesang und Klavier) in der Universal-Edition. In *Happy End* singt Lilian Holiday das Lied im 3. Akt (*Projektion 13. Das Lied vom Surabaya-Johnny*). – 1940 arbeitet Brecht den Text in Angleichung der erzählten Einzelheiten an *Mutter Courage und ihre Kinder* zu *Das Lied vom Pfeif-und-Trommel-Henny* um (Band 14). – Zum Schlager wird der Song mit der Musik Kurt Weills durch die Interpretation von Lotte Lenja zusammen mit der Lewis Ruth Band (um 1930). Erich Kästner reagiert um 1930 mit einer Parodie des Songs unter dem Titel *Surabaya-Johnny II. frei nach Kipling und Brecht*. Er attackiert die Exotik des Songs als eingeschmuggelte Romantik sowie Brechts Arbeitsweise des Plagiierens (»Kolonialwaren«).

344,1 *Surabaya]* Vgl. zu 331,2.

344,4 *Burma]* Republik im Nordwesten Hinterindiens.

345,17-20 *Surabaya-Johnny ... Dich so.]* Vgl. die textlichen Übernahmen in *Maria, Fürsprecherin der Frauen* (Band 14).

346,2 *Und wenn wir's überlegen]* T: Typoskript. E: 1926.

Brecht entwirft die Strophe 1 handschriftlich mit dem Titel *Der Fisch*. Das Gedicht steht in engem Zusammenhang mit *Die Städte mit den schwarzen Blattern* (338,1), dessen Strophe 1 mit den letzten vier Versen des vorliegenden Gedichts weitgehend identisch ist.

347,1 *Von der Willfährigkeit der Natur]* T: Erstdruck. E: 1926. ED: Bertolt Brecht, *Hundert Gedichte. 1918-1950*, Berlin/DDR: Aufbau 1951, S. 10f.

Das vermutlich früheste Typoskript trägt den Titel *Über die Willfährigkeit der ländlichen Natur* und den handschriftlichen Vermerk »Räuber von Halberstadt«. Es ist bei geringerem Textumfang in Strophen gegliedert und weist die folgende Schlußstrophe auf:

Ach, am Kiesbruch das schiefe Feld, dem die Regen entrinnen
Nimmt dem guten Bauern das Lob und drückt ihm den Strick in die Faust
Und wenn die Leute im Kruge sich seiner entsinnen
Klopfen die Schulter dem Säufer sie, der mit dem nämlichen Felde haust.

Auf einem weiteren Typoskript merkt Brecht an, daß das Gedicht Fragment sei. – Ob sich der Vermerk »Räuber von Halberstadt« auf das Gedicht bezieht und möglicherweise ein Ereignis oder eine Quelle meint, konnte nicht ermittelt werden.

347,10 *verwischt]* In allen Typoskripten: »vermischt«; möglicherweise Druckfehler des Erstdrucks.

347,25 *das dritte Krähen des Hahnes]* Anspielung auf die Verleugnung Christi durch Petrus; Johannes 18,27.

347,1 *Alsbald verließ auch sein Aug]* T: Typoskript (handschriftlich korrigiert). E: Um 1926. Die Textgrundlage weist keine Zeichensetzung auf.

Nach Elisabeth Hauptmann handelt es sich um den Bericht über einen Boxkampf (Nachlaß).

348,6 *Phonograph]* Das erste, von Thomas Edison 1877 erfundene Gerät, um Schallplatten aufzuzeichnen und abzuspielen.

348,1 *Chor armer Leute aus »Der reiche Mann und der arme Mann«]* T: Typoskript. E: Um 1926.

Der Chor ist vermutlich zu einem geplanten Stück *Der arme Mann und der reiche Mann* geschrieben, zu dem keine weiteren Zeugnisse vorliegen.

348,18 *Rückgrat]* In allen Überlieferungen steht »Rückrad«.

349,1 *Der Cholerakamp]* T: Erstdruck. E: Um 1926. ED: *Erzählerkunst. Ein Almanach auf das Jahr 1927*, hg. v. Hans Reisiger, Leipzig: Paul List 1927, S. 27-30.

Brecht erwägt um 1924/25, das Gedicht *Cholera Camp* von Rudyard Kipling in sein Stückprojekt *Geschichte vom gelben Jack* einzubauen, ohne jedoch einen Text zu formulieren (Band 10). In einem Brief vom 12. Dezember 1925 teilt Brecht Hans Reisiger mit, daß er für die von diesem geplante Kipling-Ausgabe Übersetzungen aus den *Barrack Room Ballads* beisteuern wolle. Reisiger bittet Brecht daraufhin, »mir einiges von Ihnen schon Übersetztes freundlichst zugehen zu lassen« (Brief vom 1. Januar 1926). Ob zu diesem Zeitpunkt bereits Übersetzungen Brechts vorliegen, ist nicht bekannt, auch nicht, an welche Gedichte Brecht im einzelnen gedacht hat. Nach der Überlieferung sind die Kipling-Übersetzungen jedoch nicht vor 1926 entstanden. – Die 1927 gedruckte Fassung des vorliegenden Gedichts entsteht vermutlich 1926 im Zusammenhang mit den Arbeiten an *Mann ist Mann*, als Brecht das Stück unter Verwendung von Kiplings Gedichten für die Aufführung und den Druck (1927) ausarbeitet und fertigstellt. – Brechts Text geht auf eine Übersetzung von Elisabeth Hauptmann zurück. Der Anteil, den Brecht am ausformulierten Text hat, dürfte relativ gering anzusetzen sein, obwohl Hauptmanns Name im Erstdruck nicht genannt wird. Das Gedicht ist im Erstdruck unter Kiplings Namen publiziert, mit dem Titel *Ballade* und dem Vermerk »Deutsch von Bert Brecht« versehen. Brechts Titel folgt erst danach. – Quelle ist *Colera Camp* (1896) von Rudyard Kipling, publiziert in der zweiten Serie der *Barrack-Room Ballads* (in: *The Seven Seas*, London 1896). Kipling bezieht sich auf Cholera-Epidemien in Indien, die der britischen Kolonialarmee heftig zugesetzt haben. Während Kiplings Aufenthalt in Indien (1882-1889) sterben etwa die Hälfte der Soldaten an der Cholera. Da die Krankheit weitgehend unbekannt ist, behilft man sich damit, die Armee aus dem betroffenen Gebiet zurückzuziehen. – Vgl. zu 360,1, *The Ladies*, und zu *Maria, Fürsprecherin der Frauen* (Band 14).

349,3 *Pokkerspiel]* So in der Textgrundlage. Vgl. zu 199,2 (*John-I-am-happy schlief in der Seehundsbar*).

349,4 *Israelit]* Vermutlich meint Brecht den Zerfall des israelitischen Gesamtreiches nach Salomos Tod (10. Jahrhundert v. d. Z.); vgl. 1 Könige 11-12.

349,15 *Juli]* Bei Kipling steht »August«.

349,22 *Nullahs]* Indischer Name für Wasserläufe.

349,26 *Tete]* Von tête: (franz.) Kopf; für: Spitze (einer Truppe).

350,35 *Banjo]* Zupfinstrument der nordamerikanischen Schwarzen (im Jazz verwendet).

350,37 *Banjovortrag]* Bei Kipling steht »Ta-ra-ra Boom-der-ay« in Anspielung auf ein berühmtes Music-Hall-Lied der Zeit.

350,38 *Padre]* Anrede für einen Mönch, der die Priesterweihe erhalten hat; hier katholische oder protestantische Armee-Kaplane.

351,1 *Der Cholera-Camp]* T: Typoskript (handschriftlich korrigiert). E: Um 1926. ED: Vorliegende Ausgabe (in dieser Fassung).

Es handelt sich um eine Fassung zu *Der Cholerakamp*, bei der nicht klar ist, ob sie dem Erstdruck vorausgeht oder später entstanden ist. Sie weist handschriftliche Korrekturen von Brecht und von Elisabeth Hauptmann auf und ist im Text umfassender als der Erstdruck. Vgl. den voranstehenden Kommentar.

353,1 *Der Gast]* T: Typoskript (handschriftlich korrigiert). E: Um 1926.

Über dem Gedicht steht eine Variante zu den beiden Schlußversen, die lautet: »Läßt zögernd fallen seine Hand, sie sieht/Von fremder Straße Staub auf seinem Schuh«. Es ist nicht zu klären, ob sie nachträglich oder zuerst geschrieben ist.

353,1 *Der gordische Knoten]* T: Typoskript (handschriftlich korrigiert und ergänzt). E: Um 1926.

An einem von Gordios I. (altphrygischer König, Vater des Midas) dem Zeus geweihten Wagen befand sich ein kunstvoller Knoten, der dem, der ihn lösen konnte, die Herrschaft über Asien versprach. Alexander der Große zerschlug den Knoten 334 v.d.Z.

353,3 *Mann aus Makedämon]* Alexander stammt als Sohn Philipps II. aus dem Königshaus der Makedonier.

353,6 *Gordium]* Antike Hauptstadt Phrygiens (Kleinasien).

354,1 *Der Johnnywillkeinmenschsein-Song]* T: Typoskript. E: Um 1926. ED: Kurt Weill, *Aufstieg und Fall der Stadt Mahagonny. Oper in drei Akten von Kurt Weill. Text von Bert Brecht*, Wien/Leipzig: Universal-Edition 1929, S. 20.

Brecht entwirft den Song im Typoskript und klebt ihn auf ein Blatt mit später entstandenen handschriftlichen Entwürfen zum *Mandelay Song* (359,1). – Mit dem Titel *Song* ist das Lied in der Urfassung (Szene 8) von *Aufstieg und Fall der Stadt Mahagonny* (Titel: *Mahagonny. Oper in drei Akten von Kurt Weill. Text von Bert Brecht*, Typoskript, Österreichische Nationalbibliothek, Wien) enthalten: Die Verse 8-11 bilden die Strophe 1, die Verse 52-55 die Strophe 2 und die Verse 2-6 den Refrain; die Verse 17-28 sind Dramentext. – In der Oper singt die Figur des Jimmy (später Paul) das Lied; entsprechend ist dort der Name Johnny durch Jimmy ersetzt. In den Drucken der Oper (1929 in der Universal-Edition, 1930 in den *Versuchen*) hat der Song keinen Titel mehr (vgl. den Text in Band 2). – Zwei Manuskripte mit Noten-Entwürfen zum Song von Brechts und von fremder Hand weisen das Stichwort »Cocktail abc« auf. Kurt Weill vertont den Song 1929 für die Oper.

356,1 *Die Städte]* T: Erstdruck. E: Um 1926. ED: *Simplicissimus*, München, 5. August 1927.

Das Gedicht entsteht vermutlich im Zusammenhang mit den Stadtgedichten der Zeit (vgl. *Aus dem Lesebuch für Städtebewohner*, Band 11) und wird 1927 ohne Titel in *Mahagonny. Oper in drei Akten von Kurt Weill. Text von Bert Brecht* (abgeschlossen Ende 1927) eingefügt. Im Kontext der Oper weist das Gedicht folgende Fassung auf (Typoskript, Österreichische Nationalbibliothek, Wien):

Wir wohnen in den Städten.
Unter ihnen sind Gossen
In ihnen ist nichts
Über ihnen ist Rauch.
Wir sind noch drin
Wir haben nichts genossen.
Wir vergehen rasch
Und langsam vergehen sie auch.

Diese Fassung bleibt auch im Erstdruck von *Aufstieg und Fall der Stadt Mahagonny* (Wien: Universal-Edition 1929, S. 9) und im Druck der *Versuche* von 1930 erhalten. Daneben gibt es mehrere Typoskripte aus dieser Zeit, die die Verse als gesondertes Gedicht, und zwar meist mit dem Titel *Über die Städte*, überliefern. 1956 fügt Brecht das Gedicht mit diesem Titel durch einen entsprechenden handschriftlichen Vermerk auf einem frühen Typoskript in die zweite Lektion der *Hauspostille* ein (vgl. die Inhaltsverzeichnisse der *Hauspostille* in Band 11). Vgl. auch das Gedicht *Über die Städte 2* (363,1), das möglicherweise an das vorliegende Gedicht anschließen sollte. – In der Oper *Aufstieg und Fall der Stadt Mahagonny* singen die Männer die Verse am Ende der Szene 3. – Eine Vertonung nimmt Kurt Weill 1928 für die Oper vor. – Das Gedicht spielt auf Goethes *Wandrers Nachtlied* (*Ein Gleiches*: »Über allen Gipfeln ist Ruh«, um 1780) an, indem es seine Naturbilder auf die verlorene Natur in der Stadt bezieht.

356,4 *sie]* In den sonstigen Überlieferungen (mehrere Typoskripte) und in den Drucken von *Aufstieg und Fall der Stadt Mahagonny* steht statt dessen »nichts«. Möglicherweise handelt es sich um einen Druckfehler im Erstdruck. Sicher ist, daß Brecht, als er Anfang 1956 das Gedicht für die *Hauspostille* auswählt, die Variante »nichts« übernehmen wollte.

356,1 *Diese babilonische Verwirrung der Wörter]* T: Typoskript (handschriftlich korrigiert). E: Um 1926.

Das Gedicht entsteht im Zusammenhang mit *Joe Fleischhacker* und berichtet von Brechts Schwierigkeiten beim Schreiben dieses Stücks, das Fragment geblieben ist (vgl. Band 10).

356,1 *babilonische Verwirrung]* So in der Textgrundlage. Anspielung auf 1 Mose 11: Gott straft die Menschen wegen ihres frevelhaften Versuchs, durch den Turmbau von Babylon (Babel) den Himmel zu erreichen, mit der Verwirrung der Sprachen.

357,18 f. *Geschichte ... Chikago]* Anspielung auf das geplante Stück *Joe Fleischhacker*, das Brecht aufgibt, weil die Vorgänge an der Weizenbörse unerklärlich erscheinen. Seine Lektüre ist der Roman um den Weizenhändler Jadwin von Frank Norris mit dem Titel *The Pit* (1903) in der Ausgabe *Die Getreidebörse. Eine Geschichte aus Chikago* (1912).

358,55 *Verkommenen Bildnis]* Anspielung auf 1 Mose 1,27, wonach Gott den Menschen »ihm zum Bilde« schuf.

358,2 *Doch es ist von den Mjows]* T: Manuskript. E: Um 1926. Der Vierzeiler ist möglicherweise im Zusammenhang mit den Stadtgedichten des *Lesebuchs für Städtebewohner* entstanden (Band 11). Weitere Strophen sind nicht überliefert. Die Verse stehen zusammen mit dem folgenden Gedicht auf einer Seite.

358,2 *Mjows]* Konnte nicht ermittelt werden.

358,2 *Die aßen und schliefen]* T: Manuskript. E: Um 1926. Die vorliegenden Strophen sind in der Textgrundlage mit den Ziffern 2 und 3 versehen; für die Strophe 1 ist nur die Ziffer notiert, sie bleibt aber ohne Text. Möglicherweise sollte der Vierzeiler *Doch es ist von den Mjows* zugeordnet werden.

358,2 *schliefen und]* Vermutlich sollte noch ein Wort ergänzt werden.

358,5 *R.]* Die Bedeutung der Abkürzung konnte nicht ermittelt werden. Möglicherweise steht sie für »Revolutionäre« oder »Rote«.

359,1 *Mandelay Song]* T: Typoskript. E: Um 1926. Die Entstehungsgeschichte des Songs reicht bis in die Zeit um 1924 zurück, als Brecht das Gedicht *Freudenheim von M* (291,1) schreibt, von dem er Duktus und einige Verse in den Song übernimmt. Spätestens Anfang 1927 muß der *Mandelay Song* abgeschlossen vorgelegen haben, denn der im Februar publizierten Schrift *Kurzer Bericht über 400 (vierhundert) junge Lyriker* sind die Anfangsverse mit dem Verweis »Der Song von Mandelay« vorangestellt (vgl. Band 21). 1927 gehen die Zeilen 14-18 der vorliegenden Fassung sowie ein ihnen angeschlossener Vers (»Jungens macht rascher, denn der grüne Mond geht unter.«) in die Szene 13 der Urfassung von *Mahagonny* ein (*Mahagonny. Oper in drei Akten von Kurt Weill. Text von Bert Brecht*, Typoskript, Österreichische Nationalbibliothek, Wien). Die Verse werden dort vom Chor zweimal gesungen und vom Dreieinigkeitsmoses sowie von Witwe Begbick kommentiert (»Streiche mit den Spitzen deiner Finger/Über die Spitzen ihrer Brüste/Und warte ab das Erschauern ihres Fleisches.«). Auf Wunsch des Direktors der Universal-Edition, Emil Hertzka, der die »Wildwest-Realistik« der Urfassung ablehnt, wird die Szene 13 der Urfassung in eine neue Szene 14 (Druckfassung der Universal-Edition von 1929 sowie der *Versuche* von 1930) umgeschrieben (Universal-Edition an Kurt Weill, 16. Dezember 1927; Stadt- und Landesbibliothek, Wien). Der ohnehin gekürzte Text (sechs Verse) des *Mandelay Songs* bleibt zwar fast erhalten (es entfällt der angeschlossene Vers), die drastischen Zwischentexte jedoch entfallen ganz. Der Song wird jetzt mit dem Liebesduett zwischen Jimmy (später Paul) und

Jenny verknüpft, das dominierend für die neue Szene wird (vgl. *Terzinen über die Liebe*, Band 14). 1929 geht der Song in erweiterter Fassung als *Der Song von Mandelay* (so die Regieanweisung) in Elisabeth Hauptmanns Stück *Happy End* ein. Ebenfalls 1929 fügt Brecht die erste Strophe des Songs leicht verändert in eine Bühnenfassung von *Mann ist Mann* ein, streicht sie aber wieder im Typoskript. – Der *Mandelay Song* wird als selbständiges Gedicht zu Brechts Lebzeiten nicht publiziert, aber schnell bekannt durch eine Schallplattenaufnahme der Lewis Ruth Band von 1930. – Textgrundlage der vorliegenden Ausgabe ist das einzige im Nachlaß vorhandene Typoskript des Songs (von um 1928/29). – Folgende Varianten zum *Mandelay Song* bzw. Teilen davon liegen vor:

[1] Als Motto zu *Kurzer Bericht über 400 (vierhundert) junge Lyriker* (1927):
Mutter Goddams' Puff in Mandelay
Sieben Bretter an 'ner grünen See
Goddam, was ist das für ein Etablissemang
Da stehen jetzt schon 15 die Bretterwand entlang
In der Hand die Uhr und mit: Hohé!
Gibt's denn nur ein Mensch in Mandelay?

[2] Urfassung *Mahagonny. Oper in drei Akten von Kurt Weill. Text von Bert Brecht* (Österreichische Nationalbibliothek, Wien):
Rasch Jungens he, rasch Jungens he
Stimmt ihn an, den Song von Mandelay:
Liebe, die ist doch an Zeit nicht gebunden
Jungens macht rasch, denn hier geht's um Sekunden.
Ewig nicht stehet der Mond über dir, Mandelay!
Jungens macht rascher, denn der grüne Mond geht unter.

[3] In der »Art eines Spottgesangs« in *Mann ist Mann* (1929):
Witwe Begbicks Puff in Mandelay
Sieben Bretter an der grünen See.
Ach Gotte, was ist das für ein Etablissement
Jetzt stehen hier schon achte die Brettertür entlang.
Menscher sind das Schönste auf der Welt
Und sie sind zum Teufel wert ihr Geld.
Rasch Blody!
Liebe ist doch an Zeit nicht gebunden
Blody mach rascher, denn hier geht's um Sekunden
Lange nicht steht der Mond über dir, Mandelay.

[4] Die erweiterte Fassung des Songs in *Happy End* (1929) setzt sich zusammen aus dem vorliegenden Text als Strophe 1 (in geänderter An-

ordnung) sowie aus einer neu montierten Strophe 2; sie lautet (nach dem Typoskript von Elisabeth Hauptmann, Nachlaß):

Mutter Goddams Puff in Mandelay
Jetzt ruht über Dir die grüne See
Ach, Goddam, was war das für ein Etablissement!
Jetzt stehen keine fünf mehr die Bretterwand entlang.
Jetzt gibt's keine Uhr und kein Hohe.
Und kein Mensch mehr ist in Mandelay.
Damals gab's noch Menscher auf der Welt
Und die waren eben wert ihr Geld.
Jetzt ist eben nichts mehr auf der Welt in Ordnung
Und ein Puff, wie dieser, kennt man heut nicht mehr.
Keinen Browning mehr und auch kein Türchen
Wo kein Mensch ist, da ist auch kein Verkehr.
Rascher Johnny, he
Rascher Johnny, he
Stimmt ihn an, den Song von Mandelay.
  Liebe, die ist doch an Zeit nicht gebunden
  Johnny, mach! rasch, denn es geht um Sekunden.
  Ewig nicht stehet der Mond über Dir, Mandelay.
  Johnny, mach! rasch, denn es geht um Sekunden.
  Ewig nicht stehet der Mond über Dir, Mandelay.

Quelle ist das Gedicht *Mandalay* (1890) von Rudyard Kipling, publiziert in der ersten Serie der *Barrack Room-Ballads and Other Verses* (London 1892). Brecht benutzt für seine freie, parodierende Nachdichtung die deutsche Übersetzung von Marx Möller, *Balladen aus dem Biwak* (Berlin 1911), dort unter dem Gedichttitel *Vor den alten Tempeltoren* (S. 35-41). – 1928 vertont Kurt Weill zunächst die entsprechenden Verse innerhalb der Urfassung von *Mahagonny* und schreibt dann, indem er den geänderten Text von Szene 14 (Fassung von 1929) in seine Partitur übernimmt, eine Neuvertonung des Songs. Bekannt wird er durch die Fassung in *Happy End*, die der Vertonung von *Mahagonny* folgt.

359,1 *Mandelay]* Name nach Kiplings »Mandalay«; es handelt sich um eine alte geographische Bezeichnung für das koloniale Indien. Der Name wird auch in *Der Johnnywillkeinmenschsein-Song* (354,1) verwendet. Sowohl nach der Entstehungsgeschichte des *Mandelay Song* als auch nach der Verwendung des Namens in der Oper ergeben sich enge Beziehungen zwischen *Mandelay* und *Mahagonny*.

359,4 *Goddam]* (Engl.) abgekürzt aus: God damn (me), Gott verdamm (mich).

359,12 *Browning]* Vgl. zu 289,17.

359,1 *Sonett an Herrn Albert Frehse]* T: Typoskript. E: Um 1926.

Das Sonett gehört in den Umkreis der *Augsburger Sonette* (Band 11). – Es liegt eine Abschrift von Elisabeth Hauptmann mit dem Titel *8. Sonett* vor, die den Randvermerk trägt: »Auf Herrn Albert Frehse, weil er aus Höflichkeit ins Bordell ein godemiché mitnahm« (Godemiché: franz., wörtlich: mir zur Freude, falscher Liebhaber; künstlicher erigierter Penis).

359,1 *Albert Frehse]* In der ersten Handschrift richtet sich das Gedicht noch an »Herrn Franz Kernen«. Bezüge zu historischen Personen konnten nicht ermittelt werden.

360,1 *The Ladies]* T: Erstdruck. E: Um 1926. ED: *Die Dame*, Berlin, Heft 8, 1927, S. 8.

Das Gedicht entsteht vermutlich im Zusammenhang mit den ersten Kipling-Übertragungen während der Arbeit an *Mann ist Mann* (1926/27), kann aber auch früher entstanden sein (vgl. zu 349,1, *Der Cholerakamp*). Die Übersetzung stammt von Elisabeth Hauptmann (von ihr als »Rohübersetzung« deklariert; Nachlaß). Brechts Anteil daran geht aus der Überlieferung nicht hervor. Der Erstdruck erfolgt unter dem Namen Kiplings mit dem Vermerk »übersetzt von Bert Brecht«. – Das Gedicht geht in das erste Bühnenmanuskript von *Die Dreigroschenoper* (*The Beggar's Opera. Die Luden-Oper. Von John Gray [!]*, 1928) als *Die Ballade von den Ladies* ein. Macheath singt sie im Tintenfisch-Hotel (II,2), Lucy antwortet ihm später mit Kiplings Ballade *Maria, Fürsprecherin der Frauen* (II,3). Beide Lieder werden kurz vor der Uraufführung der Oper (31. August 1928) gestrichen. – Quelle ist das Gedicht *The Ladies* (1895) von Rudyard Kipling, das in die zweite Serie der *Barrack-Room Ballads* eingegangen ist (vgl. zu 349,1, *Der Cholerakamp*).

360,6 *halfcast]* (Engl.) noch nicht bzw. halb-erwachsen; bei Kipling steht »'arf-caste«.

360,7 *Yime]* Alte englische geographische Bezeichnung für einen indischen Ort, der bei Kipling »Prome« lautet und Burma meint; vermutlich von Brecht des Reims wegen geändert.

360,18 *Hoogli]* (Engl.) Hooghly ist ein Stadtteil von Kalkutta, der nach dem westlichen Mündungsarm des Ganges benannt ist; bei Kipling: »'Oogil«.

360,20 *Aggie de Castrer]* Name nach Kipling.

361,26 *Burma]* Staat im Norwesten Hinterindiens; nach Kipling.

361,34 *Neemuch]* Ort in Rajasthan, Indien; nach Kipling.

361,37 *Bombay]* Staat und Stadt an der Westküste Vorderindiens; bei Kipling: »Mhow«.

361,44 *Meerut]* Auch Mirut, Stadt in Indien, nahe Dehli; nach Kipling.

362,2 *Timur, höre ich]* T: Typoskript. E: Um 1926.

Überliefert ist nur diese Strophe. – Vgl. das Gedicht *Von den großen Männern* (336,1).

362,2 *Timur]* (Türkisch) das Eisen, Großkhan der Mongolen (1370-1405), asiatischer Eroberer, auch Tamerlan, der Lahme, genannt, der durch den Iran, Kaukasien bis nach Indien (gegen Christen und Mohammedaner) unter grausamen Metzeleien zog und kurz vor einem geplanten Überfall auf China starb.

362,5 *Alexander]* Gemeint ist Alexander der Große.

363,1 *Über die Städte 2]* T: Typoskript. E: Um 1926. Die Textgrundlage weist keine Zeichensetzung auf.

Das Gedicht entsteht im Zusammenhang mit dem geplanten Stück *Joe Fleischhacker*. Es wird von Elisabeth Hauptmann dem *Lesebuch für Städtebewohner* zugeordnet (Nachlaß), ohne daß die Überlieferung dafür Indizien aufweist. – Die Numerierung im Titel steht im Zusammenhang mit dem Gedicht *Die Städte* (356,1); beide sollten vermutlich zusammengestellt werden.

363,1 *Wir fordern]* T: Typoskript. E: Um 1926. Die Textgrundlage weist, außer dem Doppelpunkt in Zeile 6, keine Zeichensetzung auf.

363,1 *Die Gäste, die du siehst]* T: Typoskript. E: Um 1926/27. Die Textgrundlage weist keine Zeichensetzung auf.

363,1 *Die Städte sind für dich gebaut]* T: Typoskript. E: Um 1926/27.

Elisabeth Hauptmann merkt für die Ausgabe der *Gedichte* (Band 1, 1960) auf einem Typoskript an: »Zu: Lesebuch für Städtebewohner gehörige Gedichte« (Nachlaß); die Überlieferung gibt dafür keine Indizien.

364,2 *Du, der das Unentbehrliche]* T: Typoskript (handschriftlich korrigiert). E: Um 1926/27.

Die Numerierung der Strophen ist von Brecht nachträglich vorgenommen worden. Dabei kennzeichnet er die auf dem Typoskript an letzter Stelle stehende Strophe (»Du, der das Unentbehrliche«) mit »1a«, ohne einen weiteren Anordnungshinweis zu geben. Es ist nicht gesichert, ob die Strophe 1a an erster oder an zweiter Stelle stehen sollte. Die vorliegende Ausgabe folgt der Entscheidung Elisabeth Hauptmanns. – Das Gedicht ist von Elisabeth Hauptmann dem *Lesebuch für Städtebewohner* zugeordnet worden (Nachlaß), ohne daß die Überlieferung dafür Indizien aufweist.

364,15 f. *Betrachte nicht ... Narben!]* Von Brecht handschriftlich eingeklammert; die Verse sollten möglicherweise gestrichen werden.

364,17-365,23 *Bedenke ... gerügt.]* Von Brecht handschriftlich eingeklammert; die Verse sollten möglicherweise gestrichen werden.

365,1 *Einmal möcht ich reich sein]* T: Typoskript. E: Um 1926/27. Die Textgrundlage weist keine Zeichensetzung auf.

365,2 *Einsehend, wie unzulänglich]* T: Typoskript. E: Um 1926/27. Die Textgrundlage weist, außer den Doppelpunkten in Strophe 2, keine Zeichensetzung auf.

Die Ziffer 1 steht auf dem Typoskript, vom Text abgesetzt, in der Mitte über dem Gedicht; möglicherweise sollten weitere (Teil-)Gedichte folgen.

366,1 *Gesänge des Proletariats]* T: Typoskript. E: Um 1926/27.

Das Gedicht ist von Elisabeth Hauptmann dem *Lesebuch für Städtebewohner* zugeordnet worden (Nachlaß), ohne daß die Überlieferung dafür Indizien aufweist.

366,3 *ich esse, euch zu viel]* So in der Textgrundlage.

367,1 *Ich habe ihm gesagt]* T: Manuskript. E: Um 1926/27.

Das Gedicht ist von Elisabeth Hauptmann dem *Lesebuch für Städtebewohner* zugeordnet worden (Nachlaß), ohne daß die Überlieferung dafür Indizien aufweist.

367,1 *Ich höre Sie sagen]* T: Typoskript. E: Um 1926/27.

Das Gedicht ist von Elisabeth Hauptmann dem *Lesebuch für Städtebewohner* zugeordnet worden (Nachlaß), ohne daß die Überlieferung dafür Indizien aufweist.

368,1 *Jeder weiß]* T: Typoskript. E: Um 1926/27.

Elisabeth Hauptmann hat das Typoskript für die Ausgabe der *Gedichte* (Band 1, 1960) korrigiert und mit der Überschrift *Über das Mißtrauen des einzelnen* sowie mit dem Hinweis »aus einem Lesebuch für Städtebewohner« versehen (Nachlaß). Diese Angaben können nicht als authentisch gelten und sind deshalb in der vorliegenden Ausgabe nicht berücksichtigt.

368,1 *Oft in der Nacht träume ich]* T: Typoskript (handschriftlich korrigiert). E: Um 1926/27. Die Textgrundlage weist keine Zeichensetzung auf.

Das Gedicht entsteht aus drei einzelnen Gedichten, die Brecht zu einem zusammenfügt. Elisabeth Hauptmann ordnet es dem *Lesebuch für Städtebewohner* zu (Nachlaß), ohne daß die Überlieferung dafür Indizien aufweist.

369,2 *Setzen Sie sich]* T: Typoskript (handschriftlich korrigiert). E: Um 1926/27.

Das Gedicht ist als Original mit Durchschlag überliefert, die beide von Brecht handschriftlich korrigiert worden sind. Das weitergehend bearbeitete Typoskript (Textgrundlage) führt die Strophenzählung nicht konsequent durch.

371,1 *Tritt an! Warum kommst du so spät?]* T: Typoskript. E: Um 1926/27.

Elisabeth Hauptmann ordnet das Gedicht dem *Lesebuch für Städtebewohner* zu (Nachlaß), ohne daß die Überlieferung Indizien dafür aufweist.

372,1 *Wenn einmal ausgesperrt]* T: Typoskript. E: 1926/27. Die Textgrundlage weist keine Zeichensetzung auf.

372,1 *Wer will unter die Soldaten?]* T: Manuskript. E: Um 1926/27. Brecht schreibt das Gedicht auf eine Leerseite seiner Ausgabe der Lutherbibel (Berlin: Britische und ausländische Bibelgesellschaft 1924). Die Strophe 1 folgt dem Kinderlied *Der kleine Rekrut* von Friedrich Güll, die Strophe 2 stellt eine parodierende Weiterdichtung dar.

372,5-8 *Wer will ... Rindfleisch her!]* Brecht übernimmt die Strophe mit geringfügigen Abweichungen 1929 in den *Song von der harten Nuß* (Strophe 2, Band 14) und 1934 in das *Was-man-hat-hat-man-Lied* (Strophe 3, Band 14).

372,8 *Nur ein Ochs gibt Rindfleisch her]* Nach der Redensart »Man kann vom Schwein kein Rindfleisch verlangen«.

373,1 *Ballade vom Stahlhelm]* T: Erstdruck. E: Anfang 1927. ED: *Der Knüppel*, Berlin, Juni 1927 (Nummer 4, Sondernummer *Der Klempnerladen*). Nur im Druck überliefert.

Quelle ist das Lied *Prinz Eugenius, der edle Ritter*, das ab 1717 (die Melodie ab 1719) anonym überliefert ist. Franz Eugen, Prinz von Savoyen, österreichischer Feldmarschall, befreit 1717 Belgrad von den Türken; das Lied entsteht aus diesem Anlaß. – Das vorliegende Gedicht beschreibt Ereignisse aus dem ersten Weltkrieg und aus der russischen Oktoberrevolution in den Jahren 1917/18.

373,2 *Flandern]* 1917 findet an der Westfront keine Schlachtentscheidung statt (Stellungskrieg); von Mai bis Dezember versuchen englische Truppen in Flandern erfolglos, nach Zeebrügge durchzustoßen.

373,3 *Rußland aufgestanden]* Im März 1917 wird die Revolution in St. Petersburg (Leningrad) zugunsten der Sowjets (Arbeiterräte) entschieden (der Zar Nikolaus II. dankt am 15. März ab).

373,6 *Wilhelms Bataillone]* Am 19. Juli beginnt die deutsche Offensive gegen Rußland; gemeint ist Kaiser Wilhelm II., der offiziell oberster Kriegsherr in Deutschland ist.

373,8 *Kontrakt]* Gemeint ist der Waffenstillstand vom 15. Dezember 1917 zwischen dem Deutschen Reich und Rußland.

373,14 *Brest-Litowsk]* Die Friedensverhandlungen von Brest-Litowsk beginnen am 22. Dezember und werden im Januar/Februar 1918 von deutscher Seite mit aller Härte geführt. Am 10. Februar erklärt Trotzki den Krieg für beendet, ohne daß die deutschen Friedensbedingungen akzeptiert würden; am gleichen Tag werden die Verhandlungen abgebrochen.

373,16 *General Hoffmann]* Einer der Bevollmächtigten der deutschen Obersten Heeresleitung bei den Friedensverhandlungen.

373,19 *der Krieg begann von frisch]* Am 18. Februar 1918 beginnt der deutsch-russische Krieg erneut. Während die deutschen Truppen in Rußland einrücken, setzt Lenin am 3. März den Friedensvertrag von Brest-Litowsk durch, um eine »Atempause« zu gewinnen. Er verhindert damit den weiteren deutschen Vormarsch.

373,26-28 *Nichts half ... Leningrad]* Anspielung auf die Ereignisse in Rußland 1918/19: Trotz aller Versuche der deutschen Wehrmacht und der gegenrevolutionären Kräfte, die sich in »weißen Armeen« vereinigen, gelingt es ihnen nicht, nach Leningrad vorzustoßen.

373,31 *der Weltgeschichte Rad]* Im *Manifest der Kommunistischen Partei* (1848) von Karl Marx und Friedrich Engels heißt es im Abschnitt I (*Bourgeois und Proletarier*) über die Mittelstände: »sie suchen das Rad der Geschichte zurückzudrehen«. Diese Formulierung wird von Lenin in *Der Zusammenbruch der II. Internationale* (1915) fast wörtlich übernommen (Abschnitt VII).

374,1 *An Karl]* T: Typoskript (handschriftlich korrigiert; Besitz: Klaus Völker, Berlin). E: Mitte 1927. ED: Vorliegende Ausgabe (in dieser Fassung).

Das vorliegende und die zwei folgenden Gedichte entstehen etwa ab Mai 1927 bis Mitte 1927 für das geplante *Ruhrepos*, eine Opernrevue neuen Stils. Nach Brechts Exposé vom Mai 1927 (Stadtarchiv Essen; vgl. Band 21) soll das Epos »ein künstlerisches Dokument des rheinisch-westfälischen Industrielandes, seiner eminenten Entwicklung im Zeitalter der Technik, seiner riesenhaften Konzentration werktätiger Menschen und der eigenartigen Bildung moderner Kommunen« sein. Geplant sind laut Brecht: »Szenische Ausschnitte aus der allerletzten Geschichte des Ruhrgebietes, ein In Memoriam für die im Kampf mit der Natur Gefallenen, eine Eroika der Arbeit, dazwischen unter Umständen ein einfaches Lied an einen Kran sowie eine Reihe von primitiven lustigen Auftritten.« (Band 21.) Das Projekt, zu dem Kurt Weill die Musik schreiben sollte, scheitert an Essener Kommunalpolitikern, die die Finanzierung verweigern. – Erhalten sind die vorliegende Fassung sowie in Einzelüberlieferungen vier Lieder: *Rutsch mal drei Meter vor*, *Song des Krans Milchsack IV*, die mit geringfügigen Varianten den Teilen 4 und 5 des vorliegenden Gedichts entsprechen, und die beiden folgenden Gedichte. – Hanns Eisler vertont den Teil 4 des vorliegenden Gedichts 1930 unter dem Titel *Anrede an den Kran »Karl«* und nimmt ihn als dritten Song in sein *Balladenbuch* auf (Wien/Leipzig 1931, S. 13-16).

374,10 *Sifilis]* So in der Textgrundlage.

374,16 *arbete]* So in der Textgrundlage.

377,125 *Chemin des Dames]* (Franz.) Damenweg; Höhenweg im französischen Department Aisne (Nordfrankreich), einst für die Töchter Ludwigs XV. angelegt; im ersten Weltkrieg schwer umkämpfter Kriegsschauplatz.

378,1 *Sang der Maschinen]* T: Typoskript (handschriftlich korrigiert). E: Mitte 1927. Die Textgrundlage weist keine Zeichensetzung auf.

Zur Entstehung vgl. den voranstehenden Kommentar. – Die Textgrundlage ist mit der handschriftlichen Notiz »Brecht Berlin« versehen.

378,12 *unsere schwarzen Stars]* Ursprünglich: »unsere Sänger«; ebenso in Zeile 23.

379,1 *Kinderlied]* T: Typoskript (handschriftlich korrigiert). E: Mitte 1927.

Zur Entstehung vgl. zu 374,1, *An Karl.* – Das Lied wird zunächst von Brecht, an den *Song des Krans Milchsack IV* anschließend, *Song Nr. 5* genannt, dann handschriftlich mit dem neuen Titel versehen. – Das Gedicht ist dem deutschen Volkslied *Maikäfer, flieg! Dein Vater ist im Krieg* nachgebildet.

379,10 *Ohne Schweiß kein Preis]* Nach der sprichwörtlichen Redewendung »Ohne Fleiß kein Preis«.

379,1 *Gedenktafel für zwölf Weltmeister]* T: Typoskript. E: 2. Halbjahr 1927.

Das Gedicht ist angeregt durch die Freundschaft mit dem Boxer Paul Samson-Körner, den Brecht seit 1926 kennt. – Die Textgrundlage ist teilweise korrupt und von Elisabeth Hauptmann für die Ausgabe der *Gesammelten Werke* (Frankfurt 1967) korrigiert und ergänzt worden, und zwar anhand einer weiteren Überlieferung des Gedichts, die der Textgrundlage vorangeht. Hauptmanns Korrekturen werden, soweit sie durch die frühe Überlieferung bestätigt werden, in die vorliegende Ausgabe übernommen.

379,2 *Mittelgewicht]* Die W. B. A. (World Boxing Association) teilt Boxer in 14 Gewichtsklassen ein. Im Mittelgewicht gilt die Grenze von maximal 72,5 Kilo. Bei einigen Boxern, die das Gedicht anführt, handelt es sich nicht um Weltmeister im Mittelgewicht.

379,6-9 *im Jahre 1891 ... Niederschlag]* 1890 werden die Boxregeln des Marquess von Queensberry in den professionellen Boxsport eingeführt: gepolsterte Handschuhe, Drei-Minuten-Runden, eine Minute Pause zwischen den Runden. Es ist zunächst keine Begrenzung der

Rundenzahl vorgesehen. Profiboxen ist in den USA bis in die späten zwanziger Jahre hinein zeitweilig in allen Staaten verboten.

380,10 *Bob Fitzsimmons]* Bob Fitzsimmons (1863-1917), genannt »Ruby Robert«, wird Mittelgewichtsmeister am 14. Januar 1891 durch K.o. gegen Jack Dempsey (1862-1891) und behält den Titel bis 1894. Obwohl er dem Mittelgewicht angehört, muß er im Schwergewicht kämpfen, da er in seiner Klasse keine Gegner mehr findet. Er ist von 1903 bis 1905 Weltmeister im Leichtschwergewicht. Seinen letzten Schwergewichtskampf absolviert er 1909 im Alter von 47 Jahren, seinen letzten Kampf als »Methusalem des Boxsports« 1914.

380,12 *Schwergewicht]* Gewichtsklasse über 86,2 Kilo.

380,13 *Jim Corbett]* James John Corbett (1866-1933), genannt »Gentleman Jim«, gilt bis zu seiner Niederlage als der größte Boxer. Er ist der erste Schwergewichtsmeister nach den Regeln des Marquess von Queensberry (1892-1897). Der Kampf gegen Fitzsimmons findet in Carson City, Nevada, statt und geht über 14 Runden.

380,21 *Jack O'Brien]* Jack O'Brien (1878-1942) siegt über Fitzsimmons bereits 1903; er ist dann Weltmeister im Leichtschwergewicht von 1905 bis 1912.

380,31 *Stanley Ketchel]* Stanislaus Kiecal (1886-1910) nennt sich Stanley Ketchel und ist zwischen 1907 und 1910 mehrfach Weltmeister im Mittelgewicht. Ketchel ist nicht Nachfolger O'Brians; sie boxen 1907 in ganz unterschiedlichen Gewichtsklassen. 1909 boxen sie im Leichtschwergewicht zweimal gegeneinander, allerdings nicht um den Weltmeistertitel.

380,33 *Billie Papke]* Billy Papke (1886-1936) ist mehrfach Weltmeister im Mittelgewicht zwischen 1908 und 1912; er begeht Selbstmord. Die »Schlachten« zwischen Ketchel und Papke sind am 4. Juni 1908 (Sieger: Ketchel nach Punkten), am 7. September 1908 (Sieger: Papke durch K.o.), am 26. November 1908 (Sieger: Ketchel durch K.o.) und am 5. Juli 1909 (Sieger: Ketchel nach Punkten).

380,35-38 *Hinterrücks erschossen ... Unbesiegt]* Ketchel wird am 19. Oktober 1910 von Walter Dipley durch zwei Ladungen Schrot aus einer Jagdflinte getötet.

380,41 *Infightings]* (Engl.) Nahkämpfe; die Boxer kämpfen ineinander verschlungen und können lediglich aus kurzer Distanz Körpertreffer landen.

381,47 *Frank Klaus]* Frank Klaus (1887-1948) ist Weltmeister im Mittelgewicht von 1912 bis 1913. Er erringt den Titel am 5. März 1913 in Paris durch Disqualifikation von Papke.

381,50 *Jim Gardener]* George Gardner (1887-1954); weitere Daten konnten nicht ermittelt werden.

381,50 *Billie Berger]* Konnte nicht ermittelt werden.

381,51 *Willie Lewis]* Ein Boxer dieses Namens ist bekannt; genauere Daten konnten nicht ermittelt werden.

381,51 *Jack Dillon]* Jack Dillon (1891-1942) ist Weltmeister im Halbschwergewicht von 1911 bis 1916.

381,52 *Georges Carpentier]* Georges Carpentier (1894-1975), genannt »The Orchid Man«, ist Weltmeister im Halbschwergewicht von 1920 bis 1922 und Europameister im Schwergewicht von 1913 bis 1923.

381,53 *George Chip]* George Chipulonia (geb. 1888; Todesjahr nicht ermittelt) ist Weltmeister im Mittelgewicht von 1913 bis 1914.

381,57 *Al Maccoy]* Al Rudolph MacCoy (geb. 1894; Todesjahr nicht ermittelt) ist Weltmeister im Mittelgewicht zwischen 1913 und 1917. Er hat als »Cheese Champion« einen schlechten Ruf.

381,59 *wurde von]* In der Textgrundlage: »wurde«; nach Elisabeth Hauptmanns Korrektur ergänzt.

381,60 *Mike O'Dowd]* Mike O'Dowd (1895-1957) ist Weltmeister im Mittelgewicht von 1917 bis 1920.

381,63 *Johnny Wilson]* Johnny Wilson (geb. 1893; Todesjahr nicht ermittelt) ist Weltmeister im Mittelgewicht von 1920 bis 1923; er erringt den Titel gegen O'Dowd am 6. Mai 1920 in Boston und verliert ihn am 31. August 1923 an Harry Greb.

381,64 *k.o.]* (Engl.) Abkürzung für »knock out« (kampfunfähig nach einem Niederschlag).

381,67 *Harry Grebb]* Harry Greb (1894-1926) ist Weltmeister im Mittelgewicht von 1923 bis 1926; sein Ringname ist »The Human Windmill« (die menschliche Windmühle).

381,73 *Dempsey]* William H. Dempsey (1895-1983) ist Weltmeister im Schwergewicht von 1919 bis 1926. Er nennt sich nach dem Champion im Mittelgewicht Jack (vgl. zu 380,10). In seinem ersten Titelkampf in Toledo am 4. Juli 1919 bringt er dem amtierenden Champion Jess Willard derartige Verletzungen bei, daß der Kampf in der Presse als »Boxmord« bezeichnet wird. Seine Ringnamen sind »Tiger Jack« bzw. »The Manassa Mauler«; Manassa ist sein Geburtsort in Colorado, Mauler leitet sich ab von (engl.) to maul: zerfleischen.

382,79 *Tiger Flowers]* Tiger Flowers (1895-1927) ist 1926 Weltmeister im Mittelgewicht.

382,83 *Mickey Walker]* Edward Patrick Walker (1901-1981) ist Weltmeister im Weltergewicht von 1922 bis 1926, im Mittelgewicht von 1926 bis 1931. Der Titelkampf gegen Flowers findet am 3. Dezember 1926 in Chicago statt.

382,85 *Tommy Milligan]* Tommy Milligan (1904-1970) ist Britischer Meister und Europameister im Mittelgewicht von 1924 bis 1928.

382,1 *Lied der Jenny]* T: Typoskript (*Mahagonny. Oper in drei Akten von Kurt Weill. Text von Bert Brecht*; Österreichische Nationalbibliothek, Wien, S. 29 f.). E: 2. Halbjahr 1927. ED: Vorliegende Ausgabe (in dieser Fassung).

Das Lied entsteht in enger Zusammenarbeit mit Kurt Weill, als er und Brecht nach dem Erfolg des *Mahagonny*-Songspiels beschließen, den Stoff zu einer abendfüllenden Oper auszuarbeiten. Das Textbuch im Typoskript (Urfassung mit dem Titel *Mahagonny. Oper in drei Akten von Kurt Weill. Text von Bert Brecht*) liegt im Dezember 1927 der Universal-Edition zur Begutachtung vor. Weill kommentiert die Fassung gegenüber dem Verlag mit dem Hinweis, er habe Brecht so weit gebracht, »daß es ihn reizte, einen Text rein für die Bedürfnisse der Musik zu schreiben, und jedes Wort darin ist von mir auf die Erfordernisse der Opernbühne hin geprüft worden. Es ist seit langen Jahren zum ersten Mal ein Libretto, das vollkommen auf die Musik, ja sogar auf meine Musik angewiesen ist« (Weill an die Universal-Edition, 27. Dezember 1927; Stadt- und Landesbibliothek, Wien). – In der Urfassung der Oper soll das Lied von Jenny in Szene 15 (in den späteren Drucken Szene 16, *Saufen*) an der Rampe gesungen werden als Rechtfertigung dafür, daß sie dem bankrotten Jimmy (später Paul) die Hilfe verweigert. – Der vorliegende Text stellt die früheste Fassung dar. Das Lied geht ohne Titel (»Meine Herren, meine Mutter prägte«) und verkürzt in die Oper *Aufstieg und Fall der Stadt Mahagonny* ein (Szene 16, vgl. Band 2). – Durch die Schallplattenaufnahme von Lotte Lenja (1930) wird der Song zum Schlager, vor allem durch den Refrain »Denn wie man sich bettet«, der auch als gesondertes Lied gesungen worden ist. – Kurt Weill schreibt die Musik zum Lied im Rahmen seiner Vertonung der dann in *Aufstieg und Fall der Stadt Mahagonny* umbenannten Oper ab 1927 (in der Opernpartitur ist ab April 1927 angegeben, ein Datum, das sich aber sicherlich noch auf das *Mahagonny*-Songspiel bezieht). Die Hauptarbeit an der Partitur fällt nach dem Original (Österreichische Nationalbibliothek, Wien) und nach Weills Briefwechsel mit der Universal-Edition (Stadt- und Landesbibliothek, Wien) ins Jahr 1928 und wird im April 1929 abgeschlossen. Der erste Druck der Partitur erfolgt 1930 durch die Universal-Edition, Wien (zu Songspiel und Oper vgl. Band 2).

383,21-24 *Denn wie man … bist's du.]* Vgl. den Refrain zu *Als ich mein Brautkleid anzog* (Band 14).

385,1 *Von der Sparsamkeit der reichen Leute]* T: Erstdruck. E: 2. Halbjahr 1927. ED: *Vossische Zeitung*, Berlin, 8. Januar 1928. Nur im Druck überliefert.

Nach Elisabeth Hauptmanns Erinnerung aus den sechziger Jahren stammt das Gedicht nicht von Brecht (Elisabeth-Hauptmann-Archiv, Akademie der Künste zu Berlin). Es gibt nach der Überlieferung weder Anhaltspunkte für noch gegen Hauptmanns Meinung.

385,14 *Diogenes in der Tonne]* Diogenes von Sinope (um 400-323 v. d. Z.), der Begründer der kynischen Philosophie, lebte und predigte ein Leben der Bedürfnislosigkeit. Er soll in einer Tonne geschlafen haben.

385,15 *Krösus]* Der Reichtum von Kroisos, König von Lydien (560-547 v. d. Z.), durch Tribute und Bodenschätze aus eroberten Gebieten in Kleinasien, ist sprichwörtlich geworden.

386,1 *Ratschläge einer älteren Fohse an eine jüngere]* T: Typoskript (handschriftlich korrigiert). E: 1927 (in dieser Fassung).

Eine erste Fassung des Gedichts entsteht um 1926 mit sechs Strophen und geht mit dem Titel *Lehrstück Nr. 2. Ratschläge einer älteren Fohse an eine jüngere* in den Privatdruck der *Augsburger Sonette* ein (vgl. Band 11). 1927 beginnt Brecht im Notizbuch neue Strophen zum Gedicht zu entwerfen, die er mit den ursprünglichen sechs zu einer erweiterten Fassung mit 16 Strophen im Typoskript ausarbeitet. Zwei der ursprünglichen Strophen (die Strophen 2 und 3) werden später gestrichen, die Zählung wird allerdings nicht verändert (in der vorliegenden Ausgabe korrigiert). Es gibt außerdem ein Bruchstück, das möglicherweise eine weitere Strophe des Gedichts bilden sollte:

Jetzt kommt's mir und ihm kommt es, wenn ich kreische
Sie kreischt und alsbald wird ihr Hintern lose
Herr Krist, ein Seufzer und er versinkt im Fleische.

Quelle sind Pietro Aretinos *Ragionamenti* (1533-1535; dt.: *Kurtisanengespräche*), die u. a. Verhaltensanweisungen für Prostituierte enthalten.

386,1 *Fohse]* (Süddt.) Dirne; bezeichnet eigentlich das weibliche Geschlecht selbst (verwandt mit »Fotze«).

387,54 *mache aus dem Saulus einen Paul]* Saulus (Saul), aus streng jüdischem Elternhaus stammend, beteiligt sich zunächst an der Christenverfolgung, bis er durch die Erscheinung des Auferstandenen zum Christentum bekehrt, Apostel Christi wird und den Namen Paulus annimmt; vgl. Galater 1,15 f., 1 Korinther 9.

387,68 *Alaun]* Ein Salz (Kalium-Aluminium-Sulfat), das schon den Ägyptern bekannt gewesen ist; es wirkt in Wasser gelöst zusammenziehend und wurde in der Medizin verwendet (z. B. als blutstillendes Mittel).

388,85 *brunzt]* (Süddt.) uriniert.

389,1 *Auf den Schiffen]* T: Manuskript (Notizbuch). E: 1927. ED: Vorliegende Ausgabe.

Das Gedicht ist mit den zusätzlichen Strophen von *Ratschläge einer älteren Fohse an eine jüngere*; 386,1) in einem Notizbuch enthalten, das Brecht 1927 geführt hat. – Es ist als selbständiges Gedicht überliefert, wobei Brecht den Namen nicht ausschreibt. »M« kann sowohl »Mahagonny« als auch »Mandelay« heißen; ein möglicher Reim auf »Wonne« (Zeile 3) legt die Lesung »Mahagonne« nahe.

389,1 *Über den Winter]* T: Manuskript (Notizbuch). E: 1927.
389,7 *Im Zeitalter]* Lücke im Text.

390,1 *Fatzerchor 1]* T: Typoskript. E: 1927. ED: Vorliegende Ausgabe.
Diesen und den folgenden Chor schreibt Brecht in einer frühen Phase der Arbeit am Stückfragment *Untergang des Egoisten Johann Fatzer* ins Notizbuch; eine Datierung im Notizbuch belegt die Arbeit ab September 1927. Die Chöre sind auf gesonderten Blättern überliefert (Textgrundlage) und nicht – wie die übrigen Chorpassagen – in das Stück integriert (vgl. Band 10).

390,1 *Fatzerchor 7]* T: Typoskript. E: 1927. Zu Entstehung und Überlieferung vgl. den voranstehenden Kommentar.
390,2 *1]* Die Strophenziffer ist nach der Handschrift im Notizbuch ergänzt.

391,1 *Johny Schmitt ist auch gestorben]* T: Manuskript (Notizbuch). E: 1927. ED: Vorliegende Ausgabe.
Der Vierzeiler befindet sich zwischen Aufzeichnungen zum Stückfragment *Untergang des Egoisten Johann Fatzer* in einem Notizbuch der Zeit; vgl. zu 390,1, *Fatzerchor 1.*
391,1 *Johny Schmitt]* Der Name bezieht sich möglicherweise auf die Figur des Sergeanten im *Fatzer* (vgl. Band 10).

391,1 *Und ich denke heut]* T: Manuskript (Notizbuch). E: 1927.
Dieses und die folgenden Gedichte sind in einem weiteren Notizbuch enthalten, das Brecht 1927 geführt hat.

391,1 *Liquidation vom trunkenen Schiff]* T: Typoskript. E: 1927.
Es handelt sich um einen Gedichtentwurf zu Arthur Rimbauds *Le Bateau ivre* (1871; dt.: *Das trunkene Schiff*). – Brecht schreibt zunächst die letzten beiden Strophen ins Notizbuch der Zeit (vgl. den voranstehenden Kommentar). Die Textgrundlage (Typoskript) weist zwischen den Strophen teilweise größere Zwischenräume auf, die vermutlich noch gefüllt werden sollten.

392,2 *Jung und hilflos]* T: Manuskript (Notizbuch). E: 1927.
Zur Überlieferung vgl. zu 391,1 *Und ich denke heut.* – Vermutlich handelt es sich um ein Fragment. Auf der Rückseite des Blatts, auf dem die Strophen 1 und 2 stehen, finden sich in Klammern die Verse: »Ich lasse nicht in der Kette aus/Ein Glied«, die sich jedoch nicht zuordnen lassen. – Das Gedicht gehört in den Umkreis des *Lesebuchs für Städtebewohner* (Band 11).

392,1 *Singende Steyrwagen]* T: Typoskript. E: 1927.
Nach Elias Canettis Erinnerungen ist das Gedicht für ein Preisausschreiben der Firma Steyr geschrieben. Canetti teilt mit: Die ungarische Schriftstellerin Ibby Gordon, die im gleichen Notizbuch erwähnt wird, in dem der erste Entwurf zum Gedicht überliefert ist, beurteilt Brechts Beteiligung mit den Worten: »Er schmeichelt seinem Auto jetzt auch [...], er spricht von ihm wie von einer Geliebten. Warum soll er ihm nicht *vorher* schmeicheln, um es zu bekommen?« Als Gewinner des Preisausschreibens erhält Brecht einen Wagen der Firma Steyr und kommentiert gegenüber Canetti die Tatsache so: »Ich schreibe nur für Geld« (Elias Canetti, *Die Fackel im Ohr. Lebensgeschichte 1921-1931*, München/Wien 1980, S. 306 f.). Die Überlieferung des Gedichts bestätigt Canettis Erinnerungen und nicht die Version, wonach Brecht nach einem Unfall mit seinem Steyr das Gedicht im Mai 1929 geschrieben und dafür einen neuen Wagen erhalten haben soll. – Der erste Entwurf zu diesem Gedicht im Notizbuch der Zeit (vgl. zu 391,1, *Und ich denke heut*) trägt den Titel *Über einen Wagen* und hat folgenden Wortlaut:

Sein Motor ist ein
Denkendes Erz.

Und so lautlos fahre ich und so
Ganz ohne Erschütterung
Daß ich oft glaube, ich fahre
Den Schatten meines Wagens.

Auf der Folgeseite des Notizbuchs notiert Brecht Stichworte, die sich auf die Automobil- und Waffenfabrik Steyr beziehen und vermutlich die Stichworte für das vorliegende Gedicht bilden: »Waffenfabrik (Mannlicherstutzen)/Steirische Erzgruben/Schwenkachse (›Jedes Hinterad schwingt geteilt für sich‹)/3m langer Radstand/klebt in der Kurve/Kurbelwelle in Hauptlagern/auf Kugellagern laufend.« – Ob das Gedicht, wie es naheliegt, zu Werbezwecken eingesetzt worden ist, konnte nicht ermittelt werden; die Firma Steyr verfügt nicht über entsprechende Dokumente.

392,1 *Steyrwagen]* Steyr ist ein großes österreichisches Unternehmen, das Autos und Waffen herstellt; benannt nach dem Ort Steyr in Oberösterreich.

392,5 *Manlicherstutzen]* Mannlicherstutzen: nach dem Konstrukteur Ferdinand Ritter von Mannlicher benanntes Repetiergewehr, das bei Steyr hergestellt worden ist.

393,1 *Kaum zu Ende gesprochen]* T: Manuskript (Notizbuch). E: 1927. Zur Überlieferung vgl. zu 391,1, *Und ich denke heut*.

393,1 *Aus diesem schlechten Tag]* T: Manuskript (Notizbuch). E: 1927. Zur Überlieferung vgl. zu 391,1, *Und ich denke heut.*

393,1 *Wird das Essen abgetragen]* T: Manuskript (Notizbuch). E: 1927.

Zur Überlieferung vgl. zu 391,1, *Und ich denke heut.* – Auf dem Blatt sind drei weitere Verse überliefert; sie bilden möglicherweise einen Refrain oder eine Variante zum ersten Vers:

Das Essen wird abgetragen
Aber die Esser
Sind nicht satt.

394,1 *Das Zehnte Sonett]* T: Erstdruck. E: 1927. ED: *Das Stichwort. Zeitung des Theaters am Schiffbauerdamm*, Berlin, April 1929.

Brecht notiert zunächst einzelne Strophen, möglicherweise als eigenständige Gedichte, ins Notizbuch von 1927 (vgl. zu 391,1, *Und ich denke heut*). Es handelt sich in der Reihenfolge des Notizbuchs um folgende Texte:

(Spätere Strophe 2:)

Und wär ein Tisch und säßen Große dort
Ich säße gern als mindester zu Tisch
Und wär ein Fisch, ich äß den Schwanz vom Fisch
Und wär ein Baum und dieser wär verdorrt
So wüßt ich mich keinem zu schlechten gut

(Spätere Strophen 3-5:)

So wär's genug, wenn einer mir's erzählte
Und gäb's Gerechtigkeit
Und wenn sie mir gleich fehlte
So wär ich froh und träfe sie selbst mich
Gibt's alles dies und bin ich selbst nur blind?

(Spätere Strophe 1:)

Ich wünsche nicht, daß diese Welt mich liebt
Seit ich hier wohn, drang manches an mein Ohr
Behielt ich mir so jede Feigheit vor
Verdroß mich doch, daß es nicht Größe gibt.

Die Ausarbeitung zum Sonett erfolgt über mehrere Typoskripte vermutlich erst 1929 für die Publikation. Brecht überarbeitet später den publizierten Text nochmals im Typoskript.

394,1 *Das Zehnte]* So die Schreibung in beiden frühen Drucken. Die Zählung des Sonetts als »Das Zehnte« (in den Typoskripten auch lediglich als *Sonett* überschrieben) ist nicht geklärt (vgl. *Die Augsburger Sonette*, Band 11); möglicherweise eine Anspielung.

394,9 *sähn ... ginge]* In der Überarbeitung der Druckfassung: »kriegt ich nichts, ich ginge doch nicht«.

394,10 *Ein Buch ... erzählte!]* In der Überarbeitung der Druckfassung keine gesonderte Strophe.

394,11 *Und gäb's]* In der Überarbeitung der Druckfassung: »Ach, gäb's«.

394,2 *Sie schafften Bibeln nach Zanzibar]* T: Manuskript (Notizbuch). E: 1927.

Zur Überlieferung vgl. zu 391,1, *Und ich denke heut.* – Weitere Strophen konnten nicht ermittelt werden; größere Freiräume zwischen den Strophen, z.T. auch zwischen den Versen, verweisen auf den fragmentarischen Charakter des Gedichts.

394,2 *Zanzibar]* (Engl.) Sansibar, ist eine ostafrikanische Insel vor der Küste Tansanias.

394,3 *Kanonen nach Verdun]* Anspielung auf den ersten Weltkrieg; Verdun im Osten Frankreichs ist einer der Schlachtorte des so genannten Stellungskriegs.

394,7f. *Kanal durch/Amerika]* Gemeint ist der Panamakanal, der 1879 begonnen und nach Unterbrechungen am 15. August 1914 eröffnet wird.

394,9 *Kabel durch das Meer]* Das Transatlantikkabel, von Berlin nach New York, wird am 4. März 1927 in Betrieb genommen.

395,2 *Auf dem Weg nach Louisiana]* T: Manuskript (Notizbuch). E: 1927.

Die Verse entstehen vermutlich im Zusammenhang mit Brechts Weiterarbeit an *Mahagonny*, das als Songspiel im Juli 1927 in Baden-Baden uraufgeführt worden ist (vgl. Band 2). – Zur Überlieferung vgl. zu 391,1, *Und ich denke heut.*

395,2 *Louisiana]* Bundesstaat der USA.

395,1 *Aber wenn Sie meine Ansicht kennenlernen wollen, meine Herrn]* T: Typoskript (handschriftlich korrigiert). E: 1927.

Die Verse entstehen vermutlich im Zusammenhang mit den ersten Arbeiten Brechts und Kurt Weills an der Urfassung der Oper *Aufstieg und Fall der Stadt Mahagonny* im 2. Halbjahr 1927 (*Mahagonny. Oper in drei Akten von Kurt Weill. Text von Bert Brecht*, Österreichische Nationalbibliothek, Wien; vgl. zu 354,1, *Der Johnnywillkeinmenschsein-Song*) und bilden möglicherweise eine Vorfassung oder eine spätere Variante zum *Lied der Jenny* (382,1; vgl. auch den entsprechenden Kommentar), bleiben aber inhaltlich selbständig. – Nach der einzigen Überlieferung kann es sich auch um ein szenisches Fragment handeln, wonach die erste, von Brecht handschriftlich unterstrichene Zeile nicht die Überschrift bildete, sondern gesprochener Dramentext wäre, auf den dann das Lied, beginnend mit »Meine Herrn, das kenne ich alles«, folgte.

395,7 *können ... Tritt haben]* Die ursprüngliche Fassung des Brechtschen Typoskripts: »wolln sie unsereins immer hinaufhaben« ist gestrichen und von Elisabeth Hauptmann ergänzt; die Korrektur kann als von Brecht autorisiert angesehen werden.

395,1 *Auf einen zehnjährigen Jungen, der als Held des Schauspiels im Kino persönlich anwesend war]* T: Typoskript (handschriftlich korrigiert). E: 1927. ED: Vorliegende Ausgabe.

Das Gedicht steht auf die Rückseite eines Briefs von Peter Martin Lampel an Brecht, der das Datum 3. März 1927 trägt. Ein Anlaß zu den Versen konnte nicht ermittelt werden. – Das Typoskript ist vermutlich von fremder Hand. Die Schreibmaschine ist die der Firma Haindl in Augsburg, auf der das erste Typoskript zum *Baal* sowie wenige Gedichte aus der frühen Zeit geschrieben worden sind. Die Verfasserschaft Brechts ist nicht gesichert.

397,1 *Bericht anderswohin]* T: Typoskript. E: 1927. Die Textgrundlage weist keine Zeichensetzung auf.

Elisabeth Hauptmann hat das Gedicht dem *Lesebuch für Städtebewohner* zugeordnet, ohne daß die Überlieferung Indizien dafür aufweist (Elisabeth-Hauptmann-Archiv, Akademie der Künste zu Berlin).

399,1 *Jedweden Baumes Blatt]* T: Typoskript. E: 1927. ED: Vorliegende Ausgabe.

Die Verse gehören zu Bruchstücken eines geplanten Stücks *Die letzten Wochen der Rosa Luxemburg*. Sie sollten möglicherweise Dramenverse bilden. Es liegt ein Bruchstück vor »Rede des Verurteilten über das Vaterland aus: Die letzten Wochen der Rosa Luxemburg« mit den Versen:

Jedweden Baumes Blatt
Unser eigen von Kindesleib an
Ergreif ich jetzt.

399,1 *Rosa]* T: Manuskript (Notizbuch). E: 1927.

Die Verse finden sich innerhalb von Entwürfen zum geplanten Stück *Untergang des Egoisten Johann Fatzer*, zu dem jedoch keine Bezüge ermittelt werden konnten; außerdem ist die Figur, auf die sich der Name beziehen könnte, zu dieser Zeit bereits in Therese Kaumann (vorher: Rosa) umbenannt. Es ist möglich, daß Brecht die Verse in Hinblick auf den zehnjährigen Todestag (15. Januar 1929) von Rosa Luxemburg verfaßt hat. – Rosa Luxemburg ist zusammen mit Karl Liebknecht während der Januarkämpfe 1919 von Konterrevolutionären ermordet worden.

399,1 *Schluß-Song]* T: Erstdruck. E: 1927. ED: *Song-Verzeichnis zu »Mann ist Mann«*, in: *Programmblätter der Volksbühne*, Berlin, Heft 5, Januar 1928, Einlage.

Der Song entsteht 1927 für die erste Berliner Aufführung von *Mann ist Mann* (5. Januar 1928); er wird in der späteren Bearbeitung des Stücks (Fassung 1938) wieder getilgt (vgl. Band 2). – Die Vertonung des Songs durch Edmund Meisel erfolgt möglicherweise schon für die Aufführung des Stücks in Gera (Premiere 30. April 1927), nachgewiesenermaßen für die Aufführung an der Volksbühne von 1928.

399,6-8 *In Jerico ... alle durch.]* Brecht spielt auf die alttestamentarische Geschichte von der Eroberung und Zerstörung der Stadt Jericho (antike Stadt im Jordantal) durch Josua an; vgl. Josua 6.

399,10 *Gizeh]* Alte Schreibung von Gisa, Hauptstadt der gleichnamigen ägyptischen Provinz, die während seines Zuges nach Ägypten (1798-1799) von Napoleon eingenommen wird.

400,2 *Wenn der Schlachtlärm stille schweigt]* T: Typoskript (handschriftlich korrigiert). E: 1927. ED: Vorliegende Ausgabe.

Das Lied entsteht im Zusammenhang mit einer geplanten Bearbeitung von Shakespeares *Macbeth* (1606). Es eröffnet die einzige ausgeführte Szene; Macbeth und Banquo, so die Regieanweisung, »gehen gröhlend über die Heide« (folgt das Lied; vgl. Band 10). – Brecht zitiert in den Strophen 1 und 2 fast wörtlich (mit Versumstellungen) Passagen der Hexen aus *Macbeth* (I,1 und I,3).

400,1 *Ausschluß unsachlicher Momente beim Beischlaf]* T: Typoskript. E: Um 1927.

Es handelt sich vermutlich um einen Entwurf im Zusammenhang der *Augsburger Sonette* (Band 11).

400,1 *Der Brockensammler]* T: Typoskript. E: Um 1927.

Die Rede des Brockensammlers ist nicht ausgeführt. – Es liegen zwei textidentische Typoskripte vor.

401,1 *Ich höre gern meine Rechte aufzählen]* T: Typoskript. E: Um 1927.

401,19 f. *Vor allem ... leben.]* Brecht schreibt zunächst: »Vor allem aber wäre es doch wohl mein Recht/Zu leben.« und fügt dann die neue Variante an, ohne die ursprünglichen Verse zu streichen.

402,1 *S... und F... winken E...]* T: Typoskript. E: Um 1927. Die abgekürzten Namen im Titel konnten nicht ermittelt werden.

402,1 *Seit meiner Kindheit galt es ungebührlich]* T: Manuskript. E: Um 1927.

402,1 *Sind Sie ein König?]* T: Typoskript. E: Um 1927.

Das Typoskript stammt vermutlich von Elisabeth Hauptmanns

Hand. Der Text ist von einer Schallplattenaufnahme (Helli Kroner) angeregt und wird von Brecht bearbeitet (Notiz; Elisabeth-Hauptmann-Archiv, Akademie der Künste zu Berlin). Das Gedicht gehört nach Hauptmann in den Umkreis des *Lesebuchs für Städtebewohner*, ohne daß dafür Indizien vorliegen. Auf dem Blatt ist von Hauptmann handschriftlich notiert: »Feuchtwanger«. – Die Verse sind mit dem folgenden Gedicht zusammen überliefert.

403,1 *Inschrift auf einem nicht abgeholten Grabstein]* T: Typoskript. E: Um 1927. Zur Überlieferung vgl. den voranstehenden Kommentar.

403,2 *Wandrer, wenn du vorbeikommst]* Anspielung auf das klassische Zitat »Wanderer, kommst du nach Sparta [...]«; Denkmalsinschrift für die bei der Verteidigung des Thermopylenpasses gegen die Perser 480 v. d. Z. gefallenen Spartaner (nach Herodot, VII, 228; vgl. Schiller, *Der Spaziergang*, 1800).

403,1 *Über die Abhängigkeit des Menschen von der Natur]* T: Typoskript. E: Um 1927. Die Textgrundlage weist keine Zeichensetzung auf.

404,1 *Wenig würde genügen]* T: Typoskript. E: Um 1927. Die Textgrundlage weist, außer dem Doppelpunkt in Zeile 13, keine Zeichensetzung auf.

404,1 *As long as you're sane]* T: Typoskript. E: Um 1927/28. ED: Vorliegende Ausgabe.

Nach Elisabeth Hauptmann gehört das Gedicht zu den Versuchen Brechts, mit ihr zusammen englische Lieder zu verfassen (Elisabeth-Hauptmann-Archiv, Akademie der Künste zu Berlin). Es ist zusammen mit dem folgenden Gedicht überliefert.

404,2 *nabob of Audh]* Schwerreicher Mann aus Audh, dem östlichen Teil von Uttar Pradesch (Nord-Provinz, Staat im Norden von Indien).

404,10 *That ... Empress of Chine]* Sprichwörtlich für: Märchenerzählen.

405,1 *Sie können den wilden Mann spielen]* T: Typoskript. E: Um 1927/28. ED: Vorliegende Ausgabe. Zur Überlieferung vgl. den voranstehenden Kommentar.

Zu diesem Band

Die Bände 13-15 der vorliegenden Ausgabe enthalten sämtliche Gedichte und Gedichtfragmente sowie alle Gedichte und Lieder aus Stücken Brechts – ausgenommen die bei den Sammlungen (Bände 11 und 12) berücksichtigten Gedichte – in chronologischer Folge.

Gegenüber bisher vorliegenden Ausgaben Gesammelter Werke Brechts wurden Texte ausgeschieden, die eindeutig nicht von Brecht stammen, die als bloße Bruchstücke bzw. Notizen qualifiziert werden konnten oder die anderen Gattungen angehören. Verspartien aus Stücken sind nur dann als Gedichte berücksichtigt, wenn sie einen Titel tragen, im Dramentext oder in der Regieanweisung als Lied- bzw. Gedichteinlagen angekündigt werden oder zu denen es weitere, vom Dramentext unabhängige Überlieferungsträger gibt, die sie als selbständige Gedichte ausweisen.

Die Texte sind chronologisch in Jahreszeiträumen angeordnet; innerhalb eines Jahres gelten folgende Kriterien der Anordnung:

a) genau datierbare Gedichte, b) Gedichte aus Notizbüchern in der Reihenfolge ihrer Niederschrift, sofern das Notizbuch einem Jahr zuzuordnen ist und als ein zusammenhängender Überlieferungsträger angesehen werden kann, c) Gedichte, deren Entstehung eindeutig in einem bestimmten Jahr liegt (z. B. 1940), für die aber keine genauere Datierung möglich ist, in alphabetischer Reihenfolge, d) Gedichte, die vermutlich zu einem Jahr gehören, möglicherweise aber auch im folgenden Jahr entstanden sind, in alphabetischer Reihenfolge (z. B. um 1940), e) Gedichte, deren Entstehung frühestens im jeweiligen Jahr möglich ist, aber auch in die unmittelbar folgenden Jahre fallen kann, in alphabetischer Reihenfolge (z. B. um 1940/41).

Ausgenommen von diesem Prinzip sind Gedichte, deren gemeinsame Überlieferung auf dieselbe Entstehungszeit schließen läßt. Sie werden nacheinander gedruckt, und zwar am Ort des jeweils zuerst entstandenen Gedichts. Werden von einem Gedicht verschiedene Fassungen gedruckt, stehen sie am Ort der ersten Fassung.

Im Kommentar ist jedes Gedicht durch ein gesondertes Lemma (Titel) berücksichtigt. Dort werden die für diese Edition verwendete Textgrundlage (T), die Entstehungszeit (E) und – wenn es eine Publikation zu Brechts Lebzeiten gegeben hat – der Erstdruck (ED) genannt. Es folgen, soweit zu ermitteln, Angaben über die Umstände der Entstehung und Hinweise zu möglichen Quellen, die Beschreibung der Überlieferungsträger und, wenn notwendig, der Textgrundlage. Daran schließen sich, sofern nachweisbar, Angaben zur Wirkung an. Gegebenenfalls folgt der Zeilenkommentar, der sowohl das Variantenverzeichnis als auch Sacherläuterungen enthält. Umfangreichere Kommentare sind durch die entsprechenden Stichworte (Entstehung, Text/Fassungen, Wirkung, Zeilenkommentar) gegliedert.

Inhalt

Die Ziffern geben jeweils den Druckort und die Kommentarstelle an.

1913

1922

1925

Zu dieser Ausgabe

Die Große kommentierte Berliner und Frankfurter Ausgabe der Werke Bertolt Brechts ist eine Gemeinschaftsausgabe des Aufbau-Verlags Berlin und Weimar und des Suhrkamp Verlags Frankfurt am Main; sie erscheint gleichzeitig in beiden Verlagen. Die Edition basiert auf den zu Lebzeiten Brechts publizierten Texten und auf dem Nachlaß im Bertolt-Brecht-Archiv der Akademie der Künste zu Berlin.

Innerhalb der Gruppierungen nach Gattungen sind die Werke in der Chronologie ihrer Entstehung angeordnet. Bei Stücken und Romanen werden die Fragmente gesondert behandelt; innerhalb der Gedichte und der Prosa wird zwischen Sammlungen und Einzeltexten unterschieden; bei den Schriften sind die Texte zu Stücken und die Theatermodelle jeweils in einem gesonderten Band versammelt.

Die Ausgabe enthält grundsätzlich die autorisierten und wirksam gewordenen Erstdrucke oder geht bei postum erschienenen Werken auf die Texte aus dem Nachlaß zurück. Ohne die Normen einer historisch-kritischen Ausgabe anzustreben, dokumentiert sie gegebenenfalls durch Varianten und Druck mehrerer Fassungen Hauptstufen der weiteren Umformung eines Werkes. Diese erscheinen jeweils im Anschluß an die frühe Fassung.

Sämtliche Texte sind anhand der Drucke und des Materials im Nachlaß überprüft worden. Die Orthographie ist unter Erhaltung des Lautstandes modernisiert. Auch die Interpunktion ist, bei Bewahrung einiger charakteristischer Eigentümlichkeiten Brechts, den heute gültigen Regeln angeglichen. Alle Zusätze der Herausgeber, z. B. bei Titeln, stehen in eckigen Klammern.

Der Kommentar beschreibt jeweils knapp Quellen, Entstehungs- und Textgeschichte sowie die Wirkung bis zu Brechts Tod. Der Zeilenkommentar beschränkt sich auf Sacherläuterungen. Allgemeine Angaben zu den erwähnten Personen bietet das kommentierte Gesamtregister.

Ein ausführlicher Editionsbericht erscheint in Band 30.

Der vorliegende Band wurde an der Arbeitsstelle Bertolt Brecht (Universität Karlsruhe) bearbeitet.

Bertolt Brecht Werke

Band 1
Stücke 1: Die Bibel · Baal (1919) · Baal (1922) · Lebenslauf des Mannes Baal · Trommeln in der Nacht · Die Hochzeit · Der Bettler oder Der tote Hund · Er treibt einen Teufel aus · Lux in tenebris · Der Fischzug · Prärie · Im Dickicht · Im Dickicht der Städte

Band 2
Stücke 2: Leben Eduards des Zweiten von England · Mann ist Mann (1926) · Mann ist Mann (1938) · Die Dreigroschenoper · Mahagonny · Aufstieg und Fall der Stadt Mahagonny

Band 3
Stücke 3: Der Flug der Lindberghs · Das Badener Lehrstück vom Einverständnis · Der Jasager · Der Jasager. Der Neinsager · Die Maßnahme (1930) · Die Maßnahme (1931) · Die heilige Johanna der Schlachthöfe · Die Ausnahme und die Regel · Die Mutter (1933) · Die Mutter (1938)

Band 4
Stücke 4: Die Spitzköpfe und die Rundköpfe · Die Rundköpfe und die Spitzköpfe · Die sieben Todsünden der Kleinbürger · Die Horatier und die Kuriatier · Die Gewehre der Frau Carrar · Furcht und Elend des III. Reiches

Band 5
Stücke 5: Leben des Galilei (1938/39) · Galileo · Leben des Galilei (1955/56) · Dansen · Was kostet das Eisen?

Band 6
Stücke 6: Mutter Courage und ihre Kinder · Das Verhör des Lukullus (1940) · Das Verhör des Lukullus (1951) · Die Verurteilung des Lukullus · Der gute Mensch von Sezuan · Herr Puntila und sein Knecht Matti

Band 7
Stücke 7: Der Aufstieg des Arturo Ui · Die Gesichte der Simone Machard · Schweyk · The Duchess of Malfi

Band 8
Stücke 8: Der kaukasische Kreidekreis (1949) · Der kaukasische Kreidekreis (1954) · Die Antigone des Sophokles · Die Tage der Kommune · Der Hofmeister des J. M. R. Lenz · Biberpelz und roter Hahn von Gerhart Hauptmann

Band 9
Stücke 9: Coriolanus · Anna Seghers. Der Prozeß der Jeanne d'Arc zu Rouen 1431 · Turandot oder Der Kongreß der Weißwäscher · Don Juan von Molière · Pauken und Trompeten

Band 10
Stücke 10: Stückfragmente. Darunter: Hans im Glück · Galgei · Hannibal · Dan Drew · Joe Fleischhacker · Untergang des Egoisten Johann Fatzer · Der Brotladen · Der böse Baal der asoziale · Das wirkliche Leben des Jakob Gehherda · Leben des Konfutse · Der Wagen des Ares · Büsching

Band 11
Gedichte 1: Sammlungen 1918-1938: Lieder zur Klampfe von Bert Brecht und seinen Freunden. 1918 · Psalmen · Bertolt Brechts Hauspostille · Die Augsburger Sonette · Die Songs der Dreigroschenoper · Aus dem Lesebuch für Städtebewohner · Geschichten aus der Revolution · Sonette (1933/34) · Englische Sonette · Lieder Gedichte Chöre · Chinesische Gedichte · Studien

Band 12
Gedichte 2: Sammlungen 1938-1956: Svendborger Gedichte · Steffinsche Sammlung · Hollywoodelegien · Gedichte im Exil · Kriegsfibel · Deutsche Satiren (Zweiter Teil) · Kinderlieder. Neue Kinderlieder · Buckower Elegien · Gedichte aus dem Messingkauf. – Gedichtverzeichnis zu den Sammlungen (Band 11-12)

Band 13
Gedichte 3: Gedichte und Gedichtfragmente, Gedichte und Lieder aus Stücken. 1913-1927

Band 14
Gedichte 4: Gedichte und Gedichtfragmente, Gedichte und Lieder aus Stücken. 1928-1939

Band 15
Gedichte 5: Gedichte und Gedichtfragmente, Gedichte und Lieder aus Stücken.
1940-1956. – Gesamtverzeichnis zu den Gedichten (Band 11-15)

Band 16
Prosa 1: Dreigroschenroman

Band 17
Prosa 2: Romanfragmente und Romanentwürfe: Der Tuiroman · Die Geschäfte des Herrn Julius Caesar · Das Buch Gasgarott · Die Rothaut · Flucht Karls des Kühnen nach der Schlacht bei Murten · Das Renommee · Tatsachenreihe

Band 18
Prosa 3: Geschichten (Sammlungen) und Dialoge: Geschichten vom Herrn Keuner · Buch der Wendungen (Me-ti) · Kalendergeschichten · Flüchtlingsgespräche · Mies und Meck

Band 19
Prosa 4: Geschichten, Filmgeschichten. 1913-1941

Band 20
Prosa 5: Geschichten, Filmgeschichten. 1941-1956

Band 21
Schriften 1: 1914-1933

Band 22
Schriften 2: 1933-1941

Band 23
Schriften 3: 1941-1956

Band 24
Schriften 4: Texte zu Stücken

Band 25
Schriften 5: Theatermodelle (Aufbau einer Rolle. Laughtons Galilei · Antigonemodell 1948 · Couragemodell 1949) · »Katzgraben«-Notate. – Register zu den Schriften (Band 21-25)

Band 26
Journale 1: 1913-1941: Tagebuch 1913 · Tagebuch 1916 · Tagebücher 1920-1922 · Autobiographische Schriften 1920-1941 · Journale 1938-1941

Band 27
Journale 2: 1941-1956: Journale 1941-1956 · Autobiographische Schriften 1941-1956. – Register zu den Journalen (Band 26-27)

Band 28
Briefe 1: 1919-1941

Band 29
Briefe 2: 1941-1956. – Register zu den Briefen (Band 28-29)

Band 30
Registerband: Editionsbericht · Gesamtinhalt der Bände 1-29 · Brecht-Titelregister · Personenregister (kommentiert)

Copyrightangaben zu den einzelnen Texten:

Copyrightangaben für die Gedichte entnommen aus:
Band 1 und 2 der »Gedichte«: © Copyright Suhrkamp Verlag Frankfurt am Main 1960.
Band 3 und 4 der »Gedichte«: © Copyright Suhrkamp Verlag Frankfurt am Main 1961.
Band 5, 6 und 7 der »Gedichte«: © Copyright Suhrkamp Verlag Frankfurt am Main 1964.
Band 8 und 9 der »Gedichte«: © Copyright Stefan S. Brecht 1965.
Für die unter »Nachträge zu den Gedichten« aufgeführten Gedichte: © Copyright Stefan S. Brecht 1967.
Band 10 der »Gedichte«: © Copyright Suhrkamp Verlag Frankfurt am Main 1976.
Supplementband 2 der »Gesammelten Werke«: © Copyright Stefan S. Brecht 1982.
Für die neu aufgenommenen Gedichte in Band 4 der »Gesammelten Werke«: © Copyright Stefan S. Brecht 1967.

Bertolt Brechts Hauspostille: © Copyright 1927 by Propyläen Verlag, Berlin. Renewal Copyright 1968 by Helene Weigel-Brecht, Berlin.
Die Songs der Dreigroschenoper: © Copyright 1928 by Gustav Kiepenheuer Verlag, Potsdam. Renewal Copyright 1968 by Helene Weigel-Brecht, Berlin.
Lieder Gedichte Chöre: © Copyright 1934 by Edition du Carrefour, Paris VI.
Cinesische Gedichte aus »Versuche. Heft 10«: © Copyright 1950 by Suhrkamp Verlag Frankfurt am Main.
Studien aus »Versuche. Heft 11«: © Copyright 1951 by Suhrkamp Verlag Frankfurt am Main.
Svendborger Gedichte: © Copyright 1939 by Malik-Verlag, London.
Gedichte im Exil: © Copyright 1964 by Stefan S. Brecht.
Kriegsfibel: © Copyright 1955 by Eulenspiegel Verlag, Berlin. © Copyright 1968 by Stefan S. Brecht.
Buckower Elegien: © Copyright 1964 by Stefan S. Brecht.
Gedichte aus dem Messingkauf aus »Versuche. Heft 14«: © Copyright 1955 by Suhrkamp Verlag Frankfurt am Main.

Copyrightangaben für Gedichte entnommen aus »Baal« (1919): © Copyright Suhrkamp Verlag Frankfurt am Main 1966, aus: »Baal« (1922): © Copyright Kiepenheuer Verlag, Potsdam. Renewal Copyright 1968 by Helene Weigel-Brecht, Berlin. Aus: »Mann ist Mann« (1926): © Copyright by Arcadia Verlag GmbH. Renewal Copyright 1968 by Helene Weigel-Brecht, Berlin, aus: »Mann ist Mann« (1938): © Copyright 1953 by Suhrkamp Verlag, Frankfurt am Main. Aus: »Leben Eduards des Zweiten von England«: © Copyright 1924 Gustav Kiepenheuer Verlag, Potsdam. Renewal Copyright 1968 by Helene Weigel-Brecht, Berlin. Aus: »Die Dreigroschenoper«: © Copyright 1955 by Suhrkamp Verlag, Frankfurt am Main. Aus: »Mahagonny«: © Copyright 1927 by Universal Edition, Wien, aus: »Aufstieg und Fall der Stadt Mahagonny«: © Copyright 1955 by Suhrkamp Verlag, Frankfurt am Main. Aus »Der Flug der Lindberghs«: © Copyright 1959 by Suhrkamp Verlag, Frankfurt am Main. Aus: »Das Badener Lehrstück vom Einverständnis«, »Die Maßnahme« und »Die heilige Johanna der Schlachthöfe«: © Copyright 1955 by Suhrkamp Verlag, Frankfurt am Main. Aus: »Die Ausnahme und die Regel« und »Die Mutter«: © Copyright 1957 by Suhrkamp Verlag, Frankfurt am Main. Aus: »Die Spitzköpfe und die Rundköpfe«: © Copyright 1988 by Stefan S. Brecht. Aus: »Die Rundköpfe und die Spitzköpfe«, »Die Horatier und die Kuriatier«, »Die Gewehre der Frau Carrar« und »Furcht und Elend des III. Reiches«: © Copyright 1957 by Suhrkamp Verlag, Frankfurt am Main. Aus: »Leben des Galilei« (1938/39): © Copyright Stefan S. Brecht 1988. Aus: »Galileo« (Original work entitled Leben des Galilei). U.S. copyright 1940 by Arvid Englind Teaterforlag a.b., renewed June 1967 by Stefan S. Brecht. © Copyright 1955 by Suhrkamp Verlag, Frankfurt am Main. Laughton version copyrighted 1952 by Bertolt Brecht. Aus »Leben des Galilei« (1955/56): © Copyright 1955 by Suhrkamp Verlag, Frankfurt am Main. Aus: »Mutter Courage und ihre Kinder«: © Copyright 1949 by Suhrkamp Verlag, vorm. S. Fischer, Frankfurt am Main. Renewal Copyright 1967 by Stefan S. Brecht. Aus: »Der gute Mensch von Sezuan«: © Copyright 1955 by Suhrkamp Verlag, Frankfurt am Main. Aus: »Herr Puntila und sein Knecht Matti«: © Copyright 1950 by Suhrkamp Verlag Frankfurt am Main. Aus: »Die Gesichte der Simone Machard« und »Schweyk«: © Copyright 1957 by Suhrkamp Verlag, Frankfurt am Main. Aus: »The Duchess of Malfi«: First original version of this work was in English and entitled »The Duchess of Malfy«, by John Webster, adaptation by Bertolt Brecht and Hoffman Reynolds Hays. Copyright © 1943 by Bertolt Brecht and Hoffman Reynolds Hays. The second version of the original work was also an adaptation in English by Wystan Hugh Auden and Bertolt Brecht entitled »The Duchess of Malfi«. Copyright © 1946 by W. H. Auden and Bertolt Brecht. Aus: »Der kaukasische Kreidekreis« (1949 und 1954): © Copyright 1955 by Suhrkamp Verlag Frankfurt am Main. Aus: »Die Tage der Kommune«: © Copyright 1957 by Suhrkamp Verlag Frankfurt am Main. Aus: »Der Hofmeister«, »Coriolanus« und »Anna Seghers. Der Prozeß der Jeanne d'Arc«: © Copyright Suhrkamp Verlag Frankfurt am Main 1959. Aus: »Turandot oder Der Kongreß der Weißwäscher«: © Copyright Stefan S. Brecht 1967. Aus: »Pauken und Trompeten: © Copyright Suhrkamp Verlag Frankfurt am Main 1959.

Aus: »Untergang des Egoisten Johann Fatzer«, »Der Brotladen«, »Aus nichts wird nichts« und »Das wirkliche Leben des Jakob Geherda«: © Copyright Stefan S. Brecht 1967. Aus: »Geschichten vom Herrn Keuner«, »Buch der Wendungen«: © Copyright Stefan S. Brecht 1965. Aus: »Der Tuiroman«: © Copyright Stefan S. Brecht 1967. Aus: »Flüchtlingsgespräche«: © Suhrkamp Verlag, Frankfurt am Main 1961. Aus: »Augsburger Theaterkritiken«: © Suhrkamp Verlag, Frankfurt am Main 1967.

Bisher unveröffentlichte Texte: © Copyright Stefan S. Brecht 1993.

Alle Rechte vorbehalten durch Suhrkamp Verlag Frankfurt am Main.

Bertolt Brecht, Werke, Band 13
Suhrkamp Verlag Frankfurt am Main
Satz: In Garamond von Wagner GmbH, Nördlingen
Druck: Wagner GmbH, Nördlingen
Bindung: Buchbinderei Lachenmaier, Reutlingen
Säurefreies Werkdruckpapier der Papierfabrik Niefern
Feincanvas-Gewebe der Vereinigten Kaliko, Bamberg
Naturnarbiges Lammleder der Kripper Lederfabrik, Remagen
ISBN 3-518-40013-4 (Leinen)
ISBN 3-518-40073-8 (Leder)